SACO DE OSSOS

STEPHEN KING
SACO DE OSSOS

Tradução
Myriam Campello

8ª reimpressão

Copyright © 1998 by Stephen King
Publicado mediante acordo com o autor através de Ralph M. Vicinanza, Ltd.

Grafia atualizada segundo o Acordo Ortográfico da Língua Portuguesa de 1990, que entrou em vigor no Brasil em 2009.

Título original
Bag of Bones

Capa
Design original de capa © 2012 A&E Television Networks, LLC.
Todos os direitos reservados.
Adaptação de Rodrigo Rodrigues a partir do pôster original da minissérie *Saco de ossos*, cedido pela A&E Television Networks, LLC.

Revisão
Umberto Figueiredo Pinto
Izabel Cristina Aleixo
Sandra Pássaro
Fatima Fadel

cip-Brasil. Catalogação na fonte
Sindicato Nacional dos Editores de Livros, rj

K52s
    King, Stephen
        Saco de ossos / Stephen King; tradução Myriam Campello – 2ª ed. – Rio de Janeiro: Objetiva, 2012.
        568p.

        Tradução de: Bag of bones
        isbn 978-85-8105-042-3

        1. Literatura americana – Romance. I. Título.

cdd: 813

[2021]
Todos os direitos desta edição reservados à
editora schwarcz s.a.
Praça Floriano, 19, sala 3001 – Cinelândia
20031-050 – Rio de Janeiro – rj
Telefone: (21) 3993-7510
www.companhiadasletras.com.br
www.blogdacompanhia.com.br
facebook.com/editorasuma
instagram.com/editorasuma
twitter.com/Suma_br

Para Naomi.
Ainda.

Sim, Bartleby, continue aí atrás de seu biombo, pensei; não o perseguirei mais; você é inofensivo e silencioso como uma dessas cadeiras velhas; em suma, nunca me sinto tão solitário como quando sei que está aqui.
Bartleby,
HERMAN MELVILLE

Na noite passada sonhei que fui a Manderley de novo... Enquanto permaneci ali, silenciosa e imóvel, podia jurar que a casa não era uma concha vazia, mas vivia e respirava como antes.
Rebecca,
DAPHNE DU MAURIER

Marte é o céu.
RAY BRADBURY

Nota do Autor

Até certo ponto, este romance lida com os aspectos legais da custódia infantil no Estado do Maine. Para compreender esse assunto, pedi ajuda a meu amigo Warren Silver, um ótimo advogado. Warren me guiou cuidadosamente e, ao longo do caminho, também me contou sobre um velho e singular dispositivo chamado Stenomask,* do qual me apropriei imediatamente para meus objetivos ferozes. Cometi erros processuais na história que se segue, culpa minha, não de minhas fontes legais. Warren também me perguntou — queixosamente — se eu não poderia talvez colocar um advogado "bom" no meu livro. Posso dizer apenas que fiz o melhor possível quanto a isso.

Agradeço a meu filho Owen por seu apoio técnico em Woodstock, Nova York, e a meu amigo (e companheiro na banda Rock Bottom Remainder) Ridley Pearson, pelo apoio técnico em Ketchum, Idaho. Agradeço a Pam Dorman por sua leitura solidária e perceptiva do primeiro rascunho. Agradeço a Chuck Verrill por um monumental trabalho de edição — o melhor que já fez, Chuck. Obrigado a Susan Moldow, Nan Graham, Jack Romanos e Carolyn Reidy, da Scribner, pelo carinho e pelos cuidados. E agradeço a Tabby, que estava comigo mais uma vez quando as coisas ficaram difíceis. Eu te amo, meu bem.

S. K.

---

* A Stenomask é uma máscara de boca com microfone embutido. Sua finalidade é permitir que se fale sem ser ouvido por outras pessoas e, ao mesmo tempo, que o barulho do ambiente não seja captado pelo microfone.

Capítulo Um

Num dia muito quente de agosto de 1994, minha esposa disse que ia à farmácia Rite Aid, de Derry, para comprar o refil do remédio receitado para sua sinusite — é uma coisa que se pode comprar no balcão atualmente, penso eu. Como já tinha parado de escrever naquele dia, eu me ofereci para buscar o remédio. Ela agradeceu, mas, como também queria comprar peixe no supermercado ao lado, seriam dois coelhos com uma cajadada só. Soprou-me um beijo que havia depositado na palma da mão e saiu. Quando a vi novamente foi na TV. É assim que identificamos os mortos aqui em Derry — nada de caminhar por um corredor subterrâneo com azulejos verdes nas paredes e compridas lâmpadas fluorescentes lá em cima, nada de um corpo nu deslizando sobre rolamentos para fora de uma gaveta fria; simplesmente se entra numa sala com a placa PRIVATIVO, olha-se numa tela de TV e se diz sim ou não.

A Rite Aid e o Shopwell ficam a menos de 1,5 quilômetro da nossa casa, num pequeno centro comercial onde há também uma locadora, um sebo chamado Spread It Around (eles negociam rapidamente velhas edições em brochura dos meus livros), uma Radio Shack e uma Fast Foto. Fica na Up-Mile Hill, no cruzamento da Witcham com a Jackson.

Ela estacionou em frente à Blockbuster, entrou na farmácia e foi atendida por Joe Wyzer, o farmacêutico naquela época; desde então ele se mudou para a Rite Aid de Bangor. No caixa, ela pegou um daqueles pequenos chocolates recheados de marshmallow, com o formato de um ratinho. Encontrei-o depois em sua bolsa. Eu mesmo o desembrulhei e o comi, sentado à mesa da cozinha, com o conteúdo de sua bolsa vermelha espalhado na minha frente. Foi como receber a comunhão. Quando a sensação desapareceu, exceto pelo gosto do chocolate na minha língua e na minha garganta, irrompi em lágrimas. Fiquei ali ante a confusão de

Kleenex, maquiagem, chaves e uma embalagem meio vazia de Certs, e chorei com as mãos sobre os olhos, como uma criança.

O inalador para sinusite estava na sacola da Rite Aid. Tinha custado 12,18 dólares. Havia algo mais na sacola — um item que custou 22,50 dólares. Eu o olhei por muito tempo, vendo-o mas sem entendê-lo. Fiquei surpreso e talvez até atordoado, mas a ideia de que Johanna Arlen Noonan pudesse estar levando outra vida, uma da qual eu não tinha qualquer conhecimento, jamais me ocorreu. Não naquela época.

Jo passou pelo caixa e saiu novamente para o sol radiante e escaldante, trocando os óculos por outros, de sol mas também de grau. Exatamente quando deixava a proteção da pequena marquise da farmácia (acho que aqui estou imaginando, invadindo um pouco o campo do romancista, mas não muito; apenas alguns centímetros, pode acreditar nisso), houve aquele detestável ruído de carro cantando pneu, significando que aconteceria um acidente ou algo muito próximo disso.

Dessa vez aconteceu — o tipo de acidente que parecia ocorrer naquele estúpido cruzamento em forma de X pelo menos uma vez por semana. Um Toyota 1989 deixava o estacionamento do shopping e virava à esquerda para a rua Jackson. Ao volante estava a sra. Esther Easterling, de Barrett's Orchards, acompanhada por sua amiga, a sra. Irene Deorsey, também de Barrett's Orchards, que tinha passado pela videolocadora sem encontrar nada que quisesse alugar. Violência demais, disse Irene. Ambas eram viúvas de fumantes.

Dificilmente Esther não teria visto o caminhão basculante de obras públicas cor de laranja descendo a ladeira; embora o negasse à polícia, ao jornal e a mim; quando conversamos, uns dois meses depois, achei mais provável que tenha apenas esquecido de olhar. Como minha própria mãe (outra viúva de fumante) costumava dizer: "As duas doenças mais comuns nos idosos são artrite e esquecimento. E eles não podem ser responsabilizados nem por uma nem por outra."

Dirigindo o caminhão de obras públicas estava William Fraker, de Old Cape. O sr. Fraker tinha 38 anos no dia da morte de minha esposa, dirigia sem camisa e pensava no quanto precisava de uma chuveirada fria e de uma cerveja gelada, não necessariamente nessa ordem. Ele e outros três homens passaram oito horas despejando asfalto para emendar a extensão da avenida Harris, perto do aeroporto. Um trabalho quente num dia quente, e Bill Fraker disse que sim, podia estar indo um pouco rápido demais — talvez a 60 quilômetros por hora numa zona de 50. Ansiava por chegar à garagem, entregar o caminhão e voltar ao volante de sua própria F-150 com ar-condicionado. Além disso, os freios do caminhão, apesar de bons o bastante para passar pela inspeção, estavam longe de sua melhor forma. Fraker pisou neles assim que viu o Toyota atravessar à sua frente (apertou a buzina também), mas foi tarde demais. Ouviu os pneus guincharem — os seus e os de Esther, enquanto ela percebia tardiamente o perigo — e viu o rosto dela por apenas um instante.

— De certo modo aquilo foi o pior — disse-me ele quando estávamos sentados em sua varanda, tomando cerveja. Era outubro então, e embora o sol quente se derramasse em nossos rostos, usávamos suéteres. — O senhor sabe a que altura a gente fica nesses caminhões basculantes?

Assenti com a cabeça.

— Bom, ela estava olhando para cima para me ver — *esticando o pescoço*, como se pode dizer — e o sol batia em cheio em seu rosto. Notei como era velha. Lembro-me de pensar: "Puta que pariu, ela vai se quebrar como vidro se eu não conseguir parar." Mas os velhos geralmente são duros, na maioria dos casos. Podem nos surpreender. Quer dizer, olhe só o resultado, as duas velhotas ainda estão vivas, e sua esposa...

Então parou de falar, o rosto invadido por um vermelho vivo que o fazia parecer um garoto de quem as garotas tivessem rido no pátio do colégio por notarem que sua braguilha estava aberta. Era cômico, mas, se eu sorrisse, apenas o deixaria confuso.

— Sr. Noonan, desculpe. Minha língua foi mais rápida do que eu.

— Tudo bem — respondi. — O pior já passou, de qualquer modo.

— Era uma mentira, mas nos colocou nos trilhos novamente.

— Seja como for — disse ele —, batemos. Houve um barulho alto e um som de alguma coisa sendo triturada quando a lateral do carro, do lado do motorista, afundou. E de vidro quebrado também. Fui jogado contra o volante com tanta força que não consegui respirar sem dor por uma semana ou mais, e fiquei com um grande hematoma bem aqui.

— Ele desenhou um arco no peito logo abaixo das clavículas. — Bati a cabeça no para-brisa com força suficiente para quebrar o vidro, mas só arranjei um pequeno calombo roxo... nenhum sangramento nem dor de cabeça. Minha esposa diz que tenho uma cabeça dura de verdade. Vi quando a mulher dirigindo o Toyota, sra. Easterling, foi atirada por sobre o console entre os bancos da frente. Então, finalmente, paramos, emaranhados no meio da rua, e saí para ver o quanto tinham se machucado. Vou te dizer, achei que ia encontrá-las mortas.

Nenhuma das duas estava morta, nenhuma das duas estava sequer inconsciente, embora a sra. Easterling tivesse quebrado três costelas e deslocado o quadril. A sra. Deorsey, que estava a um banco de distância do impacto, sofreu uma concussão ao bater a cabeça na janela. Isso foi tudo; ela foi "atendida no Home Hospital e liberada logo em seguida", como o *Derry News* sempre dizia nesses casos.

Minha esposa, quando solteira Johanna Arlen de Malden, de Massachusetts, viu tudo aquilo de onde estava, do lado de fora da farmácia, com a bolsa pendurada no ombro e a sacola com o remédio numa das mãos. Como Bill Fraker, deve ter pensado que as ocupantes do Toyota estavam mortas ou seriamente feridas. O som da colisão, um estrondo oco e categórico, rolou pelo ar quente da tarde como uma bola de boliche pela raia. O ruído de vidro quebrando o acompanhou como se fossem gumes irregulares se chocando. Os dois veículos ficaram violentamente entrelaçados no meio da rua Jackson, o caminhão cor de laranja, sujo, pairava sobre o carro importado azul-claro como um pai intimidador sobre uma criança encolhida.

Johanna disparou pelo estacionamento em direção à rua. À sua volta, outros faziam o mesmo. Uma delas, a srta. Jill Dunbarry, olhava a vitrine na Radio Shack quando o acidente ocorreu. Disse que acreditava lembrar-se de passar correndo por Johanna — pelo menos estava bastante segura de se lembrar de alguém com calças largas amarelas —, mas não podia ter certeza. Naquele momento, a sra. Easterling gritava que estava ferida, as duas estavam feridas, ninguém a ajudaria e a sua amiga Irene?

A meio caminho do estacionamento, perto do pequeno quiosque de jornais, minha mulher caiu. A bolsa permanecia em seu ombro, mas a sacola de remédio tinha escorregado de sua mão e o inalador ficou um pouco para fora. O outro artigo ficou no lugar.

Ninguém a notou deitada ali, junto ao quiosque de jornais; todos focalizavam os veículos emaranhados, as mulheres gritando, a poça de água e anticongelante do radiador quebrado do caminhão de obras públicas que se espalhava. ("É gasolina!", gritou o balconista da Fast Foto para quem quisesse ouvir. "É gasolina, cuidado para ela não explodir, pessoal!") Imagino que um ou dois dos supostos salvadores possam ter pulado por cima dela, talvez achando que tivesse desmaiado. Tal raciocínio num dia em que a temperatura chegava a 35 graus não seria de espantar.

Mais ou menos duas dúzias de pessoas do shopping se aglomeraram em torno do acidente; outras cinquenta ou mais saíram correndo do Strawford Park, onde acontecia um jogo de beisebol. Imagino que muitas coisas que se espera ouvir em tais situações foram ditas, algumas mais de uma vez. Numa confusão. Alguém estendendo a mão pelo buraco disforme que tinha sido a janela do lado do motorista para dar um tapinha tranquilizador na velha mão trêmula de Esther. Pessoas imediatamente abrindo caminho para Joe Wyzer; em tais momentos, qualquer um que use um jaleco branco automaticamente se torna a *bela do baile*. A distância, o som de uma sirene de ambulância erguendo-se como ar rarefeito sobre um incinerador.

Durante todo esse tempo, minha mulher estava no estacionamento, caída e despercebida, com a bolsa ainda pendurada no ombro (dentro dela, ainda embrulhado no papel laminado, o ratinho de chocolate recheado com marshmallow que não foi comido) e a sacola branca de remédio perto da mão estendida. Foi Joe Wyzer, ao voltar correndo à farmácia a fim de pegar uma compressa para a cabeça de Irene Deorsey, que a enxergou. Reconheceu-a, embora ela estivesse com o rosto para baixo. Reconheceu-a pelo cabelo ruivo, a blusa branca e a calça larga amarela. Reconheceu-a porque a atendera havia menos de 15 minutos.

— Sra. Noonan? — disse ele, esquecendo-se completamente da compressa para a desnorteada, mas aparentemente não muito machucada, Irene Deorsey. — Sra. Noonan, a senhora está bem? — Já sabendo que não estava (ou assim suspeito; talvez eu esteja errado).

Então ele a virou. Teve que usar as duas mãos para fazê-lo, e mesmo assim foi obrigado a se esforçar, ajoelhando-se, empurrando-a e erguendo-a ali no estacionamento, com o calor impiedoso vindo de cima e emanando também do asfalto. Os mortos engordam, me parece; tanto na carne quanto na mente, ficam mais pesados.

Havia marcas vermelhas no rosto de Jo. Quando a identifiquei, pude vê-las nitidamente mesmo no monitor do vídeo. Comecei a perguntar ao médico-legista assistente o que eram, mas soube logo. Final de julho, chão quente — elementar, meu caro Watson. Minha mulher morreu pegando um bronzeado.

Wyzer se levantou, viu que a ambulância tinha chegado e correu em sua direção. Abriu caminho pela multidão e agarrou um dos atendentes quando este deixou o volante.

— Tem uma mulher ali — disse Wyzer, apontando para o estacionamento.

— Cara, temos duas mulheres lá e um homem também — disse o atendente. Ele tentou se soltar e ir embora, mas Wyzer insistiu.

— Eles não importam agora — disse. — De modo geral estão bem. Aquela mulher ali não está.

A mulher ali estava morta, e tenho quase certeza de que Joe Wyzer sabia disso... mas tinha que obedecer às suas prioridades. Vamos lhe conceder o mérito. E foi convincente o bastante para que dois paramédicos se afastassem da confusão do caminhão com o Toyota, apesar dos gritos de dor de Esther Easterling e do coro de rumores de protesto.

Quando chegou até minha esposa, um dos paramédicos confirmou rapidamente o que Joe Wyzer já suspeitava.

— Puta que pariu — disse o outro. — O que aconteceu com ela?

— Provavelmente coração — disse o primeiro. — Ficou agitada e ele simplesmente explodiu.

Mas não foi o coração. A autópsia revelou um aneurisma cerebral com o qual poderia estar vivendo sem saber havia cinco anos. Quando disparou pelo estacionamento em direção ao acidente, aquele vaso frágil em seu córtex cerebral estourou como um pneu, afogando de sangue seus centros de controle e matando-a. A morte provavelmente não foi instantânea, disse-me o legista assistente, mas mesmo assim ocorreu de forma bastante rápida... e ela não teria sofrido. Apenas uma névoa grande e negra, e toda sensação e todo pensamento desapareceram antes de ela atingir o chão.

— Posso ajudá-lo de alguma forma, sr. Noonan? — perguntou o legista assistente, afastando-me suavemente do rosto imóvel e dos olhos fechados no monitor de vídeo.

— O senhor quer fazer perguntas? Eu responderei se puder.

— Só uma — disse. E lhe contei o que ela tinha comprado na farmácia pouco antes de morrer. Então fiz minha pergunta.

Os dias que levaram ao funeral e o próprio funeral são como um sonho em minha memória — a lembrança mais clara que tenho é de comer o ratinho de chocolate de Jo e chorar... chorar principalmente, eu acho, porque sabia que o sabor dele logo desapareceria. Tive outra crise de choro alguns dias depois que a enterramos, e vou falar resumidamente sobre isso.

Eu estava contente com a chegada da família de Jo, especialmente com a de seu irmão mais velho, Frank. Foi Frank Arlen — de 50 anos, bochechas vermelhas, corpulento e com um viçoso cabelo escuro — quem tomou as providências... quem, na realidade, acabou *pechinchando* com o agente funerário.

— Não posso acreditar que tenha feito isso — eu disse depois, enquanto sentávamos num reservado do Jack's Pub, tomando cerveja.

— Ele estava tentando tirar vantagem de você, Mikey — disse ele. — Detesto sujeitos assim. — Colocou a mão no bolso de trás, puxou um lenço e, distraído, enxugou o rosto. Ele não desmoronou — nenhum dos Arlen desmoronou, pelo menos não quando eu estava com eles —, mas chorou o dia inteiro; parecia alguém com uma forte conjuntivite.

No total eram seis irmãos Arlen; Jo era a mais nova e a única mulher, a queridinha dos irmãos mais velhos. Suspeito que se eu tivesse tido algo a ver com a morte dela os cinco teriam me dilacerado com as próprias mãos. Naquela situação, em vez disso, formaram um escudo protetor à minha volta, e foi bom. Acho que eu poderia ter me virado com tudo aquilo sem eles, mas não sei como. Eu tinha 36 anos, lembre-se. Não se espera ter que enterrar a esposa quando se tem 36 anos e ela é apenas dois anos mais nova. Morte é a última coisa que passa pela nossa cabeça.

— Se um cara é flagrado tirando o rádio do seu carro, chamam isso de roubo e o põem na cadeia — disse Frank. Os Arlen tinham vindo de Massachusetts, e eu ainda podia ouvir o sotaque de Malden na voz de Frank: carro era *caárr*, chamam era *chaáma*. — Se o mesmo cara está tentando vender um caixão de 3 mil dólares por 4.500 para um marido sofrendo, chamam isso de negócio e pedem ao cara para falar no almoço do Rotary Club. Babaca ganancioso, dei a ele o que merecia, não é?

— É. Deu, sim.

— Você está bem, Mikey?

— Estou.

— Bem mesmo?

— Que merda, como é que vou saber? — eu disse, num tom alto o suficiente para que algumas cabeças do reservado ao lado se virassem para nós. — Ela estava grávida.

Seu rosto ficou imóvel.

— *O quê?*

Lutei para manter minha voz baixa.

— Grávida. Seis ou sete semanas, segundo o... você sabe, a autópsia. Você sabia? Ela te contou?

— Não! Deus do céu, não! — Mas havia uma expressão engraçada em seu rosto, como se Jo lhe tivesse contado *algo*. — Sabia que estavam tentando, claro... ela me disse que sua contagem de espermatozoide era baixa e que poderia levar algum tempo, mas o médico achava que vocês provavelmente... mais cedo ou mais tarde provavelmente... — Diminuiu de intensidade, olhando para as mãos. — Eles podem saber isso, hein? Checam isso?

— Podem saber. Quanto a checar, não sei se fazem isso automaticamente. Eu pedi.

— Por quê?

— Ela não comprou apenas remédio de nariz antes de morrer. Comprou também um daqueles kits para teste de gravidez em casa.

— Você não tinha nenhuma ideia? Nenhuma pista?

Balancei a cabeça.

Ele estendeu a mão por cima da mesa e apertou meu ombro.

— Ela queria ter certeza, só isso. Você sabe, não é?

Comprar o refil do remédio para sinusite e peixe, disse ela. Com a aparência de sempre. Uma mulher que sai para fazer duas coisas. Tentávamos ter um filho havia oito anos, mas ela estava com a aparência de sempre.

— Claro — disse, dando um tapinha na mão de Frank. — Claro, rapaz. Eu sei.

Foram os Arlen — liderados por Frank — que organizaram o velório de Johanna. Como escritor da família, eu estava encarregado do obituário. Meu irmão veio da Virgínia com minha mãe e minha tia, e permitiram que tomasse conta do livro de convidados no velório. Quase completamente gagá aos 66 anos, embora os médicos se recusassem a admitir que ela estava com Alzheimer, minha mãe morava em Memphis com a irmã dois anos mais jovem que ela e apenas ligeiramente menos vacilante. Foram encarregadas de cortar o bolo e as tortas na recepção do funeral.

Todo o resto foi organizado pelos Arlen, das horas de velório aos componentes da cerimônia do funeral. Frank e Victor, o segundo irmão mais novo, fizeram uma breve homenagem. O pai de Jo ofereceu uma prece pela alma da filha. E, no final, Pete Breedlove, o garoto que cortava nossa grama no verão e varria o pátio no outono, levou todos às lágrimas cantando "Blessed Assurance", que Frank disse ter sido o hino favorito de Jo quando menina. Como Frank encontrou Pete e o persuadiu a cantar no funeral é algo que jamais descobri.

Atravessamos aquilo tudo — o velório da tarde e da noite de terça, o funeral da manhã de quarta, depois a oração no cemitério de Fairlawn. Lembro-me de pensar, sobretudo, em como estava quente, como me sentia perdido sem ter Jo para conversar, e em como gostaria de ter comprado um novo par de sapatos. Se estivesse ali, Jo teria me atormentado mortalmente sobre os que eu estava usando.

Mais tarde, conversei com meu irmão Sid e lhe disse que *tínhamos* que fazer algo a respeito de mamãe e de tia Francine antes que as duas desaparecessem completamente na zona do crepúsculo. Eram jovens demais para uma casa de repouso. O que é que Sid aconselhava?

Sid recomendou algo, mas não faço ideia do que foi. Lembro que concordei, mas não sei com o quê. Mais tarde naquele dia, Siddy, minha mãe e tia Francine entraram novamente no banco de trás do carro que meu irmão alugou para a viagem até Boston, onde passariam a noite e então pegariam o trem da Southern Crescent no dia seguinte. Meu irmão fica bastante feliz de acompanhar as velhinhas, mas não anda de avião, mesmo que eu pague as passagens. Alega que, se o motor quebrar, não há acostamentos no céu.

A maioria dos Arlen partiu no dia seguinte. Mais uma vez estava um calor infernal, o sol ofuscante vindo de um céu branco e opaco acachapava tudo como bronze derretido. Ficaram de pé em frente à nossa casa — que se tornara apenas minha então —, com três táxis alinhados junto ao meio-fio por trás deles, grandes e desajeitados, abraçando-se entre si em meio à confusão de sacolas e despedindo-se naquele nebuloso sotaque de Massachusetts.

Frank ficou mais um dia. Colhemos um grande ramo de flores atrás da casa — não aquelas coisas de estufa de cheiro medonho cujo perfume sempre associo à morte e música de órgão, e sim flores verdadeiras, do tipo que Jo mais gostava — e as colocamos em duas latas vazias de café que encontrei na despensa dos fundos. Fomos para Fairlawn e as colocamos no túmulo novo. Depois simplesmente ficamos ali por um tempo, sob o sol escaldante.

— Jo sempre foi a coisa mais doce da minha vida — disse Frank finalmente, numa estranha voz abafada. — Nós tomávamos conta dela quando éramos garotos. Nós, rapazes. Ninguém se metia com ela, posso te dizer. Qualquer um que tentasse tinha o que merecia.

— Ela me contou várias histórias.

— Boas?

— É, boas mesmo.

— Vou sentir demais a falta dela.

— Eu também — falei. — Frank... escute... sei que você era seu irmão favorito. Ela nunca ligou para você, talvez para dizer que não ficou menstruada naquele mês, ou que se sentia enjoada pela manhã? Pode dizer. Não vou ficar chateado.

— Mas ela não ligou. Palavra de honra. Ela estava *enjoada* de manhã?

— Não que eu tivesse notado. — E era isso mesmo. Eu não notei *nada*. Claro que eu estava escrevendo, e quando escrevo praticamente entro em transe. Mas ela sabia quando eu estava num desses transes. Poderia ter ido ao meu encontro e me sacudido até eu acordar. Por que não o fez? Por que esconderia a boa notícia? Não querer me contar até ter certeza era plausível... mas, de certo modo, não parecia com Jo.

— Era menino ou menina? — perguntou ele.

— Menina.

Havíamos escolhido os nomes e esperado durante a maior parte de nosso casamento. Um menino seria Andrew. Nossa filha seria Kia. Kia Jane Noonan.

Frank, divorciado havia seis anos e sozinho, ficou comigo. Ao voltarmos para casa, ele disse:

— Eu me preocupo com você, Mikey. Você não tem uma família em que se apoiar numa hora dessas, e a que tem está distante.

— Vou ficar bem.

Ele concordou com a cabeça.

— É isso que nós dizemos, de qualquer modo, não é?

— Nós?

— Homens. "Vou ficar bem." E quando não ficamos, tentamos fazer com que ninguém saiba. — Ele olhou para mim, os olhos ainda marejados, o lenço na mão grande e bronzeada. — Se você não ficar bem, Mikey, e não quiser chamar seu irmão, vi a maneira como você olhou para ele, me deixe ser seu irmão. Se não por sua causa, pelo menos por Jo.

— Tudo bem — eu disse, respeitando o oferecimento e grato por ele, sabendo também que não faria tal coisa. Não peço ajuda às pessoas. Não é pelo modo como fui criado, pelo menos acho que não; é pelo modo como fui feito. Johanna disse certa vez que se eu estivesse me afogando em Dark Score Lake, onde temos uma casa de veraneio, eu ia preferir morrer silenciosamente a 15 metros da praia pública do que gritar por socorro. Não é uma questão de amor ou afeição. Consigo dar os dois e também recebê-los. Sinto dor, como qualquer outra pessoa. Preciso tocar e ser tocado. Mas, se alguém me pergunta "Você está bem?", não consigo dizer não. Não consigo dizer "ajude-me".

Umas duas horas depois Frank partiu para o extremo sul do estado. Quando abriu a porta do carro, fiquei comovido de ver que a gravação que ouvia era de um dos meus livros. Ele me abraçou, depois me surpreendeu com um beijo na boca, um duro beijo estalado.

— Se precisar conversar, ligue — disse ele. — E se precisar estar com alguém, simplesmente venha.

Concordei com a cabeça.

— E tenha cuidado.

Aquilo me espantou. A combinação de calor e dor tinha me feito sentir como se estivesse vivendo num sonho nos últimos dias, mas aquilo conseguiu penetrar.

— Cuidado com quê?

— Não sei — disse ele. — Não sei, Mikey. — Então entrou no carro, ele era tão grande e o carro tão pequeno que parecia vesti-lo, e foi embora. O sol estava se pondo. Sabe quando o sol fica no final de um dia quente de agosto, todo laranja e de algum modo *achatado*, como se uma mão invisível o apertasse de cima para baixo e a qualquer momento ele pudesse estourar como um mosquito superalimentado e se espalhar por todo o horizonte? Estava assim. No leste, já escuro, trovões ribombavam. Mas não houve chuva naquela noite, apenas uma escuridão que desceu tão espessa e sufocante como um cobertor. Mesmo assim, me instalei em frente ao processador de texto e escrevi por mais ou menos uma hora. Estava tudo muito bem, eu me lembro. E mesmo quando não está bem, você sabe, ajuda a passar o tempo.

Minha segunda crise de choro surgiu três ou quatro dias depois do funeral. Aquela sensação de estar num sonho continuava — eu andava, falava, atendia ao telefone, trabalhava em meu livro, que estava cerca de oitenta por cento concluído quando Jo morreu —, mas durante todo o tempo tinha a clara sensação de desconexão, uma sensação de que tudo estava ocorrendo a uma distância do meu verdadeiro eu, que eu estava mais ou menos me comunicando com ele por telefone.

Denise Breedlove, mãe de Peter, ligou e perguntou se eu não gostaria que ela trouxesse duas amigas num dia da semana seguinte e que fizesse com elas uma boa faxina na grande e velha construção eduardiana, onde agora eu morava sozinho — rolando nela como a última ervilha numa lata gigante. Elas o fariam até por cem dólares divididos entre as três, disse, e principalmente porque não era bom para mim ficar sem a faxina. Depois de uma morte tem que haver uma limpeza, disse, mesmo que a morte não tenha acontecido na casa.

Respondi que era uma ótima ideia, mas que pagaria cem dólares para cada uma por seis horas de trabalho. No final de seis horas, queria o trabalho feito. E se não estivesse, eu disse, de qualquer maneira estaria feito.

— Sr. Noonan, é dinheiro demais — disse ela.

— Talvez sim, talvez não, mas é o que estou pagando. A senhora faz o trabalho?

Ela disse que sim, é claro que faria.

Talvez previsivelmente, eu me vi percorrendo a casa na noite antes de elas chegarem, fazendo uma inspeção pré-faxina. Acho que não queria as mulheres (duas das quais totalmente desconhecidas para mim) encontrando algo que me deixasse constrangido, ou a elas: talvez calcinhas de seda de Johanna atrás das almofadas do sofá ("Nós geralmente acabamos no sofá, Michael", disse ela uma vez, "já reparou?".), ou latas de cerveja sob a poltrona para duas pessoas no solário, talvez até um vaso sanitário sem a descarga apertada. Na verdade, não posso lhe dizer exatamente o que estava procurando; a sensação de funcionar num sonho ainda mantinha um firme controle de minha mente. Os pensamentos mais claros que tive naqueles dias eram sobre o final do romance que estava escrevendo (o assassino psicótico tinha atraído a heroína para um edifício alto e pretendia empurrá-la do telhado) ou sobre o teste de gravidez que Jo tinha comprado no dia em que morreu. Receita para remédio de nariz, disse ela. Peixe para o jantar. E seus olhos não haviam mostrado nenhuma outra coisa que eu precisasse olhar duas vezes.

Perto do fim de minha "pré-faxina", olhei debaixo de nossa cama e vi um livro aberto no lado de Jo. Não fazia muito tempo que ela tinha morrido, mas poucos territórios domésticos são tão empoeirados quanto o Reino Debaixo da Cama, e a leve cobertura cinzenta que vi no livro quando o puxei me fez pensar no rosto e nas mãos de Johanna no caixão — Jo no Reino Subterrâneo. Ela foi parar dentro de um caixão empoeirado? Certamente não, mas...

Expulsei o pensamento. Ele fingiu sumir, mas durante o dia inteiro continuou rastejando de volta, como o urso branco de Tolstoi.

Johanna e eu nos especializamos em inglês na Universidade do Maine e, como muitos outros, suponho, nos apaixonamos ao som de Shakespeare e do cinismo de *Tilbury Town*, de Edwin Arlington Robinson. Entretanto, o escritor que mais nos uniu não foi um poeta ou ensaísta benquisto pelas faculdades, e sim W. Somerset Maugham, o idoso romancista-dramaturgo-viajante com rosto de réptil (aparentemente sempre obscurecido pela fumaça do cigarro nas fotos) e coração de romântico. Portanto, não me surpreendeu muito descobrir que o livro sob a cama fosse *Um gosto e seis vinténs*. Eu o li duas vezes no final da adolescência, identificando-me apaixonadamente com o personagem Charles Strickland. (O que eu queria fazer nos Mares do Sul era escrever, claro, não pintar.)

Jo vinha utilizando uma carta de algum baralho fora de uso como marcador e, ao abrir o livro, pensei em algo que ela disse quando ainda nos conhecíamos pouco. Foi em Literatura Britânica do século XX, provavelmente em 1980. Johanna Arlen, uma impetuosa estudante de segundo ano, e eu, um veterano na universidade, escolhendo os britânicos do século XX simplesmente porque tínhamos tempo sobrando naquele semestre. "Daqui a cem anos", disse ela, "a vergonha dos críticos literários de meados do século XX será a de terem abraçado Lawrence e ignorado Maugham". Isso foi saudado com risos desdenhosamente joviais (todos sabiam que *Mulheres apaixonadas*, droga, tinha sido um dos maiores livros já escritos), mas eu não ri. Eu me apaixonei.

A carta do baralho marcava as páginas 102 e 103 — Dirk Stroeve tinha acabado de descobrir que a esposa o abandonou por Strickland, a versão de Maugham para Paul Gauguin. O narrador tenta encorajar Stroeve. *Meu caro rapaz, não fique infeliz. Ela vai voltar...*

— Para você, é fácil dizer isso — murmurei para o quarto que agora só pertence a mim.

Virei a página e li: *A calma injuriosa de Strickland despojou Stroeve de seu autocontrole. Uma fúria cega o dominou e, sem saber o que fazia, atirou-se sobre Strickland. Tomado de surpresa, Strickland cambaleou, mas era muito forte, mesmo depois de sua doença, e num instante, sem saber exatamente como, Stroeve se viu no chão.*

— *Homenzinho engraçado* — *disse Strickland.*

Ocorreu-me que Jo nunca viraria a página e ouviria Strickland chamar o patético Stroeve de homenzinho engraçado. Num momento de brilhante epifania que jamais esqueci — como poderia?, foi um dos piores momentos de minha vida —, compreendi que aquilo não era um equívoco a ser corrigido, ou um sonho do qual eu acordaria. Johanna tinha morrido.

Minha força foi engolida pela dor. Se a cama não estivesse ali, eu teria caído no chão. Choramos pelos olhos, é tudo que podemos fazer, mas naquela noite senti como se cada poro de meu corpo estivesse chorando, cada fresta e cada fenda. Fiquei ali no lado dela da cama, com seu empoeirado *Um gosto e seis vinténs* na mão, e gritei de dor. Acho que era tanto de dor quanto de surpresa; apesar do cadáver que vi e identifiquei num monitor de vídeo de alta resolução, apesar do velório e de Pete Breedlove cantando "Blessed Assurance" com a voz aguda e doce de tenor, apesar do funeral com *cinzas às cinzas* e *pó ao pó*, eu na realidade não tinha acreditado naquilo. O livro de bolso da Penguin fez por mim o que o grande caixão cinza não tinha feito: insistiu que ela estava morta.

— *Homenzinho engraçado* — *disse Strickland*.

Deitado de costas em nossa cama, cruzei os braços sobre o rosto e chorei até dormir, do jeito que as crianças fazem quando estão infelizes. Tive um sonho horrível. Nele eu acordava, via o livro ainda sobre a colcha e decidia colocá-lo de volta debaixo da cama, onde o encontrei. Sabemos como sonhos são confusos — lógicos como os relógios de Dalí, tão macios que se estendem sobre os ramos de árvores como pequenos tapetes.

Eu colocava a carta de baralho novamente entre as páginas 102 e 103 — a um movimento do dedo indicador de *Homenzinho engraçado, disse Strickland* agora e sempre — e rolava para o meu lado, inclinando a cabeça sobre a beira da cama, pretendendo colocar o livro exatamente onde o tinha encontrado.

Jo estava deitada lá entre as bolinhas de poeira. Um fiapo de teia de aranha pendia do fundo do estrado de mola e acariciava seu rosto como uma pluma. Seu cabelo vermelho parecia opaco, mas seus olhos estavam escuros, alertas e sinistros no rosto branco. E quando ela falou, vi que a morte a tinha enlouquecido.

— Me dá isso — chiou. — É o meu pega-poeira. — Ela o arrancou de minha mão antes que eu pudesse entregá-lo. Por um momento nossos dedos se tocaram, os dela tão gelados quanto gravetos depois de uma geada. Ela abriu o livro no lugar que havia marcado, a carta sendo expelida para fora, e colocou Somerset Maugham sobre o rosto — uma mortalha de palavras. Enquanto cruzava as mãos no peito e ficava imóvel, percebi que usava o vestido azul com que a enterrei. Saiu do túmulo para se esconder debaixo de nossa cama.

Acordei com um grito abafado e um sobressalto doloroso que quase me fez cair da cama. Não tinha dormido por muito tempo — as lágrimas ainda estavam úmidas em meu rosto, e sentia nas pálpebras aquela estranha sensação de distensão, que ocorre depois de um acesso de choro. O sonho foi tão vívido que tive que rolar para o meu lado, abaixar a cabeça e espiar debaixo da cama, certo de que Jo estaria ali com o livro sobre o rosto, e que estenderia os dedos gelados para me tocar.

Não havia nada lá, é claro — sonhos são apenas sonhos. Mesmo assim, passei o resto da noite no sofá do escritório. Acho que foi a escolha certa, porque não sonhei mais naquela noite. Houve apenas o nada de uma boa noite de sono.

Capítulo Dois

Nunca sofri de bloqueio de escritor durante os dez anos do meu casamento, e não o experimentei imediatamente após a morte de Johanna. Na verdade era tão pouco familiarizado com essa situação que ela se instalou muito antes de eu saber que algo fora do comum estava acontecendo. Acho que foi porque, no fundo do coração, eu acreditava que tais condições afetassem apenas tipos "literários" da classe que era discutida, desconstruída e, às vezes, descartada no *New York Review of Books*.

Minha carreira de escritor e meu casamento cobriam quase exatamente o mesmo período de tempo. Terminei o primeiro rascunho do meu primeiro romance, *Sendo dois*, não muito depois de Jo e eu ficarmos oficialmente noivos (coloquei um anel de opala no terceiro dedo de sua mão esquerda, 110 pratas no Day's Jewellers, e um pouco mais do que eu podia pagar naquela época... mas Johanna pareceu totalmente comovida com ele), e terminei meu último romance, *De cima a baixo*, cerca de um mês depois que ela foi declarada morta. Este último, publicado no outono de 1995, era sobre um assassino psicótico que gostava de lugares altos. Publiquei outros romances desde então — um paradoxo que posso explicar, mas não acho que haverá um romance de Michael Noonan em qualquer lista num futuro previsível. Agora sei muito bem o que é um bloqueio de escritor. Sei mais sobre isso do que quis saber algum dia.

Quando de forma hesitante mostrei a Jo o primeiro rascunho de *Sendo dois*, ela o leu numa noite, enroscada em sua poltrona favorita, usando apenas calcinha, uma camiseta estampada com o urso-negro do Maine, e tomando um copo atrás do outro de chá gelado. Fui para a garagem (estávamos alugando uma casa em Bangor com outro casal numa situação financeira tão instável quanto a nossa... e, não, Jo e eu não estávamos totalmente casados ainda, embora, pelo que sei, aquele anel de opala jamais deixou seu dedo) e trabalhei indolentemente, sem objetivo, me sentindo como um sujeito num cartum da *New Yorker* — um daqueles sobre caras engraçados na sala de espera de um parto. Segundo me lembro, estraguei um kit de casa de passarinho tão-simples-que-uma-criança-pode-fazer e quase cortei o indicador da mão esquerda. A cada vinte minutos mais ou menos eu entrava novamente e espiava Jo. Se ela notava, não deu nenhum sinal. Considerei aquilo auspicioso.

Estava sentado na varanda de trás, fitando as estrelas e fumando, quando Jo saiu, sentou-se a meu lado e pôs a mão na minha nuca.

— E aí? — perguntei.

— É bom — disse ela. — Agora, por que você não entra e transa comigo? — E antes que eu pudesse responder, a calcinha que ela usava caiu no meu colo num pequeno farfalhar de náilon.

Mais tarde, deitado na cama e comendo laranjas (um vício que abandonamos depois), eu lhe perguntei:

— É bom o bastante para ser publicado?

— Bem — disse ela —, não conheço nada do glamouroso mundo das editoras, mas tenho lido por prazer a minha vida inteira. *George, o Curioso* foi o meu primeiro amor, se você quer saber...

— Não quero, não.

Ela se inclinou e enfiou um caroço de laranja na minha boca, o seio quente e provocante no meu braço.

— ... e li isso com grande prazer. Minha previsão é que sua carreira de repórter para o *Derry News* jamais sobreviverá ao estágio de *foca*. Acho que vou ser mulher de romancista.

Suas palavras me eletrizaram — na verdade, deixaram meus braços arrepiados. Não, Jo não conhecia nada do glamouroso mundo das editoras, mas, se ela acreditava, eu acreditava... e a crença revelou-se o caminho certo. Consegui um agente por intermédio do meu velho professor de criação literária (que leu meu romance e desgraçou-o com um fraco elogio, vendo suas qualidades comerciais como uma espécie de heresia, eu acho), e o agente vendeu *Sendo dois* para a Random House, a primeira editora a vê-lo.

Jo estava certa também sobre minha carreira como repórter. Passei quatro meses cobrindo exposições de flores e corridas de automóvel por cerca de cem dólares por semana antes que meu primeiro cheque da Random House chegasse — 27 mil dólares, depois de deduzida a comissão do agente. Eu não tinha ficado na redação tempo suficiente nem para chegar a conseguir o primeiro aumento de salário, mas mesmo assim me deram uma festa de despedida. Foi no Jack's Pub, lembro agora. Havia uma bandeira pendurada sobre as mesas na sala de trás com a inscrição BOA SORTE, MIKE — CONTINUE ESCREVENDO! Mais tarde, quando chegamos em casa, Johanna disse que, se inveja fosse ácido, não teria sobrado nada de mim, a não ser a fivela do meu cinto e três dentes.

Depois, na cama e com as luzes apagadas — a última laranja comida e o último cigarro dividido —, eu disse:

— Ninguém vai confundi-lo com *Look Homeward, Angel*, vai? Quero dizer, meu livro. — Ela sabia disso, do mesmo modo que sabia que eu tinha ficado bastante deprimido com a reação a *Sendo dois* de meu velho professor de criação literária.

— Você não vai vir agora com essa besteira de artista frustrado, vai? — perguntou, erguendo-se num dos cotovelos.

— Porque, se vai, gostaria que me dissesse logo, para que eu pegue um daqueles kits de divórcio faça-você-mesmo amanhã bem cedo.

Achei divertido, mas fiquei também um pouco magoado.

— Você viu aquele primeiro material de divulgação da Random House? — Eu sabia que ela tinha visto. — Estão prestes a me chamar de V. C. Andrews com pau, pelo amor de Deus.

— Bem — disse ela, agarrando levemente o objeto em questão. — Você *tem* um pau. Quanto ao que estão chamando você... Mike, quando eu estava na terceira série, Patty Banning costumava me chamar de tiradora de meleca. E eu não era.

— A percepção é tudo.

— Besteira. — Ela ainda segurava meu pau, e então lhe deu um tremendo apertão que doeu um pouco e ao mesmo tempo foi absolutamente maravilhoso. Aquele velho pinto doido nunca tinha medo do que recebia naqueles dias, contanto que fosse muito. — *Felicidade* é tudo. Você fica feliz quando escreve, Mike?

— Claro. — Era o que ela sabia, de qualquer modo.

— E quando você escreve sua consciência te perturba?

— Quando escrevo, não há nada que eu prefira fazer, a não ser isso — disse, rolando para cima dela.

— Minha nossa — falou, naquela vozinha afetada que sempre me deixava maluco. — Há um pênis entre nós.

E enquanto fazíamos amor, percebi uma ou duas coisas maravilhosas: que Jo tinha sido sincera ao dizer que realmente gostou do meu livro (que droga, percebi que gostou simplesmente pelo modo como se sentou na poltrona lendo-o, com uma mecha de cabelo caindo na testa e as pernas nuas encaixadas sob o corpo) e que eu não precisava me envergonhar por tê-lo escrito... não a seus olhos, pelo menos. E outra coisa maravilhosa: sua percepção, unida à minha para transformar a visão binocular em coisa alguma, a não ser no que é permitido pelo casamento, era a única percepção que importava.

Graças a Deus ela era fã de Maugham.

Fui V. C. Andrews com pau por dez anos, 14 se você acrescentar os anos pós-Johanna. Os primeiros cinco foram com a Random, depois meu agente conseguiu uma enorme oferta da Putnam e troquei de editora.

Você já viu meu nome num monte de listas de best-sellers... isto é, se seu jornal de domingo traz uma lista que vai até o 15º lugar, em vez de apenas os dez mais vendidos. Nunca fui um Clancy, um Ludlum ou um Grisham, mas movimentei um bom número de capas duras (V. C. Andrews nunca o fez, me contou certa vez meu agente, Harold Oblowski; a sra. Andrews era muito mais um fenômeno das edições populares) e certa vez cheguei ao número cinco na lista do *Times*. Foi com meu segundo livro, *O homem da camisa vermelha*. Ironicamente, um dos livros que me impediu de ir mais alto foi *Máquina de aço*, de Thad Beaumont (escrevendo como George Stark). Os Beaumont tinham uma casa de verão em Castle Rock naqueles dias, a menos de 80 quilômetros ao sul de nossa casa em Dark Score Lake. Thad já morreu. Suicídio. Não sei se teve algo a ver com bloqueio de escritor.

Fiquei um pouco de fora do círculo mágico dos megabest-sellers, mas nunca me importei com isso. Tínhamos duas casas quando cheguei aos 31 anos: a adorável e velha residência eduardiana em Derry e, à beira do lago, no Maine ocidental, uma casa feita de troncos e quase grande o suficiente para ser considerada uma casa de campo, a Sara Laughs, assim chamada pelos habitantes locais por quase um século. E os dois lugares estavam inteiramente pagos e desimpedidos, numa época da vida em que muitos casais se consideram com sorte apenas por terem conseguido a aprovação de uma hipoteca para a compra da primeira casa. Éramos saudáveis, fiéis e com nossa capacidade de diversão ainda funcionando perfeitamente. Eu não era Thomas Wolfe (nem mesmo Tom Wolfe ou Tobias Wolff), mas estava sendo pago para fazer o que gostava, e não há na Terra melhor trabalho do que esse; é como ter uma licença para roubar.

Eu era o que o meio da lista costumava ser nos anos 1940: ignorado pelos críticos, gênero-orientado (em meu caso era a Adorável Moça Sozinha que Conhece Estranho Fascinante), mas bem equilibrado e com o tipo de aceitação mesquinha concedida a puteiros sancionados pelo Estado em Nevada, a impressão parecendo ser de que os instintos mais baixos necessitavam de alguma vazão e que alguém tinha que fazer Aquele Tipo de Coisa. Eu fazia Aquele Tipo de Coisa de maneira entusiasmada (e às vezes com a conivência entusiasmada de Jo se eu esbarrasse numa encruzilhada da trama especialmente problemática), e em algum momento durante a época da eleição de George Bush nosso contador nos disse que estávamos milionários.

Não éramos ricos o bastante para ter um jato (Grisham) ou um time de futebol profissional (Clancy), mas pelos padrões de Derry, no Maine, rolávamos em muita grana. Fizemos amor milhares de vezes, vimos milhares de filmes, lemos milhares de livros (Jo estocando frequentemente os dela debaixo de seu lado da cama no final do dia). E talvez a maior bênção tenha sido nunca termos sabido como o tempo era curto.

Mais de uma vez me perguntei se quebrar o ritual é o que levaria o escritor ao bloqueio. Durante o dia, podia descartar aquilo como um disparate sobrenatural, mas à noite tal coisa era mais difícil. À noite nossos pensamentos têm um modo desagradável de escapar das coleiras e correr livres. E se você tem passado a maior parte da vida adulta tecendo ficções, estou certo de que tais coleiras são mais frouxas ainda, e os cães, menos ansiosos para usá-las. Foi Shaw ou Oscar Wilde quem disse que o escritor é um homem que ensinou sua mente a se comportar mal?

É realmente tão artificial pensar que quebrar o ritual pudesse ter desempenhado um papel em meu silêncio súbito e inesperado (inesperado para mim, pelo menos)? Quando se ganha o pão de cada dia na terra do faz de conta, a linha entre o que é e o que parece é muito mais tênue. Pintores às vezes se recusam a pintar sem usar determinado chapéu, e os jogadores de beisebol que estão jogando bem não trocam de meias.

O ritual começou com o segundo livro, o único com o qual fiquei nervoso, segundo me lembro — suponho que tivesse absorvido uma boa dose daquela história da segunda vez: a ideia de que um sucesso pudesse ser apenas uma casualidade. Lembro-me de um palestrante sobre Literatura Americana certa vez dizer que, dos escritores americanos modernos, só Harper Lee encontrou um modo infalível de evitar a depressão do segundo livro.

Quando cheguei ao fim de *O homem da camisa vermelha*, parei pouco antes de terminá-lo. Na época, a casa eduardiana da rua Benton, em Derry, ainda estava a dois anos no futuro, mas havíamos comprado Sara Laughs, a casa em Dark Score Lake (nem perto de estar mobiliada como ficou depois, e o estúdio de Jo também ainda não tinha sido construído, mas era simpática), e lá estávamos nós.

Afastei-me da máquina de escrever — ainda estava preso à velha Selectric da IBM — e entrei na cozinha. Meados de setembro, a maior parte do pessoal do verão já tinha partido, e os gritos dos mergulhões-do-norte no lago pareciam inexprimivelmente encantadores. O sol estava se pondo e o próprio lago tinha se tornado uma placa de fogo imóvel e sem calor. Esta é uma das lembranças mais vivas que tenho, tão clara que às vezes sinto que poderia penetrar nela e revivê-la por completo. O que é que eu faria de modo diferente, se é que faria algo diferente? Às vezes penso nisso.

No início daquela noite, coloquei uma garrafa de Taittinger e duas taças na geladeira. Então as tirei, as coloquei numa bandeja de estanho geralmente usada para transportar jarros de chá gelado ou refresco Kool-Aid da cozinha até o deck e as levei comigo para a sala de estar.

Johanna estava mergulhada em sua espreguiçadeira surrada lendo um livro (não era Maugham naquela noite, e sim William Denbrough, um de seus contemporâneos favoritos).

— Uau — disse ela, erguendo os olhos e marcando a página do livro. — Champanhe... qual é a comemoração? — Como se... como se ela não soubesse.

— Acabei — eu disse. — *Mon livre est tout fini.*

— Bom — disse ela sorrindo e pegando uma das taças enquanto eu me inclinava em sua direção com a bandeja —, então *isso* está bem, não é?

Percebo agora que a essência do ritual — sua parte viva e poderosa, como a verdadeira e única palavra mágica num monte de verborragia — era aquela frase. Quase sempre tomávamos champanhe, e ela quase sempre entrava no escritório comigo depois para a outra coisa, mas nem sempre.

Uma vez, uns cinco anos antes de sua morte, Jo estava na Irlanda, passando férias com uma amiga, quando terminei um livro. Tomei o champanhe sozinho daquela vez, e escrevi a última linha eu mesmo também (já usava então um Macintosh que fazia um bilhão de coisas diferentes, mas que eu só utilizava para uma), e não perdi um minuto sequer de sono a respeito do assunto. Mas liguei para Jo no hotel onde ela e a amiga Bryn estavam hospedadas; contei-lhe que havia terminado o romance e a ouvi pronunciar as palavras que eu esperava — palavras que escorregaram pela linha telefônica irlandesa, viajaram para um transmissor de ondas curtas, ergueram-se como uma prece até algum satélite e então desceram ao meu ouvido: Bom, então *isso* está bem, não é?

Como eu disse, o hábito começou depois do segundo livro. Quando já tínhamos tomado cada qual uma taça de champanhe e mais outra, levei-a até o escritório, onde uma única folha de papel espetava-se para fora de minha Selectric verde-floresta. No lago, um último mergulhão-do-norte gritou sombrio, um grito que sempre me soa como algo enferrujado virando-se lentamente no vento.

— Pensei que tivesse dito que tinha acabado — disse ela.

— Tudo a não ser a última linha. O livro é dedicado a você, e quero que escreva o último pedaço.

Ela não riu, protestou ou se tornou efusiva, simplesmente me olhou para ver se eu pretendia aquilo mesmo. Assenti com a cabeça, e ela se sentou em minha cadeira. Tinha nadado antes, e seu cabelo puxado para trás ziguezagueava por uma coisa elástica branca. Estava molhado, e de um vermelho dois tons mais escuro que o habitual. Toquei nele. Era como tocar em seda úmida.

— Parágrafo? — perguntou, tão séria quanto uma estenógrafa ao tomar o ditado do chefão.

— Não — falei —, continua na mesma linha. — E então pronunciei a frase que vinha guardando na cabeça desde que levantei para servir o champanhe. — "Ele fez a corrente deslizar por cima da cabeça dela e então os dois desceram os degraus para onde o carro estava estacionado."

Ela a datilografou, depois olhou para mim na expectativa.

— É isso — eu disse. — Acho que pode escrever Fim.

Jo apertou o botão RETORNO duas vezes, centrou o carro e datilografou Fim sob a última linha do texto, o cilindro de tipos Courier da IBM (meu favorito) despejando as letras em sua dança obediente.

— Que corrente é essa que ele faz deslizar por cima da cabeça dela? — perguntou.

— Vai ter que ler o livro para descobrir.

Sentada na cadeira da minha mesa e comigo em pé a seu lado, Jo estava numa posição perfeita para colocar o rosto onde colocou. Quando falou, seus lábios moveram-se contra minha parte mais sensível. Havia um short de algodão entre nós, e era tudo.

— Eu terr meios de fazerr senhorr falarr — disse ela.

— Aposto que sim — eu disse.

Pelo menos fiz uma tentativa de ritual no dia em que terminei *De cima a baixo*. Pareceu vazio, como se a fórmula da poção mágica tivesse sido perdida, mas eu já esperava. Não o fiz por superstição, e sim por respeito e amor. Um tipo de memorial, se você quiser. Ou, se preferir, a verdadeira cerimônia do funeral de Johanna, realizando-se finalmente um mês depois de ela estar debaixo da terra.

Foi na segunda quinzena de setembro e ainda estava quente — o final de verão mais quente de que me lembro. Durante todo o tempo daquele triste empurrão final no livro, continuava pensando em como sentia falta dela... mas isso nunca diminuiu meu ritmo. E outra coisa: apesar de estar quente em Derry, tão quente que eu habitualmente trabalhava só de cueca samba-canção, nunca pensei, nem uma vez sequer, em ir para a nossa casa no lago. Era como se Sara Laughs tivesse sido inteiramente varrida da minha mente. Talvez porque, na época em que terminei *De cima a baixo*, eu estivesse finalmente assimilando aquela verdade. Dessa vez, Jo não estava apenas na Irlanda.

Meu escritório junto ao lago é minúsculo, mas tem vista. O escritório em Derry é comprido, forrado de livros e sem janelas. Nesta noite em particular, os ventiladores de teto — há três deles — estavam ligados e movimentavam o ar espesso como a uma sopa. Entrei vestido de short, camiseta e sandálias de dedo, carregando uma bandeja da Coca-Cola com a garrafa de champanhe e as duas taças geladas. Na outra extremidade daquela sala de vagão ferroviário, sob um beiral tão inclinado que eu tinha quase que me agachar para não bater com a cabeça quando levantava (durante anos também tive que aguentar os protestos de Jo por ter escolhido certamente o pior lugar da sala como local de trabalho), a tela de meu Macintosh brilhava com palavras.

Pensei que provavelmente estava convidando outra tempestade de dor — talvez a pior de todas —, mas, seja como for, fui em frente — e nossa mente sempre nos causa surpresa, não é? Não houve nenhum choro nem grito de dor naquela noite; acho que tudo isso estava fora de meu sistema. No lugar, havia um profundo e miserável senso de perda — a poltrona vazia onde Jo costumava sentar para ler, a mesa vazia onde sempre deixava o copo perto demais da borda.

Servi uma taça de champanhe, deixei a espuma assentar e então a ergui.

— Acabei, Jo — eu disse, enquanto sentava sob as pás giratórias dos ventiladores. — Bom, então *isso* está bem, não é?

Não houve resposta. À luz de tudo que ocorreu depois, acho que vale a pena repetir — não houve nenhuma resposta. Não senti — como vim a sentir mais tarde — que não estava sozinho numa sala que parecia vazia.

Tomei o champanhe, coloquei a taça novamente na bandeja da Coca-Cola, depois enchi a outra. Levei-a até o Mac e me sentei onde Johanna teria se sentado, se não fosse pelo amoroso Deus favorito de todos. Nenhum choro ou gemido desta vez, mas meus olhos formigavam de lágrimas. As palavras na tela eram estas:

```
hoje não foi tão ruim, pensou ela. Atravessou o
gramado até seu carro e riu quando viu o quadrado
```

de papel branco sob o limpador de para-brisa. Cam
Delancey, que se recusava a ser desencorajado ou a
aceitar não como resposta, a convidava para outra de
suas festas de degustação de vinho de quinta-feira à
noite. Ela pegou o papel e começou a rasgá-lo; então
mudou de ideia e em vez disso enfiou-o no bolso do
jeans.

— Sem parágrafo — eu disse —, continua na mesma linha. — Então digitei a frase que vinha guardando na cabeça desde que me levantei para pegar o champanhe.

Havia um mundo inteiro lá fora; a degustação de vinho de Cam Delancey era um lugar tão bom para começar quanto qualquer outro.

Parei, olhando para o pequeno cursor brilhante. As lágrimas ainda formigavam nos cantos de meus olhos, mas repito que não sentia nenhuma corrente de ar frio nos tornozelos nem dedos espectrais na nuca. Apertei RETORNO duas vezes. Cliquei CENTRO. Digitei Fim abaixo da última linha do texto e então fiz um brinde para a tela com o que deveria ter sido a taça de champanhe de Jo.
— Isso é para você, meu bem — eu disse. — Gostaria que estivesse aqui. Sinto uma falta descomunal de você. — Minha voz oscilou um pouco com aquela última palavra, mas não se interrompeu. Tomei a Taittinger, salvei minha linha final do texto, depois copiei todo o trabalho em disquetes. E a não ser por bilhetes, listas de compras de mercado e cheques, aquele foi o último texto que escrevi por quatro anos.

Capítulo Três

Meu editor não sabia, Debra Weinstock, minha editora de texto, não sabia, Harold Oblowski, meu agente, não sabia. Frank Arlen também não sabia, embora em mais de uma ocasião eu tivesse ficado tentado a lhe contar. *Me deixe ser seu irmão. Se não por sua causa, pelo menos por Jo,* disse ele no dia em que voltou a seu negócio de impressão e a uma vida quase sempre solitária na cidade de Sanford, no sul do Maine. Jamais esperei fazê-lo provar o que dizia, e não o fiz — não da maneira elementar de grito-por-socorro que ele poderia estar pensando —, mas ligava para ele mais ou menos de duas em duas semanas. Conversa de homem, sabe como é — *Como vão as coisas, Mais ou menos, um frio de rachar, É, aqui também, Se eu conseguir as entradas para Bruins, Quer vir até Boston, Talvez no ano que vem, no momento estou atolado de trabalho, É, eu sei como é isso, Até logo, Mikey, Tá, Frank, ande pela sombra.* Conversa de homem.

Tenho certeza de que uma ou duas vezes ele me perguntou se eu estava trabalhando num novo livro, e acho que eu disse...

Ah, foda-se — é uma mentira, sim, tudo bem? Fiquei tão embebido disso que agora estou mentindo até para mim mesmo. Frank perguntava, claro, e eu sempre respondia que sim, trabalhava num novo livro, e que ele estava ficando bom, bom mesmo. Por mais de uma vez fiquei tentado a lhe dizer *Não consigo escrever dois parágrafos sem entrar numa crise física e mental completa — meu coração bate duas vezes mais forte, depois três vezes, fico sem ar e então começo a ofegar, tenho a sensação de que meus olhos vão pular da cabeça e ficar pendurados do rosto. Estou como um claustrofóbico num submarino afundando. É assim que as coisas vão, obrigado por perguntar,* mas nunca fiz isso. Não peço ajuda. Não *consigo* pedir ajuda. Acho que já disse isso.

Do meu ponto de vista reconhecidamente preconceituoso, os romancistas de sucesso — até mesmo os romancistas de sucesso modesto —

receberam a melhor porção das artes criativas. É verdade que as pessoas compram mais CDs do que livros, vão mais ao cinema e assistem *muito mais* à TV. Mas o arco de produtividade dos romancistas é mais longo, talvez porque os leitores sejam um pouco mais inteligentes do que os fãs das artes não escritas, e assim têm lembranças mais duradouras. David Soul, de *Starsky and Hutch*, está sabe Deus onde, o mesmo acontecendo com aquele peculiar rapper branco, Vanilla Ice, mas em 1994 Herman Wouk, James Michener e Norman Mailer ainda estavam todos por aí; e por falar em quando os dinossauros andavam pela Terra...

Arthur Hailey estava escrevendo um novo livro (seja como for, o boato era esse, e se revelou verdadeiro), Thomas Harris podia levar sete anos entre seus livros e ainda produzir best-sellers e, apesar de não se saber dele por quase quarenta anos, J. D. Salinger ainda era um assunto quente nas aulas de inglês e grupos literários informais de cafés. Os leitores têm uma lealdade sem paralelo em qualquer outra arte criativa, o que explica por que tantos escritores que ficaram sem gasolina ainda continuem a rodar de qualquer maneira, impelidos para as listas de best-sellers pelas palavras mágicas AUTOR DE nas capas de seus livros.

O que o editor quer em retorno, especialmente de um autor com que se pode contar para a venda de uns 500 mil exemplares de cada romance em capa dura e mais um milhão em edições populares, é perfeitamente simples: um livro por ano. Isso, determinaram os sujeitos em Nova York, é o ótimo. Trezentas e oitenta páginas encadernadas com cordão e cola a cada 12 meses, com começo, meio e fim; um personagem principal contínuo, como Kinsey Millhone ou Kay Scarpetta, é opcional, mas preferível. Os leitores adoram esses personagens; é como voltar à família.

Menos de um livro por ano e o autor está estragando o investimento de seu editor, dificultando a capacidade de seu administrador de negócios de continuar a fazer flutuar todos os seus cartões de crédito e pondo em risco a capacidade de seu agente de pagar o analista dele pontualmente. Além disso, há sempre *um pouco* de atrito com os fãs se você leva tempo demais. Não pode ser evitado. Da mesma forma que, se você publica demais, há leitores que vão dizer: "Ah, não, já tive uma dose suficiente desse cara por algum tempo, está tudo começando a ter gosto de feijão."

Digo isso para que você entenda como pude passar quatro anos usando meu computador como o mais caro tabuleiro de Scrabble do mundo e ninguém jamais suspeitou. Bloqueio de escritor? Que bloqueio de escritor? Não tive porcaria de bloqueio de escritor nenhum. Como poderiam pensar tal coisa quando havia um novo romance de suspense de Michael Noonan aparecendo a cada outono, pontual como um relógio, perfeito para sua leitura de final de verão, pessoal... e, por falar nisso, não esqueçam que os feriados estão chegando e que todos os seus parentes provavelmente também gostariam do novo Noonan, que pode ser comprado no Borders com um desconto de trinta por cento, *uau!*, um negócio da China.

O segredo é simples, e não sou o único romancista popular dos Estados Unidos que sabe disso — se o boato é correto, Danielle Steel (para mencionar apenas um) vem usando a Fórmula Noonan por décadas. Você vê, embora eu tenha publicado um livro por ano, começando com *Sendo dois* em 1984, escrevi *dois* livros por ano em quatro daqueles dez anos, publicando um e guardando o outro na toca.

Não me lembro de jamais ter conversado sobre isso com Jo, e, já que ela nunca perguntou, sempre imaginei que entendia o que eu estava fazendo: guardando as nozes. Mas eu não pensava em bloqueio de escritor. Porra, eu estava apenas me divertindo.

Em fevereiro de 1995, depois de quebrar a cabeça com pelo menos duas boas ideias (aquela função particular — a tal de *Eureka!* — jamais para, o que cria sua própria versão especial do inferno), não pude mais negar o óbvio: eu estava com o pior problema que um escritor pode ter, sem contar o mal de Alzheimer ou um derrame cataclísmico. Mesmo assim, tinha quatro caixas de papelão com manuscritos no grande cofre que mantinha no Fidelity Union, com as palavras *Promessa*, *Ameaça*, *Darcy* e *Alto* inscritas nelas. Por volta do Dia dos Namorados, meu agente ligou, moderadamente nervoso — eu geralmente lhe entregava minha última obra-prima em janeiro, e já estávamos com metade de fevereiro terminada. Teriam que pôr a produção a todo vapor a fim de que o Mike Noon daquele ano saísse a tempo para a anual orgia de compras de Natal. Estava tudo bem?

Aquela foi a minha primeira chance de dizer que tudo estava a léguas de ir bem, mas o sr. Harold Oblowski de Park Avenue, 225 não era o tipo de homem para quem se dissessem tais coisas. Era um bom agente, tanto estimado quanto odiado em círculos editoriais (às vezes pelas mesmas pessoas, ao mesmo tempo), mas não se adaptava bem a notícias ruins dos níveis escuros e sujos de óleo onde as mercadorias eram na verdade produzidas. Teria endoidado e entrado no próximo avião para Derry, pronto para me fazer uma respiração boca a boca criativa, inflexível em sua resolução de não partir até ter me arrancado de minha fuga. Não, eu gostava de Harold bem ali onde ele estava, no 38º andar de seu escritório com aquela vista do East Side de tirar o fôlego.

Então eu disse, que coincidência, Harold, você ligar no mesmo dia em que terminei o novo livro, puxa vida, que tal isso, vou mandá-lo pelo FedEx, chegará amanhã. Harold assegurou-me solenemente de que não havia coincidência nenhuma nisso, que era telepático no que dizia respeito a seus escritores. Então me parabenizou e desligou. Duas horas depois recebi seu buquê de flores — tão exagerado e brilhoso quanto suas gravatas-plastrão Jimmy Hollywood.

Após colocar as flores na sala de jantar, onde raramente ia desde que Jo tinha morrido, fui ao Fidelity Union. Usei minha chave, o gerente do banco a dele, e logo eu estava a caminho do FedEx com o manuscrito de *De cima a baixo*. Peguei o livro mais recente porque era o mais perto da frente do cofre, só isso. Foi publicado em novembro, exatamente a tempo da corrida de Natal. Dediquei-o à memória de minha falecida e amada esposa Johanna. Cheguei ao 11º lugar na lista dos best-sellers do *Times* e todos foram para casa felizes. Até eu. Porque as coisas iam melhorar, não iam? Ninguém tinha bloqueio de escritor *terminal*, tinha (bem, com a possível exceção de Harper Lee)? Tudo que eu precisava fazer era relaxar, como a moça do coral dizia ao arcebispo. E graças a Deus fui um bom esquilo e poupei minhas nozes.

Ainda estava otimista no ano seguinte ao ir até a agência do FedEx com *Comportamento ameaçador*, escrito no outono de 1991 e um dos favoritos de Jo. O otimismo diminuiu um pouquinho por volta de março de 1997, quando dirigi por uma tempestade de neve com *O admirador de Darcy*, mas quando as pessoas me perguntavam como iam as coisas ("Escrevendo algum bom livro ultimamente?" é o modo existencial como a maioria parece expressar a questão), eu ainda respondia tudo ótimo, maravilhoso, pois é, escrevendo um monte de bons livros ultimamente, estão jorrando de mim como merda do rabo de uma vaca.

Depois que Harold leu *Darcy* e o declarou como meu melhor livro, um best-seller que era também *sério*, de modo hesitante falei sobre a ideia de tirar um ano de férias. Ele respondeu imediatamente com a pergunta que mais detesto: você está bem? Claro, respondi, ótimo, só pensando em relaxar um pouco.

Seguiu-se então um daqueles silêncios patenteados por Harold Oblowski, cujo significado era transmitir que você estava sendo um tremendo idiota, mas, como Harold gosta muito de você, tentava pensar no jeito mais gentil de lhe dizer isso. É um truque maravilhoso, mas que eu percebi seis anos atrás. Na verdade, foi Jo quem o percebeu.

— Ele só está fingindo compaixão — disse ela. — Na verdade ele é como um tira daqueles velhos filmes *noir*, ficando em silêncio para que você se esborrache mais adiante e acabe confessando tudo.

Desta vez conservei minha boca fechada — apenas passei o telefone da orelha direita para a esquerda e me balancei um pouco para a frente na cadeira do escritório. Quando o fiz, minha visão caiu sobre a foto emoldurada em cima do computador — Sarah Laughs, nossa casa em Dark Score Lake. Havia séculos que eu não ia lá, e por um momento cogitei conscientemente por que seria.

Então a voz de Harold — cautelosa, reconfortante, a voz de um homem sensato tentando tirar um lunático do que ele espera ser apenas um delírio passageiro — estava de volta ao meu ouvido.

— Pode não ser uma boa ideia, Mike... não nesse estágio de sua carreira.

— Não é um estágio — eu disse. — Cheguei ao cume em 1991 e, desde então, minhas vendas na verdade não subiram nem desceram. É um platô, Harold.

— É — disse ele —, e os escritores que chegam a esse estado realmente só têm duas escolhas em termos de vendas: podem continuar como estão ou podem descer.

Então eu desço, pensei em dizer... mas não o fiz. Não queria que Harold soubesse a que profundidade aquilo chegava, ou como o solo sob meus pés estava abalado. Não queria que soubesse de minhas atuais palpitações cardíacas — sim, quero dizer literalmente — quase toda vez em que abria o Word no meu computador e olhava a tela branca e o cursor que pulsava.

— É — eu disse. — Tudo bem. Mensagem recebida.

— Tem certeza que está bem?

— Quem lê o livro acha que estou mal, Harold?

— Droga, não, é uma tremenda história. A melhor que já fez, eu te disse. Uma leitura ótima, mas também é séria pra cacete. Se Saul Bellow escrevesse ficção romântica de suspense, é isso que escreveria. Mas... você não está tendo nenhum problema com o próximo livro, está? Eu sei que ainda sente falta de Jo, que droga, todos nós sentimos...

— Não — eu disse. — Problema nenhum.

Seguiu-se outro daqueles longos silêncios. Eu o suportei. Por fim ele disse:

— Grisham podia arcar com a parada de um ano. Clancy também. Com Thomas Harris, os longos silêncios são parte de sua mística. Mas onde você está a vida é ainda mais dura do que no próprio topo, Mike. Há cinco escritores para cada um dos lugares lista abaixo, e você sabe quem são. Que droga, são seus vizinhos três meses por ano. Alguns estão subindo, como Patricia Cornwell com seus últimos dois livros, alguns estão descendo, e alguns continuam firmes, como você. Se Tom Clancy partisse para um hiato de cinco anos e então trouxesse Jack Ryan de volta, voltaria forte, nem se discute. Se *você* partisse para um hiato de cinco anos, talvez nem chegasse a voltar. Meu conselho é...

— Faça feno enquanto o sol brilha.

— Tirou as palavras da minha boca.

Conversamos um pouco mais, então nos despedimos. Eu me inclinei mais para trás na minha cadeira — não completamente, mas perto disso — e olhei a foto de nosso refúgio no Maine ocidental. Sara Laughs, como o título daquela venerável balada de Hall e Oates. Jo gostava mais dela, é verdade, mas só um pouquinho; então, por que eu me mantive tão longe da casa? Bill Dean, o caseiro, retirava as persianas de tempestade a cada primavera e as colocava novamente a cada outono, drenava o bueiro no outono e certificava-se de que a bomba estava funcionando na primavera, checava o gerador e cuidava para que todas as etiquetas de manutenção estivessem atualizadas, e ancorava nossa plataforma flutuante a uns 50 metros de distância de nossa língua de praia depois de cada Memorial Day.

Bill limpou a chaminé no início do verão de 1996, embora não tivesse havido fogo na lareira por dois anos ou mais. Eu o pagava trimestralmente, como era costume com os caseiros naquela parte do mundo; Bill Dean, um velho ianque de uma longa linhagem deles, descontava meus cheques e não perguntava por que eu nunca mais usei o lugar. Estive lá apenas umas duas ou três vezes desde que Jo morreu, e não passei nem uma noite. Era bom que Bill não perguntasse, porque não sei que resposta teria lhe dado. Na realidade, nem sequer tinha pensado em Sara Laughs até minha conversa com Harold.

Pensando em Harold, desviei o olhar da foto e o voltei para o telefone. Imaginei-me dizendo a ele: *Então eu desço, e daí? O mundo vai acabar? Por favor. Não é como se eu tivesse uma esposa e uma família para sustentar — a mulher morreu no estacionamento de uma farmácia, faça-me o favor (ou mesmo sem favor), e a criança que tanto queríamos e tentamos por tanto tempo foi-se com ela. Também não sou sedento de fama — se é que os escritores que preenchem os lugares mais baixos na lista de best-sellers do* Times *podem ser chamados de famosos — e não adormeço sonhando com as vendas do clube do livro. Então por quê? Por que isso ainda me incomoda?*

Mas essa última eu *podia* responder. Porque sentia como se estivesse desistindo. Porque sem minha mulher *e* meu trabalho, eu era um homem supérfluo morando sozinho numa grande casa totalmente paga, não fazendo nada a não ser as palavras cruzadas dos jornais durante o almoço.

Eu tocava adiante o que aparentemente era minha vida. Esqueci Sara Laughs (ou a parte de mim que não queria ir lá enterrou a ideia) e passei outro verão miserável e de calor sufocante em Derry. Coloquei um programa para criação de palavras cruzadas no meu PowerBook e comecei a fazê-las. Aceitei uma indicação provisória para o conselho de diretores da Associação Cristã de Moços local e julguei o Concurso de Artes de Verão em Waterville. Fiz uma série de anúncios de TV para o abrigo local dos sem-teto, que seguia rumo à falência, depois servi naquele conselho por algum tempo. (Numa reunião pública desse último conselho, uma mulher me chamou de amigo dos degenerados, ao que eu repliquei: "Obrigado! Eu estava precisando disso." O que provocou uma grande salva de palmas que ainda não entendo.) Tentei terapia individual, mas desisti depois de cinco consultas, chegando à conclusão de que os problemas do terapeuta eram muito piores do que os meus. Patrocinei uma criança asiática e joguei em times de boliche.

Às vezes tentava escrever, e a cada vez que o fazia, eu me trancava. Certa vez, quando tentei forçar uma frase ou duas (qualquer uma ou duas frases, do tamanho que saíssem, ainda frescas da minha cabeça), tive que agarrar a cesta de papel e vomitar nela. Vomitei até achar que ia morrer daquilo... e tive literalmente que me arrastar para longe da mesa e do computador, impelindo-me pelo tapete macio com as mãos e com os joelhos. Quando cheguei ao outro lado da sala, estava melhor. Podia até olhar para trás, por cima do ombro, a tela do computador. Simplesmente não podia me aproximar. Mais tarde naquele mesmo dia, eu me aproximei dele com os olhos fechados e o desliguei.

Cada vez com mais frequência naqueles dias de final de verão, eu pensava em Dennison Carville, o professor de criação literária que me ajudou a me conectar com Harold e que amaldiçoou *Sendo dois* com um elogio tão fraco. Certa vez, Carville disse algo que eu jamais esqueci, atribuindo-o a Thomas Hardy, o romancista e poeta vitoriano. Talvez Hardy *tivesse* dito aquilo, mas nunca o vi repetido, nem em Bartlett's nem na biografia de Hardy que li entre as publicações de *De cima a baixo* e *Comportamento ameaçador*. Acho que o próprio Carville pode ter inventado aquilo, posteriormente atribuindo-o a Hardy a fim de lhe dar maior peso. É um truque que eu mesmo venho usando de vez em quando — me envergonho em dizer.

De qualquer modo, pensava cada vez mais sobre essa citação enquanto lutava com o pânico no corpo e com a sensação gélida na cabeça, aquela medonha sensação de algo trancado. Parecia resumir meu desespero e minha certeza crescente de que jamais seria capaz de escrever de novo (que tragédia, V. C. Andrews com um pau derrubado por bloqueio de escritor). A citação sugeria que qualquer esforço que eu fizesse para melhorar minha situação poderia ser sem sentido, mesmo que obtivesse êxito.

Segundo o velho sombrio Dennison Carville, o romancista aspirante devia entender desde o início que os objetivos da ficção estão sempre além de seu alcance, que o trabalho é um exercício de futilidade. "Comparado ao mais monótono ser humano andando pela face da Terra e deitando nela sua sombra", teria supostamente dito Hardy, "o personagem mais brilhantemente desenhado num romance é apenas um saco de ossos". Eu entendi, porque era assim que me sentia naqueles dias dissimulados e intermináveis: um saco de ossos.

Last night I dreamt I went to Manderley again.*

Se existe uma primeira frase mais bonita e fascinante na ficção de língua inglesa, jamais a li. E era uma frase na qual tive motivos para pensar muito durante o outono de 1997 e o inverno de 1998. Eu não sonhava com Manderley, claro, e sim com Sara Laughs, que Jo às vezes chamava "o esconderijo". Uma descrição bastante justa, acho, para um lugar tão enfurnado nos bosques do Maine ocidental que, na realidade, não é nem mesmo uma cidade, mas uma área não incorporada denominada TR-90 nos mapas do estado.

O último desses sonhos foi um pesadelo, mas, até este último, todos tinham uma espécie de simplicidade surrealista. Eu acordava querendo ligar a luz do quarto para poder reconfirmar meu lugar na realidade antes de voltar ao sono. Sabe como o ar fica antes de uma tempestade, como tudo permanece parado e as cores dão a impressão de se destacar com o brilho que se vê durante a febre alta? Meus sonhos de inverno com Sara Laughs eram assim, cada qual me deixando uma sensação que não era bem doença. *Sonhei de novo com Manderley*, eu pensava ocasionalmente, às vezes deitado na cama com a luz acesa, escutando o vento do lado de fora, observando os cantos do quarto mergulhados na sombra e achando que Rebecca de Winter não havia se afogado numa baía e sim no lago Dark Score. Que ela afundara, gorgolejando e bracejando, os estranhos olhos negros cheios de água, enquanto os mergulhões-do-norte gritavam indiferentes no crepúsculo. Às vezes eu levantava e bebia um copo d'água. Às vezes apenas apagava a luz depois de ter me certificado mais uma vez de onde estava, rolava para o meu lado novamente e voltava a dormir.

---

* Em português, "na noite passada sonhei que fui a Manderley de novo". (N. da T.)

Durante o dia, raramente chegava a pensar em Sara Laughs, e só bem depois percebi que algo está muito fora dos eixos quando existe tal dicotomia entre a vida da pessoa acordada e dormindo.

Acho que foi o telefonema de Harold Oblowski em outubro de 1997 que desencadeou os sonhos. O motivo aparente do telefonema de Harold foi me dar os parabéns pelo lançamento iminente de *O admirador de Darcy*, que era muito envolvente e que também *fazia pensar pra cacete*. Suspeitei de que havia pelo menos outro item em sua agenda — ele geralmente tem —, e eu estava certo. Ele tinha almoçado com Debra Weinstock, minha editora, no dia anterior, e conversaram sobre o outono de 1998.

— Parece lotada — disse ele, referindo-se às listas de outono e especificamente à metade *ficção* das listas. — E há umas adições-surpresa. Dean Koontz...

— Pensei que ele publicasse normalmente em janeiro — disse.

— Publica, mas Debra soube que o de janeiro pode ser adiado. Ele quer acrescentar uma parte ou coisa semelhante. Além disso há um Harold Robbins, *Os predadores*...

— Impressionante.

— Robbins ainda tem seus fãs, Mike, ainda tem seus fãs. Como você enfatizou mais de uma vez, escritores de ficção têm uma atividade de longo espectro.

— Ahn, ahn. — Passei o receptor para a outra orelha e me encostei na cadeira. Vislumbrei de relance a foto emoldurada de Sara Laughs em minha mesa quando o fiz. Eu a visitaria em meus sonhos por mais tempo e proximidade naquela noite, embora ainda não soubesse; só sabia então que o que desejava mais do que tudo era que Harold Oblowski se apressasse e fosse direto ao ponto.

— Sinto impaciência em você, meu caro Michael — disse Harold. — Interrompi você? Está escrevendo?

— Já acabei por hoje — disse. — Mas estou pensando em almoçar.

— Vou ser rápido — prometeu ele —, preste atenção, isso é importante. Pode haver até cinco outros escritores que não esperávamos que publicassem no próximo outono: Ken Follett... acredita-se que talvez este seja seu melhor livro desde *O buraco da agulha*... Belva Plain... John Jakes...

— Nenhum desses caras joga tênis na minha quadra — disse, embora soubesse que isso não era exatamente a questão de Harold. Sua questão é que havia apenas 15 lugares na lista do *Times*.

— E que tal Jean Auel, finalmente publicando seu próximo épico de sexo-entre-os-homens-das-cavernas?

Estiquei-me na cadeira.

— Jean Auel? Mesmo?

— Bem... não cem por cento, mas parece certo. E por último, mas não menos importante, está o novo Mary Higgins Clark. Sei em que quadra de tênis ela joga, e você também.

Se eu tivesse recebido aquelas notícias há seis ou sete anos, quando sentia que tinha muito mais a proteger, teria espumado; Mary Higgins Clark *jogava* na mesma quadra que eu, partilhava exatamente o mesmo público e até então nossas épocas de publicação tinham sido organizadas para nos deixar fora do caminho um do outro... o que era mais para meu benefício do que para o dela, é preciso que se diga. Taco a taco, ela me ganharia. Como o falecido Jim Croce observava muito sabiamente, não se puxa a capa do Super-homem, não se cospe no vento, não se arranca a máscara do Zorro e não se brinca com Mary Higgins Clark. De qualquer modo, não se você for Michael Noonan.

— Como é que isso aconteceu? — perguntei.

Não acho que meu tom fosse especialmente agourento, mas Harold respondeu ao modo tropeçando-nas-próprias-palavras de um homem que suspeita poder ser despedido ou mesmo decapitado por trazer notícias ruins.

— Não sei. Ela simplesmente teve uma ideia extra este ano, acho. Me disseram que isso acontece.

Como um sujeito que tinha recebido sua parte de inspiração dupla, eu sabia que acontecia; portanto simplesmente perguntei a Harold o que queria, já que este parecia o modo mais rápido e fácil para fazê-lo largar o telefone. A resposta não foi nenhuma surpresa; o que tanto ele *quanto* Debra queriam — sem mencionar todo o resto dos meus companheiros da Putnam — era um livro que pudessem publicar no final do verão de 1998, chegando assim na frente do da srta. Clark e do resto da competição uns dois meses. Então, em novembro, os representantes de vendas da Putnam dariam ao romance um saudável segundo empurrão, tendo em vista o Natal.

— Dizem que sim — repliquei. Como a maioria dos romancistas (e a esse respeito os bem-sucedidos não são diferentes dos que não se saíram bem, indicando que pode haver algum mérito na ideia assim como a habitual paranoia comendo solta), nunca confiei em promessas de editores.

— Acho que pode acreditar neles quanto a isso, Mike. *O admirador de Darcy* foi o último livro de seu contrato, lembre-se. — Harold parecia quase jovial ante o pensamento das próximas negociações contratuais com Debra Weinstock e Phyllis Grann na Putnam. — O importante é que eles ainda gostam de você. Gostariam mais ainda, acho eu, se vissem páginas com o seu nome antes do Dia de Ação de Graças.

— Eles querem que eu entregue o próximo livro em novembro? No mês *que vem*? — Introduzi em minha frase o que eu pensava ser a nota certa de incredulidade na voz, exatamente como se eu não tivesse *A promessa de Helen* num cofre-forte por quase 11 anos. Fora a primeira noz que eu guardara; agora era a única que me sobrava.

— Não, não, você ainda tem até 15 de janeiro, pelo menos — disse ele, tentando parecer magnânimo. Descobri-me cogitando onde ele e Debra teriam almoçado. Algum lugar aceitável, eu apostaria minha vida. Talvez o Four Seasons. Johanna costumava chamar aquele lugar de Frankie Valli e as Four Seasons.

— O que significa que terão que pôr a produção a todo vapor, a todo vapor *mesmo*, mas farão isso de bom grado. A verdadeira questão é se *você* pode ou não pôr a produção a todo vapor.

— Acho que posso, mas vai custar alguma coisa a eles — disse. — Diga para pensarem nisso como um serviço de lavagem a seco para o mesmo dia.

— Ah, que vergonha para eles! — Harold dava a impressão de talvez estar se masturbando e ter chegado ao ponto em que o velho gêiser explode e todos disparam suas máquinas fotográficas.

— Quanto você acha...

— Uma taxa adicional sobre o adiantamento provavelmente é o que se pode fazer — disse. — Eles vão ficar mal-humorados, claro, vão afirmar que a coisa é do seu interesse também, Mike. *Primordialmente* até do seu interesse. Mas baseado no argumento do trabalho extra... o óleo noturno que você vai ter que queimar...

— A agonia mental da criação... a dor aguda do nascimento prematuro...

— Certo... certo... Acho que uma taxa adicional de dez por cento parece o certo. — Ele falava judiciosamente, como um homem tentando ser simplesmente tão justo quanto possível. Eu próprio estava cogitando quantas mulheres induziriam o parto um mês ou mais se lhes pagassem dois ou três mil dólares para isso. Provavelmente é melhor não se fazer tais perguntas.

E no meu caso, que diferença fazia? A maldita coisa estava escrita, não estava?

— Bem, veja se você pode fazer o negócio — disse.

— Sim, mas não acho que queremos falar apenas de um único livro aqui, não é? Acho...

— Harold, o que eu quero neste momento é almoçar.

— Você parece um pouco tenso, Michael. Está tudo...

— Está tudo ótimo. Fale com eles apenas sobre um livro, com um adoçante para que eu apresse a produção pelo meu lado. Ok?

— Tudo bem — disse ele depois de uma de suas significativas pausas. — Mas espero que isso não signifique que você não vá alimentar um contrato de três ou quatro livros mais tarde. Faça feno enquanto o sol brilha, lembre-se. É o lema dos campeões.

— O lema dos campeões é "Atravesse cada ponte quando chegar a ela" — disse, e naquela noite sonhei que ia a Sara Laughs de novo.

Naquele sonho — em todos os sonhos que tive naquele outono e inverno — estou subindo a pequena estrada para a casa de campo. A estrada é uma curva de 3 quilômetros pelos bosques com entradas para a rota 68. Há um número em cada extremidade (estrada 42, se isso interessa) para o caso de se chamar os bombeiros, mas nenhum nome. Nem Johanna nem eu lhe demos um, nem mesmo só para ser usado entre nós. É estreita, realmente apenas uma vala dupla com capim-rabo-de-gato e grama silvestre crescendo no alto. Quando você dirige por ali, escuta a relva sussurrando como vozes baixas contra o chassi de seu carro ou caminhão.

Mas eu não dirijo no sonho. Nunca dirigi. Nesses sonhos eu ando.

As árvores se amontoam próximas dos dois lados da pista. O céu escurecendo por cima é pouco mais que uma fenda. Logo eu poderia ver as primeiras estrelas espreitando. O pôr do sol já passou. Grilos cricrilam. Mergulhões-do-norte gritam no lago. Pequenos animais — tâmias, provavelmente, ou um esquilo ocasional — fazem o bosque farfalhar.

Agora chego a uma entrada de carros de terra que se inclina colina abaixo à minha direita. É a nossa, identificada por uma pequena tabuleta de madeira que diz SARA LAUGHS. Permaneço no alto dela, mas não desço. Abaixo está a casa de campo. É toda de toras e alas acrescentadas, com um deck destacando-se atrás. No todo, 14 aposentos, um número ridículo de quartos. Deveria ter uma aparência feia e desajeitada, mas de algum modo não tem. Há uma qualidade de viúva corajosa em Sara, a aparência de uma senhora vencendo resolutamente seu centésimo ano, ainda dando longas passadas apesar de seus quadris artríticos e dos vigorosos joelhos velhos.

A parte central é a mais velha, datando de 1900 ou coisa assim. Outras porções foram acrescentadas nos anos 1930, 1940 e 1960. Em certa época foi um pavilhão de caça; por um breve período no início dos anos 1970, foi o lar de uma pequena comunidade de hippies transcendentais. Tais ocupações eram decorrentes de arrendamentos ou aluguéis; os proprietários do final dos anos 1940 até 1984, foram os Hingerman, Darren e Marie... depois Marie sozinha, quando Darren morreu, em 1971. A única adição visível de nosso período de propriedade é a minúscula antena parabólica montada no alto do telhado central. Foi ideia de Johanna, que na verdade nunca teve a chance de usufruí-la.

Além da casa, o lago cintila no esplendor após o pôr do sol. Vejo que a entrada de carros está atapetada de agulhas marrons de pinheiro e uma confusão de ramos caídos. Os arbustos que crescem de seus dois lados perderam o controle, estendendo-se uns para os outros como amantes pela estreita brecha que os separa. Se você entrasse ali com um carro, os galhos arranhariam e guinchariam desagradavelmente nas laterais do veículo. Abaixo, vejo que há musgo crescendo nas toras da casa principal, e três grandes girassóis com faces como faróis cresceram através das tábuas do pequeno alpendre ao lado da entrada de carros. A sensação geral não é exatamente de negligência, mas de *esquecimento*.

Há um sopro de brisa, e sua frieza em minha pele me faz perceber que estou transpirando. Posso sentir o cheiro de pinheiros — um cheiro que é ao mesmo tempo amargo e limpo — e o débil mas de certo modo terrível cheiro do lago. O Dark Score é um dos mais limpos e profundos lagos do Maine. Era maior até o final dos anos 1930, contou-nos Marie Hingerman; foi nessa época que a Western Maine Electric, trabalhando de mãos dadas com as fábricas e negócios de papel em torno de Rumford, obteve a aprovação do estado para represar o rio Gessa. Marie também nos mostrou umas fotos encantadoras de senhoras com vestidos brancos e cavalheiros paramentados em canoas — tais instantâneos eram da época da Primeira Guerra Mundial, disse, e apontou uma das moças, imobilizada para sempre à beira da Era do Jazz com um remo soerguido e pingando. "É minha mãe", disse, "e o homem que ela está ameaçando com o remo é meu pai".

Mergulhões-do-norte gritavam como se anunciassem privação. Agora posso enxergar Vênus no céu que escurece. Estrelinha, estrelinha, eu queria... nesses sonhos sempre peço por Johanna.

Com meu desejo anunciado, tento descer a entrada de carros. Claro que o faço. É minha casa, não é? Para onde mais iria senão para minha casa, agora que está ficando escuro e agora que o furtivo farfalhar nos bosques parece tanto mais próximo quanto mais deliberado? Para que outro lugar posso ir? Está anoitecendo, e ficará assustador entrar naquele local escuro sozinho (suponhamos que Sara se ressinta por ter sido deixada sozinha por tanto tempo, suponhamos que esteja com raiva), mas tenho que fazê-lo. Se a eletricidade está desligada, acenderei uma das lâmpadas de furacão que guardamos num armário da cozinha.

Só que não consigo descer. Minhas pernas não se movem. É como se meu corpo soubesse algo da casa que meu cérebro desconhece. A brisa se levanta de novo, me arrepiando de frio, e cogito sobre o que andei fazendo para ficar todo suado assim. Terei corrido? E, nesse caso, corrido para onde? Ou de onde?

Meu cabelo também está úmido de suor, caído na testa numa massa desagradavelmente pesada. Levanto a mão para empurrá-lo e vejo que há um corte raso, bastante recente, percorrendo as costas da mão pouco além dos nós. Às vezes esse corte está na mão direita, às vezes na esquerda. Penso: *Se isso é um sonho, os detalhes são bons.* Sempre aquele mesmo pensamento: *Se isso é um sonho, os detalhes são bons.* É a absoluta verdade. São detalhes de um romancista... mas, nos sonhos, talvez todos sejam romancistas. Como se vai saber?

Agora Sara Laughs é apenas um volume escuro lá embaixo, e percebo que de qualquer forma não quero ir até lá. Sou um homem com a mente treinada para se comportar mal, e posso imaginar coisas demais esperando por mim do lado de dentro. Um guaxinim raivoso agachado num canto da cozinha. Morcegos no banheiro — se perturbados, encherão o ar em volta de meu rosto contraído, guinchando e estapeando minhas bochechas com suas asas empoeiradas. Até mesmo uma das famosas Criaturas de Além do Universo de William Denbrough, agora escondida sob o alpendre e observando minha aproximação com os olhos cintilantes ladeados de pus.

"Bem, não posso ficar aqui em cima", digo, mas minhas pernas não se movem, e parece que *ficarei* aqui em cima, onde a entrada de carros se encontra com a estrada; ficarei aqui, goste ou não.

Agora o farfalhar nos bosques atrás de mim já não soa mais como pequenos animais (a maioria deles já estaria aninhada ou na toca para a noite, de qualquer modo) e sim como passos que se aproximam. Tento me virar para olhar, mas não consigo sequer fazer isso...

... e é então que eu geralmente acordava. A primeira coisa que sempre fazia era me virar, estabelecendo a volta à realidade ao demonstrar a mim mesmo que meu corpo mais uma vez obedecia à minha mente. Às vezes — na maioria das vezes, na verdade — eu me descobria pensando: *Manderley, sonhei novamente com Manderley*. Havia algo sinistro nisso (há algo sinistro em qualquer sonho que se repete, acho, em saber que o subconsciente está cavando obsessivamente algum objeto que não será desalojado), mas eu estaria mentindo se não acrescentasse que uma parte de mim usufruía a calma arquejante do verão na qual o sonho sempre me envolvia, e tal parte usufruía também a tristeza e o presságio que eu sentia ao acordar. Havia uma estranheza exótica no sonho que faltava à minha vida desperta, agora que a estrada conduzindo à minha imaginação estava tão eficazmente bloqueada.

A única vez que me lembro de ficar realmente assustado (e preciso dizer que não confio totalmente em nenhuma dessas lembranças, já que por tanto tempo elas pareciam não existir) foi quando despertei uma noite falando claramente na escuridão do meu quarto: "Algo está atrás de mim, não deixe que ele me pegue, algo nos bosques, por favor, não deixe que ele me pegue." O que me assustou não foram tanto as palavras em si, mas o tom em que foram pronunciadas. Era a voz de um homem à beira do pânico, e quase não parecia minha própria voz.

Dois dias antes do Natal de 1997, mais uma vez fui de carro até o Fidelity Union, onde mais uma vez o gerente me escoltou até meu cofre nas catacumbas sob as luzes fluorescentes. Enquanto descíamos a escada, ele me assegurou (pela décima vez, pelo menos) que sua mulher era uma grande fã de meu trabalho, que leu todos os meus livros, que nunca eram demais para ela. Pela décima vez (pelo menos) respondi que agora eu precisava fisgá-*lo*. Ele reagiu com sua risadinha habitual. Eu pensava nessa troca frequentemente repetida como a Comunhão do Bancário.

    O sr. Quinlan introduziu sua chave na Fenda A e virou-a. Depois, tão discretamente como um cafetão que levou um cliente a um prostíbulo, foi embora. Inseri minha própria chave na Fenda B, virei-a e abri a gaveta. Ela parecia muito ampla agora. A única caixa de manuscrito remanescente parecia quase acovardada no canto oposto, como um filhote abandonado que de algum modo sabe que seus irmãos foram retirados para a câmara de gás. *Promessa*, estava rabiscado no alto em grossas letras pretas. Mal podia lembrar como era a maldita história.

    Arrebatei o viajante do tempo dos anos 1980 e bati a porta do cofre, fechando-o. Nada fora deixado ali agora a não ser poeira. *Me dá isso*, Jo silvou no meu sonho — era a primeira vez que eu pensava naquilo em anos. *Me dá isso, é o meu pega-poeira.*

    — Sr. Quinlan, já acabei — chamei. Minha voz soou áspera e pouco firme aos meus próprios ouvidos, mas Quinlan não pareceu notar nada de errado... ou talvez estivesse sendo discreto. Afinal, não posso ter sido o único cliente a achar emocionalmente aflitivas as visitas a essa versão financeira de cemitério.

    — Eu de fato vou ler um de seus livros — disse ele, dando uma olhada involuntária para a caixa que eu segurava (acho que poderia ter trazido uma pasta para guardá-la, mas eu jamais o fazia naquelas expedições). — Na verdade, acho que vou colocar isso na minha lista de resoluções do ano-novo.

    — Faça isso — disse. — Faça isso, sr. Quinlan.

    — Mark — ele disse. — Por favor. — Ele já disse isso antes, também.

Eu escrevi duas cartas, que enfiei dentro da caixa do manuscrito antes de sair para o FedEx. Ambas haviam sido escritas no meu computador, que meu corpo permitia que eu usasse se eu escolhesse a função Bloco de Notas. Era apenas abrindo o Word que iniciavam as tempestades. Nunca tentei escrever um romance usando a função Bloco de Notas, compreendendo que, se o fizesse, provavelmente perderia essa opção também... sem mencionar minha capacidade de jogar e fazer palavras cruzadas na máquina. Havia tentado escrever à mão umas duas vezes, com uma falta de sucesso espetacular. O problema não era o que tinha ouvido certa vez ser descrito como "timidez da tela"; eu provei isso a mim mesmo.

Um dos bilhetes era para Harold, outro para Debra Weinstock, e ambos diziam praticamente a mesma coisa: aqui está o novo livro, *A promessa de Helen*, espero que gostem dele tanto quanto eu; se ele parece um tanto irregular é porque tive que trabalhar muitas horas extras para terminá-lo tão rápido, Feliz Natal, Feliz Hanukkah, Viva a Irlanda, doce ou travessura, espero que alguém lhe dê um maldito pônei.

Fiquei quase uma hora numa fila de remetentes atrasados, de olhares amargos e andar vagaroso (o Natal é uma época tão despreocupada e sem pressões — isso é uma das coisas que adoro nele), com *A promessa de Helen* sob o braço esquerdo e uma edição popular de *A escola de charme,* de Nelson DeMille, na mão direita. Li quase cinquenta páginas antes de confiar meu recente romance inédito à atendente de ar estressado. Quando lhe desejei Feliz Natal, ela estremeceu e não disse nada.

Capítulo Quatro

O telefone estava tocando quando entrei pela porta da frente de casa. Era Frank Arlen perguntando se eu gostaria de passar o Natal com ele. Com *eles*, na realidade; todos os irmãos e as respectivas famílias estariam lá.

Abri a boca para dizer não — a última coisa que eu desejava no mundo era um louco Natal irlandês com todos bebendo uísque e se tornando cada vez mais sentimentais em relação a Jo, enquanto umas duas dúzias de fedelhos de nariz escorrendo se arrastavam pelo chão — e me escutei dizendo que iria sim.

Frank pareceu tão surpreso quanto eu, mas sinceramente encantado.

— Fantástico! — exclamou. — Quando é que pode vir?

Eu estava no vestíbulo, minhas galochas pingando no ladrilho, e de onde estava podia olhar pelo arco da porta para dentro da sala de estar. Não havia árvore de Natal; eu não me dei a esse trabalho desde que Jo morreu. A sala parecia ao mesmo tempo medonha e grande demais para mim... um rinque de patinação mobiliado em estilo colonial americano.

— Eu estava fora fazendo algumas coisas — falei. — Que tal eu jogar umas roupas de baixo na valise, voltar para o carro e rumar para o sul enquanto o aquecedor de ar ainda está soprando ar quente?

— Maravilhoso — disse Frank sem um momento de hesitação. — Podemos nos conceder uma saudável noite de solteiros antes que os Filhos e Filhas da Malden do leste comecem a chegar. Vou te servir um drinque assim que largar o telefone.

— Então acho que é melhor eu me mandar — respondi.

Aquele foi, de longe, o melhor feriado desde que Johanna morreu. O único feriado bom, acho eu. Por quatro dias fui um Arlen honorário. Bebi demais, brindei demais à memória de Johanna... e sabia, de algum modo, que ela estaria contente de saber que eu o fazia. Dois bebês cuspiram em mim, um cachorro entrou na cama comigo no meio da noite e a cunhada de Nicky Arlen me deu uma cantada um tanto indiscreta na noite depois do Natal, quando me pegou sozinho na cozinha fazendo um sanduíche de peru. Eu a beijei porque ela nitidamente queria ser beijada, e uma mão aventureira (ou talvez "maliciosa" fosse a palavra certa) agarrou-me por um momento num lugar onde só minha própria mão esteve em quase três anos e meio. Foi um choque, mas não um choque inteiramente desagradável.

A coisa não foi além — numa casa cheia de Arlen e com Susy Donahue ainda não divorciada de modo oficial, dificilmente poderia ter ido —, mas decidi que era hora de partir... isto é, a não ser que eu quisesse dirigir em alta velocidade numa rua estreita que muito provavelmente terminava num muro de tijolos. Fui embora no dia 27, muito contente por ter ido lá, e dei a Frank um abraço feroz quando nos despedimos diante de meu carro. Por quatro dias, não pensei nenhuma vez no fato de agora só haver poeira no meu cofre no Fidelity Union, e por quatro noites dormi direto até às oito da manhã, às vezes acordando com o estômago azedo e uma dor de cabeça de ressaca, mas nunca, nem uma vez, no meio da noite com *Manderley, sonhei novamente com Manderley* passando pela cabeça. Voltei a Derry sentindo-me refrescado e renovado.

O primeiro dia de 1998 nasceu claro, frio, imóvel e belo. Levantei, tomei uma chuveirada e então cheguei à janela do quarto bebendo café. Ocorreu-me subitamente — com toda a simples e poderosa realidade das ideias que nos percorrem da cabeça aos pés — que eu já poderia escrever. Era um novo ano, algo tinha mudado e eu poderia escrever agora, se quisesse. A rocha tinha rolado para longe.

Entrei no escritório, sentei-me ao computador e liguei-o. Meu coração batia normalmente, nem a testa nem a nuca transpiravam, e minhas mãos estavam quentes. Chamei o menu principal, aquele que se obtém ao se clicar a maçã, e lá estava o meu velho camarada Word. Cliquei. O logotipo pena-e-pergaminho apareceu logo e, quando isso ocorreu, subitamente não consegui mais respirar. Era como se uma fita de ferro envolvesse meu peito.

Eu me afastei da mesa, nauseado e agarrando o colarinho redondo da malha de algodão que usava. As rodas de minha cadeira de escritório se prenderam num pequeno tapete — uma das descobertas de Jo no último ano de sua vida —, e caí direto para trás. Minha cabeça bateu no chão e vi um chuveiro de fagulhas brilhantes percorrerem meu campo de visão. Penso que tive sorte de não desmaiar, mas acho que minha verdadeira sorte na manhã do ano-novo de 1998 foi ter caído do jeito que caí. Se eu não tivesse empurrado a cadeira para longe da mesa e ainda estivesse fitando o logotipo — e a medonha tela vazia que o seguiu —, acho que poderia ter sufocado até a morte.

Quando me levantei cambaleando, pelo menos conseguia respirar. Minha garganta parecia estreita como um canudo, e cada inspiração emitia um estranho som de grito, mas eu estava respirando. Entrei repentinamente no banheiro e vomitei na pia com tanta força que o vômito borrifou o espelho. Fiquei pálido e meus joelhos dobraram. Dessa vez bati com a testa, fazendo-a chocar-se com a beira da pia e, embora minha nuca não tenha sangrado (apesar de ao meio-dia ter aparecido ali um respeitável caroço), minha testa sangrou um pouco. Essa última batida deixou uma marca roxa sobre a qual eu menti, naturalmente, dizendo às pessoas que me perguntaram que bati com a testa na porta do banheiro no meio da noite, idiota que sou; isso ensina o sujeito a não levantar às duas da manhã sem acender a luz.

Quando recobrei a completa consciência (se é que existe tal estado), estava enroscado no chão. Levantei, desinfetei o corte da testa e sentei na beira da banheira com a cabeça abaixada até os joelhos, reunindo confiança suficiente para me erguer. Fiquei ali por 15 minutos, acho, e naquele espaço de tempo decidi que, a não ser que acontecesse um milagre, minha carreira tinha terminado. Harold gritaria de dor e Debra gemeria descrente, mas o que poderiam fazer? Enviar-me para a Polícia de Publicações? Ameaçar-me com a Gestapo do Clube do Livro do Mês? Mesmo que pudessem, que diferença faria? Não se consegue tirar seiva de um tijolo ou sangue de uma pedra. A não ser que ocorresse uma recuperação milagrosa, minha vida como escritor tinha acabado.

E se tiver acabado?, eu me perguntei. *E nos próximos quarenta anos, Mike? Vai poder jogar muito Scrabble em quarenta anos, fazer muitas palavras cruzadas, tomar muito uísque. Mas isso é o bastante? O que mais você vai fazer nos próximos quarenta anos?*

Eu não queria pensar naquilo, não naquele momento. Os próximos quarenta anos que cuidassem de si mesmos; eu ficaria feliz apenas de atravessar o Dia de Ano-novo de 1998.

Quando senti que estava sob controle, voltei a meu escritório, andei vagarosamente para o computador com os olhos resolutamente abaixados, tateei em busca do botão certo e desliguei a máquina. Pode-se danificar o programa desligando-o assim sem fechá-lo antes, mas naquelas circunstâncias dificilmente pensei que tivesse importância.

Naquela noite sonhei mais uma vez que estava caminhando ao crepúsculo na estrada 42, que levava a Sara Laughs; mais uma vez transmiti um desejo à estrela da noite enquanto os mergulhões-do-norte gritavam no lago, e mais uma vez senti algo nos bosques atrás de mim, aproximando-se cada vez mais. Parecia que meu feriado de Natal havia terminado.

Foi um inverno áspero e frio, com montanhas de neve e uma epidemia de gripe em fevereiro que liquidou uma terrível quantidade de velhos em Derry. Pegou-os do modo duro com que um vento atinge velhas árvores depois de uma tempestade de gelo. Nem chegou a me tocar. Não tive nem um resfriado naquele inverno.

Em março, parti de avião para Providence e participei do Desafio de Palavras Cruzadas da Nova Inglaterra, de Will Weng. Tirei o quarto lugar e ganhei cinquenta pratas. Emoldurei o cheque não descontado e pendurei-o na sala. No passado, a maioria dos meus Certificados de Triunfo (frase de Jo; todas as boas frases pareciam ser frases de Jo) ia para as paredes do meu escritório, mas por volta de março de 1998 eu não estava indo muito lá. Quando queria jogar Scrabble contra o computador, ou fazer palavras cruzadas em nível de torneio, usava o PowerBook e sentava à mesa da cozinha.

Lembro-me de sentar lá um dia, abrir o menu principal do PowerBook, descer às palavras cruzadas... depois fazer o cursor descer dois ou três itens adiante até iluminar meu velho amigo Word.

O que me devastou não foi frustração ou fúria impotente e empacada (senti muito as duas desde que tinha terminado *De cima a baixo*), e sim tristeza e simples anseio. Olhar para o Word foi subitamente como olhar as fotos de Jo que eu conservava na carteira. Estudando-as, pensava às vezes que venderia minha alma imortal a fim de tê-la de volta... e naquele dia de março achei que venderia minha alma para poder escrever uma história de novo.

Vá em frente e tente, então, sussurrou uma voz. *Talvez as coisas tenham mudado.*

Só que as coisas não tinham mudado, e eu sabia disso. Assim, em vez de abrir o Word, movi o ícone para a lixeira no canto direito inferior e deixei-o cair ali. Adeus, velho.

Debra Weinstock telefonou muito naquele inverno, na maior parte das vezes com boas notícias. No início de março, relatou que *A promessa de Helen* foi escolhido para a seleção principal do Literary Guild para agosto, junto com um romance de suspense de Steve Martini sobre tribunais (Martini era outro veterano do segmento oito-a-quinze da lista de best-sellers do *Times*). E meu editor britânico, disse Debra, adorou *Helen*, e tinha certeza de que seria meu livro de "estouro". (Minhas vendas britânicas sempre andavam devagar.)

— *A Promessa* é um tipo de nova direção para você — disse ela. — Não acha?

— Eu meio que pensei isso — confessei, cogitando como Debbie reagiria se eu lhe contasse que o livro que era uma nova direção para mim tinha sido escrito havia quase 12 anos.

— Ele tem... não sei... um tipo de *maturidade*.

— Obrigado.

— Mike? Acho que a ligação está caindo. Sua voz parece abafada.

Claro que parecia. Eu estava mordendo a parte lateral de minha mão para me impedir de uivar de rir. Então, cautelosamente, tirei a mão da boca e examinei as marcas da mordida.

— Está melhor?

— Muito melhor. Então, o livro novo é sobre o quê? Me dá uma pista.

— Você conhece a resposta para isso, garota.

Debra riu.

— "Você vai ter que ler o livro para descobrir, Josephine" — disse.

— É isso?

— É, sim senhora.

— Bem, continue escrevendo. Seus camaradas na Putnam estão malucos com o modo como você está passando para um nível superior.

Eu me despedi, desliguei o telefone e então ri loucamente por uns dez minutos. Ri até chorar. Era bem parecido comigo, porém. Sempre passar para um nível superior.

Durante esse período, também concordei em dar uma entrevista por telefone a um jornalista da *Newsweek* para um artigo sobre O Novo Gótico Americano (o que quer que isso fosse além de uma frase para vender algumas revistas) e outra para a *Publishers Weekly*, que apareceria exatamente antes da publicação de *A promessa de Helen*. Concordei porque as duas pareciam suaves, o tipo de entrevista que você dá ao telefone enquanto lê a correspondência. E Debra estava encantada, pois normalmente digo não a toda publicidade. Detesto essa parte do trabalho e sempre detestei, principalmente o inferno dos programas de bate-papo na TV, ao vivo, onde ninguém jamais leu a droga do seu livro e a primeira pergunta sempre é: "Onde é que você arranja essas ideias incríveis?" O processo de publicidade é como ir a um sushi bar onde você é o sushi, e era maravilhoso passar por isso dessa vez com a sensação de que eu consegui dar a Debra uma boa notícia que ela pudesse levar aos chefes. "Sim", diria ela, "ele ainda é um problema com a publicidade, mas consegui que fizesse umas duas coisas".

Durante tudo isso meus sonhos com Sara Laughs continuavam — não todas as noites, mas a cada duas ou três noites, sem que eu jamais pensasse neles durante o dia. Fazia minhas palavras cruzadas, comprei um violão acústico e comecei a aprender a tocá-lo (contudo jamais seria convidado para fazer uma turnê com Patty Loveless ou Alan Jackson), esquadrinhava a cada dia os inchados obituários no *Derry News* à procura de nomes que conhecia. Em outras palavras, eu estava praticamente à toa.

O que fez tudo isso terminar foi um telefonema de Harold Oblowski apenas três dias depois da ligação sobre o clube do livro de Debra. A tempestade se propagava lá fora — um episódio de neve-ruim-mudando-para-granizo que se revelou a última e a maior explosão do inverno. Durante o anoitecer a energia estaria cortada por toda Derry, mas quando Harold ligou, às cinco da tarde, as coisas começavam a piorar.

— Acabo de ter uma conversa muito boa com sua editora — disse Harold. — Uma conversa muito esclarecedora, muito *energizante*. Na verdade, acabei de sair do telefone.

— É?

— É sim. Há uma sensação na Putnam, Michael, que seu último livro pode ter um efeito positivo em sua posição de vendas no mercado. É muito forte.

— É — eu disse. — Eu o estou levando para o próximo nível.

— Ahn?

— É só tagarelice de minha parte, Harold. Continue.

— Bem... Helen Nearing é uma grande protagonista e Skate é o seu melhor vilão até hoje.

Eu não disse nada.

— Debra levantou a possibilidade de transformar *A promessa de Helen* no primeiro passo para um contrato de três livros. Um contrato de três livros muito *lucrativo*. Tudo sem nenhuma sugestão da minha parte. Nenhuma editora quis se comprometer com mais de dois até agora. Mencionei nove milhões de dólares, três milhões por livro, enfim, esperando que ela risse... mas um agente tem que começar de *algum ponto*, e eu sempre escolho o ponto mais alto que consigo encontrar. Acho que devo ter oficiais romanos em algum ponto de minha árvore genealógica.

É mais provável que sejam mercadores de tapetes etíopes, pensei, mas sem dizê-lo. Eu me senti como quando o dentista pega um pouco pesado na Novocaína e inunda os lábios e a língua da gente, assim como o dente que está ruim e a parte da gengiva que o rodeia. Se eu tentasse falar, provavelmente só agitaria a boca de modo incoerente e cuspiria saliva. Harold estava quase ronronando. Um contrato de três livros para o novo e maduro Michael Noonan. Altas jogadas, *baby*.

Desta vez não tive vontade de rir. Desta vez senti vontade de gritar. Harold continuava, feliz e desatento. Harold não sabia que a árvore que dava livros tinha morrido. Harold não sabia que o novo Mike Noonan tinha uma falta de ar cataclísmica e acesso de vômito tipo jato a cada vez que tentava escrever.

— Você quer saber como ela respondeu, Michael?

— Manda brasa.

— Ela disse: "Bem, nove é obviamente alto, mas é um lugar tão bom para se começar como qualquer outro. Sentimos que esse novo livro é um grande passo à frente para ele." Isso é extraordinário. *Ex-*

traordinário. Veja, eu não disse nem sim nem não, queria falar com você primeiro, claro, mas acho que estamos olhando para sete-ponto-cinco, no mínimo. Na verdade...

— Não.

Ele fez uma pausa. Longa o bastante para eu perceber que eu apertava tanto o telefone que machuquei a mão. Tive que fazer um esforço consciente para relaxar a mão.

— Mike, se você pelo menos me ouvir...

— Não preciso ouvir você. Não quero falar sobre um novo contrato.

— Desculpe discordar, mas jamais haverá época melhor. Pense nisso, pelo amor de Deus. Estamos falando aqui de uma quantia alta. Se você esperar até depois que *A promessa de Helen* seja publicada, não posso garantir que a mesma oferta...

— Sei que não pode — eu disse. — Não quero garantias, não quero ofertas, *não quero falar em contratos*.

— Não precisa gritar, Mike, posso ouvi-lo...

Eu estava gritando? Sim, acho que estava.

— Você está insatisfeito com a Putnam? Acho que Debra ficaria muito aflita de saber disso. Acho também que Phyllis Grann faria praticamente qualquer coisa para resolver qualquer preocupação que você possa ter.

Está dormindo com Debra, Harold?, pensei, e imediatamente isso pareceu a ideia mais lógica do mundo — que aquele pequeno Harold Oblowski, cinquentão, atarracado e começando a ficar calvo, estivesse fazendo isso com minha loura e aristocrática editora educada na Smith. *Você está dormindo com ela, conversa sobre o meu futuro enquanto estão na cama num quarto do Plaza? Estão tentando descobrir quantos ovos de ouro podem tirar dessa velha galinha antes de finalmente torcerem seu pescoço e transformá-la em canja? É disso que estão atrás?*

— Harold, não posso falar sobre isso agora e *não vou* falar sobre isso agora.

— O que há de errado? Por que está tão perturbado? Achei que ficaria contente. Que droga, pensei que ia se sentir nas alturas, porra!

— Não há nada errado. É apenas um momento ruim para mim, para conversar sobre um contrato de longo prazo. Você vai ter que me perdoar, Harold. Tenho que tirar uma coisa do forno.

— Podemos pelo menos discutir esse próximo...

— *Não* — eu disse, e desliguei. Penso ter sido a primeira vez em minha vida adulta que desliguei o telefone na cara de alguém que não fosse um vendedor.

Eu não tinha que tirar nada do forno, é claro, e estava perturbado demais até para pensar em pôr algo lá. Em vez disso, entrei na sala, servi-me de uma pequena dose de uísque e me sentei em frente à TV. Fiquei ali sentado por quase quatro horas, olhando tudo sem ver nada. Do lado de fora, a tempestade continuava a desabar. Amanhã haveria árvores derrubadas por toda Derry e o mundo pareceria uma escultura de gelo.

Às 9h15, a energia foi cortada, voltou por cerca de trinta segundos, depois sumiu de novo e permaneceu assim. Recebi isso como uma sugestão para parar de pensar no inútil contrato de Harold e em como Jo teria dado uma risadinha de contentamento ante a ideia de nove milhões de dólares. Levantei, puxei da parede a tomada da TV apagada para que ela não voltasse aos berros às duas da manhã (não precisaria ter me preocupado com isso; Derry ficou sem energia por quase dois dias) e subi. Deixei cair minhas roupas junto da cama, arrastei-me para ela sem nem mesmo me preocupar em escovar os dentes e adormeci em menos de cinco minutos. Não sei quanto tempo depois disso foi que o pesadelo surgiu.

Foi o último sonho que tive no que agora penso como minha "série Manderley", o sonho culminante. Tornou-se ainda pior, suponho, pela escuridão inquietante na qual despertei.

Ele começou como os outros. Estou caminhando pela estrada, ouvindo os grilos e os mergulhões-do-norte, olhando principalmente para a fenda do céu escurecendo lá em cima. Chego à entrada de carros e ali alguma coisa *mudou*; alguém colocou um pequeno adesivo na tabuleta de SARA LAUGHS. Eu me aproximo e vejo que é um adesivo de uma estação de rádio. O adesivo diz WBLM. 102.9, DIRIGÍVEL DE ROCK AND ROLL DE PORTLAND.

Do adesivo, volto a olhar para o céu, e lá está Vênus. Penso num desejo como sempre faço e peço Johanna, com o cheiro úmido e vagamente formidável do lago no nariz.

Algo se move pesadamente no bosque, fazendo estalar as folhas secas e quebrando um ramo. Parece grande.

É melhor descer até lá, diz uma voz na minha cabeça. *Alguma coisa fez um contrato por você, Michael. Um contrato de três livros, e esse é o pior tipo.*

Não posso me mover, nunca mais vou conseguir, só posso ficar aqui. Estou com bloqueio para caminhar.

Mas é só conversa. Eu *posso* andar. Desta vez eu *posso* andar. Estou encantado. Dei um importante passo adiante. No sonho, eu penso: *Isso muda tudo! Isso muda tudo!*

Desço andando pela entrada de carros, penetrando cada vez mais profundamente no cheiro limpo mas ardido de pinheiro, pisando em alguns galhos caídos, chutando outros para fora do caminho. Ergo a mão para tirar o cabelo úmido da testa e vejo o pequeno arranhão que a percorre. Paro a fim de olhar para ele, curioso.

Não há tempo para isso, diz a voz-sonho. *Vá até lá. Você tem um livro para escrever.*

Não consigo escrever, respondo. *Essa parte está terminada.*

Não, diz a voz. Há algo perturbador naquilo, que me assusta. *Você teve o caminho de escritor e não o bloqueio de escritor e, como pode ver, ele sumiu. Agora se apresse e desça lá.*

Estou com medo, digo à voz.

Medo de quê?

Bem... e se a sra. Danvers estiver lá?

A voz não responde. Sabe que não estou com medo da governanta de Rebecca de Winter, ela é apenas um personagem num velho livro, nada senão um saco de ossos. Portanto, recomeço o caminho. Não tenho escolha, parece, mas a cada passo meu terror aumenta, e quando estou a meio caminho da massa espalhada e sombria da casa de troncos, o medo já penetrou em meus ossos como febre. Algo está errado aqui, algo está completamente incorreto.

Vou fugir, penso. *Vou correr de volta pelo caminho por onde vim, vou fugir como um Homem-Biscoito, vou correr por todo o caminho até Derry, se for preciso, e jamais voltarei aqui.*

O problema é que posso ouvir algo ofegante e salivando e passos abafados atrás de mim na crescente escuridão. A coisa no bosque agora está na entrada de carros. Bem atrás de mim. Se eu vislumbrar sua figura, isso vai tirar a sanidade da minha cabeça num único golpe. Algo de olhos vermelhos, algo curvado e faminto.

A casa é minha única esperança de segurança.

Continuo andando. Os arbustos se amontoavam entrelaçados como mãos. À luz da lua crescente (a lua nunca tinha surgido nesse sonho, mas nunca permaneci tanto tempo nele anteriormente), as folhas ruidosas parecem rostos irônicos. Vejo olhos piscando e bocas sorrindo. Abaixo de mim estão as janelas negras da casa e sei que não haverá luz quando eu entrar, a tempestade cortou a energia, vou mover o interruptor para cima e para baixo, para cima e para baixo, até que algo me alcance, pegue meu pulso e me puxe cada vez mais para dentro da escuridão.

Agora percorri três quartos da entrada de carros. Posso ver os degraus da conexão com a estrada descendo ao lago, e também a plataforma flutuante lá na água, um quadrado preto num rastro de luar. Bill Dean a pusera ali. Posso ver também algo comprido no lugar onde a entrada de carros termina, junto ao alpendre. Nunca houve tal objeto ali antes. O que pode ser?

Outros dois ou três degraus e já sei. É um caixão, aquele pelo qual Frank Arlen barganhou... porque, disse ele, o agente funerário estava tentando me passar a perna. É o caixão de Jo, e está ali de lado, com a parte de cima parcialmente aberta, mas o suficiente para que eu veja que está vazio.

Acho que quero gritar, acho que pretendo dar meia-volta e correr pela entrada de carros — vou arriscar, com essa coisa atrás de mim. Mas antes que eu possa fazê-lo, a porta de trás de Sara Laughs se abre e uma figura terrível sai correndo para a escuridão crescente. A figura é humana e ao mesmo tempo não é. É uma coisa branca enrugada, com braços flácidos erguidos. Não há rosto onde deveria haver, e mesmo assim está guinchando numa voz nasalada parecida com a dos mergulhões-do-norte. Então percebo que é Johanna. Ela conseguiu escapar do caixão, mas não de sua mortalha desenrolada. Está toda emaranhada nela.

Que *velocidade* medonha tem a criatura! Não desliza como se imagina que os fantasmas façam, mas *dispara* pelo alpendre na direção da entrada de carros. Esteve esperando ali durante o sonho todo enquanto eu estava imobilizado, e agora que finalmente pude caminhar, pretende me pegar. Eu gritarei quando a coisa me envolver com seus braços de seda, claro, gritarei quando sentir o cheiro da carne apodrecendo, apinhada de vermes, e ver seus olhos escuros me encarando através do tecido fino. Gritarei até que a sanidade abandone minha mente para sempre. Gritarei... mas não há ninguém ali que possa me ouvir. Só os mergulhões-do-norte me ouvirão. Voltei novamente a Manderley, e dessa vez não sairei nunca mais.

A estridente coisa branca estendeu os braços para me pegar e acordei no chão do quarto, gritando numa voz aguda e horrorizada, e batendo a cabeça repetidamente em alguma coisa. Quanto tempo se passou até eu finalmente perceber que não estava dormindo, que não estava em Sara Laughs? Quanto tempo se passou antes de eu perceber que tinha caído da cama em algum momento e tinha me arrastado pelo quarto durante o sono, que eu estava de quatro num canto, batendo a cabeça na junção das paredes, repetindo o gesto como um lunático num hospício?

Não sabia, não poderia saber, sem luz e com o relógio de cabeceira apagado. Sei que no início não conseguia sair do canto porque me sentia mais seguro ali do que na sala mais ampla, e sei que por um longo tempo a força do sonho me dominou, até mesmo depois que acordei (sobretudo, imagino, porque não podia acender a luz e dissipar seu poder). Tinha medo de que, se me arrastasse para fora de meu canto, a coisa branca irrompesse do banheiro, dando seu grito mortal, ansiosa para terminar o que havia começado. Sei que meu corpo inteiro tremia, e que estava gelado e molhado da cintura para baixo porque minha bexiga tinha se descontrolado.

Fiquei ali no canto, ofegante e molhado, encarando a escuridão, me perguntando se poderia haver um pesadelo poderoso o bastante para enlouquecer alguém. Achei então (e acho agora) que quase descobri isso naquela noite de março.

Finalmente me senti capaz de deixar o canto. Na metade do trajeto, tirei a calça molhada do pijama e, quando o fiz, fiquei desorientado. O que se seguiu foram miseráveis e surreais cinco minutos (ou talvez fossem apenas dois) nos quais me arrastei para a frente e para trás em meu quarto, batendo nas coisas e gemendo cada vez que atingia algo com a mão cega e tateante. Tudo que eu tocava inicialmente parecia com aquela horrível coisa branca. Nada que eu tocava parecia com coisa alguma que eu conhecia. Com os reconfortantes números verdes do relógio de cabeceira tendo desaparecido e com meu sentido de direção temporariamente perdido, eu poderia estar me arrastando em torno de uma mesquita em Adis Abeba.

Por fim, caí de ombro sobre a cama. Levantei, puxei a fronha do travesseiro extra e enxuguei com ela a virilha e a parte de cima das pernas. Depois me arrastei de volta para a cama, me cobri com os cobertores e fiquei ali, tremendo, escutando o ruído contínuo do granizo nas janelas.

Não consegui dormir pelo resto da noite, e o sonho não se apagou como os sonhos geralmente fazem quando despertamos. Fiquei ali, deitado de lado, a tremedeira lentamente diminuindo, pensando no caixão dela na entrada de carros, pensando que aquilo fazia uma espécie de louco sentido — Jo tinha adorado Sara, e se fosse assombrar algum lugar, seria lá mesmo. Mas por que iria querer me ferir? Por que minha Jo iria querer me ferir? Não conseguia pensar em nenhum motivo.

De algum modo, o tempo passou, e chegou um momento em que percebi que o ar tinha se tornado de um tom cinza-escuro; as formas da mobília pairavam nele como sentinelas no nevoeiro. Aquilo era um pouco melhor. Um pouco mais satisfatório. Eu ia acender o fogão à lenha da cozinha, decidi, e fazer um café forte. Começar o trabalho de deixar essa coisa para trás.

Joguei as pernas para fora da cama e levantei a mão para tirar o cabelo úmido da testa. Fiquei imobilizado com a mão na frente dos olhos. Devo tê-la arranhado enquanto me arrastava no escuro, desorientado, tentando achar o caminho para a cama. Havia um corte raso e coagulado no dorso de minha mão, logo abaixo dos nós dos dedos.

Capítulo Cinco

Certa vez, quando eu tinha 16 anos, um avião rompeu a barreira do som bem acima da minha cabeça. Eu estava caminhando pelo bosque quando aconteceu aquilo, pensando em alguma história que ia escrever, talvez, ou como seria fantástico se Doreen Fournier fraquejasse alguma sexta-feira à noite e me deixasse tirar suas calcinhas quando estivéssemos estacionados no final da estrada Cushman.

De qualquer modo, eu estava viajando por estradas mais distantes em minha mente e, quando o estrondo ocorreu, fui pego totalmente de surpresa. Caí no chão frondoso com as mãos sobre a cabeça e o coração batendo loucamente, certo de que chegara ao fim de minha vida (e enquanto ainda era virgem). Em meus 40 anos, aquela fora a única coisa que se igualava ao sonho final da "série Manderley" em terror absoluto.

Fiquei no chão, esperando o céu cair sobre minha cabeça, e quando trinta segundos ou mais se passaram e ele *não caiu*, comecei a perceber que tinha sido apenas um piloto de caça da base de aviação naval de Brunswick ansioso demais para ter de esperar até sobrevoar o Atlântico para ultrapassar a velocidade do som. Mas, puta merda, quem poderia ter imaginado que seria tão *alto*?

Levantei-me lentamente e, enquanto estava ali com as batidas de meu coração finalmente diminuindo de intensidade, percebi que não tinha sido o único a ficar apavorado pelo súbito estrondo no céu claro. Pela primeira vez na minha lembrança, o pequeno bosque atrás de nossa casa em Prout's Neck estava completamente silencioso. Fiquei ali sob uma faixa empoeirada de sol, folhas caídas salpicando minha camiseta e meus jeans, prendendo a respiração, escutando. Jamais percebi um silêncio como aquele. Mesmo num dia gelado de janeiro, o bosque estaria cheio de conversa.

Enfim, um pintassilgo cantou. Houve dois ou três segundos de silêncio, e em seguida um gaio respondeu. Outros dois ou três segundos se passaram, e então um corvo acrescentou seu dedo de prosa. Um pica-pau começou a martelar em busca de larvas de inseto. Um esquilo zumbiu pela vegetação rasteira à minha esquerda. Um minuto depois de eu ter levantado, o bosque estava completamente vivo de pequenos ruídos novamente; voltara a seus negócios, como habitualmente, e eu continuei com os meus. No entanto, jamais esqueci aquele estrondo inesperado, ou o silêncio mortal que se seguiu.

Pensei muitas vezes naquele dia de junho ao despertar do pesadelo, e não havia nada de extraordinário nisso. De certo modo, as coisas tinham mudado, ou *poderiam* mudar... mas primeiro vem o silêncio, enquanto nos asseguramos de que não estamos feridos e que o perigo — se *havia* perigo — desapareceu.

Derry esteve fechada pela maior parte da semana seguinte, de qualquer forma. Gelo e ventos fortes causaram uma grande quantidade de danos durante a tempestade, e uma repentina queda de 7 graus na temperatura posteriormente tornou o ato de cavar difícil e a limpeza lenta. Acrescente-se a isso o fato de que a atmosfera depois de uma tempestade de março é sempre melancólica e pessimista; somos atingidos por tempestades assim todos os anos (e em boa parte, por duas ou três em abril, se não tivermos sorte), mas nunca parecemos esperá-las. Cada vez que levamos essa pancada, nós a encaramos como uma ofensa pessoal.

Certo dia, perto do fim da semana, o tempo afinal começou a melhorar. Aproveitei a chance, saindo para tomar uma xícara de café e comer um doce, no meio da manhã, num pequeno restaurante três portas depois do Rite Aid, onde Johanna tinha feito sua última compra. Estava bebendo, mastigando e fazendo as palavras cruzadas do jornal quando alguém perguntou: "Posso sentar na sua mesa, sr. Noonan? Isso aqui está muito cheio hoje."

Ergui os olhos e vi um velho que eu conhecia, mas que não conseguia identificar.

— Ralph Roberts — disse ele. — Sou voluntário na Cruz Vermelha. Eu e minha esposa, Lois.

— Ah, claro, é isso — eu disse. Doo sangue para a Cruz Vermelha a cada seis semanas, mais ou menos. Ralph Roberts era um dos velhos camaradas que passavam o suco e os biscoitos depois, dizendo-lhe para não levantar ou fazer qualquer movimento súbito se você se sentisse tonto.

— Sente-se, por favor.

Olhou para o meu jornal, dobrado no lugar das palavras cruzadas e estendido numa faixa de sol, enquanto deslizava para a mesa.

— Não acha que fazer palavras cruzadas no *Derry News* é como cancelar o lançador num jogo de beisebol? — perguntou ele.

Eu ri e concordei com a cabeça.

— Faço isso pela mesma razão que as pessoas escalam o Everest, sr. Roberts... porque está lá. Só que com as palavras cruzadas do *News* ninguém cai.

— Pode me chamar de Ralph. Por favor.

— Ok. E eu sou Mike.

— Ótimo. — Ele riu, revelando dentes que eram tortos e um pouco amarelados, mas todos seus. — Gosto de passar aos prenomes. É como poder tirar a gravata. Tivemos uma ventaniazinha e tanto, hein?

— É — eu disse —, mas está esquentando de modo bem agradável agora. — O termômetro havia dado um de seus ágeis saltos de março, subindo dos 4 graus negativos da noite anterior para 10 graus naquela manhã. Melhor do que a subida da temperatura era o sol banhando novamente nossos rostos. Foi aquele calor que me impeliu para fora de casa.

— A primavera vai chegar aqui, acho. Em alguns anos ela se perde um pouco, mas sempre parece achar o caminho de volta para casa. — Ele bebeu seu café, depois colocou a xícara na mesa. — Não tenho visto você ultimamente na Cruz Vermelha.

— Estou reciclando — eu disse, mas era mentira; eu me tornei qualificado para doar mais meio litro duas semanas antes. O cartão de lembrete estava em cima da geladeira. Simplesmente tinha esquecido. — Na semana que vem, com certeza.

— Só estou dizendo isso porque sei que você é um A, e sempre podemos usá-lo.

— Reserve uma cadeira para mim.

— Pode contar com isso. Está tudo bem? Estou perguntando porque você parece cansado. Se é insônia, tem a minha solidariedade, acredite.

Acho que ele *tinha* de fato o olhar do insone — olhos esbugalhados, de certo modo. Mas era também um homem de seus 70 e tantos anos, e não acho que alguém chegue a essa idade sem os sinais dela. Fique um pouco por aí, e a vida talvez bata em suas maçãs do rosto e olhos. Fique muito tempo e acabará se parecendo com o boxeador Jake La Motta depois de 15 rounds difíceis.

Abri a boca para dizer o que sempre digo quando alguém me pergunta se estou bem, depois pensei por que teria sempre que desfiar aquela cansativa merda de caubói, afinal de contas a quem eu estava tentando enganar? O que aconteceria se eu contasse ao cara que me dava cookies com pingos de chocolate na Cruz Vermelha, depois de a enfermeira retirar a agulha de meu braço, que não estava me sentindo cem por cento? Terremotos? Incêndios e enchentes? Merda.

— Não — eu disse. — Na realidade, não tenho me sentido tão bem, Ralph.

— Resfriado? Tem andado por aí.

— Não. O resfriado me pulou desta vez. E tenho dormido bem. — O que era verdade, não tinha havido nenhuma recorrência dos sonhos de Sara Laughs em sua versão normal ou de alta octanagem. — Acho que estou melancólico.

— Bem, você devia tirar umas férias — disse ele, depois bebeu o café. Quando olhou novamente para mim, franziu as sobrancelhas e abaixou a xícara. — O que é? Algo está errado?

Não, pensei em dizer. *Você foi apenas o primeiro pássaro a cantar dentro do silêncio, Ralph, isso é tudo.*

— Não, nada errado — eu disse, e então, porque quis ver o sabor que teriam as palavras saindo de minha própria boca, eu as repeti. — Umas férias.

— É — disse ele, rindo. — As pessoas fazem isso o tempo todo.

As pessoas fazem isso o tempo todo. Ele tinha razão; até gente que, a rigor, não podia arcar com umas férias. Quando ficavam cansados. Quando ficavam embaralhados em sua própria merda. Quando o mundo era demais para eles, ganhando e gastando.

Eu certamente podia arcar com umas férias, e certamente podia tirar tempo de trabalho — *que* trabalho, ha-ha? — e precisei que o homem-biscoito da Cruz Vermelha apontasse o que deveria ter sido evidente a um cara formado numa faculdade como eu: que não tirava umas férias verdadeiras desde que Jo e eu tínhamos ido às Bermudas, no inverno antes de ela morrer. Meu moinho particular não moía mais, mas ainda assim mantive o nariz virado para ele. Foi somente naquele verão, quando li o obituário de Ralph Roberts no *News* (ele foi atropelado por um carro), que percebi totalmente o quanto lhe devia. Posso dizer que seu conselho foi melhor do que qualquer copo de suco de laranja que já tomei após doar sangue.

Quando deixei o restaurante não fui para casa, mas perambulei por metade da maldita cidade, a parte do jornal com as palavras cruzadas parcialmente feitas debaixo do braço. Andei até ficar gelado, apesar da temperatura que subia. Não pensava em nada, e mesmo assim pensava em tudo. Era um tipo especial de pensamento, o tipo que sempre me ocorria quando chegava perto de começar um livro e, embora não pensasse assim havia anos, entrei nele de modo fácil e natural, como se jamais tivesse havido distância entre nós.

É como se uns sujeitos num grande caminhão tivessem parado em sua entrada de carros e carregassem coisas para o seu porão. Não consigo explicar melhor a situação. Não se pode ver o que são essas coisas porque estão todas embrulhadas em mantas acolchoadas, mas não é necessário vê-las. É mobília, tudo que você precisa para transformar sua casa num lar, arrumá-la direito, exatamente do modo como queria.

Depois que os camaradas entram de novo no caminhão e se afastam, você desce ao porão e anda por ali (como andei por Derry no final daquela manhã, subindo a colina e descendo o vale com minhas velhas galochas), tocando uma curva acolchoada aqui, um ângulo acolchoado ali. Isto é um sofá? Isto é uma cômoda? Não importa. Está tudo aqui, os homens da mudança não esqueceram nada, e apesar de você mesmo ter que levar tudo para o andar de cima (forçando frequentemente sua velha coluna no processo), está tudo bem. O importante é que a entrega foi totalmente feita.

Dessa vez pensei — esperei — que o caminhão tivesse trazido as coisas de que eu precisava para os quarenta anos restantes; os anos que eu poderia ter de passar na Zona sem Escrever. Vieram à porta do porão, bateram educadamente e, não sendo atendidos depois de vários meses, finalmente pegaram um aríete. EI, COMPANHEIRO, ESPERO QUE O BARULHO NÃO O ASSUSTE DEMAIS, DESCULPE PELA PORTA!

Não me importava com a porta; importava-me com a mobília. Algum pedaço quebrado ou faltando? Acho que não. Achei que só tinha que levá-la para cima, tirar os acolchoados e colocá-la no lugar.

Na minha volta para casa, passei por The Shade, o encantador cineminha de Derry que passa filmes antigos e que prosperou apesar (ou talvez por causa) da revolução do vídeo. Naquele mês, exibia clássicos de ficção científica dos anos 1950, mas abril era dedicado a Humphrey Bogart, o eterno favorito de Jo. Fiquei sob a marquise do cinema por algum tempo, examinando um dos cartazes dos próximos filmes. Então fui para casa, escolhi um agente de viagens ao acaso na lista telefônica e disse ao cara que queria ir para Key Largo. O senhor quer dizer Key *West*, disse ele. Não, repeti, quero dizer Key Largo, exatamente como no filme de Bogie e Bacall. Três semanas. Então pensei melhor. Eu era rico, estava sozinho e aposentado. Que merda era aquela de "três semanas"? São seis semanas, eu disse. Encontre um chalé ou coisa parecida para mim. Vai ser caro, disse ele. Respondi que não tinha importância. Quando eu voltasse a Derry, seria primavera.

Enquanto isso, tinha mobília para desembrulhar.

Fiquei encantado com Key Largo durante o primeiro mês, e completamente entediado nas duas últimas semanas. No entanto, continuei lá porque o tédio é bom. As pessoas com alta tolerância ao tédio podem fazer um monte de coisas. Comi um bilhão de camarões, bebi cerca de mil margaritas e li 23 romances de John D. MacDonald, contando um a um. Eu me queimei, descasquei e finalmente me bronzeei. Comprei um boné de aba longa com PARROTHEAD bordado nele com uma linha verde brilhante. Andei pela mesma faixa de praia até conhecer todos pelo primeiro nome. E desembrulhei a mobília. Não gostava de boa parte dela, mas não havia dúvida de que combinava com a casa.

Pensei em Jo e em nossa vida juntos. Eu me lembrei de quando disse a ela que ninguém jamais confundiria *Sendo dois* com *Look homeward, angel*.* "Você não vai vir agora com essa besteira de artista frus-

---

* Primeiro romance do escritor americano Thomas Wolfe, de 1929. (N. do E.)

trado, vai, Noonan?", respondeu ela... e durante o meu tempo em Key Largo tais palavras continuaram voltando, sempre na voz de Jo: besteira, besteira de artista frustrado, toda a porra dessa besteira de estudante de artista frustrado.

Pensei em Jo em seu longo avental, vindo em minha direção com um chapéu cheio de cogumelos trombeta negra, rindo e triunfante. *"Ninguém na TR come melhor dos que os Noonan esta noite!"*, gritou. Pensei nela pintando as unhas dos pés, curvada entre as próprias coxas do modo que só as mulheres executando esse tipo de coisa conseguem fazer. Pensei nela me jogando um livro porque eu ri de seu novo corte de cabelo. Pensei nela tentando aprender a tocar um *breakdown* em seu banjo e em sua aparência sem sutiã num suéter fino. Pensei nela chorando, rindo e zangada. Pensei nela me dizendo que aquilo era besteira, tudo besteira de artista frustrado.

E pensei nos sonhos, especialmente no sonho culminante. Poderia fazer aquilo facilmente, pois ele jamais se dissipava como os sonhos comuns. O sonho final de Sara Laughs e minha primeira polução noturna (por causa de uma moça deitada numa rede e comendo uma ameixa) são os únicos que continuam perfeitamente claros para mim, ano após ano; o resto são fragmentos enevoados ou completamente esquecidos.

Havia muitos detalhes nítidos nos sonhos de Sara — os mergulhões-do-norte, os grilos, a estrela da noite e meu pedido a ela, para citar só alguns —, mas eu achava que a maioria dessas coisas eram verossímeis. O cenário, se desejar. Como tal, podiam ser descartados de minhas considerações. Sobravam então três elementos importantes, três grandes peças de mobília a serem desembrulhadas.

Enquanto eu estava na praia observando o sol se pôr entre meus dedos dos pés sujos de areia, não achei que era preciso ser analista para ver como essas coisas se combinavam.

Nos sonhos de Sara, os elementos importantes eram o bosque atrás de mim, a casa abaixo de mim e o próprio Michael Noonan, imobilizado no meio. Está ficando escuro e há perigo no bosque. Será assustador ir para a casa lá embaixo, talvez porque tenha ficado vazia por tanto tempo, mas jamais duvidei de que preciso ir até lá; amedrontador ou não, é o único abrigo que tenho. Só que não posso fazê-lo. Não consigo me mexer. Estou no caminho do escritor.

No pesadelo, finalmente sou capaz de ir em direção ao abrigo, só que este se revela falso. Revela-se mais perigoso do que eu esperei algum dia em meu... bem, sim, em meus sonhos mais alucinados. Minha mulher morta corre para fora, gritando e ainda emaranhada em sua mortalha, para me atacar. Mesmo cinco semanas depois e a quase cinco mil quilômetros de Derry, lembrar daquela veloz coisa branca com seus braços flácidos me fazia tremer e olhar para trás por cima de meu ombro.

Mas *era* Johanna? Eu realmente não sabia, sabia? A coisa estava toda embrulhada. O caixão parecia com aquele em que tinha sido enterrada, mas podia ser apenas uma pista falsa.

Caminho do escritor, *bloqueio* de escritor.

Não consigo escrever, dissera à voz no sonho. A voz diz que consigo. Diz que o bloqueio de escritor sumiu, e acredito nela porque o *caminho* do escritor sumiu; eu finalmente me dirigi para a entrada de carros, para o abrigo. Mas tenho medo. Mesmo antes que a coisa branca e sem forma aparecesse, estava aterrorizado. Digo que tenho medo da sra. Danvers, mas isso é apenas minha mente no sonho misturando Sara Laughs com Manderley. Tenho medo de...

— Tenho medo de escrever — ouvi-me dizendo alto. — Tenho medo até de tentar.

Foi na noite antes de voar de volta para o Maine, e eu não estava muito sóbrio, e continuava a beber. No final de minhas férias, eu bebia muito de noite.

— Não é o bloqueio que me assusta, é *desfazer* o bloqueio. Estou realmente fodido, pessoal. Fodido em grande estilo.

Fodido ou não, pensei que finalmente chegaria ao centro da questão. Tinha medo de desfazer o bloqueio, medo talvez de pegar as pontas soltas de minha vida e prosseguir sem Jo. Contudo uma parte profunda da minha mente acreditava que eu precisava fazer isso; os ruídos ameaçadores atrás de mim no bosque se referiam a isso. E a crença explica muito. Demais talvez, especialmente se você é imaginativo. Quando uma pessoa imaginativa entra em dificuldades mentais, a linha entre ser e parecer dá um jeito de sumir.

Coisas no bosque, sim, senhor. Eu tinha uma delas bem aqui na mão, enquanto pensava isso. Ergui minha bebida, segurando o copo contra o céu do oeste para que o sol do poente parecesse queimar o vidro. Estava bebendo muito, e talvez aquilo fosse tranquilo em Key Largo — que droga, espera-se que as pessoas bebam muito nas férias, é quase lei —, mas eu andava bebendo demais, mesmo antes de ir para lá. Uma quantidade que poderia sair do controle de repente. Uma quantidade que podia causar problemas para a pessoa.

Coisas no bosque, e no lugar potencialmente seguro guardado por um bicho-papão que não era minha mulher, mas talvez a lembrança da minha mulher. Fazia sentido, porque Sara Laughs sempre fora o local preferido de Jo no planeta Terra. Esse pensamento levou a outro, a um que me fez mover as pernas para as laterais da espreguiçadeira na qual estava reclinado e me sentar com agitação. Sara Laughs foi também o lugar onde o ritual começou... champanhe, última linha e a bênção totalmente importante: *Bom, então* isso *está bem, não é?*

Eu queria que as coisas ficassem bem de novo? Queria mesmo? Há um mês ou um ano atrás eu poderia não ter certeza, mas agora tinha. A resposta era sim. Queria prosseguir — soltar-me de minha mulher morta, reabilitar meu coração, andar para a frente. Mas, para fazer isso, eu teria que voltar.

Voltar à casa de troncos. Voltar a Sara Laughs.

— É — eu disse, e minha pele se arrepiou. — É, é isso.

Então, por que não?

A pergunta me fez sentir tão estúpido quanto a observação de Ralph Roberts de que eu precisava de umas férias. Se eu precisava voltar a Sara Laughs agora que as férias terminaram, na verdade por que não? A primeira e a segunda noite poderiam ser um pouco assustadoras, uma ressaca de meu sonho final, mas só o fato de estar lá poderia dissolver o sonho mais rapidamente.

E (só permiti que esse último pensamento entrasse num canto humilde de minha mente consciente) algo *podia* acontecer com minha escrita. Não era provável... mas também não era impossível. *A não ser por um milagre*, não fora meu pensamento no Dia do Ano-novo enquanto me sentava na beira da banheira, segurando um chumaço úmido contra o corte na testa? Sim. *A não ser por um milagre*. Às vezes cegos caem, batem com a cabeça e recuperam a visão. Às vezes até deficientes físicos *conseguem* jogar fora as muletas quando chegam ao alto dos degraus da igreja.

Eu tinha oito ou nove meses antes que Harold e Debra começassem realmente a me amolar sobre o romance seguinte. Resolvi passar aquele tempo em Sara Laughs. Precisaria de certo prazo para amarrar as coisas em Derry, e certo prazo para que Bill Dean aprontasse a casa no lago para uma permanência de um ano, mas eu poderia estar lá no 4 de Julho, facilmente. Decidi que era uma boa data para ir, não só porque era aniversário dos Estados Unidos como também porque era o fim da estação de insetos no oeste do Maine.

No dia em que arrumei minha bagagem de férias (deixei as edições populares de John D. MacDonald para o próximo habitante da cabana), raspei a barba de uma semana de um rosto tão bronzeado que não parecia mais o meu e voei de volta para o Maine, eu estava decidido: voltaria para o lugar que meu subconsciente identificou como abrigo contra a escuridão que aumentava; voltaria ainda que minha mente tivesse também sugerido que fazer aquilo teria seus riscos. Eu não voltaria esperando que Sara fosse Lourdes... mas me permitiria ter esperanças e, quando visse a estrela vespertina espreitando sobre o lago pela primeira vez, eu me permitiria desejar isso.

Só uma coisa não se ajustava em minha desconstrução dos sonhos de Sara e, como não consegui explicá-la, tentei ignorá-la. Entretanto, não tive muita sorte; eu ainda era parcialmente um escritor, acho, e um escritor é um homem que ensinou a mente a se comportar mal.

Era o corte no dorso da minha mão. Esse corte tinha estado em todos os meus sonhos, eu juraria... e então ele realmente apareceu. Você não descobre esse tipo de merda nas obras do dr. Freud; uma coisa assim era só para a linha de emergência dos Amigos Paranormais.

Era uma coincidência, apenas isso, pensei enquanto meu avião começou a descer. Eu estava na poltrona A-2 (o simpático em viajar de avião na frente é que, se ele cair, você é o primeiro a chegar ao lugar do acidente) e olhando para as florestas de pinheiros enquanto planávamos em direção ao Aeroporto Internacional de Bangor. A neve tinha desaparecido por mais um ano; eu tirei férias até matá-la. *Só coincidência. Quantas vezes você cortou as mãos na sua vida? Quero dizer, elas estão sempre na frente, não é? Gesticulando por aí. Praticamente implorando por um corte.*

Tudo aquilo devia parecer verdade, e mesmo assim não parecia muito. Devia mas... bem...

Eram os garotos no porão. Eram eles que não engoliam aquilo. Os garotos no porão não engoliam aquilo de modo nenhum.

Naquele momento houve um baque quando o 737 aterrissou, e eu empurrei toda aquela linha de pensamento para fora da cabeça.

Uma tarde, pouco depois de ter voltado para casa, remexi nos armários até descobrir as caixas de sapato contendo antigas fotos de Jo. Peguei-as e depois examinei as de Dark Score Lake. Havia um número surpreendente delas, mas como Johanna era aficionada por fotografia, não havia muitas com ela. Encontrei uma, no entanto, que me lembrei de ter tirado em 1990 ou 1991.

Às vezes, até um fotógrafo sem talento pode tirar uma boa foto — se setecentos macacos passarem setecentos anos batucando em setecentas máquinas de escrever e tudo o mais —, e isso era bom. Nela, Jo estava em pé na plataforma flutuante, tendo por trás o sol vermelho-dourado. Tinha acabado de sair da água, ainda pingando, e usava um traje de banho de duas peças cinza com debrum vermelho. Eu a surpreendi rindo e afastando o cabelo ensopado da testa e das têmporas. Seus mamilos estavam salientes. Ela parecia uma atriz num cartaz de cinema de um daqueles filmes B de prazer proibido sobre monstros em Party Beach, ou de um serial killer espreitando o campus.

Fui atingido violentamente por um súbito e poderoso acesso de lascívia por ela. Eu a queria no andar de cima exatamente como na fotografia, com mechas do cabelo grudadas no rosto e naquele traje de banho bem justo. Queria sugar seus seios pela parte de cima da roupa de banho, provar o gosto do tecido e sentir a dureza deles. Queria sugar a água do algodão como leite, depois arrancar a parte de baixo da roupa de banho e fodê-la até explodirmos.

Com as mãos um pouco trêmulas, deixei a foto de lado, juntamente com algumas outras de que eu gostava (embora não gostasse de nenhuma do mesmo modo). Tive uma enorme ereção, daquelas que parecem pedra recoberta de pele. Tenha uma dessas e você não serve para nada até que ela vá embora.

O modo mais rápido de resolver um problema desses quando não há mulher por perto querendo ajudar é se masturbar; naquela época, porém, a ideia jamais passou pela minha cabeça. Em vez disso, caminhei inquieto pelos cômodos do andar de cima da casa, abrindo e fechando os punhos e com o que parecia um enfeite encapuzado enchendo a frente do jeans.

A raiva pode ser um estágio normal do processo de sofrimento — eu li que é —, mas nunca fiquei com raiva de Johanna depois de sua morte até o dia em que encontrei aquele retrato. Então, minha nossa, lá estava eu, com um tesão que simplesmente não passava, *furioso* com ela. Aquela vaca idiota, por que saiu correndo num dos dias mais quentes do ano? Vaca idiota e sem consideração, me deixar sozinho assim, sem poder nem sequer trabalhar.

Sentei na escada e pensei no que deveria fazer. O que deveria fazer era um drinque, resolvi, e depois talvez outro drinque, para fazer descer o primeiro. Na verdade, levantei dali antes de decidir que não era uma ideia muito boa, afinal de contas.

Em vez disso fui ao escritório, liguei o computador e fiz um jogo de palavras cruzadas. Naquela noite, quando fui para a cama, pensei em olhar a foto de Jo de roupa de banho novamente. Cheguei à conclusão que era uma ideia quase tão ruim quanto tomar alguns drinques quando eu estava me sentindo com raiva e deprimido. *Mas vou ter o sonho esta noite*, pensei ao apagar a luz. *É claro que vou ter aquele sonho.*

Mas não tive. Meus sonhos de Sara Laughs pareciam terminados.

Depois de uma semana, a ideia de pelo menos passar o verão no lago tornou-se melhor do que nunca. Assim, numa tarde de sábado no início de maio, quando calculei que qualquer caseiro de respeito do Maine estaria em casa assistindo a um jogo de beisebol do Red Sox, liguei para Bill Dean e lhe disse que estaria em minha casa do lago a partir de 4 de Julho mais ou menos... e se as coisas corressem como eu esperava, passaria o outono e o inverno lá também.

— Bem, é ótimo — disse ele. — É realmente uma boa notícia. Um monte de gente por aqui sentiu falta de você, Mike. Muitos querem lhe dar os pêsames por sua esposa, sabe?

Havia um levíssimo toque de censura em sua voz ou era apenas minha imaginação? Certamente Jo e eu tínhamos existido para a região; havíamos dado contribuições significativas para a pequena biblioteca que servia a área de Motton-Kashwakamak-Castle View, e Jo dirigiu a bem-sucedida campanha de fundos para conseguir um veículo dotado de uma biblioteca móvel para a localidade. Além disso, ela havia sido membro de um círculo de costura de senhoras (mantas de tricô eram sua especialidade) e membro de boa reputação da Cooperativa de Artesanato do Condado de Castle. Visitas a doentes... ajudando com a campanha anual de doação de sangue do corpo de bombeiros... recepcionando em um quiosque durante a Summerfest em Castle Rock... e coisas assim eram apenas um começo para ela. Jo também não o fazia com qualquer ostentação, mas de modo discreto e humilde, com a cabeça baixa (frequentemente para esconder um sorriso irônico, devo acrescentar — minha Jo tinha um senso de humor tipo Ambrose Bierce). Jesus, pensei, talvez o velho Bill tenha direito de mostrar censura.

— As pessoas sentem falta dela — eu disse.

— É, sentem sim.

— Eu ainda sinto muito a falta dela. Acho que é por isso que tenho ficado longe do lago. Passamos muitas épocas boas aí.

— Acho que sim. Mas seria ótimo ver você por aqui de novo. Vou ter muito o que fazer. O lugar está bem, você poderia se mudar esta tarde, se quisesse, mas quando uma casa permanece vazia o tempo que Sara está, fica mofada.

— Eu sei.

— Vou chamar Brenda Meserve para limpar todo aquele negócio de alto a baixo. A mesma moça de sempre, você sabe.

— Brenda é um pouco velha para uma grande limpeza de primavera, não é? — A senhora em questão tinha cerca de 65 anos, era robusta e alegremente grosseira. Gostava especialmente de piadas sobre o caixeiro-viajante que passava a noite como um coelho, pulando de buraco em buraco. Nada de sra. Danvers com ela.

— Senhoras como Brenda Meserve nunca ficam velhas demais para supervisionar as festividades — disse Bill. — Ela leva duas ou três moças para o aspirador e para levantar as coisas pesadas. Vão te custar talvez trezentos dólares. O que acha?

— Uma pechincha.

— O poço precisa ser testado, e o gerador também, mesmo que eu tenha a certeza que estejam ok. Vi um ninho de vespas junto ao velho estúdio de Jo que quero fumigar antes que as madeiras sequem. Ah, e o telhado da casa velha... você sabe, a peça do meio... precisa ser refeito. Eu devia ter te falado sobre ele no ano passado, mas sem você usar a casa, deixei de lado. Isso também pode ser feito?

— Pode, até 10 mil. Se passar disso, ligue para mim.

— Quero ser mico de circo se vai passar disso.

— Procure aprontar tudo antes que eu chegue, tudo bem?

— Tá, claro. Você vai querer sua privacidade, eu sei... mas é bom que saiba que não vai ter isso logo, logo. Ficamos chocados quando ela se foi tão jovem; todos nós aqui. Chocados e tristes. Ela era querida.

— Obrigado, Bill. — Senti lágrimas ardendo nos olhos. A dor é como um hóspede bêbado, sempre voltando para mais um abraço de despedida. — Obrigado por suas palavras.

— Você vai ter sua porção de bolos de cenoura, companheiro. — Ele riu, mas um pouco em dúvida, temendo estar cometendo uma impropriedade.

— Consigo comer um monte de bolo de cenoura — eu disse —, e se o pessoal exagerar, bem, Kenny Auster ainda tem aquele grande galgo irlandês?

— Tem, aquela coisa comeria bolo até explodir! — exclamou Bill muito bem-humorado. Riu até tossir. Esperei, sorrindo um pouco para mim mesmo. — Kenny chama o cachorro de Mirtilo, sabe-se lá por quê. Ele não é a coisa mais destrambelhada?! — Imaginei que estivesse se referindo ao cachorro e não a seu dono. Com não muito mais do que um metro e meio de altura e todo arrumadinho, Kenny Auster era o oposto do destrambelhado, este peculiar adjetivo do Maine que significa desajeitado, estabanado e propenso a levar tombos.

De repente percebi que sentia falta daquela gente — Bill, Brenda, Buddy Jellison, Kenny Auster e todos os outros que moravam o ano todo junto ao lago. Sentia falta até mesmo de Mirtilo, o galgo que trotava por toda parte com a cabeça erguida como se tivesse meio cérebro nela e longos fios de saliva pendendo das mandíbulas.

— Também tenho que descer lá e limpar as árvores caídas na nevasca — disse Bill. Parecia constrangido. — Até que não foi tão ruim esse ano, aquela última grande tempestade deixou neve por toda parte, graças a Deus, mas há uma boa quantidade de lixo que ainda tenho que tirar. Não vou demorar a fazer isso, agora. O fato de você não usar a casa não é uma desculpa. Venho descontando seus cheques. — Havia algo divertido em ouvir o velho babaca grisalho fazendo mea-culpa; Jo teria batido com os pés no chão e rido, tenho certeza.

— Se tudo estiver direito e funcionando no 4 de Julho, Bill, eu fico satisfeito.

— Então vai ficar satisfeito como um porco na lama. Isso é uma promessa. — O próprio Bill parecia satisfeito como um porco na lama, e fiquei contente. — Vai vir para cá e escrever um livro à beira d'água? Como nos velhos tempos? Não que os dois últimos livros não sejam ótimos, minha mulher não conseguiu largar aquele último por um segundo, mas...

— Não sei — eu disse, o que era verdade. E então a ideia me ocorreu. — Bill, pode me fazer um favor antes de limpar a entrada de carros e acionar Brenda Meserve?

— Se eu puder, com o maior prazer — respondeu. Então eu lhe disse o que queria.

Quatro dias depois, recebi um pequeno pacote com seu lacônico endereço para resposta: DEAN/ENT GERAL/TR-90 (DARK SCORE). Eu o abri e puxei vinte fotos tiradas com uma daquelas pequenas câmeras que são usadas uma vez e depois jogadas fora.

Bill encheu o filme com fotos de vários ângulos da casa, a maioria transmitindo aquele ar sutil de negligência de quando um lugar não é suficientemente utilizado... até mesmo um que é acaseirado (para usar as palavras de Bill) dá aquela impressão depois de algum tempo.

Mal olhei para as fotos. As primeiras quatro eram as que eu queria; enfileirei-as na mesa da cozinha, onde a forte luz do sol incidia diretamente sobre elas. Bill as tirara do alto da entrada de carros, apontando a câmera descartável para baixo, onde se esparramava Sara Laughs. Podia ver o musgo que tinha crescido não apenas nos troncos da casa principal, mas também nos das alas norte e sul. Podia ver a confusão de ramos caídos e os destroços das agulhas de pinheiro a esmo na entrada de carros. Bill deve ter ficado tentado a limpar tudo aquilo antes de tirar os instantâneos, mas não o fizera. Eu lhe tinha dito exatamente o que queria — "verrugas e tudo" foi a frase que usei —, e Bill me deu o que pedi.

Os arbustos dos dois lados da entrada de carros tinham crescido bastante desde que Jo e eu havíamos passado uma temporada significativa no lago; não estavam exatamente selvagens, mas alguns dos ramos mais compridos pareciam se estender avidamente uns para os outros através do asfalto, como amantes separados.

Contudo, meus olhos voltavam repetidamente para o alpendre ao lado da entrada de carros. As outras semelhanças entre as fotos e meus sonhos de Sara Laughs podiam ser apenas uma coincidência (ou a imaginação geralmente surpreendentemente prática do escritor em ação), mas eu conseguia explicar os girassóis crescendo através das tábuas do alpendre tanto quanto conseguia explicar o corte no dorso da minha mão.

Virei uma das fotos. Na parte de trás, num garrancho, Bill tinha escrito: *Esses camaradas estão bastante adiantados... e invadindo!*

Desvirei o retrato. Três girassóis, crescendo através das tábuas do alpendre. Não dois, nem quatro, mas três grandes girassóis com rostos como lanternas.

Exatamente como os do meu sonho.

Capítulo Seis

No dia 3 de julho de 1998, joguei duas maletas e meu PowerBook no porta-malas de meu Chevrolet de tamanho médio, comecei a dar marcha a ré pela entrada de carros, então parei e entrei novamente na casa. Eu a senti vazia e de certo modo abandonada, como um amante fiel que foi deixado e não entende por quê. A mobília não fora coberta, e a energia ainda estava ligada (eu sabia que A Grande Experiência do Lago podia se revelar um rápido e completo fracasso), mas o número 14 da rua Benton parecia esquecido mesmo assim. Ambientes muito cheios de mobília para produzirem eco ainda o faziam quando andei por eles, e em toda parte parecia haver luz empoeirada demais.

Em meu escritório, contra a poeira, o computador estava encapuzado como um executor. Ajoelhei-me diante dele e abri uma das gavetas da mesa. Dentro dela havia quatro resmas de papel. Peguei uma, comecei a andar com ela debaixo do braço; então pensei melhor e voltei. Eu tinha colocado aquela provocante foto de Jo em traje de banho na gaveta larga do meio. Então a retirei, rasguei o invólucro de papel na parte de trás da resma e coloquei a foto no meio dela, como um marcador de livro. Se *por acaso* eu começasse a escrever de novo, e se o texto fosse adiante, encontraria Johanna por volta da página 250.

Deixei a casa, tranquei a porta dos fundos, entrei no carro e me afastei. E nunca mais voltei.

Senti-me tentado a descer até o lago e examinar o trabalho — que se revelou mais extenso do que Bill Dean originalmente tinha esperado — em várias ocasiões. O que me manteve distante foi uma sensação, nunca muito articulada por minha mente consciente mas ainda bastante poderosa, de que eu não devia fazer a coisa daquele modo; de que, na próxima vez que viesse a Sara, devia ser para desfazer a mala e ficar.

Bill contratou Kenny Auster para consertar o telhado, e conseguiu o primo de Kenny, Timmy Larribee, para "raspar a garotona de alto a baixo", um processo de limpeza parecido como arear panelas que é empregado às vezes em casas de troncos. Bill fez também com que um bombeiro examinasse os canos, e recebeu a minha permissão para substituir alguns dos velhos encanamentos e a bomba do poço.

Ele se queixou de todas essas despesas pelo telefone; deixei que o fizesse. Quando se trata de ianques da quinta ou sexta geração e gasto de dinheiro, pode-se muito bem sentar e deixar que desabafem. De algum modo, puxar uma verdinha simplesmente parece tão errado a um ianque, como bolinar em público. Quanto a mim mesmo, não me importava de gastar um pouco. Vivo frugalmente a maior parte do tempo, não por qualquer código moral e sim porque minha imaginação, muito viva em outros aspectos, não funciona muito bem no assunto dinheiro. Minha ideia de farra são três dias em Boston, um jogo de beisebol dos Red Sox, uma ida à Tower Records & Video e uma visita à livraria Wordsworth, em Cambridge. Viver assim não faz diferença no lucro, muito menos no montante principal; eu tinha um bom administrador de investimentos em Waterville, e no dia em que tranquei a porta da casa de Derry e rumei na direção oeste para a TR-90 eu valia ligeiramente mais que cinco milhões de dólares. Não muito, comparado a Bill Gates, mas um grande número para aquela área, e podia arcar animadamente com o alto custo dos consertos da casa.

Foi uma estranha primavera tardia e um verão precoce para mim. O que fiz, sobretudo, foi esperar, encerrar meus negócios na cidade, falar com Bill Dean quando este ligou com a última rodada de problemas e tentar não pensar. Fiz a entrevista para a *Publishers Weekly*, e quando o entrevistador perguntou se tive qualquer problema voltando a trabalhar "no despertar do meu luto", eu disse não com uma cara absolutamente limpa. Por que não? Era verdade. Meus problemas só haviam começado quando terminei *De cima a baixo;* até então, eu havia continuado a todo vapor.

Em meados de junho, encontrei-me com Frank Arlen para almoçar no Starlite Cafe. O Starlite fica em Lewiston, geograficamente a meio caminho entre a cidade dele e a minha. À sobremesa (a famosa tortinha de morango do Starlite), Frank perguntou se eu estava saindo com alguém. Olhei-o surpreso.

— Por que ficou tão espantado? — perguntou ele, o rosto registrando uma das novecentas emoções sem nome, esta em algum lugar entre a diversão e a irritação. — É claro que eu não pensaria que está sendo infiel a Jo. Em agosto vai fazer quatro anos que ela morreu.

— Não — eu disse. — Não estou saindo com ninguém.

Ele me encarou silenciosamente. Olhei de volta por alguns segundos, depois comecei a mexer com a colher o chantili no alto da minha tortinha. Os biscoitos ainda estavam quentes do forno, e o chantili derretia. Isso me fez pensar naquela velha canção tola falando de alguém que deixou o bolo na chuva.

— Você *tem* saído com alguém, Mike?

— Tenho certeza de que não é da sua conta.

— Ah, pelo amor de Deus. Nas suas férias? Você...

Eu me obriguei a erguer os olhos do chantili que derretia.

— Não — eu disse. — Não.

Ficou em silêncio por mais um momento ou dois. Achei que ele estava pronto para mudar de assunto, o que seria ótimo para mim. Em vez disso, ele me perguntou diretamente se eu tinha dormido com alguém desde que Johanna morreu. Teria aceito uma mentira sobre aquele assunto mesmo se não acreditasse inteiramente nela — os homens mentem sobre sexo o tempo todo. Mas eu disse a verdade... e com um certo prazer perverso.

— Não.

— Nem uma única vez?

— Nem uma única vez.

— Uma massagista? Sabe, pelo menos para...

— Não.

Ele ficou ali sentado, batendo com a colher na borda da tigela com a sobremesa. Não tinha comido um único pedaço. Olhava para mim como se eu fosse uma espécie nova e nojenta de inseto. Não gostei muito daquilo, mas acho que entendi.

Cheguei perto do que nesses dias se chama de "uma relação" em duas ocasiões, nenhuma delas em Key Largo, onde eu observara vagamente duas mil mulheres bonitas andando, vestidas apenas de um ponto e uma promessa. Tinha havido uma garçonete de cabelos vermelhos, Kelli, num restaurante, onde eu almoçava com frequência. Depois de algum tempo, passamos a conversar, brincando, e então começou a haver certo contato visual, você sabe do que estou falando, olhares que simplesmente demoravam um pouco demais. Comecei a reparar nas pernas dela e no modo como o uniforme se retesava nos quadris quando se virava, e ela notou que eu reparava.

E houve uma mulher em Nu You, o lugar onde eu costumava malhar. Uma mulher alta que gostava de bustiê de jogging cor-de-rosa e short preto de ciclismo. Muito apetitosa. Além disso, eu gostava das coisas que ela levava para ler enquanto pedalava a bicicleta ergométrica numa daquelas intermináveis viagens aeróbicas para lugar nenhum — não *Mademoiselle* ou *Cosmo*, mas romances de pessoas como John Irving e Ellen Gilchrist. Gosto de gente que lê livros de verdade, e não apenas porque eu mesmo os escrevia no passado. Leitores de livros têm a mesma propensão que qualquer um a falar sobre o tempo, mas geralmente podem continuar dali.

O nome da loura com o bustiê rosa e short preto era Adria Bundy. Começamos a conversar sobre livros enquanto pedalávamos lado a lado, entrando cada vez mais profundamente em lugar nenhum, e chegou ao ponto em que eu a estava ajudando uma ou duas manhãs por semana na sala de peso. Há algo estranhamente íntimo em ajudar outra pessoa na ginástica. A posição de bruços de quem ergue o peso é parte dela, suponho (especialmente quando quem ergue o peso é uma mulher), mas não é tudo, e nem mesmo a maior parte da coisa. É principalmente o fator dependência. Embora raramente chegue a esse ponto, aquele que ergue o peso está confiando a vida a quem o ajuda. E em algum ponto no inverno de 1996, aqueles olhares começaram enquanto ela se deitava no banco e eu ficava em pé sobre ela, olhando para seu rosto de cabeça para baixo. Olhares que se demoram um pouco demais.

Kelli tinha uns 30 anos, Adria talvez fosse um pouco mais nova. Kelli era divorciada, Adria nunca se casou. Em nenhum dos dois casos eu teria assaltado um berçário, e acho que ambas ficariam contentes de ir para a cama comigo mesmo sem ser nada definitivo. Uma espécie de teste de química. Mesmo assim o que eu fiz no caso de Kelli foi achar um restaurante diferente para almoçar e, quando a Associação Cristã de Moços me mandou uma oferta de exercícios grátis como experiência, aceitei e jamais voltei a Nu You. Lembro-me de ter passado por Adria

Bundy certo dia na rua seis meses ou mais depois da mudança, e embora eu a cumprimentasse, fiz questão de não ver seu olhar intrigado e levemente magoado.

De um modo puramente físico, eu queria ambas (na verdade, lembro de um sonho no qual eu *tinha* as duas, na mesma cama e ao mesmo tempo), e ainda assim não queria nenhuma das duas. Em parte era minha incapacidade de escrever — minha vida já estragada o suficiente, obrigado, sem que eu acrescentasse complicações adicionais. E em parte era o trabalho para a verificação de que a mulher retribuindo seus olhares está interessada em você e não em sua conta bancária mais para extravagante.

A maior parte, creio eu, era que ainda havia muito de Jo na minha cabeça e no meu coração. Não havia espaço para ninguém mais, mesmo depois de quatro anos. Aquela dor era como colesterol, e se você acha isso engraçado ou esquisito, seja grato.

— E amigos? — perguntou Frank, finalmente começando a comer sua tortinha de morango. — Você tem amigos com quem sai, não tem?

— Tenho — eu disse. — Montes de amigos. — O que era uma mentira, mas eu *tinha* um monte de palavras cruzadas para fazer, um monte de livros para ler e um monte de filmes para assistir no meu vídeo à noite; praticamente podia recitar de cor a advertência do FBI sobre cópias ilegais. Quando se tratava de gente da vida real, as únicas pessoas para as quais eu liguei quando estava pronto para deixar Derry foram meu médico e meu dentista, e a maior parte da correspondência que mandei naquele junho consistia em cartões de mudança de endereço para revistas como *Harper's* e *National Geographic*.

— Frank — eu disse —, você parece uma mãe judia.

— Às vezes, quando estou com você, eu me *sinto* como uma mãe judia — respondeu. — Daquelas que acreditam nos poderes curativos de batatas cozidas em vez de pão ázimo. Há muito tempo que você não está com uma aparência tão boa, finalmente engordou um pouco, acho eu...

— Demais.

— Besteira, você parecia um faquir quando veio no Natal. Além disso, pegou um pouco de sol no rosto e nos braços.

— Tenho andado à beça.

— Portanto está com melhor aparência... a não ser pelos olhos. Às vezes você fica com essa expressão, e cada vez que eu a vejo, me preocupo. Acho que Jo ficaria contente que *alguém* esteja se preocupando.
— Que expressão?
— Seu olhar de mil metros de distância. Quer saber a verdade? Você parece alguém que foi capturado e não consegue se soltar.

Fui embora de Derry às três e meia, parei em Rumford para jantar e depois dirigi lentamente pelas colinas ascendentes do oeste do Maine enquanto o sol se punha. Eu tinha planejado cuidadosamente minha hora de partida e chegada, mesmo que inconscientemente, e enquanto passava por Morton e entrava no distrito não incorporado da TR-90, tornei-me consciente das batidas aceleradas de meu coração. Eu transpirava no rosto e nos braços, apesar do ar-condicionado do carro. Nada no rádio parecia bom, todas as músicas soavam como gritos. Assim, desliguei-o.

Eu me sentia amedrontado, e com um bom motivo para estar assim. Mesmo pondo de lado a peculiar polinização cruzada entre os sonhos e as coisas no mundo real (como pude fazer facilmente, descartando o corte em minha mão e os girassóis crescendo através das tábuas do alpendre dos fundos como coincidências ou felpas psíquicas), eu tinha motivo para estar com medo. Porque aqueles sonhos não haviam sido comuns, e minha decisão de voltar ao lago depois de todo esse tempo não fora uma decisão comum. Eu não me sentia como o homem moderno de *fin-de-millénaire*, numa busca espiritual para confrontar seus medos (eu estou bem, você está bem, vamos todos fazer uma masturbação mútua enquanto William Ackerman toca suavemente ao fundo); sinto-me mais como algum louco profeta do Velho Testamento indo ao deserto para viver de gafanhotos e água alcalina porque Deus o convocou num sonho.

Eu estava com problemas, minha vida continuava razoavelmente uma-tremenda-bagunça, e não conseguir escrever era só parte daquilo. Não estuprava crianças ou percorria o Times Square pregando teorias de conspiração por um megafone, mas mesmo assim estava com problemas. Havia perdido meu lugar na ordem das coisas e não conseguia encontrá-lo de novo. Nenhuma surpresa nisso; afinal de contas a vida não é um livro. Naquela noite quente de julho, eu estava engajado era numa autoinduzida terapia de choque, e deem-me pelo menos esse crédito — eu sabia disso.

Chega-se a Dark Score assim: I-95 de Derry a Newport; rota 2 de Newport a Bethel (com uma parada em Rumford, que costumava feder como a varanda da frente do inferno até que a economia voltada para o papel praticamente parasse durante a segunda administração Reagan). Depois toma-se a rota 68, a velha estrada do condado, através de Castle View, Motton (onde o centro consiste em um celeiro convertido que vende vídeos, cerveja e rifles de segunda mão) e em seguida passa-se pela tabuleta que indica TR-90 e a que diz O GUARDA-FLORESTAL É A MELHOR ASSISTÊNCIA NUMA EMERGÊNCIA, DISQUE 1-800-555-GUARDA OU *72 NO TELEFONE CELULAR. Ao que alguém acrescentara com um spray, FODAM-SE AS ÁGUIAS.

Oito quilômetros depois desse sinal, entra-se por uma estrada estreita à direita, sinalizada apenas por um quadrado de lata com o desbotado número 42. Acima dela, como tremas, estão dois buracos de bala calibre .22.

Entrei nessa estrada mais ou menos quando esperava — eram 7h16 da noite, horário de verão da Costa Leste pelo relógio do painel do Chevrolet.

E a emoção estava chegando em casa.

Percorri uns 300 metros segundo o hodômetro, ouvindo a relva crescida da pista chicotear o chassi do carro, escutando um ramo de vez em quando arranhar o teto ou se chocar contra o lado do passageiro como um soco.

Finalmente estacionei e desliguei o motor. Saí, andei até a traseira do carro, deitei de bruços e comecei a puxar o capim que tocava o quente sistema exaustor do Chevy. Tinha sido um verão seco, e era melhor tomar precauções. Eu cheguei exatamente nessa hora para replicar meus sonhos, esperando por algum insight mais profundo que me revelasse algo mais sobre eles ou que me desse uma ideia do que fazer a seguir. O que não queria provocar era um incêndio na floresta.

Executada a tarefa, levantei e olhei ao redor. Os grilos cantavam, como haviam feito em meus sonhos, e as árvores amontoavam-se próximas dos dois lados da estrada, como também sempre faziam nos sonhos. Acima de minha cabeça, o céu era uma faixa de azul desbotado.

Comecei a andar, subindo pelo sulco feito pela roda direita no caminho. Jo e eu tivemos um vizinho naquele final da estrada, o velho Lars Washburn, mas agora a entrada de carros de Lars mostrava-se invadida por arbustos de zimbro e bloqueada por um pedaço de corrente enferrujada. Pregado a uma árvore à esquerda da corrente havia um aviso de NÃO ULTRAPASSAR. Numa árvore da direita, uma tabuleta anunciava CORRETORA IMOBILIÁRIA PRÓXIMO SÉCULO, e um telefone local. Era difícil ler as palavras desbotadas na escuridão crescente.

Continuei andando, mais uma vez consciente das batidas fortes do meu coração e de como os mosquitos zumbiam em torno de meu rosto e meus braços. O auge da estação deles já tinha passado, mas eu estava transpirando muito, e esse é um cheiro de que gostam. Deve lembrá-los de sangue.

Até que ponto sentia medo ao me aproximar de Sara Laughs? Não me lembro. Suspeito que o medo, como a dor, é uma dessas coisas que escapolem da mente depois que passam. O que eu me *lembro* é de uma sensação que havia tido antes quando estava aqui, especialmente quando caminhava por essa estrada sozinho. A sensação de que a realidade era frágil. Acho que *é* frágil, fina como gelo do lago depois de um degelo, e preenchemos nossa vida com barulho, luz e movimento para esconder tal fragilidade de nós mesmos. Mas em lugares como a estrada 42, você descobre que toda aquela fumaça e todos aqueles espelhos foram removidos. O que sobra é o som de grilos e a visão de folhas verdes escurecendo até o negro; galhos que têm formas de rostos; o som de seu coração no peito, o pulsar do sangue contra a parte de trás dos olhos e a aparência do céu quando o sangue azul do dia some da superfície celeste.

O que chega quando a luz do dia vai embora é uma espécie de certeza: que abaixo da pele há um segredo, algum mistério tão negro quanto luminoso. Sente-se esse mistério em cada respiração, em cada sombra, espera-se mergulhar nele a cada passo. Ele está aqui: desliza-se nele numa espécie de curva sem fôlego, como um skatista virando para casa.

Parei por um momento a cerca de 800 metros ao sul de onde tinha deixado o carro, e ainda a 800 metros ao norte da entrada de carros. Ali a estrada se dobra bruscamente, e à direita um campo aberto com inclinações abruptas desce em direção ao lago. Prado Tidwell é como os moradores locais o chamam, ou às vezes de Velho Campo. Foi aqui que Sara Tidwell e sua curiosa tribo construíram suas cabanas, pelo menos segundo Marie Hingerman (e certa vez, quando perguntei a Bill Dean, ele concordou que o local era este... embora não parecesse interessado em continuar a conversa, o que no momento me pareceu um pouco estranho).

Fiquei ali por um instante, olhando a extremidade norte do Dark Score lá embaixo. A água mostrava-se vítrea e calma, ainda cor de açúcar cristalizado no fulgor do pôr do sol, sem uma ondulação ou pequena embarcação à vista. O pessoal dos barcos estaria na marina ou no Sunset Bar de Warrington agora, imaginei, comendo rolinhos de lagosta e tomando grandes coquetéis misturados. Mais tarde, alguns deles, excitados com estimulantes e martínis, ficariam para cima e para baixo no lago ao luar. Imaginei se estaria por perto para escutá-los. Pensei haver uma boa chance de que então eu estivesse voltando para Derry, aterrorizado com o que tinha descoberto ou desiludido por não ter encontrado absolutamente nada.

— Homenzinho engraçado — disse Strickland.

Eu não sabia que ia falar até que as palavras tivessem saído de minha boca, e por que tais palavras especialmente, eu não tinha ideia. Lembrei-me do sonho sobre Jo debaixo da cama e estremeci. Um mosquito zumbiu em meu ouvido. Dei um tapa nele e continuei andando.

No final, a chegada ao começo da entrada de carros foi quase perfeitamente calculada, a sensação de ter voltado a entrar em meu sonho quase completa. Mesmo os balões de gás amarrados à tabuleta SARA LAUGHS (um branco e um azul, ambos com um BEM-VINDO DE VOLTA, MIKE!) e flutuando contra o fundo de árvores cada vez mais escuras pareciam intensificar o déjà-vu que havia induzido deliberadamente, pois nenhum sonho é exatamente igual ao outro, é? As coisas concebidas pelas mentes e feitas pelas mãos nunca podem ser as mesmas, mesmo quando se esforçam ao máximo para serem idênticas, porque jamais somos os mesmos de um dia para o outro, ou mesmo de um momento para o outro.

Andei até a tabuleta, consciente do mistério do lugar ao crepúsculo. Apertei a tábua, sentindo pelo tato sua áspera realidade, e passei as pontas dos dedos pelas letras, confrontando as lascas e lendo com minha pele como um cego lendo em braile: *S* e *A* e *R* e *A*; *L* e *A* e *U* e *G* e *H* e *S*.

A entrada de carros havia sido limpa de agulhas de pinheiro caídas e galhos soprados pelo vento, mas Dark Score bruxuleava num rosa desbotado exatamente como nos meus sonhos, e o volume espalhado da casa era o mesmo. Atenciosamente, Bill havia deixado acesa a lâmpada do alpendre dos fundos, e os girassóis que cresciam através das tábuas havia muito tinham sido cortados, mas todo o resto era o mesmo.

Olhei para cima, para a fenda do céu sobre a estrada. Nada... esperei... e nada... continuei esperando... e então lá estava ela, bem no centro do local para onde meu olhar se dirigira. Num momento havia apenas o céu que se desvanecia (com azul-índigo apenas começando a se erguer das beiras, como uma infusão de tinta), e no seguinte Vênus fulgurava ali, brilhante e firme. As pessoas falam de observar as estrelas surgirem, e acho que algumas o fazem, mas penso que foi a única vez na vida em que realmente vi uma estrela aparecer. Fiz meu pedido para ela também, mas desta vez era no tempo real, e não pedi Jo.

— Me ajuda — disse, olhando a estrela. Teria dito mais, se soubesse o que dizer. Não sabia de que tipo de ajuda precisava.

Chega, disse uma voz em minha mente de maneira desconfortável. *Agora chega. Volte e entre no carro.*

Só que não era esse o plano. O plano era descer a entrada de carros, exatamente como tinha feito no sonho final, o pesadelo. O plano era provar a mim mesmo que não havia nenhum monstro embrulhado numa mortalha, espreitando nas sombras da grande casa de troncos lá embaixo. O plano baseava-se muito naquele pedacinho de sabedoria da Nova Era, que afirma que a palavra "temor" significa "*T*empo de *E*nfrentar *M*ales, *O*bstáculos e se *R*ecuperar". Mas enquanto eu estava ali, vendo lá embaixo a centelha de luz do alpendre (parecia muito pequena na escuridão crescente), me ocorreu que havia outro pedacinho de sabedoria, não tão otimista, sugerindo que "temor" é na verdade um acrônimo para "*T*empo de *E*stragar o *M*undo, *O*lhar e se '*R*etirar'". Ali sozinho no bosque enquanto a luz deixava o céu, a última interpretação parecia ser a mais inteligente, não havia dúvida.

Olhei para baixo e fiquei um tanto surpreso de ver que tinha tirado um dos balões — tinha-o desamarrado sem mesmo notar enquanto elaborava as coisas. Ele flutuava serenamente por minha mão acima no final do cordão, as palavras nele impressas agora impossíveis de serem lidas na escuridão que aumentava.

Talvez seja tudo discutível, afinal de contas; talvez eu não possa me mover. Talvez aquele velho demônio, o caminho do escritor, tenha me pego de novo, e eu simplesmente vou ficar aqui como uma estátua até que alguém apareça e me arraste para longe.

Mas era o tempo real no mundo real, e no mundo real não havia algo como o caminho do escritor. Abri a mão. Enquanto o cordão que eu vinha segurando flutuava livremente, caminhei sob o balão que subia e comecei a descer a entrada de carros. Pé ante pé, como desde que tinha aprendido esse truque pela primeira vez em 1959. Penetrei cada vez mais profundamente no cheiro limpo mas acre de pinheiros, e uma vez me peguei dando um passo extragrande, evitando um galho caído que havia estado no sonho, mas não estava aqui na realidade.

Meu coração ainda batia com força e o suor ainda fluía de meu corpo, tornando a pele oleosa e atraindo mosquitos. Ergui a mão para tirar o cabelo da testa e então parei, mantendo-a com os dedos abertos na frente dos olhos. Coloquei a outra mão junto da primeira. Nenhuma das duas estava com qualquer marca; não havia sequer a sombra de uma cicatriz do corte que eu tinha feito em mim mesmo ao me arrastar pelo quarto durante a tempestade de gelo.

— Estou bem — disse. — Estou bem.

Homenzinho engraçado, disse Strickland, respondeu uma voz. Não era a minha, nem de Jo; era a voz de OVNI que tinha narrado meu pesadelo, que me empurrara para a frente mesmo quando eu queria parar. A voz de um estranho.

Comecei a andar de novo. Eu tinha passado do meio da entrada de carros agora. Alcançara o ponto em que, no sonho, eu dizia à voz que estava com medo da sra. Danvers.

— Tenho medo da sra. D. — disse, experimentando as palavras em voz alta na escuridão crescente. — E se a velha governanta má estiver lá?

Um mergulhão-do-norte gritou no lago, mas a voz não respondeu. Suponho que não tinha que fazê-lo. *Não* havia nenhuma sra. Danvers, ela era apenas um saco de ossos num velho livro, e a voz sabia disso.

Comecei a andar de novo, passei pelo grande pinheiro onde Jo bateu com nosso jipe certa vez, tentando subir de ré a entrada de carros.

Como ela tinha xingado! Como um marinheiro! Eu consegui manter a expressão séria até ela chegar ao "Foda-se tudo"; nesse ponto perdi o controle e ri, apoiando-me na lateral do jipe com as palmas apertadas contra as têmporas, uivando até que as lágrimas rolassem por meu rosto, com Jo disparando faíscas azuis de fogo contra mim o tempo inteiro.

Eu podia ver a marca à altura de quase um metro no tronco da árvore, o branco parecendo flutuar acima da casca escura na penumbra. Era exatamente aqui que o desconforto que permeava os outros sonhos transformava-se em algo muito pior. Mesmo antes de a coisa amortalhada irromper casa afora, eu tinha sentido que algo estava completamente errado, tudo torto; senti que de algum modo a própria casa havia enlouquecido. Era naquele ponto, passando o velho pinheiro com a cicatriz, que eu tinha querido correr como homem-biscoito.

Agora, eu não sentia aquilo. Tinha medo, sim, mas não terror. A começar pelo fato de que não havia nada atrás de mim, nenhum som de respiração. A pior coisa com que um homem provavelmente podia esbarrar nesses bosques era um alce americano irritado. Ou, penso eu, se realmente não estivesse com sorte, um urso zangado.

No sonho havia uma lua quase cheia, mas não existia nenhuma lua no céu acima de mim naquela noite. Nem haveria: dando uma olhada na seção de previsão do tempo do *Derry News* daquela manhã, eu tinha notado que estávamos na lua nova.

Mesmo o mais poderoso déjà-vu é frágil, e à ideia daquele céu sem lua, o meu se rompeu. A sensação de me soltar de meu pesadelo foi embora tão abruptamente que cheguei mesmo a me perguntar por que fizera aquilo, o que esperara provar ou realizar. Agora teria que voltar todo o caminho até a estrada escura para recuperar o carro.

Muito bem, faria isso com uma lanterna da casa. Uma delas certamente ainda estaria dentro do...

Uma série de explosões percorreu a margem distante do lago, a última alta o bastante para ecoar nas colinas. Parei, respirando rapidamente. Momentos antes, esses estouros inesperados provavelmente teriam me posto a correr de volta pela entrada de carros em pânico, mas agora eu tive apenas aquele rápido instante de sobressalto. Eram fogos de artifício, claro, o último — o mais ruidoso — talvez um M-80. Amanhã seria 4 de Julho, e por todo o lago as crianças estavam celebrando antecipadamente, como têm o hábito de fazer.

Continuei andando. Os arbustos ainda se estendiam como mãos, mas haviam sido aparados e seu alcance não era muito ameaçador. Contudo, não tinha que me preocupar de não haver energia; estava bastante perto do alpendre dos fundos para ver mariposas adejando em torno da lâmpada que Bill Dean deixara acesa para mim. Ainda que não *houvesse* energia (na parte oeste do estado, diversas linhas ainda correm suspensas do chão, e a energia é interrompida muitas vezes), o gerador teria disparado imediatamente.

Apesar disso, estava assombrado por tanto do meu sonho estar realmente ali, mesmo com a poderosa sensação de repetição — de *reviver* — tendo desaparecido. As jardineiras de Jo estavam onde sempre haviam estado, flanqueando o caminho que leva à pequena faixa de terra de Sara; suponho que Brenda Meserve as tenha encontrado empilhadas no porão e tenha mandado que uma de suas ajudantes as pusesse para fora de novo. Nada crescia nelas ainda, mas eu suspeitava que logo cresceria. E mesmo sem a lua de meus sonhos, podia ver o quadrado negro na água a uns 50 metros da margem. A plataforma flutuante.

Nenhuma forma oblonga jazia na frente do alpendre, porém; nenhum caixão. Mesmo assim, meu coração batia com força novamente, e acho que se mais fogos de artifício tivessem sido disparados do lado Kashwakamak do lago, eu poderia ter gritado.

Homenzinho engraçado, disse Strickland.

Me dá isso, é o meu pega-poeira.

E se a morte nos enlouquece? E se sobrevivemos, mas tendo ela nos deixado loucos? O que acontece?

Eu cheguei ao ponto em que, no meu pesadelo, a porta se escancarava e aquela forma branca irrompia para fora com os braços erguidos envolvidos na mortalha. Dei mais um passo e parei, ouvindo o som áspero de minha respiração enquanto empurrava cada sopro de ar garganta abaixo e depois o empurrava de volta sobre a superfície seca da minha língua. Não havia nenhuma sensação de déjà-vu, mas por um momento achei que a forma apareceria mesmo assim — aqui no mundo real, no tempo real. Fiquei ali esperando por ela com as mãos suadas cerradas. Aspirei o ar novamente e dessa vez o retive.

O suave rolar da água na margem.

Uma brisa tocando meu rosto e sacudindo os arbustos.

Um mergulhão-do-norte gritando no lago; mariposas investindo contra a luz do alpendre.

Nenhum monstro envolto em mortalha se atirou porta afora e, através das grandes janelas à esquerda e à direita da porta, eu não via nada se movendo, branco ou de qualquer outra cor. Havia um bilhete sobre a maçaneta, provavelmente de Bill, e era tudo. Soltei a respiração num jato e desci o resto do caminho da entrada de carros para Sara Laughs.

O bilhete era mesmo de Bill Dean. Dizia que Brenda tinha feito algumas compras para mim; a nota do supermercado estava na mesa da cozinha, e eu encontraria a despensa bem estocada com enlatados. Ela tinha consumido moderadamente os alimentos perecíveis, mas havia leite, manteiga, pão e hambúrguer, essa base da cozinha do cara solteiro.

Vejo você na próxima segunda, escreveu Bill. *Por minha vontade, eu estaria aí para lhe dar um alô pessoalmente, mas a patroa diz que é a nossa vez de dar a fugida do feriado e assim estamos indo para a Virgínia (quente!!) para passar o dia 4 com a irmã dela. Se precisar de qualquer coisa ou tiver problemas...*

Havia rabiscado o número do telefone da cunhada na Virgínia, assim como o número de Butch Wiggins na cidade, que os locais chamam de "a TR", como em "Eu e mamãe ficamos cansados de Bethel e movemos nosso trailer para a TR". Havia também outros números — o bombeiro, o eletricista, Brenda Meserve e até mesmo o cara da TV em Harrison, que reposicionara a parabólica para o máximo de recepção. Bill não queria correr riscos. Virei o bilhete, imaginando um P.S. final: *Digamos, Mike, se a guerra nuclear estourar antes que eu e Yvette voltemos da Virgínia...*

Algo se moveu atrás de mim.

Girei, o bilhete caiu de minha mão. Ele deslizou para as tábuas do alpendre dos fundos como uma versão maior e mais branca das mariposas atirando-se contra o bulbo da lâmpada lá em cima. Naquele instante, tive certeza de que seria a coisa amortalhada, um espectro louco no corpo em decomposição de minha esposa. *Me dá meu pega-poeira, me dá, como ousa vir para cá e perturbar meu descanso, como ousa vir a Manderley de novo, e agora que está aqui, como poderá ir embora? Para dentro do mistério com você, homenzinho tolo. Para dentro do mistério com você.*

Não havia nada lá. Tinha sido só a brisa movendo um pouco os arbustos... só que eu não senti brisa alguma contra minha pele suada, não daquela vez.

— Bem, deve ter sido a brisa, não há nada ali — disse.

O som de nossa própria voz quando se está só pode ser assustador ou tranquilizador. Naquela vez tranquilizou-me. Curvei-me, peguei o bilhete de Bill e enfiei-o no bolso de trás. Então vasculhei à procura do molho de chaves, sob a lâmpada do alpendre e as grandes sombras que se precipitavam das mariposas atingidas pela luz, percorrendo as chaves até encontrar a que eu queria. Ela mostrava um aspecto engraçado de falta de uso, e enquanto eu passava o polegar por sua borda serrilhada, me perguntei novamente por que não viera para cá — exceto por umas duas viagens rápidas e à luz do dia — por todos aqueles meses e anos desde que Jo morrera. Se ela estivesse viva, certamente teria insistido...

Mas então uma percepção peculiar ocorreu-me: não era apenas uma questão de *desde que Jo morrera*. Seria fácil pensar naquilo desse modo — nunca, nem uma só vez durante minhas seis semanas em Key Largo, eu tinha pensado nisso de qualquer outro modo —, mas, agora, em pé sob as sombras das mariposas dançantes (era como ficar sob alguma esquisita bola de espelhos orgânica) e escutando os mergulhões-do-norte no lago, lembrei que embora Johanna tivesse morrido em agosto de 1994, morrera em Derry. Fazia um calor terrível na cidade... então por que estávamos lá? Por que não instalados em nosso sombreado deck no lado da casa dando para o lago, tomando chá gelado em nossas roupas de banho, vendo os barcos indo e voltando e comentando sobre a forma dos vários esquiadores aquáticos? Para início de conversa, o que estava ela fazendo naquele desgraçado daquele estacionamento do Rite Aid, quando em qualquer outro agosto teríamos estado a quilômetros dali?

E isso não era tudo. Geralmente ficávamos em Sara até o final de setembro — era uma época tranquila, bonita, tão quente quanto o verão. Mas em 1993 havíamos partido depois de passarmos ali apenas uma semana de agosto. Eu sabia, porque lembrava de Johanna indo a Nova York comigo depois naquele mesmo mês, algum negócio editorial e a habitual e concomitante besteira de publicidade. Em Manhattan estava um calor sufocante, os hidrantes jorrando no East Village e as ruas da parte alta da cidade crepitando de tão quentes. Numa noite daquela viagem víramos *O Fantasma da Ópera*. Perto do final, Jo inclinara-se para mim e sussurrara: "Que merda, o Fantasma está choramingando de novo!" Eu passara o resto do espetáculo tentando me impedir de ter um acesso louco de riso. Jo podia ser má dessa maneira.

Por que teria vindo comigo naquele agosto? Ela não gostava de Nova York mesmo em abril ou outubro, quando a cidade fica bastante bonita. Eu não sabia. Não conseguia lembrar. Só tinha certeza de que ela jamais voltara a Sara Laughs depois do início de agosto de 1993... e antes de muito tempo eu não estava certo nem daquilo.

Fiz a chave deslizar na fechadura e girei-a. Eu entraria, passaria a mão rapidamente nas prateleiras superiores da cozinha, pegaria uma lanterna e voltaria ao carro. Se não o fizesse, algum bêbado com um chalé na extremidade sul da estrada chegaria rápido demais, bateria na traseira de meu Chevy e me processaria por um bilhão de dólares.

A casa tinha sido arejada e não cheirava nem um pouco a mofo; em vez de um ar parado e bolorento, havia um tênue e agradável aroma de pinho. Estiquei a mão para a luz do lado de dentro e então, em algum ponto na escuridão da casa, uma criança começou a chorar. Minha mão imobilizou-se onde estava e minha carne gelou. Não entrei exatamente em pânico, mas todo pensamento racional abandonou minha mente. Era um choro, um choro de criança, mas eu não tinha uma pista sequer de onde estaria vindo.

Então o choro começou a desaparecer. Não a ficar mais fraco e sim a *desaparecer gradualmente*, como se alguém tivesse pegado a criança e a fosse carregando para longe, por um comprido corredor... não que um corredor semelhante existisse em Sara Laughs. Mesmo o que percorria o meio da casa, ligando a seção central às duas alas, não é realmente longo.

Desaparecendo... desaparecendo... quase sumindo.

Permaneci ali no escuro com minha pele fria arrepiada e minha mão no interruptor de luz. Parte de mim queria se mandar, simplesmente voar para fora tão depressa quanto minhas pequenas pernas pudessem me carregar, correndo como o homem-biscoito. Outra parte, porém — a parte racional —, já estava se recuperando.

Acionei o interruptor, a parte que queria fugir dizendo que eu podia esquecer, não ia funcionar, é o sonho, idiota, é seu sonho tornando-se realidade. Mas *funcionou*. A luz do saguão chegou num clarão, dissipando as sombras, revelando a pequena e encaroçada coleção de cerâmica de Jo à esquerda e a estante à direita, coisas que eu não olhava havia quatro anos ou mais, porém, ainda ali, e as mesmas. Em uma prateleira no meio da estante vi os três primeiros romances de Elmore Leonard — *Swag, Desafiando o assassino* e *O golpe* —, que eu tinha guardado para uma temporada chuvosa; você tem que estar preparado para a chuva quando está no campo. Sem um bom livro, mesmo dois dias de chuva nos bosques podem ser suficientes para deixá-lo pirado.

Houve um murmúrio final de choro e depois o silêncio. Nele, eu podia ouvir o tique-taque da cozinha. O relógio sobre o fogão, um dos raros lapsos de mau gosto de Jo, é o Gato Félix com grandes olhos que se movem de um lado para outro enquanto a cauda-pêndulo balança para a frente e para trás. Acho que está presente em todos os filmes de horror baratos já feitos algum dia.

— Quem está aí? — gritei. Dei um passo para a cozinha, apenas um espaço obscuro flutuando além do saguão, e então parei. Na escuridão, a casa era uma caverna. O som do choro poderia ter vindo de qualquer lugar. Inclusive de minha própria imaginação. — Tem alguém aí?

Nenhuma resposta... mas eu não achava que o som ocorrera na minha cabeça. Se tivesse ocorrido, o bloqueio de escritor seria o menor dos meus problemas.

Na estante à esquerda dos Elmore Leonard, estava uma lanterna de cabo longo, o tipo que tem oito pilhas grandes e que o cegará temporariamente se alguém apontá-la diretamente para seus olhos. Peguei-a, e até que tivesse quase escorregado da minha mão eu não havia percebido o quanto estava transpirando, ou o quanto estava assustado. Balancei-a, com o coração batendo forte, meio esperando que aquele sinistro soluçar começasse de novo, ou que a coisa amortalhada viesse flutuando da sala de estar escura com seus braços sem forma erguidos; algum velho político picareta de volta do túmulo e pronto para fazer outra tentativa. Votem na chapa Ressurreição direta, irmãos, e serão salvos.

Controlei a luz e liguei-a. Ela se projetou num facho reto e brilhante na sala, acertando a cabeça do alce americano sobre a pedra da lareira; ela brilhou nos olhos de vidro da cabeça como duas luzes ardendo sob a água. Vi as velhas cadeiras de bambu; o velho sofá; a escoriada mesa da sala de jantar que era preciso equilibrar calçando uma das pernas com uma carta de jogar dobrada ou um par de descansos de copo; não vi fantasma nenhum; cheguei à conclusão de que era um carnaval totalmente estragado mesmo assim. Nas palavras do imortal Cole Porter, *Let's call the whole thing off* [vamos cancelar a coisa toda]. Se eu rumasse para leste assim que voltasse ao carro, poderia estar em Derry por volta da meia-noite. Dormindo na minha própria cama.

Desliguei a luz do saguão e permaneci com a lanterna desenhando seu contorno na escuridão. Escutei o tique-taque daquele estúpido relógio-gato, que Bill devia ter posto para funcionar, e o ciclo de som abrupto do motor da geladeira. Enquanto os ouvia, percebia que jamais tinha esperado ouvir os dois sons de novo. Quanto ao choro...

Houve um choro? Houve mesmo?

Sim. Choro ou *alguma coisa*. Exatamente o que agora parecia discutível. O que parecia nítido era que vir para cá tinha sido uma ideia perigosa e uma atitude idiota para um homem que ensinara sua mente a se comportar mal. Enquanto eu ficava no saguão sem luz nenhuma a não ser a lanterna e o fulgor entrando pelas janelas e vindo da lâmpada do alpendre de trás, percebi que a linha entre o que eu sabia que era real e o que eu sabia que era apenas minha imaginação havia desaparecido.

Deixei a casa, examinei a porta para certificar-me de que estava trancada e caminhei de volta pela entrada de carros, balançando o facho da lanterna de um lado para outro como um pêndulo — como a cauda do velho Félix, o Gato Maluco na cozinha. Enquanto rumava na direção norte ao longo da estrada, ocorreu-me que teria de inventar alguma história para Bill Dean. Não adiantaria dizer: "Bem, Bill, desci lá e ouvi uma criança berrando em minha casa trancada, e isso me assustou tanto que me transformei no homem-biscoito e voltei correndo para Derry. Vou lhe mandar a lanterna que peguei; coloque-a de volta na prateleira junto aos livros, está bem?" Isso não adiantava nada porque a história se espalharia e as pessoas diriam: "Não é surpresa. Provavelmente escreveu livros demais. Um trabalho assim tem que amolecer a cabeça de um homem. Agora está com medo da própria sombra. Risco ocupacional."

Mesmo que eu jamais viesse para cá novamente, não queria deixar as pessoas na TR com aquela opinião a meu respeito, aquela atitude de certo desprezo de está-vendo-o-que-se-ganha-por-pensar-demais. É uma postura que muita gente tem a respeito de quem vive da imaginação.

Vou dizer a Bill que fiquei doente. De certo modo era verdade. Ou não... melhor dizer a ele que *outra pessoa* ficou doente... um amigo... alguém em Derry com quem eu estava saindo... uma amiga, talvez. "Bill, essa minha amiga, essa *senhora* minha amiga ficou doente, sabe, então..."

Parei subitamente, a luz brilhando na frente do carro. Eu tinha andado um quilômetro e meio na escuridão sem notar muitos sons no bosque, e descartando até o maior deles, como um alce instalando-se para passar a noite. Não tinha me virado para ver se a coisa amortalhada (ou talvez alguma espectral criança chorando) estava me seguindo. Havia ficado envolvido na invenção de uma história e depois em embelezá-la, fazendo-o na minha cabeça em vez de fazê-lo no papel desta vez, mas descendo os mesmos caminhos bem conhecidos. Tão envolvido que negligenciara sentir medo. As batidas do coração haviam voltado ao normal, o suor secava na pele e os mosquitos haviam parado de zumbir em meu ouvido. E enquanto eu estava ali, ocorreu-me um pensamento. Era como se minha mente tivesse esperado pacientemente que eu me acalmasse o bastante para que pudesse me lembrar de algum fato essencial.

Os canos. Bill obtivera meu sinal verde para substituir a maioria dos velhos canos, e o bombeiro o fizera. Ele o fizera muito recentemente.

— Ar nos canos — disse, passando o facho da lanterna de oito pilhas sobre a grade de meu Chevrolet. — Foi isso que eu ouvi.

Esperei para ver se a parte mais profunda de minha mente chamaria isso de uma mentira idiota e racionalizante. Não chamou... acho que foi porque percebi que podia ser verdade. Canos com ar podem parecer gente falando, cachorros latindo ou crianças chorando. Talvez o bombeiro tenha juntado os canos e o som fosse algo diferente... mas talvez não tenha. A questão era se eu ia ou não entrar no carro, recuar 300 metros até a rodovia e depois voltar a Derry, tudo baseado num som que ouvi por dez segundos (talvez apenas cinco), e num estado de espírito excitado e estressado.

Decidi que a resposta era não. Poderia ser necessário apenas algo mais peculiar para me fazer dar meia-volta — provavelmente uma algaravia, como a de um personagem de *Contos da cripta* —, mas o som que tinha ouvido no saguão não era suficiente. Não quando a ida para Sara Laughs poderia significar tanto.

Escuto vozes na cabeça e as venho escutando desde que me entendo por gente. Não sei se é parte do equipamento necessário do escritor ou não; nunca perguntei a outra pessoa. Nunca senti a necessidade de fazê-lo, porque sei que todas as vozes que ouço são versões de mim mesmo. Ainda assim, elas frequentemente me pareciam como versões muito reais de outras pessoas, e nenhuma é mais real para mim — ou mais familiar — do que a voz de Jo. Agora aquela voz apareceu, parecendo interessada, divertida de um modo irônico, mas gentil... e aprovadora.

Vai lutar, Mike?

— É — eu disse, em pé na escuridão e captando vislumbres de cromo com minha lanterna. — Acho que sim, querida.

Bom, então isso está bem, não é?

Sim. Estava. Entrei no carro, liguei-o e desci lentamente a estrada. E quando cheguei à entrada de carros, enveredei por ela.

Não houve nenhum choramingo na segunda vez em que entrei na casa. Andei lentamente pelo andar de baixo, mantendo a lanterna na mão até acender todas as lâmpadas que pude encontrar; se ainda houvesse pessoas passeando de barco na extremidade norte do lago, a velha Sara provavelmente daria a impressão de um esquisito disco voador spielbergiano pairando sobre elas.

Acho que as casas vivem suas próprias vidas ao longo de um fluxo de tempo diferente daqueles em que flutuam seus proprietários, um fluxo mais lento. Numa casa, especialmente uma casa antiga, o passado está mais perto. Na minha vida, Johanna estava morta havia quase quatro anos, mas para Sara Laughs ela estava muito mais próxima que isso. Só quando estava realmente no interior da casa, com todas as luzes acesas e a lanterna tendo voltado a seu lugar na estante, percebi o quanto tinha sido apavorante a minha chegada. Por ter minha grande dor reavivada devido a sinais da vida interrompida de Johanna. Um livro com uma borda dobrada na mesa junto a um dos cantos do sofá, onde Jo gostava de se reclinar de camisola, lendo e comendo ameixas; a caixa de papelão de Aveia Quaker, que era só o que ela sempre queria de café da manhã, numa prateleira da despensa; seu velho robe verde pendurado na parte de trás da porta do banheiro na ala sul, que Bill Dean ainda chamava de "ala nova", embora tivesse sido construída antes que chegássemos a ver Sara Laughs.

Brenda Meserve tinha feito um bom trabalho — um trabalho humano — ao remover tais sinais, mas não pôde remover todos eles. A coleção em capa dura dos romances de Peter Wimsey, de Sayers, ainda mantinha o lugar de honra no centro da estante da sala de estar. Jo sempre chamou de Bunter a cabeça de alce americano sobre a lareira, lembrando do mordomo criado por Dorothy Sayers. Um dia, sem nenhuma razão que eu pudesse lembrar (certamente parecia um acessório muito pouco Bunter), pendurou um sino em torno de seu pescoço peludo. Ainda está lá, numa fita de veludo vermelho. A sra. Meserve pode ter ficado intrigada com o sino, se perguntando se devia deixá-lo ou retirá-lo, sem saber que Jo e eu fazíamos amor no sofá da sala (e, sim, com muita frequência a gente quase explodia ali) e nos referíamos ao ato como "tocar o sino de Bunter". Brenda Meserve tinha feito o máximo que pôde, mas qualquer bom casamento é um território secreto, um necessário espaço em branco no mapa da sociedade. O que os outros não sabem sobre ele é o que o faz seu.

Andei por ali, tocando as coisas, olhando-as, vendo-as como novas. Jo parecia estar em toda parte para mim; depois de algum tempo me deixei cair numa das velhas cadeiras de bambu em frente à TV. A almofada chiou debaixo de mim, e pude ouvir Jo dizendo: "Trate de se *desculpar*, Michael!"

Pus o rosto entre as mãos e chorei. Acho que o último choro de meu luto, mas isso não o tornou mais fácil de suportar. Chorei até pensar que algo dentro de mim se romperia se eu não parasse. Quando o choro finalmente me soltou, meu rosto estava ensopado, eu estava com soluços e achei que jamais tinha me sentido tão cansado na vida. Sentia todo o meu corpo torcido — parcialmente pela caminhada que tinha feito, acho, mas principalmente pela tensão de chegar ali... e decidir ficar. Lutar. Aquele esquisito fantasma chorando que eu tinha ouvido assim que entrei no lugar, embora parecesse muito distante agora, não havia ajudado.

Lavei o rosto na pia da cozinha, retirando as lágrimas com as palmas das mãos e limpando o nariz entupido. Então levei minhas valises para o quarto de hóspedes na ala norte. Não tinha intenção de dormir na ala sul, no quarto principal; a última vez em que tinha dormido ali foi com Jo.

Era uma escolha que Brenda Meserve tinha previsto. Havia um buquê de flores frescas na escrivaninha, e um cartão: BEM-VINDO, SR. NOONAN. Se eu não estivesse emocionalmente exausto, acho que olhar para aquela mensagem, na caligrafia pontiaguda e elegante da sra. Meserve, teria provocado outro acesso de choro. Pus meu rosto junto às flores e respirei fundo. Cheiravam bem, como a luz do sol. Então tirei as roupas, deixando-as onde caíram, e puxei a colcha da cama. Lençóis limpos, fronhas limpas; o mesmo velho Noonan deslizando por entre aqueles e deixando a cabeça cair nestas.

Fiquei ali deitado com a lâmpada do criado-mudo acesa, olhando para as sombras no teto, quase incapaz de acreditar que estava naquele lugar e naquela cama. Não tinha havido nenhuma coisa amortalhada para me saudar, é claro... mas eu cogitava que ela podia muito bem me descobrir em meus sonhos.

Às vezes — pelo menos para mim — há um choque de transição entre acordar e dormir. Não naquela noite. Perdi a consciência sem saber que o fazia, e acordei na manhã seguinte com a luz do sol brilhando através da janela e o abajur da cabeceira ainda aceso. Não tinha havido sonho nenhum de que me lembrasse, só uma vaga sensação de que havia despertado brevemente durante a noite e ouvido um sino tocando, muito débil e a distância.

Capítulo Sete

A garotinha — na realidade não era muito mais do que um bebê — vinha andando pelo meio da rota 68, numa roupa de banho vermelha, sandália de dedo de plástico amarelo e um boné de beisebol dos Red Sox de Boston virado para trás. Eu tinha acabado de passar pelo Armazém Lakeview e a Oficina Dickie Brooks, e o limite de velocidade ali cai de 90 para 60 quilômetros. Graças a Deus, eu obedecia ao limite naquele dia, caso contrário poderia ter matado a garota.

Era o meu primeiro dia depois da volta. Havia acordado tarde e tinha passado a maior parte da manhã no bosque ao longo da praia do lago, vendo o que permanecia igual e o que tinha mudado. A água parecia um pouco mais baixa e havia menos barcos do que eu esperava, especialmente no maior feriado do verão, mas fora isso tudo estava da mesma forma de antes. Eu parecia até dar tapas nos mesmos insetos.

Por volta das 11, meu estômago me alertou para o fato de que eu tinha pulado o café da manhã. Decidi que seria uma boa ideia ir até o Village Café. Sem a menor dúvida, o restaurante em Warrington era mais badalado, mas lá eu seria observado pelas pessoas. O Village Café era melhor — se é que ainda funcionava. Buddy Jellison era um sujeito mal-humorado, mas sempre fora o melhor cozinheiro de frituras do oeste do Maine, e o que meu estômago queria era um grande e gorduroso Villagebúrguer.

Então entra a garotinha, caminhando reto na linha branca e parecendo uma baliza à frente da banda conduzinho uma parada invisível.

Rodando a cerca de 60 quilômetros, tive tempo de sobra para vê-la, mas aquela estrada era agitada no verão, e poucas pessoas se preocupavam em reduzir a velocidade na área. Havia apenas uma dúzia de radiopatrulhas no condado de Castle, afinal de contas, e não muitas se importavam com a TR, a não ser que fossem especificamente chamadas.

Parei no acostamento, liguei o pisca-alerta e saí antes que a poeira começasse a baixar. Era um dia de mormaço, fechado e estagnado, e mesmo assim as nuvens pareciam baixas o suficiente para serem tocadas. A criança — uma lourinha com nariz arrebitado e joelhos esfolados — continuava na linha branca como numa corda bamba e observou minha aproximação tão destemidamente como uma corça.

— Oi — disse ela. — Vou pra praia. Mamãe não quer me levar e eu tô chateada. — Bateu o pé para mostrar que sabia tão bem quanto qualquer pessoa o que era ficar chateada. Três ou 4 anos, era o meu palpite. Bem falante à sua maneira e muito bonitinha, mas com não mais de 3 ou 4 anos.

— Bom, a praia é um bom lugar para se ir no 4 de Julho, não há dúvida — disse —, mas...

— Quatro de Julho e os fogos *também* — concordou ela, fazendo o "também" soar exótico e doce, como uma palavra em vietnamita.

— ... mas se você andar até lá pela estrada, é mais provável que acabe no Hospital de Castle Rock.

Decidi que não ficaria ali batendo papo com ela no meio da rota 68, não com uma curva a apenas 50 metros ao sul e um carro podendo dobrar a quase 100 por hora a qualquer momento. Na realidade, eu escutava um motor, e estava girando rápido.

Peguei a criança e a carreguei até onde tinha deixado o carro. Apesar de ela estar perfeitamente satisfeita de ser carregada e sem o mínimo medo, eu me senti como um molestador no segundo em que seu bumbum se apoiou em meu braço. Tinha plena consciência de que qualquer um que estivesse na combinação de escritório e sala de espera da oficina de Brooks poderia olhar para fora e me ver. Esta é uma das estranhas realidades da meia-idade de minha geração: não podemos tocar uma criança que não seja nossa sem temer que os outros vejam nisso algo lascivo... ou sem pensar, bem no fundo de nossa psique, que provavelmente *há* algo lascivo nisso. Mas tirei-a da estrada. Cheguei a esse ponto. Deixem que as Mães em Marcha do Oeste do Maine corram atrás de mim e façam o pior.

— Me leva pra praia? — pediu a garotinha. Tinha olhos brilhantes e era sorridente. Imaginei que provavelmente estaria grávida por volta dos 12 anos, especialmente dado o modo bacana como usava seu boné de beisebol. — Tá de calção?

— Acho que deixei meu calção em casa. Não é horrível? Onde está sua mãe, garotinha?

Como se respondesse diretamente à minha pergunta, o carro que eu tinha ouvido veio voando de uma estrada no lado próximo da curva. Era um Jeep Scout com lama borrifada até o alto nas duas laterais. O motor rosnando como algo no alto de uma árvore e furioso com isso. Uma cabeça de mulher espetava-se para fora da janela lateral. A mamãe da gracinha deve ter ficado com medo demais para se sentar; ela dirigia num agachamento maluco, e se o carro *tivesse* virado naquela curva específica na rota 68, quando fosse lançada para fora, minha amiga de maiô vermelho provavelmente ficaria órfã no ato.

O Scout deu uma guinada brusca, a cabeça enfiou-se novamente para dentro do carro e ouviu-se um rangido quando a motorista fez a mudança para aumentar a marcha, tentando colocar sua lata velha de zero a 100 km/h em talvez nove segundos. Se o terror puro pudesse ter feito o trabalho, tenho certeza de que ela teria sido bem-sucedida.

— É Mattie — disse a menina de roupa de banho. — Tô zangada com ela. Tô fugindo para passar o 4 de Julho na praia. Se ela tá zangada, eu vou até minha vó branca.

Eu não tinha ideia do que ela estava falando, mas me *passou* pela cabeça que Miss Bosox 1998 poderia ter seu 4 de Julho na praia; eu aceitaria uma certa porção de qualquer alimento saudável em casa. Enquanto isso, com o braço que não estava sob o traseiro da criança, eu acenava para a frente e por cima da cabeça, e com força suficiente para fazer levantar as mechas do bonito cabelo louro da garota.

— Ei! — gritei. — Ei, senhora! Estou com ela!

O Scout passou voando, ainda acelerando e ainda parecendo furioso com isso. O cano de descarga soprava nuvens de fumaça azul. Houve um rangido ainda mais medonho na velha marcha do Scout. Era como alguma versão maluca de *Vamos fazer um trato*: "Mattie, você conseguiu passar a segunda — gostaria de sair e assumir a máquina de lavar roupa ou vai tentar a terceira?"

Fiz a única coisa em que pude pensar: fui para o meio da estrada, me virei em direção ao jipe, que agora se distanciava de mim (o cheiro do óleo era forte e acre) e levantei a criança acima de minha cabeça, esperando que Mattie nos visse pelo retrovisor. Não me sentia mais um molestador; sentia-me agora o cruel leiloeiro de um desenho da Disney, oferecendo o leitãozinho mais bonitinho da ninhada ao lance mais alto. Mas funcionou. As lanternas traseiras cobertas de lama do Scout se acenderam e ouviu-se um uivo demoníaco quando os freios mal-usados se trancaram. Foi bem na frente da oficina. Se *houvesse* uns velhos clientes por ali para uma boa fofoca de 4 de Julho, teriam muito para fofocar. Achei que gostariam especialmente da parte em que mamãe grita para que eu largue sua filha. Quando você volta para sua casa de veraneio após uma longa ausência, é sempre bom começar com o pé direito.

As luzes traseiras reluziam e o jipe começou a vir de marcha a ré pela estrada a mais de 30 quilômetros por hora. Agora a transmissão soava não furiosa, mas em pânico — por favor, dizia ela, por favor, pare, você está me matando. A traseira do Scout oscilava de um lado para outro como a cauda de um cão feliz. Observei-o vir na minha direção, hipnotizado — agora na pista para o norte, depois através da linha branca e na pista para o sul, então corrigindo-se para que os pneus do lado esquerdo tirassem poeira da beira da estrada.

— Mattie vem depressa — disse minha nova amiguinha num tom de conversa, de não-é-interessante? Tinha um braço em torno do meu pescoço; por Deus, agora éramos camaradas.

Entretanto, o que a criança disse me acordou. Mattie vem depressa, não há dúvida, *depressa* demais. Era bem provável que Mattie amassasse a traseira do meu Chevrolet. E se eu ficasse simplesmente ali, eu e Baby Snooks podíamos terminar como pasta de dente entre os dois veículos.

Recuei para a lateral do meu carro, mantendo os olhos fixos no jipe, e gritei:

— Devagar, Mattie! Devagar!

O docinho gostou.

— Devagaaar... — berrou ela, começando a rir. — Devagaaar... ô Mattie, devagaaar!

Os freios guincharam numa nova agonia. O jipe levou a última surra, deu um pulo infeliz para trás enquanto Mattie parava sem o benefício da embreagem. Aquela investida final levou o para-choque traseiro do Scout para tão perto do para-choque traseiro de meu Chevy que a brecha poderia ser fechada com um cigarro. Um tremendo e arrepiante odor de óleo pairava no ar. A criança sacudiu a mão na frente do rosto, tossindo teatralmente.

A porta do motorista se abriu e Mattie Devore saiu voando como um acrobata de circo disparado de um canhão, se você pode imaginar um acrobata de circo vestido com um velho short de lã estampado e uma bata de algodão. Minha primeira ideia foi de que a irmã mais velha da garotinha estava exercendo a função de sua baby-sitter, e que Mattie e mamãe eram duas pessoas diferentes. Sabia que as garotinhas passam com frequência um período de seu desenvolvimento chamando os pais pelo primeiro nome, mas essa moça loura e pálida parecia ter 12, 14 anos, à primeira vista. Cheguei à conclusão de que sua louca manipulação do Scout não fora terror pela criança (ou não *apenas* terror) e sim uma total inexperiência com automóveis.

Havia algo mais também, certo? Outra suposição que eu fiz. O enlameado tração-nas-quatro-rodas, o short largo de lã, a bata que só faltava gritar Kmart, o cabelo louro comprido preso atrás com um daqueles pequenos elásticos vermelhos e, sobretudo, a desatenção que permite que uma criança de 3 anos a seus cuidados perambule por aí, em primeiro lugar... todas essas coisas cheiravam a "lixo-de-trailer". Sei a impressão que tais palavras dão, mas eu me baseava em alguma coisa. Além disso, sou irlandês, droga. Meus ancestrais eram lixo-de-trailer quando os trailers ainda eram carroções puxados por cavalos.

— *Fedorento!* — disse a garotinha, ainda sacudindo uma rechonchuda mão no ar à frente do rosto. — Carro fedorento!

Onde está a roupa de banho do Scout?, pensei, e então minha nova amiguinha foi-me arrebatada dos braços. Agora que Mattie estava mais próxima, minha ideia de que era irmã da belezinha de maiô levou um golpe. É verdade que Mattie só entraria na meia-idade com o século XXI já bem adiantado, mas também não tinha 12 ou 14 anos. Meu palpite agora era de 20 anos, talvez um ano menos. Quando me arrebatou a garota, vi a aliança em sua mão esquerda. Vi também os círculos escuros em volta dos olhos, uma pele cinzenta passando a roxa. Ela era jovem, mas pensei que aquilo fosse terror de mãe e exaustão.

Esperei que batesse na pirralha, porque é assim que mães lixo-de--trailer reagem ao cansaço e ao medo. Quando ela o fizesse, eu a deteria, de um modo ou de outro — a distrairia para que voltasse sua raiva contra mim, se fosse preciso. Não havia nada muito nobre nisso, devo acrescentar, o que eu queria realmente era adiar os tapas, os sacolejões no ombro e a gritaria no rosto para um tempo e lugar onde eu não tivesse que presenciá-los. Era o primeiro dia de minha volta ao local; não queria passar nenhuma parte dele vendo uma puta desatenta maltratar a filha.

Em vez de sacudir a menina ou gritar "Onde que achava que estava indo, sua desgraçada?", Mattie primeiro a abraçou (a menina respondendo entusiasticamente ao abraço e não mostrando absolutamente nenhum sinal de medo) e depois cobriu o rosto dela de beijos.

— Por que fez isso? — exclamou. — O que é que te deu na cabeça? Quando vi que não conseguia encontrar você, me deu vontade de morrer.

Mattie irrompeu em lágrimas. A criança na roupa de banho olhava para ela com uma expressão de surpresa tão grande e tão completa que teria sido cômica em outras circunstâncias. Então seu próprio rosto se enrugou. Fiquei um pouco atrás, vendo-as chorar e se abraçar, e me sentindo envergonhado de minhas ideias preconcebidas.

Um carro passou por nós e diminuiu a marcha. Um casal idoso — Ma e Pa Kettle a caminho do armazém para comprar a caixa de cereal do feriado — olhou embasbacado. Acenei impacientemente com as mãos, como se dissesse: o que é que estão olhando?, vão embora, vão ver se estou na esquina. Eles retomaram a velocidade, mas não vi nenhuma placa de fora do estado, como tinha esperado. Aquela versão de Ma e Pa era de habitantes locais, e a história logo estaria circulando pelas redondezas; Mattie, a noiva adolescente, e a alegria de sua vida (a dita alegria tendo sido indubitavelmente concebida no banco de trás de um carro ou na cama de um caminhão alguns meses antes da cerimônia legitimadora), derretendo-se em lágrimas no acostamento da estrada. Com um estranho. Não, não exatamente um estranho. Mike Noonan, o cara escritor do norte do estado.

— Eu queria ir pra praia e *naa-d-aar*! — chorava a garotinha, e agora era "nadar" que soava exótico. Talvez fosse a palavra em vietnamita para "êxtase".

— Eu disse que ia levar você de tarde. — Mattie ainda fungava, mas começando a se controlar. — Não faça isso de novo, garota, por favor, nunca mais faça isso, mamãe ficou tão assustada.

— Não vou fazer — disse a criança. — Não vou fazer mesmo. — Ainda chorando, ela abraçou a moça bem apertado, pondo a cabeça num dos lados do pescoço de Mattie. Seu boné de beisebol caíra. Peguei-o, começando a me sentir um estranho ali. Enfiei o boné azul e vermelho na mão de Mattie até que seus dedos se fecharam sobre ele.

Cheguei à conclusão de que me sentia bastante bem quanto ao modo como as coisas haviam se resolvido, e talvez tivesse direito a fazê-lo. Apresentei o incidente como se fosse divertido, e o era, mas tratava-se de um tipo de diversão que só se percebe depois. Enquanto acontecera, fora aterrorizante. E se um caminhão tivesse vindo da outra direção? Dobrando a curva e chegando rápido demais?

Um veículo *de fato* estava vindo, uma picape do tipo que os turistas nunca dirigem. Dois outros habitantes locais passaram por ali e se embasbacaram.

— Moça? — disse. — Mattie? Acho que é melhor eu ir andando. Que bom que sua garotinha está bem. — Um segundo depois que falei, tive uma vontade quase irresistível de rir. Eu podia me visualizar fazendo esse discurso com um sotaque arrastado para Mattie (um nome que tinha a ver com filmes como *Os imperdoáveis* ou *Bravura indômita*, se é que algum nome teria), com os polegares enfiados no cinto de minhas perneiras de couro e o Stetson empurrado para trás, revelando minha testa nobre. Senti um louco impulso de acrescentar: "A senhora é bonita pra burro, dona, não é a nova professora da escola?"

Ela se virou para mim e vi que *era* bonita pra burro. Mesmo com olheiras e porções de seu cabelo louro espetando-se dos dois lados da cabeça. E achei que ela estava indo bem para uma moça provavelmente ainda não velha o bastante para tomar um drinque num bar. Pelo menos não tinha batido na criança com o cinto.

— Muito obrigada — disse a moça. — Ela estava na *estrada*? — Diga que não, imploravam seus olhos. Diga pelo menos que ela estava andando pelo acostamento...

— Bom...

— Eu tava andando pela linha — disse a garota, apontando. Sua voz assumiu um tênue tom cheio de razões. — É seguro.

O rosto já branco de Mattie ficou ainda mais branco. Não gostei de vê-la assim, e não gostei de imaginá-la dirigindo para casa daquela maneira, especialmente com uma criança.

— Onde é que mora, senhora...

— Devore — disse ela. — Sou Mattie Devore. — Ajeitou a criança e estendeu a mão. Eu a apertei. A manhã estava tépida, e ia ser quente por volta do meio-dia, um tempo para praia, sem dúvida, mas os dedos que toquei estavam gelados.

— Moramos logo ali.

Ela apontou para o cruzamento do qual tinha surgido o Scout, e pude ver — surpresa, surpresa — um trailer duas vezes o tamanho comum estacionado num bosque de pinheiros a uns 60 metros acima na estradinha vicinal. Estrada Wasp Hill, lembrei. Percorria cerca de uns 800 metros da rota 68 até a água — que era conhecido como Middle Bay. Ah, sim, doutor, está tudo me voltando agora. Estou mais uma vez percorrendo a extensão de Dark Score. Salvar criancinhas é minha especialidade.

Mesmo assim, eu estava aliviado de saber que ela morava perto — menos de um quilômetro do lugar onde nossos respectivos veículos estavam parados com suas traseiras quase se tocando —, e quando pensei a respeito, fazia sentido. Uma criança tão jovem como a belezinha de roupa de banho não poderia ter andado muito longe... embora aquela ali já demonstrasse um bom grau de determinação. Pensei que a aparência desfigurada de mamãe era ainda mais sugestiva da determinação da filha. Fiquei contente por ser velho demais para ser um de seus futuros namorados; ela os faria saltar através de uma argola no colégio e na faculdade. Uma argola de fogo, provavelmente.

Bom, pelo menos na parte do colégio. Moças do lado trailer duplo da cidade geralmente não cursavam faculdade, a não ser que houvesse uma escola vocacional por perto. E ela os faria saltar até que o rapaz certo (ou mais provavelmente o errado) dobrasse impetuosamente a Grande Curva da Vida e a atropelasse na rodovia, ela completamente inconsciente de que a linha branca e segurança eram duas coisas diferentes. Então o ciclo inteiro se repetiria.

Meu Deus do céu, Noonan, deixe disso, falei comigo mesmo. *Ela tem só 3 anos e você já lhe arranjou três filhos, dois com micose e um retardado.*

— Muito, muito obrigada — repetiu Mattie.

— Tudo bem — disse, e puxei o nariz da garotinha. Embora ainda com o rosto molhado de lágrimas, ela sorria ensolaradamente para mim como resposta. — É uma garotinha muito falante.

— Muito falante e muito cheia de vontades. — Agora Mattie deu à filha um pequeno sacolejão, mas a garota não mostrou nenhum medo, nenhum sinal de que sacolejar ou bater estivesse na ordem da maioria dos dias. Pelo contrário, seu sorriso se alargou. A mãe sorriu. E sim, uma vez passada a aparência desconjuntada, ela era extraordinariamente bonita. Vestindo uma roupa de tênis e no Castle Rock Country Club (onde provavelmente jamais entraria em sua vida, a não ser como criada ou garçonete), ela ficaria provavelmente mais do que bonita. Uma jovem Grace Kelly, talvez.

Então ela me olhou novamente, os olhos muito abertos e graves.

— Sr. Noonan, não sou uma mãe desatenta — disse ela.

Senti um sobressalto ao ouvir meu nome saindo de sua boca, mas apenas momentaneamente. Ela estava com a idade certa, afinal de contas, e meus livros eram provavelmente melhores para ela do que se passasse as tardes em frente a *General Hospital* e *One life to live*. Um pouco, pelo menos.

— Tivemos uma discussão sobre quando iríamos à praia. Eu queria pendurar as roupas, almoçar e ir esta tarde. Kyra queria... — ela se interrompeu. — O quê? O que foi que eu disse?

— O nome dela é Kia? Eu... — Antes que eu pudesse dizer qualquer outra coisa, aconteceu algo extraordinário: minha boca se encheu de água. A tal ponto que senti um momento de pânico, como alguém que está nadando no mar e é embrulhado. Só que aquilo não tinha gosto de sal; era frio e fresco, com um tênue travo de metal, como sangue.

Virei a cabeça para o lado e cuspi. Esperei que uma golfada de sangue jorrasse da boca — o tipo de golfada que se recebe geralmente ao se começar a fazer respiração artificial numa vítima de quase afogamento. Em vez disso, o que saiu foi o que geralmente sai quando se cospe num dia quente: uma bolinha branca. E aquela sensação desapareceu antes mesmo que a bolinha branca atingisse a sujeira do acostamento. Num instante, como se jamais tivesse estado ali.

— O homem cuspiu — disse a menina prosaicamente.

— Desculpe — eu disse. Também estava perturbado. Pelo amor de Deus, o que fora aquilo? — Acho que tive uma pequena reação retardada.

Mattie pareceu preocupada, como se eu tivesse 80 anos em vez de 40. Pensei que talvez, para uma moça da idade dela, 40 *seja* 80.

— Quer vir até minha casa? Eu te dou um copo d'água.

— Não, já estou bem.

— Muito bem. Sr. Noonan... só quero dizer que isso nunca me aconteceu antes. Eu estava pendurando lençóis... e ela dentro de casa vendo um desenho do *Mighty Mouse* no vídeo... então, quando entrei para pegar mais pregadores... — Olhou para a garota, que não sorria mais. A coisa agora começava a chegar até ela. Seus olhos estavam bem abertos, e prestes a se encherem de lágrimas. — Ela tinha sumido. Por um minuto, achei que eu ia morrer de medo.

Agora a boca da criança começara a tremer, e as lágrimas encheram seus olhos exatamente no momento esperado. Ela começou a chorar. Mattie acariciou-lhe os cabelos, consolando a pequena cabeça até que esta se deitou contra a bata de algodão da Kmart.

— Tudo bem, Ki — disse Mattie. — Desta vez saiu tudo bem, mas você não pode ir até a estrada. É perigoso. Coisas pequenas são atropeladas na estrada, e você é uma coisa pequena. A coisinha mais preciosa do mundo.

Kyra chorou mais forte. Era o som exausto de uma criança que precisava de uma soneca antes de qualquer outra aventura, na praia ou em qualquer outro lugar.

— Kia má, Kia má — soluçou ela no pescoço da mãe.

— Não, meu bem, só uma menininha de 3 anos — disse Mattie, e se eu tivesse abrigado qualquer outro pensamento de sua incompetência como mãe, ele se dissolveu completamente. Ou talvez já o tivesse feito, afinal de contas a criança era rechonchuda, graciosa, bem-cuidada e não sofrera dano nenhum.

Em determinado nível, tais coisas eram registradas. Em outro, eu tentava lidar com a coisa estranha que tinha acabado de acontecer, e com a coisa igualmente estranha que pensei estar ouvindo — que a garotinha que eu retirei da linha branca tinha o nome que planejáramos dar a nossa filha, se nossa filha tivesse sido uma menina.

— Kia — eu disse. Realmente maravilhado. Como se meu toque pudesse quebrá-la, acariciei hesitantemente a parte de trás de sua cabeça. Seu cabelo estava aquecido pelo sol e bonito.

— Não — disse Mattie. — Kia é o máximo que ela consegue pronunciar do próprio nome por enquanto. Mas é *Kyra*, não Kia. Vem do grego. Significa "elegante, distinta". — Mexeu-se, um pouco autoconsciente. — Eu tirei de um livro de nomes de bebê. Enquanto estava grávida, entrei no estilo Oprah. Melhor que entrar em parafuso.

— É um nome adorável — eu disse. — E não acho que você não seja uma boa mãe.

O que passou por minha cabeça imediatamente foi uma história contada por Frank Arlen durante uma refeição de Natal, a respeito de Petie, o irmão mais novo. Frank tinha feito com que a mesa inteira risse sem parar. Mesmo Petie, que afirmava não se lembrar nem um pouco do incidente, havia rido até as lágrimas escorrerem por seu rosto.

Certa Páscoa, disse Frank, quando Petie tinha uns 5 anos de idade, seu pessoal os reunira para uma caça aos ovos de Páscoa. Os pais haviam escondido mais de cem ovos cozidos coloridos pela casa na noite anterior, depois de entregar as crianças aos avós. Todos passaram uma antiga e animada manhã de Páscoa, pelo menos até que Johanna, no pátio contando sua porção dos despojos, olhasse para cima e desse um uivo. Lá estava Petie, arrastando-se alegremente pela aba do telhado do segundo andar na parte de trás da casa, a uns 2 metros de altura até o pátio de concreto.

O sr. Arlen resgatara Petie enquanto o resto da família permanecia embaixo, dando-se as mãos, gelados de horror e fascínio. A sra. Arlen repetia a ave-maria vezes sem conta ("Tão rápido que parecia uma algaravia maluca", dissera Frank, rindo ainda mais), até que o marido desaparecesse novamente pela janela do quarto com Petie nos braços. Então ela desmaiou no chão, quebrando o nariz. Quando lhe pediram uma explicação, Petie disse que queria procurar ovos na calha do telhado.

Penso que todas as famílias têm pelo menos uma história assim; a sobrevivência dos Peties e Kyras do mundo é um argumento convincente — pelo menos na mente dos pais — da existência de Deus.

— Fiquei tão assustada — disse Mattie, agora parecendo novamente ter 14 anos. Quinze no máximo.

— Mas já passou — eu disse. — E Kyra não vai mais andar pela estrada, vai, Kyra?

Ela balançou a cabeça no ombro da mãe, sem levantá-la. Tive a impressão de que provavelmente estaria dormindo antes de Mattie voltar ao velho e bom trailer duplo.

— O senhor não sabe como isso é esquisito para mim — disse Mattie. — Um de meus escritores favoritos aparece do nada e salva minha filha. Eu sabia que o senhor tinha uma casa na TR, aquela casa grande e velha de troncos que todos chamam de Sara Laughs, mas o pessoal diz que o senhor não vem mais desde que sua mulher morreu.

— Por muito tempo não vim — disse. — Se Sara fosse um casamento em vez de uma casa, poderíamos chamar isso de uma reconciliação experimental.

Ela sorriu brevemente, mas a seguir sua expressão tornou-se grave de novo.

— Quero te pedir uma coisa. Um favor.

— Peça.

— Não fale sobre isso. Não é um bom período para Ki e para mim.

— Por que não?

Ela mordeu o lábio e pareceu ponderar se respondia à pergunta — pergunta esta que eu poderia não ter feito, se tivesse tido um momento a mais para pensar —, e então balançou a cabeça.

— Porque não. E eu ficaria grata se o senhor não falasse sobre o que aconteceu na cidade. Mais grata do que pode imaginar.

— Sem problemas.

— Tem certeza?

— Claro. Sou basicamente um veranista que não tem estado por aqui há algum tempo... O que significa que eu não tenho muita gente com quem falar, de qualquer modo. — Havia Bill Dean, claro, mas eu podia permanecer em silêncio perto dele. Não que ele não soubesse. Se essa moça achava que o pessoal da terra não ia descobrir sobre a tentativa da filha dela de chegar à praia pelas próprias pernas, estava enganando a si própria. — Mas acho que já fomos notados. Dê uma espiada na Oficina de Brooks. Dê uma espiada, não olhe fixamente.

Ela o fez, e suspirou. Dois velhos estavam em pé na pista asfaltada onde antes havia bombas de gasolina. Um era provavelmente o próprio Brooks; achei que podia ver vestígios do cabelo vermelho ondulante, o que sempre o tinha feito parecer uma versão Nova Inglaterra do palhaço Bozo. O outro, velho o bastante para fazer Brooks parecer um garotão ainda nos cueiros, apoiava-se numa bengala de castão de ouro de um modo estranhamente ardiloso.

— Não posso fazer nada quanto a eles — disse ela, parecendo deprimida. — *Ninguém* pode fazer nada quanto a eles. Acho que devia me considerar sortuda porque é um feriado e só há dois ali.

— Além disso — acrescentei —, eles provavelmente não viram muito. — O que ignorava duas coisas: primeiro, que meia dúzia de carros e picapes haviam passado enquanto estávamos ali e segundo, fosse lá o que Brooks e seu amigo idoso não tivessem visto, eles ficariam mais do que felizes de inventar.

No ombro de Mattie, Kyra roncou como uma dama. Mattie olhou para ela e sorriu, cheia de arrependimento e amor.

— Lamento termos nos encontrado em circunstâncias que me fazem parecer uma tola, porque sou realmente uma grande fã sua. Na livraria de Castle Rock dizem que o senhor tem um novo romance saindo nesse verão.

Concordei com a cabeça.

— Chama-se *A promessa de Helen*.

Ela sorriu.

— Bom título.

— Obrigado. É melhor você levar sua companheirinha para casa antes que ela quebre o seu braço.

— É.

Há gente neste mundo que tem uma propensão a fazer perguntas constrangedoras e embaraçosas sem querer — é como o talento para entrar pelas portas adentro. Sou dessa tribo, e enquanto andava com ela até o lado do passageiro no Scout, achei uma boa pergunta. E mesmo assim era difícil me censurar de modo muito entusiástico. Afinal de contas, vi a aliança de casamento em sua mão.

— Vai contar a seu marido?

Seu sorriso continuou, mas de certo modo empalideceu. E ficou tenso. Se fosse possível apagar uma pergunta falada como se pode apagar uma linha digitada quando se escreve, eu teria feito isso.

— Ele morreu em agosto passado.

— Mattie, desculpe. Vivo metendo os pés pelas mãos.

— Você não podia saber. Não se pensa que uma moça da minha idade é casada, não é? E se é, o marido supostamente está no Exército ou qualquer coisa assim.

Havia um assento para bebê cor-de-rosa — também da Kmart, segundo o meu palpite — do lado do passageiro do Scout. Mattie tentou suspender Kyra até ele, mas vi que lutava para fazê-lo. Dei um passo à frente para ajudá-la e, por um momento, enquanto eu passava por ela para agarrar uma perna gorducha, o dorso de minha mão roçou em seu seio. Ela não pôde recuar, a não ser que quisesse correr o risco de Kyra deslizar para fora do assento e cair no chão, mas eu podia sentir que ela tinha registrado o toque. Meu marido está morto, não é uma ameaça, portanto o escritor importante acha que tudo bem arriscar uma mão boba numa manhã quente de verão. E o que posso dizer? O Escritor Importante apareceu e tirou minha filha da estrada, talvez tenha salvado sua vida.

Não, Mattie, eu posso ter 40 a caminho dos 100, mas não estava arriscando uma mão boba. Só que eu não podia dizer isso; apenas pioraria as coisas. Senti meu rosto enrubescer um pouco.

— Que idade você *tem*? — perguntei, depois de ajustarmos o bebê na posição e nos colocarmos a uma distância segura.

Ela me encarou. Cansada ou não, já se controlara.

— Velha o bastante para saber em que situação estou. — Estendeu a mão. — Mais uma vez, obrigada, sr. Noonan. Deus o mandou para cá no momento certo.

— Não, Deus só me disse que eu precisava de um hambúrguer no Village Café — eu disse. — Ou talvez fosse seu oposto, o diabo. Por favor, diga que Buddy ainda continua com o mesmo velho quiosque.

Ela sorriu. Seu rosto se aqueceu de novo, e fiquei feliz de vê-lo.

— Ele ainda vai estar lá quando os filhos de Kyra estiverem velhos o bastante para tentar comprar cerveja usando carteiras de identidade falsas. A não ser que alguém enverede estrada adentro e peça algo como camarão *tetrazzini*. Se isso acontecesse, ele provavelmente cairia duro com um ataque do coração.

— É. Bem, quando eu tiver alguns exemplares do novo livro, eu te mando um.

O sorriso continuava lá, mas agora sombreado de cautela.

— Não precisa fazer isso, sr. Noonan.

— Não, mas vou fazer. Meu agente me manda cinquenta exemplares grátis. Descobri que quanto mais velho fico, mais eles aumentam.

Talvez ela ouvisse em minha voz mais do que eu pretendera colocar lá — as pessoas às vezes o fazem, acho eu.

— Muito bem. Vou esperar com ansiedade.

Dei uma olhada na criança, dormindo naquele modo estranhamente casual que elas têm — a cabeça inclinada sobre o ombro, os lábios adoráveis apertados e soprando uma bolha. A pele delas é que me espanta — tão fina e perfeita que não parece conter poro nenhum. Seu boné estava torto. Mattie me observou pegá-lo e rearrumá-lo para que a sombra do visor abrigasse os olhos fechados da menina.

— Kyra — eu disse.

Mattie assentiu com a cabeça.

— Como uma dama.

— Kia é um nome africano — eu disse. — Significa "o começo da estação". — Então fui embora, fazendo-lhe um pequeno aceno enquanto voltava para o lado do motorista do Chevy. Sentia seus olhos curiosos sobre mim, e tive a sensação muito estranha de que eu ia chorar.

A sensação permaneceu comigo muito tempo depois de as duas terem desaparecido de minha visão; ainda continuava comigo quando cheguei ao Village Café. Entrei no estacionamento sujo à esquerda das bombas de gasolina de marca barata e me sentei ali por algum tempo, pensando em Jo e num kit para teste doméstico de gravidez que custara 22,50 dólares. Um pequeno segredo que ela quis manter até estar absolutamente certa. Devia ser isso; o que mais poderia ter sido?

— Kia — eu disse. — O começo da estação. — Mas isso me fez ter vontade de chorar de novo, então saí do carro e bati a porta com força atrás de mim, como se desse modo pudesse conservar a tristeza lá dentro.

Capítulo Oito

Buddy Jellison era o mesmo, sem dúvida — o mesmo traje branco de cozinheiro e avental branco enodoado, o mesmo cabelo preto sob o chapéu manchado de sangue bovino ou sujo de morango. Aparentemente, até as mesmas migalhas de biscoitos de aveia prendiam-se em seu bigode desigual. Tinha talvez 55 anos, talvez 70, o que em alguns homens geneticamente beneficiados parece estar ainda nas fronteiras mais distantes da meia-idade. Ele era enorme e desajeitado — provavelmente mais de um metro e noventa e mais de 130 quilos —, e tão cheio de graça, espirituosidade e *joie de vivre* como há quatro anos.

— Quer um cardápio ou ainda se lembra? — grunhiu ele, como se eu tivesse estado lá pela última vez no dia anterior.

— Ainda faz o Villagebúrguer Deluxe?

— Um corvo ainda caga no topo dos pinheiros? — Olhos pálidos me encarando. Nada de pêsames, o que para mim estava bem.

— Provavelmente. Quero um com tudo, um Villagebúrguer, não um corvo, e um frappé de chocolate. Bom ver você de novo.

Estiquei a mão. Ele pareceu surpreso, mas tocou-a com a própria mão. Contrariamente às coisas brancas que usava, o avental e o chapéu, a mão estava limpa. Até as unhas estavam limpas.

— É — disse ele, e então virou-se para a mulher amarelada que cortava cebolas ao lado da grelha. — Villagebúrguer, Audrey — disse. — Traga para o jardim.

Normalmente sou o tipo de cara-que-senta-ao-balcão. Naquele dia, porém, instalei-me numa mesa perto do contêiner de refrigeração das bebidas e esperei o berro de Buddy dizendo que estava pronto — Audrey fornece as minutas, mas não funciona como garçonete. Eu queria pensar, e o Buddy's é um bom lugar para se fazer isso. Havia dois moradores locais comendo sanduíches e tomando refrigerantes direto da lata, mas era tudo; pessoas com chalés de veraneio tinham que estar morrendo de fome para comer no Village Café, e mesmo assim seria preciso arrastá-las, chutando e gritando, porta adentro. O cháo de linóleo verde desbotado mostrava uma ondulante topografia de colinas e vales. Como o uniforme de Buddy, não era muito limpo (o pessoal de verão que entrava provavelmente não reparava nas mãos dele). As paredes forradas de madeira eram engorduradas e escuras. Acima, onde o reboco começava, havia certa quantidade de adesivos de para-choque — a noção de decoração para Buddy.

BUZINA QUEBRADA — AGUARDE PELO DEDO.

ESPOSA E CACHORRO DESAPARECIDOS. RECOMPENSA PELO CACHORRO.

NÃO HÁ NENHUM BÊBADO DA CIDADE AQUI. TODOS NÓS NOS REVEZAMOS.

O humor é sempre raiva maquiada, penso, mas nas cidadezinhas pequenas a maquiagem tende a ser tênue. Três ventiladores de teto moviam apaticamente o ar quente, e à esquerda do contêiner para gelar refrigerantes havia duas fitas pendentes de papel pega-moscas, as duas generosamente apinhadas de vida selvagem, algumas ainda lutando debilmente. Se você podia olhar aquilo e ainda comer, provavelmente sua digestão funcionava muito bem.

Pensei na semelhança de nomes. Era certamente, *tinha* que ser, uma coincidência. Pensei numa moça bem jovem e bonita que se tornara mãe aos 16 ou 17 anos, e viúva aos 19 ou 20. Pensei no toque inadvertido em seu seio, e como o mundo julgava homens de 40 que descobriam subitamente o fascinante mundo das moças e seus acessórios. Pensei sobretudo na coisa esquisita que acontecera comigo quando Mattie me dissera o nome da criança — a sensação de que minha boca e garganta estavam subitamente cheias de água fria, com um travo mineral. Aquela *golfada*.

Quando o meu hambúrguer ficou pronto, Buddy teve que chamar duas vezes. Quando fui até o balcão para pegá-lo, ele perguntou:

— Voltou para ficar ou para esvaziar a casa?

— Por quê? — perguntei. — Sentiu falta de mim, Buddy?

— Não — disse ele —, mas pelo menos você é do estado. Sabia que "Massachusetts" significa "idiota" na linguagem indígena local?

— Você continua engraçado como sempre.

— É. Vou no porra do Letterman. Para explicar a ele por que Deus pôs asas nas gaivotas.

— Por que, Buddy?

— Para que elas pudessem ganhar desses franceses de merda na sujeira.

Peguei um jornal do suporte e um canudo para o meu frapée. Então fiz um desvio até o telefone pago e, metendo o jornal debaixo do braço, abri a lista telefônica. Se a gente quisesse, podia andar por ali com ela; não estava presa ao telefone. Afinal de contas, quem ia querer roubar uma lista telefônica do condado de Castle?

Havia mais de vinte Devore, o que não me surpreendeu muito — é um desses nomes, como Pelkey, Bowie ou Toothaker, em que se vive esbarrando caso se more por aqui. Imagino que seja o mesmo em toda parte — algumas famílias geram mais e viajam menos, só isso.

Havia um Devore alistado em "RD Est Wsp Hll", mas não era Mattie, Mathilda, Martha ou M. Era Lance. Olhei a capa da lista e vi que era de 1997, impressa e enviada quando o marido de Mattie ainda se encontrava na terra dos vivos. Certo... havia algo mais naquele nome. Devore, Devore, agora vamos elogiar os famosos Devore; onde estais vós, Devore? Mas não apareceu, fosse o que fosse.

Comi meu hambúrguer, bebi meu sorvete liquefeito e tentei não olhar para o que fora capturado no papel pega-mosca.

Enquanto esperava que a amarela e silenciosa Audrey me desse o troco (ainda se podia comer a semana inteira no Village Café por cinquenta dólares... isto é, se nossas veias aguentassem), li o adesivo grudado na caixa registradora. Era outro especial de Buddy Jellison: O CIBERESPAÇO ME ASSUSTOU TANTO QUE FIZ DOWNLOAD NAS CALÇAS. O que não me fez ter exatamente convulsões de alegria, mas *forneceu* a chave para resolver um dos mistérios do dia: por que o nome Devore parecera não apenas familiar, mas evocativo.

Eu era abastado, ou rico, para o padrão de muitos. No entanto, havia uma pessoa com laços com a TR que era rica pelo padrão de todos, e podre de rica pelo padrão da maioria dos residentes do ano inteiro na região dos lagos. Se é que ele ainda comia, respirava e caminhava por ali.

— Audrey, Max Devore ainda está vivo?

Ela deu um pequeno sorriso.

— Ah, tá sim. Mas não se vê muito ele por aqui.

Aquilo me arrancou o riso que todos os adesivos "engraçados" de Buddy não tinham conseguido provocar. Audrey, que sempre fora amarelada e que parecia agora uma candidata a um transplante de fígado, também deu um risinho abafado. Buddy nos lançou um severo e feroz olhar de bibliotecária da outra extremidade do balcão, onde lia um folheto sobre a corrida de Stock Car no feriado, em Oxford Plains.

Voltei de carro pelo mesmo caminho que tinha ido. Um grande hambúrguer é uma refeição ruim para se comer no meio de um dia quente; ela nos deixa com sono e com raciocínio lento. Tudo que eu queria era ir para casa (estaria lá em menos de 24 horas e já pensava na casa como um lar), me jogar na cama do quarto norte sob o ventilador de teto e dormir por duas horas.

Quando passei pela estrada Wasp Hill, diminuí a marcha. As roupas pendiam indiferentes das cordas e havia brinquedos espalhados no pátio da frente, mas o Scout desaparecera. Mattie e Kyra tinham posto suas roupas de banho, imaginei, e rumado para a prainha pública. Eu gostara um bocado delas. O casamento de vida curta de Mattie provavelmente a vinculara de algum modo a Max Devore... mas olhando para o enferrujado trailer duplo com sua entrada de carro suja e o pátio da frente meio careca, lembrando o short largo e a bata de algodão Kmart de Mattie, eu duvidava que o vínculo fosse forte.

Antes de se retirar para Palm Springs no final da década de 1980, Maxwell William Devore tinha sido uma força propulsora na revolução dos computadores. Esta é uma revolução primordialmente de jovens, mas Devore se saiu bem para um veterano dos anos dourados — conhecia o campo do jogo e entendia as regras. Começou quando a memória era estocada numa fita magnética em vez de em chips, e um computador chamado Univac, do tamanho de um armazém, era a última palavra no ramo. Era fluente em Cobol e falava Fortran como um nativo. Quando o mercado se ampliou além de sua capacidade de alcançá-lo, expandindo-se a ponto de definir o mundo, ele comprou o talento de que precisava para continuar crescendo.

Sua companhia, Visions, tinha criado programas de transferência de dados que podiam transferir material do disco rígido para os disquetes quase instantaneamente, programas gráficos que se tornaram o padrão na indústria, o Pixel Easel, que permitia que usuários de laptops pintassem com o mouse... na realidade, pintassem com o dedo, se o equipamento deles viesse com o dispositivo que Jo chamava de "cursor clitorial". Devore não tinha inventado nada desse último, mas entendeu que *podia* ser inventado e contratou gente para fazê-lo. Era proprietário de dúzias de patentes e coproprietário de centenas de outras. Especulava-se que sua fortuna era algo como 600 milhões de dólares, dependendo de quanto valiam as ações da tecnologia em determinado dia.

Na TR, sua fama era de irritante e desagradável. Nenhuma surpresa nisso; santo de casa não faz milagre. E as pessoas diziam que ele era excêntrico, claro. Ouça o pessoal da velha-guarda se lembrar dos ricos e bem-sucedidos de sua juventude (e todos os da velha-guarda dizem que se lembram) e você vai escutar que eles comiam o papel de parede, fodiam o cachorro e apareciam nos jantares da igreja usando apenas as cuecas manchadas de mijo. Mesmo sendo tudo verdade no caso de Devore, e ainda que ele fosse o Tio Patinhas, eu duvidava que permitisse que duas parentas próximas morassem num trailer tamanho duplo.

Subi a pista acima do lago e parei à cabeceira da minha entrada de carros, olhando a tabuleta: as palavras SARA LAUGHS queimadas num pedaço de madeira envernizada pregada a uma árvore. É o modo como fazem as coisas por aqui. Olhar para ela me trouxe de volta o último sonho da série Manderley. Naquele sonho, alguém colava um adesivo de estação de rádio na tabuleta, do modo como sempre se veem adesivos colados nas cestas de recolhimento do pedágio nas pistas de quantia exata.

Saí do carro, fui até a tabuleta e examinei-a. Nenhum adesivo. Os girassóis haviam brotado ali, crescendo para fora do alpendre — havia uma foto em minha valise para prová-lo —, mas não havia nenhum adesivo de estação de rádio na tabuleta da casa. Provando exatamente o quê? Ora, Noonan, tem paciência.

Comecei a voltar para o carro — pela porta aberta, os Beach Boys despejavam-se dos alto-falantes — e então mudei de ideia e fui até a tabuleta de novo. No sonho, o adesivo fora colocado pouco acima do RA de SARA e do LAU de LAUGHS. Toquei com os dedos o lugar e achei que meus dedos tinham ficado ligeiramente grudentos. Claro que poderia ter sido o verniz num dia quente. Ou a minha imaginação.

Dirigi até a casa, estacionei, puxei o freio de mão (nos declives à volta do Dark Score e na dúzia de outros lagos na parte oeste do Maine, sempre se puxa o freio de mão) e escutei o resto de "Don't Worry, Baby", que sempre considerei a melhor canção dos Beach Boys, ótima não a despeito da letra boba, mas por causa dela. Se você soubesse quanto te amo, *baby*, canta Brian Wilson, nada poderia dar errado com você. Puxa, pessoal, não seria fantástico?

Fiquei onde estava, escutando, e olhei para o armário no lado direito do alpendre. Guardávamos o lixo ali para protegê-lo dos guaxinins das redondezas. Nem sempre as latas com as tampas empurradas para dentro adiantam; se os bichos estão com bastante fome, dão um jeito de manejar as tampas com suas mãozinhas ágeis.

Você não vai fazer o que está pensando, disse a mim mesmo... *Vai?*

Parece que eu ia — ou pelo menos faria uma tentativa. Quando os Beach Boys cederam lugar a Rare Earth, saí do carro, abri o armário de guardar lixo e puxei para fora duas latas de lixo de plástico. Um sujeito chamado Stan Proulx vinha pegar o lixo duas vezes por semana (ou pelo menos pegava, há quatro anos, lembrei a mim mesmo); ele pertencia à vasta rede de contatos de Bill que trabalhava em meio expediente para descolar um dinheiro por fora, mas eu não achava que Stan viria recolher o atual acúmulo de sujeira por causa do feriado, e eu estava certo. Havia dois sacos plásticos de lixo em cada lata. Puxei-os para fora (chamando-me de idiota mesmo enquanto o fazia) e desatei os cordões amarelos.

Na verdade, não acho que estivesse tão obcecado a ponto de despejar um monte de lixo úmido no meu alpendre, se a coisa tivesse chegado a esse ponto (claro que nunca saberei ao certo e talvez seja melhor assim), mas não chegou. Ninguém morava na casa havia quatro anos, lembre-se, e é a ocupação que produz lixo — tudo, de pó de café a absorventes íntimos. O material naqueles sacos era lixo seco varrido e reunido com um carrinho de mão pela equipe de limpeza de Brenda Meserve.

Havia nove sacos de lixo de aspirador de pó contendo 48 meses de poeira, sujeira e moscas mortas. Havia chumaços de toalhas de papel, alguns cheirando ao aromático óleo de mobília, outros com o penetrante e ainda mais agradável aroma de Windex. Havia uma almofada de colchão mofada e um paletó de seda com a inequívoca aparência de ter sido jantado-pelas-traças. Pelo paletó eu certamente não lamentei; equívoco de meu período de jovem macho, ele parecia algo da era "I Am the Walrus", dos Beatles. Du-bi-du-bi-du, *baby*.

Havia uma caixa cheia de vidro quebrado... outra cheia de irreconhecíveis (e presumivelmente ultrapassados) artefatos de encanamento... um pedaço de carpete rasgado e sujo... panos de prato nas últimas, desbotados e rasgados... as velhas luvas para forno que eu usava quando fazia hambúrgueres e galinha na churrasqueira...

O adesivo estava numa dobra do segundo saco. Eu sabia que iria encontrá-lo — e o sabia desde o momento em que havia tocado com os dedos a tênue mancha pegajosa na tabuleta —, mas precisei vê-lo por mim mesmo. Do mesmo modo que São Tomé, suponho.

Pus o adesivo numa tábua do alpendre aquecido pelo sol e o alisei com a mão. Estava esfarrapado nas pontas. Meu palpite era que Bill provavelmente tinha usado uma espátula para raspá-lo. Não devia querer que o sr. Noonan voltasse para o lago depois de quatro anos e descobrisse que algum garoto cheio de cerveja tinha colado um adesivo de estação de rádio na tabuleta de sua entrada de carros. Nãhn seria apropriadoh, orah. Portanto, retirara-o, colocando-o no lixo, e ali estava ele de novo, mais um pedaço de meu pesadelo desenterrado e não muito danificado. Passei o dedo nele. WBLM, 102.9, DIRIGÍVEL DE ROCK AND ROLL DE PORTLAND.

Disse a mim mesmo que não precisava ter medo. Aquilo não significava nada, assim como todo o resto da coisa também não significava nada. Então peguei a vassoura no armário e varri e reuni todo o lixo, despejando-o novamente nos sacos plásticos. O adesivo foi com o resto.

Entrei na casa querendo tomar um banho de chuveiro para tirar a poeira e a sujeira. Em vez disso, porém, olhando meu calção de banho ainda numa das valises abertas, resolvi nadar. O calção que eu havia comprado em Key Largo era engraçado, coberto de baleias jorrando. Achei que minha camaradinha com o boné do Bosox teria aprovado. Olhei o relógio e vi que terminara meu Villagebúrguer havia 45 minutos. Era hora de me dedicar a um trabalho importante, cara pálida, especialmente depois de me envolver num enérgico jogo de Caça ao Tesouro no Saco de Lixo.

Vesti o calção e desci os degraus, feitos de dormentes de estrada de ferro, que levavam de Sara até a água. Minha sandália de dedo estalava no chão. Uns poucos mosquitos retardatários zumbiam. O lago cintilava à minha frente, parado e convidativo sob o céu úmido e baixo. Percorrendo norte e sul ao longo de suas bordas, contornando todo o lado leste do lago, havia uma trilha direito de passagem (é chamada "servidão" nas escrituras) que o pessoal da TR chama simplesmente de A Rua. Caso se dobrasse à esquerda para A Rua no início dos meus degraus, podia-se andar todo o caminho até a marina de Dark Score, passando-se pelo Warrington's e pelo sórdido restaurantezinho de Buddy Jellison... sem mencionar quatro dúzias de chalés de verão, discretamente metidos em inclinados bosques de abetos e pinheiros. Virando à direita, pode-se ir a pé para Halo Bay, embora se leve um dia para fazê-lo com A Rua coberta de folhagem como está agora.

Fiquei por um momento no atalho e então corri para a frente e pulei dentro d'água. Ainda quando voava pelo ar com a maior facilidade, ocorreu-me que a última vez que eu havia pulado assim foi segurando a mão de minha mulher.

Aterrissar foi quase uma catástrofe. A água estava fria o suficiente para me lembrar que eu tinha 40 anos, não 14, e por um momento meu coração parou completamente de bater. Enquanto o lago Dark Score fechava-se sobre mim, tive certeza de que não ia subir vivo. Seria encontrado à deriva, o rosto para baixo, entre a plataforma flutuante e minha pequena extensão da Rua, vítima da água fria e de um gordurento Villagebúrguer. Esculpiriam "Sua Mãe Sempre Disse para Esperar pelo Menos uma Hora" na lápide.

Então meus pés aterrissaram nas pedras e em escorregadias ervas aquáticas que cresciam no fundo do lago, meu coração pegou com um tranco e disparei para cima como um sujeito planejando converter a última jogada debaixo da cesta no final de um jogo de basquete. Voltei ao ar arquejando. A água entrou na minha boca e tossi-a para fora, batendo no peito com uma das mãos para encorajar o coração — vamos, meu bem, continue, você pode fazer isso.

Na descida, fiquei em pé até a cintura no lago e com a boca cheia daquele gosto frio — água do lago com um travo mineral, do tipo que se teria que corrigir ao lavar as roupas. Era o mesmo gosto que eu sentira quando em pé no acostamento da rota 68. Era o mesmo gosto do momento em que Mattie Devore me disse o nome da filha.

Fiz uma conexão psicológica, só isso. Entre a semelhança dos nomes com minha esposa falecida, e dela com este lago. Gosto que...

— Gosto que já senti uma ou duas vezes antes — disse alto. Como para sublinhar o fato, com a concha da mão peguei um pouco de água, uma das mais limpas e claras do estado, segundo os relatórios de análise que eu e todos os outros membros da chamada Associação dos Lagos do Oeste recebemos a cada ano, e bebi. Não houve nenhuma revelação, nada de flashes repentinos e esquisitos em minha mente. Era só o Dark Score, primeiro em minha boca e depois no estômago.

Nadei até a plataforma, subi os três degraus da escada de mão ao lado e com um baque atingi as tábuas quentes, subitamente muito satisfeito por ter chegado. Apesar de tudo. Amanhã começaria a organizar algum tipo de vida ali... pelo menos tentaria. Por hora era suficiente estar deitado com a cabeça na curva do braço, à beira de uma soneca, confiante de que as aventuras do dia haviam terminado.

Pelo que aconteceu, não era bem verdade.

Durante nosso primeiro verão na TR, Jo e eu descobrimos que se podia ver o espetáculo de fogos de Castle Rock do deck do lago. Eu me lembrei disso exatamente quando começava a escurecer, e pensei que naquele ano passaria a data na sala, vendo um filme no aparelho de vídeo. Reviver todos os crepúsculos de 4 de Julho que havíamos passado lá, tomando cerveja e rindo enquanto os grandes foguetes eram disparados seria uma má ideia. Eu já estava suficientemente solitário sem aquilo, solitário de um modo que não tivera consciência em Derry. Então cogitei por que teria voltado senão para finalmente enfrentar a lembrança de Johanna — toda a lembrança — e fazê-la descansar. Certamente a possibilidade de escrever de novo jamais parecera tão distante quanto naquela noite.

Não havia cerveja — eu também tinha esquecido de comprar um pacote de seis no armazém ou no Village Café —, mas havia refrigerante, cortesia de Brenda Meserve. Peguei uma lata de Pepsi e me instalei para assistir ao show de luzes, esperando não me machucar demais. Esperando, acho eu, não chorar. Não que estivesse me enganando; houve mais lágrimas ali, claro. Eu simplesmente teria que passar por elas.

A primeira explosão da noite havia acabado de se dissipar — uma explosão de lantejoulas azuis com o estouro viajando imediatamente depois —, quando o telefone tocou. Aquilo me fez dar o pulo que a tênue explosão de Castle Rock não tinha conseguido. Provavelmente seria Bill Dean, pensei, fazendo uma chamada de longa distância para ver se tudo estava certo.

No verão antes de Jo morrer, tínhamos comprado um telefone sem fio para podermos percorrer o andar de baixo enquanto falávamos, coisa que nós dois gostávamos de fazer. Passei pela porta de correr, de vidro, entrei na sala, apertei o botão de resposta e disse:

— Alô, é Mike — enquanto voltava à minha cadeira do deck e me sentava. A distância, do outro lado do lago, explodindo abaixo das nuvens baixas pendendo sobre Castle View, havia irrupções de estrelas verdes e amarelas, seguidas por flashes cujo som posteriormente me alcançaria.

Por um momento não saiu nada do telefone. Então uma ríspida voz de homem — voz de homem idoso, mas não a de Bill Dean — falou:

— Noonan? Sr. Noonan?

— Sim. — Uma enorme lantejoula de ouro iluminou o oeste, fazendo tremular as nuvens baixas com uma breve filigrana. Fez-me pensar naqueles shows de prêmios que se veem na televisão, todas aquelas belas mulheres em vestidos brilhantes.

— Devore.

— Sim? — disse, cautelosamente.

— Max Devore.

Não o vemos muito por aqui, tinha dito Audrey. Eu tomara aquilo como espirituosidade ianque, mas aparentemente ela havia falado a sério. O espanto nunca termina.

Tudo bem, e daí? Eu me sentia totalmente perdido em dar o passo inicial numa conversa. Pensei em lhe perguntar como conseguiu meu número, que não estava na lista, mas de que adiantaria? Quando se vale meio bilhão de dólares — se aquele era realmente *o* Max Devore de que eu falava —, pode-se conseguir qualquer velho número fora da lista que se quiser.

Resolvi dizer sim de novo, desta vez sem o pequeno tom de discussão no final.

Seguiu-se outro silêncio. Quando eu o rompesse e começasse a fazer perguntas, ele se encarregaria da conversa... se é que se podia dizer que estávamos conversando naquele ponto. Uma boa jogada inicial, mas eu tinha a vantagem de minha longa associação com Harold Oblowski na qual me apoiar — Harold, mestre da pausa fértil. Senti-me tenso, apertando o pequeno telefone sem fio contra a orelha, e observei o espetáculo no oeste. Vermelho estourando em azul, verde e ouro; mulheres invisíveis caminhavam pelas nuvens em fulgurantes vestidos de noite em shows de prêmios.

— Soube que o senhor conheceu minha nora hoje — disse ele finalmente. Parecia aborrecido.

— É possível — eu disse, tentando não parecer surpreso. — Posso te perguntar por que está me ligando, sr. Devore?

— Soube que houve um incidente.

Luzes brancas dançavam no céu — podiam ter sido uma espaçonave explodindo. Depois, trilhando atrás delas, as explosões. *Descobri o segredo da viagem no tempo*, pensei. *É um fenômeno auditivo.*

Minha mão apertava excessivamente o telefone, e obriguei-me a relaxá-la. Maxwell Devore. Meio bilhão de dólares. Não em Palm Spring, como eu imaginara, mas perto — bem aqui na TR, se se podia confiar no zumbido característico na linha.

— Estou preocupado com minha neta. — Sua voz soava mais irritante do que nunca. Estava zangado e demonstrava isso, aquele homem não precisava esconder as emoções havia um monte de anos. — Soube que a atenção de minha nora desgarrou-se de novo. Desgarra-se com frequência.

Agora meia dúzia de explosões de estrelas coloridas iluminaram a noite, desabrochando como flores num velho filme de Disney sobre a natureza. Podia imaginar a multidão reunida em Castle View sentada de pernas cruzadas em seus cobertores, tomando sorvetes e bebendo cerveja, e todos dizendo *Oooooh* ao mesmo tempo. É isso que provoca qualquer obra de arte bem-sucedida, acho eu — todo o mundo diz *Oooooh* ao mesmo tempo.

Você está com medo desse cara, não está?, perguntou Jo. *Ok, talvez tenha razão. Um homem que acha que pode ficar zangado todas as vezes que quiser e com quem quiser... pode ser perigoso.*

Então a voz de Mattie surgiu: *Sr. Noonan, eu não sou uma mãe desatenta. Isso nunca me aconteceu antes.*

Claro que é isso que a maioria das mães relapsas dizem em tais circunstâncias, imaginava eu... mas eu havia acreditado nela.

Além disso, que droga, meu número não estava na lista telefônica. Eu me sentara ali tomando um refrigerante, vendo os fogos de artifício, sem aborrecer ninguém, e esse camarada...

— Sr. Devore, eu não tenho qualquer ideia do que...

— Não me venha com essa, com todo o devido respeito, não me venha com essa, sr. Noonan, o senhor foi visto falando com elas. — Ele soava como Joe McCarthy, imagino, aos pobres idiotas que terminavam sendo tachados de comunistas sujos quando compareciam perante o comitê dele.

Tenha cuidado, Mike, disse Jo. *Atenção ao machado de prata de Maxwell.*

— De fato vi e falei com uma mulher e uma meninazinha esta manhã — eu disse. — Acho que é delas que está falando.

— Não, o senhor viu *praticamente um bebê* andando pela estrada *sozinho* — disse ele. — E depois viu uma mulher correndo atrás dele. Minha nora, naquela coisa velha que ela dirige. A criança poderia ter sido atropelada. Por que está protegendo essa moça, sr. Noonan? Ela te prometeu alguma coisa? O senhor não está certamente fazendo nenhum favor à criança, isso eu posso te dizer.

Ela prometeu me levar ao trailer e depois me carregar numa volta pelo mundo, pensei em dizer. *Prometeu manter a boca fechada o tempo todo se eu conservasse a minha fechada também — é isso que quer ouvir?*

Sim, disse Jo. *Muito provavelmente é isso que ele quer ouvir. Muito provavelmente é nisso que quer acreditar. Não deixe que ele provoque uma *de suas explosões de sarcasmo de aluno de faculdade, Mike — você pode se arrepender.*

Por que eu estava me dando ao trabalho de proteger Mattie Devore, afinal de contas? Não sabia. Não tinha a mínima ideia de onde podia estar me metendo ali, por falar nisso. Só sabia que ela parecera cansada, e a criança não fora machucada, não estava assustada ou taciturna.

— *Havia* um carro. Um velho jipe.

— Assim está melhor. — Satisfação. E um agudo interesse. Cobiça, quase. — O que...

— Creio que achei que tivessem vindo no carro juntas — eu disse. Havia certo prazer frívolo em descobrir que minha capacidade de invenção não me abandonara. Senti-me como um lançador que não pode mais jogar na frente da multidão, mas que ainda faz uma boa jogada no velho pátio de trás. — A meninazinha tinha colhido algumas margaridas. — Todas as cuidadosas qualificações, como se eu estivesse depondo num tribunal em vez de sentado no meu deck. Harold teria ficado orgulhoso. Bem, não, Harold teria ficado horrorizado por eu simplesmente estar tendo tal conversa.

— Acho que pensei que estava colhendo flores silvestres. Minha lembrança do incidente não é muito clara, infelizmente. Sou escritor, sr. Devore, e quando estou dirigindo geralmente derivo para os meus próprios...

— O senhor está mentindo. — A raiva está em aberto agora, brilhante e pulsando como uma fervura. Como eu havia suspeitado, não foi preciso muito esforço para escolrar aquele camarada para além das delicadezas sociais.

— Sr. Devore. Dos computadores Devore, imagino.

— Imagina corretamente.

Jo sempre ficava mais fria no tom e na expressão à medida que seu temperamento nada insignificante ficava mais alterado. Agora eu me escutava emulá-la de um modo que era francamente sinistro.

— Sr. Devore, não estou acostumado a receber ligações à noite de homens que não conheço, nem pretendo prolongar a conversa quando sou chamado de mentiroso. Boa noite, senhor.

— Se tudo estava bem, por que o senhor parou?

— Tenho estado longe da TR há algum tempo, e queria saber se o Village Café ainda estava aberto. Ah, por falar nisso, não sei onde o senhor conseguiu meu telefone, mas sei onde pode enfiá-lo. Boa noite.

Interrompi a ligação com o polegar e então olhei para o telefone como se jamais tivesse visto tal dispositivo em minha vida. A mão segurando o telefone tremia. Meu coração batia com força; podia senti-lo no pescoço e nos pulsos, assim como no peito. Cogitei se teria podido dizer a Devore para enfiar meu número de telefone no rabo se eu mesmo não tivesse alguns milhões chacoalhando no banco.

A Batalha dos Titãs, querido, disse Jo com sua voz fria. *E tudo por causa de uma adolescente num trailer. Ela não tem nem seios de que se possa falar.*

Ri alto. Guerra dos Titãs? Dificilmente. Um velho barão ladrão da virada do século dissera: "Nos dias que correm, um homem com um milhão de dólares pensa que é rico." Devore provavelmente teria a mesma opinião a meu respeito e, no esquema mais amplo das coisas, estaria certo.

Agora o céu do oeste estava aceso com uma cor não natural e pulsante. Era o final.

— De que trata tudo isso? — perguntei.

Nenhuma resposta, só um mergulhão-do-norte gritando no lago. Provavelmente protestando por todo o estranho barulho no céu.

Levantei, entrei e coloquei o telefone de novo no suporte, percebendo enquanto o fazia que esperava que tocasse novamente, esperava que Devore começasse a cuspir clichês de cinema: *Se ficar no meu caminho, eu...* e *Estou lhe avisando, amigo, para não...* e *Vou lhe dar um bom conselho antes que você...*

O telefone não tocou. Derramei o resto do refrigerante goela abaixo, compreensivelmente seco, e resolvi ir para a cama. Pelo menos não tinha havido nenhum choro ou choramingo no deck; Devore me tirara de mim mesmo. De um modo esquisito, estava grato a ele.

Entrei no quarto norte, despi-me e deitei. Pensei sobre a garotinha, Kyra, e a mãe que poderia ter sido sua irmã mais velha. Devore estava irritado com Mattie, isso era claro, e se eu era uma não entidade financeira para o sujeito, o que então ela seria para ele? E que tipo de recursos teria Mattie se ele tivesse se colocado contra ela? Tal pensamento era bastante desagradável, na verdade, e foi com ele que adormeci.

Levantei três horas depois para eliminar a lata de refrigerante que pouco sabiamente tomara antes de deitar e, enquanto estava diante do vaso, mijando com um dos olhos abertos, ouvi os soluços de novo. Em algum lugar do escuro, uma criança perdida e assustada... ou talvez só *fingindo* estar perdida e assustada.

— Não — eu disse. Estava em pé, nu, diante do vaso sanitário, com a pele toda arrepiada. — Por favor, não comece de novo com essa bosta, é assustador.

O choro foi minguando como antes, parecendo diminuir como algo carregado por um túnel abaixo. Voltei para a cama, virei para o meu lado e fechei os olhos.

— Foi um sonho — eu disse. — Só outro sonho de Manderley.

Eu sabia que não era isso, mas sabia também que voltaria a dormir, e naquele momento isso parecia o mais importante. Enquanto adormecia, pensei com uma voz que era puramente minha: *Ela está viva. Sara está viva.*

E compreendi algo também: ela me pertencia. Eu a reivindicara. Para o bem ou para o mal, eu voltara para casa.

Capítulo Nove

Às nove horas da manhã seguinte, enchi um *squeeze* com suco de toranja e saí para um bom e longo passeio na direção sul ao longo da Rua. O dia estava claro e já quente. E também silencioso — o tipo de silêncio que só se tem depois de um feriado de sábado, composto de partes iguais de sacralidade e ressaca. Notei dois ou três pescadores estacionados bem longe no lago, mas nem um único barco a motor zumbia por ali, nem um só ruidoso bando de crianças gritava e espadanava água. Passei por meia dúzia de chalés no declive acima de mim e, embora todos estivessem habitados nessa época do ano, os únicos sinais de vida que vi eram roupas de banho penduradas no corrimão do deck dos Passendale e um cavalo-marinho verde fluorescente meio vazio num toco de uma doca dos Batchelder.

Mas o pequeno chalé cinzento dos Passendale ainda era deles? O divertido e circular acampamento de verão dos Batchelder, com sua janela de filme em Cinerama apontando para o lago e as montanhas além, ainda pertencia aos Batchelder? Não havia modo de saber, claro. Quatro anos podem trazer um bocado de mudanças.

Eu caminhava e não fazia nenhum esforço para pensar — um velho truque dos dias de escritor. Trabalhe o corpo, descanse a mente, deixe os rapazes do porão fazerem seu trabalho. Fui andando e passei pelos campos onde Jo e eu havíamos comido churrasco, tomado drinques e participado de uma ocasional reunião para jogar cartas; eu me embebia do silêncio como uma esponja, bebia meu suco, limpava o suor da testa com o braço e esperava para ver que pensamentos surgiriam.

O primeiro foi uma percepção esquisita: que o choro do bebê na noite parecia de certo modo mais real do que o telefonema de Max Devore. Eu tinha recebido mesmo uma ligação de um rico magnata da tecnologia obviamente de mau humor na minha primeira noite inteira de volta à TR? Teria realmente o dito magnata me chamado de mentiroso em determinado momento? (Eu o era, considerando-se a história que contara, mas essa não era a questão.) Sabia que aquilo acontecera, mas na verdade era mais fácil acreditar no Fantasma de Dark Score, conhecido em torno de algumas fogueiras como A Misteriosa Criança que Chora.

Meu pensamento seguinte — imediatamente antes de terminar meu suco — foi que eu devia ligar para Mattie Devore e lhe contar o que acontecera. Cheguei à conclusão de que era um impulso natural, mas provavelmente má ideia. Eu estava velho demais para acreditar em tais simplicidades como A Donzela em Apuros *versus* O Padrasto Malvado... ou, nesse caso, o Sogro. Tinha meus próprios problemas para resolver neste verão, e não queria complicar meu trabalho entrando numa disputa potencialmente feia entre sr. Computador e srta. Trailer Duplo. Devore havia alisado meu pelo da maneira errada — e vigorosamente —, mas isso provavelmente não fora pessoal, só algo que ele fez naturalmente. Ora, alguns sujeitos puxam e soltam bruscamente as alças dos sutiãs. Eu desejava enfrentá-lo nisso? Não. Não desejava. Eu salvara a Pequena Senhorita Red Sox, havia tido uma inadvertida amostra do pequeno mas agradavelmente firme peito de mamãe, aprendido que Kyra era a palavra grega para "como uma dama". Mais do que isso seria gula, por Deus.

Naquele ponto, tanto meu cérebro quanto meus pés pararam, percebendo que eu tinha caminhado até o Warrington's, uma vasta estrutura de galpão de madeira que os habitantes daqui chamam às vezes de country club. E era uma espécie disso — tinha um campo de golfe de seis buracos, um estábulo e trilhas para cavalgar, um restaurante, um bar e alojamento para talvez umas três dúzias de pessoas na construção principal e nas oito ou nove cabanas satélites. Havia até um local para jogo de boliche com duas pistas, embora você e seus competidores tivessem que se alternar para pôr os pinos em pé. O Warrington's tinha sido construído no início da Primeira Guerra Mundial. Isso o tornava mais jovem que Sara Laughs, mas não muito.

Um embarcadouro comprido levava a uma construção menor chamada Sunset Bar. Era ali que os hóspedes de verão do Warrington's se reuniam para tomar drinques no final do dia (e alguns para bloody marys no início dele). Então, quando dei uma olhada naquela direção, percebi que não estava mais sozinho. Uma mulher em pé na varanda à esquerda da porta do bar flutuante me observava.

Tive um sobressalto. No momento, meus nervos não estavam em sua melhor forma, e aquilo provavelmente tinha algo a ver com isso... mas acho que ela me faria ter um sobressalto de qualquer modo. Em parte por sua imobilidade. Em parte por sua extraordinária magreza. Mas principalmente pelo rosto dela. Você já viu aquele desenho do Edvard Munch, *O Grito*? Bem, se imaginar aquele rosto em repouso, a boca fechada e os olhos vigilantes, teria uma imagem bastante boa da mulher em pé no final do embarcadouro, com uma mão de dedos compridos descansando no corrimão. Embora eu possa lhe dizer que meu primeiro pensamento não foi *Edvard Munch* e sim *sra. Danvers*.

Ela parecia ter uns 70 anos e estava usando short preto sobre um maiô da mesma cor. A combinação parecia estranhamente formal, uma variação do sempre popular vestidinho preto de coquetel. Sua pele era de um branco cremoso, a não ser acima dos peitos quase retos e ao longo dos ombros ossudos. Lá, grandes manchas marrons de idade nadavam em sua pele. O rosto era um objeto em forma de cunha, mostrando os ossos dos molares como os de uma caveira, e uma linha desigual de sobrancelhas. Abaixo dessa saliência, seus olhos se perdiam em órbitas de sombra. Cabelos brancos pendiam escassos e lisos à volta das orelhas, caindo até a proeminente prateleira do maxilar.

Deus, como é magra, pensei. *Ela é apenas um saco de...*

Diante daquilo, um estremecimento passou por meu corpo. Foi algo forte, como se alguém tivesse girado um fio elétrico em minha carne. Não queria que ela tivesse notado aquilo — que modo de começar um dia de verão, abalando tanto um cara que ele ficava ali tremendo e fazendo caretas na sua frente —, portanto, ergui minha mão e acenei. Tentei sorrir também. Olá, senhora em pé junto ao bar flutuante. Olá, seu velho saco de ossos, você me assustou pra caramba, mas não é preciso muito nesses dias para fazê-lo, e eu a perdoo. Porra, como vai indo? Eu me perguntei se meu sorriso parecia para ela a mesma careta que parecia para mim.

Ela não acenou de volta.

Sentindo-me um tanto tolo — AQUI NÃO HÁ NENHUM IDIOTA DO VILAREJO, NÓS TODOS NOS REVEZAMOS —, concluí meu aceno numa saudação meio estúpida e voltei pelo caminho por onde tinha vindo. Cinco passos depois, tive que olhar por cima do ombro; a sensação de que ela me observava era tão forte que eu sentia como se uma mão me apertasse entre as omoplatas.

O embarcadouro onde a mulher havia estado mostrava-se completamente deserto. Apertei os olhos, no início com a certeza de que ela apenas se retirara mais para dentro da sombra causada pela pequena "casa da birita", mas ela desaparecera. Como se ela própria fosse um fantasma.

Ela entrou no bar, meu bem, disse Jo. *Você sabe disso, não sabe? Quero dizer... você sabe mesmo, certo?*

— Certo, certo — murmurei, tomando o caminho norte pela Rua em direção à minha casa. — Claro que sei. Para onde mais? — Só que não me pareceu que tivesse havido tempo; não me pareceu que pudesse ter entrado, mesmo descalça, sem que eu a ouvisse. Não numa manhã tão quieta.

Jo de novo:
Talvez ela tenha entrado furtivamente.

— É — murmurei. Eu falei um bocado de vezes alto antes de o verão terminar. — É, talvez tenha. Talvez ela seja furtiva. — Claro. Como a sra. Danvers.

Parei de novo e olhei para trás, mas o caminho direito de passagem acompanhava o lago numa pequena curva, e eu não podia mais ver o Warrington's ou o Sunset Bar. E realmente, pensei, para mim estava tudo bem.

No caminho de volta, tentei fazer uma lista das estranhezas que haviam precedido e depois envolvido meu retorno a Sara Laughs: os sonhos repetidos; os girassóis; o adesivo da estação de rádio; o choro na noite. Cogitei que meu encontro com Mattie e Kyra, além do consequente telefonema do sr. Pixel Easel, também se qualificava como provisoriamente estranho... mas não do mesmo modo que uma criança que você ouve soluçar na noite.

E o fato de que estávamos em Derry em vez de em Dark Score quando Johanna morrera? Aquilo podia entrar na lista? Não sabia. Não conseguia nem lembrar por que fora assim. No outono e no inverno de 1993, havia estado escrevendo contos e trabalhando num roteiro para

O homem da camisa vermelha. Em fevereiro de 1994, prosseguia com *De cima a baixo*, e aquilo absorvia a maior parte da minha atenção. Além disso, decidi rumar a oeste para a TR, oeste para Sara...

— Era tarefa de Jo — disse para o dia, e assim que ouvi as palavras compreendi como eram verdadeiras. Ambos adorávamos a velha garota, mas dizer "Ei, irlandês, vamos levantar nossos rabos daqui e passar alguns dias na TR" tinha sido tarefa de Jo. Ela podia dizê-lo a qualquer momento... só que no ano antes de sua morte não o dissera nem uma vez. E eu jamais pensara em dizê-lo no lugar dela. De algum modo, eu esquecera tudo sobre Sara Laughs, parece, mesmo quando o verão chegou. Era possível estar tão absorvido num texto? Não parecia provável... mas que outra explicação havia?

Algo estava muito errado com esse quadro, mas eu não sabia o quê. Não sabia nada de nada.

Aquilo me lembrou Sara Tidwell e as letras de uma de suas canções. Sara nunca fora gravada, mas eu devia ao cego Lemon Jefferson a versão dessa música em especial. Um verso dizia:

> *É só um baile no celeiro, benzinho,*
> *É só rodar e rodar.*
> *Deixe-me beijar seus lábios doces, benzinho,*
> *Tão bom te encontrar.*

Eu adorava aquela canção, e sempre imaginei como seria saindo da boca de uma mulher em vez de emitida pela voz cheia de uísque do velho *trovador*. Na voz de Sara Tidwell. Aposto que ela cantava docemente. E, rapaz, aposto que sabia cantar a canção.

Eu tinha voltado novamente para minha casa. Olhei em torno, não vi ninguém nas vizinhanças imediatas (embora pudesse ouvir agora o primeiro barco de esqui aquático do dia zumbindo ao longe na água), despi-me até ficar de cuecas e nadei para a plataforma flutuante. Não subi, fiquei apenas deitado ao lado dela, segurando a escada com uma das mãos e preguiçosamente batendo com os pés. Era bastante agradável, mas o que faria com o resto do dia?

Decidi passá-lo limpando minha área de trabalho no segundo andar. Quando tivesse terminado, talvez saísse e desse uma olhada no estúdio de Jo. Quer dizer, se não perdesse a coragem.

Nadei de volta, batendo facilmente as pernas, erguendo a cabeça dentro e fora da água, que fluía ao longo do meu corpo como seda fria. Sentia-me uma lontra. Já tinha nadado a maior parte do caminho em direção à praia quando ergui meu rosto pingando e vi uma mulher em pé na Rua, observando-me. Era tão magra quanto a que eu tinha visto perto do Warrington's... mas esta era verde. Verde e apontando o norte ao longo do caminho como uma dríade numa velha lenda.

Arquejei, engoli água, tossi-a para fora. Fiquei em pé com a água pelo peito e esfreguei meus olhos que escorriam. Então ri (embora com um pouco de dúvida). A mulher era verde porque se tratava de uma bétula crescendo um pouco ao norte onde minha escada de dormentes terminava na rua. E mesmo com meus olhos limpos de água, havia algo arrepiante no modo como as folhas em torno do tronco marfim-rajado--de-preto quase formavam um rosto que espiava. O ar estava totalmente parado e assim o rosto estava totalmente parado (como o rosto da mulher de short preto e maiô), mas num dia de brisa ele pareceria sorrir ou franzir o cenho... ou talvez rir. Atrás dela crescia um pinheiro doentio. Um galho desfolhado esticava-se para o norte. Fora isso que eu havia tomado por um braço magro e uma ossuda mão apontando.

Não era a primeira vez que eu me assombrava assim. Vejo coisas, só isso. Escreva histórias e cada sombra no chão parece uma pegada, cada linha na sujeira uma mensagem secreta. O que não facilita, é claro, a tarefa de decidir o que era realmente peculiar em Sara Laughs e o que era peculiar apenas porque minha *mente* era peculiar.

Dei uma olhada ao redor, vi que ainda tinha aquela parte do lago para mim (embora não por muito tempo mais; ao zumbido de abelha do primeiro barco a motor iriam se seguir o segundo e o terceiro) e despi minha cueca encharcada. Eu a torci, a coloquei em cima do short e da camiseta, e andei pelos degraus de dormentes com minhas roupas contra o peito. Fingia que era Bunter, levando o desjejum e o jornal da manhã para lorde Peter Wimsey. Quando entrei em casa, estava sorrindo como um bobo.

O segundo andar estava abafado, apesar das janelas abertas, e vi por quê, assim que cheguei ao alto da escada. Jo e eu havíamos compartilhado o espaço ali, ela na esquerda (apenas uma pequena sala, realmente só uma toca, que era tudo de que necessitava com o estúdio norte da casa) e eu à direita. Na extremidade final do corredor, ficava o focinho gradeado da unidade monstro de ar-condicionado, que havíamos comprado um ano depois de comprarmos a casa de campo. Olhando para ele, percebi que sentira falta de seu zumbido característico sem ter consciência disso. Colado nele, havia um aviso que dizia: *Sr. Noonan: quebrado. Sopra ar quente quando você o liga & faz barulho de vidro quebrado. Dean diz que a peça necessária está prometida pela Western Auto em Castle Rock. Vou acreditar nisso quando vir. B. Meserve.*

Eu sorri depois de ler a última frase — era a sra. Meserve cuspida — e então experimentei o interruptor. O maquinário de modo geral reage favoravelmente quando sente que há um ser humano dotado de pênis nas proximidades, Jo costumava dizer, mas não dessa vez. Ouvi o rangido do ar-condicionado por cinco segundos ou coisa assim, depois o desliguei. "O diabo da coisa tá cagada", como o pessoal da TR gosta de dizer. E até que fosse consertado, eu não faria ali nem palavras cruzadas.

Olhei meu escritório mesmo assim, tão curioso do que eu poderia sentir quanto do que poderia descobrir. A resposta foi quase nada. Havia a mesa onde eu terminara *O homem da camisa vermelha*, provando assim a mim mesmo que a primeira vez não fora um acaso feliz; havia uma foto de Richard Nixon, os braços erguidos, fazendo um duplo V da vitória, com a legenda VOCÊ COMPRARIA UM CARRO USADO DESTE HOMEM? abaixo da foto; havia o pequeno tapete que Jo fizera para mim um ou dois invernos antes de ela ter descoberto o maravilhoso mundo das mantas de tricô e ter desistido de fazer tapetes.

Não era bem o escritório de um estranho, mas cada objeto (principalmente a superfície esquisitamente vazia da mesa) dizia que *era* o espaço de trabalho de um Mike Noonan de uma geração anterior. A vida dos homens, eu lera certa vez, é geralmente definida por duas forças primordiais: trabalho e casamento. Em minha vida, o casamento estava terminado, e a carreira num hiato que parecia permanente. Dado isso, não me parecia estranho que o espaço onde eu passara tantos dias, geralmente num estado de verdadeira felicidade enquanto inventava diversas vidas imaginárias, agora parecesse não significar nada. Era como olhar para a sala de um funcionário que fora despedido... ou que morrera subitamente.

Comecei a sair dali, depois tive uma ideia. O arquivo no canto estava entupido de papéis — declarações de bancos (na maioria de oito ou dez anos atrás), correspondência (a maioria nunca respondida), alguns fragmentos de história —, mas não encontrei o que procurava. Fui até o closet, onde a temperatura devia estar pelo menos a 40 graus e onde havia uma caixa de papelão na qual a sra. M. escrevera APARELHOS; então retirei-o — um Memo-Scriber da Sanyo que Debra Weinstock tinha me dado na conclusão de nosso trabalho no primeiro dos livros na Putnam. O gravador podia ser programado para ligar sozinho quando se começava a falar; caía para o modo de PAUSA quando se parava para pensar.

Nunca perguntei a Debra se ela simplesmente se deparara com a coisa e pensara "Ora, aposto que qualquer romancista popular que se respeite gostaria de possuir uma dessas maquininhas", ou se fora algo um pouquinho mais específico... uma espécie de sugestão, talvez? Verbalize esses pequenos *fax* de seu inconsciente enquanto ainda estão frescos, Noonan. Na época, eu não sabia, e ainda não sei agora. Mas lá estava ela, uma genuína máquina de ditar de qualidade profissional, e havia pelo menos 12 cassetes em meu carro, gravações domésticas que eu fizera para ouvir enquanto dirigia. Inseriria uma no Memo-Scriber esta noite, poria o controle de volume tão alto quanto possível e colocaria a máquina em DITADO. Então, se o ruído que ouvi pelo menos duas vezes se repetisse, seria gravado. Eu podia tocá-lo para Bill Dean e perguntar o que é que *ele* achava daquilo.

E se eu escutar a criança soluçando esta noite e a máquina não ligar sozinha?

— Bem, então vou saber de outra coisa — disse para o escritório vazio e iluminado pelo sol. Eu estava em pé ali na entrada, com o Memo-Scriber sob o braço, olhando a mesa vazia e suando como um porco. — Ou pelo menos suspeitar.

O recanto de Jo do outro lado do corredor fazia meu escritório parecer apinhado e confortável em comparação. Nunca cheio demais, agora não era nada senão um espaço de formato quadrado. O tapete se fora, suas fotos tinham desaparecido, até mesmo a mesa sumira. Aquilo parecia um projeto faça-você-mesmo que fora abandonado depois de noventa por cento do trabalho feito. Jo tinha sido esfregada dali para fora — *raspada* dali —, e senti um momento de raiva irracional de

Brenda Meserve. Pensei no que minha mãe geralmente dizia quando eu fazia algo por minha própria iniciativa que ela desaprovava: "Você assume muito mais do que pode, não é?" Era o que eu sentia sobre o pequeno pedaço de escritório de Jo: que ao esvaziá-lo até as paredes daquele jeito Brenda Meserve tinha assumido muito mais do que podia.

Talvez não tenha sido a sra. M. quem limpou tudo, disse a voz OVNI. *Talvez tenha sido a própria Jo a fazê-lo. Já pensou nisso, camarada?*

— Isso é uma idiotice — eu disse. — Por que o faria? Dificilmente eu poderia pensar que ela tivesse tido uma premonição da própria morte. Considerando-se que acabara de comprar...

Mas eu não queria dizer aquilo. Não alto. De algum modo, parecia má ideia.

Virei-me para sair da sala e uma súbita rajada de ar frio, surpreendente naquele calor, passou por meu rosto. Não por meu corpo, só por meu rosto. Foi a sensação mais extraordinária, como mãos dando tapinhas de modo rápido mas gentilmente em minhas bochechas e na testa. Ao mesmo tempo senti um suspiro no ouvido... só que não era bem isso. Era um sussurro que *passou* por meu ouvido, como uma mensagem murmurada depressa.

Eu me virei, esperando ver as cortinas da janela da sala se movimentarem... mas estavam perfeitamente imóveis.

— Jo? — disse, e ouvir seu nome me fez tremer tão violentamente que quase deixei cair o Memo-Scriber. — Jo, é você?

Nada. Nenhuma mão de fantasma dando tapinhas na minha pele, nenhum movimento na cortina... o que certamente teria ocorrido se tivesse havido de fato uma correnteza. Tudo estava quieto. Havia apenas um homem alto com um rosto suado e um gravador debaixo do braço em pé à porta de uma sala vazia... mas foi aí que comecei a acreditar realmente que não estava sozinho em Sara Laughs.

E daí?, perguntei a mim mesmo. *Mesmo que fosse verdade, e daí? Fantasmas não podem fazer mal a ninguém.*

Era o que eu pensava então.

Quando visitei o estúdio de Jo (com *ar-condicionado*) depois do almoço, sentia-me muito melhor a respeito de Brenda Meserve — não assumira demais para si mesma, afinal de contas. Os poucos objetos de que me lembrava especialmente no pequeno escritório de Jo — o quadrado emoldurado de sua primeira manta de tricô, o pequeno tapete verde, o pôster emoldurado representando as flores silvestres do Maine — haviam sido colocados ali, junto com quase tudo de que eu lembrava. Era como se a sra. M. tivesse enviado uma mensagem: *Não posso diminuir sua dor ou abreviar sua tristeza, assim como não posso impedir os ferimentos que sua volta para cá podem reabrir, mas posso colocar todas as coisas que o machucam num só lugar para que o senhor não fique tropeçando nelas de repente ou sem estar preparado. Até aí posso ir.*

O estúdio não tinha paredes vazias; as paredes acotovelam-se com o espírito e a criatividade de minha mulher. Havia coisas tricotadas (algumas sérias, muitas caprichosas), quadrados de batique, bonecas de trapos pulando para fora do que ela chamava de minhas "colagens de bebê", uma pintura abstrata de deserto feita de tiras de seda amarela, preta e laranja, suas fotos de flores e até algo, no alto da estante, que parecia uma construção-em-progresso, uma cabeça da própria Sara Laughs. Era feita de palitos e varetas de pirulitos.

Num dos cantos ficava seu pequeno tear e um armário de madeira com um aviso que dizia MATERIAL DE TRICOTAR DE JO! NÃO ULTRAPASSE! pendurado no puxador. Em outro se via um banjo que ela havia tentado aprender a tocar e depois desistido, dizendo que machucava muito os dedos. Num terceiro havia um remo de caiaque e um par de patins com arranhões na altura de onde ficariam os dedos e pequenos pompons roxos nas pontas dos cadarços.

O que atraiu e capturou meus olhos estava na velha escrivaninha com tampa de rolar no centro da sala. Durante os muitos e bons fins de semana de verão, outono e inverno que havíamos passado lá, a mesa ficava cheia de carretéis de linha, meadas de fios, almofadas para alfinetes, esboços, talvez um livro sobre a guerra civil espanhola ou famosos cães americanos. Johanna podia ser exasperante, pelo menos para mim, porque não impunha nenhum sistema ou ordem real no que fazia. Também podia ser intimidante e até mesmo esmagadora, às vezes. Era uma brilhante cabeça de vento, e sua escrivaninha sempre refletia isso.

Mas não agora. Talvez a sra. M. tivesse retirado os objetos espalhados pela mesa e enfiado por ali o que estava lá agora, mas era impossível de acreditar. Por que o faria? Não fazia sentido.

O objeto estava coberto com uma capa de plástico cinza. Estendi a mão para tocá-lo. Minha mão se deteve a 3 ou 4 centímetros dele quando a lembrança de um velho sonho

(Me dá isso, é o meu pega-poeira)

deslizou por minha mente da mesma forma que a corrente de ar tinha passado por meu rosto. Então desapareceu, e eu puxei a capa de plástico. Debaixo dela estava minha velha Selectric IBM verde, que eu não via e na qual não pensava havia anos. Inclinei-me mais para perto, sabendo que a bola de tipos da máquina seria o Courier — minha velha preferida — mesmo antes de vê-la.

Pelo amor de Deus, o que estaria minha velha máquina de escrever fazendo ali?

Johanna pintava (embora não muito bem), tirava fotos (muito boas realmente) e às vezes as vendia, tricotava, fazia crochê, tecia e tingia panos, e podia tocar oito ou dez acordes no violão. *Podia* escrever, é claro; a maioria dos estudantes que fazem especialização em inglês consegue fazê-lo, razão pela qual se especializam em inglês. Demonstrara qualquer grau fulgurante de criatividade literária? Não. Após algumas experiências com poesia, quando aluna, antes de colar grau, desistiu daquele ramo específico das artes como um trabalho ruim. *Você escreve por nós dois, Mike*, disse ela certa vez. *É tudo seu; eu simplesmente vou dar uma experimentada em todo o resto.* Ante a qualidade de seus poemas em comparação à qualidade de suas sedas, fotos e arte tricotada, achei que provavelmente Jo tinha sido sábia.

Mas ali estava minha velha IBM. Por quê?

— Cartas — eu disse. — Ela a encontrou no porão ou coisa assim e resgatou-a para escrever cartas.

Só que não tinha sido Jo. Ela me mostrava a maioria das cartas, geralmente insistindo para que eu escrevesse pequenos pós-escritos, deixando-me culpado ao proferir aquele velho ditado, casa de ferreiro, espeto de pau ("e os amigos do escritor nunca teriam notícias dele se não fosse por Alexander Graham Bell", acrescentava prontamente). Jamais tinha visto uma carta pessoal de minha mulher batida à máquina durante todo o tempo em que fomos casados — se não por outro motivo, simplesmente porque ela o teria considerado uma porcaria em termos de etiqueta. *Podia* datilografar, produzindo cartas de negócios sem erros lenta e metodicamente, mas sempre usava o computador de mesa ou seu próprio PowerBook para tais tarefas.

— O que está planejando, meu bem? — perguntei, e então comecei a investigar as gavetas de sua escrivaninha.

Brenda Meserve havia se esforçado com elas, mas a natureza fundamental de Jo a tinha derrotado. A ordem da superfície (carretéis de linha segregados por cor, por exemplo) rapidamente cedeu à velha e querida bagunça de Jo. Encontrei o suficiente dela nas gavetas para machucar meu coração com cem lembranças inesperadas, mas não achei nenhum papel que tivesse sido datilografado com minha velha IBM, com ou sem a bola Courier. Nem uma só página.

Quando terminei a caçada, encostei-me no espaldar da cadeira (a cadeira *dela*) e olhei a pequena foto emoldurada sobre a escrivaninha, que não me lembrava de ter visto antes. Provavelmente a própria Jo a imprimiu (o original poderia ter saído de algum sótão local) e depois pintara à mão o resultado. O produto final parecia um cartaz de procura-se colorido por Ted Turner.

Peguei-a e passei a ponta do polegar sobre o vidro, aturdido. Sara Tidwell, a cantora de blues da virada do século cujo último porto de passagem conhecido tinha sido aqui, na própria TR. Quando ela e seu pessoal — alguns deles amigos, a maioria parentes — haviam deixado a TR, tinham prosseguido para Castle Rock por algum tempo... depois simplesmente desapareceram, como uma nuvem no horizonte ou como nevoeiro numa manhã de verão.

Ela sorria um pouco na foto, um sorriso difícil de ler, os olhos meio fechados. O cordão de seu violão — não uma correia, mas um cordão — era visível por cima de um dos ombros. Ao fundo, eu podia ver um homem negro usando um chapéu-coco num ângulo arrebatador (uma observação sobre os músicos: eles realmente sabem usar chapéus) e em pé ao lado do que parecia ser um baixo acústico.

Jo havia tingido a pele de Sara de *café-au-lait*, talvez baseada em outros retratos que viu (há alguns por aí, a maioria mostrando Sara com a cabeça jogada para trás e o cabelo caindo quase até a cintura enquanto ela dispara seu famoso, despreocupado e estrondoso riso), embora nenhuma fosse colorida. Não na virada do século. Sara Tidwell não havia deixado sua marca apenas nas fotos. Lembrei que Dickie Brooks, proprietário da oficina, tinha me contado certa vez que o pai afirmava ter ganhado um urso de pelúcia no tiro ao alvo da Feira do Condado de Castle, e que o tinha dado a Sara Tidwell. Segundo Dickie, ela recompensara seu pai com um beijo. De acordo com ele, o velho jamais esquecera aquilo, dizendo que fora o melhor beijo de sua vida... embora eu duvide que tivesse dito isso perto de sua esposa.

Naquela foto, Sara Tidwell, conhecida como Sara Laughs, apenas sorria. Jamais fora gravada, mas suas canções haviam sobrevivido mesmo assim. Uma delas, "Walk me Baby", tem uma notável semelhança com "Walk This Way", do Aerosmith. Hoje, Sara seria conhecida como uma afro-americana. Em 1984, quando Johanna e eu compramos a casa e consequentemente ficamos interessados nela, teria sido chamada de negra. Em sua própria época, teria sido chamada de preta ou escurinha, ou possivelmente mulata. E crioula, é claro. Devia haver muita gente usando este último termo à vontade. E eu podia acreditar que ela tinha beijado o pai de Dickie Brooks — um homem branco — na frente de metade do condado de Castle? Não, não podia. Mesmo assim, quem poderia dizer? Ninguém. Por isso o passado era fascinante.

— É só um baile no celeiro, benzinho — cantei, tornando a colocar o retrato na escrivaninha. — É só rodar e rodar.

Peguei a capa da máquina de escrever e então resolvi deixá-la descoberta. Enquanto levantava, meus olhos voltaram a Sara, ali em pé com seus olhos fechados e o cordão que lhe servia como correia de violão visível sobre um ombro. Algo em seu rosto e sorriso sempre me haviam parecido familiares, e subitamente a coisa se revelou. Ela se assemelhava estranhamente a Robert Johnson, cujos improvisos primitivos se escondiam por trás dos acordes de quase todas as canções do Led Zeppelin e Yardbirds já gravadas. Segundo a lenda, Johnson tinha descido às encruzilhadas e vendido a alma a Satã por sete anos de vida rápida, bebida de alto teor e mulheres da vida. E por uma marca de imortalidade nas vitrolas automáticas dos bares, é claro. O que conseguiu. Robert Johnson, supostamente teria envenenado uma mulher.

No final da tarde, desci até o armazém e vi um bonito pedaço de linguado na geladeira. Para mim tinha aparência de jantar. Comprei uma garrafa de vinho branco para combinar com ele e, enquanto esperava minha vez na caixa registradora, uma voz trêmula soou atrás de mim.

— Vi que o senhor fez uma amiga ontem. — O sotaque ianque era tão forte que parecia quase uma piada... exceto que o acento em si foi só parte da coisa; a maioria, percebi, tem aquele som cantado, os verdadeiros naturais do Maine falam todos como leiloeiros.

Virei-me e vi o velhote que estivera parado na pista da oficina no dia anterior com Dickie Brooks, observando-me conhecer Kyra, Mattie e Scoutie. Ainda levava a bengala com castão de ouro, e agora eu a reconhecia. Em algum momento da década de 1950, o *Boston Post* tinha doado essas bengalas a cada condado nos estados da Nova Inglaterra. Eram dadas aos residentes mais velhos, e passadas adiante de velhote para velhote. E o engraçado era que o *Post* tinha esticado as canelas anos atrás.

— Na verdade, duas novas amigas — respondi, tentando desenterrar seu nome da memória. Não consegui, mas lembrava-me dele de quando Jo estava viva; ele com a mão numa das superestofadas cadeiras na sala de espera de Dickie, discutindo o tempo e a política, a política e o tempo, enquanto os pistões golpeavam e os compressores de ar descarregavam. Um cliente habitual. E se algo acontecia na rodovia 68, ele, como o olho-de-Deus, estava lá para ver.

— Ouvi dizer que Mattie Devore pode ser uma graça de pessoa — disse ele, *graçah, Devoreh, pessoah*, e uma de suas crostosas pálpebras caiu. Já vi um bom número de piscadelas sacanas na vida, mas nenhuma que fosse páreo para a que o velho com a bengala de castão de ouro me dirigiu. Senti um forte impulso de arrancar aquele nariz brilhoso com um soco. O som dele separando-se do rosto seria como o estalar de um galho morto quebrando-se contra um joelho dobrado.

— Você ouve muita coisa, veterano? — perguntei.

— Ah, sim! — disse. Seus lábios, escuros como tiras de fígado, abriram-se num sorriso. Suas gengivas mostravam muitas manchas brancas. Tinha um par de dentes amarelos ainda plantados nas gengivas de cima, e mais uns dois na de baixo. — E ela tem aquela garotinha... esperta que só! É sim!

— Esperta como azougue — concordei.

Ele pestanejou, um pouco surpreso ao ouvir uma expressão tão antiga da minha boca de presas novas, e então o repreensível sorriso se alargou.

— Mas ela não se importa com a menina — disse. — A criança fugiu de casa, sabe?

Tive consciência — antes tarde do que nunca — de que meia dúzia de pessoas estavam nos observando e escutando.

— Não foi minha impressão — falei, levantando um pouco a voz. — Não, essa não foi minha impressão mesmo.

Ele apenas sorriu... aquele sorriso de velho que diz *Ah, tá, meu caro; conheço uma que vale por duas dela.*

Fui embora do armazém me sentindo preocupado com Mattie Devore. Tinha a impressão de que gente demais estava se metendo na sua vida.

Ao chegar em casa, levei a garrafa de vinho para a cozinha — ele podia gelar enquanto eu fazia funcionar a churrasqueira no deck. Estendi a mão para a geladeira e então parei. Talvez umas quatro dúzias de pequenos ímãs se espalhavam ao acaso pela porta — legumes, frutas, letras e números de plástico, até mesmo uma boa seleção das passas da Califórnia —, só que não estavam mais ao acaso. Agora formavam um círculo na porta da geladeira. Alguém estivera ali. Alguém tinha entrado e...

Rearrumado os ímãs na geladeira? Se era isso, o invasor precisava submeter-se a um intenso trabalho terapêutico. Toquei num deles — cautelosamente, só com a ponta do dedo. Então, subitamente enraivecido comigo mesmo, estiquei a mão e espalhei-os de novo, fazendo-o com força suficiente para derrubar uns dois. Não os recolhi do chão.

Naquela noite, antes de ir para a cama, coloquei o Memo-Scriber na mesa debaixo de Bunter, o Grande Alce Americano Empalhado, ligando-o em DITADO. Então inseri nele um de meus velhos cassetes gravados em casa, zerei o mostrador e fui para a cama, onde dormi sem sonhos ou qualquer outra interrupção por oito horas.

A manhã seguinte, segunda-feira, era o tipo do dia pelo qual os turistas vêm ao Maine — um ar tão límpido e ensolarado que as colinas do outro lado do lago pareciam estar sob uma sutil ampliação. O monte Washington, o mais alto da Nova Inglaterra, flutuava na distância longínqua.

Servi café e então entrei na sala, assobiando. Tudo que eu imaginara naqueles últimos dias parecia tolo esta manhã. Então o assobio parou. O mostrador do Memo-Scriber, colocado em 000 quando eu fora para cama, estava agora em 012.

Rebobinei-o, hesitei com o dedo no botão PLAY, disse a mim mesmo (na voz de Jo) para deixar de ser tolo e apertei-o.

— *Ah, Mike* — sussurrou, quase chorou, uma voz na fita, e me peguei tendo que apertar a boca com a mão para sufocar um grito. Era o que eu tinha ouvido na sala de Jo quando a correnteza passou por meu rosto... só que agora as palavras estavam lentas o suficiente para que eu as compreendesse. — *Ah, Mike* — disse ela de novo. Houve um tênue clique. A máquina tinha se desligado por certo período de tempo. E então, mais uma vez, pronunciado na sala enquanto eu dormia na ala norte: — *Ah, Mike.*

Então desapareceu.

Capítulo Dez

Por volta das nove horas, uma picape veio pela entrada de carros e estacionou atrás do meu Chevrolet. A picape era nova — um Dodge Ram tão limpo e com os cromados tão brilhantes como se as placas provisórias tivessem sido colocadas naquela manhã —, mas do mesmo quase branco da última, e o aviso na porta do motorista era igual ao que eu me lembrava: WILLIAM "BILL" DEAN — CASEIRO — CARPINTARIA LEVE, além de seu número de telefone. Fui para o alpendre de trás para me encontrar com ele, a xícara de café na mão.

— Mike! — exclamou Bill, deixando o volante. Homens ianques não se abraçam, é uma obviedade que se pode colocar ao lado de "caras durões não dançam" e "homens de verdade não comem quiche", mas Bill sacudiu minha mão com força suficiente para fazer espirrar o café da xícara quase vazia, e me deu uma vigorosa palmada nas costas. Seu sorriso revelou uma dentadura falsa esplendidamente espalhafatosa, do tipo que costumava ser chamada de Roebuckers porque eram compradas pelo catálogo. Ocorreu-me de passagem que meu velho interlocutor do Armazém Lakeview poderia usar uma igual. Certamente teria melhorado a hora das refeições para o velho intrometido. — Mike, você é um colírio para os olhos!

— Também acho bom te ver — eu disse, sorrindo. Não era um falso sorriso; sentia realmente aquilo. As coisas que podem apavorar completamente a pessoa numa meia-noite de relâmpagos na maioria dos casos parecem apenas interessantes à luz brilhante de uma manhã de verão. — Você está com uma boa aparência, meu amigo.

Era verdade. Embora quatro anos mais velho e um pouco mais grisalho nas beiras, Bill era o mesmo. Sessenta e cinco? Setenta? Não tinha importância. Não havia nele nenhuma aparência de cera que denotasse má saúde, e nenhum definhamento no rosto, sobretudo em torno dos olhos e nas maçãs do rosto, que eu associava com debilidade invasora.

— Você também — disse ele, soltando minha mão. — Todos sentimos muito por Jo, Mike. O pessoal na cidade adorava ela. Foi um choque, sendo ela tão jovem. Minha esposa me pediu para te dar especialmente seus pêsames. Jo fez para ela uma manta no ano em que ela teve pneumonia, e Yvette nunca se esqueceu disso.

— Obrigado — eu disse, e minha voz não soou como a minha por um ou dois segundos. A impressão é que na TR minha mulher praticamente não havia morrido. — E agradeça a Yvette também.

— Certo. Está tudo bem com a casa? Quero dizer, com exceção do ar-condicionado. É uma coisa de doido! Na Western Auto me prometeram aquela peça na semana passada, e agora estão dizendo que talvez não a consigam antes de 1º de agosto.

— Tudo bem. Trouxe o meu PowerBook. Se eu quiser usá-lo, a mesa da cozinha vai servir. — E eu *ia* querer usá-lo... tantas palavras cruzadas, tão pouco tempo.

— Encontrou tudo certo com sua água quente?

— Está tudo bem, mas há um problema.

Parei. Como é que se diz ao caseiro que se acha que sua casa está assombrada? Provavelmente não há nenhum modo bom; provavelmente o melhor a fazer era ir em frente. Eu tinha coisas a perguntar, mas não queria apenas ficar rodeando o assunto e ser tímido. Para começo de conversa, Bill perceberia. Ele podia ter comprado a dentadura de um catálogo, mas não era burro.

— O que está na sua cabeça, Mike? Diga.

— Não sei como você vai receber isso, mas...

Ele sorriu à maneira de um homem que subitamente entende e levantou a mão.

— Acho que já sei.

— Sabe? — Senti uma tremenda sensação de alívio e mal pude esperar para descobrir qual seria a experiência dele com Sara, talvez enquanto estivesse checando as lâmpadas para saber se estavam queimadas, ou enquanto fora certificar-se de que o telhado aguentava bem a neve. — O que é que *você* soube?

— Principalmente o que Royce Merrill e Dickie Brooks têm contado — disse ele. — Fora isso, não sei muito mais. Eu e mamãe temos estado na Virgínia, lembre-se. Só voltamos na noite passada, por volta das oito da noite. Mesmo assim, é o grande assunto lá da loja.

Por um momento continuei tão fixado em Sara Laughs que não tive ideia do que ele estava falando. Só podia pensar que o pessoal estivesse fofocando sobre os barulhos estranhos na minha casa. Então o nome de Royce Merrill deu um estalo e tudo o mais foi para o lugar junto com ele. Merrill era o sujeito idoso com a bengala de castão de ouro e a piscadela sacana. O velho Quatro Dentes. Meu caseiro não estava falando de ruídos fantasmagóricos; falava sobre Mattie Devore.

— Vou te fazer uma xícara de café — eu disse. — Preciso que você me diga onde é que estou pisando aqui.

Quando estávamos sentados no deck, eu com café fresco e Bill com uma xícara de chá ("O café me queima nas duas pontas hoje em dia", disse ele), pedi primeiro que me contasse a versão Royce Merrill-Dickie Brooks de meu encontro com Mattie e Kyra.

Revelou-se melhor do que eu esperava. Os dois velhos tinham me visto em pé ao lado da estrada com a meninazinha nos braços, e haviam observado meu Chevy estacionado com a porta do motorista aberta, mas aparentemente nenhum deles tinha visto Kyra usando a linha branca da rota 68 como uma corda bamba para caminhar. Como para compensar isso, porém, Royce afirmou que Mattie me dera um grande abraço de *meu herói*, e um beijo na boca.

— Ele chegou à parte em que eu a agarrei pela bunda e enfiei a língua em sua boca?

Bill deu um sorriso.

— A imaginação de Royce não vai a tanto desde que ele fez 50 anos ou coisa assim, e isso foi há quarenta anos ou mais.

— Nunca toquei nela. — Bem... tinha havido aquele momento em que o dorso da minha mão deslizara pela curva de seu seio, mas fora sem querer, fosse lá o que a própria moça pudesse ter pensado.

— Pombas, não precisa me dizer isso — falou —, mas...

Disse aquele *mas* da mesma maneira que minha mãe, deixando-o se estender como a cauda de uma pipa agourenta.

— Mas o quê?

— Seria bom você ficar distante dela — disse. — É muito simpática, quase uma moça daqui, sabe, mas é um problema. — Fez uma pausa. — Não, isso não é muito justo com ela. Ela *está* com problemas.

— O velho quer a custódia da criança, não é?

Bill pousou a xícara no parapeito do deck e me olhou com as sobrancelhas levantadas. Reflexos do lago subiam por seu rosto em pequenas ondas, dando-lhe uma aparência exótica.

— Como é que você sabe?

— Um palpite, mas da espécie informada. O sogro dela me ligou no sábado à noite durante os fogos. E apesar de ele não ter tocado na questão nem declarado seu objetivo, duvido que Max Devore tenha voltado todo esse caminho até a TR-90 no Maine ocidental para um acordo de recompra do jipe e do trailer de sua nora. Então, qual é o caso, Bill?

Por algum tempo, ele apenas me olhou. Era quase o olhar de um homem que sabe que você contraiu uma doença séria, mas não tem certeza de quanto deve lhe contar. Ser olhado daquela maneira me deixou profundamente desconfortável. Também me fez sentir que eu podia estar colocando Bill Dean em xeque. Devore tinha raízes ali, afinal de contas. E por mais que Bill gostasse de mim, eu não tinha essas raízes. Jo e eu éramos de longe. Poderia ser pior — poderia ter sido Massachusetts ou Nova York —, mas Derry, embora no Maine, ainda era distante.

— Bill? Alguma instrução de navegação seria útil para mim se você...

— Você vai preferir ficar fora do caminho dele — disse. Seu sorriso fácil desaparecera. — O homem está louco.

Por um momento pensei que Bill só queria dizer que Devore estava irritado comigo, mas a seguir dei outra olhada no rosto dele. Cheguei à conclusão de que não era isso que Bill dissera, ele usara a palavra "louco" no sentido mais literal.

— Louco como? — perguntei. — Louco como Charles Manson? Como Hannibal Lecter? Como?

— Digamos como Howard Hugues — disse ele. — Alguma vez já leu as histórias sobre ele? Até que ponto ele ia para conseguir as coisas que queria? Pouco importava se era um tipo especial de cachorro-quente só vendido em Los Angeles ou um projetista de avião que queria roubar da Lockheed ou da McDonnell-Douglas, ele tinha que conseguir o que desejava e não descansava enquanto essa coisa não estivesse nas suas mãos. Devore é assim também. Sempre foi, mesmo quando garoto era voluntarioso, segundo as histórias que se ouvem na cidade.

"Meu próprio pai tinha uma que costumava contar — ele continuou. — Dizia que, num inverno, o pequeno Max Devore arrombou o galpão de arreios de Scant Larribee porque queria o Flexible Flyer que Scant tinha dado ao filho Scooter de Natal. Isso deve ter sido por volta de 1923. Devore cortou as duas mãos no vidro quebrado, disse papai, mas conseguiu o trenó. Eles o encontraram perto da meia-noite deslizando pela Sugar Maple Hill abaixo, levantando as mãos junto ao peito enquanto descia. Estava com as luvas e a roupa para neve ensanguentadas. Você ouvirá outras histórias sobre Max Devore quando criança; se perguntar, vai ouvir cinquenta histórias diferentes, e algumas podem ser verdadeiras. Mas essa sobre o trenó é verdadeira. Aposto a fazenda nela. Porque meu pai não mentia. Era contra sua religião."

— Batista?

— Não, senhor, ianque.

— Mas 1923 foi há séculos, Bill. Às vezes as pessoas mudam.

— É, mas a maioria não. Não vejo Devore desde que ele voltou e se mudou para o Warrington's, portanto, não posso dizer com certeza, mas soube de coisas que me fazem pensar que, se ele mudou, foi para pior. Não atravessou o país porque queria umas férias. Ele quer a *criança*. Para ele, ela é apenas outra versão do trenó de Scooter Larribee. E meu conselho de amigo para você é: não queira ser o vidro da janela entre ele e ela.

Beberiquei meu café e olhei para o lago. Bill me deu tempo para pensar, esfregando com a sola de uma de suas botas de trabalho um cocô de passarinho nas tábuas enquanto eu pensava. Titica de corvo, penso eu; só corvos defecam em borrifos tão compridos e exuberantes.

Uma coisa parecia absolutamente certa: Mattie Devore estava a uns 15 quilômetros Rio da Merda adentro e sem nenhum remo. Não sou o cínico que fui aos 20 anos — alguém é? —, mas também não era suficientemente ingênuo ou idealista para acreditar que a lei protegeria a srta. Trailer Duplo contra o sr. Computador... Não se o sr. Computador resolvesse jogar sujo. Quando garoto, ele pegara o trenó que queria e saíra para deslizar de trenó à meia-noite, sem dar a mínima para as mãos que sangravam. E quando adulto? Um velho que vinha pegando cada trenó que queria pelos últimos quarenta anos mais ou menos?

— Bill, qual é o caso com Mattie? Conte-me.

Ele não levou muito tempo. As histórias do campo são, em geral, histórias simples. O que não quer dizer que não sejam frequentemente interessantes.

Mattie Devore começara a vida como Mattie Stanchfield, não exatamente na TR, mas logo depois da linha em Motton. Seu pai fora lenhador; a mãe, esteticista que atendia em casa (o que tornava o casamento deles, de um modo desagradável, o perfeito casamento do campo). Tinham três filhos. Quando Dave Stanchfield perdeu o controle numa curva em Lovell e entrou com um caminhão cheio de toras de madeira no lago Kewadin, sua viúva "ficou de coração partido", como se diz. E morreu logo depois. Não havia qualquer seguro além do que Stanchfield tinha sido obrigado a fazer de seu caminhão e seu trator para içar troncos.

Por falar dos Irmãos Grimm, hein? Tire os brinquedos da Fisher-Price detrás da casa, os dois secadores de cabelo de pé no salão de beleza do porão, o velho Toyota comido de ferrugem na entrada de carros e você terá chegado lá: *Era uma vez uma pobre viúva e seus três filhos.*

Mattie é a princesa da história — pobre, mas bonita (que era bonita eu podia testemunhar pessoalmente). Agora entra o príncipe. Nesse caso, ele é um ruivo, desajeitado e gago chamado Lance Devore. O filho dos anos do ocaso de Max Devore. Quando Lance encontrou Mattie, tinha 21 anos. Ela, acabado de fazer 17. O encontro aconteceu no Warrington's, onde Mattie conseguiu um emprego de verão como garçonete.

Lance Devore instalara-se no outro lado do lago, na Upper Bay, mas nas noites de terça-feira havia jogos de softbol no Warrington's, o pessoal da cidade contra o pessoal de verão, e ele geralmente vinha de canoa para jogar. O softbol é uma grande coisa para os Lances Devore do mundo; quando você está em pé no quadrilátero com um bastão na mão, não tem importância se é desengonçado e desajeitado. E claro que não tem importância se você é gago.

— Ele confundia bastante o pessoal lá no Warrington's — disse Bill. — Não sabiam a que time pertencia, se ao dos Locais ou aos De Fora. Lance não se importava; qualquer lado estava bom para ele. Algumas semanas jogava por um, outras semanas por outro. Qualquer um dos dois também ficava muito contente de tê-lo, já que ele batia bem à beça e trabalhava o campo que era uma beleza. Ele era colocado muito na primeira base porque era alto, mas lá ele era um desperdício. Na segunda... minha nossa! Pulava e girava como aquele cara, Noriega.

— Você quer dizer Nureyev — eu disse.

Bill deu de ombros.

— A questão é que Lance era uma coisa. E todo o pessoal gostava dele. Ele se ajustava. Quem joga é principalmente o pessoal jovem, você sabe, e para eles o que importa é como você faz, não quem você é. Além disso, um monte deles não sabe a diferença entre Max Devore e um buraco no chão.

— A não ser que leiam o *Wall Street Journal* e as revistas de computadores — eu disse. — Neles, você depara tanto com o nome Devore como com o nome de Deus na Bíblia.

— Está brincando?

— Bem, acho que, nas revistas de computadores, Deus geralmente é mais chamado de Gates, mas você entende o que eu quero dizer.

— É. Mesmo assim, há 65 anos Max Devore não passa uma temporada verdadeira na TR. Sabe o que aconteceu quando ele foi embora, não sabe?

— Não, por que saberia?

Olhou-me surpreso. Então uma espécie de véu caiu sobre seus olhos. Ele pestanejou e o véu se dissipou.

— Eu te conto outra hora, não é segredo nenhum, mas preciso estar nos Harriman por volta das 11 para checar a bomba do poço coletor. Não quero me desviar da coisa. O que eu queria dizer era o seguinte: Lance Devore era aceito como um rapaz simpático que podia lançar a bola de softbol 100 metros adentro, se a pegasse de jeito. Não havia ninguém velho o suficiente para usar o pai de Lance contra ele, não em Warrington's nas noites de sábado, e ninguém também jogava na cara dele que sua família tinha grana. Que droga, tem um monte de gente rica aqui no verão. Você sabe disso. Nenhuma tão rica quanto Max Devore, mas ser rico é só uma questão de grau.

Isso não era verdade, e eu tinha dinheiro suficiente para saber disso. A riqueza é como a escala Richter — quando se passa além de certo ponto, os saltos de um nível para o próximo não são duplos ou triplos, mas múltiplos, tão surpreendentes e desastrosos que não se quer nem pensar a respeito. Fitzgerald percebeu-o bem, embora eu ache que não acreditava no próprio insight: os muito ricos *são* diferentes de você e de mim. Pensei em dizer isso a Bill e decidi manter minha boca fechada. Ele tinha uma bomba para consertar.

Os pais de Kyra se conheceram diante de um barrilete de cerveja enfiado numa poça de lama. Mattie passava o habitual barrilete pelo campo de softbol da construção principal num carrinho de mão. Ela o conduziu sem problemas pela maior parte do caminho, vindo da ala do restaurante, mas como tinha chovido forte naquela semana, o carro finalmente atolou num lugar mole. O time de Lance atacava, e ele estava sentado no final do banco, esperando sua vez para bater. Então viu a garota de short branco e camisa polo azul do Warrington's lutando com o carrinho de mão atolado e se levantou para ajudá-la. Três semanas depois estavam inseparáveis, e Mattie grávida; dez semanas depois estavam casados. Trinta e sete meses depois, Lance Devore foi colocado num caixão, morto para o softbol e para a cerveja gelada numa noite de verão, morto para a paternidade, morto para o amor da bela princesa. Simplesmente outro final prematuro suspendendo o felizes-para-sempre.

Bill Dean não me descreveu o encontro deles em detalhes. Apenas dissera: "Eles se encontraram no campo de jogo — ela estava passando a cerveja e ele a ajudou a desatolar o carrinho que levava."

Mattie nunca falou muito sobre essa parte, portanto, não sei muito. Só que eu sei... e embora alguns detalhes possam estar errados, aposto um dólar contra cem que a maior parte deles está certa. Aquele era o meu verão de saber coisas que não eram da minha conta.

Para começar, está quente — o verão de 1994 é o mais quente da década, e julho é o mês mais quente do verão. O presidente Clinton está tendo a cena roubada pelo congressista Newt e pelos republicanos. O pessoal anda dizendo que o velho Slick Willie pode não concorrer a um segundo mandato. Considera-se que Boris Yeltsin está morrendo de problemas cardíacos ou numa clínica de desintoxicação. O time dos

Red Sox anda parecendo melhor do que tem qualquer direito de parecer. Em Derry, Johanna Arlen Noonan talvez esteja começando a se sentir um pouco enjoada pela manhã. Se isso está ocorrendo, ela não conta para o marido.

Vejo Mattie com a camisa polo azul com seu nome costurado em branco acima do seio. O short branco faz um agradável contraste com suas pernas bronzeadas. Também a vejo usando um boné azul que lhe fora dado, com o *W* vermelho do Warrington's acima da pala longa do boné. Seu bonito cabelo louro-escuro passa através do furo na parte detrás do boné e cai até o colarinho da camisa. Vejo que ela tenta puxar o carrinho da lama sem derrubar o barrilete de cerveja. Sua cabeça está abaixada; a sombra lançada pela pala do boné obscurece-lhe todo o rosto, exceto a boca e o pequeno queixo.

— De-de-dei-xa eu-a-a-ajudar — diz Lance, e ela ergue os olhos. A sombra lançada pela pala do boné desaparece, ele vê seus grandes olhos azuis, os que ela vai passar para a filha deles. Um vislumbre daqueles olhos e a batalha está ganha sem um único tiro disparado; ele pertence a ela tão seguramente quanto qualquer rapaz já pertenceu a qualquer moça.

O resto, como dizem por aqui, foi só cortejar.

O velho tinha três filhos, mas Lance era o único com quem ele parecia se importar. ("A filha é completamente pirada...", disse Bill sem rodeios. "Em alguma ridícula academia na Califórnia. Ouvi dizer também que teve câncer.") O fato de Lance não mostrar nenhum interesse por computadores e softwares na realidade parecia agradar ao pai. Ele tinha outro filho capaz de tocar o negócio. Fora isso, porém, o meio-irmão mais velho de Lance Devore era totalmente incapaz: por parte dele não haveria neto nenhum.

— Veado — disse Bill. — Parece que tem um monte desses lá na Califórnia.

Havia também uma boa quantidade ali mesmo na TR, eu imaginava, mas achei que não cabia a mim oferecer instrução sexual a meu caseiro.

Lance Devore tinha frequentado a Reed College, no Oregon, formando-se em Reflorestamento — o tipo do sujeito que se apaixona por calças de flanela verde, suspensórios vermelhos e a visão de condores ao alvorecer. Um lenhador dos Irmãos Grimm, descontando-se o jargão acadêmico. No verão entre seu penúltimo e o último ano de faculdade, o pai o tinha convocado ao complexo residencial da família em Palm Springs e o presenteado com uma valise de advogado quadrada apinhada de mapas, fotos aéreas e documentos legais. Estavam fora de ordem, pelo que Lance podia ver, mas duvido que se importasse com isso. Imagine um colecionador de histórias em quadrinhos que ganhe um caixote com exemplares antigos e raros do *Pato Donald*. Imagine um colecionador de filmes recebendo o copião nunca distribuído de um estrelado por Humphrey Bogart e Marilyn Monroe. Agora imagine o nosso jovem amante de florestas percebendo que o pai possui não apenas hectares ou quilômetros quadrados nas vastas florestas não fomentadas do Maine ocidental, mas regiões inteiras.

Embora Max Devore tivesse partido da TR em 1933, havia conservado um vivo interesse pela área onde crescera, mantendo assinaturas de jornais da região e comprando revistas como *Down East* e o *Maine Times*. No início dos anos 1980, começara a comprar longas faixas de terra bem a leste da fronteira Maine-New Hampshire. Deus sabe que havia muitas à venda; as companhias de papel que possuíam a maior parte delas haviam caído num poço de recessão, e muitas se haviam convencido de que o melhor lugar para começar a cortar despesas seria em suas holdings e operações da Nova Inglaterra. Assim, essa terra, roubada dos índios e retalhada impiedosamente nos anos 1920 e 1950, havia passado às mãos de Max Devore. Ele pode tê-la comprado porque simplesmente estava lá, um bom negócio com que podia arcar e do qual poderia tirar vantagem. Pode tê-la comprado como modo de demonstrar a si mesmo que realmente sobrevivera à sua infância; que tinha, na verdade, triunfado sobre ela.

Ou pode tê-la comprado como um brinquedo para o amado filho mais novo. Nos anos em que Devore efetuava suas maiores compras no Maine ocidental, Lance era apenas uma criança... mas com idade suficiente para que um pai perceptivo visse para onde se inclinavam seus interesses.

Devore pediu a Lance que passasse o verão de 1994 supervisionando compras que, na maior parte, já tinham dez anos. Queria que o rapaz colocasse a papelada em ordem, e mais, queria que Lance extraísse um sentido daquilo. Não estava atrás de uma recomendação sobre o uso da terra, exatamente, embora eu ache que teria escutado se Lance quisesse lhe dar uma; desejava simplesmente ter uma noção do que tinha comprado. Lance aceitaria passar um verão no Maine ocidental tentando descobrir *sua* impressão das terras compradas? Por um salário de dois ou três mil dólares por mês?

Imagino que a resposta de Lance tenha sido uma versão mais educada de "Um corvo ainda caga no topo dos pinheiros?".

O garoto tinha chegado em junho de 1994 e se instalado numa tenda na outra extremidade do lago Dark Score. Devia estar de volta a Reed no final de agosto. Em vez disso, porém, decidiu tirar um ano de licença. O pai não ficou contente. Sentiu o cheiro do que chamava de "problema com garotas".

— É, mas a distância da Califórnia ao Maine é um estirão danado para se sentir qualquer cheiro — disse Bill Dean, apoiando-se na porta do motorista da picape com os bronzeados braços cruzados. — Ele tinha alguém muito mais perto do que Palm Springs para farejar por ele.

— De que está falando?

— De *falação*. Gente faz isso de graça, e a maioria faz isso até com maior boa vontade se for paga.

— Gente como Royce Merrill?

— Royce pode ser um deles — concordou ele —, mas não seria o único. Os tempos aqui não se dividem entre maus e bons; e se você é um habitante local, eles se dividem principalmente entre mau e pior. Portanto, quando um sujeito como Max Devore envia um camarada com um suprimento de notas de cinquenta e cem dólares...

— Quem é esse habitante local? Um advogado?

— Não um advogado, um corretor imobiliário chamado Richard Osgood ("um tipo meio escorregadio" foi o julgamento de Bill Dean sobre o homem), que se entocava e fazia negócios em Motton. Posteriormente Osgood *contratara* um advogado de Castle Rock. A tarefa inicial do sujeito escorregadio, quando o verão de 1994 terminou e Lance Devore permaneceu na TR, foi descobrir que droga estava acontecendo e pôr um fim à coisa.

— E depois? — perguntei.

Bill deu uma olhada no relógio, outra no céu e então centralizou o olhar em mim. Sacudiu os ombros de modo engraçado, como se dissesse: "Nós dois somos homens do mundo, de uma maneira calma e estabelecida — não precisa me fazer uma pergunta boba dessas."

— Então Lance Devore e Mattie Stanchfield se casaram na igreja batista da Graça, bem na rota 68. Correram histórias sobre o que Osgood pode ter feito para impedir o casamento... soube que chegou até a tentar subornar o reverendo Gooch para que ele se recusasse a "amarrá-los", mas acho que isso foi idiota, eles simplesmente iriam a outro lugar. Além disso, não vejo muito sentido em repetir o que não sei com certeza.

Bill descruzou os braços e começou a contar com os dedos nodosos de sua mão direita.

— Eles se casaram em meados de setembro, 1994, eu sei disso. — Então esticou o polegar. — O pessoal olhava em torno com certa curiosidade para ver se o pai do noivo ia aparecer, mas ele não apareceu. — Esticou o indicador. Junto com o polegar, formavam uma pistola. — Mattie teve um bebê em abril de 1995, o que torna o bebê um pouco prematuro... mas não o suficiente para isso ter importância. Eu o vi no armazém com meus próprios olhos quando ele não tinha nem uma semana, e era do tamanho certo. — Esticou o dedo do meio. — Não sei se o pai de Lance Devore se recusava totalmente a ajudá-los financeiramente, mas *sei* que estavam morando naquele trailer depois da oficina do Dickie, e isso me faz pensar que estavam passando um período difícil.

— Devore fez o torniquete — eu disse. — É o que faria um cara acostumado a conseguir tudo do seu modo... mas se ele gostava do rapaz como você pensa, ele pode ter mudado de ideia.

— Talvez sim, talvez não. — Deu uma olhada de novo no relógio. — Vou terminar isso rápido e te deixar em paz... mas você precisa escutar mais uma historinha porque ela mostra de fato como a terra funciona.

— Em julho do ano passado, menos de um mês antes de ele morrer, Lance Devore aparece no balcão dos correios no Armazém Lakeview. Traz um envelope pardo que quer enviar, mas primeiro quer mostrar a Carla DeCinces o que está ali dentro. Ela contou que ele estava todo inchado de vaidade, como os pais ficam às vezes quando os filhos são pequenos.

Concordei com a cabeça, entretido com a ideia do magricela e gago Lance Devore todo inchado. Mas pude ver com a minha imaginação, e a imagem também era terna.

— Era uma foto de estúdio tirada em Rock. Mostrava a garota... qual é o nome dela? Kayla?

— Kyra.

— É, botam qualquer nome nas crianças hoje em dia, não é? Mostrava Kyra sentada numa grande cadeira de couro, com uns óculos de brinquedo no narizinho, olhando para uma daquelas fotos aéreas dos bosques do outro lado do lago na TR-100 ou na TR-110, parte do que o velho tinha comprado, de qualquer modo. Carla disse que o bebê tinha um ar de surpresa, como se não imaginasse que houvesse tanto bosque no mundo inteiro. Disse que ela era *terrível* de esperta, era mesmo.

— Esperta como um azougue — murmurei.

— E o envelope, registrado, Correio Expresso, era endereçado a Maxwell Devore em Palm Springs, Califórnia.

— Levando você a deduzir que o velho derreteu-se o suficiente para pedir um retrato da única neta, ou que Lance Devore achou que um retrato *podia* derretê-lo.

Bill assentiu com a cabeça, parecendo tão contente quanto um pai cujo filho tivesse concluído uma soma difícil.

— Não sei se conseguiu — disse ele. — Não houve tempo suficiente para dizer se foi de um modo ou de outro. Lance tinha comprado uma dessas pequenas antenas parabólicas como a que você tem aqui. No dia em que ele a colocou, caiu uma tempestade violenta... granizo, vento forte, árvores derrubadas à beira do lago, um monte de raios. Ela continuou até de noite. Lance tinha colocado a antena à tarde, tudo terminado e seguro; entretanto, na hora em que a tempestade começou, ele se lembrou de ter deixado a chave inglesa no telhado do trailer. Subiu até lá para pegar a ferramenta, caso contrário ela ia se molhar e enferrujar...

— Ele foi atingido por um raio? Meu Deus do céu, Bill!

— Atingido, sim, senhor, mas o raio atingiu também o caminho. Se você passar pelo lugar onde a estrada Wasp Hill se liga à 68, vai ver o toco da árvore que o raio derrubou. Lance descia a escada com a chave inglesa quando o raio caiu. Se você nunca viu um raio estourar bem acima de sua cabeça, não sabe como é apavorante, é como um rio bêbado se despejando na pista, bem na sua direção, e aí dá uma guinada para o rumo dele no último minuto. Um raio próximo faz o seu cabelo ficar em pé, faz até a droga do seu *pau* levantar. Pode fazer o rádio de suas entranhas de aço tocar, os ouvidos zumbirem e o ar ficar com cheiro de queimado. Lance caiu da escada. Se teve tempo de pensar em algo antes de bater no chão, aposto que pensou *fui* eletrocutado. Pobre rapaz. Adorava a TR, mas não teve sorte com ela.

— Quebrou o pescoço?

— É. Com todos aqueles trovões, Mattie não ouviu a queda dele ou grito ou coisa alguma. Ela espiou para fora um ou dois minutos depois, quando o granizo começou e Lance ainda não tinha voltado. E lá estava ele, deitado no chão, fixando o granizo gelado de olhos abertos.

Bill olhou o relógio pela última vez e escancarou a porta do carro.

— O velho não tinha vindo para o casamento deles, mas veio para o funeral do filho. E ficou aqui desde então. Não queria coisa alguma com a moça...

— Mas quer a criança — eu disse. Já sabia daquilo, mas mesmo assim senti um buraco na boca do estômago. *Não fale sobre isso*, me pedira Mattie na manhã do dia 4. *Não é um bom período para Ki e para mim.* — Até onde ele foi no processo?

— No terceiro turno e rumando para o final, eu diria. Vai haver uma audiência na Corte Superior do condado de Castle talvez no final desse mês, ou no próximo. O juiz pode ordenar a entrega da menina ou pôr o caso de lado até o outono. Isso na verdade pouco importa, porque a única coisa que nunca acontecerá na verde terra de Deus é uma decisão a favor da mãe. De um modo ou de outro, a garotinha vai crescer na Califórnia.

Colocada daquela forma, a coisa me deu um calafriozinho muito desagradável.

Bill deslizou para o banco atrás do volante da picape.

— Fique fora disso, Mike. Fique longe de Mattie Devore e da filha. E se for chamado ao tribunal por ter encontrado as duas no sábado, sorria muito e fale tão pouco quanto puder.

— Max Devore a acusa de não ser apta para criar a menina.

— É.

— Bill, eu *vi* a criança, e ela está ótima.

Ele sorriu de novo, mas desta vez não havia nada divertido em seu sorriso.

— Imagino. Mas a questão não é essa. Fique longe desse negócio deles, meu velho. É minha função te dizer isso; como Jo não está aqui, acho que agora sou o único a tomar conta de você. — Bateu a porta do Ram, ligou o motor, estendeu a mão para a mudança e então deixou a mão pender, como se lhe ocorresse outra coisa. — Se puder, você devia procurar as corujas.

— Que corujas?

— Tem um par de corujas de plástico por aí em algum lugar. Podem estar no porão ou no estúdio de Jo. Chegaram por encomenda via correio no outono antes de ela ter falecido.

— O outono de 1993?

— É.

— Não é possível. — Não tínhamos usado Sara no outono de 1993.

— Mas é. Eu estava aqui colocando as portas de tempestade quando Jo apareceu. Batíamos papo quando chegou um caminhão do serviço de entregas. Levei a caixa para a entrada e tomamos um café. Eu ainda o tomava quando Jo tirou as corujas da caixa de papelão e mostrou para mim. Puxa, como pareciam verdadeiras! Ela foi embora menos de dez minutos depois. Como se tivesse vindo para cá apenas para aquilo, apesar de que não sei por que alguém ia dirigir todo o estirão de Derry até aqui só para receber duas corujas de plástico.

— Isso foi quando no outono, Bill? Você se lembra?

— Na segunda semana de novembro — disse ele prontamente. — Eu e minha esposa fomos até Lewinston depois naquela mesma tarde, até a irmã de 'Vette. Era aniversário dela. Na volta paramos no Castle Rock Agway para 'Vette comprar o peru do Dia de Ação de Graças. — Ele me olhava curiosamente. — Você não sabia mesmo das corujas?

— Não.

— Isso é um pouco esquisito, não é?

— Talvez Jo tenha me dito e eu esqueci — falei. — Acho que não tem muita importância agora, de qualquer modo. — Mesmo assim parecia ter. Era uma coisa pequena, mas parecia ter importância. — Por falar nisso, para que Jo ia querer duas corujas de plástico?

— Para impedir os corvos de cagar nos madeirames, como estão fazendo em seu deck. Os corvos veem aquelas corujas de plástico e se mandam.

Estourei de rir apesar de estar intrigado... ou talvez por causa disso.

— É? Funciona mesmo?

— Funciona, desde que a gente mude elas de lugar de vez em quando, para os corvos não desconfiarem. Corvos são os pássaros mais inteligentes que existem por aí, você sabe. Procure essas corujas que você vai se livrar de muita sujeira.

— Vou procurar — eu disse. Corujas de plástico para afastar os corvos. Era exatamente o tipo de conhecimento com que Jo esbarraria (ela própria era como um corvo nesse sentido, recolhendo pedaços cintilantes de informação que prendiam seu interesse), pondo-o em ação sem se preocupar em me contar. De repente estava me sentindo solitário sem ela de novo, sentindo terrivelmente sua falta.

— Ótimo. Algum dia, quando eu tiver mais tempo, vamos dar uma volta pelo lugar todo. Bosque também, se você quiser. Acho que ficará satisfeito.

— Tenho certeza que sim. Onde é que Devore está hospedado?

As peludas sobrancelhas se ergueram.

— No Warrington's. Ele e você são praticamente vizinhos. Achei que precisava saber.

Lembrei-me da mulher que eu tinha visto — parte de cima de maiô preto e short combinando de algum modo para lhe dar uma exótica aparência de coquetel — e concordei com a cabeça.

— Conheci a mulher dele.

Bill riu tão vigorosamente que precisou do lenço. Pescou-o do painel do carro (algo em lã escocesa de um azul vivo do tamanho de uma bandeirola de futebol) e enxugou os olhos.

— O que é que é tão engraçado?

— A mulher magricela? Cabelo branco? Cara de máscara de criança do Dia das Bruxas?

Foi minha vez de rir.

— Essa.

— Não é a mulher dele, é o, como-é-que-se-diz, assistente pessoal. Rogette Whitmore é o nome dela. — Pronunciou-o Ro-GET, com um *G* duro. — Todas as esposas de Devore morreram. A última, há vinte anos.

— Que tipo de nome é esse, Rogette? Francês?

— Califórnia — disse ele, e sacudiu os ombros como se aquela palavra explicasse tudo. — Tem gente na cidade que tem medo dela.

— É mesmo?

— É. — Bill hesitou, depois acrescentou com um daqueles sorrisos que exibimos quando queremos que os outros saibam que *nós* sabemos que vamos dizer algo tolo. — Brenda Meserve diz que ela é bruxa.

— E os dois estão no Warrington's por quase um ano?

— É. Essa Whitmore vai e vem, mas na maior parte do tempo fica aqui. O pessoal da cidade acha que ficarão até que o caso da custódia termine, depois voltarão todos para a Califórnia no jato particular de Devore. Ele vai deixar Osgood para vender o Warrington's e...

— Vender o Warrington's? O que está dizendo?

— Achei que precisava saber — disse Bill, colocando a mudança em primeira. — Quando o velho Hugh Emerson disse a Devore que fechava o lugar depois do Dia de Ação de Graças, Devore disse que não tinha nenhuma intenção de se mudar. Disse que se sentia bem confortável ali mesmo onde estava, e não pretendia se mover.

— Ele comprou o lugar. — Eu ficara sucessivamente surpreso, divertido e enraivecido nos últimos vinte minutos, mas nunca exatamente estarrecido. Agora era assim que me sentia. — Ele comprou o Warrington's Lodge para que não tivesse que se mudar para o Lookout Rock Hotel em Castle View ou alugar uma casa.

— É, fez isso sim. Nove construções, inclusive o chalé principal e o Sunset Bar; 5 hectares de bosques, um campo de golfe de seis buracos e 152 metros de praia ao longo da Rua. Mais um espaço de boliche com duas pistas e um campo de softbol. Quatro milhões e duzentos e cinquenta mil. Seu amigo Osgood fez o negócio e Devore pagou com um cheque pessoal. Eu me pergunto como é que terá achado lugar para todos aqueles zeros. Até logo, Mike.

Com isso, recuou pela entrada de carros e me deixou no alpendre olhando-o de boca aberta.

Corujas de plástico.

Bill tinha me contado cerca de duas dúzias de coisas interessantes entre espiadas no relógio, mas a que estava no alto da pilha era o fato (e aceitei-o como um fato; ele fora afirmativo demais para que não o aceitasse) de que Jo descera até aqui para receber duas malditas corujas de plástico.

Teria ela me contado?

Pode tê-lo feito. Eu não lembrava, e me parecia que eu teria lembrado, mas Jo costumava dizer que quando eu entrava na zona de escrever não adiantava me contar nada; a coisa entrava por um ouvido e saía pelo outro. Às vezes ela espetava pequenos bilhetes — coisas a fazer, telefonemas a dar — na minha camisa, como se eu fosse um menino do curso primário. Mas não me lembrava de ela ter dito: "Vou até Sara, meu bem, porque o serviço de entregas vai levar algo que quero receber pessoalmente, está interessado em fazer companhia a uma moça?" Que droga, eu não teria *ido*? Eu sempre apreciava um pretexto para ir para a TR. A não ser que eu estivesse trabalhando naquele roteiro e talvez fazendo-o avançar um pouco... bilhetes espetados na manga da minha camisa... *Se você sair quando terminar, precisamos de leite e suco de laranja...*

Inspecionei o pouco que sobrara da horta de Jo com o sol de julho espancando meu pescoço e pensei sobre corujas, as malditas corujas de plástico. Suponhamos que Jo *tivesse* me contado que estava indo a Sara Laughs. E se eu tivesse recusado o oferecimento quase sem ouvir porque me encontrava na zona de escrever? Mesmo se essas coisas fossem inquestionáveis, havia outra questão: por que Jo tinha sentido necessidade de vir aqui pessoalmente quando poderia simplesmente ter ligado para alguém na TR e pedido para receber a entrega? Kenny Auster teria ficado feliz em fazê-lo, sra. Meserve também. E Bill Dean, o caseiro, tinha de fato estado aqui. Isso levava a outras perguntas — uma era por que ela não tinha mandado que o serviço de entrega levasse as malditas coisas para Derry — e finalmente decidi que não poderia viver sem realmente ver uma genuína coruja de plástico por mim mesmo. Talvez, pensei, voltando a casa, eu colocasse uma no teto do meu Chevy quando estacionasse na entrada de carros. Para prevenir futuros bombardeios.

Dei uma parada na entrada, atingido por uma súbita ideia, e liguei para Ward Hankins, o sujeito de Waterville que lida com meus impostos e os negócios não relacionados à minha carreira de escritor.

— Mike — disse ele animadamente. — Como anda o lago?

— O lago está frio e o tempo quente, exatamente como gostamos — eu disse. — Ward, você guarda todos os registros que mandamos para você por cinco anos, não guarda? Para o caso de a Receita Federal nos criar algum problema?

— Cinco anos é a prática aceita — disse ele —, mas eu guardo os seus registros por sete. Aos olhos do pessoal do imposto, você pode ser um pombo gordo.

Melhor um pombo gordo do que uma coruja de plástico, pensei, mas não disse. O que disse foi:

— Isso inclui as agendas de mesa, não é? A minha e de Jo, até a morte dela?

— Sem dúvida. Já que nem você nem ela mantinham diários, era o melhor modo de fazer um cruzamento dos recibos e das despesas alegadas com...

— Será que podia encontrar a agenda de Jo de 1993 e ver o que ela anotou na segunda semana de novembro?

— Com prazer. O que é que você está procurando especificamente?

Por um momento me vi sentado à mesa da cozinha em Derry em minha primeira noite de viúvo, segurando uma caixa com as palavras Teste Doméstico de Gravidez na lateral. O que exatamente eu procurava naquela altura dos acontecimentos? Considerando-se que eu amara a moça e ela já estava em seu túmulo havia quatro anos, o que é que eu *estava* procurando? Além de problemas, o que seria?

— Estou procurando duas corujas de plástico — disse. Ward provavelmente achou que eu estava falando com ele, mas não tenho certeza de que eu o fazia. — Sei que parece esquisito, mas é o que estou procurando. Você pode me ligar de volta?

— Dentro de uma hora.

— Bom sujeito — eu disse, e desliguei.

Agora, quanto às próprias corujas. Onde seria o local mais provável para guardar dois artefatos tão interessantes?

Meus olhos se voltaram para a porta do porão. Elementar, meu caro Watson.

A escada do porão era escura e levemente úmida. Enquanto eu estava em pé no patamar tateando em busca do interruptor de luz, a porta bateu com tanta força atrás de mim que dei um grito de surpresa. Não havia brisa, nenhuma correnteza, o dia estava totalmente parado, mas mesmo assim a porta tinha batido com força. Ou tinha sido sugada.

Fiquei no alto da escada no escuro, tateando à procura do interruptor, sentindo aquele cheiro lodoso que até mesmo boas fundações de concreto expelem depois de algum tempo se não há um arejamento apropriado. Fazia frio, muito mais frio do que no outro lado da porta. Eu não estava só, e sabia disso. Estava com medo, seria uma mentira dizer que não... mas também fascinado. Alguma coisa estava comigo. *Alguma coisa estava comigo.*

Afastei a mão da parede do interruptor e fiquei imóvel, os braços caídos ao lado do corpo. Algum tempo se passou. Não sei quanto. Meu coração batia furiosamente no peito; podia senti-lo nas têmporas. Estava gelado.

— Oi? — eu disse.

Nada em resposta. Ouvi os pingos irregulares e tênues de água condensada caindo de um dos canos lá embaixo, ouvi minha própria respiração e, debilmente — distante, em outro mundo onde o sol brilhava —, ouvi o crocitar de um corvo. Talvez ele tivesse soltado um bólido no capô do meu carro. *Eu realmente preciso de uma coruja*, pensei. *Na verdade, não sei como algum dia pude viver sem uma.*

— Oi? — falei de novo. — Você pode falar?

Nada.

Umedeci os lábios. Talvez eu devesse me achar tolo, ali em pé no escuro e chamando por fantasmas. Mas não achava. Nem um pouco. A umidade fora substituída por um gelo que eu podia sentir, e eu tinha companhia, ah, sem dúvida nenhuma.

— Pode dar uma batida, então? Se você pode fechar a porta, deve poder bater.

Fiquei ali e escutei os pingos suaves e isolados dos canos. Nada mais. Estava esticando a mão para o interruptor novamente quando houve uma pancada suave não muito abaixo de mim. O porão de Sara Laughs é alto, e os 90 centímetros superiores de concreto — a parte que fica contra o cinturão de gelo do chão — foram isolados com grandes painéis de alumínio. O som que ouvi era, tenho certeza, o de um punho batendo num desses painéis.

Apenas um punho batendo num quadrado de material isolante, mas cada tripa e músculo de meu corpo pareceram se desenrolar. Meus cabelos ficaram em pé. Minhas órbitas pareceram se expandir e os globos oculares se contraíram, como se minha cabeça estivesse tentando se transformar numa caveira. Cada centímetro de minha pele ficou arrepiado. Algo estava ali comigo. Muito provavelmente algo morto. Eu não podia mais ligar a luz se quisesse fazê-lo. Não tinha mais força para levantar o braço.

Tentei falar e, finalmente, num sussurro rouco que mal reconheci, perguntei:

— Você está aí?

Tum.

— Quem é você? — Eu ainda não conseguia emitir nada melhor que um sussurro rouco, a voz de um homem dando as últimas instruções para a família enquanto jaz no leito de morte. Desta vez não veio nada de baixo.

Tentei pensar, e o que chegou com esforço à minha mente foi Tonny Curtis como Harry Houdini em algum filme antigo. No filme, Houdini tinha sido o Diógenes do circuito do tabuleiro Ouija, um sujeito que passava seu tempo livre procurando um médium honesto. Ele tinha assistido a uma sessão onde os mortos se comunicavam por...

— Bata uma vez se for sim, duas se for não — eu disse. — Pode fazer isso?

Tum.

Era mais abaixo na escada onde eu estava... mas não abaixo *demais*. Cinco, seis, sete degraus no máximo. Não o suficiente para tocá-lo se eu estendesse a mão no ar negro do porão... algo que eu podia imaginar, mas não imaginar fazer de fato.

— Você é... — Minha voz se extinguiu. Simplesmente não havia força no diafragma. Ar gelado em meu peito como um ferro de engomar. Reuni toda a vontade e tentei de novo. — Você é Jo?

Tum. Aquele punho suave no material de isolamento. Uma pausa, e depois: *Tum-tum.*

Sim e não.

Então, sem qualquer noção do motivo de fazer tal pergunta:

— As corujas estão aqui embaixo?

Tum-tum.
— Sabe onde elas estão?
Tum.
— Devo procurá-las?
Tum! Bem forte.
Por que é que ela as quer? Eu podia perguntar, mas a coisa nos degraus não tinha meios de res...

Dedos quentes tocaram meus olhos e quase gritei antes de perceber que era suor. Levantei as mãos no escuro e limpei a testa perto do cabelo com as palmas. Deslizaram como se fosse em óleo. Frio ou não, eu estava completamente banhado em meu próprio suor.

— Você é Lance Devore?
Tum-tum, imediatamente.
— Ficar em Sara é seguro para mim? Estou em segurança?
Tum. Uma pausa. E eu *sabia* que era uma pausa, que a coisa nos degraus não terminara. Então: *Tum-tum.* Sim, eu estava em segurança. Não, não estava.

Reconquistara um controle periférico do braço. Estendi-o, apalpei a parede e finalmente encontrei o interruptor. Descansei os dedos nele. Agora o suor de meu rosto parecia estar virando gelo.

— Você é a pessoa que chora à noite? — perguntei.
Tum-tum veio dos degraus abaixo, e entre as duas pancadas acionei o interruptor. Os globos de luz do porão se acenderam. Da mesma forma que uma brilhante lâmpada pendente — pelo menos 125 watts — sobre o patamar. Não tinha havido tempo para alguém se esconder, sem falar em ir embora, e também não havia ninguém lá para tentar fazê-lo. Além disso, a sra. Meserve — admirável em tantos aspectos — negligenciara a escada do porão e não a varrera. Quando desci até o lugar de onde imaginava terem vindo as pancadas, deixei pegadas na leve poeira. Mas as minhas eram as únicas.

Quando soltei a respiração, pude ver à minha frente que o ar *tinha estado* frio, ainda *estava* frio... mas aquecia-se rapidamente. Exalei outra vez e pude ver apenas um vestígio de nevoeiro. Uma terceira exalação não mostrou nada.

Corri a mão por um dos quadrados isolados. Macio. Empurrei-o com um dedo e, mesmo não o fazendo com força, meu dedo deixou uma marca na superfície prateada. Elementar. Se alguém tivesse batido com o punho ali, o material mostraria uma depressão, a superfície fina talvez até estivesse rachada, revelando o recheio rosa sob ela. Mas todos os quadrados estavam uniformes.

— Você ainda está aí? — perguntei.

Nenhuma resposta, e mesmo assim eu tive a sensação de que meu visitante ainda *estava* lá. Em algum lugar.

— Espero não tê-lo ofendido acendendo a luz — eu disse, e então me senti ligeiramente esquisito, em pé na escada do meu porão, falando em voz alta, num sermão para as aranhas. — Queria ver você, se eu pudesse. — Não tinha ideia se aquilo era verdade ou não.

Subitamente — tão subitamente que quase perdi o equilíbrio e tropecei escada abaixo — eu me virei, convencido de que a criatura coberta com a mortalha estava atrás de mim, que fora ela quem dera as batidas, *ela*, nenhum educado fantasma de M. R. James e sim um horror dos confins do universo.

Não havia nada.

Virei de novo, respirei profunda e firmemente duas ou três vezes e então desci o restante dos degraus do porão. Logo abaixo deles, via-se uma canoa em perfeitas condições e um remo. No canto havia o fogão a gás que substituíramos depois de comprar a casa; e também a banheira com pés de garra que Jo quisera (com a minha objeção) transformar num recipiente para plantas. Achei um baú cheio de roupas de mesa vagamente lembradas, uma caixa de fitas cassetes mofadas (grupos como os Delfonics, Funkadelic e o .38 Special), várias caixas de papelão com velhos pratos. Havia uma vida lá embaixo, mas não muito interessante afinal de contas. Ao contrário da vida que senti no estúdio de Jo, esta de cá não tinha sido cortada bruscamente, mas apagada de modo lento, abandonada como uma pele antiga, e isso estava certo. Era, de fato, a ordem natural das coisas.

Havia um álbum de fotografias numa prateleira com quinquilharias e peguei-o, curioso e cauteloso ao mesmo tempo. Nenhuma bomba desta vez, porém; quase todos os filmes eram instantâneos de paisagens de Sara Laughs do modo como era quando nós a compramos. Achei uma foto de Jo com calças boca de sino (cabelo partido ao meio e batom branco na boca) e uma de Michael Noonan usando uma camisa florida e grandes costeletas que me fizeram estremecer (o Mike solteirão na foto era um sujeito tipo Barry White que eu não queria reconhecer e reconhecia ao mesmo tempo).

Achei uma velha esteira mecânica de Jo, quebrada, um ancinho que eu ia querer se ainda estivesse por aqui quando o outono chegasse, uma máquina para remover neve que eu ia querer mais ainda se estivesse por aqui quando o inverno chegasse, e várias latas de tinta. Mas não encontrei nenhuma coruja de plástico. Meu amigo batedor-no-isolamento estava certo.

No andar de cima, o telefone começou a tocar.

Apressei-me para atendê-lo, passando pela porta do porão e *então* esticando a mão para trás a fim de desligar a luz. Isso me divertiu e ao mesmo tempo parecia comportamento perfeitamente normal... exatamente como me parecera perfeitamente normal ter cuidado para não pisar nas fendas da calçada quando eu era garoto. E ainda que não fosse normal, que importância tinha? Eu só estava de volta a Sara havia três dias, mas já postulava a Primeira Lei de Excentricidade de Noonan: quando se está sozinho, comportamento estranho não parece nem um pouco estranho.

Agarrei o telefone sem fio.

— Alô?

— Oi, Mike. É Ward.

— Foi rápido.

— A sala de arquivo fica apenas a uma curta distância no corredor — disse ele. — Fácil como beber água. Há apenas uma coisa na agenda de Jo para a segunda semana de novembro de 1993. Diz, S-do Maine, Freep, 11 horas da manhã. Isso na terça, dia 16. Ajuda?

— Sim — eu disse. — Obrigado, Ward. Ajuda muito.

Cortei a ligação e coloquei o telefone de volta no suporte. Tinha ajudado muito. S-do Maine era o Sopão Solidário do Maine. Jo pertencera ao conselho de diretores de 1992 até sua morte. Freep era Freeport. Deve ter sido uma reunião do conselho. Provavelmente tinham discutido planos para alimentar os sem-teto no Dia de Ação de Graças... e depois Jo tinha dirigido mais ou menos 40 quilômetros até a TR para receber duas corujas de plástico. Não respondia a todas as perguntas, mas não restam sempre perguntas na esteira da morte de um ente querido? E nenhum estatuto de limites quando elas surgem.

A voz de OVNI então falou. *Enquanto você está bem aí junto do telefone*, disse, *por que não liga para Bonnie Amudson? Diga olá, veja como Bonnie vai indo.*

Jo pertencera a quatro conselhos diferentes durante os anos 1990, todos fazendo trabalho de caridade. Sua amiga Bonnie a persuadiu a entrar para o Conselho do Sopão quando um lugar vagou. Haviam participado de um monte de reuniões juntas. Não a de novembro de 1993, presumivelmente, e era difícil pensar que Bonnie pudesse se lembrar especificamente daquela reunião quase cinco anos depois... mas se ela guardasse suas velhas atas das reuniões...

Mas que droga eu estava pensando exatamente? Ligar para Bonnie, ser simpático, depois pedir-lhe para checar as atas de dezembro de 1993? Eu lhe perguntaria se o relatório de presença mostrava a ausência de minha mulher na reunião de novembro? Perguntaria se Jo parecia diferente no último ano de sua vida? E quando Bonnie me perguntasse para que eu queria saber daquilo, o que é que eu responderia?

Me dá isso, Jo rosnara no meu sonho. No sonho, ela não se parecia de modo nenhum com Jo, e sim com qualquer outra mulher, talvez com aquela do Livro dos Provérbios, a estranha mulher que tinha lábios de mel, mas cujo coração estava cheio de bile e absinto. Uma mulher estranha com dedos tão frios quanto gravetos depois de uma geada. *Me dá isso, é o meu pega-poeira.*

Fui até a porta do porão e toquei na maçaneta. Girei-a... depois soltei-a. Não queria olhar lá para baixo no escuro, não queria arriscar a chance de que algo pudesse começar a dar pancadas de novo. Era melhor deixar a porta fechada. O que eu queria era beber algo gelado. Entrei na cozinha, estendi a mão para a porta da geladeira e então parei. Os ímãs tinham voltado a se arrumar num círculo, mas desta vez duas letras alinhavam-se no centro. Estavam organizadas numa única palavra em caixa baixa:

oi

Havia algo ali. Mesmo em plena luz do dia eu não duvidava disso. Eu havia perguntado se era seguro para mim ficar ali e recebi um recado duplo... mas isso não tinha importância. Se eu fosse embora de Sara agora, não haveria nenhum lugar para ir. Tinha uma chave da casa de Derry, mas as questões tinham que ser resolvidas aqui. Eu sabia disso.

— Oi — eu disse, e abri a geladeira para pegar um refrigerante. — Seja lá quem ou o que você for, oi.

Capítulo Onze

Acordei nas primeiras horas da manhã seguinte convencido de que havia alguém no quarto norte comigo. Sentei apoiando-me nos travesseiros, esfreguei os olhos e vi uma forma escura e de ombros largos em pé entre a janela e eu.

— Quem é você? — perguntei, pensando que ela não responderia em palavras; bateria na parede. Um para sim, dois para não... o que é que está na sua cabeça, Houdini? Mas a figura em pé junto à janela não respondeu de maneira alguma. Tateei, encontrei o cordão pendente da luz sobre a cama e puxei-o. Minha boca torcia-se numa careta, e meu torso estava tão tenso que dava a impressão de balas terem quicado ali.

— Ah, merda — eu disse. — Puta que pariu.

Pendendo de um cabide que eu tinha enganchado no travessão da cortina estava minha velha jaqueta de camurça. Eu a coloquei lá enquanto desfazia as malas, esquecendo depois de guardá-la no closet. Tentei rir e não consegui. Às três da manhã, aquilo simplesmente não parecia engraçado.

Desliguei a luz e deitei novamente com os olhos abertos, esperando que o sino de Bunter começasse a tocar ou a criança começasse a chorar. Ainda estava à escuta quando adormeci.

Umas sete horas depois, aprontava-me para ir ao estúdio de Jo e ver se as corujas de plástico estavam na área do depósito, onde eu não tinha checado no dia anterior, quando um Ford de último tipo desceu por minha entrada de carros e parou, frente a frente com meu Chevy. Eu tinha andado o curto caminho entre a casa e o estúdio, mas então voltei. O dia estava quente e sufocante, e eu só usava um jeans cortado e uma sandália de dedo de plástico.

Jo sempre afirmara que o estilo Cleveland de se vestir dividia-se naturalmente em dois subgêneros: Cleveland Completo e Cleveland Casual. Meu visitante daquela terça de manhã usava o Cleveland Casual — camisa havaiana com abacaxis e macacos, calças largas bege da Banana Republic, mocassins brancos. As meias são opcionais, mas sapatos brancos são parte necessária da aparência Cleveland, como o é também uma vistosa joia de ouro. O cara se enquadrava totalmente no último item: exibia um Rolex no pulso e uma corrente de ouro no pescoço. A camisa estava para fora, e havia um volume suspeito na parte de trás. Uma arma ou um bip, e parecia grande demais para ser um bip. Dei uma olhada para o carro de novo. Pneus de faixa preta. E no painel, ah, olhe só para isso, lá estava a luz da sirene coberta. Melhor me arrastar até você sem ser visto, vovó.

— Michael Noonan? — Ele era bonito de um modo que podia ser atraente para certas mulheres, as do tipo que se encolhem quando alguém ao lado levanta a voz, as do tipo que raramente chamam a polícia quando as coisas dão errado porque, em algum nível miserável e secreto, acreditam que merecem que as coisas deem errado em casa. Coisas erradas que resultam em olhos roxos, cotovelos deslocados, a ocasional queimadura de cigarro no peito. Mulheres que frequentemente chamam os maridos ou amantes de papai: "Posso lhe trazer uma cerveja, papai?" ou "Teve um dia duro, papai?".

— Sim, eu sou Michael Noonan. O que deseja?

Aquela versão de papai se virou, curvou-se e pegou algo da confusão de papéis no banco de passageiro. Sob o painel, um rádio bidirecional chiou uma vez, rapidamente, e silenciou. O homem se virou para mim segurando uma pasta comprida amarelo-clara e estendeu-a:

— Isso é seu.

Quando não a peguei, ele deu um passo à frente e tentou enfiá-la numa de minhas mãos, o que supostamente me faria fechar os dedos numa espécie de reflexo. Em vez disso, ergui as mãos à altura dos ombros.

Ele me olhou pacientemente, o rosto tão irlandês como o dos irmãos Arlen, mas sem a expressão Arlen de bondade, franqueza e curiosidade. No lugar dessas coisas, havia uma espécie de divertimento amargo, como se tivesse visto tudo do comportamento mais irritante do mundo, na maioria duas vezes. Uma de suas sobrancelhas fora dividida por um corte muito tempo atrás, e seu rosto tinha aquela vermelhidão queimada pelo vento indicadora de boa saúde ou de um profundo interesse em produtos de álcool de cereal. Ele dava a impressão de poder derrubar a pessoa na sarjeta e depois sentar-se em cima para mantê-la ali. "Tenho sido bonzinho, papai, me larga, não seja mau."

— Não complique as coisas. O senhor vai precisar disso, e nós sabemos, portanto não complique as coisas.

— Primeiro me mostre sua identificação.

Ele suspirou, rolou os olhos para o céu, depois remexeu num dos bolsos da camisa. Tirou de lá uma carteira de couro e abriu-a. Nela havia uma insígnia e uma foto de identificação. Meu novo amigo era George Footman, xerife-adjunto, condado de Castle. A foto era chapada, sem sombras, como a que uma vítima de assalto veria num livro com retratos de criminosos.

— Ok? — perguntou.

Peguei o documento quando ele o estendeu novamente. Ficou em pé ali, irradiando aquela sensação de divertimento congelante enquanto eu esquadrinhava o papel. Eu tinha sido intimado a aparecer no escritório de Elmer Durgin, advogado, em Castle Rock, às dez horas da manhã de 10 de julho de 1998 — sexta-feira, em outras palavras. O dito Elmer Durgin fora indicado guardião *ad litem* de Kyra Elizabeth Devore, menor de idade. Ele receberia meu depoimento a respeito de qualquer conhecimento que eu pudesse ter sobre Kyra Elizabeth Devore com relação a seu bem-estar. Tal depoimento seria feito no interesse da Corte Superior do condado de Castle e do juiz Noble Rancourt. Um estenógrafo estaria presente. Asseguravam-me que o depoimento era para a Corte, nada tendo a ver com o reclamante ou o réu.

Footman falou:

— É minha função lembrá-lo das penalidades caso o senhor não...

— Obrigado, mas vamos considerar que o senhor já me falou sobre tudo isso, ok? Estarei lá. — Fiz gestos para seu carro como se o enxotasse. Sentia-me profundamente indignado... e *invadido*. Nunca fora intimado antes, e não fazia questão de sê-lo.

Ele voltou ao carro, começou a entrar nele depois parou, com um dos braços peludos apoiado no alto da porta aberta. Seu Rolex cintilou ante a enevoada luz do sol.

— Deixe eu te dar um conselho — disse ele, e isso foi o suficiente para eu saber tudo o que precisava sobre o sujeito. — Não se meta com o sr. Devore.

— Ou ele me esmaga como a um inseto — eu disse.

— Há?

— Sua fala na realidade é "Deixe eu te dar um conselho: não se meta com o sr. Devore ou ele o esmaga como a um inseto".

Eu via por sua expressão — um pouco além de perplexa, tornando-se zangada — que ele deve ter querido dizer algo muito parecido. Obviamente havíamos visto os mesmos filmes, inclusive todos aqueles em que Robert de Niro desempenha papéis de psicóticos. Então seu rosto descontraiu.

— Ah, claro, o senhor é o escritor — disse.

— É o que me dizem.

— Pode dizer coisas assim porque é escritor.

— Bem, estamos num país livre, não é?

— Olha só como ele é esperto!

— Há quanto tempo está trabalhando para Max Devore, adjunto? E o xerife do condado sabe que o senhor está fazendo bicos?

— Eles sabem. Não há nenhum problema. Você é que pode ter problemas, sr. Escritor Esperto.

Cheguei à conclusão de que já era tempo de acabar com aquilo antes de chegarmos ao aborrecido estágio de nomes ofensivos.

— Saia de minha entrada de carros, por favor, adjunto.

Ele me olhou por um momento mais, obviamente procurando a perfeita fala final sem encontrá-la. Precisava do sr. Escritor Esperto para ajudá-lo, só isso.

— Estarei observando o senhor na sexta-feira — disse.

— Isso significa que vai me pagar o almoço? Não se preocupe, sou um convidado bastante barato.

Suas bochechas avermelhadas escureceram um pouco mais, e pude ver que aparência teriam quando ele tivesse 60 anos, se não abandonasse o álcool naquele meio-tempo. Ele voltou ao Ford e subiu por minha entrada de carros tão bruscamente que os pneus guincharam. Fiquei onde estava, observando-o se afastar. Depois que rumou de volta à estrada 42 para a rodovia, entrei em casa. Ocorreu-me que o emprego extracurricular do adjunto Footman devia pagar bem, já que ele podia arcar com um Rolex. Por outro lado, talvez fosse uma imitação.

Sossegue, Mike, aconselhou a voz de Jo. *A bandeira vermelha já foi embora, ninguém está sacudindo nada à sua frente, portanto sossegue...*

Calei a voz dela. Eu não queria sossegar; queria *desassossegar*. Eu tinha sido *invadido*.

Fui até a mesa do saguão onde Jo e eu sempre colocávamos nossos papéis pendentes (e nossas agendas, pensando nisso) e prendi a intimação no quadro de comunicados por um canto de sua capa amarelo-clara com uma tachinha. Então levantei a mão até os olhos, contemplei a aliança de casamento no dedo e depois dei um soco na parede acima da estante. Soquei com força suficiente para que uma fila inteira de livros pulasse. Pensei nas calças largas e na bata da Kmart de Mattie Devore, depois no sogro dela pagando 4 milhões e 250 mil dólares pelo Warrington's, assinando um maldito cheque pessoal. Pensei em Bill Dean dizendo que, de um modo ou de outro, a garotinha cresceria na Califórnia.

Andei para a frente e para trás pela casa, ainda fumegando, e finalmente terminei na frente da geladeira. O círculo de ímãs era o mesmo, mas as letras de dentro tinham mudado. Em vez de

oi

agora eram

ajud el

— Ajude? — eu disse, e assim que ouvi a palavra em voz alta, compreendi. As letras na geladeira consistiam em um só alfabeto (não, nem isso; o *g* e o *h* tinham sido perdidos em algum lugar) e eu teria que conseguir outros. Se a frente da minha geladeira ia se tornar um tabuleiro Ouija, eu precisava de um bom suprimento de letras. Sobretudo vogais. Enquanto isso, movi a letra *a* colocando-a depois do *l* e então li:

jud ela

Embaralhei o círculo de ímãs de frutas e legumes com a palma da mão, espalhei as letras e continuei a andar. Eu tinha tomado a decisão de não me meter entre Devore e a nora, mas havia acabado entre eles, de qualquer maneira. Um adjunto com roupas de Cleveland apareceu na minha casa, complicando uma vida que já tinha seus problemas... e me assustando um pouco, ainda por cima. Mas pelo menos era medo de algo que eu podia ver e entender. De repente cheguei à conclusão de que desejava passar o verão fazendo coisa melhor do que me preocupar com fantasmas, crianças que choravam e o que minha mulher havia feito quatro ou cinco anos atrás... se é que havia feito mesmo alguma coisa. Eu não conseguia escrever livros, mas isso não queria dizer que tinha que ficar me ocupando de coisas absolutamente horrorosas.

Ajude ela.

Resolvi pelo menos tentar.

— Agência Literária Harold Oblowski.

— Venha para Belize comigo, Nola — eu disse. — Preciso de você. Vamos fazer amor lindamente à meia-noite, quando a lua cheia deixa a praia clara como um marfim.

— Olá, sr. Noonan — disse ela. Nola não tinha nenhum senso de humor. Também não tinha nenhum senso de romance. De certo modo, isso a tornava perfeita para a agência Oblowski. — Gostaria de falar com Harold?

— Se ele estiver.

— Está sim. Um momento, por favor.

O bom de ser um autor de best-sellers — mesmo um cujos livros só aparecem, em geral, entre os 15 mais vendidos — é que seu agente sempre está. Outra coisa boa é que, se ele está passando as férias em Nantucket, também estará ao telefone lá. Uma terceira coisa é que o tempo que se passa esperando ao telefone é geralmente muito curto.

— Mike! — exclamou ele. — Como vai o lago? Pensei em você o fim de semana inteiro!

É, pensei eu, *e as vacas também voam.*

— As coisas estão bem em geral e desagradáveis nos detalhes, Harold. Preciso falar com um advogado. Pensei primeiro em chamar Ward

Hankins para uma recomendação, mas cheguei à conclusão de que queria alguém um pouco mais dinâmico do que Ward provavelmente conheceria. Alguém com dentes afiados e um apetite por carne humana seria ótimo.

Desta vez Harold não se preocupou com a longa pausa de rotina.

— O que é que há, Mike? Está com problemas?

Bata uma vez para sim, duas para não, pensei, e por um momento alucinado imaginei realmente fazer só isso. Lembro que quando terminei a biografia de Christy Brown, *Down all the days*, cogitei como seria escrever um livro inteiro com a caneta presa entre os dedos do pé esquerdo. Agora imaginava como seria passar a eternidade sem nenhum modo de comunicação a não ser bater na parede do porão. E mesmo assim só algumas pessoas poderiam ouvir e entender você... e mesmo essas pessoas apenas em determinados momentos.

Jo, era você? E se era, por que me respondeu das duas maneiras?

— Mike? Você está aí?

— Estou. O problema realmente não é meu, portanto sossega o facho. Mas estou de fato com um problema. Seu homem principal é Goldacre, não é?

— É. Vou chamá-lo ime...

— Mas ele lida principalmente com leis contratuais. — Eu pensava alto agora, e quando fiz uma pausa Harold não a preencheu. Às vezes ele é um sujeito legal. Na maioria das vezes, aliás. — Ligue para ele, de qualquer modo, está bem? Diga que preciso falar com um advogado com um bom conhecimento prático legal sobre custódia infantil. Diga a ele para me pôr em contato com o melhor que estiver livre para assumir um caso imediatamente. Um que possa estar no tribunal comigo na sexta-feira, se for necessário.

— É paternidade? — perguntou, parecendo ao mesmo tempo respeitoso e assustado.

— Não, *custódia*. — Pensei em te dizer que perguntasse toda a história ao Advogado a Ser Nomeado Mais Tarde, mas Harold merecia coisa melhor... e pediria para saber minha versão mais cedo ou mais tarde de qualquer modo, pouco importando o que o advogado lhe dissesse. Fiz-lhe um relato da minha manhã de 4 de Julho e suas consequências. Limitei-me aos Devore, sem mencionar nada sobre vozes, crianças que choravam ou batidas no escuro. Harold só interrompeu uma vez, e apenas quando percebeu quem era o vilão da história.

— Você está cavando problemas — disse ele. — Sabe disso, não é?

— Estou preparado para certa quantidade deles, de qualquer modo. Cheguei à conclusão de que quero ministrar algum castigo também, só isso.

— Você não vai ter a paz e a quietude que um escritor precisa para fazer seu melhor trabalho — disse Harold numa voz engraçadamente cerimoniosa. Imaginei qual seria sua reação se eu dissesse, "tudo bem, não escrevo nada mais fascinante do que uma lista de compras desde que Jo morreu, talvez isso me sacuda um pouco". Mas não disse. Nunca os deixe ver o seu suor, era o lema do clã Noonan. Alguém deveria esculpir na porta da cripta da família, NÃO SE PREOCUPE, EU ESTOU BEM.

Então pensei: *ajud el*.

— Aquela moça precisa de um amigo — eu disse —, e Jo teria querido que eu fosse amigo dela. Jo não gostava quando o pessoal pequeno era pisoteado.

— Você acha?

— É.

— Ok, vou ver o que posso descobrir. E Mike... quer que eu apareça para esse depoimento na sexta?

— Não. — A palavra saiu desnecessariamente abrupta e foi seguida por um silêncio que não parecia calculado e sim magoado. — Olhe, Harold, meu caseiro disse que a audiência de custódia será marcada logo. Se ocorrer e você ainda quiser vir, eu te ligo. Seu apoio moral sempre me será útil, você sabe.

— *No meu caso é apoio imoral* — replicou, mas pareceu animado de novo.

Nós nos despedimos. Fui até a geladeira de novo e olhei os ímãs. Ainda estavam espalhados, e isso foi uma espécie de alívio. Até os espíritos precisam descansar às vezes.

Peguei o telefone sem fio, saí para o deck e afundei na cadeira onde tinha estado na noite do 4 de Julho, quando Devore ligara. Mesmo depois da visita que eu tinha recebido de "papai", dificilmente podia acreditar naquela conversa. Devore tinha me chamado de mentiroso; eu lhe disse para enfiar meu número de telefone no rabo. Havíamos tido um grande começo como vizinhos.

Empurrei a cadeira um pouco mais para perto da borda do deck, que descia vertiginosamente uns 12 metros entre a parte detrás de Sara e o lago. Procurei a mulher verde que eu tinha visto enquanto nadava, dizendo a mim mesmo que não fosse idiota — coisas assim podem-se ver apenas de um ângulo, fique 3 metros para um lado ou para o outro e já não há nada para ver. Mas isso aparentemente era um caso da exceção provando a regra. Eu estava ao mesmo tempo satisfeito e um pouco desconfortável ao perceber que a bétula lá embaixo junto à rua também parecia uma mulher vista do lado da terra, assim como vista do lago. Em parte devido ao pinheiro logo atrás dela — aquele galho sem folhas projetando-se para o norte como um ossudo braço que aponta —, mas não só isso. Daqui detrás, os ramos brancos e as folhas estreitas ainda formavam uma mulher, e quando o vento sacudia as partes inferiores da árvore, o verde e o prateado giravam como saias longas.

Eu respondera não ao bem-intencionado oferecimento de Harold antes que fosse inteiramente articulado, e enquanto olhava a mulher-árvore, fantasmagórica por si só, soube por quê: Harold era espalhafatoso, insensível a nuanças, e poderia espantar de susto o que quer que estivesse ali. Eu não queria isso. Estava assustado, sem dúvida — em pé naqueles degraus escuros e escutando as pancadas pouco abaixo de mim, eu fiquei tremendamente aterrorizado —, mas também me senti completamente vivo pela primeira vez em anos. Estava tocando algo em Sara que era inteiramente além da minha experiência, e isso me fascinava.

O telefone sem fio tocou no meu colo, fazendo-me dar um pulo. Agarrei-o, esperando Max Devore ou talvez Footman, seu lacaio coberto de ouro. Mas era um advogado chamado John Storrow, que parecia ter se formado bastante recentemente na Escola de Direito — tipo semana passada. Mesmo assim, ele trabalhava para a firma de Avery, McLain e Bernstein, na Park Avenue, e Park Avenue é um endereço bastante bom para um advogado, mesmo um que ainda tenha alguns dentes de leite. Se Henry Goldacre tinha dito que Storrow era bom, provavelmente era. E sua especialidade era lei de custódia.

— Agora me diga o que está acontecendo aí — disse ele quando as apresentações terminaram e o pano de fundo tinha que ser esboçado.

Fiz o melhor que pude, sentindo meu ânimo se erguer enquanto a história era desfiada. Há algo estranhamente confortador em conversar com um sujeito da lei quando o relógio das horas cobráveis começou a correr; você já ultrapassou o ponto mágico em que um advogado se torna o *seu* advogado. Seu advogado é caloroso, solidário, faz anotações num bloco amarelo e concorda com a cabeça em todos os momentos certos. A maioria das perguntas que seu advogado faz são perguntas a que você pode responder. E se você não puder, por Deus, seu advogado o ajudará a encontrar um modo de fazê-lo. Ele está sempre do seu lado. Seus inimigos são os inimigos dele. Para ele, você nunca é merda, sempre tem importância.

Quando terminei, John Storrow disse:

— Puxa. Estou surpreso de a imprensa não ter pulado em cima disso.

— Nunca me ocorreu — falei. Mas entendi o que ele queria dizer. A saga da família Devore não era para o *New York Times* ou para o *Boston Globe*, provavelmente nem mesmo para o *Derry News*, mas em tabloides semanais de supermercado, como o *National Enquirer* ou o *Inside View*, cairia como uma luva: em vez da moça, King Kong resolve arrebatar a inocente filha da moça e levá-la com ele para o alto do Empire State Building. Argh, entregue essa criança, seu bruto. Não era material de primeira página nem fotografias com sangue ou de celebridades no necrotério, mas como um chamariz na página nove funcionaria muito bem. Compus mentalmente uma manchete trombeteando sobre as fotos do Warrington's Lodge e o enferrujado trailer duplo de Mattie lado a lado: REI DOS COMPUTADORES VIVE NO LUXO ENQUANTO TENTA TIRAR A FILHA ÚNICA DE JOVEM BONITA. Provavelmente comprido demais, decidi. Não estava mais escrevendo e ainda precisava de um editor de texto. Isso era muito triste, quando se pensava a respeito.

— Talvez em algum momento vejamos isso acontecer — disse Storrow num tom divertido. Percebi que poderia vir a me afeiçoar àquele sujeito, pelo menos em meu presente estado de espírito raivoso. Ele mostrou-se mais enérgico.

— A quem estou representando aqui, sr. Noonan? O senhor ou a moça? Aposto que é a moça.

— A moça nem sabe que eu o chamei. Ela pode achar que me intrometi um pouquinho demais. Ela pode até me censurar.

— Por que faria isso?

— Porque é uma ianque, uma ianque do Maine, a pior espécie. Num determinado dia, podem fazer os irlandeses parecerem lógicos.

— Talvez, mas é ela que está com o alvo pendurado na blusa. Sugiro que ligue para ela e lhe conte.

Prometi que o faria. Também não era uma promessa difícil de cumprir. Sabia que teria que entrar em contato com Mattie desde que tinha aceitado a intimação do adjunto Footman.

— E quem vai assistir Michael Noonan na sexta de manhã?

Storrow riu secamente.

— Vou encontrar alguém daí para fazer isso. Ele vai até o escritório de Durgin com o senhor, se sentará quietinho com a pasta no colo e vai escutar. Nesse momento, é possível que eu já esteja na cidade, não vou saber até falar com o sr. Devore, mas não vou ao escritório de Durgin. Quando a audiência de custódia ocorrer, porém, o senhor verá meu rosto lá.

— Muito bem, ótimo. Ligue quando tiver o nome do novo advogado. Meu outro novo advogado.

— Certo. Enquanto isso, fale com a moça. Me arranje um trabalho.

— Vou tentar.

— Tente também manter-se visível se estiver com ela — disse ele. — Se dermos aos maus sujeitos espaço para se mostrarem maldosos, vão fazer isso. Não há nada assim entre vocês, há? Nada maldoso? Desculpe ter que perguntar, mas *tenho* que fazê-lo.

— Não — eu disse. — Há muito tempo não estou metido em nada maldoso com alguém.

— Fico tentado a lamentar, sr. Noonan, mas nas circunstâncias...

— Mike. Me chame de Mike.

— Ótimo. Assim é melhor. Eu sou John. As pessoas vão falar sobre o envolvimento de vocês, de qualquer modo. Sabe disso, não é?

— Claro. As pessoas sabem que posso arcar com você. Vão especular como é que *ela* pode arcar *comigo*. Viúva bonita, viúvo de meia-idade. Sexo pareceria a coisa mais provável.

— Você é realista.

— Na verdade, não acho que sou, mas sei a diferença entre um falcão e um serrote.

— Espero que sim, pois a viagem pode se tornar dura. Vamos nos colocar contra um sujeito extremamente rico. — Mesmo assim ele não parecia amedrontado. Parecia quase... *voraz*. Como parte de mim se sentiu quando vi que os ímãs na geladeira estavam novamente num círculo.

— Sei disso.

— Na Corte, isso não vai importar muito, porque há certa quantidade de dinheiro do outro lado. Além disso, o juiz vai estar bem consciente de que isso é um barril de pólvora. O que pode ser útil.

— Qual é a melhor coisa a nosso favor? — perguntei, ainda pensando no rosto rosado e sem marcas de Kyra e sua total falta de medo em presença da mãe. Fiz a pergunta pensando que John responderia que as acusações eram nitidamente infundadas. Pensei errado.

— A melhor coisa? A idade de Devore. Ele deve ser mais velho que Deus.

— Baseado no que ouvi no fim de semana, acho que ele deve ter 85 anos. Isso mostra que Deus é mais velho.

— É, mas como um pai em potencial ele faz Tony Randall parecer um adolescente — disse John, e agora ele soava positivamente maldoso. — Pense nisso, Michael: a criança se forma no ensino médio no ano em que vovô ultrapassa os 100 anos. Além disso, há uma chance de que o velho tenha errado por querer abarcar o mundo com as pernas. Sabe o que significa guardião *ad litem*?

— Não.

— Basicamente, é um advogado que a Corte indica para proteger os interesses da criança. Uma remuneração pelo serviço sai dos custos da Corte, mas é uma ninharia. A maioria das pessoas que concordam em servir como guardiães *ad litem* tem motivos estritamente altruísticos... mas não todos. De qualquer modo, o *ad litem* mete sua própria colher no caso. Juízes não precisam acatar o conselho do sujeito, mas quase sempre o fazem. O juiz ia dar uma impressão de idiota se rejeitasse o conselho de seu próprio indicado, e a coisa que um juiz mais odeia na vida é parecer idiota.

— Devore vai ter seu próprio advogado?

John riu.

— Que tal meia dúzia na presente audiência de custódia?

— Está falando sério?

— O cara tem 85 anos. É velho demais para Ferraris, saltos radicais no Tibete e putas, a não ser que seja um homem poderoso. Ele vai gastar dinheiro em quê?

— Advogados — digo eu, sombrio.

— É.

— E Mattie Devore? O que é que ela tem?

— Graças a você, ela tem a mim — disse John Storrow. — É como um romance de John Grisham, não é? Ouro puro. Enquanto isso, estou interessado em Durgin, o *ad litem*. Se Devore não anda esperando problemas de verdade, pode ter sido pouco esperto o suficiente para pôr a tentação no caminho de Durgin. E Durgin pode ter sido suficientemente burro para ter sucumbido. Ora, quem sabe o que podemos encontrar?

Mas eu estava uma volta atrás.

— Ela tem você. Graças a mim. E se eu não estivesse aqui para meter minha colher? O que teria ela então?

— *Bubkes*. É iídiche. Significa...

— Eu sei o que significa, "nada" — eu disse. — É inacreditável.

— Não, apenas justiça americana. Você conhece a senhora com a balança? A que fica do lado de fora dos tribunais na maioria das cidades?

— Conheço.

— Jogue umas algemas naqueles pulsos largos e fita adesiva em sua boca para combinar com a venda nos olhos, viole-a e arraste-a pela lama. Gosta da imagem? Eu não, mas é uma representação justa de como a lei funciona nos casos de custódia em que o reclamante é rico e o réu, pobre. E a igualdade sexual, na verdade, a tem deixado muito pior, pois embora as mães ainda tendam a ser pobres, não são mais encaradas como a escolha automática para a custódia.

— Mattie Devore tem que ter você, não é?

— É — disse John simplesmente. — Ligue para mim amanhã e diga que ela concordou.

— Espero poder fazê-lo.

— Eu também. E ouça, há mais uma coisa.

— O quê?

— Você mentiu para Devore ao telefone.

— Besteira!

— Não, não, detesto contradizer o autor preferido de minha irmã, mas você mentiu e sabe disso. Você disse a Devore que mãe e filha tinham saído juntas, que a garota estava colhendo flores e tudo estava bem. Você colocou tudo lá, a não ser Bambi e Tambor.

Eu estava sentado reto em minha cadeira do deck agora. Sentia-me como se tivesse levado uma violenta pancada numa emboscada. Senti também que minha própria esperteza havia sido sobrepujada.

— O que é isso, não, pense melhor. Eu nunca *disse* coisa alguma. Disse a ele que achava. Usei a palavra mais de uma vez. Lembro nitidamente disso.

— Bem, se ele estava gravando a conversa, você vai ter oportunidade de contar quantas vezes a usou.

No início, não respondi. Estava rememorando a conversa que tive com Devore, recordando o zumbido na linha telefônica, o zumbido característico de que me lembrava em todos os meus verões anteriores em Sara Laughs. Aquele baixo e contínuo *mmmmmm* tinha sido mais perceptível na noite de sábado?

— Acho que talvez pudesse estar sendo gravado — eu disse com relutância.

— É. E se o advogado de Devore levar a gravação para o *ad litem*, o que acha que vai parecer?

— Cauteloso — eu disse. — Talvez como um homem com algo a esconder.

— Ou um homem desfiando lorotas. E você é bom nisso, não é? Afinal de contas, é o que faz para ganhar a vida. Na audiência de custódia, o advogado de Devore estará apto a mencionar isso. Se ele apresentar então uma das pessoas que passaram por vocês logo depois da chegada de Mattie à cena... uma pessoa testemunhando que a moça parecia aborrecida e agitada... o que acha que você vai parecer?

— Um mentiroso — eu disse. — Ah, porra.

— Não tenha medo, Mike. Anime-se.

— O que devo fazer?

— Inutilize as armas deles antes que possam atirar. Conte a Durgin exatamente o que aconteceu. Faça constar do depoimento. Sublinhe o fato de que a meninazinha achava que estava andando com segurança. Certifique-se de mencionar o andar pela linha. Adoro isso.

— Aí, se tiverem uma gravação, vão tocá-la e eu vou parecer um idiota que cada hora conta uma história diferente.

— Acho que não. Você não era uma testemunha sob juramento quando falou com Devore, era? Você estava sentado no seu deck e cuidando de suas coisas, assistindo à exibição de fogos de artifício. De repente, sem quê nem por quê, esse velho estúpido e ranzinza liga para você. Começa com o palavrório. Você nunca deu seu número de telefone a ele, deu?

— Não.

— Seu número *que não está na lista*.

— Não.

— E por mais que tenha *dito* que era Maxwell Devore, poderia ser qualquer um, não é?

— É.

— Até o xá do Irã.

— Não, o xá do Irã já morreu.

— Bem, então o xá do Irã está fora. Mas poderia ser um vizinho intrometido... ou um brincalhão.

— É.

— E você disse o que disse com todas essas possibilidades em mente. Mas agora que você é parte de um procedimento oficial da Corte, está dizendo toda a verdade e nada mais que a verdade.

— Pode apostar. — Aquela ótima sensação de *meu-advogado* tinha me abandonado por um momento, mas voltava agora com força total.

— Não se pode fazer melhor do que dizer a verdade, Mike — disse solenemente. — Exceto em alguns poucos casos, e este não é um deles. Estamos entendidos nisso?

— Sim.

— Muito bem, terminamos. Quero ter notícias de você ou de Mattie Devore por volta das 11 amanhã. Seria melhor que fosse ela.

— Vou tentar.

— Se ela recusar, você sabe o que fazer, não sabe?

— Acho que sim. Obrigado, John.

— De um modo ou de outro, vamos nos falar muito em breve — disse ele, e desligou.

Fiquei ali sentado por algum tempo. Empurrei uma vez o botão que abria a linha do telefone sem fio, depois apertei-o de novo para fechá-lo. Eu tinha que falar com Mattie, mas não estava suficientemente pronto ainda. Em vez disso, resolvi dar uma volta.

Se ela recusar, você sabe o que fazer, não sabe?

Claro. Lembrá-la de que não pode se dar ao luxo de ser orgulhosa. Que não pode se dar ao luxo de bancar a ianque completa, recusando a caridade de Michael Noonan, autor de *Sendo dois, O homem da camisa vermelha* e o livro que logo seria publicado, *A promessa de Helen*. Lembrá-la de que poderia ficar com o orgulho ou com a filha, mas provavelmente não com os dois.

Ei, Mattie escolha uma.

Caminhei quase até o final da estrada, parando no prado de Tidwell com sua bonita vista descendo até a parte do lago em formato de taça, e além dele até as White Mountains. A água sonhava sob um céu enevoado, parecendo cinzento quando você inclinava a cabeça para um lado, e azul, se a inclinava para o outro. Aquela sensação de mistério estava muito comigo. A sensação de Manderley.

Mais de quarenta negros haviam se estabelecido aqui na virada do século — pousado aqui por um tempo, de qualquer modo —, segundo Marie Hingerman (também segundo *Uma história do condado de Castle e Castle Rock*, um tomo pesado publicado em 1977, o ano do bicentenário do condado). Negros bastante especiais; a maioria deles bem relacionados; a maioria, talentosos; a maioria formando um grupo musical inicialmente chamado The Red-Top Boys, depois Sara Tidwell e depois apenas Red-Top Boys. Haviam comprado o prado e uma terra de bom tamanho perto do lago de um homem chamado Douglas Day. O dinheiro fora poupado por mais de dez anos, segundo Sonny Tidwell, que foi quem conseguiu a barganha (como um Red-Top, Son Tidwell tocara o que ficou conhecido como "guitarra arranhada").

Tinha havido um tremendo alvoroço na cidade, e até uma reunião para protestar pelo "advento desses escurinhos, que chegam numa horda". As coisas tinham se aquietado e tudo ficou bem, como frequentemente costuma ficar. Nunca houve a cidade de palhoças que a maioria dos habitantes locais tinha esperado que surgisse na colina de Day (como o prado de Tidwell era chamado em 1900, quando Son Tidwell comprou a terra em benefício de seu extenso clã). Em vez disso, um número de arrumadas cabanas brancas espalhou-se, rodeando uma construção mais ampla que poderia ter sido feita como um local para reunião de grupo, uma área de ensaio ou talvez, em algum momento, uma sala para atuações.

Sara e os Red-Top Boys (às vezes havia uma Red-Top Girl lá também; a participação na banda era fluida, mudando com cada atuação) tocaram por todo o Maine ocidental por mais de um ano, talvez quase dois anos. Para cima e para baixo em cidades da linha ocidental — Farmington, Skowhegan, Bridgton, Gates Falls, Castle Rock, Motton, Fryeburg — ainda se pode encontrar seus velhos pôsteres de show em bazares, celeiros e outros buracos. Sara e os Red-Top Boys eram grandes favoritos do circuito, e se deram muito bem na TR também, o que nunca me surpreendeu. No final das contas, Robert Frost — esse poeta utilitarista e frequentemente desagradável — estava certo: no Nordeste dos EUA realmente acreditamos que boas cercas fazem bons vizinhos. Nós grasnamos e depois mantemos uma paz mesquinha, do tipo olhar agudo e penetrante e boca repuxada para baixo. "Eles pagam suas contas", dizemos. "Nunca tive que atirar num de seus cachorros", dizemos. "Eles ficam quietos no seu canto", dizemos, como se isolamento fosse uma virtude. E, claro, a virtude definidora: "Eles não aceitam caridade."

E, em algum momento, Sara Tidwell tornou-se Sara Laughs.

Finalmente, porém, a TR-90 não deve ter sido o que desejavam, porque depois de tocar uma ou duas vezes numa feira do condado no final do verão de 1901, o clã se mudou. Suas pequenas e arrumadas cabanas forneceram renda por meio de aluguéis de verão para a família Day até 1933, quando se queimaram nos incêndios de verão que devastaram os lados leste e norte do lago. Fim da história.

Exceto pela música de Sara, é claro. Sua música continuara viva.

Levantei da rocha onde estava sentado, estiquei os braços e as costas e caminhei de volta pela pista, cantando uma de suas canções enquanto andava.

Capítulo Doze

Durante minha caminhada de volta para a casa, tentei não pensar em absolutamente nada. Meu primeiro editor costumava dizer que 85 por cento do que acontece na cabeça de um romancista não é da conta dele, uma sensação que nunca acreditei que estivesse restrita somente a escritores. O suposto pensamento mais elevado é, de um modo geral, altamente superestimado. Quando o problema aparece e passos têm que ser dados, descubro que geralmente é melhor apenas ficar de lado e deixar os rapazes no porão fazerem seu trabalho. O trabalho realizado ali embaixo é operário, caras não sindicalizados com muitos músculos e tatuagens. O instinto é sua especialidade, e só transmitem problemas para o andar de cima para real ponderação como último recurso.

Quando tentei ligar para Mattie Devore, aconteceu uma coisa extremamente peculiar — uma que não tinha nada a ver com fantasmas, tanto quanto eu podia perceber. Em vez do ruído de dar linha, quando apertei o botão para ligar o telefone sem fio, obtive silêncio. Então, exatamente quando pensava que devia ter deixado o telefone no quarto norte fora do gancho, percebi que não era um silêncio *total*. Distante como uma transmissão de rádio do espaço sideral, vivo e grasnando como um pato animado, um sujeito com uma boa dose de Brooklyn na voz cantava: "He followed her to school one day, school one day, school one day. Followed her to school one day, which was again the rule..."

Abri a boca para perguntar quem era, mas, antes que pudesse fazê-lo, uma voz de mulher disse:

— Alô? — Parecia perplexa e desconfiada.

— Mattie? — Em minha confusão, jamais me ocorreu chamá-la de algo mais formal, como srta. ou sra. Devore. Nem parecia estranho que eu soubesse ser ela baseado numa única palavra, ainda que nossa única conversa anterior tivesse sido relativamente breve. Talvez os rapazes do porão reconhecessem a música de fundo e fizessem a conexão com Kyra.

— Sr. Noonan? — Ela parecia mais perturbada que nunca. — O telefone nem chegou a tocar!

— Devo ter levantado o meu exatamente quando sua chamada foi feita — falei. — Isso acontece de tempos em tempos. — Mas eu me perguntei quantas vezes acontecia quando a pessoa ligando para você era aquela para a qual você mesmo estava planejando ligar? Talvez muito frequentemente, na verdade. Telepatia ou coincidência? De qualquer modo, parecia quase mágico. Através da longa sala de estar, olhei nos olhos vidrados de Bunter, o alce americano, e pensei: *Sim, mas talvez este lugar seja mágico agora.*

— Talvez — disse ela em dúvida. — Em primeiro lugar, peço desculpas por ligar, é uma presunção. Seu número não está na lista, eu sei.

Ah, não se preocupe com isso, pensei. *Todo mundo tem esse velho número agora. Na verdade, estou até pensando em colocá-lo nas Páginas Amarelas.*

— Eu o tirei de seu arquivo na biblioteca — continuou, parecendo constrangida. — É onde trabalho. — Ao fundo, "Mary Had a Little Lamb" tinha dado lugar a "The Farmer in the Dell".

— Tudo bem — eu disse. — Sobretudo porque eu estava telefonando para você.

— Para mim? Por quê?

— Primeiro as damas.

Ela deu uma risada breve e nervosa.

— Queria convidá-lo para jantar. Quer dizer, Ki e eu queremos convidá-lo para jantar. Eu devia ter te convidado antes. O senhor foi tremendamente bom conosco no outro dia. Pode vir?

— Sim — eu disse sem a mínima hesitação. — E te agradeço. Temos algumas coisas para conversar, de qualquer modo.

Houve uma pausa.

— Mattie? Ainda está aí?

— Ele o arrastou para isso, não é? Aquele velho horrível. — Agora a voz dela não soava nervosa, mas um tanto desfalecida.

— Bem, sim e não. Você pode argumentar que o destino me arrastou, ou uma coincidência, ou Deus. Eu não estava lá naquela manhã por causa de Max Devore; estava atrás do indefinível Villagebúrguer.

Ela não riu, mas sua voz se animou um pouco, e fiquei contente. As pessoas que falam daquele modo morto, sem emoção, são geralmente pessoas assustadas. Que às vezes têm sido completamente aterrorizadas.

— Ainda lamento ter te arrastado para o meu problema. — Achei que ela podia começar a se perguntar quem estaria arrastando quem depois que eu lhe passasse informações sobre John Storrow, e fiquei contente por não ter que ter aquela conversa ao telefone.

— De qualquer modo, adoraria ir jantar. Quando?

— Essa noite seria muito em cima da hora?

— De modo nenhum.

— Maravilha. Mas temos que comer cedo, para a pequerrucha não dormir em cima da sobremesa. Está bom às seis?

— Está.

— Ki vai ficar agitada. Não temos muita companhia.

— Ela não anda perambulando de novo, anda?

Achei que poderia ficar ofendida. Mas desta vez ela *riu*.

— Minha nossa, não. Toda aquela confusão no sábado a assustou. Agora ela entra para me dizer que está indo do balanço no pátio ao lado para a caixa de areia nos fundos. Mas tem falado um bocado no senhor. Ela o chama de "aquele homem alto que me *carregô*". Acho que se preocupou com o fato de o senhor ter ficado zangado com ela.

— Diga a ela que não fiquei — falei. — Não, não. Eu mesmo digo a ela. Posso levar alguma coisa?

— Uma garrafa de vinho? — perguntou, um pouco em dúvida. — Ou talvez isso seja muito pomposo, eu ia só fazer hambúrgueres na grelha e salada de batata.

— Levo uma garrafa de vinho não pomposa.

— Obrigada — disse ela. — É uma festa. Nunca temos companhia.

Fiquei horrorizado ao descobrir que eu também estava prestes a dizer que achava uma festa, meu primeiro encontro em quatro anos e tal.

— Muito obrigado pela gentileza.

Ao desligar lembrei-me de John Storrow aconselhando-me a tentar ficar visível quando estivesse com ela e a não fornecer material extra para a fofoca da cidade. Se Mattie ia fazer hambúrgueres na grelha, provavelmente estaríamos do lado de fora, onde as pessoas podiam ver que estávamos vestidos... pelo menos na maior parte da noite. Contudo, em algum momento ela teria a delicadeza de me convidar para entrar. Eu então teria a delicadeza de entrar. Admiraria seu quadro de Elvis de veludo na parede, ou suas placas comemorativas de Franklin Mint, ou fosse lá o que tivesse como decoração do trailer; eu deixaria Kyra me mostrar seu quarto e exclamaria, admirado, diante de sua extraordinária coleção de bichinhos de pelúcia e de sua boneca favorita, se fosse preciso. Há todo tipo de prioridades na vida. Algumas seu advogado pode entender, mas suspeito que outras ele não pode.

— Estou lidando com isso direito, Bunter? — perguntei ao alce empalhado. — Um urro para sim, dois para não.

Estava na metade do caminho do corredor levando à ala norte, pensando apenas numa chuveirada fria quando, atrás de mim, muito suavemente, ouvi um breve toque do sino pendurado no pescoço de Bunter. Parei com a cabeça de lado, a camisa numa das mãos, esperando que o sino tocasse de novo. Não tocou. Depois de um minuto, desci o resto do corredor até o banheiro e deslizei para o chuveiro.

O Armazém Lakeview tem uma seleção muito boa de vinhos enfiada num canto — talvez porque não haja muita demanda local por eles, mas os turistas provavelmente compram uma boa quantidade — e escolhi uma garrafa de Mondavi tinto. Era provavelmente um pouco mais cara do que Mattie tinha em mente, mas eu podia arrancar a etiqueta de preço e ela não veria a diferença. Havia uma fila no caixa, sobretudo pessoas com camisetas úmidas sobre roupas de banho e areia da praia pública grudada nas pernas. Enquanto esperava minha vez, meu olho esbarrou nos itens de compra que ficam estocados no caixa, à espera de um consumidor impulsivo. Entre eles havia várias bolsas de plástico com a etiqueta ÍMÃS, cada bolsa mostrando o desenho de uma geladeira com as letras magnéticas formando as palavras VOLTA JÁ. Segundo a informação dos pacotes, havia dois jogos de consoantes em cada bolsa, MAIS VOGAIS EXTRAS. Peguei dois conjuntos... e acrescentei um terceiro, achando que a filha de Mattie Devore provavelmente tinha a idade certa para o artigo.

Kyra me viu parando na grama em frente ao pátio da entrada, pulou do deteriorado balancinho ao lado do trailer, disparou para perto da mãe e se escondeu atrás dela. Quando me aproximei da churrasqueira portátil armada ao lado dos degraus da frente de blocos de concreto, a criança que tinha falado comigo tão destemidamente no sábado era apenas um olho azul que espiava e uma mão rechonchuda agarrando uma dobra abaixo do quadril do vestido de verão da mãe.

Duas horas, porém, provocaram mudanças consideráveis. Enquanto o crepúsculo se aprofundava, Kyra sentou no meu colo na sala do trailer, escutando cuidadosamente — embora com aturdimento crescente — eu ler para ela a eternamente fascinante história de Cinderela. O sofá onde sentávamos tinha um tom de marrom que por lei só pode ser vendido em lojas com descontos, sendo, além disso, extremamente encalombado; mesmo assim me senti envergonhado por imaginar o que encontraria no trailer. Na parede acima e atrás de nós havia uma gravura de Edward Hopper — aquela de um solitário balcão de almoço tarde da noite — e do outro lado da sala, na pequena mesa com tampo de fórmica no canto da cozinha, estava outra da série *Girassóis* de Vincent van Gogh. Mais ainda que Hopper, ele parecia em casa no trailer tamanho duplo de Mattie Devore. Eu não sabia por que, mas era um fato.

— O sapatinho de vidro vai cortar o pezinho dela — disse Ki de um modo estudado, ponderado.

— De modo nenhum — eu disse. — O vidro para os sapatinhos era especialmente feito no Reino de Grimório. Macio e inquebrável, desde que a gente não dê um agudo enquanto usá-los.

— Eu posso ter um par?

— Lamento, Ki — eu disse —, ninguém mais sabe fazer um sapatinho de vidro. É uma arte perdida, como o aço de Toledo. — Fazia calor no trailer e ela estava quente contra minha camisa, onde se instalou a parte superior de seu corpo, mas eu não a removeria. Ter uma criança em meu colo era fantástico. Do lado de fora, sua mãe estava cantando e recolhendo os pratos da mesa de jogo que tínhamos usado para nosso piquenique. Ouvi-la cantar era fantástico também.

— Continua, continua — disse Kyra, apontando para o retrato de Cinderela no chão. A garotinha espiando nervosamente ao lado da perna da mãe tinha desaparecido: a zangada menina de vou-pra-praia da manhã de sábado também; havia ali apenas uma sonolenta criança bonita, inteligente e confiante. — Antes que eu não possa segurar mais.

— Quer fazer xixi?

— Não — respondeu ela, olhando-me com algum desdém. — Além do mais se diz u-ri-nar. Xixi não é palavra nenhuma, é o que Mattie diz. E eu já fui. Mas, se você não contar rápido essa história, vou cair no sono.

— Não se pode apressar histórias mágicas, Ki.

— Vai mais depressa que puder.

— Tá. — Virei a página. Lá estava Cinderela tentando ter espírito esportivo, dando adeus para as irmãs nojentas indo ao baile vestidas como estrelinhas numa discoteca. — Assim que Cinderela se despediu de Tammy Faye e Vanna...

— Eram os nomes das irmãs?

— Os que eu inventei para elas, sim. Está bem?

— Claro. — Ajeitou-se mais confortavelmente no meu colo e pousou a cabeça no meu peito de novo.

— Assim que Cinderela tinha se despedido de Tammy Faye e Vanna, uma luz brilhante apareceu de repente no canto da cozinha. Dela saiu uma linda senhora num vestido prateado. As joias em seu cabelo reluziam como estrelas.

— A fada madrinha — disse Kyra taxativamente.

— É.

Mattie entrou levando a meia garrafa remanescente de Mondavi e os instrumentos escurecidos do churrasco. Seu vestido de verão era de um vermelho vivo. Usava nos pés tênis de cano curto tão brancos que pareciam brilhar na penumbra. Seus cabelos estavam amarrados para trás e embora não fosse a deslumbrante garota country-club que eu tinha previsto brevemente, era muito bonita. Então ela olhou para Kyra e para mim, ergueu as sobrancelhas e fez um gesto com os braços. Balancei a cabeça, informando que nenhum de nós dois estava pronto ainda.

Continuei a ler enquanto Mattie ia lavar seus poucos utensílios de cozinha, ainda cantarolando. No momento em que terminou com a espátula, o corpo de Ki assumira um relaxamento adicional que reconheci logo — ela tinha capotado. Fechei o *Pequeno tesouro dos contos de fadas* e o coloquei ao lado de dois livros na mesinha de centro — fosse lá o que Mattie lia no momento, pensei. Ergui os olhos e a vi olhando para mim da cozinha, e fiz-lhe o sinal de V de vitória.

— Noonan, o vencedor por nocaute técnico no oitavo round — eu disse.

Mattie enxugou as mãos numa toalha de pratos e se aproximou.

— Me dá ela aqui.

Em vez disso, levantei-me.

— Eu a levo. Para onde?

Apontou.

— À esquerda.

Levei a criança pelo corredor bastante estreito, obrigando-me a ter cuidado para não bater com seus pés num lado e a cabeça no outro. Ao final do corredor havia um banheiro, imaculadamente limpo. À direita, uma porta fechada que imaginei dar para o quarto que Mattie um dia partilhou com Lance Devore e onde agora dormia sozinha. Se havia um namorado que passava a noite mesmo de vez em quando, Mattie teve êxito em apagar sua presença do trailer.

Eu me esgueirei cuidadosamente pela porta à esquerda e olhei para a pequena cama com a colcha rosa, a mesa com a casa de boneca, o retrato da Cidade das Esmeraldas em uma parede, uma placa (feita em letras adesivas brilhantes) em outra que dizia CASA KYRA. Devore queria tirá-la dali, um lugar onde nada estava errado — onde, ao contrário, tudo estava perfeitamente certo. Casa Kyra era o quarto de uma garotinha que estava crescendo em harmonia.

— Coloque-a na cama e depois se sirva de outro copo de vinho — disse Mattie. — Vou pôr o pijama nela e venho conversar com você. Sei que tem coisas para falar comigo.

— Certo. — Pus Kyra na cama e depois me curvei um pouco mais, querendo dar-lhe um beijo no nariz. Quase desisti, mas, depois, pensando melhor, o fiz mesmo assim. Quando saí do quarto, Mattie sorria, portanto, acho que estava tudo bem.

Eu me servi de um pouco mais de vinho, voltei à pequena sala de estar com ele e olhei os dois livros ao lado da coleção de contos de fadas de Ki. Sempre tenho curiosidade de saber o que as pessoas estão lendo; o único insight melhor sobre elas está no conteúdo dos armários dos banheiros, e remexer nos remédios e panaceias do anfitrião é malvisto pelas pessoas de bem.

Os livros eram suficientemente diferentes para serem qualificados de esquizoides. Um deles, com um marcador de carta de baralho assinalando que três quartos haviam sido lidos, era a edição popular de *Testemunha silenciosa*, de Richard North Patterson. Aplaudi seu bom gosto; Patterson e DeMille são provavelmente os melhores romancistas populares atuais. O outro, um volume de capa dura de algum peso, era *Contos reunidos de Herman Melville*. Tão longe de Richard North Patterson quanto possível. Segundo a tinta roxa e desbotada estampada na espessura das páginas, aquele livro pertencia à Biblioteca Comunitária de Four Lakes. Era uma pequena e adorável construção de pedra a uns 8 quilômetros ao sul de Dark Score Lake, onde a rota 68 sai da TR e entra em Motton. Onde Mattie trabalhava, imagino. Abri o livro na marcação, outra carta de baralho, e vi que ela estava lendo "Bartleby".

— Não entendo isso — disse ela atrás de mim, assustando-me tanto que quase larguei o livro. — Eu gosto dele, é uma história bastante boa, mas não tenho a mínima ideia do que significa. Mas na outra, agora, já até imaginei quem fez a coisa.

— É um par estranho para ser lido paralelamente — falei, colocando-os de volta no lugar.

— O Patterson estou lendo por prazer — disse Mattie. Entrou na cozinha, olhou rapidamente (e com algum anseio, pensei) para a garrafa de vinho, então abriu a geladeira e pegou uma jarra de refresco. Na porta da geladeira estavam as palavras que a filha já tinha reunido da bolsa de ímãs: KI e MATTIE e HOHO (Papai Noel, imaginei). — Bem, estou lendo os dois por prazer, eu acho, mas vamos discutir "Bartleby" num pequeno grupo ao qual pertenço. Nós nos encontramos às quintas à noite na biblioteca. Ainda tenho que ler dez páginas.

— Um círculo de leitores.

— Ahã. Conduzido pela sra. Briggs. Ela o formou muito antes de eu nascer. É a bibliotecária-chefe de Four Lakes, você sabe.

— Sei. Lindy Briggs é cunhada de meu caseiro.

Mattie sorriu.

— Mundo pequeno, não é?

— Não, o mundo é grande, mas a cidade é pequena.

Ela começou a se apoiar no balcão com o copo de refresco, mas teve outra ideia.

— Por que não sentamos lá fora? Desse modo qualquer um que passar vai ver que ainda estamos vestidos e que nada está acontecendo aqui dentro.

Olhei para ela, espantado. Ela me encarou com uma espécie de bom humor cínico. Não era uma expressão que parecia se encaixar muito em seu rosto.

— Posso ter apenas 21 anos, mas não sou burra — disse. — Ele está me observando. Sei disso, e você também, provavelmente. Em outra noite, poderia ficar tentada a dizer foda-se se ele não aguentasse uma piada, mas está mais fresco lá fora e a fumaça da churrasqueira vai manter a maior parte dos insetos longe. Eu o choquei? Se choquei, desculpe.

— Não, não. — Ela me chocara, um pouco. — Não precisa se desculpar.

Levamos nossas bebidas para os degraus não-muito-firmes do bloco de concreto de cinzas e sentamos lado a lado em duas espreguiçadeiras. À nossa esquerda, os carvões da churrasqueira fulguravam num rosa suave na escuridão crescente. Mattie se recostou, colocou a curva gelada do copo brevemente na testa, depois bebeu a maior parte do que tinha sobrado, os cubos de gelo batendo contra os dentes com um clique e um chacoalhar. Os grilos cantavam nos bosques atrás do trailer e do outro lado da estrada. Mais distante, na rodovia 68, eu podia ver as brilhantes luzes fluorescentes brancas por cima da ilha de combustível do Armazém Lakeview. O assento de minha cadeira estava um pouco folgado, as tiras trançadas um pouco esfarrapadas, e a velha cadeira se inclinava fortemente para a esquerda, mas não havia nenhum outro lugar em que eu preferisse estar no momento. A noite se revelou um pequeno e calmo milagre... pelo menos até agora. Ainda tínhamos que falar de John Storrow.

— Fiquei contente que tenha vindo na terça — disse ela. — As noites de terça são difíceis para mim. Estou sempre pensando no jogo de bola lá no Warrington's. A essa altura os rapazes estão escolhendo o equipamento... os bastões, as bases e as máscaras de apanhador, e colocando de volta no armário do estoque atrás da base do batedor. Tomando suas últimas cervejas e fumando os últimos cigarros. Foi lá que conheci meu marido, você sabe. Tenho certeza de que já lhe contaram tudo.

Não conseguia ver nitidamente seu rosto, mas podia ouvir o tênue toque de amargura que se introduziu em sua voz, e imaginei que ainda exibia a expressão cínica. Esta era velha demais para Mattie, mas concluí que a garota tinha chegado a ela de modo bastante honesto. Contudo, se não tivesse cuidado, aquilo podia se enraizar e crescer.

— Ouvi uma versão de Bill, sim, o cunhado de Lindy.

— Nossa história é distribuída a varejo. Pode-se consegui-la no armazém, ou no Village Café, ou na oficina daquele velho falastrão... que meu sogro resgatou do Western Savings, por falar nisso. Ele interferiu pouco antes que o banco pudesse executar a dívida. Agora, Dickie Brooks e seus camaradas acham que Max Devore é Jesus em carne e osso. Espero que você tenha tido uma versão mais justa do sr. Dean do que teve na oficina. Deve ter tido, ou não teria se arriscado a comer hambúrgueres com Jezebel.

Queria me afastar daquilo, se pudesse — sua raiva era compreensiva, mas inútil. Claro que para mim era mais fácil ver isso; não era minha filha que tinha sido transformada no lenço amarrado no centro da corda de um cabo de guerra.

— Ainda jogam softbol no Warrington's? Apesar de Devore ter comprado o lugar?

— Jogam, sim. Ele vai ao campo em sua cadeira de rodas motorizada toda terça à noite e assiste ao jogo. Há outras coisas que tem feito desde que voltou para cá que são apenas uma tentativa de comprar a boa opinião da cidade, mas acho que gosta genuinamente dos jogos de softbol. A tal mulher, Whitmore, também vai. Leva um tanque de oxigênio extra num pequeno carrinho de mão vermelho com um pneu de lateral branca na frente. Guarda também uma luva de interceptador ali, caso algum arremesso de falta passe por cima da barreira e chegue até onde ele fica. Ele pegou um quase no começo da estação, eu soube, e recebeu uma ovação de pé dos jogadores e do pessoal que tinha vindo assistir.

— Ir aos jogos o põe em contato com o filho, não é?

Mattie sorriu com desânimo.

— Não acho que Lance chegue a passar pela cabeça dele, não quando está no campo. Eles jogam duramente em Warrington, deslizam para a base com os pés levantados, pulam em cima de arbustos espinhosos para apanhar bolas altas, xingam um ao outro quando fazem algo errado, e é disso que o velho Max Devore gosta, é por isso que nunca perde um jogo de terça à noite. Gosta de vê-los deslizar e levantar sangrando.

— É como Lance jogava?

Ela pensou cuidadosamente a respeito.

— Ele jogava duro, mas não era doido. Estava lá apenas para se divertir. Todos nós estávamos. Nós, mulheres... merda, nós, garotas, a mulher de Barney Therriault, Cindy, tinha apenas 16 anos... ficávamos atrás da barreira do lado da primeira base, fumando cigarros ou sacudindo pompons para manter os insetos longe, animando nossos rapazes quando faziam algo bom, rindo quando faziam algo idiota. Dividíamos refrigerantes ou uma lata de cerveja. Eu adorava os gêmeos de Helen Geary e ela beijava Ki debaixo do queixo até que ela risse. Às vezes descíamos até o Village Café depois, Buddy fazia pizzas e os perdedores pagavam. Todos amigos de novo, você sabe, depois do jogo. Ficávamos sentados lá, rindo, berrando e soprando os invólucros dos canudos em torno, alguns dos rapazes meio de pileque, mas ninguém mau. Naquela época eles deixavam toda a maldade no campo de jogo. E sabe de uma coisa? Nenhum deles veio me visitar. Nem Helen Geary, que era minha melhor amiga. Nem Richie Lattimore, que era o melhor amigo de Lance; os dois conversavam sobre rochas, pássaros e os tipos de árvores que havia do outro lado do lago por horas a fio. Eles vieram ao funeral e por algum tempo depois, e então... sabe como foi? Quando eu era garota, nosso poço secou. Por algum tempo, a gente conseguia um fio d'água quando abria a torneira, mas depois havia só ar. Só ar. — O cinismo tinha sumido e havia apenas mágoa em sua voz. — Vi Helen no Natal, e prometemos nos reunir para o aniversário dos gêmeos, mas nunca fizemos isso. Acho que ela está com medo de se aproximar de mim.

— Por causa do velho?

— Quem mais? Mas, tudo bem, a vida continua. — Ela se endireitou, bebeu o resto do refresco e pôs o copo de lado. — E você, Mike? Voltou para escrever um livro? A TR vai ser conhecida através de você? — Aquele era o *bon mot* local que eu lembrava com uma quase dolorosa ferroada de nostalgia. Dizia-se que os habitantes locais com grandes planos batizariam a TR com seu nome.

— Não — eu disse, e então fiquei perplexo ao dizer: — Não faço mais isso.

Acho que esperava que ela desse um pulo, derrubando a cadeira e emitindo um grito curto de negação horrorizada. Tudo isso diz bastante a meu respeito, suponho, e coisas nada lisonjeiras.

— Você se aposentou? — perguntou ela, parecendo calma e notavelmente pouco horrorizada. — Ou é um bloqueio de escritor?

— Bem, certamente não é uma aposentadoria *escolhida*. — Percebi que a conversa tinha tomado um rumo divertido. Eu tinha ido antes de tudo para lhe vender a ideia de John Storrow, enfiar John Storrow por sua garganta abaixo, se fosse preciso, e em vez disso estava, pela primeira vez, discutindo minha incapacidade de trabalhar. Pela primeira vez com alguém.

— Então é um bloqueio.

— Eu costumava pensar isso, mas agora não tenho certeza. Acho que os romancistas vêm equipados com certo número de histórias para contar... São construídas dentro do software. E quando elas desaparecem, desaparecem.

— Duvido — disse Mattie. — Talvez você escreva, agora que está aqui. Talvez você tenha voltado em parte por isso.

— Talvez tenha razão.

— Está com medo?

— Às vezes. Sobretudo a respeito do que farei no resto da minha vida. Não sei fazer barcos dentro de garrafas e era minha mulher quem tinha jeito com as plantas.

— Também tenho medo — disse ela. — Um medo danado. O tempo inteiro agora, parece.

— De que ele ganhe a custódia? Mattie, é isso que eu...

— O caso da custódia é só uma parte — falou. — Tenho medo só de ficar aqui, na TR. Começou bem cedo neste verão, muito depois de eu saber que Devore pretendia levar Ki para longe de mim, se pudesse. E está ficando pior. De certo modo, é como observar nuvens carregadas de chuva se amontoando sobre New Hampshire e então se empilharem acima do lago. Não posso colocar a coisa de modo melhor, a não ser... — Ela se moveu, cruzando as pernas e então se curvando para a frente para puxar a saia para a canela, como se estivesse com frio. — A não ser que acordei várias vezes ultimamente com a certeza de que não estava sozinha no quarto. Uma vez, tive a certeza de que não estava sozinha na *cama*. Às vezes é só uma sensação, como uma dor de cabeça, só que nos nervos, e às vezes acho que ouço um sussurro ou um choro. Uma noite fiz um bolo, cerca de duas semanas atrás, e me esqueci de guardar a farinha. No dia seguinte o barrilzinho estava virado e a farinha estava espalhada pela bancada da cozinha. Alguém tinha escrito "olá" nela. No início pensei que fosse Ki, mas ela disse que não. Além disso, não era a letra dela, a dela é mais desordenada. Não sei nem se Kyra poderia escrever olá. Oi, talvez, mas... Mike, você acha que ele poderia mandar alguém para tentar me assustar, acha? Quer dizer, isso é só bobagem, não é?

— Não sei — respondi. Pensei em algo dando pancadas no material isolante na escuridão enquanto estava em pé na escada. Pensei no oi formado com ímãs na porta de minha geladeira e numa criança soluçando no escuro. Senti minha pele mais fria; dava a impressão de estar entorpecida. Uma dor de cabeça nos nervos, aquilo era bom, era exatamente como a gente se sentia quando algo esticava a mão além do mundo real e tocava a gente na nuca.

— Talvez sejam fantasmas — disse ela, e sorriu de um modo incerto, mais assustado que divertido.

Abri a boca para lhe contar o que vinha acontecendo comigo em Sara Laughs e fechei-a novamente. Havia uma nítida escolha a ser feita ali: podíamos derivar para uma discussão sobre a paranormalidade ou podíamos voltar ao mundo visível. Aquele em que Max Devore tentava roubar uma criança.

— É — eu disse. — Os espíritos estão prestes a falar.

— Gostaria de poder ver seu rosto melhor. Tinha alguma coisa nele agora. O que era?

— Não sei — respondi. — Mas neste exato momento acho que é melhor falarmos de Kyra. Certo?

— Tudo bem. — No tênue fulgor da churrasqueira, eu podia vê-la acomodando-se na cadeira, como se para receber um golpe.

— Fui intimado a dar um depoimento em Castle Rock na sexta--feira. Diante de Elmer Durgin, que é o guardião *ad litem* de Kyra...

— Aquele sapo pomposo não é nada de Kyra! — explodiu ela. — Está no bolso de meu sogro, exatamente como Dickie Osgood, o corretor imobiliário favorito do velho Max! Dickie e Elmer Durgin bebem juntos no Mellow Tiger, ou pelo menos faziam isso até que esse negócio começou. Então alguém provavelmente disse a eles que aquilo não ficava bem e eles pararam.

— Os papéis foram entregues por um adjunto chamado George Footman.

— Apenas mais um dos suspeitos habituais — disse Mattie numa voz fraca. — Dickie Osgood é uma serpente, mas George Footman é um cão que toma conta do lixo. Ele foi suspenso de seu trabalho de tira por duas vezes. Mais uma vez e vai poder trabalhar para Max Devore em tempo integral.

— Bem, ele me assustou. Tentei não mostrar isso, mas ele me assustou. E as pessoas que me assustam me deixam zangado. Liguei para meu agente em Nova York e contratei um advogado. Um especializado em custódia infantil.

Tentei ver como ela estava recebendo aquilo e não consegui, embora estivéssemos sentados bastante próximos. Mas ela ainda mostrava aquele olhar fixo, como uma mulher que espera receber alguns golpes duros. Ou talvez para Mattie os golpes já tinham começado a ser desfechados.

Lentamente, não me permitindo correr, contei minha conversa com John Storrow. Enfatizei o que Storrow tinha dito sobre igualdade sexual — que provavelmente seria uma força negativa em seu caso, tornando mais fácil para o juiz Rancourt levar Kyra embora. Também sublinhei fortemente que Devore poderia ter todos os advogados que quisesse — sem mencionar testemunhas solidárias, com Richard Osgood correndo pela TR e espalhando a grana de Devore —, mas que o tribunal não era obrigado a tratá-la como uma casquinha de sorvete. Terminei dizendo-lhe que John queria falar com um de nós no dia seguinte às 11, e que deveria ser ela. Então esperei. O silêncio caiu, quebrado apenas por grilos e pelo tênue movimento de algum ruidoso caminhão de criança. Na rota 68, as lâmpadas fluorescentes brancas apagaram-se quando o mercado de Lakeview fechava outro dia de comércio de verão. Eu não gostava da quietude de Mattie; parecia o prelúdio de uma explosão. Uma explosão ianque. Tentei ficar calmo e esperei que me perguntasse o que é que me dava o direito de se intrometer em seus assuntos.

Quando finalmente falou, sua voz era baixa e derrotada. Magoava ouvi-la falar daquele modo, mas, da mesma forma que a expressão cínica no rosto anteriormente, não era de surpreender. E endureci-me contra ela o melhor que pude. Ei, Mattie, o mundo é duro. Faça sua escolha.

— Por que é que você faria isso? — perguntou ela. — Por que contrataria um advogado caro de Nova York para assumir o meu caso? É isso que está oferecendo, não é? Tem que ser, porque *eu* certamente não posso contratá-lo. Recebi 30 mil dólares do seguro quando Lance morreu, e tive sorte por isso. Foi uma apólice que ele tinha comprado de um dos amigos de Warrington, quase como uma brincadeira, mas sem ela eu teria perdido o trailer no inverno passado. Eles podem adorar Dickie Brooks no Western Savings, mas não dão nada por Mattie Stanchfield Devore. Depois dos impostos, ganho cerca de cem dólares por semana na biblioteca. Portanto, você está se oferecendo para pagar. Certo?

— Certo.

— Por quê? Você nem nos conhece.

— Porque... — Calei-me. Lembrei-me de querer que Jo interferisse naquele momento, pedindo à minha mente que fornecesse a voz dela para que eu pudesse passá-la à Mattie através da minha. Mas Jo não apareceu. Eu estava num voo solo.

— Porque agora eu não realizo nada que faça diferença — eu disse finalmente, e mais uma vez as palavras me deixaram atônito. — E eu *conheço* você. Já comi sua comida, li uma história para Ki e ela dormiu no meu colo... e talvez eu tenha salvo a vida dela no outro dia quando a tirei da estrada. Nunca vamos saber ao certo, mas talvez eu a tenha salvo. Você sabe o que os chineses dizem a respeito disso?

Eu não esperava uma resposta, a pergunta era mais retórica do que real, mas ela me surpreendeu. E não pela última vez.

— Se você salva a vida de alguém, é responsável por ela.

— É. É também sobre o que é justo e o que é certo, mas penso que é principalmente sobre querer participar de algo onde faço a diferença. Olho para trás, para esses quatro anos desde que minha mulher morreu, e não vejo nada neles. Nem mesmo um livro onde Marjorie, a tímida datilógrafa, conhece o belo estranho.

Ela ficou ali pensando, observando um caminhão carregado de polpa de madeira passar na rodovia, com os faróis ofuscantes e sua carga de toras oscilando de um lado para o outro como os quadris de uma mulher acima do peso.

— Não se prenda a nós — disse ela. — Não nos apoie como ele apoia seu time-da-semana no campo de softbol. Sei que preciso de ajuda, mas não vou permitir isso. Não vou *aguentar* isso. Não somos um jogo, Ki e eu. Está entendendo?

— Perfeitamente.

— Sabe o que as pessoas na cidade vão dizer, não é?

— Sei.

— Sou uma moça de sorte, não sou? Primeiro me caso com o filho de um homem extremamente rico, e depois que *ele* morre, caio sob a asa protetora de outro cara rico. A seguir provavelmente vou morar com Donald Trump.

— Corta essa.

— Provavelmente eu mesma acreditaria nisso, se estivesse do outro lado. Mas fico pensando se alguém nota que a sortuda Mattie ainda está morando num trailer velho e não pode arcar com um plano de saúde. Ou que sua filha recebeu a maioria das vacinas de um posto de saúde do condado. Meus pais morreram quando eu tinha 15 anos. Tenho um irmão e uma irmã, mas os dois são muito mais velhos e moram em outro estado. Meus pais eram bêbados, não nos maltratavam fisicamente, mas de diversos outros modos. Era como crescer num... motel de baratas. Meu pai era lenhador, minha mãe uma esteticista do uísque cuja única ambição era ter um Cadillac cor-de-rosa. Ele se afogou no lago Kewadin. Ela se afogou no próprio vômito cerca de seis meses depois. Gostou, até agora?

— Não muito. Desculpe.

— Depois do funeral de mamãe, meu irmão Hugh se ofereceu para me levar de volta para Rhode Island, mas percebi que sua mulher não estava exatamente encantada de ter uma garota de 15 anos na família, e não a censuro por isso. Além disso, eu tinha acabado de entrar para a turma de animadoras de torcida do colégio. Isso parece uma besteira total agora, mas naquele momento era algo muito importante.

Claro que tinha sido um negócio muito importante, especialmente para a filha de alcoólatras. A única que ainda morava em casa. Ser esse último filho, assistindo à doença enfiar as garras nos pais, pode ser uma das situações mais solitárias no mundo. O último a sair do maldito bar, por favor, apague a luz.

— Acabei indo morar com minha tia Florence, a apenas 3 quilômetros de distância na estrada. Levamos umas três semanas para descobrir que não gostávamos muito uma da outra, mas fizemos a coisa funcionar por dois anos. Então, entre o primeiro e o último ano do ensino médio, consegui um emprego de verão no Warrington's e conheci Lance. Quando ele me pediu em casamento, tia Flo recusou-se a dar permissão. Quando eu disse a ela que estava grávida, ela me emancipou, portanto, não precisei da permissão.

— Você abandonou o colégio?

Ela fez uma careta e concordou com a cabeça.

— Eu não queria passar seis meses com as pessoas me assistindo inchar como um balão. Lance me apoiou. Disse que eu poderia fazer a prova de equivalência. Eu fiz isso no ano passado. Foi fácil. E agora Ki e eu estamos sozinhas. Mesmo que minha tia concordasse em me ajudar, o que poderia fazer? Ela trabalha na fábrica Gore-Tex, de Castle Rock, e ganha uns 16 mil dólares por ano.

Concordei com a cabeça novamente, pensando que meu último cheque de direitos autorais franceses fora aquela quantia. Meu último cheque *trimestral*. Então me lembrei de algo que Ki tinha me contado no dia em que eu a conheci.

— Quando eu estava carregando Kyra para fora da estrada, ela disse que se você estivesse zangada, ela ia para sua vó branca. Se o seu pessoal morreu, a quem ela... — Só que eu não precisava perguntar, na verdade, precisava apenas fazer uma ou duas conexões. — Rogette Whitmore é a vó branca? A assistente de Devore? Mas isso significa...

— Que Ki tem estado com eles. É verdade. Até o final do mês passado, eu permitia que ela visitasse o avô... e Rogette por associação, é claro, com muita frequência. Uma ou duas vezes por semana, e às vezes para passar à noite. Ela gosta de seu "papai branco", pelo menos gostava no início, e ela simplesmente adora aquela mulher sinistra. — Acho que Mattie estremeceu na penumbra, embora a noite ainda estivesse muito tépida.

— Devore ligou para dizer que estava vindo ao leste para o funeral de Lance e perguntar se podia ver a neta enquanto estivesse aqui. Simpático como uma ovelhinha, exatamente como se jamais tivesse tentado me comprar para que eu largasse Lance quando este lhe contou que íamos nos casar.

— Ele tentou?

— É. A primeira oferta foi de 100 mil dólares. Isso foi em agosto de 1994, depois que Lance ligou para ele para dizer que íamos casar em meados de setembro. Eu não comentei a coisa. Uma semana depois, a oferta subiu para 200 mil.

— Em troca de que, exatamente?

— De recolher minhas garras de puta e me mudar para um endereço desconhecido. Desta vez eu contei a Lance, e ele se enfureceu. Ligou para o velho e disse que íamos casar, querendo ele ou não. E disse a Devore que se quisesse ver a neta algum dia teria que parar com aquela besteira e se comportar.

Com outro pai, pensei, provavelmente seria a resposta mais razoável que Lance poderia ter dado. Eu o respeitava por isso. O único problema era que ele não estava lidando com um homem razoável, estava lidando com o sujeito que, quando criança, roubara o trenó novo de Scooter Larribee.

— Essas ofertas foram feitas pelo próprio Devore, ao telefone. As duas quando Lance não estava por perto. Então, uns dez dias antes do casamento, recebi a visita de Dickie Osgood. Eu devia ligar para um número em Delaware, e quando o fiz... — Mattie balançou a cabeça. — Você não vai acreditar. Parece que saiu de um de seus livros.

— Posso dar um palpite?

— Se quiser.

— Ele tentou comprar a criança. Tentou comprar Kyra.

Seus olhos se arregalaram. Uma lua magra havia surgido e pude ver muito bem sua expressão de surpresa.

— Quanto? — perguntei. — Estou curioso. Quanto para você dar à luz, deixar a neta de Devore com Lance e então sumir?

— Dois milhões de dólares — murmurou ela. — Depositados no banco de minha escolha, contanto que fosse a oeste do Mississipi e que eu assinasse um acordo para me manter longe de Kyra, e de Lance, até pelo menos 20 de abril de 2016.

— O ano em que Ki faz 21 anos.

— É.

— E Osgood não conhece nenhum dos detalhes, portanto as mãos de Devore continuam limpas aqui na cidade.

— Sim. E os dois milhões foram apenas o começo. Haveria um milhão adicional no quinto, no décimo, no décimo quinto e no vigésimo aniversário de Ki. — Ela balançou a cabeça como se não acreditasse. — O linóleo continua fazendo bolhas na cozinha, o bocal do chuveiro continua caindo na banheira e atualmente todo o maldito trailer tomba para o lado, mas eu poderia ter sido a mulher de 6 milhões de dólares.

Chegou a pensar em aceitar a oferta, Mattie?, eu me perguntei... Mas era uma pergunta que eu jamais faria, um sinal de curiosidade tão pouco conveniente que não merecia nenhuma satisfação.

— Você contou a Lance?

— Tentei não contar. Ele estava sempre furioso com o pai, e eu não queria tornar as coisas piores. Eu não queria tanto ódio no começo do nosso casamento, por mais que houvesse boas razões para isso... e não queria que Lance... depois comigo, você sabe... — Ela levantou as mãos, depois as deixou cair até as coxas. O gesto foi ao mesmo tempo desanimado e estranhamente cativante.

— Você não queria Lance virando para você dez anos depois e dizendo "Você interferiu entre meu pai e eu, sua vaca".

— Alguma coisa assim. Mas no final não pude guardar aquilo comigo. Eu era apenas uma menina do interior, só tive uma meia-calça aos 11 anos, usava o meu cabelo com tranças ou um rabo de cavalo até os 13, pensava que todo o estado de Nova York era a cidade de Nova York... e esse cara... esse *pai fantasma*... tinha me oferecido *6 milhões de dólares*. Aquilo me aterrorizou. Eu sonhava com ele entrando durante a noite como um *troll* e roubando meu bebê do berço. Ele viria ziguezagueando pela janela como uma cobra...

— Arrastando seu tanque de oxigênio com ele, sem dúvida.

Ela sorriu.

— Na época, eu não sabia do oxigênio. Ou de Rogette Whitmore. Só estou tentando dizer que eu tinha só 17 anos e não era nada boa em guardar segredos. — Tive que refrear meu próprio sorriso pelo modo como ela disse aquilo, como se décadas de experiência se estendessem agora entre aquela criança ingênua e assustada e esta mulher madura com seu diploma por correspondência.

— Lance ficou zangado.

— Tão zangado que respondeu ao pai por e-mail em vez de ligar. Ele gaguejava, sabe, e quanto mais aborrecido ficava, pior ficava a gagueira. Uma conversa ao telefone teria sido impossível.

Agora, finalmente, eu achava que tinha um quadro claro. Lance Devore tinha escrito ao pai uma carta impensável — quer dizer, impensável se você fosse Max Devore. A carta dizia que Lance não queria nunca mais saber do pai, e Mattie também não. Ele não seria mais bem-vindo na casa deles (o velho trailer não era bem o humilde chalé de lenhador da história dos Irmãos Grimm, mas estava bem próximo). Ele também não seria bem-vindo para visitá-los depois do nascimento do bebê, e se tivesse a audácia de mandar um presente para a criança, cedo ou tarde, tal presente seria devolvido. Fique longe da minha família, papai. Dessa vez você foi longe demais para ser perdoado.

Sem dúvida nenhuma há modos diplomáticos de se lidar com um filho ofendido, alguns sábios e alguns astuciosos... mas faça a si mesmo a seguinte pergunta: para início de conversa, um pai diplomático teria se metido numa situação dessas? Um homem com um mínimo insight da natureza humana teria oferecido à noiva do filho uma recompensa (tão gigantesca que provavelmente teve pouco sentido ou significado concreto para ela) a fim de que desistisse de seu primogênito? Ele tinha oferecido essa barganha do diabo a uma menina-mulher de 17 anos, uma idade em que a visão romântica da vida está absolutamente em maré alta. Se não fosse por outra coisa, Devore deveria ter esperado antes de fazer sua oferta final. Pode-se argumentar que ele não sabia se *podia* esperar, mas isso não seria um argumento convincente. Achei que Mattie tinha razão — bem no fundo daquela velha e enrugada ameixa seca que lhe servia de coração, Max Devore achava que ia viver para sempre.

No final, ele não conseguira se refrear. Houve o trenó que desejou, o trenó que simplesmente teve que obter, do outro lado da janela. Tudo o que teve que fazer foi quebrar o vidro e pegá-lo. Vinha fazendo isso toda a sua vida, e assim não reagiu astuciosamente ao e-mail do filho, como um homem com sua idade e capacidade deveria ter feito, mas furiosamente, como a criança teria feito se o vidro na janela do galpão tivesse se mostrado imune a seus punhos de martelo. Lance não queria que se metesse? Ótimo! Pois podia viver com sua Daisy Duke numa tenda, trailer ou na porcaria de um estábulo. Podia desistir também do confortável trabalho de supervisor e encontrar um emprego verdadeiro. Ver como o outro lado vivia!

Em outras palavras, você não pode me largar, filho. Você está despedido.

— Não caímos nos braços um do outro no funeral — disse Mattie —, não pense uma coisa dessas. Mas ele foi decente comigo, o que eu não esperava, e tentei ser decente com ele. Ofereceu uma mesada, que recusei. Tive medo de que pudesse haver ramificações legais.

— Duvido, mas gosto de sua cautela. O que aconteceu quando ele viu Kyra pela primeira vez, Mattie? Você lembra?

— Jamais esquecerei daquilo. — Ela enfiou a mão no bolso do vestido, encontrou um maço de cigarros amarrotado e sacudiu um deles para fora. Olhou-o com uma mistura de cobiça e desgosto. — Larguei o cigarro porque Lance disse que não podíamos realmente nos dar a esse luxo, e eu sabia que tinha razão. Mas o hábito continua voltando. Só fumo um maço por semana, e sei muito bem que mesmo assim é muito, mas às vezes preciso de consolo. Quer um?

Balancei a cabeça negativamente. Ela acendeu o cigarro e, à chama momentânea do fósforo, seu rosto não estava mais bonito. O que teria o velho feito a *ela*?, pensei.

— Ele viu a neta pela primeira vez ao lado de um carro fúnebre — disse Mattie. — Estávamos na casa funerária de Dakin, em Motton. Era o velório. Sabe o que é isso?

— Ah, sim — eu disse, pensando em Johanna.

— O caixão estava fechado, mas mesmo assim ainda chamam isso de velar. Esquisito. Saí para fumar um cigarro. Disse a Ki que sentasse na escada do salão da casa funerária para que não respirasse a fumaça e me afastei um pouco no caminho. Então uma grande limusine parou. Nunca tinha visto nada parecido antes, a não ser na TV. Soube imediatamente quem era. Coloquei os cigarros novamente na bolsa e chamei Ki para perto de mim. Ela veio andando pelo caminho naquela hesitação de criança e pegou minha mão. A porta da limusine se abriu e Rogette Whitmore saiu dela. Tinha uma máscara de oxigênio na mão, mas ele não precisou dela, pelo menos naquele momento. Devore saiu a seguir. Um homem alto, não tão alto quanto você, Mike, mas alto, de terno cinza e sapatos pretos brilhantes como espelhos.

Ela fez uma pausa, pensando. O cigarro ergueu-se brevemente até sua boca e depois abaixou-se até o braço de sua cadeira, um vaga-lume vermelho no débil luar.

— Primeiro ele não disse nada. A mulher tentou pegar seu braço e ajudá-lo a subir os três ou quatro degraus da estrada até o caminho, mas ele se desvencilhou dela. Veio sozinho até onde estávamos, embora eu pudesse ouvir seu peito chiando. Era o som de uma máquina precisando de óleo. Não sei quanto ele pode caminhar agora, mas provavelmente não é muito. Aqueles poucos degraus acabaram com ele, e isso foi há quase um ano. Ele me olhou por um ou dois segundos e depois se curvou para a frente com as mãos grandes, velhas e ossudas nos joelhos. Olhou para Kyra e ela o olhou.

Sim. Eu podia ver a coisa... não a cores, não como a imagem de uma foto. Eu a vi como uma xilogravura, apenas mais uma sombria ilustração dos *Contos de fadas de Grimm*. A garotinha levanta os olhos arregalados para o velho rico — um dia o garoto que tinha deslizado triunfantemente num trenó roubado, agora, no outro extremo da vida, e apenas mais um saco de ossos. Em minha imaginação, Ki usava uma jaqueta com capuz e a máscara de vovô Devore estava ligeiramente de lado, permitindo-me ver os tufos do pelo de lobo por baixo dela. Que olhos grandes o senhor tem, vovô, que nariz grande o senhor tem, vovô, e que grandes dentes também.

— Ele a levantou. Não sei quanto precisou se esforçar para isso, mas ele o fez. E, o que foi mais estranho, Ki *deixou* que ele a levantasse. Era um completo estranho para ela, e os velhos sempre parecem assustar crianças pequenas, mas ela deixou que a levantasse. "Sabe quem sou eu?", perguntou ele. Ela balançou a cabeça, mas pelo modo como o olhava... era *quase* como se soubesse. Você acha isso possível?

— Acho.

— Ele disse: "Sou o seu vovô." E eu quase a puxei para mim, Mike, porque tive uma impressão maluca... não sei...

— De que ele ia comê-la?

O cigarro parou na frente de sua boca. Seus olhos estavam muito abertos.

— Como é que sabe? Como *pode* saber disso?

— Porque na minha imaginação isso parece um conto de fadas. Chapeuzinho Vermelho e o Velho Lobo Cinzento. O que é que ele fez então?

— Ele a comeu com os olhos. Desde então a ensinou a jogar damas e outros jogos. Ela tem apenas 3 anos, mas ele a ensinou a somar e a diminuir. Ela tem seu próprio quarto no Warrington's e seu próprio computadorzinho lá, e Deus sabe o que ele a tem ensinado a fazer com aquilo... mas naquela primeira vez ele apenas a olhou. Foi o olhar mais faminto que já vi na minha vida.

"E ela devolveu o olhar. Não pode ter sido mais de dez ou vinte segundos, mas pareceu durar para sempre. Então ele tentou entregá-la novamente a mim. Mas tinha usado toda a sua força, e se eu não estivesse ali para pegá-la, acho que ele a teria deixado cair no caminho de cimento. Ele cambaleou um pouco, e Rogette Whitmore passou um braço à sua volta. Então Devore pegou a máscara de oxigênio, tinha uma pequena garrafa de ar ligada a ela num elástico, e a colocou sobre a boca e o nariz. Umas duas respiradas e ele pareceu mais ou menos bem de novo. Ele a devolveu a Rogette e realmente pareceu me ver pela primeira vez. E disse: 'Tenho sido um idiota, não é?' Respondi: 'Tem, sim, senhor.' Lançou-me um olhar muito sombrio quando eu disse isso. Acho que se fosse cinco anos mais novo, teria me batido por causa daquilo."

— Mas não era, e não bateu.

— Não. Disse: "Quero entrar. Você me ajuda a fazer isso?" Respondi que ajudava. Subimos a escada da casa funerária com Rogette de um lado dele, eu do outro e Kyra andando atrás. Senti-me como uma moça de harém. Não era uma sensação muito agradável. Quando entramos no vestíbulo, ele sentou para recobrar a respiração e tomar um pouco mais de oxigênio. Rogette virou-se para Kyra. Acho que aquela mulher tem uma cara assustadora, lembra uma pintura...

— *O grito?* Aquela de Munch?

— Tenho quase certeza de que é essa. — Ela deixou cair o cigarro, fumado quase até o filtro, e pisou nele, esmagando-o no chão pontilhado de pedras com seu tênis branco. — Mas Ki não teve nem um pouco de medo dela. Nem naquela hora nem depois. Ela se curvou para Kyra e disse: "O que é que rima com gato?" E Kyra respondeu: "Pato!", imediatamente. Mesmo aos 2 anos ela adorava rimas. Rogette pegou um chocolate dentro da bolsa e puxou-o para fora. Ki me olhou para ver se podia pegá-lo e eu disse: "Está bem, mas só um, e não quero ver nenhum pingo dele na sua roupa." Ki colocou o chocolate na boca e sorriu para Rogette, como se tivessem sido sempre amigas. Nessa altura Devore tinha recuperado o fôlego, mas parecia cansado, o homem mais cansado que já vi na vida. Ele me lembrou de algo na Bíblia, de como nos dias de nossa velhice dizemos que não temos nenhum prazer na vida. Meu coração amoleceu por ele. Talvez Devore tenha notado isso, pois estendeu a mão e pegou a minha. Disse: "Não feche sua porta para mim." E naquele momento pude ver Lance no rosto dele. Comecei a chorar. "Não vou fazer isso, a não ser que o senhor me obrigue."

Eu os vi ali no saguão da casa funerária; ele, sentado; ela, de pé; a menina olhando numa perplexidade de olhos abertos enquanto sugava o chocolate. Música de órgão enlatada ao fundo. O pobre velho Max Devore tinha sido bastante astucioso no dia do velório de seu filho, pensei. Não feche sua porta para mim, essa é boa.

Tentei comprar você e como isso não funcionou aumentei o lance e tentei comprar a criança. Quando isso também falhou, disse ao meu filho que ele, você e minha neta podiam se afogar na sujeira de suas próprias decisões. De certo modo, eu sou o motivo de ele estar onde estava quando caiu e quebrou o pescoço, mas não feche sua porta para mim, Mattie, sou apenas um pobre velhote, portanto, não feche sua porta para mim.

— Fui burra, não fui?

— Você esperava que ele fosse melhor do que era. Se isso é ser burra, Mattie, o mundo podia ser um pouco mais burro.

— Eu *tinha* minhas dúvidas — disse ela. — Por isso não aceitava o seu dinheiro, e no final de outubro ele parou de pedir. Mas eu o deixava vê-la, acho que, em parte, pela ideia de que pudesse haver algum benefício para Ki mais tarde; mas, honestamente, eu não pensava muito sobre isso. Era principalmente por ele ser o único vínculo sanguíneo de Kyra com o pai. Eu queria que ela usufruísse aquilo como qualquer criança usufrui ter um avô. Não queria é que ela ficasse infectada por todo aquele lixo que tinha havido antes de Lance morrer.

"No início deu a impressão de funcionar. Então, pouco a pouco, as coisas mudaram. Por um lado, percebi que Ki não gostava tanto de seu 'papai branco'. Os sentimentos dela sobre Rogette continuam os mesmos, mas Max Devore começou a deixá-la nervosa de algum modo que não compreendo e que ela não pode explicar. Perguntei a ela uma vez se ele a tocou em algum lugar que a tivesse feito se sentir esquisita. Mostrei-lhe os lugares de que estava falando, mas ela disse que não. Acredito nela, mas... ele disse algo ou fez algo. Tenho quase certeza disso."

— Pode ter sido apenas o som de sua respiração piorando — falei. — Só isso poderia assustar uma criança. Ou talvez ele lançasse algum tipo de encantamento enquanto ela estava lá. E com você, Mattie?

— Bem... certo dia de fevereiro, Lindy Briggs me disse que George Footman tinha estado lá para checar os extintores de incêndio e os detectores de fumaça na biblioteca. Ele também perguntou se Lindy tinha encontrado alguma lata de cerveja ou garrafa de bebida no lixo ultimamente. Ou pontas de cigarro que fossem obviamente feitos em casa.

— Em outras palavras, guimbas de maconha.

— É. E eu soube que Dickie Osgood tem visitado meus velhos amigos. Conversando. Procurando ouro. Desenterrando a sujeira.

— Há alguma para desenterrar?

— Não muita, graças a Deus.

Eu esperava que estivesse certa, e também que, se havia coisas que ela não tinha me contado, John Storrow as tirasse dela.

— Mas, com tudo isso, você deixou Kyra continuar a visitá-lo.

— Qual seria o resultado de puxar a tomada das visitas? Achei que permitindo que continuassem pelo menos o impediria de apressar qualquer plano que pudesse ter.

Isso, eu pensei, tinha uma espécie de solitário sentido.

— Então, na primavera, comecei a ter algumas sensações extremamente sinistras, assustadoras.

— Sinistras como? Assustadoras como?

— Não sei. — Puxou o maço de cigarros, olhou-o e tornou a enfiá-lo no bolso. — Não era só o fato de que meu sogro estivesse procurando roupa suja nos meus armários. Era Ki. Comecei a me preocupar com Ki todo o tempo que ela estava com ele... com *eles*. Rogette vinha no BMW que tinham comprado ou alugado, e Ki ficava nos degraus esperando por ela. Com sua bolsa de brinquedos se fosse só uma visita de dia, com a pequena maleta rosa da Minnie se fosse para passar a noite. E sempre voltava com algo a mais do que levava. Meu sogro acredita muito em presentes. Antes de colocá-la no carro, Rogette me dava seu sorriso frio e dizia "Então sete horas, ela jantará conosco", ou "Então oito horas, e um bom desjejum antes de ela ir embora". Eu dizia tudo bem, e aí Rogette pegava a bolsa, puxava um Kiss da Hershey's e dava a Ki exatamente como se dá um biscoito a um cachorro pra fazê-lo estender a pata. Dizia uma palavra e Kyra fazia uma rima. Rogette então atirava a guloseima para ela, uf-uf, bom cachorro, eu costumava pensar, e iam embora. Ao bater sete da noite ou oito da manhã, o BMW parava bem ali onde seu carro está estacionado agora. A gente podia acertar o relógio pela mulher. Mas fiquei preocupada.

— De que pudessem ficar cansados do processo legal e simplesmente a roubassem? — Isso me parecia uma preocupação racional, tão racional que eu quase não podia acreditar que Mattie tivesse deixado a menina visitar o velho, para começo de conversa. Nos casos de custódia, como no resto da vida, a posse tende a ser nove décimos da lei, e se Mattie estava contando a verdade sobre seu passado e seu presente, uma audiência de custódia provavelmente se transformaria numa produção cansativa mesmo para o rico Devore. Roubar, no fim das contas, poderia parecer uma solução mais eficiente.

— Não exatamente — disse ela. — Acho que é a coisa lógica, mas não era bem isso. Apenas fiquei com medo. Não havia nada que eu pudesse precisar. Quando chegava as 6h15 da noite, eu pensava: "Desta vez aquela vaca de cabelos brancos não vai trazer Kyra de volta. Desta vez ela vai..."

Esperei. Quando não falou nada, perguntei:

— Vai o quê?

— Já lhe disse, não sei — falou. — Mas fiquei com medo por Kyra desde a primavera. Quando junho chegou, não pude mais aguentar, e botei um ponto final nas visitas. Kyra tem estado intermitentemente zangada comigo desde então. Tenho certeza de que aquela fuga do 4 de Julho teve a ver com isso. Ela não fala muito sobre o avô, mas sempre vem com "O que você acha que a vó branca está fazendo agora, Mattie?" ou "Você acha que a vó branca ia gostar do meu vestido novo?". Ou ela corre até mim e diz "Gato, pato, mato, naco", e pede um doce.

— Qual foi a reação de Devore?

— Uma fúria total. Ligou inúmeras vezes, primeiro perguntando o que estava errado, depois fazendo ameaças.

— Ameaças físicas?

— Ameaças quanto à custódia. Que ia levá-la embora de qualquer modo, que quando acabasse comigo eu ia ficar perante o mundo como uma mãe inadequada, que eu não tinha nenhuma chance, minha única esperança seria ceder e *me deixar ver minha neta, desgraçada.*

Assenti com a cabeça.

— "Por favor, não feche sua porta para mim" não parece o sujeito que me ligou enquanto eu estava assistindo aos fogos, mas essa última frase parece.

— Também recebi telefonemas de Dickie Osgood e de diversos outros habitantes daqui — disse ela. — Inclusive do velho amigo de Lance, Richie Lattimore. Richie disse que eu não estava sendo fiel à memória de Lance.

— E George Footman?

— Ele faz a ronda por aqui de vez em quando. Me faz saber que está vigiando. Não entra ou para. Você perguntou sobre ameaças físicas, só de ver a radiopatrulha de Footman na minha entrada me parece uma ameaça. Ele me assusta. Mas nesses dias acho que tudo me assusta.

— Mesmo que as visitas de Kyra tenham parado.

— Mesmo assim. Parece... trovoada. Como se algo fosse acontecer. E a cada dia essa sensação fica mais forte.

— O número de John Storrow — eu disse. — Você quer?

Ela ficou quieta, olhando para o colo. Então ergueu a cabeça e concordou.

— Pode me dar. E obrigada. Do fundo do meu coração.

Eu tinha o número numa folhinha pequena de bloco rosa no meu bolso da frente. Ela o agarrou, mas não o puxou imediatamente. Nossos dedos se tocavam e ela olhava para mim com uma firmeza desconcertante. Era como se ela conhecesse mais os meus motivos do que eu mesmo.

— Como posso lhe retribuir? — perguntou, então era isso.

— Conte a Storrow tudo o que me contou. — Soltei a folhinha de papel e levantei. — Isso já chega. E agora tenho que ir. Você me liga e diz como foi com ele?

— Claro.

Andamos até o meu carro. Virei-me para ela quando chegamos lá. Por um momento, pensei que ia pôr os braços em torno de mim e me abraçar, um gesto de agradecimento que poderia levar a qualquer lugar em nosso atual estado de ânimo — tão aguçado que era quase melodramático. Mas a situação era melodramática, um conto de fadas onde havia bom e ruim e um monte de sexo reprimido correndo por baixo de tudo.

Então surgiram faróis por sobre o cume da colina onde ficava o mercado e eles varreram a oficina. Moveram-se em direção a nós, mais brilhantes. Mattie recuou e chegou até a colocar as mãos atrás do corpo, como uma criança que tivesse sido censurada. O carro passou, deixando-nos no escuro novamente... mas o momento se foi. Se é que tinha havido um momento.

— Obrigado pelo jantar — eu disse. — Foi maravilhoso.

— Obrigada pelo advogado, tenho certeza de que ele será maravilhoso também — ela respondeu, e nós dois rimos. A eletricidade saiu do ar. — Ele falou de você uma vez, sabe. Devore.

Olhei para ela surpreso.

— Estou espantado que ele chegue mesmo a saber quem eu sou. Antes disso, quero dizer.

— Ele sabe, não há dúvida. Falou de você com o que me pareceu uma afeição genuína.

— Você está brincando. Tem que estar.

— Não estou. Ele disse que seu bisavô e o bisavô dele trabalharam nos mesmos campos e eram vizinhos quando não estavam nos bosques. Acho que disse que não era longe de onde fica agora a Marina de Boyd. "Cagaram no mesmo fosso", foi como ele colocou a coisa. Encantador, não é? Disse que, se dois lenhadores da TR podiam produzir milionários, o sistema estava funcionando como devia. "Mesmo que tenha levado três gerações para isso", disse ele. Naquela época, encarei aquilo como uma crítica velada a Lance.

— É ridículo, por mais que estivesse sendo sincero — falei. — Minha família é da costa. Prout's Neck. Do outro lado do estado. Meu pai era um pescador, assim como seu pai antes dele. Meu bisavô também. Pescavam lagostas e lançavam redes, não cortavam árvores. — Tudo isso era verdade, e mesmo assim minha mente tentava fixar-se em algo. Alguma lembrança vinculada ao que Mattie estava dizendo. Se eu dormisse, talvez a coisa viesse à superfície.

— Ele poderia estar falando de alguém na família de sua mulher?

— Não. Há Arlens no Maine, são uma grande família, mas a maioria ainda está em Massachusetts. Fazem coisas de todo tipo agora, mas se voltarmos a 1880, a maioria estaria trabalhando em pedreiras ou em obras de cantaria na área Malden-Lynn. Devore estava pregando uma peça em você, Mattie. — Mas mesmo assim eu sabia que ele não estava. Ele podia ter lembrado errado de parte da história, até os caras mais aguçados começam a perder o fio das lembranças quando dobram os 85 anos, mas Max Devore não era muito de pregar peças. Tive uma imagem de cabos invisíveis, estendendo-se por baixo da superfície aqui na TR, estendendo-se em todas as direções, invisíveis, mas poderosos.

Minha mão descansava no alto da porta de meu carro e então Mattie a tocou rapidamente.

— Posso lhe fazer outra pergunta antes de você ir embora? É boba, estou avisando.

— Vá em frente. Perguntas bobas são uma especialidade minha.

— Você tem *alguma* ideia a respeito do que é a história de *Bartleby*?

Tive vontade de rir, mas havia luar suficiente para que eu visse que ela falava a sério, e que a magoaria se risse. Ela era membro do círculo de leitores de Lindy Briggs (onde eu fizera certa vez uma palestra no final dos anos 1980), provavelmente a mais jovem, pelo menos uns 20 anos, e tinha medo de parecer burra.

— Tenho que ser a primeira a falar na próxima vez — disse ela — e gostaria de fazer mais do que só um sumário da história para que saibam que a li. Tenho pensado nela até ficar com dor de cabeça, mas não consigo entendê-la. Duvido que seja uma dessas histórias onde tudo fica magicamente claro nas últimas páginas. E sinto que *deveria* entender... que está bem ali na minha frente.

Isso me fez pensar nos cabos novamente — cabos correndo em todas as direções, uma rede de trabalho subcutânea conectando pessoas e lugares. Não se podia vê-los, mas se podia senti-los. Sobretudo se a gente tentasse se afastar. Enquanto isso, Mattie esperava, olhando-me com esperança e ansiedade.

— Certo, ouça, começou a aula — eu disse.

— Estou ouvindo. Pode acreditar.

— A maioria dos críticos acha que *Huckleberry Finn* é o primeiro romance americano moderno, o que é bastante justo, mas se *Bartleby* tivesse cem páginas a mais, acho que apostaria meu dinheiro nele. Sabe o que é um escrivão?

— Um secretário?

— Isso é importante demais. Um copista. Uma espécie de Bob Cratchit de *Um conto de Natal*. Só que Dickens dá a Bob um passado e uma vida de família. Melville não dá a Bartleby nem uma coisa nem outra. Ele é o primeiro personagem existencial da ficção americana, um sujeito sem laço... nenhum laço, sabe...

Dois lenhadores que podiam produzir milionários. Cagaram no mesmo fosso.

— Mike?

— O quê?

— Você está bem?

— Claro. — Foquei minha mente o máximo que pude. — Bartleby só está ligado à vida pelo trabalho. Nesse sentido, é um típico americano do século XX, não muito diferente de Sloan Wilson em *O homem do terno cinzento* ou, na versão sombria, Michael Corleone em *O poderoso chefão*. Mas então Bartleby começa a questionar até mesmo o trabalho, o deus dos machos americanos da classe média.

Ela agora parecia animada, e achei que era uma pena que tivesse perdido seu último ano do ensino médio. Para ela e também para seus professores.

— É por isso que ele começa dizendo "Acho melhor não..."?

— É. Pense em Bartleby como um... balão de ar quente. Só uma corda ainda o prende à Terra, e essa corda é o trabalho de escrivão. Podemos medir a podridão nessa última corda pelo contínuo e crescente número de coisas que Bartleby acha melhor não fazer. Finalmente, a corda se rompe e Bartleby flutua para longe. É uma história perturbadora à beça, não é?

— Uma noite sonhei com ele — disse ela. — Abri a porta do trailer e lá estava ele, sentado nos degraus em seu velho terno preto. Magro. Com pouco cabelo. Eu disse: "Pode se afastar, por favor? Tenho que sair e pendurar as roupas agora." Ele disse: "Acho melhor não." É, acho que se pode chamá-la de perturbadora.

— Então ainda funciona — eu disse, e entrei no carro. — Ligue para mim. Me diga como foi com John Storrow.

— Vou ligar. E qualquer coisa que eu possa fazer em retribuição, é só pedir.

É só pedir. Até que ponto é preciso ser jovem e graciosamente ignorante para emitir um cheque em branco desses?

Minha janela estava aberta. Estendi a mão e apertei a dela. Mattie devolveu o aperto e com força.

— Você sente muita falta de sua mulher, não é? — disse ela.

— Dá para notar?

— Às vezes. — Ela não estava mais apertando minha mão, mas ainda a segurava. — Quando você estava lendo para Ki, parecia feliz e triste ao mesmo tempo. Eu só a vi uma vez, sua mulher, mas a achei muito bonita.

Eu pensava no contato de nossas mãos, concentrando-me nisso. De repente o esqueci totalmente.

— Quando é que a viu? Onde? Você lembra?

Ela sorriu como se fossem perguntas tolas.

— Lembro. Foi lá no campo de jogo, na noite em que conheci meu marido.

Muito lentamente retirei a mão da dela. Tanto quanto eu sabia, nem eu nem Jo tínhamos nos aproximado da TR-90 durante todo o verão de 1994... mas aparentemente o que eu sabia estava errado. Jo esteve lá numa terça no início de julho. Tinha até ido ao jogo de softbol.

— Tem certeza de que era Jo? — perguntei.

Mattie olhava para a estrada. Não estava pensando em minha mulher; apostaria a casa e o terreno nisso — ou casa ou terreno. Estava pensando em Lance. Talvez isso fosse bom. Se estava pensando nele provavelmente não olhava com muita atenção para mim, e eu não achava que tinha muito controle de minha expressão naquele momento. Ela poderia ter visto no meu rosto mais do que eu queria mostrar.

— Sim — disse ela. — Eu estava lá em pé com Jenna McCoy e Helen Geary... foi depois de Lance ter me ajudado com um barrilzinho de cerveja que tinha atolado na lama e perguntar se eu ia sair com eles para uma pizza depois do jogo. Jenna disse: "Olhe, aquela é a sra. Noonan", e Helen disse: "Ela é a mulher do escritor, Mattie, a blusa dela não é bacana?" A blusa era toda coberta de rosas azuis.

Eu lembrava muito bem da blusa. Jo gostava dela porque era uma brincadeira — não há rosas azuis, não na natureza e não cultivadas. Certa vez, quando a estava usando, ela me abraçou extravagantemente pelo pescoço, impulsionou os quadris contra os meus e gritou que era minha rosa azul, e eu precisava acariciá-la até ela ficar cor-de-rosa. Lembrar aquilo doeu e muito.

— Ela estava no lado da terceira base, atrás da tela de arame — disse Mattie —, com um homem com um velho blazer marrom e remendos nos cotovelos. Riam juntos de alguma coisa. Depois ela virou um pouco a cabeça e olhou direto para mim. Ficou quieta por um momento, em pé ao lado do carro, com seu vestido vermelho. Levantou o cabelo da nuca, segurou-o e deixou-o cair de novo. Direto *para* mim. Realmente me vendo. E tinha uma expressão... ela tinha estado rindo, mas seu olhar de certo modo era triste. Era como se me conhecesse. Então o homem pôs o braço em sua cintura e eles se afastaram.

Silêncio, a não ser por grilos e o ronco longínquo de um caminhão. Mattie permaneceu parada por um momento, como se sonhasse de olhos abertos, e então sentiu algo e olhou de novo para mim.

— Alguma coisa errada?

— Não. A não ser quem era esse camarada com o braço em torno de minha mulher.

Ela riu um pouco incerta.

— Bom, duvido que fosse namorado dela. Era bem mais velho. Cinquenta, pelo menos. — *E daí?*, pensei. Eu mesmo tinha 40 anos, mas isso não significava que não percebesse o modo como Mattie se movia dentro do vestido ou erguia o cabelo da nuca. — Quer dizer... você está brincando, não está?

— Realmente não sei. Há um monte de coisas que não sei nesses dias, parece. Mas a moça já morreu, de qualquer modo, portanto, qual a importância disso?

Mattie pareceu deprimida.

— Se cometi alguma gafe, Mike, desculpe.

— Quem *era* o homem? Você sabe?

Ela balançou a cabeça.

— Achei que era um turista de verão... ele dava essa impressão, talvez porque estivesse usando um blazer numa noite quente de verão, mas, se era, não estava hospedado no Warrington's. Eu conhecia a maioria deles.

— E foram embora juntos, a pé?

— É. — Ela pareceu relutante.

— Na direção do estacionamento?

— É. — Mais relutante ainda. E desta vez estava mentindo. Eu soube disso com uma esquisita certeza que ia além da intuição; era quase como ler sua mente.

Estendi a mão através da janela e peguei sua mão de novo.

— Você disse que se eu pensasse em algo que você pudesse fazer como retribuição, era só pedir. Estou pedindo. Diga a verdade, Mattie.

Ela mordeu o lábio, olhando para baixo onde minha mão pousava sobre a dela. Então me encarou.

— Era um cara corpulento. O velho blazer lhe dava um pouco a aparência de um professor de universidade, mas, tanto quanto sei, podia ter sido um carpinteiro. Tinha cabelos pretos. Bronzeado. Riram bastante juntos, e então ela olhou para mim e o riso abandonou seu rosto. Depois disso ele passou um braço à volta dela e eles se afastaram caminhando. — Ela fez uma pausa. — Mas não em direção ao estacionamento. Em direção à Rua.

A Rua. Dali podiam ter andado para o norte e ao longo da beira do lago até chegarem a Sara Laughs. E então? Quem sabe?

— Ela nunca me disse que tinha vindo até aqui naquele verão — falei.

Mattie pareceu procurar diversas respostas e não encontrar nenhuma de que gostasse. Devolvi sua mão. Estava na hora de eu ir embora. Na verdade, eu começava a desejar tê-lo feito cinco minutos atrás.

— Mike, tenho certeza...

— Não — eu disse. — Não tem não. Nem eu. Mas eu a amei muito e vou tentar deixar isso de lado. Provavelmente não significa nada. E, além disso, o que é que eu posso fazer? Obrigado pelo jantar.

— De nada. — Mattie parecia com tanta vontade de chorar que peguei a mão dela de novo e beijei seu dorso. — Eu me sinto uma idiota.

— Você não é idiota — eu disse.

Dei-lhe outro beijo na mão e então liguei o carro e me afastei. E aquele foi o meu encontro romântico, o primeiro em quatro anos.

Dirigindo para casa, pensei num velho ditado que diz que nunca se pode conhecer verdadeiramente outra pessoa. É fácil dar a essa ideia uma expressão retórica, mas é um golpe — tão horrível e inesperado quanto uma grave turbulência num voo anteriormente calmo — descobrir que é um fato literal em sua própria vida. Continuava me lembrando de nossa visita a um especialista em fertilidade depois de estarmos tentando ter um bebê por quase dois anos sem sucesso. O médico tinha dito que eu tinha uma baixa contagem de espermatozoides — não desastrosamente baixa, mas baixa o suficiente para explicar o fracasso de Jo em conceber.

— Se quiserem um filho, provavelmente vão ter um sem qualquer ajuda especial — disse o médico. — Tanto as circunstâncias quanto o tempo estão a favor de vocês. Poderia acontecer amanhã ou daqui a quatro anos. Algum dia vão encher a casa de bebês? Provavelmente não. Mas podem ter dois, e quase certamente terão um se continuarem fazendo a coisa que os fabrica. — Jo tinha sorrido. — Lembrem-se, o prazer está na jornada.

Tinha havido muito prazer, sem dúvida, o sino de Bunter havia tocado muitas vezes, mas não houve bebê nenhum. Então Johanna morreu ao atravessar correndo o estacionamento de um shopping center num dia quente, e um dos objetos em sua bolsa era um teste de gravidez doméstico que ela não me contou que queria comprar. Assim como também não me disse que havia comprado duas corujas de plástico para evitar que os corvos fizessem cocô no deck do lago.

Que outras coisas ela não tinha me contado?

— Pare — murmurei. — Pelo amor de Deus, pare de pensar nisso.

Mas eu não conseguia.

Quando voltei a Sara, os ímãs de frutas e legumes na geladeira estavam de novo num círculo. Três letras haviam sido reunidas no meio:

b   m
o

Movi o *o* para o lugar que eu achava que era o dele, formando a palavra "bom". Será que essa é a ordem das letras? O que significava aquilo exatamente?

— Eu podia especular, mas prefiro não fazer nada disso — falei para a casa vazia.

Olhei para Bunter, o alce, desejando que o sino em seu pescoço comido de traça tocasse. Quando não tocou, abri meus dois novos pacotes de ímãs e prendi as letras magnéticas na porta da geladeira, espalhando-as. Então desci para a ala norte, nu, e escovei os dentes.

Enquanto arreganhava minhas presas para o espelho numa espumosa careta de desenho animado, pensei em chamar Ward Hankins novamente no dia seguinte de manhã. Podia lhe dizer que minha busca das esquivas corujas de plástico tinha progredido de novembro de 1993 para julho de 1994. Que encontros Jo tinha anotado na agenda para aquele mês? Que desculpas para sair de Derry? E quando eu tivesse terminado com Ward, podia atacar Bonnie Amudson, a amiga de Jo, e perguntar-lhe se algo vinha acontecendo com Jo no último verão de sua vida.

Deixe-a descansar em paz, está bem? Era a voz de OVNI. *Que bem que lhe trará remexer nisso? Pense que ela deu um pulo na TR depois de uma de suas reuniões do conselho, talvez só num impulso, encontrou um velho amigo, levou-o para casa para jantar. Só jantar.*

E nunca me contou?, perguntei à voz de OVNI, cuspindo um bocado de pasta de dente e depois enxaguando a boca. *Nunca disse uma única palavra?*

Como é que sabe que ela nunca disse?, devolveu a voz, e isso me congelou no ato de colocar minha escova de dentes de novo no armário do banheiro. A voz de OVNI tinha marcado um ponto. Eu estive profundamente mergulhado em *De cima a baixo* em julho de 1994. Jo podia ter entrado e me contado que tinha visto Lon Chaney Jr. dançando com a rainha, fazendo os *Lobisomens de Londres* e eu provavelmente teria dito "Tudo bem, meu amor, que ótimo, enquanto fazia a revisão do texto".

— Besteira — disse para o meu reflexo. — Isso é só besteira.

Mas não era. Quando eu estava realmente mergulhado num livro, saía mais ou menos do mundo; fora uma rápida espiada nas páginas de esporte, eu não lia sequer o jornal. Portanto, sim, era *possível* que Jo tivesse me dito que passaria na TR depois de uma reunião do conselho em Lewiston ou Freeport, era *possível* que tivesse me dito que tinha encontrado um velho amigo, talvez outro aluno do seminário de fotografia que ela havia frequentado em Bates em 1991 — e *era* possível que tivesse me dito que tinham jantado juntos em nosso deck, comendo cogumelos trombeta-negra colhidos por ela enquanto o sol se punha. Era possível que tivesse me dito essas coisas e eu não tivesse registrado uma palavra do que disse.

E eu realmente achava que conseguiria algo em que pudesse confiar de Bonnie Amudson? Ela foi amiga de Jo, não minha, e Bonnie podia sentir que o estatuto de limitações sobre quaisquer segredos que minha mulher tivesse contado a ela não tinha cessado.

O pano de fundo era tão simples quanto brutal: Jo tinha morrido havia quatro anos. Melhor amá-la e deixar todas as perguntas perturbadoras de lado. Tomei uma última golada de água diretamente da torneira, bochechei e a cuspi.

Quando voltei à cozinha para acertar a cafeteira elétrica para as sete horas, vi uma nova mensagem num novo círculo de ímãs. Dizia

rosa azul mentiroso ha ha

Olhei aquilo por um ou dois segundos, imaginando o que tinha colocado as palavras ali e por quê.
Perguntando-me se era verdade.
Estendi a mão e espalhei bem todas as letras. Então fui para a cama.

Capítulo Treze

Peguei sarampo quando tinha 8 anos e fiquei muito doente. "Achei que você ia morrer", contou meu pai certa vez, e não era um homem dado a exageros. Disse que ele e minha mãe me enfiaram numa banheira de água gelada certa noite, os dois no mínimo meio convencidos de que o choque com o frio pararia meu coração; mas, como se estivessem completamente convencidos de que eu arderia diante deles se não fizessem *algo*, tinham resolvido tentar. Eu tinha começado a falar numa voz alta e monotonamente discursiva sobre as figuras brilhantes que via na sala — anjos que vinham me levar embora, pensou minha aterrorizada mãe —, e a última vez que meu pai havia tirado minha temperatura, antes do mergulho gelado, o mercúrio no velho termômetro retal Johnson & Johnson marcou 41 graus. Depois disso, contou ele, não ousou mais verificar a temperatura.

Não me lembro de nenhuma figura brilhante, mas de um estranho período em que eu parecia estar no corredor de uma sala de parque de diversões onde vários filmes diferentes eram exibidos ao mesmo tempo. O mundo ficou elástico, inchando em lugares onde nunca tinha inchado antes, ondulando em lugares que sempre tinham sido sólidos. Pessoas — na maioria parecendo incrivelmente altas — entravam e saíam rapidamente de meu quarto com pernas que davam a impressão de tesouras de desenho animado. As palavras saíam de suas bocas estrondeando, como ecos instantâneos. Alguém sacudiu sapatinhos de bebê diante de meu rosto. Lembro-me de meu irmão Siddy enfiando a mão dentro da camisa e fazendo repetidos ruídos de peido com o braço. A continuidade havia se rompido. Tudo vinha em segmentos, estranhas salsichas de Viena num cordão de veneno.

Entre aquela época e o verão em que voltei a Sara Laughs, tive as doenças habituais, infecções e lesões, mas nunca nada como o interlúdio febril dos meus 8 anos. Nunca esperei ter nada semelhante —

acreditando, acho eu, que tais experiências ocorrem unicamente com crianças, gente com malária ou talvez àqueles que sofrem de colapsos mentais catastróficos. Mas, na noite de 7 de julho e na manhã de 8 de julho, passei por um período extraordinariamente parecido ao delírio da minha infância. Sonhar, acordar, me mover — tudo era uma coisa só. Vou contar o melhor que puder, mas nada do que eu possa dizer conseguirá transmitir a estranheza daquela experiência. Era como se eu tivesse encontrado uma passagem secreta escondida logo além da parede do mundo e tivesse me arrastado por ela.

Primeiro foi a música. Não Dixieland, porque não havia trombones, mas *como* Dixieland. Uma espécie primitiva e vertiginosa de *bebop*. Três ou quatro violões acústicos, uma gaita de boca, um baixo (ou talvez dois). Por trás de tudo isso havia uma dura e feliz batida que não parecia soar como se saísse de uma bateria verdadeira: soava como se alguém com muito talento para a percussão batesse num monte de caixas. Então uma voz de mulher se juntou ao resto — uma aguda voz de tenor, não muito masculina, tornando-se áspera nas notas altas. Era risonha, urgente e sinistra ao mesmo tempo, e eu soube imediatamente que ouvia Sara Tidwell, que jamais tinha gravado um disco em sua vida. Eu ouvia Sara Laughs, e, cara, ela estava *excepcional*.

> *You know we're going back to MANderley,*
> *We're gonna dance on the SANderley,*
> *I'm gonna sing with the BANderley,*
> *We gonna ball all we CANderley —*
> *Ball me, baby, yeah!**

Os baixos — sim, eram dois — irromperam num ritmo de dança de celeiro com o ritmo na versão de Elvis de "Baby Let's Play House", e então um solo de violão: Son Tidwell tocando aquela coisa arranhada.

---

* *Você sabe que estamos voltando a MANderley,*
Vamos dançar no SANderley,
Vou cantar com a BANderley,
Vamos girar na CANderley —
Dance comigo, meu bem, ié!

As luzes cintilaram no escuro e então pensei em um som dos anos 1950, Claudine Clark cantando "Party Lights". E ali estavam elas, lanternas japonesas pendendo das árvores no caminho dos degraus de dormente levando da casa para a água. Luzes de festa lançando círculos místicos de esplendor no escuro: vermelhas, azuis e verdes.

Atrás de mim, Sara cantava a passagem para sua canção de Manderley — mamãe gosta dele maldoso, mamãe gosta dele forte, mamãe gosta de festejar a noite inteira —, mas estava sumindo. Sara e os Red-Top Boys tinham erguido o coreto da banda na entrada de carros por causa do som, mais ou menos onde George Footman tinha estacionado quando veio me entregar a intimação de Max Devore. Eu estava descendo para o lago através de círculos de esplendor, passando pelas luzes da festa rodeadas por mariposas de asas macias. Uma delas tinha conseguido entrar numa lâmpada e lançava uma sombra monstruosa, como um morcego, contra as nervuras do papel. As caixas de flores que Jo tinha colocado ao lado dos degraus estavam cheias de rosas que se abriam de noite. À luz das lanternas japonesas, pareciam azuis.

Agora a banda era apenas um tênue murmúrio; eu podia ouvir Sara cantando, rindo o tempo inteiro como se a letra da canção fosse a coisa mais engraçada que tinha ouvido, aquele negócio de Manderley-sanderley-canderley, mas eu não podia perceber mais as palavras isoladamente. Muito mais nítido estava o ondular do lago contras as rochas junto aos degraus, a batida oca dos barris sob a plataforma flutuante e o grito de um mergulhão-do-norte emergindo da escuridão. Alguém estava em pé na Rua à minha direita, à beira do lago. Não conseguia ver seu rosto, mas podia ver o blazer marrom e a camiseta que usava por baixo. As lapelas cortavam algumas letras da mensagem, portanto, via-se:

ONT

ORMA

ER

De qualquer modo, eu sabia o que queriam dizer — em sonhos quase sempre se sabe, não é? CONTAGEM NORMAL DE ESPERMATOZOIDES, o especial mais nojento do Village Café que já tinha havido.

No quarto norte, eu sonhava tudo isso, e então acordo o suficiente para *saber* que estava sonhando... só que foi como acordar dentro de outro sonho, porque o sino de Bunter tocava loucamente e havia alguém em pé no corredor. Sr. Contagem Normal de Espermatozoides? Não, ele não. A forma-sombra caindo sobre a porta não era bem humana. Era afundada, os braços indistintos. Sentei com o prateado tremor do sino, agarrando um punhado de lençol solto contra minha cintura nua, certo de que era a coisa amortalhada que estava ali — a que saíra do túmulo para me pegar.

— Por favor, não — eu disse numa voz seca e trêmula. — Por favor, não, por favor.

A sombra na porta ergueu os braços. *É só um baile no celeiro, benzinho!*, cantou a voz alegre e tempestuosa de Sara Tidwell. *É só rodar e rodar!*

Deitei de costas e puxei o lençol por cima do rosto num ato infantil de negação... e lá estava eu em nossa pequena língua de praia, apenas de cueca. Meus pés mergulhavam na água até o tornozelo. Estava quente como costuma ficar em pleno verão. Minha sombra difusa lançava-se de dois modos: numa direção, pela pequena lua que cavalgava não muito longe acima da água; e na outra, pela lanterna japonesa com a mariposa presa dentro dela. O homem em pé no caminho se fora, mas deixara uma coruja de plástico para marcar seu lugar. Ela me olhou com olhos gelados, de olheiras douradas.

— Ei, irlandês!

Olhei para a plataforma flutuante. Jo estava ali em pé. Devia ter acabado de sair da água, pois ainda estava pingando e o cabelo grudava-se no rosto. Usava o biquíni da foto que eu tinha encontrado, cinza com debrum vermelho.

— Há quanto tempo, irlandês, o que é que você acha?

— De quê? — respondi, embora soubesse.

— Disso! — Ela pôs as mãos nos seios e espremeu. A água escorreu entre seus dedos e pelos nós das mãos.

— Vamos, irlandês — disse ela ao meu lado e acima de mim. Vamos, seu patife, solte. — Eu a senti abaixar o lençol, puxando-o facilmente dos meus dedos entorpecidos pelo sono. Fechei os olhos, mas ela pegou minha mão e a colocou entre as suas pernas. Quando encontrei aquela fenda aveludada e comecei a acariciá-la, ela começou a esfregar minha nuca com os dedos.

— Você não é Jo — eu disse. — Quem é você?

Mas não havia ninguém ali para responder. Eu estava no bosque. Estava escuro e os mergulhões-do-norte gritavam no lago. Eu andava pelo caminho que levava ao estúdio de Jo. Não era um sonho; eu podia sentir o ar frio contra minha pele e a mordida ocasional de uma pedra na sola ou no calcanhar de meus pés nus. Um mosquito zumbiu junto à minha orelha, e o espantei. Eu estava usando uma cueca Jockey e a cada passo uma enorme e latejante ereção a esticava.

— Que droga é essa? — perguntei, à medida que o pequeno estúdio de madeira rústica de Jo assomava na escuridão. Olhei atrás de mim e vi Sara em sua colina, não a mulher, mas a casa, uma comprida casa de campo projetando-se para o lago delimitado pela noite. — O que é que está me acontecendo?

— Tudo bem, Mike — disse Jo. Estava em pé na plataforma, vendo-me nadar até ela. Pôs a mão atrás da nuca como uma modelo de calendário, erguendo mais os seios na frente única úmida. Como na fotografia, eu podia perceber seus mamilos salientes na roupa. Eu estava nadando de cuecas, e com a mesma ereção intensa.

— Tudo bem, Mike — disse Mattie no quarto norte, e abri os olhos.

Ela estava sentada ao meu lado na cama, calma e nua no fraco fulgor da luz que ficava acesa de noite. Seu cabelo estava solto nos ombros. Seus seios eram minúsculos, do tamanho de xícaras de chá, mas mostravam bicos largos e distendidos. Entre suas pernas, onde minha mão ainda pousava, havia um pompom de cabelo louro, macio como penugem. Seu corpo estava envolvido em sombras como asas de mariposas, como pétalas de rosas. Havia algo desesperadamente atraente nela ali sentada — era como o prêmio que você sabe que jamais ganhará na ardilosa galeria de tiro ou no jogo de argolas na feira do condado. Aquele que guardam na prateleira de cima. Ela estendeu a mão por debaixo do lençol e dobrou os dedos sobre o material esticado de minha cueca.

Está tudo bem, é só rodar e rodar, disse a voz de OVNI enquanto eu subia a escada para o estúdio de minha mulher. Curvei-me, procurei a chave debaixo do capacho e a peguei.

Subi a escada até a plataforma flutuante, molhado e pingando, precedido por meu sexo aumentado — será que existe algo tão involuntariamente cômico quanto um homem sexualmente excitado? Jo parou no assoalho com seu maiô molhado. Puxei Mattie para a cama comigo. Abri a porta do estúdio de Jo. Todas essas coisas aconteceram ao mesmo tempo, entretecendo-se dentro e fora umas das outras como fios de alguma corda ou cinto exótico. A coisa com Jo parecia mais um sonho, a coisa no estúdio, eu atravessando o chão e olhando para minha velha IBM verde, pelo menos. Mattie no quarto norte era algo entre sonho e realidade.

Na plataforma flutuante Jo disse: "Faça o que quiser." No quarto norte Mattie disse: "Faça o que quiser." No estúdio, ninguém teve que me dizer nada. Lá eu sabia *exatamente* o que queria.

Na plataforma, curvei a cabeça, pus a boca num dos seios de Jo e suguei o peito coberto de tecido com minha boca. O gosto era de tecido úmido e lago molhado. Ela estendeu a mão para o local onde eu me projetava para fora e dei um tapa afastando-lhe a mão. Se ela me tocasse, eu gozaria imediatamente. Suguei, bebendo a corrente de água de algodão, tateando com minhas mãos, primeiro acariciando seu traseiro e depois puxando a parte de baixo de seu biquíni. Eu o tirei e ela caiu de joelhos. Consegui também finalmente me livrar de minha cueca molhada e grudenta e joguei-a sobre a parte do biquíni retirado. Então nos encaramos: eu, nu; ela, quase.

— Quem era o cara no jogo? — ofeguei. — Quem era, Jo?

— Ninguém em especial, irlandês. Só outro saco de ossos.

Riu, depois se apoiou nos quadris e me olhou fixamente. Seu umbigo era uma minúscula taça negra. Havia algo de cobra, esquisito e atrativo, em sua postura.

— Tudo ali embaixo é morte — disse ela, e apertou meu rosto com as palmas frias e os dedos brancos e ressequidos. Virou minha cabeça e então a inclinou para que eu olhasse dentro do lago. Sob a água vi os corpos em decomposição deslizando, empurrados por alguma corrente profunda. Os olhos molhados deles olhavam fixamente. Seus narizes mordiscados pelos peixes mostravam brechas. Suas línguas pendiam entre lábios brancos como gavinhas de ervas aquáticas. Alguns mortos arrastavam pálidos balões de entranhas de águas-vivas; outros eram pouco mais que ossos. Mas nem mesmo a visão dessa flutante parada carnal conseguiu me desviar do que eu queria. Livrei minha cabeça das mãos de Jo, empurrei-a para o chão e finalmente acalmei o que estava tão duro e belicoso, afundando-o profundamente. Seus olhos prateados de luar se ergueram para mim, através de mim, e vi que uma pupila era maior do que a outra. Que foi como seus olhos haviam se mostrado no monitor de TV quando eu a identifiquei no necrotério do condado de Derry. Ela estava morta. Minha mulher estava morta e eu fodia seu cadáver. Nem mesmo essa percepção me deteve.

— Quem era ele? — gritei para ela, cobrindo sua carne gelada estendida nas tábuas molhadas. — Quem era ele, Jo, pelo amor de Deus, diga, quem era ele?

No quarto norte, puxei Mattie para cima de mim, saboreando a sensação daqueles seios pequenos contra meu peito e a extensão de suas pernas entrelaçadas. Então a rolei para a outra extremidade da cama. Senti sua mão se estender para mim e a afastei com um tapa — se ela me tocasse onde pretendia, eu gozaria num instante.

— Abra as pernas, depressa — eu disse, e ela obedeceu. Fechei os olhos, cortando qualquer outra sensação em favor da que eu sentia. Investi, depois parei. Fiz um pequeno ajuste, puxando meu pênis inchado com o lado da mão, depois pressionei os quadris e deslizei para dentro dela como um dedo numa luva forrada de seda. Ela me olhou com os olhos bem abertos, então pôs a mão no meu rosto e virou minha cabeça.

— Tudo aí fora é morte — disse ela, como se apenas explicasse o óbvio. Pela janela eu via a Quinta Avenida entre as ruas 50 e 60, todas aquelas lojas chiques: Bijan e Bally, Tiffany, Bergdorf's e Steuben Glass. Então chegou Harold Oblowski, caminhando na direção norte e balançando sua pasta de couro de porco (a que Jo e eu lhe demos de Natal no ano anterior à morte dela). Além dele, levando uma bolsa da Barnes and Noble pelas alças, estava a farta e bela Nola, sua secretária. Só que sua carne se fora. Era apenas um sorridente esqueleto de cobra, vestindo um terno Donna Karan e escarpim de crocodilo; ossos esqueléticos e cheios de anéis agarravam as alças da bolsa, em vez de dedos. Os dentes de Harold projetavam-se no seu habitual sorriso de agente, agora tão estendidos que eram quase obscenos. Seu terno preferido, um jaquetão cinza-carvão de Paul Stuart, adejava nele como uma vela à brisa fresca. À volta deles, dos dois lados da rua, caminhavam os mortos-vivos — mamães-múmias levando cadáveres de criancinhas pelas mãos ou empurrando-os em caros carrinhos de bebês, porteiros zumbis, skatistas reanimados. Um negro alto com as últimas tiras de carne pendendo de seu rosto como couro de cervo curado passeava com seu esquelético alsaciano. Os motoristas de táxi apodreciam ouvindo música hindu. Os rostos olhando dos ônibus que passavam eram caveiras, cada qual usando sua própria versão do sorriso de Harold — *Oi, como vai, como está a mulher, os filhos, escrevendo algum bom livro ultimamente?* Os vendedores de amendoim ambulantes se putrefaziam. Entretanto, nada disso podia me reprimir. Eu estava pegando fogo. Escorreguei as mãos para baixo de suas nádegas, erguendo-a, mordendo o lençol (notei sem qualquer surpresa que a padronagem era de rosas azuis) até soltá-lo do colchão para me impedir de mordê-la no pescoço, no ombro, nos seios, em qualquer lugar que meus dentes pudessem alcançar.

— Diga quem era ele! — gritei para ela. — Você sabe, sei que você sabe! — Minha voz estava tão abafada pela roupa de cama que enchia minha boca que duvidei de que alguém pudesse ter me entendido. — Me diz a verdade, sua vaca!

No caminho entre o estúdio de Jo e a casa, eu estava em pé no escuro, com a máquina de escrever nos braços e aquela ereção de alcance onírico pulsando abaixo de seu volume de metal — tudo aquilo pronto e nada voluntário. A não ser pela brisa noturna. Então tive consciência de que não estava mais sozinho. A coisa amortalhada estava atrás de mim, atraída como as mariposas pelas luzes da festa. Ela riu — um riso descarado, rouco de fumo, que só poderia pertencer a uma única mulher. Não vi a mão que se estendeu em torno de meu quadril para me agarrar — a máquina de escrever estava no caminho —, mas não precisava vê-la para saber que era marrom. A mão espremeu, apertando lentamente, os dedos contorcendo-se.

— O que quer saber, benzinho? — perguntou ela atrás de mim. Ainda rindo. Ainda provocando. — Quer mesmo saber? Quer saber ou quer sentir?

— Ah, você está me matando! — exclamei. A máquina de escrever, uns 13 quilos mais ou menos de IBM Selectric, tremia para a frente e para trás nos meus braços. Eu podia sentir meus músculos tensos como cordas de violão.

— Quer saber quem ele era, benzinho? O homem ruim?

— *Me faz gozar, sua vadia!* — gritei. Ela riu de novo, aquele riso áspero que era quase como uma tosse, e me apertou onde o aperto era melhor.

— Agora fique parado — disse ela. — Fique parado, menino bonito, a não ser que queira que eu me assuste e arranque essa sua coisa pelo... — Perdi o apoio enquanto o mundo inteiro explodia num orgasmo tão profundo e forte que achei que me racharia ao meio. Deixei minha cabeça cair para trás como um homem sendo enforcado e ejaculei olhando para as estrelas. Gritei, tive que fazê-lo, e no lago dois mergulhões-do-norte gritaram também.

Ao mesmo tempo, eu estava na plataforma flutuante. Jo se fora, eu conseguia ouvir ligeiramente o som da banda — Sara e Sonny e os Red-Top Boys atacando o "Black Mountain Rag". Sentei, aturdido e esgotado, completamente oco. Não conseguia ver o atalho que levava a casa, mas discernia seu curso em zigue-zague pelas lanternas japonesas. Minha cueca estava ao lado num pequeno monte molhado. Peguei-a e comecei a vesti-la, somente porque não queria nadar para a praia com aquilo na mão. Parei com ela esticada entre os joelhos, olhando para meus dedos. Estavam pegajosos de carne podre. Projetando-se por baixo de várias unhas, viam-se bolos de cabelos arrancados. Cabelos de cadáver.

— Ah, meu Deus — gemi. — As forças me abandonaram. Eu chapinhava em algo molhado no quarto da ala norte. Aquilo em que me apoiava era quente, e no início pensei que fosse gozo. Mas a débil luminosidade do abajur de cabeceira mostrou algo mais escuro. Mattie tinha desaparecido e a cama estava cheia de sangue. Jazendo no meio daquela piscina, enxerguei algo que à primeira vista pensei ser um naco de carne ou um pedaço de órgão. Olhei mais atentamente e vi que era um bicho de pelúcia, um objeto de pelo negro manchado de sangue. Deitei de lado, encarando-o, querendo pular da cama e fugir do quarto, mas incapaz de fazê-lo. Meus músculos tinham sofrido uma síncope. Com quem estive mesmo fazendo sexo naquela cama? E o que fiz a ela? O quê, pelo amor de Deus?

— Não acredito nessas mentiras — escutei minha própria voz dizendo, e como se fosse um encanto, voltei com um tapa à minha unidade. Não foi exatamente o que aconteceu, mas é a única maneira de expressar o que mais ou menos se aproxima do que ocorreu, seja lá o que for. Eu estava dividido em três eus — um na plataforma flutuante, um no quarto norte, um no caminho —, e cada um deles sentiu aquele duro tapa, como se o vento tivesse se transformado em mão. Depois a escuridão se precipitou e nela o badalar contínuo e sonoro do sino de Bunter. Então o som desapareceu, e eu com ele. Durante um pequeno período, não estive em lugar algum.

Voltei ao displicente gorjeio de pássaros das férias de verão e à peculiar escuridão vermelha revelando que o sol brilhava através de minhas pálpebras fechadas. Meu pescoço estava duro, a cabeça inclinada num ângulo esquisito, as pernas dobradas desajeitadamente debaixo de mim, e eu sentia calor.

Levantei a cabeça com um estremecimento, sabendo mesmo enquanto abria os olhos que não estava mais na cama, nem na plataforma flutuante, nem no caminho entre a casa e o estúdio. Debaixo de mim, viam-se as tábuas do assoalho, duras e inflexíveis.

A luz era ofuscante. Fechei novamente os olhos, bem apertados, e gemi como um homem com ressaca. Eu os abri, protegidos por minhas mãos em concha, dei-lhes tempo para se adaptarem, e então, cautelosamente, retirei as mãos, sentei-me e olhei à volta. Eu me encontrava no corredor do andar de cima, deitado sob o ar-condicionado quebrado. O bilhete da sra. Meserve pendurado nele ainda era visível. Pousada do lado de fora da porta de meu escritório estava a IBM verde, com um pedaço de papel enfiado nela. Olhei para meus pés e vi que estavam sujos. Agulhas de pinheiros grudavam-se em suas solas, e um dos dedos estava arranhado. Levantei, cambaleei um pouco (minha perna direita tinha ficado dormente), apoiei uma das mãos na parede e me firmei. Examinei a parte de baixo do corpo. Eu usava a sunga com a qual tinha ido para a cama, e não parecia ter havido um acidente dentro dela. Puxei o cós e dei uma espiada para dentro. Meu pau tinha a aparência de sempre: pequeno, macio, enrodilhado e adormecido em seu ninho de pelos. Se a Loucura de Noonan tinha sido se aventurar pela noite, não havia nenhum sinal disso agora.

— Parecia mesmo uma aventura — resmunguei. Limpei o suor da testa com o braço. Estava sufocante. — Mas não do tipo sobre a qual já li em *Os Hardy Boys*.

Então me lembrei do lençol ensopado de sangue no quarto norte, e do bicho de pelúcia deitado de lado no meio dele. Não houve nenhuma sensação de alívio ligada à lembrança, aquela sensação de graças-a-Deus--foi-apenas-um-sonho que se tem depois de um pesadelo especialmente mau. Parecia tão verdadeiro como qualquer coisa que eu tinha sentido em meu delírio de febre de sarampo... e todas aquelas coisas *tinham* sido reais, apenas distorcidas por meu cérebro superaquecido.

Cambaleei para a escada e desci mancando, agarrando-me bem ao corrimão para o caso de minha perna dormente ceder. No andar de baixo, olhei atônito pela sala como se a visse pela primeira vez, e então manquei pelo corredor da ala norte.

A porta do quarto estava entreaberta, e por um momento não consegui me obrigar a empurrá-la totalmente e entrar. Sentia um medo tremendo, com a mente tentando repassar um velho episódio de *Alfred Hitchcock Apresenta* em que o homem estrangula a mulher durante uma ausência alcoólica. Ele passa uma boa meia hora procurando por ela e finalmente a encontra na copa, inchada, de olhos abertos. Kyra Devore era a única criança com idade para ter um bicho de pelúcia com quem estive recentemente, mas dormia tranquilamente sob a coberta de babado rosa quando deixei sua mãe e voltei para casa. Era idiota achar que eu tinha dirigido todo o caminho de volta à estrada Wasp Hill, provavelmente sem usar nada a não ser minha cueca, que tinha...

O quê? Violado a mulher? Trazido a criança para cá? Enquanto eu dormia?

Peguei a máquina de escrever durante o sono, não peguei? Está bem ali na droga do corredor.

Grande diferença entre percorrer uns 30 metros pelo bosque e 8 quilômetros pela estrada para...

Eu não ia ficar ali ouvindo aquelas vozes se engalfinhando em minha cabeça. Se não fosse maluco — e achava que não era —, escutar as idiotas brigonas provavelmente me deixariam doido, e bem rapidinho. Estendi a mão e empurrei a porta do quarto, abrindo-a totalmente.

Por um momento, *vi* de fato uma mancha de sangue tipo polvo espalhando-se pelo lençol, tão verdadeiro e centrado naquilo estava o meu terror. Então fechei os olhos bem apertados, depois os abri e olhei novamente. Os lençóis estavam amarfanhados, o de baixo quase totalmente solto. Eu via o revestimento de cetim acolchoado do colchão. Na beira da outra extremidade da cama havia um travesseiro. O outro jazia amarfanhado ao pé dela. O tapete pequeno — uma peça feita por Jo — estava torto, e meu copo d'água virado na mesinha de cabeceira. O quarto dava a impressão de ter sido palco de uma briga turbulenta ou de uma orgia, mas não de um assassinato. Não havia nenhum sangue nem qualquer animalzinho de pelúcia de pelo preto.

Ajoelhei-me e espiei debaixo da cama. Nada ali — nem mesmo os bolos de poeira, graças a Brenda Meserve. Examinei o lençol de baixo novamente, primeiro passando a mão em sua topografia amarrotada, depois o alisando e tornando a prendê-lo por seus cantos elásticos. Grande invenção, esses lençóis; se fossem as mulheres a distribuírem a Medalha da Liberdade, em vez de um bando de políticos brancos que jamais haviam feito uma cama ou lavado uma trouxa de roupa na vida, nessa altura dos acontecimentos os caras que tinham bolado os lençóis ajustáveis já teriam uma medalha, não havia dúvida. Numa cerimônia no Jardim das Rosas.

Com o lençol esticado, olhei de novo. Nenhum sangue, nem uma só gota. Também não havia nenhuma mancha endurecida de sêmen. O sangue de fato eu não esperava (pelo menos dizia isso a mim mesmo), mas o segundo? No mínimo eu tive a polução noturna mais criativa do mundo — um tríptico em que tinha fodido duas mulheres e sido agraciado com uma punheta pela terceira, tudo ao mesmo tempo. Pensava ter também aquela sensação de manhã-do-dia-seguinte, a que a gente tem quando o sexo da noite anterior foi de arrasar. Mas se tinha havido fogos de artifício, onde estava a pólvora queimada?

— No estúdio de Jo, provavelmente — falei para o quarto vazio e ensolarado. — Ou no caminho entre lá e cá. Contente por você não tê-la deixado na casa de Mattie Devore, meu chapa. Você não precisa ter um caso com uma viúva quase adolescente.

Uma parte de mim discordou; uma parte de mim pensava que Mattie Devore era exatamente aquilo de que eu *precisava*. Mas eu não tinha feito sexo com ela na noite passada, assim como não tinha feito sexo com minha mulher morta na plataforma flutuante ou recebido uma punheta de Sara Tidwell. Agora que verificava não ter matado uma criancinha simpática também, meus pensamentos voltaram à máquina de escrever. Por que eu a peguei? Por que me dar a esse trabalho?

Ô, cara. Que pergunta boba. Minha mulher pode ter guardado segredos de mim, talvez até tido um caso; pode haver fantasmas na casa; pode existir um velho rico a 800 metros ao sul querendo me enfiar um espeto afiado e depois quebrá-lo; pode haver alguns brinquedos em meu humilde sótão, por falar nisso. Mas enquanto eu estava ali em pé num brilhante raio de sol, olhando minha sombra na parede distante, só uma ideia parecia ter importância: eu tinha ido até o estúdio de Jo e pegado minha velha máquina de escrever, e só havia um motivo para fazer algo semelhante.

Entrei no banheiro, querendo me livrar do suor do corpo e da sujeira dos pés antes de qualquer outra coisa. Estendi a mão para a torneira do chuveiro e parei. A banheira estava cheia de água. Ou eu a enchi por alguma razão durante meu sonambulismo... ou alguma coisa o fez. Estendi a mão para o tampão da banheira e então parei novamente, me lembrando do instante no acostamento da rota 68, quando minha boca se encheu do sabor de água fria. Percebi que estava esperando que aquilo ocorresse de novo. Quando não ocorreu, abri o tampão da banheira para deixar a água sair e liguei o chuveiro.

Eu poderia ter levado a Selectric para o andar de baixo, talvez até a arrastado para o deck onde havia uma leve brisa subindo da superfície do lago, mas não o fiz. Eu a trouxe por todo o caminho até a porta do escritório, e meu escritório era onde trabalharia... se *pudesse* trabalhar. Trabalharia lá mesmo que a temperatura sob o telhado chegasse a 48 graus... o que, por volta das três da tarde, poderia ocorrer.

O papel dentro da máquina era um velho recibo de papel-carbono rosa da Click!, a loja de artigos fotográficos de Castle Rock onde Jo comprava seu material quando íamos lá. Eu o coloquei na máquina de modo que o lado vazio se defrontasse com a bola de tipo Courier. Eu tinha datilografado nele os nomes de meu pequeno harém, como se tivesse tentado ou me esforçado de algum modo para relatar o sonho trifacetado mesmo enquanto ocorria:

```
Jo Sara Mattie Jo Sara Mattie Mattie Mattie Sara Sara
Jo Johanna Sara Jo MattieSaraJo
```

Sob isso, em caixa-baixa:

```
contagem normal de espermatozoides contagem normal tudo está
cor-de-rosa
```

Abri a porta do escritório, entrei carregando a máquina de escrever e coloquei-a em seu antigo lugar, abaixo do pôster de Richard Nixon. Puxei o papelzinho rosa do rolo, fiz uma bola com ele e o joguei na cesta de papel. Então peguei o plugue da Selectric e o enfiei na tomada do rodapé do assoalho. Meu coração batia dura e rapidamente, como quando eu tinha 13 anos e subia a escada para o alto trampolim da piscina da Associação Cristã de Moços. Subi aquela escada três vezes aos 12 anos e depois recuei furtivamente; quando fiz 13 anos, já não podia ser covarde — tinha que pular de verdade.

Pensei ter visto um ventilador escondido no canto do fundo do closet, na caixa que tinha a inscrição APARELHOS. Comecei a andar naquela direção, depois me virei de novo com um risinho áspero. Eu já tive um momento de autoconfiança antes, não é? Sim. E depois as fitas de ferro apertaram meu peito com força. Seria estúpido puxar o ventilador para fora e descobrir que, no final das contas, eu não tinha nada a fazer naquela sala.

— Calma — falei —, vá com calma. — Mas eu não podia, assim como o menino de peito estreito com aquele ridículo calção roxo também não pôde quando andou até o final do trampolim, a piscina tão verde lá embaixo, os rostos erguidos dos garotos e garotas tão pequenos, tão *pequenos*.

Curvei-me para uma das gavetas do lado direito da mesa e a puxei com tanta força que ela saiu inteiramente do encaixe. Tirei o pé nu de sua zona de aterrissagem no último momento e emiti um jorro de riso alto e sem humor. Havia meia resma de papel na gaveta. Suas bordas mostravam aquela aparência ligeiramente quebradiça dos papéis guardados por muito tempo. Só a vi tempo suficiente para lembrar que havia trazido meu próprio suprimento — material muito mais novo que aquele. Deixei o papel onde estava e coloquei a gaveta novamente em seu encaixe. Precisei de várias tentativas para enfiá-la nos trilhos; minhas mãos tremiam.

Finalmente sentei na cadeira de minha mesa, ouvindo os mesmos velhos estalos de quando ela recebia meu peso e o mesmo som surdo dos rolimãs enquanto a rodei para a frente, ajustando as pernas no lugar sob a mesa. Então encarei o teclado, transpirando abundantemente e ainda me lembrando da piscina da ACM e do trampolim, como era flexível sob meus pés enquanto caminhava por ele, me lembrando do cheiro de cloro e do pulsar contínuo dos exaustores de ar: *fuung-fuung-fuung--fuung*, como se a água tivesse sua própria pulsação secreta. Eu tinha ficado parado no final do trampolim imaginando (e não pela primeira vez!) se o fato de a gente se chocar com a água da maneira errada poderia causar uma paralisia. Provavelmente não, mas se poderia morrer de medo. Havia casos documentados assim no *Acredite se Quiser*, de Ripley, que me serviam de ciência entre as idades de 8 e 14 anos.

Vá em frente!, gritou a voz de Jo. Minha versão da voz dela era geralmente calma e controlada; desta vez era estridente. *Pare de tremer e vá em frente!*

Estendi a mão para o botão de ligar da IBM, lembrando agora do dia em que joguei o Word 6.0 na lata de lixo do meu PowerBook. Adeus, companheiro, tinha pensado.

— Tomara que funcione — eu disse. — Por favor.

Abaixei a mão e apertei o botão. A máquina foi ligada. A bola Courier deu um giro preliminar, como uma dançarina de balé em pé nos bastidores, esperando para continuar. Peguei um pedaço de papel, vi meus dedos suados deixando marcas neles e não me incomodei. Coloquei-o na máquina, centralizei-o, e escrevi

```
Capítulo Um
```

e esperei a tempestade desabar.

Capítulo Quatorze

A campainha do telefone — ou mais precisamente o modo como recebi a campainha do telefone — foi tão familiar quanto os estalos da cadeira ou o zumbido de minha velha Selectric da IBM. Parecia vir de bem longe no início, e depois aproximar-se como um trem apitando ao atravessar um cruzamento.

Não havia nenhuma extensão no meu escritório nem no de Jo; o telefone do andar de cima, um velho modelo de discagem rotativa, ficava na mesa no corredor entre eles — que Jo costumava chamar de "terra-de-ninguém". A temperatura ali devia ser de pelo menos 32 graus, mas o ar parecia fresco em minha pele depois do escritório. Eu estava tão oleoso de suor que parecia uma versão ligeiramente barriguda dos rapazes musculosos que via às vezes quando malhava.

— Alô.

— Mike? Acordei você? Estava dormindo? — Era Mattie, mas diferente da Mattie da noite passada. Esta não se mostrava com medo nem hesitava; parecia tão feliz que quase borbulhava. Era quase certamente a Mattie que atraíra Lance Devore.

— Dormindo, não — eu disse. — Escrevendo um pouco.

— Sem essa! Pensei que tivesse se aposentado.

— Também pensei — falei —, mas talvez eu tenha sido um pouco precipitado. O que é que há? Você parece nas nuvens.

— Acabo de falar ao telefone com John Storrow...

É mesmo? Afinal de contas, quanto tempo eu estive no segundo andar? Olhei para o pulso e vi apenas um círculo pálido. Eram quinze para as sardas e duas peles e meia, como costumávamos dizer quando éramos garotos; meu relógio estava no andar de baixo no quarto norte, provavelmente deitado na poça d'água do meu copo noturno derrubado.

— ... sua idade, e que ele pode intimar o outro filho!

— Ôô — falei. — Eu me perdi. Volte e explique mais devagar.

Ela o fez. Contar as duras notícias não tomou muito tempo (raramente toma): Storrow ia aparecer no dia seguinte. Aterrissaria no aeroporto do condado e se hospedaria no Lookout Rock Hotel, em Castle View. Os dois passariam a maior parte da sexta-feira discutindo o caso.

— Ah, ele encontrou um advogado para você — disse ela. — Para ir a seu depoimento. Acho que é de Lewiston.

Tudo dava a impressão de estar bem, porém, bem mais importante que os fatos em si era Mattie ter recuperado a vontade de lutar. Até aquela manhã (se ainda *era* manhã; a luz entrando pela janela acima do ar-condicionado quebrado sugeria que, se o fosse, não duraria muito) eu não tinha percebido a que ponto a moça de vestido vermelho de verão e asseados tênis brancos estava sombria. Até que ponto estava profundamente mergulhada na crença de que perderia a filha.

— Isso é ótimo. Estou tão contente, Mattie.

— E foi você quem fez isso. Se estivesse aqui, eu lhe daria o maior beijo que já recebeu na vida.

— Ele disse que você pode ganhar, não é?

— Disse.

— E você acreditou nele.

— Acreditei! — Então sua voz perdeu um pouco o ânimo. — Mas ele não ficou exatamente encantado quando lhe contei que você veio jantar na noite passada.

— Não. Acho que não deve ter ficado.

— Eu disse a ele que comemos no pátio e ele disse que só precisávamos ficar dentro de casa sessenta segundos para que a fofoca começasse.

— Eu diria que ele tem uma opinião insultantemente baixa dos amorosos ianques — eu disse —, mas, é claro, ele é de Nova York.

Ela riu mais do que minha pequena brincadeira justificava, pensei. Por um semi-histérico alívio por agora ter uma dupla de protetores? Porque o assunto inteiro de sexo era algo delicado para ela no momento? Melhor não especular.

— Ele não me atormentou demais com o assunto, mas deixou claro que faria isso se repetíssemos a coisa. Mas, quando isso tudo terminar, vou convidar você para uma *verdadeira* refeição. Você vai ter tudo que gostar, exatamente do modo que gostar.

Tudo que gostar, exatamente do modo que gostar. E ponho a minha mão no fogo, ela estava totalmente inconsciente de que o que dizia poderia ter outro sentido. Fechei os olhos por um momento, sorrindo. Por que não sorrir? Tudo que ela estava dizendo parecia fantástico, especialmente depois que você desanuviava os confins da mente suja de Michael Noonan. Dava a impressão de que poderíamos ter o esperado final de conto de fadas, se mantivéssemos nossa coragem e nosso rumo. E se eu pudesse me impedir de dar uma cantada numa garota jovem o suficiente para ser minha filha... quero dizer, fora de meus sonhos. Se não pudesse, eu provavelmente mereceria o que recebesse. Mas Kyra não. Ela era um enfeite de capô em tudo aquilo, condenada a ir aonde o carro a levasse. Se me ocorressem as ideias erradas, eu teria que me lembrar disso.

— Se o juiz mandar Devore para casa de mãos vazias, levo você ao Renoir Nights em Portland e a convido para provar um rango francês de nove pratos — eu disse. — Convido Storrow também. Banco até esse espião legal que vou encontrar na sexta-feira. Portanto, quem é melhor do que eu, hein?

— Ninguém que eu conheça — disse ela, com ar misterioso. — Vou reembolsá-lo, Mike. Estou por baixo agora, mas não ficarei assim para sempre. Mesmo que leve o resto de minha vida, vou reembolsá-lo.

— Mattie, você não precisa...

— *Preciso* — disse ela com uma tranquila veemência. — *Preciso*. E hoje tenho que fazer outra coisa também.

— O quê? — Eu adorava o modo como Mattie falava naquela manhã, tão feliz e livre, como uma prisioneira que tinha acabado de ser perdoada e então libertada da cadeia, mas já estava olhando ansioso para a porta do escritório. Não poderia fazer muito mais hoje, acabaria assado como uma maçã, mas queria pelo menos mais uma página ou duas. Faça o que quiser, as duas mulheres tinham dito no meu sonho. Faça o que quiser.

— Tenho que comprar o grande urso de brinquedo para Kyra que eles têm no Wal-Mart de Castle Rock — disse ela. — Vou dizer a ela que é por ser uma boa menina, já que não posso dizer que é por ela andar no meio da estrada quando você estava vindo do outro lado.

— Mas não um preto — eu disse. As palavras saíram de minha boca antes de eu saber sequer que estavam em minha cabeça.

— Ahn? — Ela pareceu surpresa e incerta.

— Eu disse para me trazer um — falei, mais uma vez as palavras saindo e descendo pelo fio antes mesmo que eu soubesse estarem lá.

— Talvez traga — disse ela, parecendo divertida. Então seu tom ficou sério novamente. — E se eu disse alguma coisa na noite passada que deixou você infeliz, mesmo por um minuto, desculpe. Eu jamais...

— Não se preocupe. Não estou infeliz. Um pouco confuso, só isso. Na verdade, já tinha esquecido sobre o encontro misterioso de Jo. — Uma mentira, mas que me pareceu em boa causa.

— Provavelmente é o melhor. Não vou atrapalhar você. Volte ao trabalho. É o que quer fazer, não é?

Fiquei espantado.

— Por que está dizendo isso?

— Não sei, eu só... — Ela parou. E de repente eu soube de duas coisas: o que ela esteve prestes a dizer e o que não diria. *Sonhei com você na noite passada. Sonhei conosco juntos. Íamos fazer amor e um de nós disse "Faça o que quiser". Ou talvez, não sei, talvez nós dois tenhamos dito isso.*

Talvez, às vezes, os fantasmas estejam vivos — mentes e desejos divorciados de seus corpos, impulsos destrancados flutuando invisíveis. Fantasmas do id, espectros de lugares mais profundos.

— Mattie? Ainda está aí?

— Claro, pode apostar. Quer que eu mantenha contato? Ou você vai saber de tudo que precisa de John Storrow?

— Se não mantiver contato, vou ficar aborrecido com você. Muito.

Ela riu.

— Então vou fazer isso. Mas não quando você estiver trabalhando. Até logo, Mike. E mais uma vez, obrigada. Mesmo.

Eu disse até logo e fiquei por um momento contemplando o receptor do antigo telefone de baquelita depois de ela desligar. Ela me ligaria e me manteria a par das coisas, mas não quando eu estivesse trabalhando. Como é que ia saber do momento? Simplesmente saberia. Como eu soube na noite passada que ela estava mentindo quando disse que Jo e o homem com os remendos nos cotovelos do blazer haviam andado em direção ao estacionamento. Mattie estava usando short branco e uma frente única quando me ligou, hoje não era exigido vestido ou saia porque era quarta-feira e a biblioteca fechava na quarta.

Você não sabe nada disso. Só está inventando.

Mas não estava. Se eu estivesse inventando, provavelmente a teria vestido com algo um pouco mais sugestivo — um espartilho com cinta-liga da Victoria's Secret, talvez.

Esse pensamento puxou outro. *Faça o que quiser*, tinham dito elas. Ambas. *Faça o que quiser.* E aquela frase eu conhecia. Enquanto estava em Key Largo, tinha lido um ensaio sobre pornografia na *Atlantic Monthly* escrito por uma feminista. Não tinha certeza de quem, apenas que não havia sido Naomi Wolf nem Camille Paglia. A mulher era do tipo conservador, e usou aquela frase. Sally Tisdale, talvez? Ou simplesmente minha cabeça captou distorções de eco de Sara Tidwell? Fosse quem fosse, ela afirmava que "faça o que *eu quero*" era a base erótica que atraía as mulheres e "faça o que *você* quiser" era a base da pornografia que atraía os homens. As mulheres fantasiam dizer a primeira frase em situações sexuais; os homens fantasiam ter a última frase dita *para* eles. A autora continuava: quando o sexo na vida real dá errado — às vezes tornando-se violento, ou vergonhoso, ou às vezes apenas malsucedido do ponto de vista da parceira feminina —, a pornografia é frequentemente a cúmplice não indiciada na conspiração. O homem mostra-se propenso a virar raivosamente para a mulher e gritar: "Você queria que eu fizesse isso! Pare de mentir e admita! Você *queria* que eu fizesse isso!"

A autora afirmava que era isso que os homem esperavam ouvir no quarto: faça o que quiser. Morda-me, sodomize-me, lamba entre meus dedos dos pés, beba vinho no meu umbigo, passe-me uma escova de cabelo e levante o rabo para que eu lhe dê uma surra, não importa. Faça o que quiser. A porta está fechada e nós estamos aqui, mas na verdade só *você* está aqui. Eu não tenho nenhuma carência, nenhuma necessidade, nenhum tabu. Faça o que quiser nessa sombra, nessa fantasia, nesse fantasma.

Achei uma merda pelo menos cinquenta por cento do que a ensaísta dizia; a pressuposição de que um homem só pode ter verdadeiro prazer sexual transformando a mulher numa espécie de acessório de masturbação diz mais sobre a observadora do que sobre os participantes. A mulher exibia um monte de jargões e uma boa quantidade de espírito, mas por baixo disso estava apenas repetindo o que Somerset Maugham, o velho favorito de Jo, fez Sadie Thompson dizer em *Chuva*, uma história escrita oitenta anos antes: todos os homens são porcos, porcos sujos e imundos. Mas em regra geral não somos porcos, nem animais, ou pelo menos não até que sejamos empurrados à extremidade final. E se somos empurrados até ela, raramente a questão é sexo; geralmente é território. Já escutei feministas argumentarem que para os homens sexo e território são intercambiáveis, e isso está muito longe da verdade.

Voltei sem ruído ao escritório, abri a porta e atrás de mim o telefone tocou de novo. E ali estava outra sensação familiar voltando para mais uma visita depois de quatro anos: aquela raiva do telefone, o impulso de simplesmente arrancá-lo da parede e atirá-lo pelo aposento. Por que o mundo inteiro tinha que ligar quando eu estava escrevendo? Por que não podiam... bem... me deixar fazer o que eu queria?

Dei um sorriso desconfiado e voltei ao telefone, vendo nele a impressão molhada de minha mão de quando o atendi pela última vez.

— Alô.

— Eu disse para ficar visível enquanto estivesse com ela.

— Bom dia para você também, advogado Storrow.

— Você deve estar em outro fuso horário aí, companheiro. Aqui em Nova York é uma e quinze.

— Jantei com ela — falei. — Do lado de fora. É verdade que li uma história para a garotinha e ajudei-a a ir para cama, mas...

— Imagino que a essa hora metade da cidade pensa que vocês dois estão trepando sem parar, e a outra metade vai pensar isso se eu tiver que representá-la na corte superior. — Mas ele não parecia zangado de fato; achei que dava a impressão de estar tendo um dia feliz.

— Eles obrigam você a dizer quem está pagando por seus serviços? — perguntei. — Quero dizer, na audiência da custódia?

— Não.

— No meu depoimento de sexta-feira?

— Minha nossa, não. Durgin perderia toda a credibilidade como guardião *ad litem* se enveredasse por essa direção. Além disso, eles têm motivos para ficar longe do ângulo sexual. Estão centrados em Mattie como negligente e talvez corrupta. Provar que mamãe não é uma freira deixou de funcionar por volta da época em que *Kramer versus Kramer* chegou aos cinemas. E esse não é o único problema que eles têm com o assunto. — Agora parecia positivamente alegre.

— Conte.
— Max Devore tem 85 anos e é divorciado. Divorciado duas vezes. Antes de conceder a custódia a um homem solteiro com a idade dele, uma custódia secundária tem que ser levada em consideração. Na verdade, é a questão isolada mais importante, além das alegações de maus-tratos e negligência apontadas contra a mãe.
— Que alegações são essas? Você sabe?
— Não. Mattie também não, porque são invenções. Ela é um amor, por falar nisso...
— É, sim.
— ... e acho que vai dar uma ótima testemunha. Mal posso esperar para conhecê-la pessoalmente. Enquanto isso, não me desvie do caminho. Estávamos falando sobre custódia secundária, não é?
— É.
— Devore tem uma filha que foi declarada mentalmente incompetente em algum lugar da Califórnia. Em Modesto, acho. Não é uma boa aposta para custódia.
— Não parece mesmo.
— O filho Roger tem... — Ouvi o tênue virar de páginas de um caderno de anotações. — 54 anos. Portanto, também não é exatamente um broto. Mesmo assim, um monte de sujeitos se tornou pai nessa idade hoje em dia; é um admirável mundo novo. Mas Roger é homossexual.

Pensei em Bill Dean dizendo: *veado. Parece que tem um monte desses lá na Califórnia.*
— Pensei que tivesse dito que sexo não tinha importância.
— Talvez devesse ter dito que sexo *hetero* não tem importância. Em certos estados, e a Califórnia é um deles, sexo *homo* também não tem importância... ou não muita. Mas esse caso não vai ser julgado na Califórnia, e sim no Maine, onde o pessoal é menos esclarecido sobre até que ponto dois homens casados, quer dizer, casados um com o outro, podem criar bem uma garotinha.
— Roger Devore é *casado*? — Certo. Confesso. Agora eu mesmo sentia um horrorizado contentamento. Envergonhava-me dele. Roger Devore era apenas um sujeito vivendo sua vida, e poderia não ter tido muito ou nada a ver com o atual empreendimento de seu idoso pai, mas mesmo assim me senti contente.

— Ele e um designer de software chamado Morris Ridding se amarraram em 1996 — disse John. — Encontrei a história na primeira varrida de computador. E se o caso acabar na Corte, pretendo tirar disso o máximo que puder. Não sei quando será, neste ponto é impossível prever, mas se eu tiver uma chance de pintar um quadro daquela alegre garotinha de olhos brilhantes crescendo com dois gays idosos que provavelmente passam a maior parte de suas vidas nas salas de bate-papo de computador especulando o que o capitão Kirk e sr. Spock podem ter feito depois que as luzes se apagaram na área dos oficiais... bem, se eu tiver essa chance, vou pegá-la.

— Parece um pouco mesquinho — eu disse. Ouvi-me falando no tom de um homem que quer ser dissuadido ou talvez até que riam dele, mas isso não aconteceu.

— Claro que é mesquinho. É como dar uma guinada para a calçada e derrubar dois inocentes espectadores. Roger Devore e Morris Ridding não lidam com drogas, não traficam menininhos, nem roubam velhas. Mas isso é um caso de custódia, e custódia é ainda mais eficiente em transformar seres humanos em insetos do que divórcio. Este caso não é tão ruim quanto poderia ser, mas é ruim o bastante porque é tão evidente. Max Devore apareceu em sua velha cidade natal por uma única e exclusiva razão: comprar uma criança. Isso me deixa louco.

Sorri, imaginando um advogado que parecia o Hortelino Troca--letras, em pé do lado de fora de uma toca de coelho com o nome DE-VORE, segurando uma espingarda.

— Meu recado para Devore vai ser muito simples: o preço da criança simplesmente aumentou. Provavelmente para uma cifra maior do que ele pode pagar.

— *Se* isso for à Corte... Você já disse isso duas vezes. Acha que há uma chance de Devore simplesmente desistir do caso e ir embora?

— Uma bastante boa, sim. Eu diria uma excelente se ele não fosse velho e acostumado a ter as coisas a seu modo. Há também a questão de até que ponto ele ainda está suficientemente astuto para saber o que é melhor para si mesmo. Vou tentar me encontrar com ele e seu advogado enquanto estiver lá, mas até agora não tenho conseguido passar além da secretária.

— Rogette Whitmore?

— Não, acho que ela está um degrau acima na escada. Ainda não falei com ela. Mas vou falar.

— Tente Richard Osgood ou George Footman — eu disse. — Um deles pode colocá-lo em contato com Devore ou com o advogado-chefe de Devore.

— De qualquer modo, vou querer falar com essa Whitmore. Homens como Devore tendem a ficar cada vez mais dependentes de seus conselheiros próximos quando ficam mais velhos, e ela pode ser uma chave para fazer com que ele desista da coisa. Pode também ser uma dor de cabeça para nós, incentivá-lo a lutar; provavelmente porque ache mesmo que ele possa vencer e porque quer ver as penas voarem. Além disso, pode se casar com ele.

— *Casar* com ele?

— Por que não? Ele pode tê-la feito assinar um acordo pré-nupcial e isso fortaleceria as chances dele. Eu não posso apresentar isso na corte, da mesma forma que os advogados de Devore não podem tentar descobrir quem contratou o advogado de Mattie.

— John, eu vi a mulher. Ela deve ter uns 70 anos.

— Mas é uma potencial jogadora mulher num caso de custódia envolvendo uma garotinha, e é uma camada entre o velho Devore e o casal gay. Temos que ter isso em mente.

— Tudo bem. — Olhei novamente para a porta do escritório, mas não com tanto anseio. Chega um ponto em que você acabou por aquele dia, quer queira quer não, e achei que tinha chegado a esse ponto. Talvez à noite...

— O advogado que arranjei para você atende pelo nome de Romeo Bissonette. — Fez uma pausa. — Isso lá pode ser um nome verdadeiro?

— Ele é de Lewiston?

— É, como é que você sabe?

— Porque no Maine, especialmente para as bandas de Lewiston, esse nome pode ser verdadeiro. Devo ir falar com ele? — Eu não queria ir a Lewiston. Até lá eram 80 quilômetros por estradas de duas pistas que estariam agora apinhadas de campistas e trailers. Eu queria era nadar e depois tirar uma longa soneca. Uma longa soneca *sem sonhos*.

— Não é necessário. Ligue e converse um pouco com ele. Na verdade, ele é apenas uma rede de segurança. Fará objeções se o questio-

namento se desviar do incidente da manhã de 4 de Julho. Sobre aquele incidente conte a verdade, toda a verdade e nada mais que a verdade. Entendeu?
— Sim.
— Converse com ele antes, depois o encontre na sexta na... espere... está bem aqui... — As páginas do caderno de notas foram viradas novamente. — Encontre com ele no Diner da rota 120 às 9h15. Café. Fale um pouco, travem conhecimento, briguem para pagar a conta, talvez. Eu vou estar com Mattie, obtendo o máximo de informações que puder. Podemos querer contratar um detetive particular. Vou providenciar para que as contas sejam remetidas a seu homem, Goldacre. Ele vai mandá-las para seu agente, e o agente pode...
— Não — eu disse. — Mande Goldacre remetê-las diretamente para cá. Harold é uma mãe judia. Quanto é que isso vai me custar?
— Setenta e cinco mil dólares, no mínimo — disse ele, sem nenhuma hesitação. E também sem qualquer desculpa na voz.
— Não diga isso a Mattie.
— Tudo bem. Você já está se divertindo um pouco com isso, Mike?
— Sabe, acho que estou — eu disse pensativamente.
— Por 75 mil, deveria. — Nós nos despedimos e John desligou.
Enquanto recolocava o telefone no gancho, ocorreu-me que eu tinha vivido mais nos últimos cinco dias do que nos últimos quatro anos.

Dessa vez o telefone não tocou e percorri o caminho de volta ao escritório, mas sabendo que estava definitivamente liquidado por aquele dia. Sentei ante a IBM, apertei duas vezes a tecla que mudava de linha e estava começando a escrever uma anotação para mim mesmo sobre o passo seguinte no final da página em que trabalhava quando o telefone me interrompeu. Que coisinha azeda é o telefone, e como recebemos dele poucas noticiazinhas boas! Mas aquele dia foi uma exceção, e achei que podia terminar o dia com um sorriso. Eu estava trabalhando, afinal de contas — *trabalhando*. Parte de mim ainda se maravilhava de poder estar sentado ali, respirando com facilidade, coração batendo continuamente no peito, e sem nem o vislumbre de um ataque de ansiedade no meu horizonte de eventos pessoais. Escrevi:

[A SEGUIR: Drake para Raiford. Para no caminho da barraca de verduras para falar com o cara que toma conta dela, origem antiga, precisa de um nome bom e colorido. Chapéu de palha. Camiseta da DisneyWorld. Falam sobre Shackleford.]

    Virei o rolo até que a IBM cuspisse a página, coloquei-a no alto do manuscrito e rabisquei uma nota final para mim mesmo: "Ligar para Ted Rosencrief sobre Raiford." Rosencrief era um marinheiro aposentado que morava em Derry. Eu o empreguei como assistente de pesquisa para diversos livros, usando-o, num projeto, para descobrir como o papel era feito; em outro, para saber quais eram os hábitos migratórios de certos pássaros comuns; e num terceiro, para levantar um pouquinho de informações sobre a arquitetura das salas fúnebres das pirâmides. E quero sempre "um pouquinho", nunca "a porcaria da coisa toda". Como escritor, minha divisa sempre foi não me deixe confuso com os fatos. O tipo de ficção Arthur Hailey está fora de meu alcance — e se não consigo lê-la, que dirá escrevê-la. Só quero saber o suficiente para mentir com certo colorido. Rosie sabia disso, e sempre havíamos trabalhado bem juntos.
    Desta vez, eu precisava de um pouquinho sobre a Prisão Raiford, da Flórida, e qual era a aparência da casa da morte lá. Também precisava de um pouquinho sobre a psicologia dos *serial killers*. Achei que Rosie provavelmente ficaria contente de ter notícias minhas... quase tão contente quanto eu de finalmente ter um motivo para ligar para ele.
    Peguei as oito páginas em espaço duplo que havia escrito e folheei-as, ainda surpreso com sua existência. O segredo teria sido o tempo todo uma velha máquina de escrever IBM e uma bola de tipo Courier? Sem dúvida era o que parecia.
    O que saíra também era surpreendente. Haviam me ocorrido ideias durante minhas férias sabáticas de quatro anos; quanto a isso, nenhum bloqueio de escritor. Uma delas fora realmente fantástica, o tipo da coisa que certamente teria se tornado um romance se eu ainda fosse capaz de escrever romances. De meia dúzia a uma dúzia eram do tipo que eu classificaria de "bastante boas", significando que poderiam servir quando necessário... ou se crescessem misteriosamente do dia para a noite, como o pé de feijão de João. Às vezes isso acontece com as ideias. Na

maior parte eram vislumbres, pequenos "e se" que surgiam e sumiam como estrelas cadentes enquanto eu estava dirigindo, caminhando ou simplesmente deitado na cama à noite, à espera do sono.

O homem da camisa vermelha tinha sido um "e se". Certo dia vi um homem com uma vistosa camisa vermelha lavando a vitrine da loja JCPenney em Derry — não muito tempo antes de Penney mudar-se para o shopping. Um rapaz e uma moça passaram sob a escada dele... o que dava muita má sorte, segundo a velha superstição. Mas aqueles dois não tinham noção de *onde* estavam andando — estavam de mãos dadas, bebendo nos olhos um do outro, tão completamente apaixonados como quaisquer dois jovens na história do mundo. O rapaz era alto e, enquanto eu observava, o topo de sua cabeça por um triz não esbarrou nos pés do lavador da vitrine. Se isso tivesse acontecido, todo o trabalho teria que ser refeito.

O incidente transformou-se em história em cinco segundos. Escrever *O homem da camisa vermelha* levou cinco meses. Só que, na verdade, todo o livro foi feito num segundo "e se". Imaginei uma colisão em vez de uma quase colisão. Tudo o mais se seguiu dali. O ato de escrever foi tarefa de secretário.

A ideia em que eu trabalhava no momento não era uma das Ideias Realmente Ótimas de Mike (a voz de Jo escreveu cuidadosamente as letras maiúsculas), mas também não era uma "e se". Assim como também não se parecia muito com minhas velhas e compridas histórias góticas de *suspense*; V. C. Andrews com um pau não estava visível em parte alguma dessa vez. Mas a coisa parecia sólida, verdadeira, e naquela manhã saíra tão naturalmente como a respiração.

Andy Drake, investigador particular em Key Largo, tinha 40 anos, era divorciado e pai de uma garota de 3 anos. No início da história, ele se encontrava na casa de Key West de uma mulher chamada Regina Whiting. A sra. Whiting também tinha uma filhinha, com 5 anos. Era casada com um construtor extremamente rico que desconhecia o que Andy Drake sabia: que até 1992 Regina Taylor Whiting tinha sido Tiffany Taylor, uma *call-girl* de luxo em Miami.

Eu escrevi até aí antes de o telefone começar a tocar. O que eu sabia além desse ponto, o trabalho de secretário que faria nas várias semanas vindouras (presumindo-se que minha recuperada capacidade de trabalhar se mantivesse), era o seguinte:

Certo dia, quando Karen Whiting tinha 3 anos, o telefone tocou enquanto ela e a mãe estavam sentadas na pequena piscina aquecida do pátio. Regina pensou em pedir ao jardineiro para atendê-lo, mas depois decidiu fazê-lo ela mesma — seu empregado habitual, resfriado, não estava, e ela não se sentiu à vontade de pedir um favor a um estranho. Advertindo à filha que ficasse sentadinha imóvel, Regina pulou da piscina para atender ao telefone. Quando Karen levantou a mão para se abrigar dos borrifos provocados pela saída da mãe, deixou cair a boneca na qual vinha dando banho. Ao se curvar para pegá-la, seu cabelo ficou preso num dos poderosos orifícios de sucção da piscina. (Ler sobre um acidente fatal como esse foi o que originalmente desencadeou a história em minha cabeça dois ou três anos antes.)

O jardineiro, alguma não entidade de camisa cáqui enviado por uma empresa de diaristas, viu o que estava acontecendo. Disparou pelo gramado, mergulhou de cabeça na piscininha e arrancou a criança do fundo, deixando cabelo e um bom naco de couro cabeludo tapando o jato ao fazê-lo. Então aplicou respiração artificial na menina até que esta começasse a respirar de novo. (Isso seria uma cena maravilhosa, cheia de *suspense*, e eu mal podia esperar para escrevê-la.) Ele recusaria todos os oferecimentos de recompensa por parte da mãe histérica e aliviada, embora acabasse por lhe dar um endereço para que o marido dela pudesse entrar em contato com ele. Contudo, tanto o endereço quanto seu nome, John Sanborn, se revelariam falsos.

Dois anos depois a ex-prostituta com a respeitável segunda vida vê o homem que salvou sua filha na primeira página de um jornal de Miami. Identificado como John Shackleford, ele tinha sido preso pelo assassinato-estupro de uma menina de 9 anos. A reportagem acrescenta que ele é suspeito de mais de quarenta assassinatos, sendo que muitas das vítimas eram crianças. "Vocês pegaram o Boné de Beisebol?", gritaria um dos repórteres numa entrevista coletiva. "John Shackleford é Boné de Beisebol?"

— Bom — eu disse, descendo a escada —, eles sem dúvida *pensam* que é.

Estava ouvindo barcos demais no lago naquela tarde para pensar na possibilidade de um banho nu. Botei o calção, pendurei uma toalha nos ombros e comecei a descer o caminho — margeado de fulgurantes lanternas de papel em meu sonho — para eliminar o suor dos pesadelos e de meu inesperado trabalho da manhã.

Há 23 degraus feitos com dormentes entre Sara e o lago. Eu tinha descido apenas quatro ou cinco antes da enormidade do que acabara de acontecer me atingisse. Minha boca começou a tremer. As cores das árvores e do céu misturaram-se ante meus olhos marejados. De dentro de mim começou a sair uma espécie de gemido abafado. A força abandonou minhas pernas e sentei num dormente com um baque. Por um momento, achei que a coisa tivesse passado, provavelmente um alarme falso; então comecei a chorar. Enfiei uma ponta da toalha na boca durante o pior da crise, com medo de que o pessoal dos barcos no lago ouvissem os sons saindo de mim, iam pensar que alguém estava sendo assassinado ali.

Chorei de dor pelos anos vazios que tinha passado sem Jo, sem amigos e sem meu trabalho. Chorei de gratidão porque aqueles anos sem trabalho pareciam terminados. Claro que ainda era muito cedo para dizer — uma andorinha não faz verão e oito páginas de texto em estado bruto não ressuscitam uma carreira —, mas pensei que bem poderiam fazê-lo. E chorei de medo também, como fazemos quando uma péssima experiência finalmente acaba ou quando escapamos por pouco de um terrível acidente. Chorei porque percebi de repente que vinha caminhando por uma linha branca desde que Jo tinha morrido, caminhando direto pelo meio da estrada. Por algum milagre, eu fui arrastado para fora do perigo. Não tinha ideia de quem tinha feito aquilo, mas, tudo bem, era uma pergunta que podia esperar por outro dia.

Expulsei tudo aquilo de mim através do choro. Então desci até o lago e investi contra ele com energia. A água fria no meu corpo superaquecido foi mais do que boa: parecia uma ressurreição.

Capítulo Quinze

— Declare seu nome para o registro.
— Michael Noonan.
— Endereço?
— Derry é o meu endereço permanente, rua Benton, 14, mas também tenho uma casa na TR-90, em Dark Score Lake. O endereço para correspondência é caixa postal 832. A casa é na estrada 42, fora da rota 68.

Elmer Durgin, o guardião *ad litem* de Kyra Devore, abanou uma rechonchuda mão na frente do rosto para espantar algum inseto incômodo ou para me dizer que já chegava. Concordei. Sentia-me ligeiramente como a garotinha da peça *Nossa cidade*, de Thornton Wilder, que dá seu endereço como Grover's Corner, New Hampshire, América, Hemisfério Norte, Mundo, Sistema Solar, Via Láctea, a Mente de Deus. Estava sobretudo nervoso. Havia chegado aos 40 anos ainda virgem na área dos procedimentos legais e, embora estivéssemos na sala de conferência de Durgin, Peters e Jarrette, na rua Bridge em Castle Rock, ainda assim aquilo era um procedimento legal.

Havia um detalhe estranho digno de nota naquelas festividades. O estenógrafo não usava um daqueles teclados que parecem máquinas de somar e sim uma Stenomask, um dispositivo que se ajustava à metade inferior de seu rosto. Eu já os vi antes, mas só em velhos filmes policiais preto e branco, aqueles em que Dan Duryea ou John Payne está sempre rodando num Buick com portinholas nas laterais, parecendo sombrio e fumando um Camel. Olhar para o canto e ver um sujeito que parecia o mais velho piloto de combate do mundo já era esquisito, mas ouvir tudo que você dizia imediatamente repetido num tom abafado e monótono era mais esquisito ainda.

— Obrigado, sr. Noonan. Minha mulher lê todos os seus livros e diz que o senhor é o seu escritor preferido. Eu só queria registrar aquilo.

— Durgin riu pesadamente. Por que não? Era um cara gordo. Gosto da maioria dos gordos, são naturezas expansivas para combinar com suas cinturas expansivas. Mas *há* um subgrupo que eu costumo chamar mentalmente de o Pessoalzinho Gordo Malvado. Nem pense em se meter com o PGM, se puder evitar; eles queimarão a sua casa e estuprarão seu cachorro, se você lhes der a metade de um pretexto e um quarto de oportunidade. Poucos deles medem além de 1,58 metro (a altura de Durgin, segundo eu avaliava), e muitos têm menos de 1,52 metro. Sorriem muito, mas seus olhos não. O Pessoalzinho Gordo Malvado odeia todo mundo. Odeia principalmente o pessoal que pode olhar para baixo por toda a extensão do próprio corpo e ainda ver os pés. Isso me incluía, embora por pouco.

— Por favor, agradeça à sua mulher por mim, sr. Durgin. Tenho certeza de que ela poderia recomendar um para o senhor também.

Durgin deu uma risadinha. Por conta dele, a assistente de Durgin — uma bonita moça que parecia ter saído da escola de direito há uns 17 minutos — deu uma risadinha também. À minha esquerda, Romeo Bissonette também riu. No canto, o piloto de F-111 mais velho do mundo continuava murmurando em sua Stenomask.

— Vou esperar pela versão para a tela grande — disse ele. Seus olhos emitiram um brilho cruel, como se ele soubesse que jamais tinha sido feito um longa-metragem com um de meus livros, apenas um filme-para-TV de *Sendo dois*, que se classificou mais ou menos da mesma forma que os Campeonatos Nacionais de Forração de Sofá. Eu esperava que já tivéssemos percorrido toda a gama de brincadeiras daquele idiota gorducho.

— Sou o guardião *ad litem* de Kyra Devore — disse ele. — Sabe o que isso significa, sr. Noonan?

— Acho que sim.

— Significa — continuou Durgin — que fui indicado pelo juiz Rancourt para decidir, se eu puder, o que é melhor para Kyra Devore, caso um julgamento sobre a custódia se tornar necessário. Se isso acontecer, o juiz Rancourt não seria solicitado a basear sua decisão em minhas conclusões, mas em muitos casos é isso que acontece.

Olhou para mim com as mãos dobradas sobre um bloco de notas em branco. A bonita assistente, por outro lado, rabiscava loucamente.

Talvez não confiasse no piloto de combate. Durgin parecia esperar uma rodada de aplausos.

— Isso foi uma pergunta, sr. Durgin? — falei, e Romeo Bissonette despachou um leve e experiente chute no meu tornozelo. Não precisei encará-lo para saber que o chute não tinha sido acidental.

Durgin franziu os lábios, que ficaram tão lisos e úmidos que davam a impressão de estarem com gloss. Em sua cabeça lustrosa, duas dúzias de fios de cabelo estavam penteados em arcos pequenos e delicados. Lançou-me um olhar paciente e avaliador, mas por trás dele havia toda a feiura intransigente de um membro do Pessoalzinho Gordo Malvado. As brincadeiras tinham terminado, sem dúvida.

— Não, sr. Noonan, não foi uma pergunta. Simplesmente achei que o senhor gostaria de saber por que lhe tínhamos pedido para deixar seu adorável lago numa manhã tão aprazível. Talvez eu estivesse enganado. Agora, se...

Ouviu-se uma peremptória batida na porta, seguida pela presença de nosso amigo George Footman. Hoje, o Cleveland Casual foi substituído por um uniforme cáqui de xerife-adjunto, juntamente com o cinto Sam Browne e a arma na cintura. Ele se gratificou com uma boa olhada no busto da assistente, exibido numa blusa de seda azul; depois entregou a ela uma pasta de papéis e um gravador de fita cassete, lançando-me um rápido olhar antes de ir embora. *Eu me lembro de você, camarada*, dizia o olhar. *O escritor metido a besta.*

Romeo Bissonette inclinou a cabeça em minha direção, usando a lateral da mão para preencher a brecha entre sua boca e minha orelha.

— A fita de Devore — disse ele.

Assenti com a cabeça para mostrar que tinha entendido, depois me virei de novo para Durgin.

— Sr. Noonan... o senhor esteve com Kyra Devore e sua mãe, Mary Devore, não é?

Eu me perguntei como teria ele transformado Mattie em Mary... e então soube, da mesma forma que tinha ficado sabendo sobre o short e a frente única brancos. Mattie era como Ki inicialmente tentou pronunciar *Mary*.

— Sr. Noonan, estamos mantendo sua atenção?

— Não é necessário ser sarcástico, é? — disse Bissonette. Seu tom era suave, mas Elmer Durgin lançou-lhe um olhar sugerindo que se o PGM alcançasse o objetivo de dominar o mundo, Bissonette estaria a bordo do primeiro vagão de carga partindo para o gulag.

— Desculpe — falei antes que Durgin pudesse responder. — Eu me distraí por um ou dois segundos.

— Ideia para uma nova história? — perguntou Durgin, desfechando seu sorriso reluzente. Parecia um sapo do pântano com blazer. Virou-se para o velho piloto, disse-lhe finalmente para atacar e depois repetiu a pergunta sobre Kyra e Mattie.

Sim, respondi, eu estive com elas.

— Uma vez só ou mais de uma?

— Mais de uma.

— Quantas vezes o senhor esteve com elas?

— Duas vezes.

— Também falou com Mary Devore por telefone?

As perguntas moviam-se numa direção que me deixavam pouco à vontade.

— Sim.

— Quantas vezes?

— Três vezes. — A terceira tinha sido no dia anterior, quando Mattie me perguntou se eu queria fazer um piquenique no parque da cidade com ela e John Storrow depois de meu depoimento. Almoço bem no meio da cidade, diante de Deus e todo mundo... mas com o advogado de Nova York bancando a dama de companhia, que mal podia haver?

— O senhor falou com Kyra Devore ao telefone?

Que pergunta esquisita! Ninguém tinha me preparado para aquilo. Imaginei que, pelo menos em parte, foi por isso que ele me fez a pergunta.

— Sr. Noonan?

— Sim, falei com ela uma vez.

— Pode nos contar a natureza da conversa?

— Bom... — Em dúvida, olhei para Bissonette, mas não veio nenhuma ajuda de lá. Obviamente ele também não sabia. — Mattie...

— Perdão? — Durgin inclinou-se para a frente o máximo que podia. Seus olhos mostraram-se atentos nas bolsas de carne cor-de-rosa. — Mattie?

— Mattie Devore. *Mary* Devore.

— O senhor a chama de Mattie?

— Sim — respondi, sentindo um impulso alucinado de acrescentar: *Na cama! Eu a chamo assim na cama! "Ah, Mattie, não pare, não pare", grito!* — Foi o nome que ela me deu quando nos conhecemos. Eu a conheci...

— Podemos chegar até lá, mas neste momento estou interessado em sua conversa por telefone com Kyra Devore. Quando foi isso?

— Ontem.

— 9 de julho de 1998.

— É.

— Quem deu o telefonema?

— Ma... Mary Devore. — *Agora vai perguntar por que ela ligou,* pensei, *e eu vou dizer que ela queria ter mais uma maratona de sexo, tendo como preliminares darmos um ao outro morangos mergulhados em chocolate enquanto olhávamos retratos de anões deformados e nus.*

— Como é que Kyra Devore chegou a falar com o senhor?

— Ela perguntou se podia falar. Eu a ouvi dizendo à mãe que tinha que me contar uma coisa.

— O que é que ela queria contar?

— Que tomou seu primeiro banho de espuma.

— Ela também contou que havia tossido?

Fiquei quieto, encarando-o. Naquele instante, entendi por que as pessoas odeiam advogados, sobretudo quando foram atropeladas por um que faz bem o seu trabalho.

— Sr. Noonan, gostaria que eu repetisse a pergunta?

— Não — respondi, imaginando onde ele obteve aquela informação. Teriam esses patifes grampeado o telefone de Mattie? O meu? Os dois? Talvez eu tenha compreendido pela primeira vez num nível visceral o que significa possuir meio bilhão de dólares. Com tanta grana, pode-se grampear um monte de telefones.

— Ela disse que a mãe jogou espuma no rosto dela e ela tossiu. Mas estava...

— Obrigado, sr. Noonan, agora vamos passar a...

— Deixe-o acabar — disse Bissonette. Achei que ele já participara mais dos procedimentos do que tinha esperado, mas ele não parecia se importar. Era um homem de aparência sonolenta, com o rosto melancólico e confiável de um cão de caça.

— O senhor não o está interrogando num tribunal — Bissonette continuou.

— Tenho que pensar no bem-estar da menina — disse Durgin, dando uma impressão ao mesmo tempo pomposa e humilde, uma mistura que combinava tanto quanto calda de chocolate com milho cozido. — É uma responsabilidade que assumo muito seriamente. Se dei a impressão de estar aborrecendo o senhor, peço desculpas, sr. Noonan.

Não me dei ao trabalho de aceitar suas desculpas — isso teria transformado nós dois em impostores.

— Eu só ia dizer que Ki estava rindo quando falou aquilo. Ela disse que ela e a mãe tinham tido uma briga de espuma. Quando a mãe dela voltou ao telefone, também estava rindo.

Durgin abriu a pasta de papéis que Footman tinha lhe trazido e a folheava rapidamente ao falar, como se não estivesse ouvindo uma palavra sequer.

— A mãe... Mattie, como o senhor a chama.

— É. Mattie é como eu a chamo. Em primeiro lugar, como é que o senhor sabe sobre nossa conversa particular ao telefone?

— Não é da sua conta, sr. Noonan. — Escolheu uma única folha de papel e então fechou a pasta. Segurou brevemente a folha de papel, como um médico examinando um raio X, e pude ver que estava coberta de letras datilografadas em espaço um. — Vamos voltar ao seu encontro inicial com Mary e Kyra Devore. Foi no 4 de Julho, não foi?

— Foi.

Durgin balançou a cabeça positivamente.

— Na manhã do 4 de Julho. E o senhor encontrou Kyra Devore primeiro.

— Sim.

— O senhor a encontrou primeiro porque a mãe não estava com ela naquele momento, não é?

— A pergunta está malfeita, sr. Durgin, mas acho que a resposta é sim.

— Fico lisonjeado em ter minha gramática corrigida por um homem que faz parte da lista dos best-sellers — disse Durgin sorrindo. O sorriso sugeria que ele gostaria de me ver sentado ao lado de Romeo Bissonette naquele primeiro vagão de carga partindo para o gulag.

— Conte-me seu encontro, primeiro com Kyra Devore e depois com Mary Devore. Ou Mattie, se preferir.

Contei a história. Quando terminei, Durgin centrou o gravador à sua frente. Tinha as unhas dos dedos tão lustrosas quanto os lábios.

— Sr. Noonan, o senhor poderia ter atropelado Kyra Devore, não podia?

— De modo nenhum. Eu estava a 60 quilômetros por hora, é o limite de velocidade perto do armazém. Eu a vi com tempo mais que suficiente para parar.

— Mas suponhamos que o senhor tivesse vindo do outro lado, indo para o norte em vez de para o sul. Mesmo assim o senhor a teria visto com tempo mais do que suficiente?

Na verdade, a pergunta era mais justa do que algumas das outras. Alguém vindo pelo outro lado teria tido menos tempo para reagir. Mesmo assim...

— Teria — eu disse.

Durgin levantou as sobrancelhas.

— Tem certeza?

— Sim, sr. Durgin. Eu poderia ter que apertar o freio um pouco mais bruscamente, mas...

— A 60 por hora.

— É, a 60 por hora. Já lhe disse, é o limite de velocidade...

— ... naquele trecho específico da rota 68. É, o senhor já me disse. Sua experiência lhe diz que a maioria das pessoas obedece ao limite de velocidade naquela parte da estrada?

— Não tenho passado muito tempo na TR desde 1993, portanto não posso...

— Ora, sr. Noonan, isso não é uma cena de um de seus livros. Apenas responda às minhas perguntas ou ficaremos aqui a manhã inteira.

— Estou fazendo o melhor que posso, sr. Durgin.

Ele suspirou, num fingimento.

— O senhor tem a sua casa em Dark Score Lake desde os anos 1980, não é? E o limite de velocidade em torno do Armazém Lakeview e da Oficina de Dick Brooks, a chamada Aldeia Norte, não mudou desde então, não é?

— É — admiti.

— Voltando à minha pergunta original, portanto: em sua observação, a maioria das pessoas naquele trecho de estrada obedece ao limite de 60 quilômetros por hora?

— Não posso falar da maioria porque nunca fiz uma pesquisa sobre o tráfego, mas acho que muitos não obedecem.

— Gostaria de ouvir Footman, o xerife-adjunto do condado de Castle, declarar qual é o lugar onde há mais multas por excesso de velocidade na TR, sr. Noonan?

— Não — eu disse honestamente.

— Outros veículos passaram enquanto o senhor falava primeiro com Kyra Devore e depois com Mary Devore?

— Sim.

— Quantos?

— Não sei exatamente. Uns dois.

— Poderiam ter sido três?

— Acho que sim.

— Cinco?

— Não, provavelmente não tantos.

— Mas o senhor não sabe exatamente, sabe?

— Não.

— Porque Kyra Devore estava perturbada.

— Na verdade, ela passou por aquilo muito bem para uma...

— Ela chorou na sua presença?

— Bem... chorou.

— A mãe a fez chorar?

— Isso é injusto.

— Na sua opinião tão injusto quanto permitir que uma menina de 3 anos passeie pelo meio de uma rodovia agitada numa manhã de feriado, ou talvez não tão injusto?

— Minha nossa, sessão suspensa — disse suavemente Bissonette. Seu rosto mostrava apreensão.

— Retiro a pergunta — disse Durgin.

— Qual delas? — perguntei.

Ele me olhou com cansaço, como se dissesse que tinha que aguentar imbecis como eu o tempo todo e que já estava acostumado ao comportamento deles.

— Quantos carros passaram do momento em que o senhor botou a criança em segurança até o momento em que o senhor e as Devore se separaram?

Detestei aquele "botou a criança em segurança", mas mesmo enquanto eu formulava minha resposta o sujeito velho murmurava a pergunta em sua Stenomask. E na verdade era o que eu havia feito. Impossível escapar daquilo.

— Já lhe disse, não sei com certeza.

— Bom, dê um palpite-estimativa.

— Podem ter sido três.

— Inclusive a própria Mary Devore? Dirigindo um... — consultou o papel que tirou da pasta — um Jeep Scout 1982?

Pensei em Ki dizendo *Mattie vem depressa* e entendi aonde é que Durgin queria chegar agora. E não havia nada que eu pudesse fazer a respeito.

— Sim, era ela e era um Scout. Não sei de que ano.

— Ela estava dirigindo abaixo do limite de velocidade, dentro do limite ou acima do limite quando passou pelo lugar onde o senhor estava com Kyra no colo?

Ela estava a pelo menos 80 quilômetros, mas eu disse a Durgin que não podia saber com certeza. Ele insistiu para que eu tentasse — *Sei que o senhor não tem familiaridade com o nó do carrasco, sr. Noonan, mas tenho certeza de que pode fazer um, se tentar com afinco* —, e recusei tão educadamente quanto pude.

Ele pegou o papel de novo.

— Sr. Noonan, ficaria surpreso de saber que duas testemunhas, Richard Brooks Jr., o proprietário da oficina, e Royce Merrill, um carpinteiro aposentado, afirmam que a sra. Devore estava indo a bem mais de 60 quilômetros por hora quando passou pelo lugar onde o senhor estava?

— Não sei. Eu estava preocupado com a menina.

— Ficaria surpreso de saber que Royce Merrill avaliou a velocidade dela em quase *100* quilômetros por hora?

— Isso é ridículo. Quando ela pisasse no freio, teria derrapado lateralmente e aterrissado de cabeça para baixo na vala.

— As marcas de derrapagem medidas pelo adjunto Footman indicam uma velocidade de pelo menos 80 quilômetros por hora — disse Durgin. Não era uma pergunta, mas ele me olhava quase de modo vil, como se me convidasse a lutar um pouco mais e afundar ainda mais em seu poço nojento. Eu não disse nada. Durgin entrelaçou as mãozinhas gorduchas e se debruçou por cima delas em minha direção. O olhar vil tinha desaparecido.

— Sr. Noonan, se o senhor não tivesse carregado Kyra Devore para o acostamento, se não a tivesse resgatado, *a própria mãe dela* não poderia tê-la atropelado?

Ali estava a pergunta realmente pesada. Como é que eu poderia responder-lhe? Bissonette certamente não estava emitindo nenhum sinal fulgurante de ajuda; parecia estar tentando fazer um contato visual significativo com a bonita assistente. Pensei no livro que Mattie vinha lendo juntamente com *Bartleby* — *Testemunha silenciosa*, de Richard North Patterson. Ao contrário do pessoal de Grisham, os advogados de Patterson pareciam sempre saber o que estavam fazendo. *Objeção, meritíssimo, isso é induzir a testemunha a uma especulação.*

Dei de ombros.

— Desculpe, advogado, não posso dizer, deixei minha bola de cristal em casa.

Novamente vi o brilho cruel nos olhos de Durgin.

— Sr. Noonan, posso lhe assegurar que se não responder a essa pergunta o senhor pode ser convocado, de Malibu ou Fire Island ou de qualquer lugar em que estiver escrevendo sua próxima obra, para responder mais tarde.

Dei de ombros.

— Já lhe disse que estava preocupado com a criança. Não posso lhe dizer com que rapidez a mãe estava indo, ou até que ponto é boa a visão de Royce Merrill, ou se o adjunto Footman chegou a medir a marca certa de derrapagem. Suponhamos que ela *estivesse* indo a 80. Ou, digamos, mesmo a 90. Ela tem 21 anos, Durgin. Com 21 anos de idade, a capacidade de a pessoa dirigir está no auge. Ela provavelmente teria se desviado da criança, e facilmente.

— Acho que já é suficiente.

— Por quê? Porque não está conseguindo o que queria? — O sapato de Bissonette golpeou meu tornozelo de novo, mas ignorei-o. — Se o senhor está do lado de Kyra, por que parece que está do lado do avô dela?

Um sorrizinho perverso moveu os lábios de Durgin. O tipo que diz *Certo, seu espertinho, você quer jogar?* Puxou o gravador um pouco mais para perto de si.

— Já que o senhor mencionou o avô de Kyra, sr. Maxwell Devore, de Palm Springs, vamos falar um pouco sobre ele, está bem?

— A bola é sua.

— O senhor falou algum dia com Maxwell Devore?

— Sim.

— Em pessoa ou por telefone?

— Por telefone. — Pensei em acrescentar que ele, de algum modo, tinha se apossado de meu número de telefone, depois lembrei que Mattie também o fez e resolvi fechar a boca quanto ao assunto.

— Quando foi isso?

— Na noite do sábado passado. A noite do 4 de Julho. Ele ligou enquanto eu assistia aos fogos.

— E o assunto da conversa foi a pequena aventura daquela manhã? — Enquanto perguntava, Durgin enfiou a mão no bolso e retirou de lá uma fita cassete. Havia um traço de ostentação em seu gesto; naquele momento ele parecia um mágico de sala de visita mostrando os dois lados de um lenço de seda. E ele estava blefando. Eu não podia ter certeza disso... mas tinha. Devore tinha gravado nossa conversa, tudo bem, aquele zumbido realmente tinha sido alto demais, e em algum nível eu estava consciente do fato mesmo enquanto falava com ele, e pensei que realmente a conversa estivesse no cassete que Durgin introduzia agora no gravador... mas era um blefe.

— Não me lembro — eu disse.

A mão de Durgin imobilizou-se no ato de concluir o encaixe do cassete no painel transparente do gravador. Olhou-me francamente incrédulo... e algo mais. Achei que o algo mais era raiva envolta em surpresa.

— Não se lembra? Ora, sr. Noonan. Certamente os escritores se *treinam* para lembrar conversas, e essa de que estou falando ocorreu apenas uma semana atrás. Conte o que conversaram.

— Realmente não consigo dizer — falei, numa voz impassível e átona.

Por um momento, Durgin pareceu quase em pânico. Então seus traços se suavizaram. Um dedo de unha lustrosa deslizava para a frente e para trás nas teclas marcadas REW, FF, PLAY e REC.

— Como o sr. Devore começou a conversa? — perguntou.

— Ele disse alô — falei suavemente, e houve um curto som abafado por trás da Stenomask. Poderia ter sido o velho limpando a garganta ou um riso reprimido.

Manchas de cor brotaram no rosto de Durgin.

— E depois do alô? O que mais?

— Não me lembro.

— Ele lhe perguntou sobre aquela manhã?

— Não me lembro.

— O senhor não contou a ele que Mary Devore e sua filha estavam juntas, sr. Noonan? Que estavam juntas colhendo flores? Não foi isso que o senhor disse àquele avô preocupado quando ele perguntou sobre o incidente que o distrito inteiro comentava naquele 4 de Julho?

— Ah, meu Deus — disse Bissonette. Ergueu uma das mãos sobre a mesa e tocou a palma com os dedos da outra, fazendo um *T*.

— Intervalo.

Durgin olhou para ele. Seu rubor estava mais pronunciado agora; os lábios dele foram puxados para trás o suficiente para mostrar a ponta de pequenos dentes cuidadosamente encapados.

— O que é que o *senhor* quer? — ele quase rosnou, como se Bissonette tivesse simplesmente acabado de passar por ali para lhe contar sobre o estilo de vida mórmon ou talvez rosa-cruz.

— Quero que pare de dirigir este homem, e que toda essa coisa sobre colher flores seja cortada do registro — disse Bissonette.

— Por quê? — retrucou Durgin.

— Porque o senhor está tentando registrar um material que sua testemunha não vai confirmar. Se quiser interromper por algum tempo para que possamos fazer uma reunião por telefone com o juiz Rancourt, ouvir sua opinião...

— Retiro a pergunta — disse Durgin. Ele me olhou com uma espécie de fúria impotente e mal-humorada.

— Sr. Noonan, quer me ajudar a fazer o meu trabalho?

— Quero ajudar Kyra Devore, se puder — eu disse.

— Muito bem. — Ele assentiu com a cabeça como se nenhuma distinção tivesse sido feita. — Então, por favor, me diga o que o senhor e Max Devore conversaram.

— Não consigo lembrar. — Olhei-o diretamente nos olhos. — Talvez o senhor possa refrescar minha lembrança.

Houve um momento de silêncio, como o que às vezes atinge um jogo de pôquer de altas paradas exatamente depois de a última aposta ter sido feita e exatamente antes de os jogadores mostrarem o que têm nas mãos. Mesmo o velho piloto de combate estava quieto, os olhos sem piscar por trás da máscara. Então Durgin empurrou o gravador para o lado com a parte inferior da palma da mão (a postura de sua boca dizia que se sentia a respeito do gravador como eu frequentemente me sentia com relação ao telefone) e voltou para a manhã de 4 de Julho. Não perguntou sobre meu jantar com Mattie e Ki na noite de terça-feira, e não voltou mais à conversa telefônica com Devore — quando eu tinha dito todas aquelas coisas inconvenientes e facilmente refutáveis.

Continuei respondendo a perguntas até as 11h30, mas a entrevista havia terminado realmente quando Durgin empurrou o gravador com a parte inferior da palma da mão. Eu sabia disso, e tenho certeza de que ele também.

— Mike! Mike, aqui!

Mattie estava acenando de uma das mesas na área de piquenique atrás do coreto do parque da cidade. Parecia vibrante e feliz. Acenei em resposta e abri caminho naquela direção, avançando por entre criancinhas brincando de pegar, contornando um casal de adolescentes se beijando na grama e me esquivando de um Frisbee pego por um saltitante pastor-alemão com esperteza.

Com ela estava um ruivo alto e magro, mas quase não tive a chance de notá-lo. Mattie foi a meu encontro enquanto eu ainda estava no caminho de cascalho, pôs os braços em torno de mim, me abraçou — e não foi nenhum abraço pudico de bundinha espetada para fora — e então me beijou na boca com força bastante para empurrar meus lábios contra meus dentes. Houve um vigoroso estalo quando ela se desvencilhou, afastando-se e me olhando com indisfarçável encantamento.

— Foi o maior beijo que você já recebeu?

— O maior pelo menos em quatro anos — eu disse. — Está bem assim? — E se ela não desse um passo atrás nos próximos segundos, ia ter uma prova física do quanto eu tinha apreciado o beijo.

— É, acho que está. — Virou-se para o sujeito ruivo com uma espécie de desafio engraçado. — Tudo bem?

— Provavelmente não — disse ele —, mas pelo menos presentemente vocês não estão sob as vistas dos velhinhos da oficina. Mike, sou John Storrow. Prazer em conhecê-lo pessoalmente.

Gostei dele imediatamente, talvez porque me deparasse com ele em seu terno de três peças de Nova York e meticulosamente pondo pratos de papel numa mesa de piquenique, o cabelo vermelho e crespo voando em torno de sua cabeça como algas. Sua pele era clara e sardenta, do tipo que jamais se bronzearia, apenas queima e despela em grandes manchas tipo eczema. Quando apertamos as mãos, a sua parecia ser formada apenas de nós de dedos. Ele tinha pelo menos 30 anos, mas parecia da idade de Mattie, e meu palpite era que se passariam outros cinco anos antes que pudesse conseguir uma bebida sem mostrar a identidade.

— Sente-se — disse ele. — Temos um almoço de cinco pratos, cortesia de Castle Rock Variedades: sanduíches italianos... palitinhos de muçarela... batatinha de alho... Twinkies.

— São só quatro pratos — eu disse.

— Esqueci o prato do refrigerante — disse ele, e puxou três long-necks de cerveja de um saco de papel pardo. — Vamos comer. Mattie toma conta da biblioteca de duas às oito nas sextas e sábados, e seria um momento ruim para ela faltar ao trabalho.

— Como foi o círculo de leitores na noite passada? — perguntei.

— Estou vendo que Lindy Briggs não comeu você viva.

Ela riu, entrelaçou as mãos e as sacudiu sobre a cabeça.

— Fui um sucesso! Absolutamente fantástica! Não ousei dizer a eles que tirei todos os meus melhores insights de você...

— Graças a Deus por pequenos favores — disse Storrow. Ele livrava o próprio sanduíche do barbante e do invólucro de papel impermeável, fazendo-o cuidadosamente e com um pouco de dúvida, usando apenas a ponta dos dedos.

— ... então eu disse que tinha olhado em uns dois livros e encontrado algumas indicações neles. Foi maravilhoso. Eu me senti como uma garota de faculdade.

— Ótimo.

— E Bissonette? Onde está ele? — perguntou John Storrow. — Nunca conheci um sujeito chamado Romeo.

— Ele disse que tinha que voltar direto para Lewiston. Lamento.

— Na realidade é melhor que sejamos um grupo pequeno, pelo menos para começar. — Mordeu o sanduíche. Eles vêm enfiados em longas baguetes, e me olhou surpreso. — Não é nada mau.

— Coma mais de três e você está fisgado pelo resto da vida — disse Mattie, e deu uma vigorosa dentada no seu.

— Conte sobre o depoimento — disse John, e enquanto eles comiam, eu falava. Quando terminei, peguei meu sanduíche e coloquei um pouco de ketchup nele. Havia esquecido como um sanduíche italiano podia ser bom: doce, azedo e oleoso ao mesmo tempo. Claro que nada tão saboroso pode ser saudável; isso é um dado. Suponho que se poderia formular um postulado semelhante sobre abraços de corpo inteiro de moças com problemas legais.

— Muito interessante — disse John. — Muito interessante mesmo. — Pegou um palitinho de muçarela de seu pacote manchado de gordura, quebrou-a e olhou com fascinado horror para a matéria branca coagulada em seu interior. — As pessoas aqui comem isso? — perguntou.

— As pessoas em Nova York comem bexiga de peixe — eu disse.

— Crua.

— *Touché.* — Ele mergulhou um pedaço no recipiente de plástico de molho de espaguete (neste contexto, ele é chamado de "mergulho de queijo" no Maine ocidental), depois comeu.

— E então? — perguntei.

— Não é ruim. Mas deviam estar muito mais quentes.

Tinha razão. Comer palitinhos de muçarela frios é um pouco como comer catarro frio, uma observação que achei que guardaria para mim naquela bela sexta-feira em pleno verão.

— Se Durgin tinha a fita, por que não a pôs para tocar? — perguntou Mattie. — Não entendo.

John esticou os braços para fora, estalou os nós dos dedos e olhou para ela com benignidade.

— Provavelmente nunca saberemos ao certo — disse ele.

Ele achava que Devore ia desistir do caso — isso estava expresso em cada linha de sua linguagem corporal e cada inflexão de sua voz. Era esperançoso, mas seria bom que Mattie não se permitisse ficar com esperança *demais*. John Storrow não era tão jovem quanto parecia, e provavelmente não tão ingênuo também (eu esperava ardentemente isso), mas *era* jovem. E nem ele nem Mattie conheciam a história do trenó de Scooter Larribee. Ou tinham visto o rosto de Bill Dean ao contá-la.

— Quer ouvir algumas possibilidades?

— Claro — eu disse.

John abaixou o sanduíche, limpou os dedos e começou a destacar os pontos.

— Primeiro, *ele* deu o telefonema. Conversas gravadas têm um valor altamente dúbio nessas circunstâncias. Segundo, ele não parecia exatamente um santo, não é?

— Não.

— Terceiro, suas mentiras refutam você, Mike, mas na realidade não muito, e não refutam Mattie de todo. E por falar nisso, essa coisa de Mattie jogando espuma no rosto de Kyra, adorei isso. Se é o melhor que eles podem fazer, é bom desistirem imediatamente. Por último, e é onde provavelmente está a verdade, acho que Devore pegou a Doença de Nixon.

— Doença de Nixon? — perguntou Mattie.

— A fita que Durgin tinha não é a única. Não pode ser. E seu sogro está com medo de que, se apresentar uma fita feita por seja lá que sistema que ele conseguiu no Warrington's, nós podemos intimar a apresentação de todas elas. E ai de quem achar que não vou tentar fazer isso.

Mattie pareceu perturbada.

— O que poderia estar nelas? E se é ruim, por que não destruí-las?

— Talvez ele não possa — eu disse. — Talvez precise delas por outras razões.

— Isso na verdade não tem importância — disse John. — Durgin estava blefando, e é *isso* que importa. — Bateu com a parte inferior da palma da mão levemente na mesa de piquenique. — Acho que ele vai abandonar o caso. Acho mesmo.

— É muito cedo para começar a pensar assim — eu disse imediatamente, mas vi no rosto de Mattie, mais iluminado que nunca, que o dano já tinha sido feito.

— Conte a ele o que mais andou fazendo — disse Mattie a John. — Depois vou ter que ir para a biblioteca.

— Onde você deixa Kyra enquanto trabalha? — perguntei.

— Com a sra. Cullum. Ela mora a 3 quilômetros de distância na estrada Wasp Hill. Em julho também tem E.B.F. de dez às três. É a Escola Bíblica de Férias. Ki adora, especialmente os cantos e as histórias feitas com a ajuda das letras do alfabeto sobre Noé e Moisés. O ônibus a deixa na Arlene, e eu a pego às 8h45. — Sorriu um pouco tristemente. — Então geralmente ela já está dormindo no sofá.

John discursou pelos dez minutos seguintes mais ou menos. Ele não tinha entrado no caso há muito tempo, mas já tinha colocado um monte de coisas em movimento. Um sujeito na Califórnia estava reunindo fatos sobre Roger Devore e Morris Ridding ("reunindo fatos" soava muito melhor do que "espionando"). John interessava-se especialmente em saber da qualidade das relações entre Roger Devore e o pai, e se Roger estava no registro concernente à sua pequena sobrinha do Maine. John mapeara também uma campanha para saber o máximo possível dos movimentos e atividades de Max Devore desde que tinha voltado para a TR-90. Para isso, tinha o nome de um investigador particular recomendando por Romeo Bissonette, meu advogado de aluguel.

Enquanto ele falava, folheando rapidamente um pequeno caderno de notas que havia tirado do bolso interno do paletó, me lembrei do que ele disse sobre dona Justiça em nossa conversa ao telefone: *Jogue umas algemas naqueles pulsos largos e fita adesiva em sua boca para combinar com a venda nos olhos, viole-a e arraste-a pela lama.* Talvez isso fosse um pouco forte demais para o que estávamos fazendo, mas achei que pelo menos a empurrávamos um pouco. Tive que continuar lembrando a mim mesmo que o pai de Roger o meteu naquela situação, e não Mattie, eu ou John Storrow.

— Teve algum progresso em conseguir uma reunião com Devore e seu principal conselheiro legal? — perguntei.

— Não sei bem. A linha está na água, a oferta na mesa, a bola no campo, escolham sua metáfora preferida, podem misturá-las e combiná-las se quiserem.

— Os ferros estão no fogo — disse Mattie.

— As pedras no tabuleiro — acrescentei.

Nós nos entreolhamos e rimos. John nos encarou, desapontado, depois suspirou, pegou o sanduíche e começou a comer de novo.

— Você tem mesmo que encontrar com Devore na presença do advogado dele? — perguntei.

— Gostaria de ganhar a causa e depois descobrir que Devore pode fazer tudo de novo baseado em comportamento não ético por parte do conselheiro legal de Mary Devore? — retrucou John.

— Nem brinque com isso! — exclamou Mattie.

— Eu não estava brincando — disse John. — Tem que ser com seu advogado, sim. Não acho que isso vai acontecer, não nesta viagem. Nem cheguei a dar uma espiada no velho filho da mãe, e devo confessar que estou morrendo de curiosidade.

— Se basta isso para você ficar mais feliz, apareça atrás da barreira no campo de softbol na próxima terça à noite — disse Mattie. — Ele vai estar naquela fantástica cadeira de rodas, rindo, aplaudindo e sugando o maldito daquele velho oxigênio a cada 15 minutos mais ou menos.

— Não é má ideia — disse John. — Tenho que voltar para Nova York para o fim de semana, vou embora *après* Osgood, mas talvez apareça na terça. Posso até trazer minha luva. — Ele começou a limpar nosso lixo, e mais uma vez achei que ele parecia afetado e cativante ao mesmo tempo, como Stan Laurel usando um avental. Mattie o liberou daquilo e assumiu a tarefa.

— Ninguém comeu os Twinkies — disse ela, um pouco triste.

— Leve para sua filha — disse John.

— De modo nenhum. Eu não deixo que ela coma coisas assim. Que espécie de mãe você acha que eu sou?

Mattie viu nossas expressões, reparou o que tinha acabado de dizer e deu uma risada. Nós também.

O velho Scout de Mattie estava estacionado num dos espaços em declive por trás do memorial de guerra, que em Castle Rock é um soldado da Primeira Guerra Mundial com uma generosa porção de cocô de passarinho no capacete em forma de prato de torta. Um Taurus novo em folha com um decalque da Hertz acima do adesivo de inspeção estava parado perto dele. John atirou sua pasta — tranquilizadoramente magra e não muito ostentosa — no banco de trás.

— Se eu puder voltar na terça, ligo para você — disse ele para Mattie. — Se conseguir um encontro com seu sogro através desse Osgood, eu também ligo.

— Eu compro os sanduíches italianos — disse Mattie.

Ele sorriu, depois agarrou o braço dela com uma das mãos e o meu com a outra. Parecia um ministro recém-ordenado preparando-se para fazer o casamento de seu primeiro casal.

— Vocês dois falem ao telefone se precisarem — disse ele —, lembrando sempre que um ou os dois telefones podem estar grampeados. Encontrem-se no mercado se quiserem. Mike, você pode precisar dar um pulo na biblioteca local e consultar um livro.

— Mas não até que renove seu cartão da biblioteca — disse Mattie, lançando-me um olhar sério.

— Mas nada mais de visitas ao trailer de Mattie. Está entendido?

Eu disse que sim; ela também. John Storrow, porém, não pareceu convencido. Isso me fez pensar se ele estava vendo algo em nossos rostos ou corpos que não devia estar lá.

— Eles estão comprometidos com uma linha de ataque que provavelmente não vai funcionar — falou. — Não podemos nos arriscar a lhes dar a chance de mudar de rumo. Isso significa insinuações sobre vocês dois; e também insinuações sobre Mike e Kyra.

A expressão chocada de Mattie a fez parecer ter 12 anos de idade novamente.

— Mike e Kyra! O que está dizendo?

— Alegações de molestação infantil por gente tão desesperada que vai tentar qualquer coisa.

— Isso é ridículo — disse ela. — E se meu sogro quiser atirar esse tipo de lama...

John assentiu com a cabeça.

— É, seremos obrigados a dar o troco. Haverá cobertura de jornais de costa a costa, talvez até a TV Tribunal, Deus nos abençoe e nos salve. Não queremos nada disso se pudermos evitá-lo. Não é bom para os adultos e não é bom para a criança. Agora ou depois.

Ele se curvou e beijou o rosto de Mattie.

— Lamento por tudo isso — disse ele, e parecia lamentar genuinamente. — Custódia é assim mesmo.

— Acho que você me avisou. Mas... a ideia de que alguém possa fazer uma coisa dessas só porque não há outro jeito de ganhar...

— Deixe eu avisá-la de novo — disse ele. Seu rosto mostrou-se tão soturno quanto seus traços jovens e de boa índole permitiam, provavelmente. — O que temos é um homem muito rico com um caso muito incerto. A combinação pode ser como trabalhar com dinamite velha.

Virei-me para Mattie.

— Ainda está preocupada com Ki? Ainda sente que ela está em perigo?

Vi que pensou em filtrar a resposta — pela simples e velha reserva ianque, provavelmente — e depois decidiu não fazê-lo. Talvez chegando à conclusão de que disfarçar era um luxo com que não poderia arcar.

— Sim. Mas é só uma sensação.

John franziu a testa. Suponho que a ideia de Devore poder recorrer a meios extralegais para obter o que queria tinha ocorrido a ele também.

— Fique de olho nela o máximo que puder — disse. — Respeito a intuição. A sua se baseia em algo concreto?

— Não — respondeu Mattie, e seu rápido olhar na minha direção me pedia para ficar de boca fechada. — Na verdade, não. — Abriu a porta do Scout e jogou o saquinho de papel pardo com os Twinkies lá dentro. Tinha resolvido ficar com eles, afinal de contas. Então se virou para John e para mim com uma expressão próxima da raiva. — De qualquer modo, não tenho certeza de poder seguir esse conselho. Trabalho cinco dias por semana, e, em agosto, quando fazemos a atualização das microfichas, serão seis dias. No momento, Ki almoça na Escola Bíblica de Férias e janta com Arlene Cullum. Eu a vejo pela manhã. O resto do tempo... — Eu sabia o que ia dizer antes que o fizesse; já conhecia sua expressão. — ... ela está na TR.

— Posso ajudá-la a encontrar uma moça que a auxiliasse em troca de casa e comida — eu disse, pensando que isso seria infinitamente mais barato do que John Storrow.

— Não — disseram os dois num uníssono tão perfeito que se entreolharam e riram. Mas mesmo enquanto estava rindo, Mattie parecia tensa e infeliz.

— Não vamos deixar uma trilha de papel para Durgin ou o time da custódia de Devore explorarem — disse John. — Quem me paga é uma coisa. Quem paga uma babá para Mattie é outra.

— Além disso, já recebi o suficiente de você — disse Mattie. — Mais do que me deixa dormir tranquila à noite. Não vou entrar mais nisso só porque venho tendo depressões. — Entrou no Scout e fechou a porta.

Apoiei as mãos na janela aberta do carro. Agora estávamos no mesmo nível, e o contato visual mostrou-se tão forte que foi desconcertante.

— Mattie, eu não tenho mais nada em que gastar. Mesmo.

— Quando se trata dos honorários de John, eu aceito. Porque tem a ver com Ki. — Ela colocou a mão sobre a minha e apertou brevemente. — Mas o outro assunto diz respeito a mim. Está bem?

— Está. Mas precisa dizer à sua baby-sitter e às pessoas que tomam conta dessa coisa de Bíblia que você está envolvida num caso de custódia, um caso potencialmente amargo, e que Kyra não deve ir a parte alguma com ninguém, mesmo alguém que elas conheçam, sem que você concorde.

Ela sorriu.

— Isso já foi feito. Por conselho de John. Fique em contato, Mike. — Levantou minha mão, deu nela um estalado beijo e se afastou no carro.

— O que acha? — perguntei a John enquanto observávamos o Scout soprar óleo a caminho da nova ponte Prouty, que atravessa a rua do Canal e derrama tráfego na rodovia 68.

— Acho fantástico que ela tenha um benfeitor bem calçado e um advogado esperto — disse John. Fez uma pausa e acrescentou: — Mas vou lhe dizer uma coisa, para mim, ela de alguma forma não parece ter sorte. É uma sensação que eu tenho... não sei...

— De que há uma nuvem em volta dela que você não pode ver muito bem.

— Talvez. Talvez seja isso. — Enfiou as mãos através da inquieta massa de cabelo vermelho. — Só sei que é uma coisa triste.

Eu sabia exatamente o que ele queria dizer... só que para mim havia mais. Eu queria ir para a cama com ela, triste ou não, certo ou não. Queria sentir suas mãos em mim, puxando e pressionando, alisando e afagando. Queria poder cheirar sua pele e provar seu cabelo. Queria ter seus lábios em minha orelha, sua respiração arrepiando os cabelinhos finos dentro de seu pavilhão enquanto ela me dizia que eu fizesse o que quisesse, fosse o que fosse.

Voltei a Sara Laughs pouco antes das duas horas e relaxei, pensando apenas no meu escritório e na IBM com a bola Courier. Eu estava escrevendo de novo... *escrevendo*. Mal podia acreditar ainda. Trabalharia (não que isso parecesse muito trabalho depois de quatro anos de inatividade) provavelmente até as seis horas, depois iria até o Village Café para uma das especialidades de Buddy ricas em colesterol.

No momento em que atravessei a soleira da porta, o sino de Bunter começou a tocar com estridência. Parei no saguão, a mão congelada na maçaneta. A casa estava quente e iluminada, nem uma sombra em lugar nenhum, mas os cabelos se arrepiando em meus braços davam uma sensação de meia-noite.

— Quem está aí? — gritei.

O sino parou de tocar. Houve um momento de silêncio e então uma mulher deu um grito estridente. Vinha de toda parte, jorrando do ar ensolarado e carregado de poeira como suor de uma pele quente. Era um grito de ultraje, raiva, dor... mas sobretudo de horror, achei eu. E gritei por minha vez. Não consegui evitá-lo. Tinha ficado assustado no poço escuro da escada, escutando as invisíveis batidas de punho no material isolante, mas aquilo de agora era bem pior.

O grito não parou. Foi-se apagando, como os soluços da criança haviam se apagado; como se a pessoa que gritava estivesse sendo rapidamente carregada por um longo corredor para longe de mim.

Finalmente desapareceu.

Eu me apoiei na estante, a palma da mão pressionando a camiseta, o coração galopando. Arquejava para respirar, e meus músculos tinham aquela esquisita sensação *de estiramento* com que ficam depois de um grande susto.

Um minuto se passou. As batidas do coração diminuíram gradualmente, e minha respiração com elas. Eu me endireitei, dei um passo cambaleante e, quando minhas pernas me sustentaram, dei mais dois. Fiquei de pé à porta da cozinha, olhando para a sala de estar. Acima da lareira, Bunter, o alce, olhou-me vidrado em resposta. O sino continuava pendurado em seu pescoço e sem badalar. Um quente raio de sol fulgurava a seu lado. O único som que havia era do estúpido relógio do Gato Félix na cozinha.

O pensamento que me atormentava, mesmo assim, era que a mulher que tinha gritado era Jo, que Sara Laughs estava sendo assombrada por minha mulher e sentia dor. Morta ou não, sentia dor.

— Jo? — perguntei calmamente. — Jo, você está...

Os soluços começaram de novo — o som de uma criança aterrorizada. No mesmo momento minha boca e meu nariz mais uma vez se encheram com o gosto de ferro do lago. Pus a mão na garganta, engasgada e assustada, depois me debrucei sobre a pia e cuspi. E como já tinha acontecido antes — em vez de cuspir uma golfada de água, só saiu um pouco de cuspe. A sensação de saturação da água tinha desaparecido como se nunca tivesse ocorrido.

Fiquei onde estava, agarrando a pia e debruçado sobre ela, provavelmente parecendo um bêbado que terminou a festa despejando a animação engarrafada da maior parte da noite. Eu me sentia assim também — atordoado e turvo, muito sobrecarregado para realmente entender o que estava acontecendo.

Finalmente me estiquei novamente, peguei a toalha dobrada sobre a alça da máquina de lavar pratos e limpei o rosto com ela. Havia chá na geladeira, e eu queria um grande copo de chá cheio de gelo, na pior das hipóteses. Estendi a mão para a porta da geladeira e me imobilizei. Os ímãs de frutas e legumes estavam dispostos num círculo novamente. No centro dele, lia-se o seguinte:

socorro estou afogando

Chega, pensei. *Vou dar o fora daqui. Imediatamente. Hoje.*
Contudo, uma hora depois eu estava em meu sufocante escritório com um copo de chá na mesa ao meu lado (os cubos há muito haviam derretido), vestido apenas de calção de banho e perdido no mundo que estava inventando — aquele em que um detetive particular chamado Andy Drake tentava provar que John Shackleford não era o assassino em série apelidado de Boné de Beisebol.

É assim que prosseguimos: um dia de cada vez, uma refeição de cada vez, uma dor de cada vez, uma respiração de cada vez. Dentistas tratam de um canal de cada vez; construtores de barco fazem uma quilha de cada vez. Se você escreve livros, completa uma página a cada vez. Nós nos afastamos de tudo que conhecemos e tememos. Estudamos catálogos, assistimos aos jogos de futebol, escolhemos Sprint em vez de AT&T. Contamos os pássaros no céu e não nos viramos da janela quando ouvimos passos atrás de nós enquanto algo sobe do saguão; nós dizemos: sim, concordo que nuvens geralmente pareçam outras coisas — peixes, unicórnios e homens a cavalo —, mas são apenas nuvens. Mesmo quando os relâmpagos estouram dentro delas, dizemos que são apenas nuvens e voltamos nossa atenção para a próxima refeição, a próxima dor, a próxima respiração, a próxima página. É assim que prosseguimos.

Capítulo Dezesseis

O livro era grande, está bem? O livro era importante.

    Se eu tinha medo de mudar de *sala*, o que dizer de guardar a máquina de escrever e meu delgado manuscrito recém-começado e levá-lo de volta a Derry. Isso seria tão perigoso quanto levar uma criança pequena para o meio de uma tempestade. Portanto, fiquei, sempre me reservando o direito de sair de lá se as coisas ficassem esquisitas demais (do modo como os fumantes se reservam o direito de parar se a tosse piorar muito), e uma semana se passou. Coisas aconteceram naquela semana, mas, até que eu encontrasse Max Devore na Rua na sexta-feira seguinte — devia ser 17 de julho —, a coisa mais importante era que eu continuava a trabalhar num romance que, se terminado, se chamaria *Meu amigo de infância*. Talvez a gente sempre pense que o que foi perdido era melhor... ou teria sido melhor. Não sei ao certo. Só sei que minha vida real naquela semana teve principalmente a ver com Andy Drake, John Shackleford e uma figura sombria em pé no pano de fundo. Raymond Garraty, amigo de infância de John Shackleford. Um homem que às vezes usava um boné de beisebol.

    Durante aquela semana, as manifestações na casa continuaram, mas numa intensidade menor — não houve nada como o grito de gelar o sangue. Às vezes o sino de Bunter tocava e às vezes os ímãs de frutas e legumes se rearrumavam sozinhos num círculo... mas nunca com palavras no meio; não naquela semana. Certa manhã, quando levantei, o pote de açúcar estava derrubado, fazendo-me pensar na história de Mattie sobre a farinha. Nada estava escrito no açúcar espalhado, mas havia um rabisco ondulado —

— como se alguma coisa tivesse tentado escrever e falhasse. Se o caso era esse, tinha a minha solidariedade. Eu sabia o que era aquilo.

Meu depoimento ante o temível Elmer Durgin tinha sido no dia 10, sexta-feira. Na terça seguinte, desci a Rua para o campo de softbol do Warrington's para dar minha própria espiada em Max Devore. Eram quase seis horas quando cheguei ao alcance auditivo dos gritos, aplausos e do ruído dos bastões na bola. Um caminho marcado com sinais rústicos (floreados Ws queimados em flechas de carvalho) levava a uma casa de barco abandonada, uns dois galpões e um mirante meio enterrado em trepadeiras de amora-preta. Depois cheguei ao centro do campo. O lixo composto de sacos de batata frita, invólucros de guloseimas e latas de cerveja sugeria que às vezes outros assistiam aos jogos desse ponto privilegiado. Não pude deixar de pensar em Jo e seu amigo misterioso, o sujeito com o velho blazer marrom, o cara corpulento que tinha escorregado um braço em torno da cintura dela e a levado do jogo, rindo, de volta à Rua. Por duas vezes, durante o fim de semana, estive perto de ligar para Bonnie Amudson, vendo se talvez eu pudesse descobrir quem era aquele camarada, dar um nome a ele; e nas duas vezes havia recuado. Não ponha a mão em vespeiro, disse a mim mesmo a cada vez. Não ponha a mão em vespeiro, Michael.

Tive a área além do centro para mim naquela noite, e parecia a distância certa da base do batedor, considerando-se que o homem que geralmente estacionava a cadeira de rodas de Devore atrás da barreira tinha me chamado de mentiroso e eu o convidei para guardar meu número de telefone onde a luz do sol fica obscura.

Não precisava ter me preocupado, de qualquer modo. Devore não tinha vindo, nem a adorável Rogette.

Divisei Mattie por trás da barreira negligentemente erguida na linha da primeira base. John Storrow estava a seu lado, de jeans e camisa polo, com a maior parte do cabelo vermelho preso dentro de um boné do Mets. Assistiram ao jogo e conversaram como velhos amigos por dois *innings* antes de me verem — tempo mais do que suficiente para que eu tivesse inveja do lugar de John, e um pouco de ciúme também.

Finalmente alguém fez um lance longo para o centro, onde a margem do bosque servia como único alambrado. O jogador voltou, mas a bola ia passar muito por cima de sua cabeça. Foi arremessada bem dentro do meu alcance, à minha direita. Movi-me naquela direção sem pensar, enfiando-me pelas moitas que formavam uma zona entre o campo e as árvores, esperando não estar correndo por hera venenosa. Peguei a bola com a mão esquerda esticada e ri quando alguns dos espectadores aplaudiram. O jogador do centro do campo me aplaudiu batendo com a mão direita na mão enluvada. Enquanto isso o batedor circulava as bases serenamente, sabendo que tinha conseguido um ponto.

Atirei a bola para um dos jogadores, e quando voltei a minha posição original, entre as embalagens de guloseimas e latas de cerveja, olhei para trás e vi Mattie e John me olhando.

Se algo confirma a ideia de que somos apenas outra espécie de animal, um com o cérebro ligeiramente maior e uma ideia *muito* maior de nossa própria importância no esquema das coisas, é o fato de quanto podemos transmitir através de gestos quando temos absolutamente que fazê-lo. Mattie entrelaçou as mãos no peito, inclinou a cabeça para a esquerda e ergueu as sobrancelhas — *Meu herói*. Eu levei as mãos à altura dos ombros e virei as palmas para o céu — *Ora, dona, não foi nada*. John abaixou a cabeça e pôs os dedos na testa, como se algo estivesse doendo ali — *Seu filho da puta sortudo*.

Com tais comentários fora do caminho, apontei para a barreira e ergui os ombros numa pergunta. Mattie e John deram de ombros em resposta. Um *inning* depois, um garotinho que parecia uma explosiva sarda gigante correu até onde eu estava, sua camiseta Michael Jordan batendo nas canelas como uma saia.

— Aquele cara ali me deu cinquenta centavos para dizer que você deve ligar mais tarde para ele no hotel dele em Rock — disse, apontando para John. — Ele disse para você me dar mais cinquenta centavos se tiver resposta.

— Diga a ele que vou ligar por volta de 9h30 — falei. — Mas não tenho trocado. Você aceita um dólar?

— Puxa, aceito sim, brigado. — Pegou o dinheiro, virou-se, depois voltou. Sorriu, revelando uma fileira de dentes capturada entre o Ato I e o Ato II. Com os jogadores de softbol ao fundo, ele parecia um arquétipo de Norman Rockwell. — O cara também falou para eu dizer que sua jogada foi uma besteira.

— Diga a ele que as pessoas diziam isso de Willie Mays o tempo todo.
— Willie quem?
Ah, juventude. Ah, costumes.
— Apenas diga a ele, garoto. Ele irá saber.

Fiquei por outro *inning*, mas a essa altura o jogo estava ficando sem graça. Devore ainda não tinha aparecido, e voltei para casa pelo caminho por onde viera. Encontrei um pescador em pé numa pedra e dois jovens caminhando pela Rua em direção ao Warrington's, de mãos dadas. Eles disseram oi, eu disse oi também. Sentia-me solitário e contente ao mesmo tempo. Acredito ser essa uma espécie rara de felicidade.

Alguns checam suas secretárias eletrônicas quando chegam em casa; naquele verão, eu sempre examinava a frente da geladeira. Como Alceu, de *Alceu e Dentinho*, costumava dizer, os espíritos estão prestes a falar. Naquela noite eles não o fizeram, embora os ímãs em forma de frutas e legumes tivessem formado uma linha sinuosa como uma serpente ou talvez a letra *S* tirando uma soneca:

Um pouco mais tarde, liguei para John e lhe perguntei onde Devore tinha estado. Ele repetiu em palavras o que já havia me dito muito mais economicamente por gestos.

— É o primeiro jogo a que ele não vem desde que voltou — disse. — Mattie tentou perguntar a algumas pessoas se ele estava bem, e o consenso parece ser de que estava... pelo menos tanto quanto alguém sabia.

— O que significa ela *tentou* perguntar?

— Várias pessoas nem mesmo falaram com ela. "Dê um gelo nela", dizia a geração de meus pais. — *Cuidado, companheiro*, pensei mas não disse, *isso está apenas a meio passo de distância da minha geração.* — Uma de suas velhas amigas falou com ela finalmente, mas há uma atitude generalizada em relação a Mattie Devore. Aquele Osgood pode ser um vendedor pavoroso, mas como o Senhor Dinheiro de Max Devore está fazendo um trabalho fantástico para separar Mattie dos outros habitantes da cidadezinha. *É* uma cidadezinha, Mike? Eu não pego bem essa parte.

— É só a TR — eu disse distraidamente. — Não há nenhum modo verdadeiro de explicar a coisa. Você acredita mesmo que Devore está subornando *todo mundo*? Isso não diz nada muito bom sobre a velha ideia de Wordsworth a respeito da bondade e inocência pastorais, não é?

— Ele está distribuindo dinheiro e usando Osgood. Talvez Footman também, para espalhar histórias. E o pessoal por aqui parece pelo menos tão honesto quanto políticos honestos.

— Aqueles que permanecem comprados?

— É. Ah, eu vi uma das testemunhas potenciais de Devore no Caso da Criança Fugida. Royce Merrill. Ele estava perto do galpão de equipamentos com alguns de seus camaradas. Por acaso reparou nele?

Eu disse que não.

— O cara deve ter uns 130 anos — continuou John. — Tem uma bengala com castão de ouro do tamanho do cu de um elefante.

— É a bengala do *Boston Post*. A pessoa mais velha da área fica com ela.

— E não tenho a menor dúvida de que ele a ganhou honestamente. Se os advogados de Devore o puserem no banco das testemunhas, vou depená-lo. — A alegre autoconfiança de John tinha algo que dava calafrios.

— Claro — eu disse. — Como é que Mattie está recebendo o afastamento dos velhos amigos? — Eu me lembrei dela dizendo que detestava as noites de terça, detestava pensar em jogos de softbol que continuavam como sempre no campo onde havia conhecido o falecido marido.

— Bem — disse John. — De qualquer modo, acho que deu a maior parte deles como causa perdida. — Eu tinha minhas dúvidas sobre aquilo. Pelo que me lembro, aos 21 anos as causas perdidas são um tipo de especialidade. Mas não disse nada. — Ela está aguentando. Anda solitária e assustada, e acho que mentalmente podia ter começado o processo de desistir de Kyra, mas agora sua autoconfiança voltou. Principalmente graças a você. É um caso fantástico de mudança brusca de sorte.

Bom, talvez. Num relâmpago me lembrei de Frank, o irmão de Jo, dizendo que achava não existir essa coisa de sorte, e sim destino e escolhas inspiradas. E então me lembrei da imagem da TR entrecruzada de cabos invisíveis, conexões que não se viam, mas que eram fortes como aço.

— John, esqueci de fazer a pergunta mais importante desses dias todos, depois que fiz meu depoimento. Esse caso de custódia com que todos nos preocupamos... já foi marcado?

— Boa pergunta. Já chequei três vezes até domingo, e Bissonette também. A menos que Devore e seu pessoal tenham montado algo realmente escorregadio, como dar entrada no caso em outra jurisdição distrital, acho que não foi.

— Eles poderiam fazer isso? Dar entrada em outra jurisdição?

— Talvez. Mas provavelmente não sem que descobríssemos.

— Então isso significa o quê?

— Que Devore está à beira de desistir do caso — disse John prontamente. — Por enquanto não vejo outra maneira de explicar a coisa. Estou voltando para Nova York amanhã cedo, mas ficarei em contato. Se acontecer alguma novidade, faça o mesmo.

Eu disse que o faria e fui para cama. Nenhuma visitante feminina apareceu para partilhar meus sonhos. E isso foi um tipo de alívio.

Quando desci ao andar de baixo para encher novamente meu copo de chá gelado na manhã de quarta, Brenda Meserve havia montado o varal giratório no alpendre dos fundos e estava pendurando minhas roupas. Fazia isso sem dúvida como a mãe lhe ensinara, com calças e camisas para o lado de fora e roupas de baixo para o lado de dentro, para que qualquer passante xereta não pudesse ver o que você usava mais perto da pele.

— O senhor pode levar essas roupas para dentro lá pelas quatro horas — disse a sra. M. quando se preparava para ir embora. Olhou-me com a brilhante e cínica expressão de uma mulher que vinha "sendo diarista" para homens abastados a vida inteira. — Não vai esquecer e deixar as roupas do lado de fora a noite toda. Roupas que ficam no sereno nunca parecem limpas até serem lavadas de novo.

Afirmei-lhe humildemente que me lembraria de levar as roupas para dentro. Então perguntei — sentindo-me um espião à procura de informação numa festa de embaixada — se ela achava que ia tudo bem com a casa.

— Tudo bem como? — perguntou, erguendo para mim uma sobrancelha turbulenta.

— Bem, ouvi uns barulhos esquisitos umas duas vezes. À noite.

Ela torceu o nariz.

— É uma casa de troncos, não é? Construída por etapas, digamos assim. Uma ala se assenta na outra. Provavelmente é isso que o senhor escuta.

— Nenhum fantasma, hein? — eu disse, como se estivesse desapontado.

— Não que eu já tenha visto — disse ela, prática como um contador —, mas minha mãe dizia que havia muitos aqui. Dizia que todo esse lago é assombrado. Pelos Micmacs que viveram aqui até serem expulsos pelo general Wing, e por todos os homens que foram para a Guerra Civil e morreram lá, mais de seiscentos foram para lá desta parte do mundo, sr. Noonan, e menos de 150 voltaram... pelo menos em seus corpos. Mamãe dizia que este lado do Dark Score também é assombrado pelo fantasma daquele menino negro que morreu nessas bandas, pobre do guri. Ele era de um dos Red-Tops, o senhor sabe.

— Não. Sei sobre Sara e os Red-Tops, mas isso não. — Fiz uma pausa: — Ele se afogou?

— Não, ficou preso numa armadilha de pegar animal. Lutou a maior parte do dia, gritando por socorro. Finalmente o encontraram. Salvaram o pé dele, mas não deviam ter feito isso. O garoto teve toxemia e morreu. Foi no verão de 1901. É por isso que foram embora, acho eu, era triste demais ficar. Mas mamãe costumava dizer que o *garoto* tinha ficado. Costumava dizer que ele ainda está na TR.

Fiquei pensando no que diria a sra. M. se eu lhe contasse que o rapazinho provavelmente havia estado aqui para me saudar quando cheguei de Derry, e desde então havia voltado em várias ocasiões.

— E também teve o pai de Kenny Auster, Normal — disse ela. — O senhor conhece essa história, não é? Ah, é uma história terrível.

Ela parecia contente — ou de conhecer uma história tão terrível ou de ter a chance de contá-la.

— Não — eu disse. — Mas conheço Kenny. É aquele que tem o galgo. Mirtilo.

— É. Ele faz um pouco de serviço de carpinteiro e um pouco de caseiro, como o pai fazia. Foi caseiro de muitos lugares aqui, e, pouco depois da Segunda Guerra Mundial terminar, Normal Auster afogou o irmãozinho de Kenny no quintal dos fundos. Foi quando moravam em Wasp Hill, bem onde a estrada se bifurca, um lado indo para o velho cais de desembarque e o outro para a marina. Mas ele não afogou o guri no lago. Botou ele no terreno debaixo da bomba e o deixou ali até que o bebê se enchesse de água e morresse.

Fiquei ali encarando-a enquanto as roupas atrás de nós balançavam no varal. Pensei em minha boca, nariz e garganta cheios daquele frio sabor mineral que bem podia ter sido água de poço, assim como água do lago; ali, a água toda vinha do mesmo aquífero. Eu me lembrei da mensagem na geladeira: *socorro estou afogando.*

— Ele deixou o garotinho bem debaixo da bomba. Tinha um Chevrolet novo e o dirigiu até a estrada 42. Levou a espingarda, também.

— Não vai me dizer que o pai de Kenny Auster cometeu suicídio em minha casa, vai, sra. Meserve?

Ela balançou a cabeça.

— Não. Ele fez isso no deck dos Brickers que dava para o lago. Sentou na varanda deles e estourou sua desgraçada cabeça assassina de bebês.

— Os Brickers? Eu não...

— Nem poderia. Não tem havido nenhum Brickers no lago desde os anos 1960. Vinham de Delaware. Gente de qualidade. Eram tipo os Washburn, acho eu, se bem que esses agora também já se foram. O lugar está vazio. De vez em quando, aquele bobo nato do Osgood leva alguém até lá e mostra o lugar, mas jamais vai vendê-lo com o preço que está pedindo. Escreva o que estou dizendo.

Eu havia conhecido os Washburn — joguei bridge com eles uma ou duas vezes. Gente bastante simpática, embora provavelmente não o que a sra. M., com seu esquisito esnobismo de uma região rural remota, teria chamado "de qualidade". A casa deles ficava talvez a uns 200 metros ao norte da minha ao longo da Rua. Além daquele ponto não há muito mais — a descida para o lago fica íngreme e os bosques são emaranhados maciços de vegetação nascida depois da destruição do bosque inicial e moitas de amora-preta. A Rua prossegue até a ponta de Halo Bay no extremo norte de Dark Score, mas quando a estrada 42 curva-se de volta para a rodovia, o caminho é usado principalmente em expedições para a colheita de frutinhas vermelhas no verão e por caçadores no outono.

Pensei em Normal. Que raio de nome para um sujeito que havia afogado o filho pequeno debaixo de uma bomba no quintal.

— Ele deixou um bilhete? Alguma explicação?

— Não. Mas a gente ouve o pessoal dizer que ele assombra o lago também. Cidadezinhas pequenas são muitas vezes cheias de assombrações, mas não posso dizer que sim ou que não, ou talvez seja eu mesma; não sou do tipo sensitivo. Tudo que sei sobre a sua casa, sr. Noonan, é que cheira a umidade por mais que eu tente arejá-la. Acho que são os troncos. Construção de tronco não combina com lagos. A umidade entra na madeira.

Ela tinha colocado a bolsa entre os Reeboks; então se curvou e a pegou. Era uma bolsa de mulher do campo, preta, sem estilo (a não ser pelas presilhas douradas segurando as alças) e utilitária. Ela poderia ter levado uma boa quantidade de utensílios de cozinha na bolsa, se quisesse.

— Não posso ficar aqui de papo o dia todo, por mais que eu queira. Tenho que ir a mais um lugar antes de acabar por hoje. O verão é tempo de colheita nesta parte do mundo, como o senhor sabe. Não vai se esquecer de levar essas roupas para dentro antes de escurecer, sr. Noonan. Não deixe elas apanharem sereno.

— Não vou não. — E não deixei. Mas quando saí para levá-las para dentro, no meu calção de banho e coberto do suor do forno onde estive trabalhando (tinha que mandar consertar o ar-condicionado; *tinha* que fazer isso de qualquer maneira), vi que algo tinha alterado as arrumações da sra. M. Os jeans e as camisas estavam pendurados agora em torno do mastro. As roupas de baixo e meias, decorosamente escondidas quando a sra. M. saíra pelo caminho de carros em seu velho Ford, estavam agora do lado de fora. Era como se meu hóspede invisível, *um* de meus hóspedes invisíveis, estivesse dizendo ha ha ha.

* * *

Fui à biblioteca no dia seguinte, e a primeira coisa que fiz foi renovar meu cartão. A própria Lindy Briggs recebeu minhas quatro pratas e me registrou no computador, dizendo primeiro o quanto lamentou ter sabido da morte de Jo. Da mesma forma que em Bill, senti certa censura em seu tom, como se eu fosse o culpado daquelas condolências tão impropriamente atrasadas. Acho que eu era.

— Lindy, você tem uma história da cidade? — perguntei quando terminamos as fórmulas apropriadas com relação à minha mulher.

— Temos duas — disse ela. Depois se inclinou para mim por sobre a mesa. Era uma mulher pequena num vestido sem mangas e violentamente estampado, o cabelo grisalho numa bola fofa em torno da cabeça, os olhos brilhantes nadando por trás das lentes bifocais. Numa voz confidencial, ela acrescentou: — Nenhuma das duas é muito boa.

— Qual é melhor? — perguntei, no mesmo tom dela.

— Provavelmente a de Edward Osteen. Era um residente de verão até meados dos anos 1950 e morou aqui direto depois de se aposentar. Escreveu *Dark Score Days* em 1965 ou 1966. Publicou-o por sua própria conta porque não conseguiu achar uma editora comercial que o aceitasse. Nem os editores da região o quiseram. — Ela suspirou. — O pessoal do lugar comprou o livro, mas isso não significa muitos exemplares, não é?

— Não, acho que não — eu disse.

— Ele não era muito bom escritor. Também não era um fotógrafo muito bom, aquelas fotos instantâneas em preto e branco fazem meus olhos doerem. Mesmo assim, conta algumas histórias boas. A estrada dos Micmacs, o cavalo amestrado do general Wing, o furacão na década de 1880, os incêndios dos anos 1930...

— Algo sobre Sara e os Red-Tops?

Ela assentiu com a cabeça, sorrindo.

— Finalmente veio dar uma espiada na história de sua própria casa, não é? Fico contente em saber disso. Ele encontrou uma velha foto deles, e está lá. Ele achava que tinha sido tirada na Feira de Fryeburg em 1900. Ed costumava dizer que daria muito para ouvir um disco feito por aquele grupo.

— Eu também, mas nenhum foi feito. — Subitamente ocorreu-me um haicai do poeta grego George Seferis: "São as vozes de nossos amigos mortos/ ou apenas o gramofone?" — O que aconteceu com o sr. Osteen? Não me lembro do nome.

— Morreu em menos de um ano ou dois depois que você e Jo compraram a casa no lago — acrescentou ela. — Câncer.

— Você disse que havia duas histórias?

— A outra você provavelmente conhece: *Uma história do condado de Castle e de Castle Rock*. Feita para o centenário do condado, e seca como poeira. O livro de Eddie Osteen não é muito bem escrito, mas não é seco. A gente tem que lhe conceder isso. Você deve encontrar os dois por ali. — Apontou para a prateleira com uma tabuleta por cima que dizia DE INTERESSE DO MAINE. — Eles não circulam. — Então se animou: — Embora aceitemos alegremente qualquer níquel que você seja compelido a colocar em nossa máquina de fotocópia.

Mattie estava sentada no canto extremo junto a um garoto de boné de beisebol virado para trás, mostrando-lhe como usar o leitor de microfilme. Ergueu os olhos para mim, sorriu e mexeu os lábios dizendo *Boa pegada*. Referindo-se à minha jogada de sorte no Warrington's, provavelmente. Dei de ombros com modéstia antes de voltar às prateleiras DE INTERESSE DO MAINE. Mas ela estava certa — com sorte ou não, *tinha sido* uma bela pegada.

— O que é que está procurando?

Eu havia mergulhado tanto nas duas histórias que encontrei que a voz de Mattie me fez dar um pulo. Virei-me e sorri, primeiro consciente de que ela usava um perfume leve e agradável, e segundo que Lindy Briggs nos observava da mesa principal, sem o sorriso de boas-vindas.

— Pano de fundo da área onde moro — falei. — Histórias antigas. Minha diarista me deixou interessado. — Então, numa voz mais baixa: — A professora está observando. Não olhe.

Mattie pareceu espantada e, na minha opinião, um pouco preocupada. Depois soube que tinha razão de estar assim. Numa voz baixa, mas mesmo assim emitida para ir até a mesa, ela perguntou se podia recolocar um dos livros na estante para mim. Entreguei-lhe os dois. Enquanto os pegava, ela disse quase num sussurro de conspiradora:

— Aquele advogado que representou você na sexta-feira passada conseguiu um detetive particular para John. Ele disse que podem ter descoberto uma coisa interessante sobre o guardião *ad litem*.

Andei até as prateleiras DE INTERESSE DO MAINE com ela, esperando com isso não lhe arranjar problemas, e perguntei se sabia o que esse algo interessante podia ser. Mattie balançou a cabeça, deu-me um sorriso de bibliotecariazinha profissional e se afastou.

Na viagem de volta para casa, tentei pensar sobre o que havia lido, mas não havia muito. Osteen era um escritor ruim que tirava fotos ruins, e ainda que suas histórias fossem coloridas, também eram muito inconsistentes na base. Sem dúvida mencionava Sara e os Red-Tops, mas referia-se a eles como um "octeto Dixie-Land"; até eu sabia que isso não estava certo. Os Red-Tops podem ter tocado algum Dixieland, mas haviam sido basicamente um grupo de blues (noites de sextas e sábados) e um grupo gospel (manhãs de domingo). O resumo de duas páginas de Osteen sobre a estada dos Red-Tops na TR deixava claro que ele não havia escutado mais ninguém fazendo *covers* das músicas de Sara.

Ele confirmava que uma criança havia morrido de toxemia causada por um ferimento de armadilha, história que parecia a de Brenda Meserve... mas por que não pareceria? Osteen provavelmente a ouviu do pai ou do avô da sra. M. Dizia também que o garoto era o filho único de Son Tidwell, e que o verdadeiro nome do guitarrista era Reginald. Os Tidwell haviam provavelmente se deslocado para o norte vindos da zona de prostituição de Nova Orleans — as famosas ruas de clubes e espeluncas cheias de ladrões conhecidas na virada do século como Storyville.

Não havia menção de Sara e dos Red-Tops na história mais formal do condado de Castle, e nenhuma menção ao irmãozinho afogado de Kenny Auster nos dois livros. Pouco antes de Mattie chegar para falar comigo, tive uma ideia maluca: a de que Son Tidwell e Sara Tidwell eram casados, e que o garotinho (cujo nome Osteen não mencionava) era filho deles. Achei o retrato de que Lindy tinha falado e examinei-o atentamente. Mostrava pelo menos uma dúzia de negros em pé num grupo austero na frente do que parecia uma exposição de gado. Havia um antiquado carro ao fundo. Poderia bem ter sido tirada na Feira de Fryeburg e, apesar de velha e desbotada, tinha um poder simples e elemental que todas as fotos de Osteen colocadas juntas não poderiam alcançar. A gente vê fotos dos bandidos do Oeste e da época da Depressão com aquele mesmo olhar de verdade sinistra — rostos severos acima de gravatas e colarinhos apertados, olhos não muito perdidos nas sombras de antigos chapéus desabados.

Na frente e no centro da foto, Sara, com seu violão, usava um vestido preto. Não estava exatamente sorrindo na fotografia, mas parecia haver um sorriso em seus olhos, e achei que eram como os olhos de algumas telas, os que parecem nos seguir quando nos movemos pela sala. Examinei a foto e pensei em sua voz quase rancorosa no meu sonho: *O que quer saber, benzinho?* Acho que eu queria saber sobre ela e os outros — quem haviam sido, o que eram uns para os outros quando não estavam cantando e tocando, por que haviam partido, para onde tinham ido.

As mãos dela eram claramente visíveis, uma sobre as cordas do violão, a outra nos trastos do instrumento, onde ela esteve tirando um acorde de sol num dia de feira em outubro do ano de 1900. Seus dedos eram compridos, artísticos, despidos de anéis. Isso não significava necessariamente que ela e Son Tidwell não fossem casados, claro, e mesmo que tivessem sido, o garotinho capturado na armadilha poderia ser filho de outro. Só que a mesma sombra de sorriso pairava nos olhos de Son Tidwell. A semelhança era extraordinária. Ocorreu-me que os dois tivessem sido irmão e irmã, não marido e mulher.

Pensei nessas coisas a caminho de casa, assim como em conexões que eram mais sentidas do que vistas... mas me descobri pensando principalmente sobre Lindy Briggs — o modo como sorrira para mim e, um pouco mais tarde, o modo como não sorrira para sua alegre e jovem bibliotecária com diploma do ensino médio. Aquilo tinha me preocupado.

Então voltei para casa e depois só me preocupei com minha história e as pessoas contidas nela — sacos de ossos que ganhavam carne diariamente.

Michael Noonan, Max Devore e Rogette Whitmore representaram sua horrível ceninha de comédia na noite de sexta-feira. Duas outras coisas que merecem ser contadas aconteceram antes daquilo.

A primeira foi um telefonema de John Storrow na quinta à noite. Eu estava sentado em frente à TV com um jogo de beisebol desenrolando-se sem som à minha frente (o botão MUTE com que a maioria dos controles remotos vêm equipados pode ser a melhor invenção do século XX). Pensava em Sara Tidwell e Son Tidwell e em Son Tidwell e seu filho. Pensava em Storyville, um nome que qualquer escritor simplesmente tinha que adorar. E no fundo de minha mente pensava em minha mulher, que havia morrido grávida.

— Alô? — eu disse.

— Mike, tenho notícias maravilhosas — falou John. Parecia prestes a estourar. — Romeo Bissonette pode ter um nome esquisito, mas não há nada esquisito no detetive que ele encontrou para mim. Seu nome é George Kennedy, como o ator. Ele é bom, e é *rápido*. Esse cara podia trabalhar em Nova York.

— Se esse é o melhor elogio em que consegue pensar, precisa sair mais da cidade.

Ele prosseguiu como se não tivesse ouvido.

— O verdadeiro trabalho de Kennedy é numa firma de segurança, o outro negócio é estritamente um bico. O que é uma grande perda, acredite. Ele conseguiu a maior parte da coisa por telefone. Não consigo acreditar.

— Você não consegue acreditar em que, exatamente?

— Na sorte grande, baby. — Mais uma vez falou naquele tom de ávida satisfação que eu achava perturbador e tranquilizador ao mesmo tempo. — Elmer Durgin fez as seguintes coisas desde o final de maio: acabou de pagar seu carro; acabou de pagar seu terreno em Rangely Lakes; conseguiu saldar cerca de noventa anos de pensão para os filhos...

— Ninguém paga pensão de filhos por noventa anos — eu disse, mas falei apenas por falar... para extravasar um pouco de minha própria excitação, na verdade. — Isso é impossível, cara.

— É possível se você tem sete filhos — disse John, e rolou de rir.

Pensei naquele rosto rechonchudo cheio de autossatisfação, a boca de arco de cupido, as unhas que pareciam lustrosas e afeminadas.

— Ele não tem sete filhos.

— *Tem* sim — disse John, ainda rindo. Parecia um lunático completo, maníaco, mas não depressivo. — Tem mesmo! E que vão de qu--quatorze a tr-três anos! Que pauzinho p-p-potente e ocupado ele deve ter! — Mais gargalhadas. Então comecei a rir junto com ele. Aquilo pegava como caxumba. — Kennedy vai me mandar por f-f-fax r-retratos de toda a... fam... família! — Nós gargalhávamos agora, rindo juntos pelo interurbano. Eu podia imaginar John Storrow sentado sozinho em seu escritório da Park Avenue, urrando como um lunático e assustando as faxineiras.

— Mas isso não importa — disse ele quando pôde falar coerentemente de novo. — Você está vendo o que importa, não é?

— Estou. Como é que ele pôde ser tão burro? — falei, referindo-me a Durgin, mas também a Devore. Acho que John entendeu que estávamos falando dos dois ao mesmo tempo.

— Elmer Durgin é um advogadozinho de uma pequena comunidade nos grandes e remotos bosques do Maine ocidental, só isso. Como é que podia saber que chegaria um anjo guardião com recursos para desmascará-lo? Por falar nisso, ele também comprou um barco. Há duas semanas. É de motor gêmeo. Grande. Acabou, Mike. O time de casa marca nove pontos no final do jogo.

— Se você está dizendo. — Mas minha mão se moveu por vontade própria, fechou-se num punho frouxo e bateu na boa e sólida madeira da mesinha.

— E sabe do que mais? O jogo de softbol não foi uma perda total. — John ainda falava e ria em pequenos acessos como balões de hélio.

— O quê?

— Fiquei encantado com ela.

— Ela?

— Mattie — disse ele pacientemente. — Mattie Devore. — Fez uma pausa. — Mike? Está ouvindo?

— Estou. O telefone escorregou. Desculpe. — O telefone não tinha escorregado nem um centímetro, mas a explicação se mostrou bastante natural, achei eu. Se não se mostrasse, e daí? No que tangia a Mattie, eu seria, pelo menos na cabeça de John, acima de qualquer suspeita. Como a equipe de empregados da casa de campo num livro de Agatha Christie. Ele tinha 28 anos, talvez 30. A ideia de que um homem 12 anos mais velho pudesse sentir-se sexualmente atraído por Mattie provavelmente jamais lhe passou pela cabeça... ou talvez por um ou dois segundos no parque, antes que ele a descartasse como ridícula. Da mesma maneira como a própria Mattie tinha descartado a ideia de Jo e o homem de blazer marrom.

— Não posso fazer minha dança da conquista enquanto a estiver representando — disse ele —, não seria ético. Também não seria seguro. Mas depois... nunca se sabe.

— Não — eu disse, escutando minha voz como a gente ouve algumas vezes a própria voz em momentos em que se é surpreendido completamente sem ação, como se a voz tivesse saído de outra pessoa. Alguém no rádio ou no toca-discos, talvez. São as vozes de nossos amigos mortos ou apenas o gramofone? Pensei nas mãos dele, os dedos compridos e esbeltos, sem um anel. Como as mãos de Sara naquela velha foto. — Não, nunca se sabe.

Nós nos despedimos e continuei assistindo ao jogo de beisebol mudo. Pensei em subir para pegar uma cerveja, mas o caminho até a geladeira parecia muito distante — um safári, na realidade. O que eu sentia era uma espécie de mágoa surda, seguida por uma emoção melhor: um alívio triste, como acho que se pode chamar. Ele era velho demais para Mattie? Não, acho que não. Era da idade certa. O Príncipe Encantado Número Dois, dessa vez de terno, calças e colete. A sorte de Mattie com homens podia finalmente estar mudando e, se fosse isso, eu deveria ficar contente. Eu *ficaria* contente. E aliviado. Porque tinha um livro a escrever, pouco importando a aparência de uns tênis brancos iluminando-se sob um vestido vermelho de verão no crepúsculo crescente, ou a brasa do cigarro dela dançando no escuro.

Ainda assim, senti-me realmente solitário pela primeira vez desde que tinha visto Kyra andando pela linha branca da rota 68 de maiô e sandálias de dedo.

— Homenzinho engraçado, disse Strickland — falei para a sala vazia. Saiu antes de eu saber que ia dizer algo e, quando o fiz, o canal de TV mudou. Foi do beisebol para uma reprise de *Tudo em família* e depois para *Ren & Stimpy*. Dei uma espiada no controle remoto. Ainda estava na mesinha de centro onde eu o deixara. O canal de TV mudou de novo, e então passei a ver Humphrey Bogart e Ingrid Bergman. Havia um avião ao fundo, e eu não precisava pegar o controle remoto e ligar o som para saber que Humphrey dizia a Ingrid para ela entrar no avião. O filme preferido de minha mulher entre todos que haviam sido feitos. No final, ela desabava no choro, infalivelmente.

— Jo? — perguntei. — Você está aí?

O sino de Bunter tocou uma vez. Muito debilmente. Havia várias presenças na casa, eu tinha certeza... mas naquela noite, pela primeira vez, senti absolutamente que quem estava comigo era Jo.

— Quem era ele, meu bem? — perguntei. — Quem era o cara no campo de softbol?

O sino de Bunter permaneceu imóvel e quieto. Mas ela estava na sala. Eu a sentia, algo como uma respiração suspensa.

Lembrei-me da mensagenzinha feia e de escárnio na geladeira depois de meu jantar com Mattie e Ki: *rosa azul mentiroso ha ha*.

— Quem era ele? — Minha voz saiu pouco firme, parecendo à beira das lágrimas. — O que é que você estava fazendo aqui com um cara? Você estava... — Mas não consegui perguntar se tinha mentido para mim, me enganado. Não consegui fazê-lo mesmo que a presença que eu sentia pudesse estar, vamos encarar o fato, apenas na minha cabeça.

A TV saiu de *Casablanca* e lá estava o advogado preferido de todo mundo, Perry Mason, no *Nick@tNite*. A nêmesis de Perry, Hamilton Burger, interrogava uma mulher de aparência atormentada, e repentinamente o som estrondeou novamente, fazendo-me dar um pulo.

— Não sou mentirosa! — gritou uma antiga atriz de TV. Por um momento ela olhou direto para mim; fiquei atônito e sem respiração ao ver os olhos de Jo naquele rosto em branco e preto dos anos 1950. — *Nunca* menti, sr. Burger, nunca!

— Eu alego que mentiu! — respondeu Burger. Moveu-se para perto dela, pairando ali como um vampiro. — Eu alego que você...

A TV foi desligada subitamente. O sino de Bunter deu uma rápida e única sacudidela e depois fosse lá o que tivesse estado ali foi embora. Mas eu me sentia melhor. *Não sou mentirosa... Nunca menti, nunca.*

Eu podia acreditar naquilo, se quisesse.

Se quisesse.

Fui para cama e não houve sonhos.

Passei a trabalhar bem cedo, antes que o calor assolasse realmente o escritório. Bebia um pouco de suco, mastigava uma torrada e depois me sentava à IBM até quase meio-dia, observando a bola Courier dançar e girar enquanto as páginas flutuavam através da máquina e saíam escritas. A velha mágica, tão estranha e maravilhosa. Aquilo nunca tinha parecido trabalho para mim, embora eu o chamasse disso; parecia, isto sim, um tipo esquisito de trampolim mental do qual eu saltava para a frente. Molas que retiravam todo o peso do mundo durante um tempo.

Ao meio-dia, eu fazia uma pausa, dirigia até o "gordurorium" de Buddy Jellison para comer algo bem pesado, voltava para casa e trabalhava por mais uma hora mais ou menos. Depois disso, nadava e tirava uma longa soneca sem sonhos no quarto norte. Raramente pousava a cabeça no quarto principal na extremidade sul da casa, e se a sra. M. achava isso esquisito, guardava a opinião para si mesma.

Na sexta-feira dia 17, ao voltar para casa, parei no Armazém Lakeview para pôr gasolina no Chevrolet. Havia bombas na oficina, sendo que a bomba manipulada pelo cliente era um ou dois centavos mais barata; contudo, eu não gostava das vibrações. Hoje, enquanto estava na frente do armazém com a bomba de gasolina automática e olhando na direção das montanhas, o Dodge Ram de Bill Dean parou do outro lado da ilha de combustível. Ele desceu e sorriu:

— Como vai, Mike?

— Muito bem.

— Brenda disse que você está escrevendo a todo vapor.

— Estou — respondi, e o pedido para uma revisão do ar-condicionado quebrado do segundo andar esteve na ponta da minha língua, mas ficou ali. Ainda me sentia nervoso demais sobre minha capacidade redescoberta para querer mudar qualquer coisa no meio ambiente em que aquilo transcorria. Talvez fosse estúpido, mas às vezes as coisas funcionam só porque você acha que funcionam. É uma definição de fé tão boa quanto qualquer outra.

— Bem, estou contente de saber disso. Muito contente. — Achei que era sincero, mas de alguma forma não soava como Bill. Não aquele que havia me cumprimentado quando cheguei, de qualquer modo.

— Tenho dado uma espiada num material antigo sobre o meu lado do lago — falei.

— Sara e os Red-Tops? Você sempre teve certo interesse neles, eu me lembro.

— Neles sim, mas não só neles. Montes de histórias. Eu estava conversando com a sra. M., e ela me contou do Normal Auster, o pai de Kenny.

O sorriso de Bill ficou paralisado. Ele só fez uma rápida pausa no ato de destampar o tanque de gasolina de seu carro, mas mesmo assim tive a sensação muito clara de que havia congelado por dentro.

— Você não ia escrever sobre uma coisa daquelas, não é, Mike? Porque há um monte de gente por aqui que acharia isso ruim e levaria a mal. Eu disse a mesma coisa a Jo.

— Jo? — Senti um impulso de andar entre as duas bombas e pisar na ilha para agarrá-lo pelo braço. — O que é que Jo tem a ver com isso?

Ele me olhou cautelosamente e por muito tempo.

— Ela não lhe contou?

— Do que está falando?

— Ela pensou que pudesse escrever algo sobre Sara e os Red-Tops para um dos jornais locais. — Bill escolhia as palavras muito lentamente. Tenho uma nítida lembrança disso, e de como o sol estava quente, espancando meu pescoço, e como nossas sombras eram pronunciadas no asfalto. Ele começou a bombear a gasolina, e o som do motor da bomba era também muito alto. — Acho que ela chegou até a mencionar a revista *Yankee*. Posso estar enganado sobre isso, mas acho que não estou.

Fiquei sem fala. Por que ela não teria me contado sobre a ideia de escrever a respeito de uma pequena história local? Teria pensado que estava se intrometendo em meu território? Isso era ridículo. Ela me conhecia bem demais para aquilo... não conhecia?

— Quando é que vocês tiveram essa conversa, Bill? Você se lembra?

— Claro que sim. No mesmo dia em que ela apareceu para receber aquelas corujas de plástico. Mas eu é que toquei no assunto, porque o pessoal me disse que ela estava fazendo perguntas.

— Xeretando?

— Não disse isso — falou rigidamente. — Você é que está dizendo.

Era verdade, mas achei que ele queria dizer isso mesmo.

— Continue.

— Não tem continuação nenhuma. Eu disse a ela que alguns calos doíam aqui e acolá na TR, o mesmo que acontece em toda parte, e pedi-lhe que não pisasse em nenhum calo se pudesse evitar. Ela disse que compreendia. Talvez compreendesse, talvez não. Só sei que continuou a fazer perguntas. Escutando histórias de velhos tolos com mais tempo do que juízo.

— Quando foi isso?

— Outono de 1993, inverno e primavera de 1994. Ela percorreu toda a cidade, foi até Motton e Harlow, com seu caderno de notas e gravadorzinho. De qualquer maneira, só sei isso.

Percebi uma coisa atordoante: Bill estava mentindo. Se me perguntassem antes daquele dia, eu teria rido e dito que Bill Dean não tinha uma mentira sequer dentro da cabeça. E não devia ter muitas, pois mentia muito mal.

Pensei em lhe chamar a atenção para aquilo, mas com que finalidade? Eu precisava pensar, e não poderia fazê-lo ali — minha mente rugia. Com o tempo, o rugido poderia diminuir e eu veria que na verdade não era nada, nada de importante, mas precisava de tempo. Quando você começa a descobrir coisas inesperadas sobre um ente amado que morreu há algum tempo, isso o abala. Abala mesmo, pode acreditar.

Os olhos de Bill tinham se afastado dos meus, mas voltaram a me fitar. Ele parecia ao mesmo tempo sincero e — eu poderia jurar — um pouco assustado.

— Ela perguntou sobre o pequeno Kerry Auster, e isso é um bom exemplo do que quero dizer quando falo em pisar em calos. Isso não é assunto para uma reportagem de jornal ou um artigo de revista. Normal simplesmente detonou. Ninguém sabe por quê. Foi uma tragédia terrível, sem sentido, e ainda há pessoas que poderiam ficar magoadas com o assunto. Em cidadezinhas pequenas, as coisas estão ligadas por debaixo da superfície...

É, como cabos que não se podem ver.

— ... e o passado morre com mais lentidão. Sara e aqueles outros é uma questão diferente. Eles eram... só andarilhos... de longe. Jo poderia ter se limitado a esse pessoal e ficaria tudo bem. E, tanto quanto sei, ela fez isso. Porque nunca vi uma única palavra que tenha escrito. Se é que escreveu.

A respeito daquilo, senti que ele estava dizendo a verdade. Mas eu sabia algo mais, e com tanta certeza como quando soube que Mattie estava usando short branco ao me ligar em seu dia de folga. *Sara e aqueles outros eram só andarilhos de longe.* Bill havia dito aquilo, mas hesitou no meio do pensamento, substituindo por *andarilhos* a palavra que lhe viera naturalmente à mente. *Crioulos* era a palavra que não havia pronunciado. *Sara e os outros eram só crioulos de longe.*

Imediatamente me vi pensando numa velha história de Ray Bradbury: *Marte É o Céu*. Os primeiros viajantes espaciais para Marte descobrem que ele é Green Town, Illinois, e que todos os seus parentes e amigos bem-amados estão lá. Só que os amigos e parentes são na verdade monstros alienígenas e, durante à noite, enquanto os viajantes pensam que eles estão dormindo nas camas dos familiares mortos há muito tempo num lugar que devia ser o céu, são assassinados até o último homem.

— Bill, tem certeza de que ela apareceu por aqui algumas vezes fora da estação?

— Tenho. E também não foram só algumas vezes. Deve ter sido uma dúzia de vezes ou mais. Viagens de um dia, sabe.

— Você viu alguma vez um sujeito com ela? Um cara corpulento, de cabelo preto?

Ele pensou a respeito. Tentei não parar de respirar. Finalmente balançou a cabeça.

— Nas poucas vezes em que a vi, ela estava sozinha. Mas não a via toda vez que ela aparecia. Às vezes só sabia que Jo tinha estado na TR depois que já havia ido embora de novo. Eu a vi em junho de 1994, indo na direção de Halo Bay naquele carrinho dela. Ela acenou, eu respondi. Fui até sua casa mais tarde naquela noite para ver se precisava de alguma coisa, mas ela já tinha ido embora. Não a vi de novo. Quando ela morreu, naquele mesmo verão, eu e 'Vette ficamos muito chocados.

Fosse o que fosse que estivesse procurando, ela não deve ter chegado a registrá-lo no papel. Eu teria encontrado o manuscrito.

Mas aquilo seria verdade? Ela tinha feito muitas viagens até aqui sem nenhuma tentativa aparente de escondê-las, uma delas até acompanhada por um desconhecido, e eu só descobrira essas visitas acidentalmente?

— É difícil falar sobre isso — disse Bill —, mas já que começamos, podemos ir até o fim. Morar na TR é como quando costumávamos dormir quatro ou até cinco numa cama em janeiro e fazia um frio danado. Se todo mundo se mantiver tranquilo, fica tudo bem. Mas se uma pessoa fica inquieta, se mexe e se vira, ninguém pode dormir. Nesse momento, você é a pessoa inquieta. É assim que o pessoal vê a coisa.

Bill esperou para ver o que eu diria. Quando se passaram quase vinte segundos sem que eu desse uma palavra (Harold Oblowski teria ficado orgulhoso), ele mexeu os pés e continuou.

— Há gente nessa cidade se sentindo desconfortável com o seu interesse por Mattie Devore, por exemplo. Não que eu esteja dizendo que haja alguma coisa entre vocês dois, embora tenha gente que diga isso, mas se quer ficar na TR, está tornando a coisa difícil para você.

— Por quê?

— Voltando ao que eu disse uma semana atrás: Mattie significa problemas.

— Segundo me lembro, Bill, você disse que ela estava com problemas. E está. Estou tentando ajudá-la a se livrar deles. Não há nada entre nós, a não ser isso.

— Eu me lembro de ter lhe dito que Max Devore é maluco — falou. — Se deixar ele com raiva, nós todos vamos pagar. — A bomba desligou e ele a colocou de volta no suporte. Então suspirou, levantou as mãos e as deixou cair. — Você acha que é fácil para mim dizer isso?

— Você acha que é fácil para mim escutar isso?

— Está bem, sim, estamos no mesmo barco. Mas Mattie Devore não é a única pessoa na TR vivendo apertado, sabe. Há outros com as suas próprias desgraças. Entende?

Talvez ele visse que eu entendia bem demais, pois seus ombros caíram.

— Se está me pedindo para ficar de lado e deixar Devore levar a filha de Mattie sem nenhuma luta, pode esquecer — falei. — E espero que não seja isso. Porque eu acho que teria que me afastar de um homem que pede a outro para fazer uma coisa desse tipo.

— Eu não pediria isso agora de modo nenhum — disse ele, com o sotaque mostrando-se forte quase ao ponto de desprezo. — Seria tarde demais, não é? — E então, inesperadamente, amoleceu. — Que droga, homem, estou preocupado com *você*. Mande o resto às favas, tá certo? Solenemente. — Ele estava mentindo de novo, mas desta vez não me importei muito porque achei que estava mentindo para si mesmo. — Mas você tem que ter cuidado. Quando eu disse que Devore é maluco, não era uma maneira de falar. Acha que ele vai se preocupar com a corte superior se a corte não lhe der o que ele quer? Pessoas morreram naqueles incêndios de 1933. Gente boa. Um até aparentado comigo. Queimaram mais da metade do maldito condado e Max Devore ateou o fogo. Foi seu presente de despedida para a TR. Nunca pôde ser provado, mas foi ele quem fez aquilo. Naquela época, ele era jovem e sem dinheiro, tinha menos de 20 anos e a lei não estava no seu bolso. O que acha que ele faria agora?

Esquadrinhou-me com os olhos. Eu não disse nada.

Bill assentiu com a cabeça como se eu tivesse falado.

— Pense nisso. E lembre-se de uma coisa, Mike: se eu não me importasse com você, jamais falaria tão direto como estou falando.

— Direto até que ponto, Bill? — Eu estava tenuemente consciente de um turista saindo de seu Volvo, caminhando até o armazém e nos olhando curiosamente; quando repassei a cena na cabeça mais tarde, percebi que devíamos ter parecido dois caras à beira de uma briga de socos. Lembro que senti vontade de chorar de tristeza, de perturbação e de uma sensação indefinida de traição, mas me lembro também de estar furioso com aquele velho curvado — com sua camiseta de algodão brilhando de limpa e sua boca cheia de dentes falsos. Portanto, talvez *tivéssemos estado* perto de brigar e eu apenas não tive consciência disso naquele momento.

— Tão direto quanto posso — disse ele, e se afastou para entrar e pagar sua gasolina.

— Minha casa é assombrada — eu disse.

Ele parou de costas para mim, os ombros curvados como se para absorver um golpe. Então virou-se lentamente.

— Sara Laughs sempre foi assombrada, Mike. Você os agitou. Talvez você devesse voltar para Derry e deixá-los se aquietarem. Pode ser a melhor coisa a fazer. — Fez uma pausa como se repassando o que havia dito para ver se concordava, depois assentiu com a cabeça. Assentiu tão lentamente como se virou. — É, isso podia ser a melhor coisa por aqui.

Quando voltei a Sara, telefonei para Ward Hankins. Depois finalmente liguei para Bonnie Amudson. Parte de mim torcia para que ela não estivesse na agência de viagens em Augusta da qual era sócia, mas estava. No meio de minha conversa com Bonnie, o fax começou a imprimir páginas xerocadas das agendas de compromissos de Jo. Na primeira, Ward rabiscara: "Espero que isso ajude."

Eu não havia ensaiado o que dizer para Bonnie: senti que fazer isso seria uma receita para o desastre. Contei a ela que Jo vinha escrevendo uma coisa — talvez um artigo, ou uma série deles — sobre o distrito onde se localizava nossa casa de verão, e que alguns habitantes aparentemente haviam ficado profundamente desagradados com a curiosidade dela. Alguns ainda permaneciam assim. Ela tinha conversado com Bonnie? Talvez tivesse lhe mostrado um primeiro rascunho?

— Não, ahn-ahn. — Bonnie parecia honestamente surpresa. — Ela costumava me mostrar suas fotos e mais amostras de ervas do que eu sinceramente tinha interesse em ver, mas nunca me mostrou nada do que estava escrevendo. Na verdade, lembro-me de ela dizer certa vez que tinha resolvido deixar a escrita para você e experimentaria um pouco...

— ... de todo o resto, não é?

— É.

Achei que aquele era um bom momento para terminar a conversa, mas os rapazes do sótão pareciam ter outras ideias.

— Ela estava saindo com alguém, Bonnie?

Silêncio do outro lado do fio. Com uma mão que parecia estar pelo menos a 6 quilômetros de distância do braço, recolhi as folhas de fax da cesta. Dez delas — novembro de 1993 a agosto de 1994. Rabiscos por toda parte com a caligrafia cuidada de Jo. Nós tínhamos um fax antes de ela morrer? Não conseguia me lembrar. Não havia muitas porcarias de que eu conseguisse lembrar.

— Bonnie? Se você sabe de algo, por favor, me conte. Jo morreu, mas eu estou vivo. Posso perdoá-la se tiver que fazer isso, mas não posso perdoar o que não compreen...

— Desculpe — disse ela, e riu nervosamente. — É que simplesmente não entendi a princípio. — "Saindo com alguém" é... tão estranho com relação a Jo... à Jo que eu conheci... que não consegui entender o que você estava falando. Achei que estivesse falando de uma visita a um analista, mas não estava não, estava? Você queria dizer saindo com um homem. Um namorado.

— É o que eu queria dizer. — Folheando as páginas em xerox da agenda, minha mão não tinha voltado à distância apropriada de meus olhos, mas estava chegando lá, chegando lá. Senti alívio ante a perturbação honesta na voz de Bonnie, mas não tanto quanto esperei. Porque eu sabia. Nem chegou a precisar que a mulher no velho episódio de *Perry Mason* apresentasse seus dois centavos, não precisou mesmo. Era de Jo que estávamos falando afinal. *Jo.*

— Mike — Bonnie disse aquilo muito suavemente, como se eu pudesse estar louco —, ela amava você. Ela amava você.

— É. Acho que amava. — As páginas da agenda mostravam como minha mulher tinha sido ocupada. E o quanto era produtiva. O Sopão Solidário do Maine... as sopas de caridade. WomShel, a rede de abrigos para mulheres agredidas abrangendo vários condados. TeenShel. Amigos das Bibliotecas do Maine. Esteve em duas ou três reuniões por mês, duas ou três por *semana* em algumas épocas, e eu quase não havia notado. Estive muito ocupado com minhas mulheres em perigo. — Eu também a amava, Bonnie, mas ela estava envolvida com alguma coisa nos últimos dez meses de sua vida. Ela não deu nenhuma pista do que poderia ser quando vocês iam de carro às reuniões do Conselho do Sopão ou dos Amigos das Bibliotecas do Maine?

Silêncio do outro lado do fio.

— Bonnie?

Afastei o telefone da orelha para ver se a luz vermelha de BATERIA FRACA estava acesa, e ele gritou alto o meu nome. Coloquei-o no lugar.

— Bonnie, o que é?

— Não houve longas viagens de carro naqueles últimos nove ou dez meses. Conversávamos ao telefone e lembro que uma vez almoçamos em Waterville, mas não *houve* longas viagens de carro. Ela havia saído.

Folheei novamente as folhas de fax. Reuniões anotadas por toda parte na caligrafia firme de Jo. Sopão Solidário do Maine entre elas.

— Não compreendo. Ela saiu do Conselho do Sopão?

Outro momento de silêncio. Então, falando cuidadosamente:

— Não, Mike. Ela deixou *todos* eles. Deixou os abrigos para mulheres e os abrigos para adolescentes no final de 1993, seu período terminara. Dos outros dois, Sopão e Amigos das Bibliotecas do Maine, ela pediu demissão em outubro ou novembro de 1993.

Reuniões anotadas por todas as folhas que Ward tinha me enviado. Dúzias delas. Reuniões em 1993, 1994. Reuniões de conselhos aos quais ela não mais pertencia. Ela esteve aqui. Em todos aqueles dias em que supostamente participava de reuniões, Jo tinha estado aqui na TR. Eu apostaria minha vida nisso.

Mas por quê?

Capítulo Dezessete

Está bem, Devore era maluco, maluco como um chapeleiro, e não podia ter me pegado num momento pior, mais fraco e mais aterrorizante. E acho que tudo, daquela hora em diante, foi quase preordenado. Dali à terrível tempestade da qual ainda falam nesta parte do mundo, tudo veio abaixo como um deslizamento de rochas.

Eu me senti bem por todo o resto da tarde de sexta-feira — minha conversa com Bonnie tinha deixado um monte de perguntas não respondidas, mas mesmo assim tinha sido tonificante. Preparei rapidamente uns legumes ao estilo chinês (em reparação ao meu último mergulho no aparelho de frituras do Village Café) e comi-os enquanto assistia ao noticiário do princípio da noite. No outro lado do lago, o sol mergulhava nas montanhas e inundava de ouro a sala de estar. Quando o noticiário terminou, resolvi dar um passeio na direção norte ao longo da Rua — iria tão longe quanto pudesse e mesmo assim me certificaria de voltar para casa quando escurecesse; enquanto caminhasse pensaria nas coisas que Bill Dean e Bonnie Amudson tinham me contado... Pensaria nelas pelo caminho em que às vezes andava e nos fios de trama em que vinha trabalhando.

Desci os degraus de dormentes ainda me sentindo perfeitamente bem (confuso, mas bem), saí para a Rua e fiz uma pausa para olhar a Senhora Verde. Mesmo com o sol do entardecer ainda brilhando em cheio sobre ela, era difícil tomá-la pelo que era realmente — apenas uma bétula com um pinheiro meio morto por trás, com um galho que parecia um braço apontando. Era como se a Senhora Verde estivesse dizendo, vá para o norte, rapaz, vá para o norte. Bem, eu não era exatamente um rapaz, mas podia ir para o norte, sem dúvida. Por enquanto, pelo menos.

Apesar disso fiquei ali mais um momento, estudando desconfortavelmente o rosto que eu podia ver nas moitas, não gostando do modo como o leve sacudir da brisa parecia produzir quase uma boca rindo sarcasticamente. Acho que talvez tivesse começado a me sentir um pouco mal então, mas estava preocupado demais para notá-lo. Andei na direção norte, imaginando o que exatamente Jo podia ter escrito... pois já então eu começava a acreditar que ela pudesse ter escrito algo, afinal de contas. Por que outra razão eu teria encontrado minha velha máquina de escrever no estúdio dela? Eu vasculharia a casa, decidi. Eu a vasculharia cuidadosamente e...

socorro estou afogando

A voz vinha do bosque, da água, de mim mesmo. Uma onda de tontura passou por meus pensamentos, levantando-os e espalhando-se como folhas numa brisa. Parei. De repente, nunca me senti tão mal, tão *azarado* na vida. Meu peito estava apertado. O estômago dobrava-se para dentro como uma flor gelada. Os olhos enchiam-se de uma água fria que não tinha qualquer semelhança com lágrimas, e eu sabia o que estava chegando. *Não*, tentei dizer, mas a palavra não saiu.

Em vez disso, minha boca se encheu com o gosto gelado da água do lago, todos aqueles minerais escuros, e subitamente as árvores estavam tremeluzindo diante dos meus olhos como se eu as olhasse através de um líquido claro, e a pressão em meu peito tinha se tornado horrivelmente localizada, tomando a forma de mãos. Elas me puxavam para baixo.

— Não vai parar de fazer isso? — alguém perguntou, quase gritou. Não havia ninguém na Rua a não ser eu, mas ouvi a voz claramente. — Nunca vai parar de fazer isso?

O que veio a seguir não foi uma voz exterior, mas pensamentos estranhos em minha cabeça. Eles se debatiam contra as paredes de meu crânio como mariposas dentro de uma luminária... ou dentro de uma lanterna japonesa.

socorro estou afogando
   socorro estou afogando
      o homem do boné azul diz que me pegou
         o homem do boné azul diz que não vai me deixar passear
      socorro estou afogando
         perdi minhas frutinhas no atalho
            ele tá me segurando

> *o rosto dele tremula e parece mau*
> *me solta me solta Ah meu bom Jesus me solta*
> *deixa eu sair, o jogo acabou* POR FAVOR
> DEIXA EU SAIR *você continua e para agora*
> *ela grita meu nome*
> *ela o grita tão* ALTO

Curvei-me para a frente num pânico total, abri a boca e da boca aberta e retorcida saiu um frio jorro de...

Absolutamente nada.

O horror daquilo passou e ao mesmo tempo não passou. Ainda me sentia tremendamente enjoado, como se tivesse comido algo que havia ofendido violentamente meu corpo, uma espécie de formicida ou talvez um cogumelo fatal, do tipo que os guias de cogumelos de Jo mostravam em destaque rodeados por um traço vermelho. Cambaleei para a frente uma meia dúzia de passos, tendo engulhos secos vindos de uma garganta que ainda se achava molhada. Havia outra bétula onde a margem caía para dentro do lago, arqueando graciosamente o ventre branco sobre a água como se para ver seu reflexo à luz lisonjeira do entardecer. Agarrei-a como um bêbado agarra um poste.

A pressão em meu peito começou a diminuir, mas deixou uma dor tão real quanto a chuva. Agarrei-me à árvore, o coração batendo com força, e subitamente tive consciência de que algo fedia — um cheiro pior e mais poluído do que o de um tanque séptico entupido que tivesse fervilhado por todo o verão sob o sol incandescente. Com ele havia a sensação de uma presença medonha emitindo aquele odor, algo que devia estar morto e não estava.

Ah, para, deixa eu sair, o jogo acabou, eu faço qualquer coisa pra parar, tentei dizer, e mesmo assim nada apareceu. Então sumiu. Não senti aquele cheiro, só o do lago e do bosque... mas pude ver uma coisa: um garoto no lago, um garotinho escuro e afogado deitado de costas. Suas maçãs do rosto estavam intumescidas. A boca pendia frouxamente aberta. Os olhos se mostravam brancos como os olhos de uma estátua.

Minha boca se encheu novamente com o impiedoso gosto de ferro do lago. *Me ajuda, me solta, socorro estou afogando.* Eu me inclinei, gritando mentalmente, gritando para o rosto morto, e percebi que *olhava para mim mesmo*, através da água rosada e trêmula do pôr do sol eu olhava para um homem branco de calça jeans e camisa polo amarela agarrado a uma bétula oscilante e tentando gritar, seu rosto líquido em movimento, os olhos momentaneamente tapados pela passagem de uma pequena perca perseguindo um saboroso bichinho, eu era ao mesmo tempo o garoto escuro e o homem branco, afogado na água e afogando no ar, é isso?, é isso que está acontecendo, bata um para sim e dois para não.

Minha ânsia de vômito produziu apenas um único fio de saliva e, inacreditavelmente, um peixe pulou para ela. Eles arremeteriam contra qualquer coisa ao crepúsculo; algo na luz que morria devia deixá-los loucos. O peixe bateu na água novamente a uns 2 metros da margem, espadanando numa ondinha circular, e desapareceu — assim como o gosto em minha boca, o cheiro horrível, o rosto tremeluzente e afogado da criança preta — um preto, era como ele teria pensado de si mesmo — cujo nome quase certamente tinha sido Tidwell.

Olhei para a direita e vi a parte dianteira de uma rocha destacando-se da cobertura em torno dela. *Ali, bem ali*, pensei, e como se para confirmar isso, o horrível cheiro putrefato chegou a mim num sopro novamente, aparentemente vindo do solo.

Fechei os olhos, ainda agarrado na bétula em desespero, sentindo-me fraco, enjoado e doente, e foi então que Max Devore, aquele louco, falou atrás de mim. "Diga aí, seu devasso, onde está a puta?"

Virei-me e lá estava ele, com Rogette Whitmore a seu lado. Foi a única vez que o encontrei, mas foi suficiente. Acredite, uma vez foi mais do que suficiente.

Sua cadeira de rodas mal parecia uma cadeira de rodas mesmo. Assemelhava-se mais a uma mescla de motocicleta com assento do lado e um dispositivo para aterrissar na lua. Meia dúzia de rodas cromadas percorriam seus dois lados. As rodas maiores — quatro delas, acho eu — corriam numa fileira pela parte de trás. Nenhuma parecia exatamente no mesmo nível, e percebi que cada uma ligava-se a seu próprio mecanismo de suspensão. Devore teria um deslizar suave num terreno bem mais áspero que a Rua. Acima das rodas traseiras havia um compartimento para o motor embutido. Uma nacele de fibra de vidro preta com pequenas listras vermelhas que não teriam ficado deslocadas num carro de corrida escondia as pernas de Devore. Implantado no centro dela via-se um dispositivo que parecia com minha antena parabólica... uma espécie de sistema computadorizado para evitar obstáculos, acho eu. Talvez até um piloto automático. Os braços da cadeira eram largos e cobertos de controles. Embutido no lado esquerdo da máquina estava um tanque verde de oxigênio de pouco mais de um metro de comprimento. Uma mangueira o ligava a um tubo de plástico claro e sanfonado; o tubo ligava-se a uma máscara que descansava no colo de Devore. Aquilo me fez pensar no velho com a Stenomask. Vindo depois do que tinha acabado de acontecer, eu podia considerar esse veículo ao estilo de Tom Clancy uma alucinação, a não ser pelo adesivo de para-choque na nacele, abaixo da antena.

Neste entardecer, a mulher que eu tinha visto do lado de fora do Sunset Bar no Warrington's estava usando uma blusa branca de mangas compridas e calças pretas tão afuniladas que faziam suas pernas parecerem espadas embainhadas. Seu rosto estreito e as faces encovadas a assemelhavam mais do que nunca com a figura gritando de Edvard Munch. Seu cabelo branco pendia em torno do rosto como um capuz escorrido. Os lábios estavam pintados com um batom vermelho tão vivo que a boca parecia sangrar.

Ela era velha e feia, mas um prêmio se comparada ao sogro de Mattie. Esquelético, com os lábios azuis, a pele em torno dos olhos e dos cantos da boca de um roxo-escuro, ele parecia algo que um arqueólogo tivesse descoberto na sala fúnebre de uma pirâmide, rodeado pelas esposas e animais de estimação empalhados, coberto com suas joias favoritas. Alguns fios de cabelos brancos ainda se prendiam ao crânio escamoso; mais tufos projetavam-se de orelhas enormes que pareciam ter derretido como esculturas deixadas ao sol. Ele usava calças de algodão branco e uma camisa azul cheia de ondas encapeladas. Acrescente-se a isso uma pequena boina preta e ele teria parecido um artista francês do século XIX no final de uma vida muito longa.

Atravessada em seu colo estava uma bengala de madeira preta. Aconchegado na extremidade se via um guidom de bicicleta vermelho vivo. Os dedos que o agarravam pareciam poderosos, mas estavam ficando tão pretos quanto a própria bengala. Sua circulação ia falhando, e eu não podia imaginar qual seria a aparência de seus pés e pernas.

— A puta fugiu e abandonou você, é?

Tentei dizer algo. De minha boca saiu um grasnido, nada mais. Ainda me agarrava à bétula. Soltei-a e tentei me endireitar, mas minhas pernas ainda estavam fracas e tive que agarrar a árvore novamente.

Ele acionou uma alavanca de prata e a cadeira deslizou uns 3 metros mais para perto de mim, encurtando pela metade a distância entre nós. O som que fazia era de um sedoso sussurro; observá-la era como ver um tapete mágico do mal. Suas muitas rodas erguiam-se e desciam independentes umas das outras e lampejavam ante o sol declinante, que tinha começado a assumir um brilho avermelhado. E quando ele se aproximou, senti a impressão causada pelo homem. Seu corpo apodrecia debaixo dele, mas a força que emanava era inegável e intimidadora, como uma tempestade elétrica. A mulher deu uns passos a seu lado, olhando-me numa diversão silenciosa. Seus olhos eram rosados. Imaginei que fossem cinzentos e que o sol poente estava refletido neles, mas acho agora que ela era uma albina.

— Sempre gostei de uma puta — disse ele. Arrancou a palavra de si, fazendo o *uuuuu* soar com força. — Não é, Rogette?

— É, sim — disse ela. — No lugar delas.

— Às vezes, o lugar delas era em cima da minha cara! — exclamou ele com uma espécie de atrevimento insano, como se ela o estivesse contradizendo. — Onde está ela, rapaz? Em que cara ela está sentando agora? Fico imaginando qual. Naquele advogado esperto que você descobriu? Ah, sei tudo sobre ele, a partir da Conduta Insatisfatória que ele teve na terceira série. Meu negócio é saber de coisas. É o segredo do meu sucesso.

Com um esforço enorme, eu me endireitei.

— O que está fazendo aqui?

— Uma caminhada terapêutica, como você. Não há nenhuma lei contra isso, há? A Rua pertence a qualquer um que quiser usá-la. Você não está por aqui há muito tempo, jovem devasso, mas certamente está há tempo suficiente para saber disso. É a nossa versão do parque da cidade, onde bons cachorrinhos e cães maus podem andar lado a lado.

Mais uma vez usando a mão que não agarrava o guidom de bicicleta vermelho, pegou a máscara de oxigênio, sugou profundamente e a deixou cair no colo. Sorriu — um sorriso inominável de cumplicidade que revelou gengivas cor de iodo.

— Ela é boa? Aquela sua *puuuta*? Ela deve ser boa para ter mantido meu filho prisioneiro naquele trailerzinho nojento onde ela mora. E então vem você mesmo antes de os vermes terem acabado de comer os olhos de meu filho. A boceta dela *suga*?

— Cale a boca.

Rogette Whitmore jogou a cabeça para trás e riu. O som era como o grito de um coelho preso nas garras de uma coruja, e senti um calafrio. Tive uma ideia de como a mulher era louca. Graças a Deus, eles eram velhos.

— Você acertou num nervo, Max — disse ela.

— O que é que você quer? — Respirei com mais força... e senti novamente a putrefação. Tive uma ânsia de vômito. Não queria, mas não consegui evitá-lo.

Devore endireitou-se na cadeira e respirou profundamente, como se debochasse de mim. Naquele momento, ele parecia Robert Duvall em *Apocalypse Now*, andando a passos largos pela praia e dizendo ao mundo como adorava o cheiro de napalm pela manhã. O sorriso de Devore se ampliou.

— Lugar adorável, não é? Um ponto confortável para se parar e pensar, você não acha? — Ele olhou em volta. — Foi aqui que aconteceu, mesmo. Sim.

— Onde o garoto se afogou.

Diante daquilo, achei que o sorriso de Whitmore tivesse ficado momentaneamente pouco à vontade. O de Devore não. Ele agarrou sua translúcida máscara de oxigênio com um movimento excessivamente amplo de velho, dedos que mais tateavam que pegavam. Pude ver pequenas bolhas de muco presas no lado de dentro dela. Ele sugou profundamente de novo e colocou a máscara de lado mais uma vez.

— Uns trinta sujeitos ou mais se afogaram neste lago, é só o que eles sabem — disse ele. — O que é um garoto, mais ou menos?

— Não entendi. Foram *dois* garotos Tidwell que morreram aqui? O que morreu de toxemia e um...

— O senhor se importa com sua alma, sr. Noonan? Sua alma imortal? A borboleta de Deus presa num casulo de carne que logo irá feder como a minha?

Eu não disse nada. A estranheza do que havia acontecido antes de ele ter chegado estava passando. O que a substituía era seu incrível magnetismo pessoal. Nunca em minha vida eu senti tanta força crua. Também não havia nada sobrenatural nela, e *crua* é exatamente a palavra certa. Eu poderia ter corrido. Em outras circunstâncias, tenho certeza de que o teria feito. Certamente não foi a coragem que me manteve onde eu estava; minhas pernas ainda pareciam de borracha, e tive medo de cair.

— Vou lhe dar uma chance de salvar sua alma — disse Devore. Ergueu um dedo para ilustrar a ideia de uma. — Vá embora, meu bom devasso. Agora mesmo, com as roupas do corpo. Não se preocupe em fazer a mala, não pare nem mesmo para ter certeza de que o fogão está apagado. Vá. Deixe a puta e a putinha.

— Deixá-las para você.

— É, para mim. Eu farei as coisas que precisam ser feitas. Almas são para estudantes de artes liberais, Noonan. Eu era engenheiro.

— Vá se foder.

Rogette Whitmore deu novamente o grito de coelho.

O velho ficou ali na cadeira, de cabeça baixa, rindo lividamente e parecendo alguém saído dentre os mortos.

— Tem certeza que quer ser *o* cara, Noonan? Para ela pouco importa, você sabe, tanto faz você ou eu, é tudo o mesmo para ela.

— Não sei do que está falando. — Respirei profundamente de novo e desta vez o ar pareceu normal. Afastei-me um passo da bétula, e minhas pernas também estavam bem. — E pouco me importa. Você nunca vai ficar com Kyra. Nunca, no que sobra de sua vida sórdida. Eu jamais verei isso acontecer.

— Amigo, você vai ver um bocado de coisas — disse Devore, mostrando os dentes num sorriso, assim como as gengivas cor de iodo. — Antes de julho terminar, você provavelmente terá visto tanto que vai querer ter arrancado os olhos das órbitas em junho.

— Vou para casa. Deixe-me passar.

— Pois então vá, como é que eu poderia impedir? — perguntou. — A Rua pertence a todos. — Içou a máscara de oxigênio do colo de novo e tomou outra saudável inalação. Deixou-a cair no colo e instalou a mão esquerda no braço de sua cadeira de rodas Buck Rogers.

Dei um passo na direção dele, mas quase antes que eu soubesse o que estava acontecendo, ele investiu com a cadeira de rodas contra mim. Poderia ter me atingido e machucado bastante — quebrado uma das minhas pernas ou as duas, não duvido —, mas parou pouco antes disso. Dei um pulo para trás, mas só porque ele deixou. Notei que Whitmore estava rindo novamente.

— O que foi, Noonan?

— Saia do meu caminho. Estou avisando.

— A puta deixou você nervoso, é?

Comecei a me mover para a esquerda, querendo passar por ele daquele lado, mas, numa fração de segundo, ele virou a cadeira, deslizou para a frente e cortou meu caminho.

— Saia da TR, Noonan, estou lhe dando um bom av...

Virei para a direita, desta vez para o lado do lago, e teria me esgueirado por ele com facilidade se não fosse o punho, muito pequeno e duro, que se abateu sobre o lado esquerdo de meu rosto. A vaca de cabelos brancos estava usando um anel e a pedra tinha me cortado atrás da orelha. Senti o ardor e o jorro quente de sangue. Girei, estiquei as duas mãos e a empurrei. Ela caiu no atalho atapetado de agulhas de pinheiro com um guincho de ultraje surpreso. No momento seguinte, algo me atingiu a nuca. Um momentâneo fulgor laranja iluminou minha visão. Cambaleei para trás no que me pareceu um movimento em câmara lenta, bracejando, e Devore entrou novamente no meu ângulo de visão. Ele havia se torcido na cadeira de roda, a cabeça escamosa projetada para a frente, a bengala com que me atingira ainda levantada. Se fosse dez anos mais moço, acredito que teria fraturado meu crânio em vez de apenas produzir a momentânea luz cor de laranja.

Corri para minha velha amiga, a bétula. Levei a mão à orelha e olhei incrédulo o sangue na ponta dos meus dedos. A cabeça doía do golpe que Devore tinha me desferido.

Whitmore estava lutando para se levantar, sacudindo as agulhas de pinheiro de sua calça comprida e me olhando com um sorriso furioso. Suas maçãs do rosto tinham sido tomadas por um tênue enrubescimento cor-de-rosa. Os lábios vermelhos demais se arreganhavam mostrando dentes pequenos. À luz do sol que se punha, seus olhos pareciam incandescentes.

— Saia do meu caminho — eu disse, mas minha voz soou pequena e fraca.

— Não — disse Devore, e depositou o cano preto da bengala na nacele curvando-se por cima da frente da cadeira de rodas. Então pude ver o garotinho que tinha se decidido a ter o trenó por mais que cortasse as mãos ao fazê-lo. Podia vê-lo nitidamente. — Não, seu viadinho comedor de puta. Não *saio*.

Acionou a alavanca de prata de novo e a cadeira de rodas disparou silenciosamente na minha direção. Se eu tivesse ficado onde estava, ele teria me atravessado com a bengala tão certamente como qualquer duque mau numa história de Alexandre Dumas. Provavelmente teria esmagado os ossos frágeis de sua mão direita e arrancado o braço direito de sua articulação no choque, mas aquele homem jamais havia se preocupado com essas coisas; deixava a contagem dos prejuízos para a gentinha. Se eu tivesse hesitado por choque ou incredulidade, ele teria me matado, tenho certeza. Em vez disso, rolei para a esquerda. Meus tênis deslizaram na margem em escorregadias agulhas de pinheiro por um momento. Então perdi contato com o solo e estava caindo.

Bati na água desajeitadamente e muito próximo da margem. Meu pé esquerdo agarrou numa raiz submersa, torcendo-se. A dor foi enorme, algo que pareceu o som de um trovão. Abri a boca para gritar e a água do lago entrou nela — aquele sabor escuro, gelado e metálico, dessa vez de verdade. Eu a tossi para fora, espirrando-a também pelo nariz, e chapinhei para longe de onde tinha caído, pensando *O garoto, o garoto morto está aqui embaixo, e se ele estender a mão e me agarrar?*

Virei de costas, ainda me debatendo e tossindo, bem consciente de que o jeans grudava-se pegajosamente às pernas e ao gancho, pensando absurdamente em minha carteira — eu não me importava com os cartões de crédito ou a carteira de motorista, mas tinha dois bons instantâneos de Jo nela que se estragariam.

Vi que Devore quase havia se atirado margem abaixo, e por um momento achei que ele ainda podia cair. A frente de sua cadeira projetava-se por cima do lugar de onde caí (eu via as curtas marcas de meus tênis exatamente à esquerda das raízes parcialmente expostas da bétula), e apesar de as rodas da frente ainda estarem no solo, a terra esfarelada se esvaía sob elas em pequenas avalanches secas que rolavam pelo declive e batiam rapidamente dentro d'água, criando um padrão de pequenas ondas entrecruzadas. Whitmore estava agarrada às costas da cadeira, puxando-a para trás, mas o peso era excessivo para ela; se Devore ia ser salvo, ele próprio teria que fazê-lo. Em pé e mergulhado no lago até a cintura, torci para que caísse.

A garra arroxeada de sua mão esquerda tinha recapturado a alavanca de prata depois de várias tentativas. Um dedo a puxou para trás, e a cadeira deu marcha a ré da margem com um chuveiro final de pedras e poeira. Whitmore pulou de modo travesso para um lado para impedir que a cadeira passasse por cima de seus pés.

Devore manipulou os controles, virou a cadeira para se voltar para onde eu estava na água, a pouco mais de 2 metros de distância da bétula pendente, e então cutucou a cadeira para a frente até que ficasse à beira da Rua, mas num ponto seguro de onde não caísse. Whitmore tinha se afastado de nós inteiramente; estava abaixada, com o traseiro apontando na minha direção. Se eu chegasse a pensar nela, e não consigo me lembrar de tê-lo feito, suponho que a imaginaria tentando recuperar a respiração.

De nós três, Devore era o que parecia estar em melhor forma, sem nem mesmo precisar de uma dose da máscara de oxigênio em seu colo. A luz do entardecer refletia-se em cheio em seu rosto, fazendo-o parecer com uma abóbora de Halloween meio podre e sorridente que tivessem ensopado de gasolina e depois incendiado.

— Gostando do seu banho? — perguntou, e riu.

Olhei em volta, esperando ver um casal caminhando ou talvez um pescador procurando um lugar onde pudesse jogar sua linha mais uma vez antes de escurecer... e ao mesmo tempo tinha esperanças de não ver ninguém. Estava zangado, machucado e assustado. Sentia-me, sobretudo, constrangido. Fui atirado no lago por um homem de 85 anos... um homem que mostrava todos os sinais de ficar por ali e me fazer um objeto de escárnio.

Comecei a caminhar na água para a direita — ao sul, de volta à minha casa. A água estava na minha cintura, fria e quase refrescante agora que havia me acostumado com ela. Meus tênis pisavam em rochas e galhos de árvores submersos. O tornozelo que torci ainda doía, mas estava me aguentando. Se continuaria assim quando eu saísse do lago era outra questão.

Devore dedilhou seus controles mais uma vez. A cadeira girou e veio deslizando lentamente ao longo da Rua, mantendo facilmente o mesmo ritmo que eu.

— Não apresentei você a Rogette adequadamente, apresentei? — disse ele. — Ela foi uma atleta e tanto na faculdade, sabe? Softbol e hóquei eram as suas especialidades, e ela manteve pelo menos algumas das habilidades. Rogette, demonstre suas habilidades para este rapaz.

Whitmore passou pela cadeira de rodas movendo-se lentamente à esquerda. Por um momento foi encoberta por ela. Quando pude vê-la novamente, vi também o que estava segurando. Ela não tinha se curvado para respirar.

Sorrindo, caminhou a passos largos pela margem com o braço esquerdo dobrado contra o diafragma, aninhando as pedras que pegou da beira do atalho. Escolheu um pedregulho mais ou menos do tamanho de uma bola de golfe, recuou a mão para trás da orelha e o atirou. Duro. Ele assobiou perto de minha têmpora esquerda e mergulhou dentro da água atrás de mim.

— Ei! — gritei, mais surpreso do que com medo. Mesmo depois de tudo que aconteceu antes, eu não conseguia acreditar no que estava acontecendo.

— O que há de errado com você, Rogette? — perguntou Devore como uma criança. — Você não costumava nunca lançar como uma garota. Acerte nele!

A segunda pedra passou a 5 centímetros da minha cabeça. A terceira foi um quebrador de dentes em potencial. Eu a desviei com a mão e com um grito raivoso e atemorizado, só mais tarde notando que a pedra tinha machucado minha mão. No momento, eu só tinha consciência do rosto odioso e sorridente dela — o rosto de uma mulher que pagou dois dólares numa ardilosa barraquinha de tiro ao alvo e pretendia ganhar o grande ursinho de pelúcia mesmo que tivesse que ficar atirando a noite inteira.

E ela atirava *rápido*. As pedras choviam em torno de mim, algumas lançando borrifos de água avermelhada à minha esquerda e direita, criando pequenos gêiseres. Comecei a recuar. Com medo de me virar e nadar para longe, com medo de que ela atirasse uma pedra realmente grande no minuto que eu o fizesse. Mesmo assim, tinha que sair do seu alcance. Enquanto isso, Devore estava dando um riso chiado de velho, seu rosto miserável encolhido em si mesmo como o rosto de uma boneca malvada.

Uma das pedras me atingiu com força, batendo dolorosamente na clavícula e quicando alto para o ar. Eu gritei e Whitmore também: "*Hai*", como um lutador de caratê que desfechou um bom chute.

Paciência para a retirada com ordem. Virei-me, nadei em direção à água profunda e a vaca me arrebentou os meus miolos. As primeiras duas pedras que jogou depois que comecei a nadar pareciam ter sido lançadas para sondar a distância. Houve uma pausa quando tive tempo de pensar *Estou conseguindo, estou saindo de sua área de...* e então algo atingiu a parte de trás de minha cabeça. Eu o senti e ouvi ao mesmo tempo — foi como o CLONK!, como algo que se lê numa história em quadrinhos de *Batman*.

A superfície do lago ia do laranja brilhante ao vermelho brilhante e dele ao escarlate-escuro. Eu podia ouvir ligeiramente Devore gritando de aprovação e Whitmore deixando escapar seu estranho grito agudo. Tomei outro bocado de água com gosto de ferro e fiquei tão tonto que tive que lembrar a mim mesmo de cuspi-la, não engoli-la. Sentia agora meus pés pesados demais para nadarem e a droga dos tênis pesavam uma tonelada. Abaixei-os para ficar em pé, mas não consegui encontrar o fundo — tinha me deslocado para onde não dava pé. Olhei em direção à praia. Estava espetacular, fulgurando ao pôr do sol como um cenário de teatro iluminado com gelatina brilhante vermelha e laranja. Eu estava provavelmente a uns 6 metros da praia agora. Devore e Whitmore permaneciam à beira da Rua, observando. Pareciam Mamãe e Papai numa pintura de Grant Wood. Devore estava usando a máscara novamente, mas eu podia ver que sorria dentro dela. Whitmore também sorria.

Entrou mais água em minha boca. Cuspi a maior parte dela, mas uma porção desceu, fazendo-me tossir e ter certa ânsia de vômito. Comecei a afundar abaixo da superfície e lutei para voltar à tona, não nadando, mas simplesmente espadanando alucinadamente, gastando nove vezes mais energia do que precisava para permanecer flutuando. O pânico fez sua primeira aparição, mordiscando através de minha perturbação entontecida com agudos dentinhos de rato. Percebi que podia ouvir um zumbido alto e doce. Quantos golpes minha pobre cabeça recebera? Um do punho de Whitmore... um da bengala de Devore... uma pedra... ou tinham sido duas? Jesus, não conseguia me lembrar.

Controle-se, pelo amor de Deus — você não vai deixar que ele o derrote assim, vai? Afogá-lo como o garotinho foi afogado?

Não, não se eu pudesse evitá-lo.

Movimentei as pernas na água e passei a mão esquerda na parte de trás da cabeça. Não muito acima da nuca encontrei um galo que ainda estava crescendo. Quando o apertei, a dor me deu vontade de vomitar e desmaiar ao mesmo tempo. Lágrimas subiram aos meus olhos e rolaram pelo rosto abaixo. Havia apenas traços de sangue nas pontas de meus dedos quando olhei para eles, mas é difícil avaliar cortes quando se está na água.

— Você parece uma marmota presa na chuva, Noonan! — Agora a voz dele parecia rolar até onde eu estava, como se cruzasse uma grande distância.

— Foda-se! — gritei. — Vou ver você na cadeia por isso!

Ele olhou para Whitmore. Ela o olhou com uma expressão idêntica e ambos riram. Se alguém tivesse colocado uma Uzi em minhas mãos naquele momento, eu teria matado os dois sem qualquer hesitação e depois pedido um segundo pente de balas para poder metralhar os corpos.

Sem qualquer arma nas mãos, comecei a nadar tipo cachorrinho em direção ao sul, à minha casa. Eles se deslocaram ao longo da Rua comigo, ele deslizando na cadeira de rodas quieta como um sussurro e ela andando ao lado dele, tão solene como uma freira, fazendo uma pausa de vez em quando para pegar o que parecia ser uma pedra.

Eu não havia nadado o suficiente para estar cansado, mas estava. Era principalmente o choque, acho eu. Finalmente tentei respirar no momento errado, engoli mais água e entrei totalmente em pânico. Comecei a nadar em direção à praia, querendo chegar onde pudesse dar pé. Rogette Whitmore começou a atirar pedras em mim imediatamente, primeiro usando as que mantinha entre o braço esquerdo e o diafragma, depois as que empilhou no colo de Devore. Ela estava aquecida, não lançava mais como uma garota, e sua pontaria era mortal. As pedras levantavam a água em torno de mim. Desviei de outra — uma grande que provavelmente teria aberto a minha testa se tivesse me acertado —, mas a que veio a seguir atingiu meu bíceps e fez nele um grande arranhão. Era suficiente. Rolei e nadei para trás, para além de seu alcance, ofegando para respirar, tentando manter a cabeça para cima apesar da dor crescente na nuca.

Quando estava longe, mexi as pernas e olhei para eles. Whitmore tinha andado todo o caminho até a borda da margem, querendo reduzir cada metro de distância que podia. Droga, cada centímetro. Devore estacionou atrás dela na cadeira de rodas. Ambos estavam ainda sorrindo, e agora seus rostos se mostravam tão vermelhos quanto o do diabo no inferno. Céu vermelho noturno, alegria de marujo. Outros vinte minutos e ficaria escuro. Poderia eu manter a cabeça acima d'água por mais vinte minutos? Achava que sim, se não entrasse em pânico de novo, mas não por muito mais tempo. Pensei em me afogar no escuro, olhando para cima e vendo Vênus pouco antes de afundar pela última vez, e o pânico me cortou novamente com seus dentes. O pânico era pior do que Rogette e suas pedras, muito pior.

Talvez não pior do que Devore.

Olhei para os dois lados da parte costeira do lago, checando a Rua sempre que ela se livrava das árvores por quatro ou dez metros. Não me importava mais de ficar constrangido, mas não vi ninguém. Santo Deus, onde está todo mundo? Foram para Mountain View em Fryeburg para uma pizza ou até o Village Café para milk-shakes?

— O que é que você quer? — gritei para Devore. — Quer que eu diga a você que dou o fora de seu negócio? Certo, eu dou!

Ele riu.

Bem, eu não esperei que funcionasse. Mesmo que tivesse sido sincero, ele não teria acreditado em mim.

— Só queremos ver quanto tempo você consegue nadar — disse Whitmore, e jogou outra pedra, um lançamento comprido e preguiçoso que caiu a um metro e meio de mim.

Eles pretendem me matar, pensei. *Pretendem mesmo.*

Sim. E, o que era pior, podiam levar a cabo a intenção. Uma ideia maluca, ao mesmo tempo plausível e implausível, surgiu em minha mente. Eu podia ver Rogette Whitmore pregando com tachinhas um anúncio no QUADRO DOS EVENTOS COMUNITÁRIOS do lado de fora do Armazém Lakeview:

> **AOS MARCIANOS DA TR-90, SAUDAÇÕES!**
> O sr. MAXWELL DEVORE, o marciano favorito de *todos*, dará a cada residente da TR CEM DÓLARES se ninguém usar a Rua no ENTARDECER DE SEXTA-FEIRA, 17 DE JULHO, entre *19 e 21 HORAS*. Mantenham também nossos "AMIGOS DE VERÃO" longe!
> E lembrem-se: BONS MARCIANOS são como BONS MACACOS: não *VEEM* nada de mal, não *OUVEM* nada de mal e não *FALAM* nada de mal!

Eu não podia realmente acreditar naquilo, nem mesmo em minha situação presente... mas mesmo assim quase acreditei. No mínimo tinha que creditar a ele uma sorte demoníaca.

Cansado. Meus tênis mais pesados do que nunca. Tentei tirar um deles e só consegui beber outra porção da água do lago. Eles continuavam me observando, Devore pegando ocasionalmente a máscara do colo e tomando uma dose revitalizante.

Eu não podia esperar até o escurecer. O sol desaparece rapidamente aqui no Maine ocidental — da mesma forma que acontece, penso eu, em toda região montanhosa por toda parte —, mas o crepúsculo é longo e se esvai lentamente. Quando ficasse suficientemente escuro para que eu pudesse me mover sem ser visto, a lua já teria surgido no leste.

Peguei-me imaginando meu obituário no *New York Times*, o cabeçalho com a frase POPULAR ROMANCISTA DE SUSPENSE SE AFOGA NO MAINE. Debra Weinstock forneceria a eles a foto do autor de *A Promessa de Helen* prestes a sair. Harold Oblowski diria todas as coisas certas e também se lembraria de colocar um modesto (mas não minúsculo) aviso de falecimento na *Publishers Weekly*. Ele dividiria meio a meio com a Putnam, e...

Afundei, engoli mais água e a cuspi. Comecei a bater na água com o punho fechado e me forcei a parar. Da praia, eu podia ouvir o riso tilintante de Rogette Whitmore. *Sua vaca*, pensei. *Sua vaca esque...*

Mike, disse Jo.

Sua voz estava na minha cabeça, mas não era a que eu faço quando imagino suas respostas a um diálogo mental ou quando simplesmente tenho saudade dela e preciso assobiar para chamá-la por algum tempo. Como se para sublinhar isso, algo levantou a água à minha direita, levantou com força. Quando olhei naquela direção, não vi nenhum peixe, nem mesmo uma pequena onda. O que vi em vez disso foi nossa plataforma de flutuação ancorada a uns 90 metros na água colorida pelo pôr do sol.

— Não consigo nadar até tão longe, meu bem — falei com voz gutural.

— Disse alguma coisa, Noonan? — gritou Devore da praia. Uma debochada mão em concha envolveu uma de suas enormes orelhas cheias de cera. — Não consegui entender! Você parece sem fôlego! — Mais risadas tilintantes de Whitmore. Ele era Johnny Carson; ela, Ed McMahon, seu ajudante.

Você vai conseguir. Eu vou ajudá-lo.

Percebi que a plataforma podia ser minha única chance — não havia outra deste lado da praia, e ficava a pelo menos 10 metros a mais do alcance das pedras de Whitmore. Cada vez que eu sentia minha cabeça prestes a submergir, fazia uma pausa, mexia as pernas, dizia a mim mesmo para ir com calma e que eu estava em muito boa forma e me saindo bem, e que se não entrasse em pânico tudo acabaria da melhor forma. A vaca velha e o nojento ainda mais velho continuaram a me acompanhar, mas viram para onde eu me dirigia e o riso parou. Os deboches também.

Por muito tempo, a tábua de flutuação não parecia se aproximar um milímetro. Disse a mim mesmo que era só porque a luz estava esmaecendo, a cor da água indo de vermelho ao roxo e deste ao quase negro, a cor das gengivas de Devore, mas minha convicção a respeito disso era cada vez menor à medida que a respiração encurtava e meus braços ficavam mais pesados.

Quando eu me encontrava ainda a uns 30 metros de distância, tive cãibra na perna esquerda. Rolei de lado como um barco à vela afundando, tentando alcançar o músculo que tinha dado um nó. Mais água entrou por minha boca adentro. Tentei tossi-la para fora, mas tive uma ânsia de vômito e submergi com o estômago ainda tentando funcionar e meus dedos ainda procurando o lugar do nó acima do joelho.

Estou mesmo me afogando, pensei, estranhamente calmo agora que estava acontecendo. *É assim que acontece, é isso aí.*

Então senti uma mão me pegar pela nuca. A dor de ter o cabelo puxado me trouxe à realidade num clarão — foi melhor do que uma injeção de adrenalina. Senti outra mão fechar-se à volta de minha perna esquerda; houve uma rápida mas fantástica sensação de calor. A cãibra desfez-se e eu irrompi na superfície nadando — nadando *realmente* desta vez, não apenas cachorrinho, e no que pareceu segundos eu estava me agarrando à escada na lateral da plataforma, respirando em grandes arquejos vivificantes, esperando para ver se eu ficaria bem ou se o coração ia detonar no peito como uma granada de mão. Finalmente meu pulmão começou a superar o débito de oxigênio e tudo começou a se acalmar. Dei a ele outro minuto, depois saí da água e entrei no que eram agora as cinzas do crepúsculo. Fiquei ali voltado para oeste por um tempo, curvado, as mãos nos joelhos, pingando água nas tábuas. Depois me virei, pretendendo dar o dedo a eles. Não havia ninguém a quem eu pudesse dar o dedo. A Rua estava vazia. Devore e Rogette Whitmore tinham sumido.

Talvez tivessem sumido. Era bom que eu me lembrasse de que a Rua era enorme. Eu poderia não vê-los.

Sentei-me de pernas cruzadas na plataforma de flutuação até que a lua surgisse, esperando e observando qualquer movimento. Meia hora, acho. Talvez 45 minutos. Consultei o relógio, mas não tive sua ajuda; tinha entrado água e ele parou às 19h30. Agora eu podia juntar também às outras satisfações que Devore me devia o preço de um Timex Indiglo — são 29,95 dólares, idiota, cospe o dinheiro.

Finalmente desci novamente a escada, deslizei para dentro d'água e nadei para a praia tão silenciosamente quanto pude. Estava descansado, minha cabeça tinha parado de doer (embora o galo pouco acima da nuca ainda latejasse sem parar), e não me sentia mais sem equilíbrio e perplexo. De certa maneira, aquilo tinha sido o pior de tudo — tentar lidar não apenas com a aparição do menino afogado, as pedras que voavam e o lago, mas com a sensação difusa de que nada daquilo podia estar acontecendo, que velhos e ricos magnatas de software não tentavam afogar romancistas que entravam no ângulo de visão deles.

No entanto, a aventura daquela noite *tinha sido* apenas um simples caso de penetrar no ângulo de visão de Devore? A coincidência de um encontro, não mais que isso? Não era provável que ele estivesse me observando desde o 4 de Julho... talvez do outro lado do lago, por intermédio de gente com equipamentos ópticos altamente poderosos? Besteira paranoica, eu teria dito... pelo menos teria dito isso antes de os dois terem quase me afogado no lago Dark Score, como um barquinho de papel de criança numa poça de lama.

Resolvi não me importar que pudessem estar me observando do outro lado do lago. Também não me importava se os dois ainda estivessem espreitando numa das partes da Rua escondida pelas árvores. Nadei até sentir fiapos de ervas aquáticas fazendo cócegas em meus tornozelos e ver a enseada de minha praia. Então me ergui, tremendo ante o ar, agora frio contra minha pele. Manquei para a praia com uma das mãos levantadas para desviar uma pedra, mas não veio nenhuma. Fiquei por um momento na Rua, o jeans e a camisa polo pingando, olhando primeiro numa direção, depois na outra. Eu parecia ter aquela parte do mundo só para mim. Por último, olhei novamente a água, onde o luar fraco traçava uma trilha da curva da praia até a plataforma de flutuação.

— Obrigado, Jo — eu disse, e comecei a subir os degraus para a casa. Cheguei até a metade deles e tive que parar e sentar. Nunca tinha me sentido tão exausto em toda a minha vida.

Capítulo Dezoito

Subi as escadas para o deck em vez de contornar a casa e ir até a porta da frente, ainda me movendo com lentidão e espantado diante do fato de minhas pernas darem a impressão de ter o dobro do peso normal. Quando entrei na sala de estar, olhei em volta com os olhos arregalados de alguém que esteve fora por uma década e volta para encontrar tudo exatamente como deixou — Bunter, o alce, na parede, o *Boston Globe* no sofá, uma compilação da revista de palavras cruzadas *Nível difícil* na mesinha, o prato no balcão com os restos de minha comida chinesa ainda ali. Olhar para aquelas coisas trouxe a percepção do lar com força total — eu tinha saído para dar um passeio, deixando toda aquela leve e normal desordem atrás de mim, e quase morri. Quase fui assassinado.

Comecei a tremer. Fui ao banheiro da ala norte, tirei as roupas molhadas e as joguei na banheira — *splat*. Então, ainda tremendo, virei-me e olhei fixamente para mim mesmo no espelho sobre a pia. Eu parecia alguém que tivesse estado no lado perdedor de uma briga de bar. Um dos bíceps mostrava um corte comprido e coagulado. Uma equimose negro-púrpura estava surgindo no que pareciam asas sombreadas da minha clavícula esquerda. Havia um sulco sangrento no pescoço e atrás da orelha, onde a adorável Rogette me atingiu com a pedra de seu anel.

Peguei o espelho de barbear e usei-o para examinar a parte de trás da cabeça. "Não pode meter isso em sua cabeça dura?", minha mãe costumava gritar para Sid e para mim quando éramos garotos, e agora eu agradecia a Deus que mamãe aparentemente tivesse razão quanto à dureza das cabeças, pelo menos no meu caso. O lugar em que Devore me atingiu com a bengala parecia o cone de um vulcão recentemente extinto. O tiro certeiro de Whitmore deixou um ferimento vermelho que precisaria de pontos se eu quisesse evitar uma cicatriz. Sangue, seco e ralo, manchava minha nuca por toda a linha do cabelo. Só Deus sabia quanto dele havia escorrido daquela abertura vermelha de aspecto desagradável e sido lavado pelo lago.

Derramei água oxigenada na mão em concha, reuni as forças e coloquei-a diretamente no corte de trás como se fosse uma loção após a barba. A ardência foi monstruosa, e tive que apertar os lábios para não gritar. Quando a dor começou a diminuir um pouco, molhei bolas de algodão com mais água oxigenada e limpei os outros ferimentos.

Tomei um banho de chuveiro, vesti uma camiseta e um jeans, e então fui até o corredor ligar para o xerife do condado. A ajuda da lista telefônica não era necessária; os números do DP de Castle Rock e do xerife estavam no cartão EM CASO DE EMERGÊNCIA pregado com tachinhas no quadro, juntamente com o número dos bombeiros, o serviço de ambulância e o número 900, onde se podiam obter três respostas para as palavras cruzadas do *Times* do dia por US$ 1,50.

Liguei os primeiros três números rapidamente, depois fui me tornando mais lento. Cheguei até 955-960 antes de parar completamente. Permaneci no corredor com o telefone apertado à orelha, visualizando outra manchete, esta não no decoroso *Times* e sim no arruaceiro *New York Post*: ROMANCISTA PARA O IDOSO REI DOS COMPUTADORES: "SEU VALENTÃO!" *Juntamente com retratos, lado a lado, meu, parecendo ter mais ou menos a minha idade, e de Max Devore, parecendo ter mais ou menos 100 anos.* O *Post* se divertiria muito contando aos leitores como Devore (juntamente com sua acompanhante, uma idosa senhora que poderia pesar 40 quilos quando encharcada) derrubara um romancista com a metade de sua idade — um camarada que parecia, ao menos pela foto, razoavelmente em forma.

Com seu cérebro rudimentar, o telefone cansou-se de ter apenas seis números discados dos sete exigidos, deu dois cliques e desfez a ligação. Afastei o receptor da orelha, olhei-o fixamente por um momento e a seguir o coloquei suavemente no gancho.

Não sou fresco quanto às atenções às vezes fantasiosas e às vezes odiosas da imprensa, mas sou cauteloso, como também o seria ao me aproximar de um mamífero peludo e mal-humorado. A América transformou as pessoas públicas em esquisitas putas de alta classe, e a mídia zomba de qualquer "celebridade" que ousa se queixar sobre o tratamento recebido. "Para de reclamar!", gritam os jornais e os programas de fofocas da TV (o tom é uma mistura de triunfo e indignação). "Você acha mesmo que nós lhe pagamos uma grana preta só para cantar uma canção ou rebater com um taco de beisebol? Errado, seu idiota! Pagamos para ficarmos surpresos quando você se sai bem — seja lá o que faça especificamente — e também porque é gratificante vê-lo meter os pés pelas mãos. A verdade é que você é um suprimento. Se deixar de ser divertido, sempre poderemos matá-lo e comê-lo."

Eles não podem *verdadeiramente* comê-lo, claro. Mas podem imprimir fotos suas sem camisa e dizer que você está engordando, podem falar de quanto você bebe ou quantas pílulas toma, ou fofocar sobre a noite em que você puxou uma aspirante a celebridade para o seu colo no Spago e tentou enfiar a língua na orelha dela, mas não podem realmente comê-lo. Assim, não foi o pensamento sobre o *Post* me chamando de bebê chorão, ou sobre fazer parte do monólogo de abertura de um programa de entrevistas que me fez pôr o telefone no gancho — foi perceber que eu não tinha nenhuma prova. Ninguém nos vira. E percebi também que achar um álibi para si mesmo e sua assistente pessoal seria a coisa mais fácil do mundo para Max Devore.

Havia também outra coisa, que coroava tudo: imaginar que o xerife do condado mandasse George Footman, também conhecido como machão, receber minha declaração de como o homem mau tinha empurrado o pequeno Mikey para dentro do lago. Como os três ririam com aquilo depois!

Em vez disso, liguei para John Storrow, querendo que me dissesse que eu estava fazendo a coisa certa, a única que tinha sentido. Querendo que ele me lembrasse de que só homens desesperados chegam a fazer coisas tão desesperadas (eu ignoraria, pelo menos por enquanto, como aqueles dois tinham rido, como se nunca tivessem se divertido tanto), e que nada havia mudado com relação a Ki Devore — o caso da custódia de seu avô ainda estava empacado.

Fui recebido pela secretária eletrônica de John em casa e deixei um recado — ligar para Mike Noonan, nenhuma emergência, mas fique à vontade para ligar tarde. Depois tentei seu escritório, guiando-me pelo evangelho segundo John Grisham: jovens advogados trabalham até cair. Ouvi a mensagem da secretária eletrônica da firma, depois segui instruções e apertei STO no painel do meu telefone, as primeiras três letras do último nome de John.

Houve um clique e ele veio à linha — outra versão gravada, infelizmente. "Oi, aqui é John Storrow. Fui à Filadélfia pelo fim de semana para ver minha mãe e meu pai. Estarei no escritório na segunda; pelo resto da semana não irei ao escritório. De terça a sexta, você terá mais probabilidade de me encontrar em..."

O número que dava começava com 207-955, o que queria dizer Castle Rock. Imaginei que fosse o hotel em que ele tinha ficado antes, o simpático bem ali na View. "Mike Noonan", eu disse. "Ligue quando puder. Deixei também um recado na secretária de seu apartamento."

Fui à cozinha pegar uma cerveja e então parei à frente da geladeira, brincando com os ímãs. Ele tinha me chamado de devasso. *Diga aqui, devasso, onde está sua puta?* No minuto seguinte, se ofereceu para salvar minha alma. Bem engraçado, de fato. Como um alcoólatra oferecendo-se para tomar conta de seu armário de bebidas. *Ele falou de você com o que me pareceu uma afeição verdadeira*, disse Mattie. *Seu bisavô e o dele cagaram no mesmo fosso.*

Deixei a geladeira com a cerveja ainda em segurança lá dentro, voltei ao telefone e liguei para Mattie.

— Oi — disse outra voz obviamente gravada. Eu estava num círculo vicioso. — Sou eu, mas ou saí ou não posso atender nesse exato minuto. Deixe um recado, tudo bem? — Uma pausa, um raspar do microfone, um sussurro distante e então Kyra, tão alto que quase estourou o meu tímpano: — Deixe um recado FELIZ! — O riso das duas acompanhou a frase, cortada pelo bipe.

— Oi, Mattie, é Mike Noonan — disse. — Eu só queria...

Não sei como terminaria a frase, mas não tive que terminá-la. Ouvi um clique e a própria Mattie disse: "Alô, Mike." Havia tal diferença entre essa voz deprimida e aparentemente derrotada e a voz animada na gravação que por um momento fiquei em silêncio. Então perguntei o que estava havendo.

— Nada — disse ela, e então começou a chorar. — Tudo. Perdi meu emprego. Lindy me despediu.

Lindy não tinha chamado o ato de demissão, claro. Ela o chamou de "apertar o cinto", mas era demissão, sem dúvida nenhuma, e eu sabia que se examinasse a proveniência dos fundos da Biblioteca Four Lakes

Consolidated descobriria que um dos principais patrocinadores dela pelos anos afora tinha sido Max Devore. E continuaria a sê-lo... isto é, se Lindy Briggs fizesse o jogo que ele queria.

— Não deveríamos ter conversado onde ela pudesse nos ver — falei, sabendo que eu poderia ter ficado totalmente distante da biblioteca e mesmo assim Mattie seria despedida. — E provavelmente devíamos ter previsto isso.

— John Storrow *previu*. — Ela ainda chorava, mas fazia força para se controlar. — Ele disse que Max Devore provavelmente ia fazer tudo para que eu ficasse tão encurralada quanto possível quando chegasse a audiência da custódia. Ele disse que Devore queria ter certeza de que eu ia responder "Estou desempregada, meritíssimo" quando o juiz perguntasse onde eu trabalhava. Eu disse a John que a sra. Briggs jamais faria algo tão baixo, especialmente com uma garota que fez uma palestra tão brilhante sobre o "Bartleby", de Melville. Sabe o que ele disse?

— Não.

— "Você é muito jovem." Achei isso uma coisa muito paternalista, mas ele tinha razão, não é?

— Mattie...

— O que vou fazer, Mike? O que vou fazer? — O pânico parecia ter descido a estrada Wasp Hill.

Pensei friamente: *Por que não se tornar minha amante? Seu título seria "assistente de pesquisa", uma ocupação perfeitamente satisfatória no que diz respeito à Receita Federal. Eu lhe dou roupas, uns dois cartões de crédito, uma casa — diga adeus ao grande trailer enferrujado na estrada Wasp Hill — e umas férias de duas semanas: que tal fevereiro em Mauí? Mais a educação de Ki, é claro, e um polpudo bônus em dinheiro no final do ano. Serei atencioso também. Atencioso e discreto. Uma ou duas vezes por semana e nunca até que sua garotinha esteja dormindo profundamente. Tudo o que tem a fazer é dizer sim e me dar uma chave. Tudo que tem a fazer é deslizar para perto quando eu deslizar para dentro. Tudo o que tem a fazer é me deixar fazer o que eu quiser — durante toda a noite, durante a escuridão, deixe-me tocar onde quero, deixe-me fazer o que quero, nunca diga não, nunca diga pare.*

Fechei os olhos.

— Mike? Você está aí?

— Claro — respondi. Toquei o corte que latejava na cabeça e estremeci. — Você vai se sair bem, Mattie. Você...

— O trailer nem está pago! — Ela quase gemeu. — Tenho duas contas de telefone já vencidas e estão ameaçando cortar o serviço! A transmissão do jipe está com alguma coisa errada e o eixo traseiro também! Posso pagar a última semana de Ki na Escola Bíblica de Férias, acho, a sra. Briggs me deu um pagamento de três semanas de aviso prévio, mas como vou comprar *sapatos* para Ki? Tudo fica pequeno nela tão *depressa*... todos os shorts dela estão com buracos e a maior parte da porcaria da sua roupa de baixo...

Começou a chorar de novo.

— Vou tomar conta de você até se recuperar — eu disse.

— Não, não posso deixar...

— Pode, sim. Pode, sim, por causa de Kyra. Mais tarde, se você ainda quiser, pode me pagar o que deve. Vamos anotar cada dólar e centavo, se quiser. Mas vou tomar conta de você. — *E nunca tirará as roupas quando eu estiver com você. É uma promessa, e vou cumpri-la.*

— Mike, você não tem que fazer isso.

— Talvez sim, talvez não. Mas vou fazer. Tente me impedir. — Eu liguei pretendendo contar a ela o que havia acontecido comigo, dando-lhe a versão humorística, mas agora isso parecia a pior ideia do mundo. — Essa história de custódia vai terminar antes de você se dar conta, e se não encontrar ninguém corajoso o bastante para lhe dar trabalho aqui quando tudo terminar, vou arranjar alguém em Derry que fará isso. Além do mais, diga a verdade, não está começando a sentir que já é hora de uma mudança de cenário?

Ela conseguiu dar um riso espremido.

— Acho que sim.

— Falou com John hoje?

— Falei sim. Está visitando os pais na Filadélfia, mas me deu o número de lá. Eu liguei para ele.

Ele disse que estava encantado com ela. Talvez ela sentisse a mesma coisa. Disse a mim mesmo que a pequena ferroada que senti ante aquela ideia era apenas imaginação minha. Seja como for, tentei me convencer daquilo.

— O que é que ele disse de você perder o emprego assim?

— As mesmas coisas que você. Mas ele não me fez sentir segura. Você, sim. Não sei por quê. — Eu sabia. Eu era um homem mais velho, e essa era nossa principal atração para as mulheres jovens: nós as fazemos se sentirem seguras.

— Ele vai aparecer de novo na terça de manhã. Eu disse que almoçava com ele — ela acrescentou.

Suavemente, sem um tremor na voz, falei:

— Talvez eu possa ir também.

A voz de Mattie mostrou-se calorosa ante a sugestão; sua pronta aceitação me fez sentir paradoxalmente culpado.

— Seria ótimo! Por que não ligo para ele e sugiro que vocês dois venham para cá? Eu podia fazer um churrasco de novo. Talvez Ki possa faltar à aula da Escola Bíblica de Férias e seremos quatro no almoço. Ela está esperando que você leia outra história para ela. Gostou muito daquela.

— A ideia é ótima — eu disse sinceramente. Acrescentando-se o fato de que Kyra fazia tudo parecer mais natural, menos uma intrusão de minha parte. E também menos um encontro de namorados da parte deles. John não podia ser acusado de ter um interesse pouco ético por sua cliente. No final, ele provavelmente me agradeceria. — Acho que Ki já está pronta para enfrentar "João e Maria". E você, Mattie? Está bem?

— Muito melhor do que antes de você ligar.

— Ótimo. As coisas vão se acertar.

— Prometa.

— Acho que acabei de fazer isso.

Houve uma leve pausa.

— E *você*, Mike? Parece um pouco... não sei... um pouco estranho.

— Estou bem — eu disse, e estava, para alguém que há menos de uma hora achava que ia se afogar. — Posso lhe fazer uma pergunta antes de desligar? Porque isso está me deixando maluco.

— Claro.

— Na noite em que jantamos, você me contou que Devore tinha dito que o bisavô dele e o meu se conheciam. Muito bem, segundo ele.

— Ele disse que os dois tinham cagado no mesmo fosso. Achei isso muito elegante.

— Ele disse mais alguma coisa? Pense bem.

Ela pensou, mas sem resultado. Pedi que me ligasse se lhe ocorresse algo a respeito daquela conversa, se se sentisse solitária ou com medo, ou se começasse a ficar preocupada com alguma coisa. Eu não gostava de dizer coisas demais, mas já havia decidido que teria uma conversa franca com John sobre minha última aventura. Talvez pudesse ser bom que o detetive particular de Lewiston — George Kennedy, como o ator — pusesse um ou dois homens na TR para ficar de olho em Mattie e Kyra. Max Devore era louco, exatamente como disse meu caseiro. Naquele momento, eu não tinha entendido, mas agora sim. A qualquer momento, que eu começasse a duvidar do fato, só precisava tocar a parte de trás da cabeça.

Voltei à geladeira e outra vez me esqueci de abri-la. Em vez disso, minhas mãos foram para os ímãs e mais uma vez começaram a movê-los, observando as palavras formadas, desfazendo-as, mudando-as. Era uma espécie peculiar de escrita... mas *era* escrita. Por falar nisso, notei que estava começando a entrar em transe.

Cultiva-se esse estado semi-hipnótico enquanto se pode ligá-lo e desligá-lo à vontade... pelo menos pode-se fazê-lo quando as coisas estão indo bem. A parte intuitiva da mente se destranca quando se começa a trabalhar, e ascende a uma altura de 1,80 metro mais ou menos (talvez 3 metros nos bons dias). Uma vez lá, ela simplesmente paira, enviando mensagens de magia negra e imagens brilhantes. Para o equilíbrio do dia, essa parte é trancada separadamente do resto da maquinaria, permanecendo bastante esquecida... a não ser em certas ocasiões, quando se solta sozinha fazendo-o entrar em transe inesperadamente, com a mente fazendo associações que nada têm a ver com o pensamento racional, e fulgurando de imagens inesperadas. De certo modo, essa é a parte mais estranha do processo criativo. As musas são fantasmas, e às vezes chegam sem terem sido convidadas.

Minha casa é assombrada.

Sara Laughs sempre foi assombrada... você os agitou.

Agitou, escrevi na geladeira. Mas não parecia certo, portanto, fiz um círculo de ímãs de frutas e legumes em torno das palavras. Ficou muito melhor. Permaneci assim por um momento, as mãos cruzadas sobre o peito da mesma maneira que as cruzava em minha cadeira quando empacava com uma palavra ou frase. Então retirei o *agitou* e coloquei *assombrou*.

— É assombrado no círculo — eu disse, e ouvi ao longe o tênue tilintar do sino de Bunter, como se concordasse.

Retirei as letras, e enquanto o fazia me vi pensando em como era estranho ter um advogado chamado Romeo —

(*romeo* entrou no círculo)

— e um detetive chamado George Kennedy.

(*george* subiu na geladeira)

Imaginei se Kennedy podia me ajudar com Andy Drake —

(*drake* na geladeira)

— talvez me dar alguns insights. Eu nunca escrevi sobre um detetive particular antes e são as pequenas coisas —

(tirar *rake*, deixar o *d*, acrescentar *etalhes*)

— que fazem a diferença. Deitei um 3 e coloquei um I por baixo dele, transformando-o num forcado. A droga está nos detalhes.

Dali eu fui para outro lugar. Não sei exatamente para onde, porque estava em transe, aquela parte intuitiva de minha mente num ponto tão alto que um grupo de busca não poderia tê-la encontrado. Fiquei em frente à geladeira e brinquei com as letras, soletrando pedacinhos de pensamento sem sequer pensar neles. Você pode não acreditar que isso seja possível, mas todo escritor sabe que é.

O que me trouxe de volta foi a luz entrando pelas janelas do vestíbulo. Olhei para cima e vi a forma de um carro parando atrás de meu Chevrolet. Uma cãibra de terror me apertou a barriga. Naquele momento, eu teria dado tudo que possuía por uma arma carregada. Porque era Footman. Tinha que ser. Devore tinha ligado para ele quando voltou com Whitmore ao Warrington's, lhe contado que Noonan tinha se recusado a ser um bom marciano, portanto vá lá e dê um jeito nele.

Quando a porta do motorista se abriu e a luz do teto do carro foi acesa, dei um condicional suspiro de alívio. Eu não sabia quem era, mas tinha certeza de que não era o "machão". O sujeito ali não dava a impressão de poder dar um jeito numa mosca doméstica com um jornal enrolado... embora haja muita gente que cometeu o mesmo erro com Jeffrey Dahmer.

Em cima da geladeira havia um monte de latas de aerossol, todas velhas e provavelmente nada amigas da camada de ozônio. Eu não sabia como a sra. M. as deixara escapar, mas fiquei contente com isso.

Peguei a primeira em que toquei — tarja preta, excelente escolha —, tirei a tampa e enfiei a lata no bolso esquerdo da frente do jeans. Então me virei para as gavetas à direita da pia. A de cima continha os talheres. A segunda guardava o que Jo chamava de "merdinhas da cozinha" — tudo, de termômetros para assar aves aos garfinhos que se enfiam nas espigas de milho para que não queimem nossos dedos. A terceira guardava uma generosa seleção de facas de carne descombinadas. Peguei uma, coloquei-a no bolso direito do jeans e fui até a porta.

O homem na varanda deu um pulo quando liguei a luz do lado de fora, depois pestanejou através da porta como um coelho míope. Tinha pouco mais de 1,60 metro de altura, magro, pálido. Seu cabelo era cortado no estilo conhecido como escovinha nos meus dias de garoto, e seus olhos eram castanhos. Protegendo-os viam-se uns óculos de aro de tartaruga com lentes de aparência engordurada. Suas mãozinhas pendiam nas laterais do corpo. Uma delas segurava a alça de uma maleta de couro achatada, a outra um pequeno cartão branco. Não achei que fosse meu destino ser morto por um homem com um cartão de visita em uma das mãos, portanto abri a porta.

    O sujeito sorriu, o sorriso do tipo ansioso que as pessoas parecem emitir nos filmes de Woody Allen. Ele usava um traje tipo Woody Allen também — uma camisa xadrez desbotada um pouco curta demais nos punhos, calças cáqui um tanto largas no gancho. *Alguém deve ter lhe falado da semelhança*, pensei. *Tem que ser isso.*

    — Sr. Noonan?
    — Sim?
    Ele me entregou o cartão. IMOBILIÁRIA PRÓXIMO SÉCULO, diziam as letras douradas em relevo. Abaixo delas, num preto mais modesto, estava o nome de meu visitante.
    — Sou Richard Osgood — disse, como se eu não soubesse ler, e estendeu a mão. A necessidade do homem americano de responder amavelmente àquele gesto está profundamente enraizada, mas naquela noite resisti a ele. O homem manteve sua pequena pata cor-de-rosa esticada por mais um momento, depois a abaixou e enxugou nervosamente a palma da mão na calça. — Tenho um recado para o senhor. Do sr. Devore.
    Esperei.

— Posso entrar?
— Não.
Ele deu um passo para trás, limpou novamente a mão na calça e pareceu reunir as forças.
— Não vejo nenhuma necessidade de ser rude, sr. Noonan.
Eu não estava sendo rude. Se quisesse sê-lo, teria despachado uma dose de repelente de barata na cara dele.
— Max Devore e sua acompanhante tentaram me afogar no lago esta tarde. Se minhas maneiras parecem um pouco frias para você, provavelmente é por isso.
A expressão de choque de Osgood foi real, acho eu.
— O senhor deve estar trabalhando demais em seu projeto, sr. Noonan. Max Devore vai fazer 86 anos no próximo aniversário... se chegar lá, o que agora parece um pouco incerto. O pobre velho mal consegue andar de sua cadeira para a cama, no momento. Quanto a Rogette...
— Sei aonde quer chegar — eu disse. — Na verdade, já sei disso há vinte minutos, sem qualquer ajuda do senhor. Eu mesmo quase nem acredito, e olhe que eu estava lá. Pode me dar seja lá o que for que quer me dar.
— Ótimo — disse ele, numa voz afetadamente correta que queria dizer: "Muito bem, que seja desse modo." Abriu o zíper de um compartimento de sua pasta de couro e retirou um envelope branco tamanho oficial, fechado. Eu o peguei, esperando que Osgood não pudesse sentir como meu coração batia. Devore movia-se bastante rápido para um homem que viajava com um tanque de oxigênio. A questão era: que espécie de movimento era aquele?
— Obrigado — eu disse, começando a fechar a porta. — Eu lhe daria uma cerveja, mas deixei minha carteira na cômoda.
— Espere! O senhor deve ler a carta e me dar uma resposta.
Levantei as sobrancelhas.
— Não sei de onde Devore tirou a ideia de que pode me dar ordens, mas não tenho a menor intenção de permitir que ele influencie meu comportamento. Cai fora.
Seus lábios viraram para baixo, criando profundas covinhas nos cantos da boca, e de repente ele não parecia mais Woody Allen de todo. Parecia um corretor de imóveis de 50 anos que tinha vendido a alma ao

diabo e agora não suportava ver ninguém puxando a cauda bifurcada do patrão.

— Um aviso de amigo, sr. Noonan, o senhor vai querer segui-lo. Max Devore não é um homem com quem se brinque.

— Sorte a minha, porque eu não estou brincando.

Fechei a porta e permaneci no vestíbulo, segurando o envelope e observando o sr. Imobiliária Próximo Século. Ele parecia irritado e confuso — ninguém o tinha colocado para fora ultimamente, imaginei. Talvez isso lhe fizesse bem. Emprestasse um pouco de perspectiva à sua vida. Lembrasse a ele que, com Max Devore ou não, ainda assim Richie Osgood continuaria tendo só pouco mais de 1,60 metro de altura. Mesmo com botas de caubói.

— Sr. Devore quer uma resposta! — gritou ele através da porta fechada.

— Eu telefono — gritei em resposta, então lentamente dei o dedo, como tinha esperado dar a Max e Rogette. Fiquei olhando até que ele voltasse à estrada e eu tivesse a certeza de que se fora. Então entrei na sala e abri o envelope. Dentro dele havia uma única folha de papel, tenuemente cheirosa com o perfume que minha mãe usava quando eu era garoto. White Shoulders, acho que se chamava. No alto — em letras impressas em relevo, nítidas, elegantes — lia-se:

ROGETTE D. WHITMORE

Abaixo disso estava o seguinte recado, escrito numa caligrafia feminina ligeiramente trêmula:

20h30

Caro sr. Noonan,

Max quer que eu lhe transmita como ficou contente por encontrá-lo! Faço eco a seus sentimentos. O senhor é um homem muito divertido e engraçado! Apreciamos muito suas travessuras.
Agora, aos negócios. M. lhe oferece uma proposta muito simples: se o senhor prometer deixar de fazer perguntas sobre

ele, e se prometer parar todas as manobras legais — se o senhor prometer deixá-lo descansar em paz, digamos —, então o sr. Devore promete cessar todos os esforços para ganhar a custódia de sua neta. Se o senhor concordar com isso, só precisa dizer ao sr. Osgood "Eu concordo". Ele levará o recado! Max espera voltar à Califórnia de avião particular muito em breve — ele tem negócios que não podem mais ser adiados, embora tenha apreciado sua temporada aqui e achado o senhor especialmente interessante. Quer também que eu lhe lembre de que a custódia tem suas responsabilidades e insiste para que o senhor não esqueça que ele lhe disse isso.

Rogette

P.S. Ele lembra que o senhor não respondeu à pergunta dele — a boceta dela suga? Max está muito curioso sobre este ponto.

R.

Li o bilhete uma segunda vez, depois uma terceira. Coloquei-o sobre a mesa e o li pela quarta vez. Era como se eu não conseguisse apreender seu sentido. Tive que reprimir um ímpeto de voar para o telefone e ligar para Mattie imediatamente. Terminou, Mattie, eu diria. Tomar seu emprego e me empurrar no lago foram os últimos tiros da guerra. Ele está desistindo.

Não. Não até que eu tivesse certeza absoluta.

Em vez disso liguei para o Warrington's, onde recebi minha quarta mensagem gravada da noite. Devore e Whitmore também não tinham se dado ao trabalho de deixar nela nada caloroso ou vago; uma voz tão gelada como a máquina de fazer gelo de um motel apenas me disse para deixar o recado depois do bipe.

— É Noonan — eu disse. Antes que pudesse prosseguir, ouvi um clique e alguém pegou o telefone.

— Gostou de nadar? — perguntou Rogette Whitmore numa voz rouca e zombeteira. Se eu não a tivesse visto em carne e osso, poderia ter imaginado alguém tipo Barbara Stanwyck em seu aspecto mais friamente atraente, vestindo uma camisola de seda cor de pêssego e enrolada sobre um sofá de veludo vermelho, o telefone numa das mãos e a piteira de marfim na outra.

— Se eu tivesse alcançado a senhora, srta. Whitmore, teria feito com que entendesse perfeitamente o que sinto.

— Oooh — disse ela. — Minhas coxas estão comichando.

— Por favor, poupe-me a imagem de suas coxas.

— Pode me jogar pedras, sr. Noonan, eu aguento a pancada — disse. — A que devemos o prazer de seu telefonema?

— Mandei Osgood embora sem resposta.

— Max achou que o senhor faria isso. Ele disse: "Nosso jovem devasso acredita no valor da resposta pessoal. Pode-se dizer isso só de olhar para ele."

— Ele fica de mau humor quando perde, não é?

— Sr. Devore não perde. — A voz dela caiu pelo menos vinte graus e todo o falso bom humor desceu pelo ralo da pia. — Ele pode mudar seus objetivos, mas não *perde*. O senhor é que parecia um perdedor esta noite, sr. Noonan, chapinhando e berrando no lago. Ficou assustado, não ficou?

— Fiquei. Bastante.

— E tinha motivos. Será que sabe a sorte que teve?

— Posso lhe dizer uma coisa?

— Claro, Mike, posso chamá-lo de Mike?

— Por que não se atém apenas a sr. Noonan? Agora, está ouvindo?

— Com a respiração suspensa.

— Seu patrão é velho, maluco e acho que ele já passou do ponto de poder lidar eficazmente com uma ação de custódia. Ele foi derrotado uma semana atrás.

— O senhor conseguiu uma vantagem?

— Consegui, sim, portanto entenda bem: se um de vocês tentar de novo, ainda que remotamente, algo parecido com o que fizeram, vou atrás desse velho filho da puta e enfio a máscara de oxigênio suja de catarro pelo rabo dele de um modo que ele vai poder arejar os pulmões pelo rabo. E se eu a encontrar na Rua, srta. Whitmore, a usarei para fazer arremesso de peso. Está entendendo?

Parei, respirei fundo, surpreso e também chateado comigo mesmo. Se alguém tivesse me dito que eu pronunciaria tais palavras, eu teria debochado da afirmação.

Depois de um longo silêncio, perguntei:

— Srta. Whitmore? Ainda está aí?

— Estou — disse ela. Queria que ficasse furiosa, mas ela na realidade pareceu se divertir. — Quem está de mau humor agora, sr. Noonan?

— Eu — falei —, e não se esqueça disso, sua vaca atiradora de pedras.

— Qual é sua resposta para o sr. Devore?

— Temos um trato. Eu fecho a boca, os advogados fecham a boca, ele sai da vida de Mattie e Kyra. Por outro lado, se ele continuar a...

— Já sei, já sei, o senhor pega ele e bate nele. Estou me perguntando como se sentirá sobre isso daqui a uma semana, sua criatura arrogante e estúpida!

Antes que eu pudesse responder — esteve na ponta da minha língua dizer a ela que, mesmo nos melhores arremessos, ela ainda lançava como uma garota —, Rogette desligou.

Permaneci ali com o telefone na mão por alguns segundos e então o coloquei no gancho. Aquilo seria um truque? Parecia um truque, mas ao mesmo tempo não parecia. John precisava saber disso. Ele não havia deixado o número de telefone dos pais na secretária eletrônica, mas Mattie tinha o número. Contudo, se eu ligasse para ela de novo, eu me sentiria obrigado a lhe contar o que tinha acabado de acontecer. Podia ser uma boa ideia deixar de lado qualquer telefonema até o dia seguinte, com uma noite de sono no meio.

Enfiei a mão no bolso e quase a empalei na faca de carne escondida ali. Eu a esqueci completamente. Puxei-a para fora, levei-a novamente para a cozinha e a coloquei de novo na gaveta. A seguir, pesquei a lata de aerossol, virei-me para colocá-la de novo em cima de geladeira com suas irmãs mais velhas e então parei. Dentro do círculo de frutas e legumes dos ímãs estava isso:

v
a
a
19

Eu mesmo teria feito aquilo? Teria estado tão mergulhado na zona de abstração, tão em transe que fiz uma minipalavra cruzada na geladeira sem lembrar? E se tinha sido isso, o que significava?

Talvez outro tenha posto isso, pensei. *Um de meus invisíveis companheiros de casa.*

— Vá a 19 — eu disse, esticando a mão e tocando as letras. Uma diretriz de bússola? A ordem das letras sugere uma leitura vertical, talvez da dica 19 de uma palavra cruzada. Às vezes, num problema de palavras cruzadas, tem-se uma pista que diz simplesmente *Ver 19 Horizontais* ou *Ver 19 Verticais*. Se havia um significado naquilo, que palavras cruzadas eu devia consultar?

— Bem que eu podia ter uma ajudinha nisso — falei, mas não houve resposta, não do plano astral, não de dentro de minha mente. Finalmente peguei uma lata de cerveja prometendo a mim mesmo levá-la até o sofá. Peguei meu livro de palavras cruzadas *Nível difícil* e procurei aquela em que estava trabalhando no momento. Chamava-se "Bebida É Mais Rápido" e era cheia daqueles jogos de palavras estúpidos que só os viciados em palavras cruzadas acham divertido. Ator embriagado? Marlon Brandy. Romance do sul embriagado? Tequila Mockingbird.* E a definição de 19 verticais era babá oriental, que todos os cruciverbalistas do universo sabem que é *amah*. Nada em "Bebida É Mais Rápido" tinha conexão com o que estava ocorrendo em minha vida, pelo menos que eu pudesse ver.

Passei por alguns dos outros problemas do livro, olhando o 19 Verticais. Ferramenta do marmoreiro (cinzel). Etanol e éter dimetil, *e.g.* (isômeros). Joguei o livro para o lado com aversão. De qualquer modo, quem disse que tinha que ser especificamente essa coletânea de palavras cruzadas? Havia provavelmente cinquenta outras na casa, quatro ou cinco na gaveta da própria mesinha em que estava agora minha lata de cerveja. Inclinei-me para trás no sofá e fechei os olhos.

Sempre gostei de uma puta... às vezes o lugar delas era em cima da minha cara.

É ali que bons cachorrinhos e cães maus podem andar lado a lado.

Não há nenhum bêbado da cidade aqui, todos nós fazemos turnos.

---

* Trocadilho com o título do livro *To Kill a Mockingbird* (O sol é para todos), de Harper Lee.

Foi aqui que aconteceu. É.
Adormeci e acordei três horas mais tarde com o pescoço duro e a parte de trás da cabeça latejando tremendamente. Trovões rolavam surdos ao longe nas White Mountains, e a casa estava muito quente. Quando levantei do sofá, minhas coxas praticamente se descolaram do tecido, de tão grudadas. Arrastei-me para a ala norte como um homem muito velho, olhei para minhas roupas molhadas, pensei em levá-las para a sala de lavandaria e cheguei à conclusão de que se eu me curvasse tanto, a cabeça poderia explodir.

— Vocês, fantasmas, cuidem disso — murmurei. — Se podem mudar de lugar as calças e as roupas de baixo no secador, podem pôr minhas roupas na cesta.

Peguei três comprimidos de Tylenol e fui para a cama. Em determinado momento, acordei uma segunda vez e ouvi a criança fantasma soluçando.

— Pare — falei para ela. — Pare com isso, Ki, ninguém vai levar você a lugar nenhum. Você está segura. — Depois voltei a dormir de novo.

Capítulo Dezenove

O telefone estava tocando. Ergui-me na direção dele, saindo de um sonho de afogamento em que não conseguia recobrar a respiração, e fui recebido pelos primeiros raios de sol do dia, encolhendo-me ante a dor na parte de trás da cabeça. Deixei cair os pés para fora da cama. O telefone parou de tocar antes que eu o pegasse, quase sempre fazem isso em tais situações, então me deitei de novo e passei dez infrutíferos minutos imaginando quem teria sido antes de levantar de vez.

Ringgg... ringgg... ringgg...

Foram dez? Doze? Perdi a conta. Alguém era realmente dedicado. Eu esperava que não fossem problemas, mas em minha experiência as pessoas não tentam tanto quando a notícia é boa. Toquei cautelosamente a parte de trás da cabeça. Doeu bastante, mas aquela dor profunda e enjoativa parecia ter desaparecido. E não havia sangue em meus dedos.

Tateei pelo corredor e atendi o telefone.

— Alô?

— Bem, pelo menos você não tem que se preocupar mais em testemunhar na audiência sobre a custódia da criança.

— Bill?

— É.

— Como é que você soube... — Eu me encostei no canto e dei uma espiada no irritante relógio-gato que oscilava. Vinte minutos depois das sete e já sufocante. Mais quente que um sodomita, como nós, marcianos da TR, gostamos de dizer. — Como é que você sabe que ele resolveu...

— Não sei nada sobre os negócios dele, de um modo ou de outro. — Bill parecia suscetível. — Ele nunca me ligou para pedir conselho, e eu nunca liguei para lhe dar um.

— O que aconteceu? O que está acontecendo?
— Ainda não ligou a televisão?
— Ainda nem tomei café.

Nenhuma desculpa por parte de Bill; era um sujeito que acreditava que gente que acordava depois de seis da manhã merecia o que recebia. Mas agora eu estava acordado. E tive uma boa ideia do que estava para vir.

— Devore se matou na noite passada, Mike. Entrou numa banheira de água morna e enfiou um saco plástico na cabeça. Não deve ter levado muito tempo, com os pulmões dele.

Não, pensei, provavelmente não muito. Apesar do úmido calor de verão que já permeava a casa, estremeci.

— Quem o encontrou? A mulher?
— É, claro.
— A que horas?
— Pouco antes da meia-noite... disseram no noticiário do Canal 6.

Mais ou menos na hora em que eu acordei no sofá e fui rigidamente para a cama, em outras palavras.

— Ela está implicada?
— Você quer dizer se ela bancou o dr. Kevorkian? O noticiário que eu vi não falava nada sobre isso. O moinho de fofocas lá no Armazém Lakeview logo vai estar a pleno vapor, mas ainda não fui até lá para a minha porção de grão. Se ela o ajudou, não acho que vai ter qualquer problema por isso, você acha? Ele tinha 85 anos e não estava bem.

— Sabe se ele vai ser enterrado na TR?
— Califórnia. Ela disse que haverá funeral em Palm Springs na terça-feira.

Uma sensação de tremenda estranheza me varreu quando percebi que a fonte dos problemas de Mattie podia estar jazendo numa capela cheia de flores ao mesmo tempo em que Os Amigos de Kyra Devore estavam digerindo seus almoços e aprontando-se para começar a atirar o Frisbee de um lado para o outro. *Vai ser uma celebração*, pensei abismado. *Não sei como vão lidar com isso na Capelinha dos Microchips em Palm Springs, mas na estrada Wasp Hill eles estarão dançando, esticando os braços para o céu e gritando, sim, Senhor.*

Jamais fiquei contente ao saber da morte de alguém em toda a minha vida, mas senti-me contente com a morte de Devore. Lamentava me sentir assim, mas era verdade. O velho canalha tinha me atirado no lago... mas antes que a noite terminasse, era ele quem tinha se afogado. Afogado dentro de um saco plástico, sentado numa banheira de água morna.

— Você tem ideia de como os caras da TV conseguiram a notícia tão rápido? — Não era *super-rápido*, com sete horas entre a descoberta do corpo e o noticiário das sete, mas os jornalistas da TV tendem a ser preguiçosos.

— Whitmore ligou para eles. Deu uma entrevista coletiva bem ali na sala do Warrington's às duas da manhã. Recebeu as perguntas naquele grande sofá de pelúcia marrom-avermelhado, aquele que Jo sempre costumava dizer que devia estar no quadro a óleo de um *saloon*, com uma mulher nua deitada nele. Lembra?

— Sim.

— Vi uns dois adjuntos do condado caminhando por lá, e mais um sujeito que reconheci da Casa Funerária Jaquard's, em Motton.

— É esquisito — eu disse.

— É, o corpo provavelmente ainda estava no andar de cima, enquanto Whitmore dava com a língua nos dentes... Mas ela afirmou que seguia ordens do patrão. Disse que ele deixou uma fita dizendo que se mataria na sexta à noite para não afetar o preço das ações da companhia, e queria que Rogette ligasse logo para a imprensa e assegurasse ao pessoal que a companhia estava sólida, que entre o filho dele e o Conselho de Diretores tudo ia ficar nos eixos. Então ela contou sobre o funeral em Palm Springs.

— Ele comete suicídio e depois dá uma entrevista coletiva às duas da manhã via representante para acalmar os acionistas.

— É. Isso é a cara dele.

Houve um silêncio na linha. Tentei pensar e não consegui. A única coisa que sabia era que desejava ir para o andar de cima e trabalhar, com a cabeça doendo ou não. Queria voltar a encontrar Andy Drake, John Shackleford e o amigo de infância de Shackleford, o horrível Ray Garraty. Havia loucura na minha história, mas era uma loucura que eu entendia.

— Bill — eu disse finalmente —, ainda somos amigos?

— Jesus, claro — disse ele prontamente. — Mas se há gente por aqui parecendo um pouco fria com você, você vai saber por que, não é? Claro que sim. Muitos me culpariam pela morte do velho. Era uma coisa maluca, dadas as condições físicas dele, e não seria de modo nenhum a opinião da maioria, mas a ideia ganharia certo crédito, pelo menos a curto prazo — eu sabia disso tão bem quanto sabia a verdade sobre o amigo de infância de John Shackleford.

Crianças, era uma vez uma galinha que voou de volta para seu pequeno distrito bem simples onde tinha vivido como um pintinho. Ela começou a pôr adoráveis ovos de ouro, e todo o pessoal da cidadezinha se reuniu para se maravilhar e receber sua parte. Agora, contudo, aquela galinha foi cozida e alguém tinha que levar a culpa. Eu ficaria com alguma, mas Mattie receberia a pior parte; ela havia tido a ousadia de lutar por sua filha em vez de entregar Ki silenciosamente.

— Fique encolhido nas próximas semanas — disse Bill. — É a minha opinião. Na verdade, se tivesse algum negócio que tirasse você logo da TR até que tudo se acalme, seria bem melhor.

— Agradeço a sensatez do que está dizendo, mas não posso. Estou escrevendo um livro. Se eu levantar acampamento e me mudar, a história vai morrer dentro de mim. Já aconteceu antes e não quero que aconteça dessa vez.

— Uma boa invencionice, hein?

— Nada mal, mas isso não é o importante. É... bem, digamos que essa história é importante para mim por outras razões.

— Você não iria nem até Derry?

— Está querendo se livrar de mim, William?

— Estou tentando me manter à tona, só isso. Meu trabalho é de caseiro, você sabe. E não diga que não foi avisado: a colmeia vai zumbir. Há duas histórias correndo por aí sobre você, Mike. Uma é que você está dormindo com Mattie Devore. A outra é que voltou para escrever uma crítica destrutiva sobre a TR. Puxar para fora todos os esqueletos que encontrar.

— Em outras palavras, terminar o que Jo começou. Quem está espalhando essa história, Bill?

Silêncio da parte de Bill. Estávamos novamente de volta a terreno minado, e desta vez o solo parecia mais perigoso do que nunca.

— O livro em que estou trabalhando é um romance — eu disse. — Passado na Flórida.

— Ah, é? — Nunca se poderia imaginar que houvesse tanto alívio em duas pequenas sílabas.

— Acha que poderia espalhar isso?

— Acho que sim — disse ele. — Se você contar isso a Brenda Meserve, vai se espalhar mais rápido e mais longe.

— Tudo bem, vou contar. Quanto a Mattie...

— Mike, você não tem que...

— Não estou dormindo com ela. O trato nunca foi esse. O trato foi tipo andar pela rua, virar uma esquina e ver um sujeito grande batendo num sujeito pequeno. — Fiz uma pausa. — Ela e seu advogado estão planejando fazer um churrasco na casa dela na terça ao meio-dia. Eu estou pretendendo ir também. As pessoas da cidade vão pensar que estamos dançando sobre o túmulo de Devore?

— Algumas vão. Royce Merrill vai. Dickie Brooks também. Velhotas de calças, como Yvette os chama.

— Bem, que se fodam — falei. — Até o último.

— Compreendo como se sente, mas diga a ela para não jogar isso na cara do pessoal — ele quase implorou. — Faça pelo menos isso, Mike. Ela não vai morrer se arrastar a churrasqueira para a parte de trás do trailer, vai? Pelo menos assim as pessoas olhando do armazém ou da oficina não vão ver nada, só a fumaça.

— Vou passar o recado adiante. E se eu participar da reunião, eu mesmo coloco a churrasqueira na parte de trás.

— Seria bom que você ficasse longe daquela moça e da criança — disse Bill. — Pode dizer que não é da minha conta, mas estou falando com você como um tio severo, dizendo isso para o seu próprio bem.

Então tive uma visão rápida de meu sonho. A sensação de estreiteza macia e delicada quando deslizei para dentro dela. Os pequenos seios com seus mamilos duros. Sua voz na escuridão, me dizendo para fazer o que eu queria. Meu corpo respondeu quase instantaneamente.

— Eu sei que está.

— Muito bem. — Ele pareceu aliviado que eu não o censurasse, lhe passasse um sermão, como teria dito. — Vou deixar você tomar seu café.

— Eu lhe agradeço por ter ligado.

— Eu quase não liguei. Foi Yvette que me convenceu. Ela disse: "Você sempre gostou mais de Mike e Jo do que dos outros para quem trabalhou. Não fique mal com ele agora que voltou para casa."

— Diga a ela que eu agradeço — falei.

Coloquei o telefone no gancho e olhei pensativamente o aparelho. Bill e eu parecíamos estar em bons termos de novo... mas não achava que éramos amigos, exatamente. Certamente não do modo como já havíamos sido. Isso tinha mudado quando percebi que Bill estava mentindo para mim sobre algumas coisas e omitindo outras; tinha mudado também quando percebi do que ele quase chamou Sara e os Red-Tops.

Você não pode condenar um homem pelo que pode ser apenas um produto de sua própria imaginação.

Sem dúvida, e eu tentaria não fazer isso... mas bem sabia qual era a verdade.

Entrei na sala, liguei a TV e a seguir a desliguei. Minha antena pegava cinquenta ou sessenta canais diferentes, e nem um deles local. Mas havia uma TV portátil na cozinha, e se eu inclinasse a antena na direção do lago poderia pegar a WMTW, associada da ABC no Maine ocidental.

Peguei o bilhete de Rogette, entrei na cozinha e liguei a pequena Sony enfiada nos armários de baixo com a cafeteira elétrica. *Bom dia, América* estava no ar, mas entrariam nas notícias locais em breve. Enquanto isso, esquadrinhei o bilhete, dessa vez me concentrando mais no modo de expressão do que na mensagem, que tinha merecido toda a minha atenção na noite anterior.

Espera voltar para a Califórnia de avião particular muito em breve. Tem negócios que não podem mais ser adiados, ela escreveu.

Se você prometer deixá-lo descansar em paz.

Era a droga de um bilhete de suicida.

— Você sabia — eu disse, esfregando o polegar nas letras em relevo do nome dela. — Você sabia quando escreveu isso, e provavelmente quando estava atirando pedras em mim. Mas por quê?

A custódia tem suas responsabilidades, ela escreveu. *Não esqueça que ele lhe disse isso.*

Mas o caso de custódia estava terminado, certo? Nem mesmo um juiz que fosse comprado e pago poderia conceder a custódia a um morto.

O *BDA* finalmente passou às notícias locais, em que o suicídio de Max era a mais importante. A imagem da TV era cheia de chuviscos, mas podia ver o sofá marrom-avermelhado mencionado por Bill, e Rogette Whitmore sentada nele com as mãos educadamente cruzadas no colo. Achei que um dos adjuntos ao fundo era George Footman, embora o chuvisco fosse forte demais para que eu tivesse total certeza.

Devore tinha falado frequentemente nos últimos oito meses em acabar com sua vida, disse Whitmore. Vinha passando mal. Pediu a ela para sair com ele na noite anterior, e ela percebia agora que ele desejava assistir a um último pôr do sol. E tinha sido glorioso, por sinal, acrescentou ela. Eu poderia ter concordado com aquilo; lembrava muito bem do pôr do sol, tendo quase me afogado sob sua luz.

Rogette estava lendo uma declaração de Devore quando o telefone tocou de novo. Era Mattie, e ela estava chorando em acessos fortes.

— A notícia — disse ela —, Mike, você viu... você sabe...

No início, só conseguiu dizer aquilo de coerente. Respondi que já sabia, Bill Dean havia me ligado e então peguei outras informações nas notícias locais. Ela tentou responder, mas não conseguiu falar. Culpa, alívio, horror, até alegria — eu ouvia todas essas coisas em seu choro. Perguntei onde estava Ki. Eu podia me solidarizar com as emoções de Mattie — até ligar a TV naquela manhã ela acreditava que o velho Max era o seu pior inimigo —, mas não gostava da ideia de uma garota de 3 anos ver a mãe desmoronar.

— Está lá fora, nos fundos — conseguiu dizer. — Já tomou café e agora está fazendo um p-p-piquenique de bo-bone...

— Piquenique de boneca. Sim. Ótimo. Solte tudo, então. Tudo. Deixe sair.

Ela chorou por dois minutos pelo menos, talvez mais tempo. Continuei com o telefone apertado contra a orelha, suando ao calor de julho, tentando ser paciente.

Vou lhe dar uma chance de salvar sua alma, Devore tinha me dito, mas naquela manhã ele estava morto e sua alma se encontrava onde quer que fosse. Ele morreu, Mattie estava livre e eu escrevendo. A vida deveria estar sendo maravilhosa, mas não era.

Finalmente ela começou a recuperar o controle.

— Desculpe. Eu não tenho chorado assim, chorado mesmo, desde que Lance morreu.

— É compreensível, trate de chorar.

— Venha almoçar — disse ela. — Venha almoçar aqui, *por favor*, Mike. Ki vai passar a tarde com uma amiga que ela conheceu na Escola Bíblica de Férias, e vamos poder conversar. Preciso conversar com alguém... Meu Deus, estou com a cabeça rodando. Por favor, diga que vem.

— Eu adoraria, mas não é uma boa ideia. Especialmente se Ki não estiver aí.

Contei-lhe uma versão editada de minha conversa com Bill Dean. Ela ouviu atentamente. Achei que poderia ver uma explosão zangada quando eu terminasse, mas esqueci de um fato muito simples: Mattie Stanchfield Devore tinha morado por ali toda a sua vida. Ela sabia como as coisas funcionavam.

— Pelo que entendi, as coisas vão cicatrizar muito mais rápido se eu ficar de olhos baixos, boca calada e joelhos fechados — disse ela —, e vou fazer o máximo para que tudo saia bem, mas a diplomacia vai até certo ponto. Aquele velho estava tentando tirar minha filha, eles não entendem isso naquele maldito armazém?

— *Eu* entendo.

— Eu sei. É por isso que eu queria conversar com você.

— E se jantarmos cedo no parque de Castle Rock? No mesmo lugar de sexta-feira? Digamos lá pelas cinco?

— Eu teria que levar Ki...

— Ótimo — falei. — Leve-a. Diga a ela que eu sei "João e Maria" de cor e quero que ela saiba também. Você vai ligar para John na Filadélfia? Vai dar os detalhes a ele?

— Vou. Mas vou esperar mais uma hora ou coisa assim. Nossa, estou tão feliz. Sei que é errado, mas estou tão feliz que posso até *estourar*!

— Somos dois. — Houve uma pausa do outro lado. Ouvi um aspirar longo e aquoso. — Mattie? Tudo bem?

— Sim, mas como é que se conta a uma criança de 3 anos que o avô morreu?

Diga a ela que o velho nojento escorregou e caiu de cabeça dentro de um saco plástico, pensei, apertando a seguir a boca com a mão para sufocar um acesso de riso maluco.

— Não sei, mas você vai ter que fazer isso logo que ela entrar.
— Vou? Por quê?
— Porque ela vai ver você. Vai ver o seu rosto.

Fiquei exatamente duas horas no escritório do andar de cima, e então o calor me expulsou de lá — o termômetro no alpendre marcava 35 graus às dez horas. Achei que no segundo andar podia estar dois graus mais quente.

Esperando não estar cometendo um engano, tirei a tomada da IBM e levei a máquina para o andar de baixo. Estava trabalhando sem camisa, e, quando atravessei a sala, a parte de trás da máquina de escrever escorregou no meu peito coberto de suor e quase deixei cair a filha da puta fora de moda nos dedos dos pés. Isso me fez pensar no tornozelo, o que eu machuquei quando caí no lago, e coloquei a máquina de lado para dar uma espiada nele. Estava colorido, negro, roxo e avermelhado nas bordas, mas não tremendamente inchado. Acho que minha imersão na água fria tinha ajudado a diminuir o inchaço.

Coloquei a máquina na mesa do deck, consegui encontrar uma extensão, liguei a tomada sob o olho vigilante de Bunter e sentei de frente para a enevoada superfície azul-cinzenta do lago. Esperei que um de meus velhos acessos de ansiedade baixasse — o estômago apertado, os olhos latejando e, pior do que tudo, aquela sensação de fitas invisíveis de aço apertando-me o peito, tornando a respiração impossível. Nada semelhante aconteceu. As palavras fluíram tão facilmente ali embaixo como haviam fluído no andar de cima, e a parte superior do meu corpo, despida, estava adorando a pequena brisa que soprava vinda do lago de vez em quando. Esqueci Max Devore, Mattie Devore, Kyra Devore. Esqueci Jo Noonan e Sara Tidwell. Esqueci de mim mesmo. Por duas horas voltei à Flórida. A execução de John Shackleford se aproximava. Andy Drake corria contra o relógio.

Foi o telefone que me trouxe de volta, e pela primeira vez eu não me ressenti da interrupção. Se não tivesse sido perturbado, poderia ter continuado a escrever até simplesmente derreter numa poça pegajosa no deck.

Era meu irmão. Conversamos sobre mamãe — na opinião de Siddy, em vez de estar sem alguns parafusos, ela se mostrava agora inteiramente desaparafusada — e sua irmã Francine, que tinha quebrado a bacia em junho. Sid queria saber como eu estava indo, e lhe disse que estava tudo bem, que tive alguns problemas para iniciar um novo livro, mas agora tudo parecia nos eixos (em minha família, o único momento permissível de discutir um problema é quando este já terminou). E como ia o grande Sid? Detonando, disse ele, o que imaginei que significasse muito bem — Siddy tem um filho de 12 anos, e consequentemente suas gírias são sempre da última moda. O novo negócio de contabilidade estava começando a decolar, embora tivesse ficado assustado por um tempo (era a primeira vez que eu ouvia isso, claro). Ele jamais poderia me agradecer o suficiente pelo empréstimo-ponte que eu tinha lhe dado em novembro passado. Respondi que era o mínimo que eu podia fazer, o que era verdade absoluta, especialmente quando considerava quanto tempo mais — pessoalmente ou por telefone — ele passava com nossa mãe.

— Bem, vou te deixar ir — disse Siddy depois de mais algumas brincadeiras. Ele nunca diz tchau, ou até logo, é sempre *Bem, vou te deixar ir*, como se estivesse mantendo um refém. — Você deve estar querendo um refresco por aí, Mike, a TV disse que a Nova Inglaterra vai ser mais quente que o inferno pelo fim de semana inteiro.

— Sempre há o lago, se as coisas ficarem realmente pretas. Escute, Sid...

— Escute o quê? — Da mesma forma que *Bem, vou te deixar ir*, *Escute o quê* remetia à nossa infância. Era reconfortante; e também um pouco fantasmagórico.

— Nosso pessoal veio todo de Prout's Neck, não é? Quero dizer, do lado de papai. — Mamãe vinha totalmente de outro mundo, um mundo em que os homens usavam camisas polo Lacoste, as mulheres sempre usavam combinações inteiras sob os vestidos e todos conheciam o segundo verso de "Dixie" de cor. Ela conheceu papai em Portland, quando competia num evento de líderes de torcida da faculdade. A *mãe de família* vinha de gente de qualidade de Memphis, meu caro, e não deixavam você esquecer isso.

— Acho que sim — disse ele. — É. Mas não fique aí me perguntando tanto sobre a árvore genealógica da família, Mike, ainda não tenho certeza de qual é a diferença entre um sobrinho e um primo, e disse a Jo a mesma coisa.

— Disse? — Tudo dentro de mim se imobilizara completamente... mas não posso dizer que fiquei surpreso. Não naquele momento.

— Ahn, ahn, pode apostar.

— O que é que ela queria saber?

— Tudo que eu sabia. O que não é muito. Eu podia ter lhe contado tudo sobre o trisavô de mamãe, aquele que foi morto pelos índios, mas Jo não se interessava pelo pessoal de mamãe.

— Quando é que foi isso?

— Tem importância?

— Pode ter.

— Tudo bem, vamos ver. Acho que foi mais ou menos na época em que Patrick fez a operação de apêndice. É, tenho certeza. Fevereiro de 1994. Pode ter sido março, mas tenho quase certeza de que foi em fevereiro.

Seis meses antes do estacionamento no Rite Aid. Jo movendo-se para as sombras de sua própria morte como uma mulher entrando sob as sombras de um toldo. Mas não grávida, não ainda. Jo fazendo viagens diárias à TR, fazendo perguntas, algumas do tipo que fazia o pessoal se sentir mal, segundo Bill Dean... mas mesmo assim ela continuou perguntando. É. Porque uma vez que ela se envolvesse com algo, era como um terrier com um trapo entre as mandíbulas. Teria feito perguntas ao homem de blazer marrom? *Quem* era o homem de blazer marrom?

— Pat estava no hospital, certo. O dr. Alpert disse que ele estava se saindo muito bem, mas quando o telefone tocou eu dei um pulo na direção dele. Estava meio que esperando que fosse Alpert dizendo que Pat tinha tido uma recaída ou coisa assim.

— Pelo amor de Deus, onde é que você arranjou essa sensação de desgraça iminente, Sid?

— Não sei, companheiro, mas está aí. Seja como for, não era Alpert e sim Johanna. Ela queria saber se eu tinha algum ancestral, três, talvez quatro gerações atrás, que tivesse morado lá onde você mora, ou numa das cidadezinhas em torno. Eu disse a ela que não sabia, mas que você poderia. Saber, quero dizer. Ela disse que não queria perguntar a você porque era uma surpresa. Foi uma surpresa?

— E grande — eu disse. — Papai era um lagosteiro...
— Morda a língua, ele era um *artista*, um "primitivo do litoral". Mamãe ainda o chama assim. — Siddy não estava exatamente rindo.
— Droga, ele vendia panelas para cozinhar lagostas, mesinhas de centro e estatuetas de aves aos turistas quando ficava reumático demais para ir à baía levantar armadilhas.
— Eu sei disso, mas mamãe editou o casamento dela como um filme para a televisão.
Como era verdade. Nossa própria versão de Blanche Du Bois.
— Papai era lagosteiro em Prout's Neck. Ele...
Siddy interrompeu, cantando o primeiro verso de "Papa Was a Rollin' Stone" numa horrível voz de tenor fora do tom.
— Vamos, isso é sério. Ele ganhou o primeiro barco do pai, certo?
— Essa é a história — concordou Sid. — O *Lazy Betty* de Jack Noonan, proprietário original Paul Noonan. Também de Prout's. O barco tomou uma verdadeira sova do furacão Donna, em 1960. Acho que era Donna.
Dois anos depois que eu nasci.
— E papai o pôs à venda em 1963.
— É. Não sei o que aconteceu com ele, mas foi vovô Paul que começou com tudo, não há dúvida. Lembra de todo o guisado de lagosta que comemos quando criança, Mikey?
— Bolo de carne do litoral — falei, quase sem pensar. Como a maioria das crianças criadas na costa do Maine, não posso imaginar pedir lagosta num restaurante, isso é para gente da planície. Estava pensando em vovô Paul, que nasceu na década de 1890. Paul Noonan gerou Jack Noonan, Jack Noonan gerou Mike e Sid Noonan, e aquilo era realmente tudo que eu sabia, a não ser que os Noonan tinham todos crescido muito longe de onde eu agora estava me derretendo em suor.
Eles cagaram no mesmo fosso.
Devore tinha cometido um equívoco, era tudo — quando nós, os Noonan, não estávamos usando camisas polo e sendo gente de qualidade de Memphis, éramos gente de Prout's Neck. Era improvável que o bisavô de Devore e o meu tivessem tido algo a ver um com o outro de qualquer modo; o velho patife tinha tido o dobro da minha idade, e aquilo significava que as gerações não combinavam.

Mas se ele estivesse *totalmente* errado, em que é que Jo esteve metida?
— Mike? — perguntou Sid. — Você está aí?
— Estou.
— Tudo bem? Você não parece muito bem, tenho que dizer.
— É o calor. Sem mencionar sua sensação de desgraça iminente. Obrigado por ligar, Siddy.
— Obrigado por estar aí, irmão.
— Valeu — eu disse.

Entrei na cozinha para pegar um copo de água gelada. Enquanto o enchia, ouvi os ímãs na geladeira começarem a deslizar. Rodopiei, fazendo espirrar um pouco de água em meus pés descalços e quase sem notar. Eu estava excitado como uma criança que acha que pode ter um vislumbre de Papai Noel antes que ele desapareça chaminé acima.

Olhei exatamente a tempo de ver nove letras de plástico entrarem no círculo vindas de todos os lados. CARLADEAN, soletraram... mas somente por um segundo. Uma presença tremenda mas invisível passou velozmente por mim. Nem um só cabelo de minha cabeça se mexeu, mas senti um forte golpe de ar, como quando somos esbofeteados pelo ar de um trem expresso, se estamos junto à linha amarela da plataforma quando o trem passa rapidamente pela estação. Gritei de surpresa e depositei com força o copo d'água no balcão, fazendo-o lançar borrifos. Eu não sentia mais necessidade de água fria, pois a temperatura da cozinha de Sara Laughs caíra vertiginosamente.

Minha respiração deixou uma nuvem de vapor no ar, como acontece num dia gelado de janeiro. Uma baforada, talvez duas, e depois desapareceu — mas havia estado lá, sem dúvida, e por talvez cinco segundos a camada fina de suor em meu corpo tornou-se o que parecia um limo de gelo.

CARLADEAN explodiu para fora em todas as direções — era como observar um átomo sendo amassado num desenho animado. Os ímãs de letras, frutas e legumes voaram da geladeira e se espalharam pela cozinha. Por um momento, a fúria que aquela movimentação causou era algo cujo gosto eu quase podia sentir, como pólvora.

E algo cedeu ante ela, com um suspiro, um sussurro triste que eu já ouvira antes: *"Ah, Mike. Ah, Mike."* Era a voz que capturei na fita do gravador, e embora no passado eu não tivesse tido certeza, agora tinha — era a voz de Jo.

Mas quem era o outro? Por que espalhou as letras?

Carla Dean. Não a mulher de Bill; aquela era Yvette. A mãe dele? A avó?

Andei lentamente pela cozinha, recolhendo os ímãs como se cumprisse as tarefas de uma gincana e colocando-os novamente na geladeira aos punhados. Nada pulou de minhas mãos; nada congelou o suor em minha nuca; o sino de Bunter não tocou. Mesmo assim eu não estava sozinho, e sabia disso.

CARLADEAN: Jo queria que eu soubesse.

Mas algo não queria. Algo que passou por mim como uma bala de canhão tentando espalhar as letras antes que eu pudesse lê-las.

Jo estava ali; um garoto que chorava à noite também.

E o que mais?

O que mais estava dividindo a casa comigo?

Capítulo Vinte

Inicialmente não os vi, o que não era de surpreender; parecia que metade de Castle Rock havia comparecido ao parque da cidade naquela sufocante tarde de sábado caminhando para o crepúsculo. O ar brilhava com a enevoada luz do meio do verão, e através dela as crianças enxameavam pelos equipamentos do playground, enquanto certo número de velhos de coletes vermelhos — uma espécie de clube, imaginei — jogava xadrez, e um grupo de jovens se estendia pela grama escutando um adolescente de faixa na cabeça tocando violão e cantando algo de que eu me lembrava de um velho disco de Ian e Sylvia, uma animada canção que dizia:

> "*Quando Ella Speed se divertia nos braços de um,*
> *John Martin atirou nela com um Colt 41...*"

Eu não vi ninguém correndo, e nenhum cachorro perseguindo Frisbees. Estava simplesmente quente demais.

Eu me virei para olhar o coreto, onde uma banda com oito membros chamada The Castle Rockers estava se instalando (eu imaginava que "In the Mood" era o mais próximo que podiam chegar do rock and roll), quando uma pessoa pequena me atingiu por trás, agarrando-me pouco acima dos joelhos e quase me atirando na grama.

— Peguei! — gritou a pequena alegremente.

— Kyra Devore! — gritou Mattie, parecendo ao mesmo tempo alegre e irritada. — Você vai derrubá-lo!

Eu me virei, deixei cair o saco manchado de gordura do McDonald's que carregava e levantei a criança. O gesto foi natural, e a sensação maravilhosa. Não se percebe o peso de uma criança saudável até que se segura uma, nem se compreende totalmente a vida que passa por elas como um fio brilhante. Não fiquei emudecido ("Não banque o sentimentaloide comigo, Mike", Siddy às vezes sussurrava para mim quando éramos garotos e, durante um filme, eu ficava com os olhos marejados num momento triste), mas pensei em Jo, sim. E a criança que ela carregava quando caiu naquele estúpido estacionamento, sim, pensei naquilo também.

Ki estava gritando e rindo, os braços esticados e o cabelo pendendo em duas madeixas realçadas por pregadores com motivos infantis.

— Não derrube seu próprio quarterback — berrei, sorrindo, e para meu encanto ela gritou em resposta: "Não deúbe seu pópio quateback! Não deúbe seu pópio quateback!"

Eu a coloquei novamente no chão, rindo com ela. Ki deu um passo para trás, tropeçou e sentou-se na grama, rindo mais do que nunca. Tive um pensamento mesquinho, então, rápido mas, ah, tão claro: se o velho lagarto pudesse ver como sentiam a falta dele. Como estávamos tristes com o seu falecimento.

Mattie andou até nós, e naquela tarde ela se mostrava como eu a tinha imaginado na primeira vez em que a vi — como uma daquelas adoráveis filhas do privilégio que se veem no country club, tagarelando com as amigas ou sentada seriamente para jantar com os pais. Usava um vestido branco sem mangas e saltos baixos, o cabelo solto sobre os ombros, um toque de batom. Seus olhos tinham um brilho que não haviam mostrado antes. Quando me abraçou, pude sentir seu perfume e a pressão de seus pequenos seios firmes.

Beijei-lhe o rosto; ela me beijou no alto do maxilar, dando um estalo no meu ouvido que senti percorrer toda a minha espinha abaixo.

— Diga que as coisas vão ficar melhores agora — murmurou ela, ainda me segurando.

— Muito melhores — eu disse, e ela me abraçou de novo, apertado. Então recuou.

— Acho bom que você tenha trazido um monte de comida, garotão, porque somos mulheres famintas. Certo, Kyra?

— Deúbei meu própio quateback — disse Ki, depois se apoiou nos cotovelos, dando uma risadinha deliciosa sob o brilhante céu enevoado.

— Vamos — eu disse, e a agarrei pela cintura. Carreguei-a assim até uma mesa de piquenique próxima, Ki agitando as pernas e os braços e rindo. Coloquei-a no banco; ela escorregou para fora, para baixo da mesa, desossada como uma enguia, e ainda rindo.

— Muito bem, Kyra Elizabeth — disse Mattie. — Sente-se e mostre o outro lado.

— Boa menina, boa menina — disse ela, escalando o lugar a meu lado. — É o meu outro lado, Mike.

— Tenho certeza — falei. Dentro do saco havia Big Macs e batatas fritas para Mattie e para mim. Para Ki havia uma caixa colorida sobre a qual saltavam Ronald McDonald e seus cúmplices.

— Mattie, ganhei um McLanche Feliz! Mike me deu um McLanche Feliz! Eles têm brinquedos!

— Vamos ver qual é o seu.

Kyra abriu a caixa, esquadrinhou-a e então sorriu. O sorriso iluminou todo o seu rosto. Ela retirou da caixa algo que achei a princípio que era uma grande bola de poeira. Por um terrível segundo voltei ao meu sonho, aquele de Jo debaixo da cama com o livro sobre o rosto. *Me dá isso*, ela tinha rosnado. *É o meu pega-poeira*. E algo mais também — outra associação, talvez de algum outro sonho. Não consegui perceber qual era.

— Mike? — perguntou Mattie. Havia curiosidade na voz dela, e talvez também preocupação.

— É um cachorrinho! — disse Ki. — Ganhei um cachorrinho no meu McLanche Feliz.

Sim, claro. Um cachorro. Um cachorrinho de pelúcia. E era cinzento, não preto... embora eu também não soubesse por que sua cor teria importância para mim.

— É um prêmio muito bom — eu disse, pegando-o. Macio, o que era bom, e cinzento, o que era melhor. Ser cinzento o tornava bom, de algum modo. Maluco, mas verdadeiro. Entreguei-o novamente a Kyra e sorri.

— Qual é o nome dele? — ela perguntou, fazendo o cachorrinho saltar para a frente e para trás sobre a caixa do McLanche Feliz. — Qual é o nome do cachorrinho, Mike?

Então, sem pensar, eu disse:
— Strickland.

Achei que ficaria espantada, mas não ficou. Pareceu encantada.

— Stricken! — disse ela, fazendo o cachorro pular para a frente e para trás em saltos cada vez mais altos sobre a caixa. — Stricken! Stricken! Meu cachorro Stricken!

— Quem é esse Strickland? — perguntou Mattie, sorrindo. Ela tinha começado a desembrulhar seu hambúrguer.

— Um personagem num livro que li — falei, observando Ki brincar com o cachorrinho de pelúcia. — Ninguém da vida real.

— Vovô morreu — disse ela cinco minutos depois.

Estávamos ainda na mesa de piquenique, mas a maior parte da comida havia desaparecido. Strickland, a bola de pelúcia, tinha sido posto de guarda junto às batatas fritas remanescentes. Eu vinha observando o fluxo de pessoas, imaginando quem da TR estaria ali observando nossa reunião e ardendo para levar as notícias para casa. Não vi ninguém que eu conhecesse, mas isso não significava grande coisa, considerando-se quanto tempo eu havia estado longe dessa parte do mundo.

Mattie abaixou o hambúrguer e olhou para Ki com certa ansiedade, mas achei que a criança estava bem — apenas comunicava um fato, sem expressar dor.

— Eu sei — respondi.

— Vovô era velho demais. — Ki pinçou duas batatas fritas com os dedos gordinhos, as levou à boca e *gulp*, elas sumiram. — Ele está com o Senhor Jesus agora. A gente estuda tudo sobre o Senhor Jesus na EBF.

É, Ki, pensei, *agora mesmo vovô provavelmente está ensinando Pixel Easel ao Senhor Jesus e perguntando se há alguma puta disponível ali.*

— O Senhor Jesus andava na água e transformava vinho em macarrão.

— É, mais ou menos isso — eu disse. — É triste quando as pessoas morrem, não é?

— Ia ser triste se Mattie morresse, e se você morresse, mas vovô *era* velho. — Disse isso como se não tivesse entendido bem o conceito da primeira vez. — No céu, ele dá um jeito nisso.

— É uma boa maneira de encarar a coisa, meu bem — falei.

Mattie ocupou-se em endireitar os pregadores de Ki que caíam, trabalhando cuidadosamente e com uma espécie de amor ausente. Achei que fulgurava à luz do verão, sua pele num contraste bronzeado e macio com o vestido branco que provavelmente comprou numa das lojas populares, e compreendi que a amava. Talvez aquilo fosse certo.

— Mas sinto falta da vó branca — disse Ki, e desta vez pareceu triste. Pegou o cachorro de pelúcia, tentou alimentá-lo com uma batata frita e então o depositou na mesa novamente. Seu rosto pequeno e bonitinho tinha uma expressão pensativa agora, e pude ver nela um vestígio do avô. Era muito distante, mas estava lá, perceptível, outro fantasma. — Mamãe disse que a vó branca voltou pra Califórnia com os restos matais do vovô.

— Restos *mortais*, Kizinha — disse Mattie. — Quer dizer, seu corpo.

— A vó branca vai voltar para me ver, Mike?

— Não sei.

— A gente tinha um jogo. Era todo com rimas. — Parecia mais pensativa do que nunca.

— Sua mãe me contou sobre o jogo — falei.

— Ela não vai voltar — disse Ki, respondendo à própria pergunta. Uma grande lágrima rolou por seu rosto abaixo. Ela pegou Stricken, colocou-o sobre as pernas traseiras durante um segundo, depois o pôs de volta como sentinela. Mattie passou um braço em torno dela, mas Ki não pareceu notar. — A vó branca não gostava mesmo de mim. Só fingia que gostava. Era o *trabalho* dela.

Mattie e eu nos entreolhamos.

— Por que está dizendo isso? — perguntei.

— Não sei — disse Ki. Próximo ao lugar onde o garoto tocava violão, um malabarista com o rosto pintado de branco tinha começado a atuar, trabalhando com meia dúzia de bolas coloridas. Kyra ficou um pouco mais animada. — Mamãezinha, posso ir lá ver aquele homem engraçado?

— Já acabou de comer?

— Já.

— Agradeça ao Mike.

— Não deúbe seu próprio quateback — disse ela, depois riu amavelmente para me mostrar que só estava brincando. — Obrigada, Mike.

— Tudo bem — respondi. Então, porque aquilo soava um pouco antiquado, eu disse: — Valeu.

— Você pode ir só até aquela árvore, está bem? — disse Mattie. — E sabe por quê.

— Para você poder me ver. Tá bem.

Agarrou Strickland e começou a correr para o local, e então olhou para mim por cima do ombro.

— Acho que foi o pessoal da geleira — disse ela, depois se corrigiu, séria e cuidadosamente: — Pessoal da *ge-la-deira*.

Meu coração deu um pulo no peito.

— O que é que o pessoal da geladeira fez, Ki? — perguntei.

— Disse que a vó branca não gostava mesmo de mim. — A seguir correu para o malabarista, sem se importar com o calor.

Mattie a observou se afastar e então se virou para mim.

— Não falei com ninguém sobre o pessoal da geleira de Ki. Ela também não, até agora. Não que sejam reais, mas as letras parecem se mexer sozinhas. É como um tabuleiro para receber mensagens do além.

— Elas formam palavras?

Ela não disse nada por muito tempo. Então concordou com a cabeça.

— Nem sempre, mas às vezes. — Outra pausa. — Na realidade, na *maioria* das vezes. Ki chama isso de carta do pessoal da geladeira. — Sorriu, mas seus olhos estavam um pouco assustados. — São letras magnéticas especiais, você acha? Ou temos um *poltergeist* trabalhando às margens do lago?

— Não sei. Lamento ter levado as letras, se viraram um problema.

— Não seja bobo. Você deu as letras a ela, e você é um negócio muito importante para Ki agora. Ela fala de você o tempo todo. Estava muito mais interessada em escolher uma roupa bonita para usar esta noite do que na morte do avô. Queria que eu usasse uma roupa bonita também, e insistiu nisso. Geralmente não reage assim com as pessoas. Ela as aceita quando vêm e as deixa para lá quando vão embora. Não é um modo tão ruim de uma criança crescer, acho eu às vezes.

— Vocês duas estão com roupas muito bonitas — falei. — Disso tenho certeza.

— Obrigada. — Olhou amorosamente para Ki, que continuava perto da árvore assistindo ao malabarista. Ele deixara as bolas de lado e utilizava agora machadinhas. Então Mattie me olhou novamente: — Já acabou de comer?

Assenti com a cabeça, e ela começou a recolher o lixo e a enfiá-lo no saco em que eu trouxe a comida. Ajudei-a, e quando nossos dedos se tocaram, ela pegou minha mão e a apertou.

— Obrigada. Por tudo que tem feito. Sou muito grata a você.

Apertei sua mão também e soltei-a.

— Sabe de uma coisa, já passou por minha cabeça que Kyra esteja movendo as letras sozinha. Mentalmente — disse ela.

— Telecinesia?

— Acho que o termo técnico é esse. Só que Ki não pode escrever muitas palavras além de "cão" e "gato".

— O que é que aparece na geladeira?

— Na maioria nomes. Uma vez apareceu o seu. Outra, o de sua mulher.

— Jo?

— O nome inteiro — JOHANNA. E NANA. Rogette, acho eu. JARED aparece às vezes, e BRIDGET. Uma vez surgiu um KITO. — Ela o soletrou.

— Kito — eu disse, pensando: *Kyra, kia, Kito. O que é isso?* — É o nome de um garoto?

— Sei que é. É suaíli, e quer dizer criança preciosa. Fui procurar no meu livro de nomes de bebês. — Deu uma espiada em sua própria criança preciosa enquanto caminhávamos pelo gramado até a lata de lixo mais próxima.

— Algum outro que consiga lembrar?

Ela pensou.

— REG apareceu umas duas vezes. E outra vez CARLA. De um modo geral, Ki nem consegue ler esses nomes, entende? Ela tem que me perguntar o que está escrito.

— Já lhe ocorreu que Kyra possa estar copiando os nomes de um livro ou revista? Que possa estar aprendendo a escrever usando as letras da geladeira em vez de papel e lápis?

— Acho que é possível... — Mas não dava a impressão de acreditar naquilo. Não era de surpreender. Eu mesmo não acreditava.

— Você nunca viu as letras se mexendo sozinhas na frente da geladeira, viu? — Eu esperava mostrar despreocupação ao perguntar aquilo.

Ela riu um tanto nervosamente.

— Minha nossa, não!

— Algo mais?

— Às vezes o pessoal da geleira deixa recados como OI, TCHAU e BOA GAROTA. Tinha um ontem que anotei para mostrar a você. Kyra me pediu que fizesse isso. É esquisito mesmo.

— O que é?

— Vou lhe mostrar, mas está no porta-luvas do carro. Você me lembra quando formos embora?

Sim. Eu lembraria.

— Parece coisa de fantasma, sim, senhor. Como aquela escrita na farinha — disse ela.

Pensei em lhe contar que eu também tinha o meu próprio pessoal da geleira, mas não o fiz. Mattie já tinha o suficiente com que se preocupar sem que... ou pelo menos eu disse isso a mim mesmo.

Ficamos lado a lado na grama, observando Ki assistir ao malabarista.

— Ligou para John? — perguntei.

— Liguei.

— Qual foi a reação dele?

Ela voltou-se para mim, rindo com os olhos.

— Cantou um verso de "Ding, Dong, o Bruxo Morreu".

— Sexo errado, sentimento certo.

Ela concordou com a cabeça, seus olhos voltando a Kyra. Pensei novamente como era bonita, o corpo esbelto no vestido branco, os traços puros perfeitamente desenhados.

— Ele ficou irritado por eu mesmo ter me convidado para o almoço?

— Não, adorou a ideia de fazermos uma reunião.

Uma reunião. Ele adorou a ideia. Comecei a me sentir pequenininho.

— Ele até sugeriu que convidássemos seu advogado da sexta-feira passada. Bissonette? Além do detetive particular que John contratou por recomendação de Bissonette. Está bem para você?

— Ótimo. E você, Mattie? Tudo bem?

— Tudo bem — concordou ela, virando-se para mim. — Recebi mais ligações hoje do que costumo receber. De repente fiquei muito popular.

— É?

— A maioria desligou na minha cara, mas um cavalheiro se deu ao trabalho de me chamar de cadela, e uma mulher com um sotaque ianque muito forte disse: "Pronto, sua vaca, você matou ele. Tá satisfeita?" Ela desligou antes que eu pudesse responder, sim, muito satisfeita, obrigada. — Mas Mattie não parecia satisfeita e sim infeliz e culpada, como se tivesse literalmente desejado a morte dele.

— Lamento.

— Tudo bem. Mesmo. Kyra e eu temos estado sozinhas por muito tempo, e fiquei assustada na maior parte dele. Agora fiz dois amigos. Se alguns telefonemas anônimos são o preço que tenho que pagar, eu pago.

Estava muito próxima, erguendo os olhos para mim, e não consegui me controlar. Pus a culpa no verão, no perfume dela e em quatro anos sem mulher. Nessa ordem. Deslizei os braços em volta de sua cintura e lembro perfeitamente da textura do vestido sob minhas mãos; a leve prega atrás onde o zíper se escondia. Então a beijei, muito suave e extensamente — qualquer coisa que vale a pena fazer, vale a pena ser feito direito —, e ela respondeu ao meu beijo exatamente no mesmo espírito, a boca curiosa, mas não com medo. Seus lábios eram mornos e macios e tinham um tênue sabor doce. Pêssegos, acho eu.

Paramos ao mesmo tempo e nos afastamos um pouco um do outro. As mãos dela ainda em meus ombros. As minhas em sua cintura, pouco acima dos quadris. Seu rosto estava suficientemente composto, seus olhos se mostravam mais brilhantes do que nunca, e havia traços de cor em suas bochechas, subindo ao longo da face.

— Puxa — disse ela. — Como eu queria isso. Desde que Ki quase o derrubou e você a levantou, eu estava querendo isso.

— John não ia gostar que a gente se beijasse em público — eu disse. Minha voz não parecia muito firme e o coração batia forte. Sete segundos, um beijo e cada sistema de meu corpo estava em velocidade máxima. — Na verdade, John não ia gostar que a gente se beijasse. Ele tem uma queda por você, sabe?

— Eu sei, mas eu tenho uma queda por *você*.

Virou-se para localizar Ki, que ainda estava obedientemente em pé junto à árvore, assistindo ao malabarista. Quem poderia estar nos observando? Alguém que tinha vindo da TR numa quente tarde de verão para tomar sorvete no Frank's Tas-T-Freeze e apreciar um pouco de música e socialização no parque? Alguém em busca de legumes e fofocas frescas no Armazém Lakeview? Um cliente da oficina? Aquilo era loucura, e continuaria loucura não importa como fosse encarado. Tirei as mãos da cintura dela.

— Mattie, eles poderiam pôr nosso retrato junto à palavra "imprudente" no dicionário.

Ela tirou as mãos de meu ombro e deu um passo para trás, mas seus olhos brilhantes não se afastaram dos meus.

— Eu sei disso. Sou jovem, mas não sou inteiramente burra.

— Eu não quis dizer...

Ela ergueu uma das mãos para me deter.

— Ki vai para a cama por volta das nove. Parece que não consegue dormir até que escureça. Eu fico acordada até mais tarde. Venha me visitar, se quiser. Pode estacionar o carro nos fundos. — Sorriu um pouco, docemente. O sorriso era também tremendamente sexy. — Quando a lua some, aquela área é muito discreta.

— Mattie, você é jovem o bastante para ser minha filha.

— Talvez, mas não sou. E às vezes as pessoas podem ser excessivamente discretas para seu próprio bem.

Meu corpo sabia enfaticamente o que desejava. Se estivéssemos no trailer naquele momento, não haveria nenhuma contestação. De qualquer modo, já não havia quase nenhuma contestação. Então algo me ocorreu, algo que pensei sobre os ancestrais de Devore e os meus: as gerações não combinavam. Com a minha e a de Mattie não era o mesmo? Não acredito que as pessoas tenham automaticamente direito ao que querem, não importa com que força queiram. Nem toda ânsia tem que ser saciada. Algumas coisas simplesmente são erradas — acho que é isso que estou tentando dizer. Mas não tinha certeza de que aquela era uma delas, e que eu a queria não havia a menor dúvida. Muito. Continuava me lembrando de como seu vestido deslizou quando eu passei os braços em volta de sua cintura, sua pele quente logo abaixo do tecido. Além disso, Mattie não era minha filha.

— Você já agradeceu — eu disse numa voz seca. — E é suficiente. Mesmo.

— Acha que isso é *gratidão*? — Emitiu um riso baixo, tenso. — Você tem 40 anos, Mike, não 80. Não é Harrison Ford, mas é um homem bonito. E também talentoso e interessante. E eu gosto de você à beça. Quero que fique comigo. Quer que eu peça por favor? Está bem. Por favor, fique comigo.

Sim, era mais do que gratidão — acho que eu sabia disso mesmo enquanto estava pronunciando a palavra. Eu tinha adivinhado que ela estava usando short branco e uma frente única quando ligou no dia em que voltei a trabalhar. Teria ela adivinhado o que eu estava vestindo? Teria sonhado que estava na cama comigo, fodendo até morrer enquanto as luzes da festa brilhavam e Sara Tidwell apresentava sua versão de jogo de rimas da vó branca, todo aquele negócio maluco de Manderley-sanderley-canderley? Teria Mattie sonhado em me dizer para fazer tudo que eu quisesse?

E havia o pessoal da geleira, que era um compartilhar de outro tipo, e de uma espécie muito mais fantasmagórica. Ainda não tinha tido coragem suficiente para contar a Mattie sobre o meu próprio pessoal, mas de qualquer modo ela poderia saber. Bem lá no fundo da mente. Bem no fundo, onde os rapazes operários se moviam na zona. Seus rapazes e os meus, todos parte do mesmo estranho sindicato. E talvez não fosse uma questão de moralidade *em si*. Algo a respeito daquilo — a respeito de *nós* — dava uma sensação de perigo.

E, ah, tão atraente.

— Preciso de tempo para pensar — falei.

— Não há muito o que pensar sobre isso. O que é que você *sente* por mim?

— Sinto tanto que até me assusta.

Antes que eu pudesse dizer algo mais, meus ouvidos apreenderam uma série familiar de mudanças de acorde. Virei para o garoto do violão. Ele vinha tocando um repertório das primeiras canções de Dylan, mas agora tinha passado a algo explosivo, algo que fazia você sorrir mostrando os dentes e marcar o ritmo com as mãos.

> "*Do you want to go fishin*
>   *here in my fishin hole?*
> *Said do you want to fish some, honey,*
>   *here in my fishin hole?*
> *You want to fish in my pond, baby,*
>   *you better have a big long pole.*"*

---

* *Você quer vir pescar*
  aqui no meu laguinho?
Disse que quer pescar, benzinho,
  aqui no meu laguinho?
Se no meu lago quer pescar,
  uma vara comprida tem que mostrar.

"Fishin blues." Escrito por Sara Tidwell, executado originalmente por Sara e pelos Red-Top Boys, com *cover* de todo mundo, desde Ma Rainey a Lovin' Spoonful. As canções cruas eram a especialidade dela, com um duplo sentido tão transparente que se podia ler um jornal através dele... embora ler não fosse o interesse principal de Sara, a se julgar por suas letras.

Antes que o garoto pudesse passar ao próximo verso, algo sobre como você tem que se sacudir quando meneia e põe a vara grande bem lá no fundo, The Castle Rockers emitiram um floreio com o violão que dizia: "Cale a boca, todo o mundo, vamos na sua direção." O garoto parou de tocar; o malabarista começou a pegar as machadinhas para enfileirá-las rapidamente na grama. Os Rockers se lançaram numa marcha muito ruim, música ao som da qual se podiam cometer assassinatos em série, e Kyra veio correndo até nós.

— O mabarista acabou. Você vai me contar a história, Mike? *Janjão* e Maria?

— É João e Maria — eu disse. — Vou contar com muito prazer. Mas vamos para um lugar mais quieto, está bem? A banda está me dando dor de cabeça.

— A música machucou sua cabecinha?

— Um pouquinho.

— Então vamos para perto do carro da Mattie.

— Boa ideia.

Kyra correu na frente para pegar um banco na orla do parque. Mattie lançou um olhar longo e caloroso, depois estendeu a mão. Eu a peguei. Nossos dedos se entrelaçaram como se viessem fazendo isso há anos. Pensei: *Eu gostaria que fosse lento, nós dois quase sem nos movermos. No início, pelo menos. E eu levaria minha melhor vara e a mais longa? Acho que se podia contar com isso.* E então, depois, nós conversaríamos. Talvez até pudéssemos ver a mobília à primeira luz da manhã. Quando se está na cama com alguém que a gente ama, especialmente da primeira vez, as cinco horas da manhã parecem quase sagradas.

— Você precisa de umas férias de seus pensamentos — disse Mattie. — Aposto que a maioria dos escritores precisa, de tempos em tempos.

— Provavelmente é verdade.

— Gostaria que estivéssemos em casa — disse ela, e não posso dizer se sua ferocidade era verdadeira ou fingida. — Eu o beijaria até que toda essa conversa se tornasse irrelevante. E se você hesitasse, pelo menos seria na minha cama.

Virei o rosto para a luz vermelha do sol poente.

— Aqui ou lá, a essa hora Ki ainda estaria de pé.

— É verdade — disse ela, parecendo inusitadamente mal-humorada.

— É verdade.

Kyra alcançou um banco perto da placa em que se lia ESTACIONAMENTO DO PARQUE DA CIDADE e o escalou, segurando o pequeno cachorro de pelúcia numa das mãos. Tentei soltar minha mão quando nos aproximávamos dela, mas Mattie a segurou com firmeza.

— Tudo bem, Mike. Na EBF, eles ficam de mãos dadas uns com os outros onde quer que vão. São os adultos que transformam isso em algo importante.

Ela parou, encarando-me.

— Quero que saiba de uma coisa. Talvez não tenha importância para você, mas para mim tem. Não houve ninguém antes de Lance e ninguém depois dele. Se você vier se encontrar comigo, vai ser o meu segundo homem. Não vou falar com você sobre isso de novo também. Pedir por favor não tem importância, mas não vou implorar.

— Eu não...

— Há um vaso com um pé de tomate junto aos degraus do trailer. Vou deixar a chave embaixo dele. Não pense. Venha.

— Esta noite não, Mattie. Não posso.

— Pode sim — replicou ela.

— Depressa, seus molezas! — gritou Kyra, saltando no banco.

— *Ele* é que é moleza! — gritou Mattie de volta, e cutucou-me nas costelas. Então, com uma voz muito mais baixa: — Você *é* mesmo.

— Desvencilhou a mão da minha e correu para a filha, as pernas bronzeadas movendo-se sob a bainha do vestido branco.

Em minha versão de "João e Maria", a feiticeira se chamava Depravia. Kyra me olhou fixamente com seus olhos imensos quando cheguei à parte em que Depravia pede a João para mostrar o dedo para que ela possa ver o quanto ele já engordou.

— Dá muito medo? — perguntei.

Ki balançou a cabeça enfaticamente. Olhei para Mattie, para ter certeza. Ela assentiu com a cabeça, fazendo um gesto para que eu continuasse; então, continuei. Depravia entrava no forno e Maria encontrava sua pilha secreta de bilhetes premiados da loteria. As crianças compravam um jet ski e viviam felizes para sempre no lado oriental do lago Dark Score. Naquele momento, The Castle Rockers assassinavam Gershwin e o sol estava perto de desaparecer. Levei Kyra para o Scout e afivelei-a no assento. Lembrei-me da primeira vez em que ajudei a colocá-la naquele assento, e a pressão involuntária dos seios de Mattie.

— Espero que a história não vá lhe dar um sonho ruim — eu disse. Até ouvir isso saindo de minha boca, eu não havia percebido como a história era fundamentalmente medonha.

— Não vou ter sonhos ruins — disse Kyra prosaicamente. — O pessoal da geleira vai fazer eles ficarem longe. — Então, cuidadosamente, lembrando-se: — *Ge-la-dei-ra*. — Virou-se para Mattie: — Mostre a ele as palavras crazadas, mamãezinha.

— Palavras *cruzadas*. Obrigada, eu não vou esquecer. — Mattie abriu o porta-luvas e tirou dali uma folha de papel dobrada. — Estava na geladeira esta manhã. Copiei o que estava escrito porque Ki queria que você soubesse o que significavam. Ela disse que você faz palavras cruzadas. Bem, disse palavras crazadas, mas eu entendi o que era.

Eu disse a Kyra que fazia palavras cruzadas? Tinha quase certeza de que não. Que ela soubesse me surpreendia? Nem um pouco. Peguei a folha de papel, desdobrei-a e olhei para o que estava escrito:

v

a

a

noventa2

— É palavras crazadas, Mike? — perguntou Kyra.

— Acho que sim. Mas se quer dizer alguma coisa, não sei o que é. Posso ficar com isso?

— Pode — disse Mattie.

Fui com ela até o lado do motorista do Scout, pegando sua mão enquanto andávamos.

— Só me dê um pouco de tempo. Sei que quem costuma dizer isso é a mulher, mas...

— Leve o tempo que quiser — disse ela. — Mas não demais.

Eu não queria levar *nenhum*, o problema era esse. O sexo seria maravilhoso, eu sabia disso. Mas e depois?

Poderia haver um depois. Eu sabia disso e ela também. Com Mattie, o "depois" era uma possibilidade real. A ideia era um pouco assustadora, um pouco maravilhosa.

Beijei o canto de sua boca. Ela riu e me agarrou pela ponta da orelha.

— Você pode fazer melhor do que isso — disse, e depois olhou para Kyra, que nos olhava com interesse em seu banquinho. — Mas desta vez deixo você escapar.

— Beijo em Ki! — Kyra gritou, esticando os braços, portanto dei a volta e beijei Ki. Dirigindo para casa, de óculos escuros para me proteger dos raios ofuscantes do sol poente, ocorreu-me que talvez eu pudesse ser pai de Kyra Devore. Isso parecia quase tão atraente para mim quanto ir para a cama com a mãe dela, o que dava a medida de quanto eu tinha me envolvido com a relação. E talvez fosse me envolver cada vez mais.

Cada vez mais.

Sara Laughs parecia muito vazia depois de eu ter tido Mattie em meus braços — uma cabeça dormindo sem sonhos. Examinei as letras na geladeira, mas vi que estavam espalhadas normalmente, e peguei uma cerveja. Fui para o deck bebê-la enquanto assistia ao sol se pondo. Tentei pensar no pessoal da geladeira e nas palavras cruzadas surgidas nas duas geladeiras: "vá a dezenove" na estrada 42 e "vá a noventa e dois" na estrada Wasp Hill. Vetores diferentes da terra para o lago? Diferentes locais da Rua? Que merda, como é que eu ia saber?

Tentei pensar em John Storrow e em como ele ficaria infeliz ao descobrir — para citar Sara Laughs, que tinha alcançado a linha muito antes de John Mellencamp — outra mula chutando a baia de Mattie Devore. Mas pensei principalmente na primeira vez em que a abracei, a primeira vez em que a beijei. Nenhum instinto humano é mais poderoso que o impulso sexual quando está completamente desperto, e suas imagens ao acordarem são tatuagens emocionais que nunca nos abandonam. Para mim, foi a sensação da pele nua e macia da cintura dela logo abaixo do vestido. O toque escorregadio do tecido...

Virei-me abruptamente e andei depressa pela casa em direção à ala norte, quase correndo e tirando as roupas enquanto o fazia. Liguei o chuveiro e coloquei em frio total e fiquei sob ele por cinco minutos, tremendo. Quando saí senti-me um pouco mais como um ser humano real e um pouco menos como um feixe espasmódico de terminações nervosas. E, enquanto me secava com a toalha, eu me lembrei de outra coisa. Em algum momento, pensei em Frank, irmão de Jo; pensei que se alguém além de mim pudesse sentir a presença de Jo em Sara Laughs, seria ele. Ainda não cheguei a convidá-lo para vir até ali, e agora não tinha certeza de que desejava fazê-lo. Havia passado a me sentir estranhamente possessivo, quase ciumento, do que acontecia ali. E mesmo assim, se Jo tivesse escrito alguma coisa secretamente, Frank poderia saber. Claro que ela não lhe fez confidências sobre a gravidez, mas...

Olhei meu relógio. Nove e quinze da noite. No trailer, na bifurcação da estrada de Wasp Hill com a rota 68, Kyra provavelmente adormecera... e sua mãe já poderia ter colocado a chave extra sob o vaso perto dos degraus. Pensei nela com seu vestido branco, a curva dos quadris pouco abaixo das minhas mãos e o cheiro de seu perfume. Então empurrei as imagens para longe. Não podia passar a noite inteira tomando banhos frios de chuveiro. Nove e quinze ainda era cedo o suficiente para eu ligar para Frank Arlen.

Ele atendeu o telefone quando a campainha tocou pela segunda vez, parecendo tão feliz em me ouvir como se já tivesse tomado três ou quatro latas a mais do pacote de seis cervejas do que eu até então. Passamos pelas brincadeiras habituais — a maioria das minhas quase totalmente ficcionais, descobri consternado — e Frank mencionou que um famoso vizinho meu tinha passado dessa para melhor, segundo os noticiários. Eu o conheci? Sim, respondi, lembrando como Max Devore impeliu a cadeira de rodas contra mim. Sim, eu o conheci. Frank quis saber como era ele. Difícil dizer, respondi. O pobre velho estava preso à cadeira de rodas e sofria de enfisema.

— Muito frágil, hein? — perguntou Frank solidariamente.

— É — eu disse. — Escute, Frank, liguei para falar sobre Jo. Estava dando uma espiada no estúdio dela e encontrei minha máquina de escrever. Desde então achei que ela vinha escrevendo alguma coisa. Ela pode ter começado um artigo sobre nossa casa, e depois o aumentou. O lugar tem o nome de Sara Laughs por causa de Sara Tidwell, você sabe. A cantora de blues.

Uma longa pausa. Então Frank disse:

— Eu sei. — Sua voz parecia pesada, grave.

— O que mais você sabe, Frank?

— Que ela estava com medo. Acho que descobriu algo que a assustou. Acho que era principalmente porque...

Foi então que a luz finalmente se fez. Eu provavelmente devia ter sabido pela descrição de Mattie, e *teria* sabido disso se não tivesse estado tão perturbado.

— Você esteve aqui com ela, não é? Em julho de 1994. Vocês foram ao jogo de softbol, depois voltaram para a casa pela Rua.

— Como sabe disso? — Ele quase gritou.

— Alguém viu vocês. Um amigo meu. — Eu procurava não parecer zangado, mas sem êxito. Eu *estava* zangado, mas era uma raiva aliviada, o tipo que se sente quando seu filho chega em casa se arrastando com um riso envergonhado exatamente quando você está se preparando para chamar a polícia.

— Eu quase lhe contei um ou dois dias antes do enterro dela. Estávamos naquele pub, lembra?

Jack's Pub, logo depois de Frank ter negociado com o agente funerário a respeito do preço do caixão de Jo. Claro que eu lembrava. Lembrava até da expressão de seus olhos quando lhe contei que Jo estava grávida quando morreu.

Ele deve ter sentido o silêncio se desdobrando, pois pareceu ansioso.

— Mike, espero que você não tenha tido...

— O quê? Ideias erradas? Pensei que talvez ela estivesse tendo um caso, que tal essa ideia? Pode chamar isso de desprezível se quiser, mas eu tinha minhas razões. Ela não estava me contando um monte de coisas. O que é que ela contou a *você*?

— Quase nada.

— Você sabia que ela saiu de todos os conselhos e comitês? Saiu e nunca me disse uma palavra?

— Não. — Acho que ele não estava mentindo. Por que estaria, nessa altura do campeonato? — Jesus, Mike, se eu soubesse disso...

— O que aconteceu no dia em que vocês vieram aqui? Conte.

— Eu estava na loja de gravuras em Sanford. Jo me ligou de... não me lembro, acho que de um toalete no pedágio.

— Entre Derry e a TR?

— É. Ela estava indo para Sara Laughs e queria se encontrar comigo lá. Disse para eu estacionar na entrada de carros se chegasse lá primeiro, e não entrar na casa... o que eu poderia ter feito; sei onde vocês guardam a chave extra.

Claro que sabia, numa lata de pastilhas Sucrets debaixo do deck. Eu mesmo a tinha mostrado a ele.

— Ela disse por que não queria que você entrasse?

— Vai parecer uma doideira.

— Não vai não. Pode acreditar.

— Ela disse que a casa era perigosa.

Por um momento, as palavras ficaram pairando ali. Então perguntei:

— Você chegou aqui primeiro?

— Cheguei.

— E esperou do lado de fora?

— Sim.

— Você viu ou sentiu algo perigoso?

Houve uma longa pausa. Finalmente ele disse:

— Havia um monte de gente no lago, lanchas, esquiadores, sabe como é, mas todo aquele barulho de motor e o riso pareciam... parar totalmente perto da casa. Você já notou que ela parece quieta mesmo quando não está?

Claro que eu havia notado; Sara parecia existir em sua própria zona de silêncio.

— Mas você teve alguma sensação de perigo nela?

— Não — disse ele quase com relutância. — Pelo menos *eu* não tive. Mas ela também não parecia totalmente vazia. E me sentia... porra, eu me sentia *vigiado*. Sentei num daqueles degraus de dormentes e esperei Jo. Finalmente ela chegou. Estacionou atrás de meu carro e me abraçou... mas nunca tirou os olhos da casa. Eu lhe perguntei o que estava havendo, mas ela respondeu que não podia me contar, e que eu não podia contar a você que nós tínhamos estado lá. Ela disse algo como "Se ele descobrir sozinho, é porque tem que ser. De qualquer modo, vou ter que contar a ele mais cedo ou mais tarde. Mas agora não posso, porque preciso da atenção completa dele, e não vou conseguir isso enquanto estiver trabalhando".

Senti o rubor escalar minha pele.

— Ela disse isso, é?

— É. E depois falou que tinha que ir até a casa para fazer uma coisa. Queria que eu esperasse do lado de fora. Disse que se ela chamasse, eu devia entrar correndo. Caso contrário, eu poderia continuar onde estava.

— Ela queria alguém para o caso de ter problemas.

— É, mas tinha que ser alguém que não fizesse um monte de perguntas que ela não queria responder. Isto é, eu. Acho que sempre fui eu.

— E então?

— Ela entrou. Sentei no capô do carro, fumando. Naquela época eu ainda fumava. E, sabe, *comecei* a sentir que algo não estava certo. Como se pudesse haver alguém na casa esperando por ela, alguém que não gostava dela. Talvez querendo feri-la. Provavelmente peguei aquilo de Jo... do modo como os nervos dela pareciam tensos, como continuava olhando para a casa por cima de meu ombro mesmo enquanto me abraçava, mas parecia uma outra coisa. Como uma... não sei...

— Uma vibração.

— É! — ele quase gritou. — Uma vibração. Mas não uma vibração boa, como na música dos Beach Boys. Uma vibração *má*.

— O que aconteceu?

— Sentei e esperei. Só fumei dois cigarros, portanto acho que não posso ter ficado lá mais do que vinte minutos ou meia hora, mas pareceu mais tempo. Continuei notando como os sons do lago subiam a colina e então simplesmente... *paravam*. E como não parecia haver pássaro nenhum, a não ser bem distantes.

— Ela saiu uma vez — ele continuou. — Ouvi a porta do deck bater, e então seus passos na escada daquele lado. Chamei por ela, perguntei se estava tudo bem, e Jo respondeu que sim. Disse para eu continuar onde estava. Parecia um pouco sem fôlego, como se estivesse carregando alguma coisa ou realizando uma tarefa.

— Ela foi ao estúdio dela ou até o lago?

— Não sei. Desapareceu por outros 15 minutos ou coisa assim, tempo suficiente para que eu fumasse outro cigarro, e então saiu pela porta da frente. Verificou se estava trancada, e depois veio até mim. Parecia muito melhor. Aliviada. Como as pessoas ficam depois de fazer algum trabalho desagradável que vinham adiando. Sugeriu que andássemos pelo caminho que ela chamava de Rua até o lugar lá embaixo...

— O Warrington's.

— Exatamente. Disse que me convidava para uma cerveja e um sanduíche. E fez isso, lá na ponta daquele longo cais flutuante.

O Sunset Bar, onde tinha vislumbrado Rogette pela primeira vez.

— Então vocês foram dar uma espiada no jogo de softbol.

— Foi ideia de Jo. Ela havia tomado três cervejas e eu uma, e ela insistiu. Afirmou que alguém ia fazer um lançamento lá nas árvores.

Agora eu tinha um quadro claro da parte que Mattie tinha visto e me contado. Fosse lá o que Jo tivesse feito, aquilo a deixou quase tonta de alívio. Por um lado, ela se arriscou a entrar na casa. Havia desafiado os espíritos a fim de fazer o que tinha que fazer e sobreviveu. Então ela tomou três cervejas para celebrar e sua discrição escorregou... não que tivesse se comportado muito secretamente em suas viagens anteriores à TR. Frank lembrava de ela dizer que se eu descobrisse sozinho, então era porque tinha que ser — *o que será será*. Não era a atitude de alguém escondendo um caso, e eu percebia agora que todo o comportamento dela sugeria um segredo de curto prazo. Ela teria me contado depois que eu terminasse meu livro idiota, se tivesse vivido. Se.

— Vocês assistiram ao jogo por um tempo, depois voltaram para a casa pela Rua.

— É.

— Um de vocês entrou?

— Não. Quando chegamos lá, a animação de Jo tinha se esgotado e confiei nela para dirigir. Ela ria quando estávamos no jogo de softbol, mas não estava rindo quando voltamos para a casa. Olhou para Sara Laughs e disse: "Terminei com ela. Nunca mais passarei por aquela porta de novo, Frank."

Minha pele foi percorrida por um calafrio, arrepiando-se.

— Perguntei qual era o problema, o que é que tinha descoberto. Sabia que estava escrevendo alguma coisa, até esse ponto ela havia me contado...

— Ela contou a todo mundo, menos a mim — falei... mas sem muita amargura. Eu sabia quem tinha sido o homem de blazer marrom, e qualquer amargura ou raiva, raiva de Jo, raiva de mim mesmo, empalidecia ante o alívio que aquilo significava. Eu não tinha percebido até então a que ponto aquele sujeito ocupou a minha mente.

— Jo deve ter tido as razões dela — disse Frank. — Você sabe disso, não é?

— Mas ela não contou a você que razões eram essas.

— Só sei que começou, fosse lá o que fosse, com a pesquisa dela para um artigo. Era hilário, Jo bancando a Nancy Drew. Tenho certeza de que, no início, não contou a você para fazer surpresa. Ela lia livros, mas sobretudo conversava com pessoas, ouvia aquelas histórias dos velhos tempos e estimulava-os a procurarem velhas cartas... diários... era boa nessa parte, acho. Boa à beça. Você não sabia nada disso?

— Não — eu disse pesadamente. Jo não vinha tendo um caso, mas *poderia* ter tido se quisesse. Poderia ter tido um caso com Tom Selleck e aparecido em *Inside View* que eu teria continuado a batucar nas teclas do meu PowerBook, abençoadamente inconsciente.

— Seja lá o que ela descobriu — disse Frank —, acho que tropeçou na coisa por acaso.

— E você nunca me contou. Quatro anos e você nunca me contou uma palavra disso.

— Foi da última vez que estive com ela — disse Frank, e agora não soava absolutamente constrangido ou como se pedisse desculpas. — E a última coisa que ela me pediu foi que não dissesse a você que tínhamos estado no lago. Disse que lhe contaria tudo quando estivesse pronta, mas aí ela morreu. Depois disso, achei que a coisa não tinha importância. Mike, ela era minha irmã. Ela era minha irmã, e eu prometi.

— Tudo bem. Eu entendo. — E entendia, mas não o suficiente. O que Jo teria descoberto? Que Normal Auster tinha afogado o filho sob a bomba manual? Que por volta da virada do século uma armadilha foi deixada no lugar em que um garoto negro poderia pisar nela? Que outro garoto, talvez filho incestuoso de Son e Sara Tidwell, foi afogado pela mãe no lago, talvez com ela dando aquele riso lunático e rouco de fumo enquanto o segurava debaixo d'água? Você tem que se sacudir quando balança, benzinho, e segurar aquele garoto lá no fundo.

— Se quer que eu peça desculpas, Mike, considere isso feito.

— Não quero. Frank, você se lembra de qualquer outra coisa que ela possa ter dito naquela noite? Qualquer coisa mesmo?

— Ela disse que sabia como você descobriu a casa.

— Ela disse *o quê*?

— Disse que, quando a casa queria você, ela o chamava.

No início, não consegui responder, pois Frank Arlen tinha demolido completamente uma das suposições de minha vida de casado — uma das grandes, uma das que parecem tão básicas que você nem pensa a respeito para questioná-las. A gravidade o mantém para baixo. A luz lhe permite ver. A agulha da bússola aponta para o norte. Coisas assim.

Essa suposição era que Jo tinha comprado Sara Laughs quando vimos o primeiro dinheiro real de minha carreira de escritor, porque Jo era a "pessoa ligada a casas" em nosso casamento, exatamente como eu era a "pessoa ligada a carros". Foi Jo quem escolheu nossos apartamentos, quando eles eram tudo com que podíamos arcar. Ela pendurava um quadro ali e me pedia para colocar uma prateleira acolá. Foi Jo quem se apaixonou pela casa de Derry e finalmente venceu minha resistência ante a ideia de que era grande demais, ocupada demais e quebrada demais para ser comprada. Jo foi a construtora de ninhos.

Ela disse que, quando a casa queria você, ela o chamava.

E provavelmente era verdade. Não, eu podia ir além disso, se estava querendo pôr de lado o pensamento preguiçoso e a lembrança seletiva. *Certamente* era verdade. Eu fui o primeiro a exprimir a ideia de uma casa no Maine ocidental. Tinha sido eu quem colecionara pilhas de folhetos sobre propriedades e as levara para casa. Eu comecei a comprar revistas regionais como *Down East* e sempre iniciava a leitura de trás para a frente (na parte de trás ficavam os anúncios imobiliários). Eu fui o primeiro a ver o retrato de Sara Laughs num anúncio brilhante chamado *Refúgios do Maine*, e eu telefonei primeiro para o corretor de imóveis do anúncio, e depois para Marie Hingerman, após arrancar do corretor o nome de Marie.

Johanna também ficou encantada com Sara Laughs — acho que qualquer um ficaria, vendo-a pela primeira vez ao sol de outono, com as ruas flamejando à sua volta e rajadas de folhas coloridas sopradas pela Rua, mas fui eu quem procurei ativamente o lugar.

Só que aquilo era mais pensamento preguiçoso e lembrança seletiva. Não era? Foi Sara quem tinha *me* encontrado.

Como é que eu poderia ter ignorado isso até agora? E, em primeiro lugar, como é que pude ter sido conduzido até ali, cheio de ignorância desavisada e feliz?

A resposta às duas perguntas era a mesma. Era também a resposta à pergunta de como Jo podia ter descoberto algo aflitivo sobre a casa, o lago e talvez toda a TR, e depois ter partido sem me contar. Eu estava desaparecido, só isso. Tinha estado na zona, em transe, escrevendo um de meus livros idiotas. Estive hipnotizado pelas fantasias em minha mente, e é fácil conduzir um homem hipnotizado.

— Mike? Ainda está aí?

— Estou aqui, Frank. Mas só Deus sabe o que pode tê-la assustado tanto.

— Lembro que ela mencionou outro nome: Royce Merrill. Disse que era um dos que mais coisas recordava, por ser tão velho. E acrescentou: "Não quero que Mike fale com ele. Tenho medo de que aquele velho possa deixar o gato escapar do saco e lhe conte mais do que ele deve saber." Alguma ideia do que queria dizer?

— Bem... dizem que um ramo da velha árvore familiar acabou aqui, mas o pessoal de minha mãe é de Memphis. Os Noonan são do Maine, mas não desta parte. — Mas eu já não acreditava inteiramente nisso.

— Mike, você parece doente.

— Estou bem. Melhor do que estava, na realidade.

— E entende por que não lhe contei nada disso até agora? Quero dizer, se eu soubesse que ideias você andava tendo... se eu tivesse qualquer *pista*...

— Acho que entendo. Para começo de conversa, as ideias não faziam parte da minha cabeça, mas uma vez que essa merda começa a penetrar...

— Quando voltei a Sanford naquela noite e tudo tinha terminado, acho que pensei naquilo como mais uma das coisas de Jo tipo "Porra, há uma sombra na lua, ninguém sai até amanhã". Ela sempre foi a supersticiosa, você sabe; batendo na madeira, jogando uma pitada de sal por cima do ombro, se deixava cair algum, os brincos de trevo de quatro folhas que usava...

— Ou como não usava um pulôver se o tivesse vestido ao contrário por engano. Afirmava que fazer isso transtornava todo o seu dia.

— E não transtorna? — Frank perguntou, e pude ouvir um pequeno sorriso em sua voz.

De repente me lembrei completamente de Jo, desde o brilho especial do seu olho esquerdo, e não quis mais ninguém. Ninguém ia adiantar.

— Ela achava que havia algo de ruim na casa — disse Frank. — Até aí eu sei.

Peguei um pedaço de papel e rabisquei *Kia*.

— É. E então pode ter suspeitado de que estava grávida. Pode ter ficado com medo de... influências. — Havia influências ali, sem nenhuma dúvida. — Você acha que ela soube da maior parte disso por Royce Merrill?

— Não, esse foi apenas um nome que ela mencionou. Ela provavelmente conversou com dúzias de pessoas. Conhece um sujeito chamado Kloster? Gloster? Alguma coisa assim?

— Auster — eu disse. Abaixo de *Kia*, meu lápis desenhava compridos laços que podiam ser a letra *l* cursiva ou fitas de cabelo. — Kenny Auster. Era isso?

— Parece. De qualquer modo, sabe como era Jo quando entrava realmente numa coisa.

Sim. Como um terrier atrás de ratos.

— Mike? Devo aparecer aí?

Não. Agora eu tinha certeza. Nem Harold Oblowski nem Frank. Havia em Sara um processo em andamento, algo tão delicado e orgânico quanto fazer o pão crescer numa sala tépida. Frank poderia interromper o processo... ou ser ferido por ele.

— Não, eu só queria esclarecer a questão. Além disso, estou escrevendo. É difícil para mim ter gente em volta quando estou escrevendo.

— Você liga, se eu puder ajudar?

— Claro que sim.

Desliguei o telefone, folheei a lista telefônica e encontrei um R. MERRILL na estrada Deep Bay. Liguei para o número, ouvi o telefone chamar uma dúzia de vezes e então desliguei. Nada de secretárias eletrônicas modernosas para Royce. Eu me perguntei vagarosamente onde ele estaria. Noventa e cinco parecia idade demais para se ir dançar no Country Barn em Harrison, especialmente num final de noite como aquele.

Olhei o papel onde estava escrito *Kia*. Abaixo das formas gordas em forma de *l*, eu escrevi *Kyra*, e lembrei que, na primeira vez em que tinha ouvido Ki dizer seu nome, eu entendi "Kia". Abaixo de *Kyra* escrevi *Kito*, hesitei e depois escrevi *Carla*. Cerquei esses nomes com um quadrado. Ao lado deles rabisquei *Johanna*, *Bridget* e *Jared*. O pessoal da geleira. O pessoal que queria que eu fosse ao 19 e ao 92.

— Acredite, Moisés, você está rumando para a Terra Prometida — falei para a casa vazia. Olhei em volta. Só eu, Bunter e o relógio oscilante... mas isso não era verdade.

Quando ela o queria, chamava você.

Levantei para pegar outra cerveja. As frutas e os legumes estavam num círculo novamente. No meio, as letras haviam escrito:

naoh

Naoh? Olhei para aquelas letras por muito tempo. Então lembrei que a IBM ainda estava no deck. Trouxe-a para dentro, depositei-a na mesa da sala de jantar e comecei a trabalhar no meu atual livrinho estúpido. Quinze minutos e eu estava perdido, apenas ligeiramente consciente do trovão em algum lugar sobre o lago, ligeiramente consciente do sino de Bunter estremecendo de vez em quando. Quando voltei à geladeira cerca de uma hora depois para outra cerveja e vi que as palavras no círculo diziam agora

na oh

eu quase não notei. Naquele momento, pouco me importava o que aquilo queria dizer. John Shackleford tinha começado a lembrar de seu passado e da criança cujo único amigo havia sido ele. O pequeno e negligenciado Ray Garraty.

Escrevi até meia-noite. Já então os trovões haviam desaparecido, mas o calor continuava, tão opressivo quanto um cobertor. Desliguei a IBM e fui para cama... pensando, tanto quanto me lembro, em coisa nenhuma — nem mesmo em Mattie, deitada na própria cama a alguns quilômetros de distância. A escrita havia consumido todos os pensamentos do mundo real, pelo menos temporariamente. Afinal de contas, acho que é para isso que existe. Boa ou má, faz passar o tempo.

Capítulo Vinte e Um

Eu caminhava na direção norte ao longo da Rua. Lanternas japonesas a margeavam, mas estavam todas apagadas porque era plena luz do dia — uma luz brilhante. A aparência abafada e densa de meados de julho tinha desaparecido; o céu exibia um tom escuro de safira que é propriedade única de outubro. Sob ele, o lago se mostrava do mais escuro índigo, cintilando com pontos de sol. As árvores tinham acabado de ultrapassar o auge de suas cores de outono, ardendo como tochas. Um vento vindo do sul soprava as folhas caídas que passavam por entre as minhas pernas em rajadas aromáticas e ruidosas. As lanternas japonesas balançavam-se como se aprovassem a estação. Adiante eu ouvia ligeiramente uma música. Sara e os Red-Tops. Sara estava cantando alto, rindo ao longo de toda a letra da música como sempre fazia... no entanto, como é que o riso podia parecer um rosnado?

— Garoto branco, eu jamais mataria um filho meu. Como é que pôde sequer pensar nisso!

Rodopiei, esperando vê-la bem atrás de mim, mas não havia ninguém ali. Bem...

A Senhora Verde estava lá, só que havia mudado seu vestido de folhas para o outono e se tornara a Senhora Amarela. O ramo desfolhado de pinheiro atrás dela apontava o caminho: vá para o norte, rapaz, vá para o norte. Não muito adiante havia outra bétula, aquela em que eu tinha me segurado quando a terrível sensação de afogamento me dominou de novo.

Esperei que ocorresse novamente — minha boca e minha garganta foram tomadas pelo gosto de ferro do lago —, mas não aconteceu. Tornei a olhar para a Senhora Amarela e depois, além dela, para Sara Laughs. A casa estava lá, porém muito reduzida: sem ala norte, ala sul ou segundo andar. Nenhum sinal também do estúdio de Jo, ao lado. Nenhuma dessas coisas havia sido construída ainda. A senhora bétula tinha viajado comigo, vinda de 1998; assim como a que pendia sobre o lago. De outro modo...

— Onde estou? — perguntei à Senhora Amarela e às lanternas japonesas que balançavam. Então uma pergunta melhor me ocorreu. — *Em que época* estou? — Nenhuma resposta. — É um sonho, não é? Estou na cama e sonhando.

Em algum ponto da superfície brilhante e com cintilações douradas do lago, um mergulhão-do-norte gritou. Duas vezes. *Assovie uma vez para sim, duas para não*, pensei. *Não é um sonho, Michael. Não sei exatamente o que é — uma viagem espiritual no tempo, talvez —, mas não é um sonho.*

— Será que isso está acontecendo mesmo? — perguntei ao dia, e de algum ponto atrás nas árvores, onde uma trilha posteriormente conhecida como estrada 42 corria em direção a uma estrada suja mais tarde conhecida como rota 68, um corvo grasnou. Só uma vez.

Fui até a bétula pendendo sobre o lago, passei um braço em volta dela (fazê-lo acendeu um traço da lembrança de quando eu abracei a cintura de Mattie, sentindo o vestido deslizar em sua pele) e espiei para a água, dividido entre a vontade de ver o garoto afogado e o medo de vê-lo. Não havia nenhum garoto lá, mas entre as rochas, raízes e plantas aquáticas onde ele havia estado, algo jazia no fundo. Apertei os olhos, e nesse momento o vento amainou um pouco, aquietando as cintilações da água. Então vi uma bengala com castão de ouro. Uma bengala *Boston Post*. Embrulhada nela como uma espiral ascendente, as pontas oscilando preguiçosamente, via o que pareciam duas fitas brancas com bordas de um vermelho vivo. Ver a bengala de Royce Merrill embrulhada daquele jeito me fez pensar nas formaturas do ensino médio, e como o bastão do mestre de cerimônias da turma oscila quando ele conduz os formandos de beca a seus lugares. Agora eu entendia por que o caco velho não tinha atendido o telefone. Os dias de atender telefone de Royce haviam terminado. Eu sabia disso; também sabia que viera para uma época antes de Royce sequer ter nascido. Sara Tidwell estava ali, podia ouvi-la cantando, e quando Royce nasceu, em 1903, Sara já tinha ido havia dois anos, ela e toda a sua família Red-Top.

— Acredite, Moisés — eu disse para a bengala dentro d'água. — Você está rumando para a Terra Prometida.

Caminhei em direção ao som da música, revigorado pelo ar frio e pelo vento que soprava. Agora ouvia vozes também, muitas, falando, gritando e rindo. Erguendo-se acima delas e bombeando como um pistão ouvia-se o rouco grito de um apresentador de feira: "Entre, pessoal, *depre-essa, depre-essa, depre-essa*! Está tudo do lado de dentro, mas vocês têm que se *apres-sar*, o próximo show começa em dez minutos! Vejam Angelina, a Mulher-Serpente, ela vibra, ela sacode, ela vai enfeitiçar seus olhos e roubar seu coração, mas não cheguem muito perto dela pois sua mordida é *vene-no*! Vejam Hando, o Garoto com Cara de Cachorro, terror dos Mares do Sul! Vejam o Esqueleto Humano! Vejam o Monstro-de-gila Humano, relíquia de uma época esquecida por Deus! Vejam a Mulher Barbada e todos os Matadores Marcianos! Estão lá dentro, sim, senhor, portanto *depre-essa, depre-essa, depre-essa*!"

Eu podia ouvir o órgão a vapor de um carrossel e o bater de um sino no alto do poste, quando algum lenhador ganhava um brinquedo de pelúcia para a namorada. Podia-se dizer, pelos alegres gritos femininos, que ele tinha golpeado com tanta força que quase arrancou o sino do poste. Ouvia-se o estalo de armas calibre .22 das barracas de tiro, o mu ressonante da vaca premiada de alguém... e então comecei a sentir os aromas que eu associava a feiras do condado desde garoto: massa doce frita, cebolas e pimentões grelhados, algodão-doce, esterco, feno. Comecei a andar mais rápido enquanto o dedilhar de violões e o baque surdo de baixos duplos aumentavam. Meu coração pulou para uma marcha mais veloz. Eu ia vê-los atuar, realmente ia ver Sara Laughs e os Red-Tops ao vivo e no palco. Aquilo também não era nenhum delírio de febre em três partes. Aquilo estava acontecendo agora mesmo, portanto *depre-essa, depre-essa, depre-essa*!

A casa dos Washburn (a que sempre seria a casa dos Bricker para a sra. M.) desaparecera. Além de onde ela se situaria posteriormente, escalando o íngreme aclive do lado leste da Rua, via-se um lance de largos degraus de madeira. Eles me lembraram os que conduziam do parque de diversões à praia no velho pomar. Aqui as lanternas japonesas estavam acesas apesar da claridade do dia, e a música era mais alta do que nunca. Sara cantava "Jimmy Crack Corn".

Subi as escadas em direção ao riso e aos gritos, ao som dos Red-Tops e do órgão a vapor, dos cheiros de comida frita e animais de fazenda. Acima do patamar da escada, havia um arco de madeira com a mensagem

BEM-VINDOS À FEIRA DE FRYEBURG
BEM-VINDOS AO SÉCULO XX

Enquanto eu observava, um garotinho de calças curtas e uma mulher com a camisa para dentro de uma saia de linho até o tornozelo passaram por baixo do arco e vieram na minha direção. Eles tremeluziram, tornando-se diáfanos. Por um momento, pude ver seus esqueletos e os risos exibindo os ossos pairando por trás dos rostos risonhos. No momento seguinte, haviam desaparecido.

Dois fazendeiros — um deles com chapéu de palha e o outro gesticulando expansivamente com um cachimbo de espiga de milho — apareceram no arco do lado da Feira exatamente da mesma maneira. Assim, entendi que havia uma barreira entre a Rua e a Feira. Mesmo assim não achei que fosse uma barreira que me afetasse. Eu era uma exceção.

— Está certo? — perguntei. — Posso entrar?

O sino no alto do poste de Teste sua Força bateu alto e claro. Um bongue para sim, dois bongues para não. Continuei a subir a escada.

Agora eu podia ver a roda-gigante girando contra o céu brilhante, a roda-gigante que eu vi ao fundo na foto da banda no *Dark Score Days*, de Osteen. Sua estrutura era de metal, mas as gôndolas vivamente pintadas eram de madeira. Conduzindo a ela como a nave central de uma igreja a um altar, via-se uma ampla rua principal de feira coberta de serragem. A serragem estava lá com um objetivo: quase todos os homens que vi mascavam fumo.

Fiz uma pausa por alguns segundos no alto da escada, ainda no lado do arco dando para o lago. Tinha medo do que pudesse me acontecer se passasse sob ele. Medo de morrer ou desaparecer, sim, mas principalmente de jamais poder voltar pelo caminho por que viera, de ser condenado a passar a eternidade como um visitante à Feira de Fryeburg na virada do século. Era também como uma história de Ray Bradbury, pensando bem.

No final, o que me atraiu para aquele outro mundo foi Sara Tidwell. Eu tinha que vê-la com meus próprios olhos. Tinha que assistir a ela cantando. *Não podia deixar de fazê-lo.*

Senti um formigamento ao passar por baixo do arco, e ouvi um suspiro como o de um milhão de vozes muito distantes. Suspiro de alívio? Desalento? Não sabia. Só tinha certeza de que estar no outro lado era diferente — a diferença entre olhar para uma coisa através da janela e realmente estar lá; a diferença entre observar e participar.

As cores pularam para fora como agressores numa emboscada. Os cheiros que haviam sido doces, evocativos e nostálgicos no lado do arco dando para o lago eram agora pungentes e sexys, prosa em vez de poesia. Conseguia sentir o cheiro de densas salsichas e bife fritando, e o vasto e vago aroma de chocolate fervendo. Dois garotos passaram por mim dividindo um cone de papel com algodão-doce. Os dois seguravam lenços em que estavam amarradas suas poucas moedas.

— Ei, garotos! — gritou para eles um apresentador de camisa azul-marinho. Usava ligas nos braços e seu sorriso revelava um esplêndido dente de ouro. — Derrubem as garrafas de leite e ganhem um prêmio! Ainda não tive um perdedor o dia inteiro!

Lá na frente, os Red-Tops mergulharam no "Fishin Blues". Eu tinha achado que o garoto no parque de Castle Rock era bastante bom, mas a presente versão fazia o garoto parecer velho, lento e sem rumo. Não era bonitinho, como um antigo retrato de senhoras com as saias suspensas até os joelhos, dançando uma decorosa versão do *black bottom*, com a beira das calcinhas aparecendo. Não era algo que Alan Lomax tivesse colecionado com suas outras músicas folk apenas mais uma empoeirada borboleta americana num estojo de vidro cheio delas; aquilo ali estava polido o suficiente apenas para manter o altivo bando fora da cadeia. Sara Tidwell cantava e dançava de forma sensual, e eu imaginava que cada camponês mascando fumo de macacão, chapéu de palha, mãos calosas e pesadas botinas ali em frente ao palco estava sonhando em ir para a cama com ela, chegar bem ali onde o suor se forma na dobra, o calor fica mais quente e o rosa é vislumbrado.

Comecei a andar naquela direção, consciente de vacas mugindo e ovelhas balindo nos estábulos da exposição — a versão da Feira da fábrica de laticínios da minha infância. Passei pela barraca de tiro ao alvo, pelo jogo de argolas e pelo jogo de lançar de moedas; passei por um palco onde as criadas de Angelina faziam uma dança lenta e sinuosa com as mãos entrelaçadas, enquanto um sujeito de turbante e graxa de sapato no rosto tocava flauta. O quadro pintado na lona esticada sugeria que Angelina — que se pode ver do lado de dentro por apenas um décimo de dólar, vizinho — faria aquelas duas parecerem café pequeno. Passei pela entrada do Beco das Aberrações, pela barraca do milho assado, pela Casa Fantasma, onde mais lonas esticadas representavam fantasmas saindo de janelas quebradas e chaminés desmoronando. *Tudo ali é morte*, pensei... mas de dentro eu podia ouvir crianças muito vivas rindo e dando gritos agudos enquanto tropeçavam em coisas no escuro. A mais velha dentre elas provavelmente estava roubando beijos. Passei pelo poste de Teste sua Força, onde as gradações levando ao sino de bronze no topo diziam BEBÊ PRECISA DA MAMADEIRA, VIADINHO, TENTE DE NOVO, GAROTÃO, MACHÃO e, pouco abaixo do próprio sino, em vermelho: HÉRCULES! Em pé no centro de um pequeno grupo, um rapaz de cabelos vermelhos tirava a camisa, revelando um torso muito musculoso. Um funcionário da Feira, fumando charuto, entregou-lhe uma marreta. Passei pela tenda acolchoada, uma tenda onde pessoas se sentavam em bancos e jogavam bingo, pelo local de lançamento de bolas de beisebol. Passei por todos eles e quase não os notei. Eu estava na zona, em transe. "Você vai ter que chamá-lo de volta", Jo dizia a Harold às vezes, quando ele telefonava. "No momento Michael está na Terra do Grande Faz de Conta." Só que agora nada parecia faz de conta e a única coisa que me interessava era o palco na base da roda-gigante. Nele havia oito negros, talvez dez. Em pé à frente, com um violão, e açoitando-o, enquanto cantava, vi Sara Tidwell. Estava viva e no auge. Jogou a cabeça para trás e riu para o céu de outubro.

O que me tirou daquela embriaguez foi um grito atrás de mim:

— Espera, Mike! Mike! Espera aí!

Eu me virei e vi Kyra correndo na minha direção, contornando os passantes, jogadores e idiotas da rua principal, com seus joelhos gorduchos em movimento. Usava um pequeno vestido branco de marinheiro com bainha vermelha e um chapéu de palha com uma fita azul-marinho. Numa das mãos agarrava Strickland e, ao chegar perto de mim, atirou-se confiantemente para a frente, sabendo que eu a pegaria e levantaria. Fiz isso, e quando seu chapéu começou a cair, eu o peguei, enfiando-o novamente em sua cabeça.

— Deúbei meu própio quateback — disse ela, e riu. — De novo.

— Isso mesmo — eu disse. — Você é um jogador do mal. — Eu estava usando macacão (via a ponta de uma bandana de um azul desbotado saindo do bolso do peito) e botinas de trabalhador sujas de estrume. Olhei para as meias soquetes brancas de Kyra e vi que tinham sido feitas em casa. Também não encontraria nenhuma etiqueta discreta dizendo *Made in Mexico* ou *Made in China*, se tirasse seu chapéu e olhasse dentro dele. Aquele chapéu provavelmente tinha sido feito em Motton, por uma mulher de fazendeiro de mãos vermelhas e juntas doloridas.

— Ki, onde está Mattie?

— Em casa, acho. Ela não pôde vir.

— Como é que você chegou aqui?

— Pela escada. Era um monte de degraus. Você devia ter esperado por mim. Podia ter me carregado, como antes. Quero escutar a música.

— Eu também. Sabe quem é aquela, Kyra?

— Sei — disse ela. — A mãe de Kito. Depressa, moleza!

Caminhei na direção do palco, pensando que teríamos que permanecer na parte de trás da multidão, mas as pessoas se afastaram enquanto avançávamos, eu carregando Kyra nos braços — aquele adorável peso, o ideal da beleza vestida de marinheiro e chapéu de palha enfeitado com fita. Seu braço rodeava meu pescoço e a multidão se abria diante de nós como o mar Vermelho para Moisés.

Também não se viraram para nos olhar. Estavam batendo as mãos e os pés e berrando junto com a música, totalmente envolvidos. Afastaram-se inconscientemente, como se algum tipo de magnetismo funcionasse ali — o nosso, positivo; o deles, negativo. As poucas mulheres na multidão estavam ruborizadas mas nitidamente se divertindo, uma delas rindo tanto que as lágrimas escorriam por seu rosto. Não parecia ter mais que 22 ou 23 anos. Kyra apontou para ela e disse sem rodeios:

— Conhece a chefe de Mattie na bioteca? Aquela ali é a vó dela.

A avó de Lindy Briggs, e viçosa como uma margarida, pensei. *Minha nossa.*

Sob festões de tecido vermelho, branco e azul como uma banda de rock viajante do tempo, os Red-Tops tinham se espalhado pelo palco. Reconheci todos eles do retrato no livro de Edward Osteen. Os homens de camisa branca, braçadeiras, calças e coletes escuros. Na outra extremidade do palco, Son Tidwell usava o chapéu-coco da foto. Mas Sara...

— Por que a moça está com o vestido de Mattie? — perguntou Kyra, e começou a tremer.

— Não sei, meu bem. Não sei mesmo. — Também não podia argumentar: era o vestido branco sem mangas que Mattie usou no parque, sem dúvida.

No palco, a banda fumava durante uma pausa da música. Reginald "Son" Tidwell caminhou até Sara, os pés num passo ritmado, as mãos uma mancha marrom pousadas nas cordas e trastos do violão, e ela virou o rosto para ele. Uniram as testas, ela rindo e ele solene; olhando-se mutuamente nos olhos, tentaram superar um ao outro, a multidão saudando e aplaudindo, o resto dos Red-Tops rindo enquanto os dois tocavam. Vendo-os juntos assim, percebi que eu estava certo: eram irmão e irmã. A semelhança era forte demais para não se percebê-la, ou para haver um equívoco. Mas eu olhava principalmente o modo como os quadris e o traseiro dela bamboleavam no vestido branco. Kyra e eu podíamos estar vestidos com roupas do campo da virada do século, mas Sara mostrava-se totalmente moderna. Nada de calçolas até o joelho para ela, nada de anáguas ou meias de algodão. Ninguém parecia notar que ela usava um vestido cuja saia ia pouco acima dos joelhos — portanto quase nua para os padrões daquela época. E sob o vestido de Mattie, usava peças que aquelas pessoas jamais tinham visto: um sutiã de laicra e calcinhas de náilon justas. Se eu pusesse as mãos em sua cintura, o vestido não escorregaria contra um desagradável espartilho, e sim contra a macia pele nua. Pele escura, e não branca. *O que é que você quer, benzinho?*

Sara se afastou de Son, sacudindo o traseiro sem cinta e sem enchimentos, rindo. Ele caminhou de volta a seu lugar e ela se virou para a multidão quando a banda retomava a música. Ela cantou o verso seguinte olhando diretamente para mim.

"Before you start in fishin
you better check your line
Said before you start in fishin, honey,
you better check on your line.
I'll pull on yours, darlin,
*and you best tug on mine."**

A multidão rugia, feliz. Nos meus braços, Kyra tremia mais do que nunca.

---

* Antes de começar a pescar / é melhor sua linha checar. / Eu disse que antes de você pescar, benzinho, / é melhor sua linha checar. / Vou dar um puxão na sua, benzinho,/ a minha trate de puxar.

— Estou com medo, Mike — disse ela. — Não gosto dessa moça. Ela me assusta. Ela roubou o vestido de Mattie. Quero ir pra casa.

Foi como se Sara a ouvisse, mesmo com o estrondear da música. Inclinou a cabeça para trás, os lábios se abriram e ela riu para o céu. Seus dentes eram grandes e amarelos. Pareciam os dentes de um animal faminto, e cheguei à conclusão de que concordava com Kyra: ela era assustadora.

— Certo, meu bem — murmurei no ouvido de Ki. — Vamos sair daqui.

Mas antes de conseguir me mover, os sentidos da mulher — não sei mais como explicar aquilo — caíram sobre mim e me seguraram. Então entendi o que tinha passado velozmente por mim na cozinha para derrubar as letras que tinham escrito CARLADEAN; o frio era o mesmo. Era quase como identificar uma pessoa pelo som de seus passos.

Ela conduziu a banda mais uma vez à retomada da música, depois mergulhou em outro verso. Mas nenhum que fosse encontrado em qualquer versão escrita da canção:

> *"I ain't gonna hurt her, honey,*
> *not for all the treasure in the worl'*
> *Said I wouldn't hurt you baby,*
> *not for diamonds or for pearls.*
> *Only one black-hearted bastard*
> *dare to touch that little girl."**

A multidão rugia como se tivesse ouvido a coisa mais engraçada do mundo, mas Kyra começou a chorar. Sara viu isso e empinou o peito — peitos muito maiores do que os de Mattie —, e sacudiu-os para ela, soltando sua gargalhada de marca registrada ao fazê-lo. Havia uma paródia de frieza no gesto... e um vazio também. Uma tristeza. Mesmo assim não consegui sentir nenhuma compaixão por ela. Era como se seu coração tivesse sido carbonizado e a tristeza que tinha restado era apenas outro fantasma, a lembrança de amor assombrando os ossos do ódio.

---

* Não vou machucar a guria, benzinho,/ por todo o tesouro do mundo:/ Disse que não machuco a guria,/ por diamantes ou pérolas em pilha./ Só um canalha de coração imundo /ousa tocar na garotinha.

E como seus dentes risonhos eram lascivos.

Sara ergueu os braços acima da cabeça e dessa vez balançou-a, abaixando-a bem, como se lesse meus pensamentos e zombasse deles. Exatamente como a gelatina num prato, segundo dizia outra velha canção da época. A sombra dela oscilou sobre o fundo de lona, uma pintura de Fryeburg, e enquanto a olhava percebi que tinha descoberto a Forma de meus sonhos de Manderley. Era Sara. Ela era e sempre tinha sido a Forma.

Não, Mike. Está perto, mas não está certo.

Certo ou errado, era o bastante. Virei-me, pondo a mão na cabeça de Ki e fazendo-a abaixar-se contra meu peito. Seus dois braços agora enlaçavam meu pescoço, agarrados no aperto do pânico.

Achei que teria que abrir caminho com esforço através da multidão — que me deixou entrar de modo bastante fácil, mas que podia ser bem menos maleável para me deixar sair. *Não se metam comigo, rapazes*, pensei. *Não vão querer fazer isso.*

E não quiseram. No palco, Son Tidwell tinha levado a banda de lá a sol, alguém começou a tocar um pandeiro e Sara emendou de "Fishin Blues" para "Dog My Cats" sem uma única pausa. Aqui fora, em frente ao palco e abaixo dele, a multidão mais uma vez se abriu diante de mim e de minha garotinha sem sequer nos olhar ou perder o ritmo, enquanto marcavam o compasso com as mãos inchadas de trabalho. Um rapaz com uma mancha de vinho do Porto no rosto abriu a boca — aos 20 anos já tinha perdido metade dos dentes — e gritou "Iu-HUU!" em meio a um naco de tabaco. Era Buddy Jellison do Village Café, percebi... Buddy Jellison tendo magicamente recuado de 68 anos para 20. Então percebi que seu cabelo era de outro tom — castanho-claro em vez de preto (embora estivesse entrando nos 70 e parecendo mostrar a idade em todos os outros aspectos, Bud não tinha um único fio de cabelo branco). Aquele era o avô de Buddy, talvez até seu bisavô. De um modo ou de outro, eu não dava a mínima. Só queria sair dali.

— Desculpe — eu disse, esbarrando nele.

— Não há nenhum bêbado da cidade aqui, seu filho da puta intrometido — disse ele, sem olhar para mim e não perdendo um só compasso ao marcar o ritmo com as mãos. — Nós todos fazemos rodízio.

É um sonho, afinal de contas, pensei. *É um sonho, e isso o prova.*

Mas o cheiro de tabaco no hálito dele não era um sonho, o cheiro da multidão não era um sonho, e o peso da criança assustada em meus braços também não era um sonho. Minha camisa estava quente e molhada sob seu rosto. Ela chorava.

— Ei, irlandês! — gritou Sara do palco, e sua voz era tão parecida com a de Jo que quase gritei. Ela queria que eu me virasse. Podia sentir sua vontade trabalhando nos lados de meu rosto como dedos, mas eu não ia fazer isso.

Eu me desviei de três camponeses que passavam uma garrafa de cerâmica de mão em mão e então me vi livre do agrupamento. A rua principal se estendia em frente, larga como a Quinta Avenida, e ao final dela estava o arco, a escada, a Rua, o lago. A casa. Se eu pudesse chegar à Rua, estaríamos salvos. Tinha certeza disso.

— Quase terminado, irlandês! — Sara gritou por trás de mim. Parecia zangada, mas não zangada demais que não pudesse rir. — Você vai ter o que quer, benzinho, todo o conforto de que precisa, mas quer me deixar terminar meu negócio? Está ouvindo, rapaz? Trata de ficar longe! Presta atenção ao que eu estou dizendo!

Comecei a andar mais depressa pelo caminho por onde viera, acariciando a cabeça de Ki, ainda segurando seu rosto contra minha camisa. Seu chapéu de palha caiu, mas quando estendi a mão para pegá-lo só consegui agarrar a fita, que se soltou livremente da aba. Não tinha importância. Precisávamos sair dali.

À nossa esquerda, ficava o local para o lançamento das bolas de beisebol, e alguns garotinhos gritaram "Willy atirou por cima da cerca, Ma! Willy atirou por cima da cerca!", com uma regularidade monótona de aturdir o cérebro. Passamos pelo bingo, onde uma mulher uivou que tinha ganhado o peru, por Deus, todos os números estavam cobertos com um botão e ela tinha ganhado o peru. Acima das cabeças, o sol mergulhou atrás de uma nuvem e o dia ficou opaco. Nossas sombras desapareceram. O arco no fim da rua principal se aproximava com enlouquecedora lentidão.

— Já estamos em casa? — Ki quase gemeu. — Quero ir pra casa, Mike, por favor, me leva pra casa, pra mamãe.

— Vou levar — eu disse. — Tudo vai ficar bem.

Passamos pelo poste de Teste sua Força, onde o rapaz de cabelos vermelhos vestia novamente a camisa. Ele me olhou com impassível aversão — talvez a desconfiança instintiva de um nativo por um intruso — e percebi que também o conhecia. Ele teria um neto chamado Dickie que, no final do século ao qual essa feira tinha sido dedicada, seria proprietário da oficina na rota 68.

Saindo da tenda acolchoada, uma mulher parou e apontou para mim. Ao mesmo tempo, seu lábio superior ondulou num rosnado de cachorro. Eu conhecia aquele rosto também. De onde? De algum lugar na cidade. Não tinha importância, e não queria saber mesmo que tivesse.

— A gente não devia ter vindo aqui — gemeu Ki.

— Sei como se sente — eu disse. — Mas acho que não tivemos escolha, meu bem. Nós...

Eles saíram do Beco das Aberrações, talvez uns 20 metros adiante. Eu os vi e parei. Eram sete ao todo, homens de passos largos com roupas de lenhador, mas quatro não tinham importância — aqueles quatro pareciam desbotados, brancos e fantasmagóricos. Eram sujeitos doentes, talvez mortos, e não mais perigosos que daguerreótipos. Os outros três, porém, eram reais. Tão reais quanto o resto do lugar, de qualquer modo. O líder era um velho usando um desbotado quepe do Exército da União. Ele me olhou com olhos que eu conhecia. Olhos que eu já tinha visto me avaliando por cima de uma máscara de oxigênio.

— Mike? Por que a gente tá parando?

— Está tudo bem, Ki. Mantenha a cabeça baixa. Isso tudo é um sonho. Você vai acordar amanhã de manhã na sua própria cama.

— Tá.

Os homens se espalharam pelo meio da rua principal de mãos dadas e bota com bota, bloqueando nosso caminho de volta ao arco e à Rua. O velho Quepe Azul estava no meio. Os que o ladeavam eram muito mais jovens, alguns tanto quanto meio século. Dois dos pálidos, os quase-inexistentes, estavam lado a lado à direita do velho, e me perguntei se podia romper a fileira deles naquela parte. Pensei que não eram mais de carne e osso do que a coisa que tinha batido no isolamento da parede do porão... mas e se eu estivesse errado?

— Entregue-a, filho — disse o velho. Sua voz era esganiçada e implacável. Ele estendeu as mãos. Era Max Devore que tinha voltado, mesmo na morte ainda buscava a custódia. Ao mesmo tempo, *não* era ele. Eu sabia que não era. A superfície do rosto daquele homem era sutilmente diferente, as maçãs do rosto eram mais ressequidas, os olhos de um azul mais brilhante.

— Onde é que *estou*? — gritei para ele, acentuando fortemente a última palavra, e na frente da tenda de Angelina, o homem de turbante (um hindu que talvez viesse de Sandusky, Ohio) abaixou a flauta e simplesmente ficou observando. As mulheres-serpente pararam de dançar e passaram a assistir à cena também, com os braços umas em torno das outras e juntando-se para se confortarem. — Onde *estou*, Devore? Se nossos bisavós cagaram no mesmo fosso, então, onde é que *eu* estou?

— Não tô aqui para responder às suas perguntas. Entregue-a.

— Deixe que eu pego, Jared — disse um dos homens mais jovens, um dos que realmente estavam *lá*. Olhou para Devore com uma espécie de ânsia bajuladora que quase me enjoou, principalmente porque eu sabia que era o pai de Bill Dean. Um homem que cresceu para se tornar um dos velhos mais respeitados do condado de Castle só faltava lamber as botas de Devore.

Não pense muito mal dele, sussurrou Jo. *Não pense muito mal de nenhum deles. Eram muito jovens.*

— Você não precisa fazer coisa alguma — disse Devore. Sua voz esganiçada estava irritada; Fred Dean ficou desconcertado. — Ele vai entregá-la de livre e espontânea vontade. E se não fizer isso, nós a pegamos juntos.

Olhei para o homem na extrema esquerda, o terceiro dos que pareciam totalmente reais, totalmente ali. Era eu? Não se parecia comigo. Havia algo em seu rosto aparentemente familiar, mas...

— Entregue-a, irlandês — disse Devore. — Última chance.

— Não.

Devore assentiu com a cabeça, como se isso fosse exatamente o que esperara.

— Então nós vamos pegá-la. Isso tem que terminar. Vamos, rapazes.

Começaram a andar na minha direção e, enquanto o faziam, percebi quem aquele na extremidade — o de botas com chapinhas de ferro e calças de lenhador de flanela — me lembrava: Kenny Auster, cujo galgo comeria bolo até estourar. Kenny Auster, que teve o irmão, ainda bebê, afogado debaixo da bomba pelo pai de Kenny.

Olhei para trás. Os Red-Tops ainda tocavam, Sara ainda ria, sacudindo os quadris com as mãos para o céu, e a multidão ainda abarrotava a extremidade leste da rua principal da feira. Aquele lado não era bom, de qualquer modo. Se eu fosse por aquele lado, acabaria criando uma garotinha nos primeiros anos do século XX, tentando ganhar a vida escrevendo romances medonhos e baratos. Poderia não ser tão ruim... mas havia uma moça solitária a quilômetros e anos daqui que sentiria falta da garota. Que poderia até sentir falta de nós dois.

Eu me virei e vi os rapazes quase em cima de mim. Alguns deles mais presentes e vitais do que outros, mas todos mortos. Todos eles condenados. Olhei para o louro cujos descendentes incluiriam Kenny Auster e perguntei:

— O que é que você fez? O que é, em nome de Cristo, que vocês fizeram?

Ele esticou as mãos.

— Entregue-a, irlandês. É tudo que tem que fazer. Você e a mulher podem ter mais. Quantos quiserem. Ela é jovem, vai fazê-los pipocarem como sementes de melancia.

Eu estava hipnotizado, e eles nos teriam pegado se não fosse Kyra.

— O que que tá acontecendo? — gritou ela contra minha camisa. — Tô sentindo o cheiro de alguma coisa! Um cheiro tão ruim! *Ah, Mike, faz isso parar!*

E percebi que podia sentir o cheiro também. Carne estragada e gás dos pântanos. Tecido queimando e vísceras fervilhantes. Devore era o mais vivo de todos, gerando o mesmo magnetismo cru, mas poderoso, que senti perto de seu bisneto, mas ele estava tão morto quanto os outros; quando se aproximou, pude ver os minúsculos insetos que se alimentavam em suas narinas e nos cantos cor-de-rosa de seus olhos. *Tudo aqui é morte*, pensei. *Minha própria mulher não me disse isso?*

Eles estenderam as mãos tenebrosas para tocar Ki e depois levá-la. Recuei um passo, olhei para a direita e vi mais fantasmas — alguns saindo de janelas quebradas, outros escorregando por chaminés de tijolos vermelhos. Segurando Kyra nos braços, corri para a Casa Fantasma.

— Peguem! — berrou Jared Devore, surpreso. — Peguem-no, rapazes. Peguem aquele ladrão! Maldição!

Disparei para a escada de madeira, vagamente consciente de algo macio roçando em meu rosto — o pequeno cachorro de pelúcia de Ki, ainda agarrado numa de suas mãos. Eu quis olhar para trás, e ver o quão perto estavam, mas não ousei. Se eu tropeçasse...

— Ei! — exclamou a mulher da cabine das entradas. Tinha nuvens de cabelo ruivo, maquiagem que parecia ter sido aplicada com uma colher de jardineiro e, graças a Deus, não parecia com ninguém que eu conhecesse. Era apenas uma funcionária contratada pela feira, só de passagem por aquele lugar tomado pelas trevas. Sorte dela. — Ei, cavalheiro, o senhor tem que comprar uma entrada!

Não há tempo, moça, não há tempo.

— Detenham-no! — Devore berrou. — Ele é a porcaria de um ladrão desgraçado! Aquela ali não é filha dele! Detenham-no! — Mas ninguém o fez, e corri velozmente para dentro da escuridão da Casa Fantasma com Ki nos braços.

Além da entrada, havia uma passagem tão estreita que tive que me virar de lado para passar por ela. Olhos fosforescentes fulguraram em nossa direção na escuridão. Bem em frente havia um rumor surdo e crescente de madeira, um som frouxo com o estrépito de correntes por trás. De nossas costas vinha o baque desajeitado de botas com chapinhas de ferro correndo pela escada do lado de fora. A funcionária de cabelos vermelhos berrava com eles agora, dizendo que se quebrassem alguma coisa lá dentro teriam que pagar.

— Prestem atenção ao que estou dizendo, seus caipiras danados! — gritou ela. — O lugar é para crianças, não para gente como vocês!

O rumor surdo estava diretamente à nossa frente. Algo estava rodando. No início, não pude perceber o que era.

— Me põe no chão, Mike! — Kyra parecia excitada. — Quero ir com as minhas pernas!

Coloquei-a no chão e olhei nervosamente por cima de meu ombro. A luz brilhante vindo da entrada estava bloqueada pela tentativa de passarem por ali.

— Seus asnos! — berrou Devore. — Não todos ao mesmo tempo! Meu Jesus do céu! — Houve um som de estalo e alguém gritou. Virei para a frente exatamente a tempo de ver Kyra disparar pelo barril rolante, estendendo as mãos para se equilibrar. Inacreditavelmente, ela estava rindo.

Fui atrás dela, cheguei até a metade do caminho e então caí com um baque surdo.

— Opa! — exclamou Kyra do outro extremo, e riu quando eu tentei levantar, caí de novo e fui derrubado por todo o caminho. A bandana caiu do bolso em meu peito. Um saco de balas de marroio-branco caiu do outro bolso. Tentei olhar para trás para ver se tinham conseguido se livrar e estavam vindo. Quando o fiz, o barril me desfechou outro inesperado sobressalto. Agora eu sabia como as roupas se sentiam numa máquina de secar.

Eu me arrastei para o fim do barril rolante, levantei, peguei a mão de Ki e deixei-a nos conduzir cada vez mais para o fundo da Casa Fantasma. Chegamos a dar talvez dez passos quando uma luz branca floresceu em torno dela como um lírio e ela gritou. Algum animal — algo que soava como um gato enorme — silvou pesadamente. A adrenalina inundou minha corrente sanguínea e estive prestes a puxá-la para trás, de novo para os meus braços, quando o silvo surgiu mais uma vez. Senti ar quente nos tornozelos e o vestido de Ki enfunou-se em forma de sino em torno de suas pernas de novo. Dessa vez ela riu em vez de gritar.

— Vá, Ki! — sussurrei. — Rápido.

Continuamos para a frente, deixando o vapor para trás. Havia um corredor espelhado onde nos refletimos primeiro como anões agachados e depois como ectomorfos esquálidos com traços marcantes de vampiro. Tive que impulsionar Kyra para a frente de novo: ela queria fazer caretas para si mesma. Atrás de nós, ouvi lenhadores praguejando, tentando lidar com o barril. Pude ouvir Devore xingando também, mas já não parecia tão... bem, tão *eminente*.

Havia um poste que nos fez aterrissar numa grande almofada de lona. Esta emitiu um barulho alto de peido quando a atingimos, e Ki riu até que doces lágrimas se derramassem por seu rosto. Então, rolou pela almofada, agitando os pés de animação. Pus as mãos sob seus braços e levantei-a.

— Não deúbe seu pópio quateback — disse ela, e riu novamente. Seu medo parecia ter sumido inteiramente.

Descemos outro corredor estreito que cheirava ao pinheiro aromático com o qual foi construído. Atrás de uma dessas paredes, dois "fantasmas" arrastavam correntes tão mecanicamente como homens trabalhando na linha de montagem de uma fábrica de sapatos, conversando sobre onde levariam as namoradas de noite e quem levaria o "motor dos olhos vermelhos", fosse lá o que isso fosse. Eu não ouvia mais ninguém atrás de nós. Kyra liderava o caminho com confiança, uma das mãozinhas segurando uma de minhas grandes mãos, me puxando. Ao chegarmos a uma porta pintada com chamas fulgurantes que apresentava as palavras CAMINHO PARA HADES, ela a empurrou sem nenhuma hesitação. Ali, a mica vermelha encimava a passagem como uma claraboia pintada, distribuindo um fulgor rosado que achei agradável demais para Hades.

Prosseguimos pelo que me pareceu muito tempo, e percebi que não ouvia mais o órgão a vapor, o vigoroso *bongue!* do sino do Teste sua Força, ou Sara e os Red-Tops. Não que fosse exatamente uma surpresa. Devíamos ter andado uns 400 metros. Como é que a Casa Fantasma de uma feira de condado podia ser tão grande?

Então chegamos a três portas, uma à esquerda, uma à direita e uma no final do corredor. Numa delas estava pintado um pequeno velocípede vermelho. Na porta em frente a ela estava minha máquina de escrever IBM verde. A imagem na porta no final parecia mais antiga, de algum modo — desbotada e desmazelada. Mostrava um trenó infantil. *É do Scooter Larribee*, pensei. *É o que Devore roubou*. Um arrepio percorreu meus braços e costas.

— Bem — disse Kyra brilhantemente —, aqui estão os nossos brinquedos. — Levantou Strickland, provavelmente para que ele pudesse ver o velocípede vermelho.

— É — eu disse. — Acho que sim.

— Obrigada por me levar embora — disse ela. — Aqueles homens davam medo, mas a Casa Fantasma foi engraçada. Boa-noite. Stricken também diz boa-noite. — Ainda dessa vez o som pareceu exótico, *tiu*, como a palavra vietnamita para felicidade sublime.

Antes que eu pudesse dizer outra palavra, ela empurrou a porta com o velocípede e passou por ela. A porta se fechou com uma batida seca por trás dela, e enquanto o fazia vi a fita do chapéu de Ki. Estava pendurada no bolso do peito do macacão que eu usava. Olhei-a por um momento, depois experimentei a maçaneta da porta pela qual Ki tinha acabado de passar. Ela não girou, e quando bati a mão espalmada na madeira, foi como se eu golpeasse um metal duro e fabulosamente denso. Dei um passo para trás e inclinei a cabeça na direção de onde tínhamos vindo. Não se ouvia nada. Total silêncio.

Isso é entretempos, pensei. *Quando as pessoas falam de "escorregar entre as fendas", é disso realmente que estão falando. É para este lugar que vão, de fato.*

É melhor que você mesmo continue em frente, disse Jo. *Se não quiser ficar encurralado aqui, talvez para sempre, é melhor prosseguir.*

Tentei a maçaneta da porta com a máquina de escrever pintada na superfície. A maçaneta girou facilmente. Atrás da porta havia outro corredor estreito — mais paredes de madeira e o doce cheiro de pinheiro. Eu não queria entrar lá, algo ali me fazia pensar num comprido caixão, mas não havia mais nada a fazer, nenhum outro lugar para ir. Entrei, e a porta se fechou com força atrás de mim.

Cristo, pensei. *Estou no escuro, num lugar todo fechado... está na hora de um dos ataques de pânico mundialmente famosos de Michael Noonan.*

Mas nenhuma fita de aço apertou meu peito, e embora minha frequência cardíaca estivesse acelerada e os músculos ainda nadassem em adrenalina, eu estava sob controle. Além disso, percebi que não estava inteiramente escuro. Eu podia ver só um pouco, mas o suficiente para discernir as paredes e o chão de tábuas. Enrolei a fita azul-marinho do chapéu de Ki em torno do pulso, enfiando uma das pontas por baixo para que não se soltasse. Então comecei a avançar.

Prossegui por um longo tempo, o corredor virando nessa ou naquela direção, aparentemente ao acaso. Senti-me como um micróbio deslizando num intestino. Finalmente deparei com um par de portais de madeira arqueados. Parei diante deles, me perguntando qual seria a escolha correta, e percebi que podia ouvir ligeiramente o sino de Bunter através do portal à esquerda. Fui por aquele caminho, e enquanto andava, o sino ficava cada vez mais alto. Em algum ponto, ao som do sino juntou-se um leve ruído de trovão. O frio de outono tinha abandonado o ar e estava quente de novo — sufocante. Olhei para baixo e vi que o macacão e os sapatos rústicos tinham sumido. Eu estava usando roupas de baixo térmicas e meias que coçavam.

Mais duas vezes deparei com escolhas, e a cada vez eu escolhia a abertura por onde ouvia o sino de Bunter. Quando parei diante do segundo par de entradas, ouvi uma voz em algum lugar da escuridão dizer bem claramente: "Não, a mulher do presidente não foi atingida. Isso em suas meias é o sangue dele."

Andei para a frente, então parei quando percebi que meus pés e tornozelos já não coçavam, que minhas coxas não estavam mais transpirando nas ceroulas. Eu usava a sunga com que dormia habitualmente. Olhei para cima e vi que estava em minha própria sala de estar, tateando meu caminho cuidadosamente em torno da mobília como fazemos no escuro, tentando com todas as forças não machucar o estúpido dedo do pé. Conseguia ver um pouco melhor; uma tênue luz leitosa entrava pela janela. Cheguei ao balcão que separa a sala da cozinha e olhei por sobre ele para o relógio do gato oscilante. Eram 5h05.

Fui até a pia e abri a torneira. Quando estiquei a mão para pegar um copo, vi que ainda estava com a fita do chapéu de Ki no pulso. Desenrolei-a e coloquei-a no balcão entre a cafeteira elétrica e a TV da cozinha. Então peguei um pouco de água gelada e a bebi, em seguida fui andando cautelosamente ao longo do corredor da ala norte com o pálido fulgor amarelo da lâmpada do banheiro. Fiz xixi (uu-rinou, eu podia ouvir Ki dizendo), depois entrei no quarto. Os lençóis estavam amassados, mas a cama não tinha aquela aparência orgiástica da manhã seguinte ao meu sonho com Sara, Mattie e Jo. Por que teria? Eu saí dele e tive minha pequena crise de sonambulismo. Um sonho extraordinariamente vívido da Feira de Fryeburg.

Só que aquilo era besteira, e não apenas porque eu trazia comigo a fita azul do chapéu de Ki. Nada ali tinha a forma de um sonho ao despertar, onde o que parecia plausível imediatamente se torna ridículo e todas as cores — tanto as brilhantes quanto as sombrias — desaparecem de vez. Levei as mãos ao rosto, fiz uma concha diante do nariz e aspirei profundamente. Pinheiro. Quando olhei, cheguei até a ver uma pequena mancha de seiva num dedo rosado.

Sentei na cama pensando em ditar o que tinha vivido para o gravador, mas em vez disso me deixei cair no travesseiro. Estava muito cansado. Um trovão retumbou. Fechei os olhos, começando a cochilar, e então um grito rasgou a casa. Era tão agudo quanto o gargalo de uma garrafa quebrada. Sentei-me com um berro, agarrando o peito.

Era Jo. Eu jamais a ouvi gritar assim em nossa vida juntos, mas mesmo assim sabia quem era.

— Pare de machucá-la! — gritei na escuridão. — Seja lá quem você for, *pare de machucá-la*!

Ela gritou de novo, como se algo como uma faca, um torniquete ou um atiçador de lareira tivesse um prazer malévolo em me desobedecer. O segundo grito pareceu vir de alguma distância desta vez, e o terceiro, embora tão agonizante quanto os dois primeiros, foi ainda mais distante. Estavam diminuindo como os soluços do garotinho.

Um quarto grito flutuou pela escuridão, e então Sara silenciou. Sem fôlego, a casa respirava à minha volta. Viva no calor, consciente ao tênue som do trovão do alvorecer.

Capítulo Vinte e Dois

Finalmente consegui entrar na zona, mas nada pude fazer quando cheguei lá. Mantive perto um bloco de anotações — listas de personagens, referências de páginas, cronologias — e rabisquei um pouco nele, mas a folha de papel na IBM continuava em branco. Não havia batimentos cardíacos estrondeando, olhos latejando ou dificuldade de respirar — em outras palavras, nenhum acesso de pânico —, mas também não havia nenhuma história. Andy Drake, John Shackleford, Ray Garraty, a bela Regina Whiting... permaneciam de costas, recusando-se a falar ou a se mover. O manuscrito estava no lugar de sempre, à esquerda da máquina, as páginas presas por um bonito pedaço de quartzo que eu tinha encontrado na estrada, mas nada estava acontecendo. Nada.

Reconheci ali uma ironia, talvez até uma moral. Durante anos, fugi dos problemas do mundo real, escapando para diversas Nárnias da minha imaginação. Agora o mundo real estava cheio de bosques densos e assombrosos, havia coisas com dentes em alguns deles, e o guarda-roupa estava trancado para mim.

Kyra, eu havia escrito, colocando seu nome dentro de um formato festonado que supostamente seria uma rosa-de-cem-folhas. Abaixo dele eu tinha desenhado um pedaço de pão com uma boina inclinada de qualquer maneira no alto da crosta. A concepção de Noonan de uma rabanada. As letras L. B. rodeadas de arabescos. Uma camisa com a imagem rudimentar de um pato. Ao lado dela, escrevi QUACK QUACK. Abaixo do QUACK QUACK, acrescentei *Devia fugir para longe, "Bon Voyage"*.

Em outro lugar da folha, escrevi *Dean, Auster* e *Devore*. Eram os que mais pareciam estar lá, os mais perigosos. Porque tinham descendentes? Mas certamente todos os sete deviam tê-los, não é? Naquela época, a maioria das famílias era enorme. E onde é que *eu* tinha estado? Eu perguntei, mas Devore não quis dizer.

Aquilo não parecia mais um sonho às 9h30 de uma manhã de domingo melancolicamente quente. Restava o que, exatamente? Visões? Viagem no tempo? E se tinha um objetivo para tal viagem, qual seria ele? Qual seria a mensagem, e quem estava tentando enviá-la? Eu me lembrei claramente do que eu disse pouco antes de sair do sonho no qual caminhei dormindo para o estúdio de Jo e trouxe de lá minha máquina de escrever: *Não acredito nessas mentiras.* Nem acreditava agora. Até que eu pudesse ver pelo menos parte da verdade, poderia ser mais seguro não acreditar absolutamente em nada.

No alto da folha em que estava rabiscando, em letras com traços fortes, escrevi a palavra PERIGO!, depois fiz um círculo em torno dela. Do círculo tracei uma flecha até o nome de Kyra. De seu nome puxei outra flecha para *Devia fugir para longe, "Bon Voyage"* e acrescentei MATTIE.

Abaixo do pão de boina desenhei um pequeno telefone. Acima dele coloquei um balão de história em quadrinho com a palavra R-R--RING! Ao terminar de fazê-lo, o telefone sem fio tocou. Estava na balaustrada do deck. Fiz um círculo em torno de MATTIE e atendi.

— Mike? — Ela parecia animada. Feliz. Aliviada.

— É. Como vai?

— Ótima! — disse ela, e eu fiz um círculo em torno de L. B. no meu bloco.

— Lindy Briggs ligou dez minutos atrás. Acabei de falar com ela. Mike, ela me devolveu o emprego! Não é maravilhoso?

Claro. E maravilhoso como isso a manteria na cidade. Fiz um xis em cima de *Devia fugir para longe, "Bon Voyage"*, sabendo que Mattie não iria. Não agora. E como é que eu podia lhe pedir que o fizesse? Pensei de novo *Se pelo menos eu soubesse um pouco mais...*

— Mike? Você está...

— É maravilhoso mesmo — eu disse. Mentalmente eu podia vê-la em pé na cozinha, enrolando o fio encaracolado do telefone em volta do dedo, as pernas longas e ariscas abaixo do short de brim. Eu podia ver a blusa que usava, uma camiseta branca com um pato amarelo nadando na parte da frente. — Espero que Lindy tenha tido a dignidade de parecer envergonhada do que fez. — Tracei um círculo em torno da camiseta que desenhara.

— Teve. E foi sincera o suficiente para... bem, me desarmar. Disse que a tal Whitmore falou com ela no início da semana passada. Foi muito franca e objetiva, Lindy disse. Eu devia ser mandada embora imediatamente. Se isso acontecesse, o dinheiro, os equipamentos de computador e software que Devore canalizava para a biblioteca continuariam chegando. Caso contrário, o fluxo de artigos e dinheiro pararia imediatamente. Ela disse que tinha que equilibrar o bem da comunidade com o que sabia que era errado... disse que aquela era uma das decisões mais duras que já tinha tomado...

— Sei. — No bloco, minha mão tinha se movido sozinha como um copo entre letras numa sessão mediúnica, escrevendo as palavras POR FAVOR POSSO POR FAVOR? — Provavelmente há alguma verdade nisso, mas, Mattie... quanto é que você acha que *Lindy* ganha?

— Não sei.

— Aposto que é mais do que três bibliotecárias de cidade pequena, em todo o estado do Maine, juntas.

Ao fundo, escutei Ki: "Posso falar, Mattie? Posso falar com Mike? Por favor, posso, por favor?"

— Um minuto, meu amor. — E continuou para mim: — Talvez. Só sei é que estou com meu emprego novamente, o resto são águas passadas.

Na página, desenhei um livro. Depois, uma série de círculos entrelaçados entre ele e a camiseta de pato.

— Ki quer falar com você — disse Mattie, rindo. — Ela diz que vocês dois foram à Feira de Fryeburg na noite passada.

— Opa, quer dizer que eu tive um encontro com uma garota bonita e dormi o tempo todo?

— Parece. Está preparado para ela?

— Estou.

— Tudo bem, aí vai a tagarela.

Houve um roçar quando o telefone mudou de mãos, depois Ki falou:

— Deúbei você na Feira, Mike! Deubei meu próprio quateback!

— Derrubou? Foi um sonho e tanto, não foi, Ki?

Houve um longo silêncio do outro lado. Eu podia imaginar Mattie se perguntando o que tinha acontecido com a tagarela. Finalmente Ki disse numa voz hesitante:

— Você também estava lá... — *Tiu.* — A gente viu as moças que dançavam como serpente... o poste com o sino... entramos na Casa Fantasma... você caiu no barril! Não foi um sonho... foi?

Eu poderia tê-la convencido de que tinha sido um sonho, mas de repente aquilo pareceu má ideia, perigosa de certo modo.

— Você estava com um bonito vestido e chapéu — falei.

— *É!* — Ela soou tremendamente aliviada. — E você tinha...

— Kyra, pare. Ouça aqui.

Ela parou de repente.

— É melhor não falar muito sobre esse sonho com ninguém, eu acho. Nem para sua mãe, nem para ninguém. Só para mim.

— Só pra você.

— É. E a mesma coisa sobre o pessoal da geladeira. Tá?

— Tá. Mike, tinha uma moça com as roupas de Mattie.

— Eu sei. — Era bom que ela falasse, tinha certeza disso, mas de qualquer forma perguntei: — Onde é que Mattie está agora?

— Regando as flores. Temos um monte de flores, um bilhão pelo menos. Tenho que tirar a mesa. É uma tarefa. Mas eu não me importo. Gosto de tarefas. Comemos rabanadas. Sempre comemos nos domingos. É gostoso, principalmente com xarope de morango.

— Eu sei — falei, desenhando uma flecha para o pedaço de pão de boina. — Rabanada é ótimo. Ki, você contou para sua mãe sobre a moça com o vestido dela?

— Não. Achei que ela podia ficar com medo. — Sua voz abaixou: — Lá vem ela!

— Tudo bem... mas temos um segredo, não é?

— É.

— Posso falar com Mattie de novo?

— Pode. — Sua voz se afastou um pouco. — Mamãezinha, Mike quer falar com você. — Depois ela voltou: — Tá ocupado hoje? A gente podia fazer outro piquenique.

— Hoje não posso, Ki. Tenho que trabalhar.

— Mattie nunca trabalha aos domingos.

— Bem, quando estou escrevendo um livro, trabalho todos os dias. Tenho que trabalhar, senão esqueço a história. Mas talvez a gente faça um piquenique na terça. Um churrasco na sua casa.

— Falta muito para terça?
— Não muito. É depois de amanhã.
— Demora muito para escrever um livro?
— Mais ou menos.
Ouvi Mattie dizendo a Ki para lhe dar o telefone.
— Vou dar, só mais um segundo. Mike?
— Fala.
— Eu amo você.
Eu estava ao mesmo tempo comovido e aterrorizado. Por um momento tive certeza de que minha garganta ia se trancar do mesmo modo que meu peito fazia quando eu tentava escrever. Então ela se soltou e eu disse:
— Eu também amo você, Ki.
— Mattie vai falar.
Mais uma vez ouvi o barulho do telefone mudando de mãos e Mattie disse:
— Isso refrescou sua lembrança do encontro com minha filha, cavalheiro?
— Bom, certamente refrescou a dela. — Havia um vínculo entre Mattie e eu, mas não se estendia a isso, eu tinha certeza.
Ela riu. Eu adorava o modo como ela parecia estar naquela manhã, e não queria pô-la para baixo... mas também não queria que ela confundisse a linha branca no meio da estrada com o acostamento.
— Mattie, você ainda precisa ter cuidado, sabe? Só porque Lindy Briggs lhe devolveu o emprego não quer dizer que todos na cidade ficaram de repente seus amigos.
— Sei disso — disse ela. Tive vontade de lhe perguntar de novo se ela consideraria a ideia de levar Ki para Derry por um tempo. Elas podiam morar na minha casa, ficar enquanto durasse o verão, se aquilo fosse necessário para que as coisas voltassem ao normal por ali. Mas ela não o faria. Quando se tratou de aceitar minha oferta de um caro e talentoso advogado de Nova York, ela não teve escolha. Mas no presente caso, tinha. Ou achava que tinha, e como eu poderia fazê-la mudar de ideia? Não possuía fatos lógicos e conectados a apresentar; apenas uma vaga forma escura, como algo jazendo sob 20 centímetros de gelo capaz de cegar.
— Quero que tenha cuidado sobretudo com dois homens — eu disse. — Um deles é Bill Dean. O outro é Kenny Auster. Ele é aquele do...

— ... cachorro grande que usa o lenço. Ele...

— Esse é o Mitilo! — gritou Ki à média distância. — Mitilo lambeu o meu rosto!

— Vá lá para fora brincar, meu amor.

— Estou tirando a mesa.

— Você pode acabar depois. Vá brincar lá fora. — Houve uma pausa enquanto ela observava Ki passar pela porta levando Strickland consigo. Embora a criança tivesse saído do trailer, Mattie ainda manteve o tom baixo de alguém que não quer ser escutada por acaso: — Você está querendo me assustar?

— Não — eu disse, desenhando repetidos círculos em torno da palavra PERIGO. — Mas quero que tenha cuidado. Bill e Kenny podem ter estado no time de Devore, como Footman e Osgood. Não me pergunte por que acho isso, pois não tenho nenhuma resposta satisfatória. É só uma sensação, mas desde que voltei à TR minhas sensações estão diferentes.

— Explique melhor.

— Você está usando uma camiseta com um pato?

— Como é que sabe? Ki lhe disse?

— Ela levou o cachorrinho de pelúcia do McLanche Feliz para fora com ela?

Uma longa pausa. Finalmente Mattie falou:

— Meu Deus — numa voz tão baixa que quase não consegui ouvi-la. Então de novo: — Como...

— Não *sei* como. Também não sei se você ainda está numa... situação má, ou por que, mas sinto que está. Que vocês duas estão. — Eu podia ter dito mais, porém tive medo de Mattie achar que eu tinha saído completamente dos trilhos.

— Ele *morreu*! — explodiu. — Aquele velho *morreu*! Por que ele não pode nos deixar em paz?

— Talvez tenha deixado. Talvez eu esteja errado sobre tudo isso. Mas ter cuidado não faz mal, faz?

— Não — disse ela. — Isso geralmente é verdade.

— Geralmente?

— Por que não vem me ver, Mike? Talvez *nós* possamos ir à Feira juntos.

— Talvez nesse outono a gente possa ir. Os três.

— Eu gostaria.

— Enquanto isso, estou pensando sobre a chave.

— Pensar é metade de seu problema, Mike — disse ela, e riu de novo. Tristemente, pensei. E vi o que queria dizer. O que ela não entendia era que sentimento era a outra metade de meu problema. É um estilingue, e no final acho que mata com pedradas a maioria de nós.

Trabalhei por um tempo e então levei a IBM de novo para casa, deixando o manuscrito em cima dela. Tinha terminado com aquilo, pelo menos por enquanto. Não mais procurar o caminho de volta através do guarda-roupa; não mais Andy Drake e John Shackleford até que tudo aquilo tivesse terminado. E, enquanto eu vestia calças compridas e uma camisa com botões pela primeira vez no que parecia se estender por semanas, ocorreu-me que talvez algo — alguma força — vinha tentando me sedar com a história que eu estava escrevendo. Com a capacidade de trabalhar de novo. Fazia sentido; o trabalho sempre foi minha droga, melhor até do que birita ou o calmante que ainda guardo no armário de remédios do banheiro. Ou talvez o trabalho fosse apenas o sistema de entrega, a seringa com todos os sonhos dentro dela. Talvez a verdadeira droga fosse a zona. Estar na zona. Senti-la, como às vezes dizem os jogadores de basquete. Eu estava na zona, e realmente a sentia.

Peguei as chaves do Chevrolet no balcão e olhei para a geladeira enquanto o fazia. Os ímãs estavam num círculo de novo. No meio havia um recado que eu tinha visto antes e que era agora instantaneamente compreensível, graças às letras extras:

ajude ela

— Estou fazendo o máximo que posso — eu disse, e saí.

A uns 5 quilômetros ao norte na rota 68 — então já na parte dela conhecida como estrada Castle Rock — há uma estufa com uma loja na frente. Chama-se Slips'n Greens, e Jo costumava passar um bom tempo por lá, comprando suprimentos de jardinagem ou apenas batendo papo com as duas mulheres que dirigiam o lugar. Uma delas era Helen Auster, a mulher de Kenny.

Cheguei lá por volta das dez naquela manhã de domingo (estava aberta, claro: na temporada turística quase todos os lojistas de Maine viram pagãos) e estacionei perto de um carrão com placa de Nova York. Fiz uma pausa suficientemente longa para ouvir a previsão do tempo — umidade e calor contínuos por outras 48 horas pelo menos — e então saí. Uma mulher em trajes de banho e com um gigantesco chapéu amarelo de verão emergiu da loja com um saco de musgo de turfa aninhado nos braços. Ela me deu um pequeno sorriso. Devolvi-o com oitenta por cento de juros. Ela era de Nova York, o que significava que não era uma marciana.

A loja estava até mais quente e úmida do que a branca manhã do lado de fora. Lila Proulx, uma das sócias, estava ao telefone. Havia um pequeno ventilador ao lado da caixa registradora, e ela estava em pé diretamente na frente dele, sacudindo a frente da blusa sem mangas. Ela me viu e acenou. Acenei também, sentindo-me como outra pessoa. Trabalho ou não, eu ainda estava na zona. Ainda a sentia.

Caminhei pela loja, pegando algumas coisas quase ao acaso, observando Lila com rabo de olho e esperando que largasse o telefone para que eu pudesse falar com ela... e durante todo o tempo meu próprio estado fora do ar continuava normalmente. Finalmente ela desligou e me aproximei do balcão.

— Michael Noonan, que colírio para os olhos! — disse ela, e começou a registrar minhas compras. — Lamentei profundamente quando soube de Johanna. Quero dizer isso de uma vez. Jo era uma pessoa muito querida.

— Obrigado, Lila.

— De nada. Não é preciso dizer mais nada sobre isso, mas com uma coisa dessas é melhor falar de uma vez. Vai fazer um pouco de jardinagem, vai?

— *Vaah fazeeh um pouco de jardinagem, vaah?*, disse com seu forte sotaque.

— Se esfriar um pouco.

— É! Não está difícil? — Sacudiu novamente a parte de cima da blusa e me mostrou como estava difícil, depois apontou uma de minhas compras. — Quer isso numa bolsa especial? Sempre seguro, nunca em apuros, é o meu ditado.

Concordei com a cabeça, depois olhei para o pequeno quadro-negro inclinado contra o balcão. MIRTILOS FRESCOS, dizia o aviso a giz. SAIU A SAFRA!

— Quero também um quartilho de mirtilo — pedi. — Se não forem da Friday's. Posso fazer melhor do que a Friday's.

Ela concordou vigorosamente com a cabeça, como para dizer que sabia, sem sombra de dúvida, que eu poderia.

— Esses aqui estavam no pé até ontem. Estão suficientemente frescos pra você?

— Maravilha — respondi. — Mirtilo é o nome do cachorro do Kenny, não é?

— Ele não é engraçado? Nossa, adoro um cachorro grande, se for bem-comportado. — Virou-se, pegou um quartilho de mirtilos de sua pequena geladeira e colocou-os em outra sacola para mim.

— Onde está Helen? — perguntei. — É seu dia de folga?

— Que nada — disse Lila. — Se fica na cidade, não se pode tirá-la daqui a não ser que você bata nela com uma bengala. Ela, Kenny e as crianças foram para Taxachusetts. Eles e a família do irmão se juntam e alugam um chalé à beira-mar por duas semanas todos os verões. Eles todos foram. O velho Mirtilo vai perseguir as gaivotas até cair. — Soltou um riso alto e vigoroso. Fez-me pensar em Sara Tidwell. Ou talvez fosse o modo como Lila me olhou ao fazê-lo. Não havia nenhum riso em seus olhos pequenos e reflexivos, friamente curiosos.

Pelo amor de Deus, quer parar com isso?, eu disse a mim mesmo. *Eles não podem estar todos juntos nisso, Mike!*

Será que não? Existe uma coisa como consciência de cidade — qualquer um que duvidar disso jamais esteve numa reunião de cidade pequena da Nova Inglaterra. Onde há uma consciência não é provável que haja uma subconsciência? E se Kyra e eu estávamos fazendo a velha mistura de mentes, outras pessoas da TR-90 não poderiam também fazê-lo, talvez mesmo sem saber? Todos partilhávamos o mesmo ar e a mesma terra: partilhávamos o lago e o aquífero que jaz abaixo de tudo, água enterrada com sabor de rochas e minerais. Partilhávamos a Rua também, aquele lugar onde bons cachorrinhos e cães maus podiam andar lado a lado.

Quando comecei a me mover para a saída com as compras numa sacola de pano com alça, Lila disse:

— Que vergonha essa história de Royce Merrill. Você soube?

— Não.

— Caiu da escada de seu porão ontem à noite. Não consigo atinar o que um homem da idade dele estava fazendo numa escada tão íngreme, mas acho que, quando se chega à idade dele, a gente tem as próprias razões para fazer as coisas.

Ele morreu?, ia começar a perguntar, depois mudei a frase. Não era aquele o modo de se perguntar isso na TR.

— Ele passou dessa para melhor?

— Ainda não. O Resgate de Motton levou-o para o Hospital Geral do condado de Castle. Ele está em coma. *Comba* — foi o que disse —, eles acham que ele não vai acordar, pobre sujeito. Um pedaço da história vai morrer com ele.

— Acho que é verdade. — *Bons ventos o levem*, pensei. — Ele tem filhos?

— Não. A família Merrill existe na TR há duzentos anos; um Merrill morreu no Cemitério Ridge. Mas todas as famílias antigas estão desaparecendo agora. Um bom dia para você, Mike. — Ela sorriu. Seus olhos continuaram vazios e ponderadores.

Entrei no Chevy, coloquei a bolsa com as compras no banco do passageiro e fiquei ali sentado, deixando o ar-condicionado jogar ar frio no meu rosto e pescoço. Kenny Auster estava em Taxachusetts. Aquilo era bom. Um passo na direção certa.

Mas ainda havia o meu caseiro.

— Bill não está — disse Yvette. Ela ficou à porta, bloqueando-a tão bem como podia (pouco se pode fazer nesse sentido quando se mede 1,60 metro e se pesa mais ou menos 45 quilos), me estudando com o olhar penetrante de um leão de chácara de boate negando retorno ao bêbado que já foi jogado para fora pela orelha uma vez.

Eu estava no alpendre do chalé estilo Cape Cod mais arrumado que já se viu, que fica no alto da Peabody Hill e tem vista para New Hampshire e para o quintal de Vermont. Os galpões de equipamento de Bill estavam alinhados à esquerda da casa, todos eles pintados do mesmo tom de cinza, cada um deles com uma placa: DEAN CASEIRO, nº 1, nº 2 e nº 3. Estacionado na frente do nº 2 estava o Dodge Ram de Bill. Olhei para ele, depois novamente para Yvette. Seus lábios se apertaram mais um pouco. Se o fizessem ainda mais, imaginei que teriam desaparecido totalmente.

— Ele foi para North Conway com Butch Wiggins — disse ela. — Foram no caminhão de Butch. Para...

— Não é preciso mentir para mim, querida — disse Bill por trás dela.

Faltava ainda uma hora para o meio-dia, com muito Dia do Senhor pela frente, mas eu jamais tinha visto um homem parecer tão cansado. Andou pesadamente pelo vestíbulo e, quando saiu das sombras e chegou à claridade — o sol estava finalmente ardendo através da obscuridade —, vi que Bill agora parecia ter a idade que tinha. Cada ano dela, e talvez dez a mais. Usava suas habituais camisa e calça cáqui — Bill Dean seria um homem adepto das camisas de colarinho até o dia de sua morte —, mas seus ombros pareciam caídos, quase torcidos, como se tivesse passado uma semana carregando baldes pesados demais para ele. O despencar de seu rosto finalmente começara, algo indefinível que faz os olhos parecerem grandes demais, o maxilar proeminente demais, a boca um pouco frouxa. Ele parecia velho. Também não tinha filhos que continuassem a linha de trabalho da família; todas as antigas famílias estavam desaparecendo, disse Lila Proulx. E talvez isso fosse bom.

— Bill — começou ela, mas ele ergueu uma das suas grandes mãos para detê-la. Os dedos calosos tremeram um pouco.

— Vá para a cozinha um instante — disse a ela. — Preciso falar com meu *compadre* aqui. Não vai demorar.

Yvette olhou para ele, e quando voltou a me fitar seus lábios tinham se reduzido a zero. Havia apenas uma linha preta no lugar deles, como uma marca riscada a lápis. Vi, com lamentável claridade, que ela me odiava.

— Não o canse — disse para mim. — Ele não tem dormido. É o calor. — Ela entrou novamente no vestíbulo, as costas rígidas e os ombros duros desaparecendo nas sombras provavelmente frescas. Engraçado, sempre parece estar fresco nas casas das pessoas idosas.

Bill saiu para o alpendre e enfiou as grandes mãos nos bolsos das calças sem me estender uma delas.

— Não tenho nada a lhe dizer. Você e eu estamos rompidos.

— Por quê, Bill? Por que estamos rompidos?

Ele olhou o poente onde as colinas mergulhavam na névoa ardente de verão, desaparecendo antes de poderem se tornar montanhas, e não disse nada.

— Estou tentando ajudar aquela moça — falei.

Ele me lançou um olhar de soslaio que pude ler suficientemente bem.

— Sei. Ajudando é a entrar nas calças dela. Vejo homens que aparecem de Nova York e Nova Jersey com garotas. Fins de semana de verão, fins de semana de esqui, não importa. Homens que andam com moças daquela idade sempre parecem iguais, têm as línguas penduradas para fora mesmo quando estão de boca fechada. Agora você também está com essa aparência.

Fiquei zangado e constrangido ao mesmo tempo, mas resisti ao impulso de acompanhá-lo naquela direção. Era o que ele queria.

— O que aconteceu aqui? — perguntei. — O que é que seus pais, avós e bisavós fizeram a Sara Tidwell e à família dela? Eles os obrigaram a se mudar?

— Não foi preciso — disse Bill, olhando por cima de mim para as colinas. Seus olhos estavam quase tão úmidos como se estivessem marejados, mas o maxilar estava contraído e duro. — Eles se mudaram por conta própria. Nunca houve um crioulo que não tivesse coceira nos pés, meu pai costumava dizer.

— Quem pôs a armadilha que matou o filho de Son Tidwell? Foi seu pai, Bill? Foi Fred?

Seus olhos se moveram; mas o maxilar não.

— Não sei do que está falando.

— Eu o ouço chorando em minha casa. Sabe o que é ouvir uma criança morta chorando em sua casa? *Um canalha o prendeu numa armadilha como se ele fosse uma doninha e eu o ouço chorando na minha casa, porra!*

— Vai precisar de outro caseiro — disse Bill. — Não posso mais trabalhar para você. Não quero. Quero é que saia da minha varanda.

— O que está acontecendo? Me ajude, pelo amor de Deus.

— Vou lhe ajudar com o bico do sapato se você não sair daqui agora.

Olhei-o por mais um momento, abarcando os olhos úmidos e o maxilar trancado, sua natureza dividida inscrita em seu rosto.

— Perdi minha mulher, seu canalha. Uma mulher de quem você dizia gostar.

Então o maxilar dele finalmente se moveu. Bill me olhou com surpresa e ofensa.

— Isso não aconteceu *aqui* — disse ele. — Não teve nada a ver com *este lugar*. Ela podia estar fora da TR porque... bem, podia ter as razões dela para estar fora da TR... mas ela simplesmente teve um ataque. Teria acontecido em qualquer lugar. *Qualquer um.*

— Não acredito nisso. Acho que você também não. *Algo a seguiu até Derry,* talvez porque ela estivesse grávida...

Os olhos de Bill se arregalaram. Dei-lhe a chance de dizer alguma coisa, mas ele não a pegou.

— ... ou talvez porque ela soubesse demais.

— Ela teve um ataque. — A voz de Bill não estava muito firme. — Eu mesmo li no obituário. Teve a porcaria de um *ataque*.

— O que é que ela descobriu? Diga, Bill, por favor.

Houve uma longa pausa. Até que esta terminasse, me dei ao luxo de achar que de fato eu o podia estar convencendo.

— Só tenho mais uma coisa a lhe dizer, Mike: fique longe. Pela salvação de sua alma imortal, fique longe e deixe as coisas seguirem seu curso. Elas vão seguir, se você ficar longe ou não. O rio quase chegou ao mar; não vai ser arruinado por gente como você. Fique longe. Pelo amor de Deus.

O senhor se importa com sua alma, sr. Noonan? A borboleta de Deus presa num casulo de carne que em breve vai feder como a minha?

Bill se virou e caminhou para a porta, os saltos das botas de trabalhador ressoando nas tábuas pintadas.

— Fique longe de Mattie e de Ki — falei. — Se você se aproximar daquele trailer...

Ele se virou, o sol enevoado cintilando nos sulcos abaixo de seus olhos. Pegou uma bandana do bolso de trás e enxugou o rosto.

— Não vou me mover dessa casa. Para início de conversa, eu gostaria de jamais ter voltado das minhas férias! Mas voltei, principalmente por sua causa, Mike. Aquelas duas lá da Wasp Hill não têm que temer nada *de mim. De mim*, não.

Entrou e fechou a porta. Continuei ali, fitando, sentindo a irrealidade daquilo — certamente eu não podia ter tido uma conversa tão mortal com Bill Dean, podia? Bill, que me censurou por não deixar o pessoal daqui partilhar, e talvez suavizar, minha dor por Jo, Bill que me desejou as boas-vindas tão calorosamente?

Então ouvi um som de *clique*. Ele podia não ter trancado a porta enquanto estava em casa em toda a sua vida, mas a trancara agora. O *clique* foi muito nítido no irrespirável ar de julho. E me disse tudo que eu tinha que saber sobre minha longa amizade com Bill Dean. Virei-me e voltei ao carro, de cabeça baixa. Nem me virei quando ouvi uma janela ser levantada atrás de mim.

— Nunca mais volte aqui, seu patife da cidade! — gritou Yvette Dean através do calor sufocante do pátio. — Você partiu o coração dele! Nunca mais volte aqui! Nunca! *Nunca!*

— Por favor — disse a sra. M. — Não me faz mais perguntas, Mike. Não posso entrar na lista negra de Bill Dean, da mesma forma que minha mãe não podia arcar com o peso de entrar na lista negra de Normal Auster ou Fred Dean.

Mudei o telefone para a outra orelha.

— Tudo que eu quero saber é...

— Nessa parte do mundo, são os caseiros que dirigem todo o espetáculo. Se dizem para um sujeito de verão que ele deve contratar tal carpinteiro ou tal eletricista, o sujeito contrata. Ou se um caseiro diz que alguém deve ser despedido porque não tá se mostrando de confiança, ele é despedido. Ou *ela*. Porque o que vale pra bombeiros e jardineiros e eletricistas vale duas vezes mais pra diaristas. Se a gente quer ser recomendada, e *continuar* recomendada, tem que ficar de bem com gente como Fred e Bill Dean, ou Normal e Kenny Auster. Não entende? — Ela quase implorou. — Quando Bill descobriu que eu contei pra você o que Normal Auster fez ao Kerry, nossa, ficou tão furioso comigo.

— O irmão de Kenny Auster, aquele que Normal afogou debaixo da bomba. O nome dele era Kerry?

— É. Conheço um monte de gente que põe nomes parecidos nos filhos, acham bonitinho. Olha, fui colega de escola de dois irmãos chamados Roland e Rolanda Therriault, acho que Roland tá em Manchester agora e Rolanda casou com aquele rapaz de...

— Brenda, responda só a uma pergunta. Nunca vou contar a ninguém. Por favor.

Com a respiração suspensa, esperei o clique que viria quando ela desligasse. Em vez disso, ela pronunciou duas palavras numa voz macia, quase pesarosa.

— Qual é?
— Quem foi Carla Dean?

Esperei através de outra longa pausa, minha mão brincando com a fita que saiu do chapéu de palha da virada-do-século de Ki.

— Você não vai dizer a ninguém que eu contei — ela finalmente falou.

— Não vou dizer.

— Carla era a irmã gêmea de Bill. Morreu há 65 anos, durante a época dos incêndios. — Os incêndios que Bill afirmou terem sido ateados pelo avô de Ki, seu presente de despedida para a TR. — Não sei como aconteceu. Bill nunca fala nisso. Se disser a ele que eu contei isso pra você, nunca mais vou fazer outra cama na TR. Ele vai providenciar isso. — Então, numa voz desesperançada, ela disse: — De qualquer modo, ele pode saber.

Baseado em minhas próprias experiências e suposições, imaginei que ela podia ter razão. Mas, mesmo se tivesse, receberia um cheque da minha parte todos os meses pelo resto de sua vida útil. Mas eu não tinha nenhuma intenção de lhe dizer aquilo por telefone — isso escaldaria sua alma ianque. Em vez disso, agradeci, assegurei-lhe mais uma vez da minha discrição e desliguei.

Sentei à mesa por um momento encarando inexpressivamente Bunter, e então disse:

— Quem está aí?

Nenhuma resposta.

— Ora — eu disse. — Não seja tímido. Vamos a 19 ou 92. Depois disso, podemos conversar.

Ainda nenhuma resposta. Nem um só tremor do sino no pescoço empalhado do alce. Dei uma olhada no bloco de anotações em que rabisquei ao falar com o irmão de Jo e puxei-o para mim. Eu coloquei *Kia, Kyra, Kito* e *Carla* dentro de um quadrado. Então risquei a linha de baixo do quadrado e acrescentei o nome *Kerry* à lista. *Conheço um monte de gente que põe nomes parecidos nos filhos,* tinha dito a sra. M. *Acham bonitinho.*

Eu não achava aquilo bonitinho; achava era sinistro.

Ocorreu-me que pelo menos dois daqueles nomes parecidos tinham sido afogados — Kerry Auster sob uma bomba, Kia Noonan no corpo moribundo da mãe quando não era maior do que uma semente de girassol. E eu vi o fantasma de uma terceira criança afogada no lago. Kito? Seria Kito? Ou Kito era o que tinha morrido de toxemia?

Eles põem nomes parecidos nos filhos, acham bonitinho.

Quantas crianças de nome parecido tinham existido ali, para começar? Quantas tinham sobrado? Achei que a resposta à primeira pergunta não tinha importância, e que eu já sabia a resposta à segunda. *Esse rio quase chegou ao mar*, disse Bill.

Carla, Kerry, Kito, Kia... todos mortos. Só Kyra Devore tinha sobrado.

Levantei tão rápida e bruscamente que derrubei a cadeira. O barulho no silêncio me fez dar um grito. Eu ia embora imediatamente. Nada mais de telefonemas, nada mais de bancar Andy Drake, detetive particular, nada de depoimentos ou paqueras meio idiotas à bela moça. Devia ter seguido meus instintos e dado o fora na primeira noite. Bem, eu o faria agora, era só entrar no Chevy e levantar acampamento para Der...

O sino de Bunter sacudiu-se furiosamente. Eu me virei e o vi se agitando no pescoço do alce como se badalado para a frente e para trás por uma mão invisível. A porta de correr que dava para o deck começou a abrir e fechar como se presa a uma roldana. O livro dos problemas de palavras cruzadas *Nível difícil* na mesinha da sala e a revista de programação da TV a cabo se abriram, as páginas passando rápido. Houve uma série de baques surdos pelo chão, como se algo enorme se arrastasse rapidamente na minha direção, batendo com os punhos enquanto se deslocava.

Uma forte corrente de vento — não era fria, mas tépida, como a rajada de ar produzida por um trem de metrô numa noite de verão — me esbofeteou. Nela ouvi uma voz estranha que parecia estar dizendo *tchau, tchau, tchau*, como se me desejasse uma boa viagem para casa. Então, quando já me ocorria que a voz estava na verdade dizendo *Ki, Ki, Ki, Ki, Ki, Ki*, algo me atingiu, golpeando-me violentamente para a frente. Parecia um grande punho macio. Caí sobre a mesa, agarrando-me a ela para continuar em pé, derrubando a bandeja giratória com o saleiro e a pimenteira, o porta-guardanapos e o pequeno vaso que a sra. M. tinha enchido de margaridas. O vaso rolou da mesa e se espatifou. A TV da cozinha começou a fazer barulho, algum político dissertando sobre como a inflação estava subindo novamente. O aparelho de CD também foi ligado, afogando o político; eram os Rolling Stones fazendo um *cover* de "I Regret You, Baby", de Sara Tidwell. No andar de cima, um alarme de incêndio disparou, depois um segundo e um terceiro. Foram seguidos um momento depois pelo trinar da buzina de alarme do Chevrolet. O mundo inteiro era uma cacofonia.

Algo quente e fofo pegou o meu pulso. Minha mão se lançou para a frente como um pistão e golpeou com força o bloco de anotações. Observei-a quando se movia desajeitadamente sobre a página vazia, depois peguei o lápis que estava ali perto. Agarrei-o como um punhal e então algo escreveu com ele, não guiando minha mão, mas *violentando-a*. A mão se moveu lentamente no início, quase às cegas; então ganhou velocidade até voar, quase rasgando a página:

> ajude ela não vá ajude ela
> não vá ajude ela ajude
> não não querido por favor não
> vá ajude ela ajude ela
> ajude ela

Eu quase tinha alcançado o final da página quando o frio desceu de novo, aquele frio externo que era como granizo em janeiro, gelando minha pele, fazendo estalar o muco do nariz e lançando dois arrepiantes sopros de ar branco de minha boca. Minha mão se dobrou e o lápis se partiu em dois. Atrás de mim, o sino de Bunter teve uma furiosa agitação final antes de silenciar. Também por trás de mim ouvi um peculiar e duplo *pop*, como o som de rolhas de champanhe sendo retiradas. Depois terminou. Fosse lá o que tivesse estado ali, ou quantos tivessem estado ali, tinha terminado. Eu estava sozinho de novo.

Desliguei o aparelho de CD exatamente quando Mick e Keith mudaram para uma versão de rapaz branco de Howling Wolf, depois corri escada acima, desliguei o alarme dos detectores de fumaça e tornei a colocá-los em posição. Debrucei-me da janela do grande quarto de hóspedes, apontei o controle remoto do Chevrolet para o carro e apertei o botão. O alarme parou.

Com o pior dos barulhos tendo desaparecido, ouvi a TV matraqueando na cozinha. Desci, desliguei-a e então me imobilizei com a mão ainda no botão de desligar, olhando para o irritante gato oscilante de Jo. Sua cauda finalmente parou, e os grandes olhos de plástico estavam no chão. Tinham saltado para fora da cabeça.

Fui até o Village Café para jantar, arrebatando o último *Telegram* de domingo do suporte de jornais (DEVORE, MAGNATA DO COMPUTADOR, MORRE NA CIDADE DO MAINE OCIDENTAL ONDE CRESCEU, dizia a manchete), antes de me sentar ao balcão. A foto que a acompanhava era um instantâneo de estúdio em que Devore parecia ter 30 anos. Ele sorria. A maioria das pessoas faz isso muito naturalmente. No rosto de Devore, o riso parecia uma habilidade adquirida.

Pedi o feijão que sobrara do jantar de sábado à noite na espelunca de Buddy Jellison. Meu pai não era muito de aforismos — na minha família, distribuir pedaços de sabedoria era tarefa de mamãe —, mas quando papai esquentava os feijões da noite de sábado no forno nas tardes de domingo, dizia invariavelmente que feijões e guisado de carne eram melhores no dia seguinte. Acho que aquilo permaneceu comigo. O único outro pedaço de sabedoria paterna de que consigo lembrar foi que se devia sempre lavar as mãos depois que se desse uma cagada numa estação de ônibus.

Enquanto eu lia a reportagem sobre Devore, Audrey se aproximou e me disse que Royce Merrill tinha falecido sem recuperar a consciência. O funeral seria na terça à tarde na igreja batista, acrescentou. A maioria do pessoal da cidade estaria lá, muitas pessoas apenas para verem a bengala do *Boston Post* ser concedida a Ila Meserve. Acha que vai aparecer? Não, eu disse, provavelmente não. Achei prudente não acrescentar que gostaria de ir à festa da vitória de Mattie Devore enquanto o funeral de Royce estivesse descendo a estrada.

O fluxo habitual de clientes das tardes de domingo entrava e saía enquanto eu comia, gente pedindo hambúrgueres, feijão, sanduíches de salada de frango, caixas de cerveja. Alguns eram da TR, outros de fora. Não reparei na maioria deles, e ninguém falou comigo. Não tenho a menor ideia de quem deixou o guardanapo no meu jornal, mas quando larguei o caderno A e me virei para pegar a seção de esportes, lá estava ele. Peguei-o, querendo apenas deixá-lo de lado, e então vi que no verso dele, em grandes letras sombrias, estava escrito: SAIA DA TR.

    Nunca descobri quem o deixou lá. Acho que pode ter sido qualquer um deles.

Capítulo Vinte e Três

As trevas voltaram, transformando a escuridão da noite de domingo em algo de decadente beleza. O sol ficou vermelho enquanto afundava por trás das colinas e a névoa recebeu o seu fulgor, transformando o céu do poente numa hemorragia nasal. Sentei no deck e fiquei observando o céu, tentando fazer palavras cruzadas, mas sem conseguir ir muito longe. Quando o telefone tocou, coloquei o *Nível difícil* em cima do manuscrito de meu livro enquanto fui atendê-lo. Estava cansado de olhar para aquele título cada vez que passava por ali.

— Alô.

— O que é que está acontecendo aí? — perguntou John Storrow, sem sequer se dar ao trabalho de dizer oi. Mas não parecia zangado e sim completamente excitado. — Estou perdendo a droga da novela toda!

— Eu me convidei para almoçar na terça — falei. — Espero que não se importe.

— Não, quanto mais gente, mais alegre. — Ele parecia estar sendo absolutamente sincero. — Que verão, hein? Que verão! Aconteceu alguma coisa ultimamente? Terremotos? Vulcões? Suicídios em massa?

— Nenhum suicídio em massa, mas o velho morreu — eu disse.

— Pombas, o mundo *inteiro* sabe que Max Devore bateu as botas — disse ele. — Surpreenda-me, Mike! Atordoe-me! Faça-me berrar "Puxa vida!".

— Não, o *outro* velho. Royce Merrill.

— Não sei a quem você... ah, espere. Aquele com a bengala de ouro que parecia uma peça de *Jurassic Park*?

— Ele.

— Que bode. No mais...?

— No mais está tudo sob controle — eu disse, então pensei nos olhos estourados do relógio-gato e quase ri. O que me fez parar foi uma espécie de certeza de que o sr. Bom Humor era apenas uma representação. John tinha ligado mesmo para perguntar o que estava acontecendo entre Mattie e eu, se é que estava havendo alguma coisa. E o que é que eu ia dizer? Nada ainda? Um beijo, uma ereção instantânea dura como aço, as coisas fundamentais se ajustam com o tempo?

Mas John tinha outras coisas na cabeça.

— Escute, Michael, liguei porque tenho algo a lhe contar. Acho que vai achar divertido e surpreendente ao mesmo tempo.

— Um estado pelo qual todos ansiamos. Chute.

— Rogette Whitmore ligou e... você não deu a ela o número de meus pais, deu? Estou de volta a Nova York, agora, mas ela ligou para mim na Filadélfia.

— Eu *não* tenho o número de seus pais. Você não o deixou em nenhuma das duas secretárias.

— Ah, certo. — Nenhuma desculpa; ele parecia excitado demais para pensar em tais frivolidades. Comecei a ficar animado também, nem sabia que droga estava acontecendo. — Eu o deixei com Mattie. Você acha que a tal Whitmore ligou para Mattie para pedir o número? E será que Mattie o deu?

— Tenho certeza de que se Mattie esbarrasse com Rogette se incendiando numa via pública mijaria nela para apagar o fogo.

— Que vulgar, Michael. *Très vulgaire.* — Mas ele estava rindo. — Talvez Whitmore tenha conseguido o número da mesma forma que Devore conseguiu o seu.

— É provável. Não sei o que acontecerá nos meses pela frente, mas neste momento tenho certeza de que ela ainda tem acesso ao painel de controle pessoal de Max Devore. E se alguém sabe como apertar os botões dele, sem dúvida é Rogette. Ela ligou de Palm Springs?

— Ligou. Disse que tinha acabado de ter um encontro preliminar com os advogados de Devore a respeito do testamento do velho. Segundo ela, vovô deixou 80 milhões de dólares para Mattie Devore.

Silenciei. Não achei aquilo divertido, mas certamente estava surpreso.

— Te peguei, hein? — disse John alegremente.

— Você quer dizer que ele deixou o dinheiro para Kyra — falei finalmente. — Deixou o dinheiro num fundo para Kyra.

— Não, foi exatamente o que não fez. Perguntei três vezes a Whitmore, mas na terceira comecei a entender. Havia um método na loucura dele. Não muito, mas um pouco. Porque há uma condição. Se ele deixasse o dinheiro para uma menor em vez de para a mãe, a condição não teria nenhum peso. É engraçado quando se considera que a própria Mattie não perdeu o status de menor há tanto tempo assim.

— Engraçado — concordei, e pensei no vestido dela deslizando entre minhas mãos e sua macia cintura nua. Também pensei em Bill Dean dizendo que os homens que andavam com garotas daquela idade sempre pareciam iguais, tinham todos a língua pendurada para fora da boca mesmo com ela fechada.

— Que restrição ele impôs ao recebimento do dinheiro?

— Que Mattie permaneça na TR por todo o ano seguinte à morte de Devore... até 17 de julho de 1999. Ela pode sair em viagens durante o dia, mas tem que estar enfiada em sua cama na TR-90 todas as noites por volta das nove, ou o legado será confiscado. Já ouviu semelhante besteira em toda a sua vida? Isto é, a não ser num velho filme de George Sanders?

— Não — eu disse, e lembrei de minha visita à Feira de Fryeburg com Kyra. *Até na morte ele está buscando a custódia*, eu tinha pensado, e claro que aquilo ali era a mesma coisa. Ele as queria lá. Mesmo na morte ele as queria na TR.

— Dá mesmo pra acreditar? — perguntei.

— *Claro* que sim. O velho pirado poderia também ter escrito que daria a Mattie 80 milhões de dólares se ela usasse tampões azuis por um ano. Mas ela vai receber os 80 milhões, sem sombra de dúvida. Estou empenhado nisso. Já falei com três de nossos homens que cuidam de espólios e... você acha que eu devia levar um deles comigo na terça? Will Stevenson será o homem principal na fase do espólio, se Mattie concordar. — John estava bem falante. Eu podia apostar minha vida que ele ainda não tinha bebido nada, mas pairava nas alturas diante de todas as possibilidades. Havíamos alcançado a parte viveram felizes-para-sempre do conto de fadas, no que dizia respeito a John; Cinderela chega em casa do baile em meio a uma chuva de dinheiro.

— ... claro que Will é um pouquinho velho — dizia John —, tem mais ou menos 300 anos, o que significa que não é exatamente um sujeito engraçado numa festa, mas...

— Deixe-o aí, por favor — falei. — Vai haver muito tempo para destrinchar o testamento de Devore depois. E, no futuro imediato, acho que Mattie não vai ter nenhum problema para cumprir essa condição idiota. Seu emprego acaba de ser devolvido, lembra?

— Lembro, o búfalo branco cai morto e toda a manada se dispersa! — exultou John. — Olhe só eles indo! E a nova multimilionária volta a registrar livros e a pôr no correio recados dizendo que o prazo do cartão da biblioteca se esgotou! Tudo bem, na terça a gente faz só a festa.

— Ótimo.

— Vamos festejar até vomitar.

— Bem... talvez nós, os caras mais velhos, só festejemos até ficarmos ligeiramente enjoados, está bem assim?

— Claro. Já liguei para Romeo Bissonette e ele vai trazer George Kennedy, o detetive particular que é impagável quando bebe um ou dois drinques. Pensei em levar alguns filés da Peter Luger's, já lhe disse isso?

— Acho que não.

— Os melhores filés do mundo. Michael, você se deu conta do que aconteceu com aquela moça? *Oitenta milhões de dólares!*

— Ela vai poder trocar o Scoutie.

— Há?

— Nada. Você vai vir amanhã à noite ou na terça?

— Terça pela manhã por volta das dez, chegando ao aeroporto do condado de Castle. New England Air. Tudo bem, Mike? Você está esquisito.

— Estou bem. Estou como devia estar. Acho.

— O que significa isso?

Eu tinha perambulado pelo deck. A distância, um trovão roncou. Estava quente como o inferno, nem um fiapo de brisa sequer. O pôr do sol transformava-se num sinistro crepúsculo. O céu no poente parecia o branco de um olho injetado.

— Não sei — eu disse. — Mas acho que a situação vai se esclarecer sozinha. Eu pego você no aeroporto.

— Certo. — Então, numa voz abafada, quase reverente, John acrescentou: — Oitenta milhões de dólares, porra.

— É uma baita grana — concordei, desejando-lhe uma boa noite.

* * *

Na manhã seguinte, tomei café e comi torrada na cozinha, assistindo ao boletim do homem do tempo. Como muitos naqueles dias, ele exibia uma expressão ligeiramente louca, como se todas aquelas imagens de radar Doppler o tivessem levado à beira de alguma coisa. Para mim é o clássico olhar de viciados em video game.

— Vamos ter mais 36 horas desse clima e então passaremos por uma grande mudança — dizia ele, e apontou para uma espuma cinza-escuro pairando no Meio-Oeste. Minúsculos relâmpagos de desenho animado dançaram nela como velas de ignição com defeito. Além da espuma e dos relâmpagos, os Estados Unidos pareciam claros por todo o caminho até a região desértica, e as temperaturas inscritas eram dez graus mais baixas. — Veremos temperaturas na casa dos 30 e tantos hoje, e não podemos esperar muita redução hoje à noite ou amanhã de manhã. Mas amanhã à tarde essas tempestades frontais alcançarão o Maine ocidental, e acho que a maioria de vocês vai querer se manter atualizado sobre as condições do tempo. Antes de voltarmos a temperaturas mais frescas e céus claros na quarta, provavelmente vamos ter violentas tempestades com trovões e relâmpagos, chuva pesada e granizo em alguns lugares. Ciclones são raros no Maine, mas em algumas cidades do Maine ocidental e central eles podem ocorrer amanhã. É com você, Earl.

Earl, o camarada do noticiário matinal, tinha a aparência inocente e robusta de um recém-aposentado de Chippendales, e lia o teleprompter como um deles.

— Uau — disse ele. — É uma previsão e tanto, Vince. Ciclones são uma possibilidade.

— Uau — falei. — Diga isso de novo, Earl. Repita até eu ficar satisfeito.

— Caramba — disse Earl só para me irritar, e o telefone tocou. Fui atendê-lo, dando uma olhada no gato oscilante ao passar por ele. A noite tinha sido quieta, nenhum soluço, nenhum grito, nenhuma aventura noturna, mesmo assim o relógio era inquietante. Pendia da parede morto e sem olhos, como uma mensagem cheia de más notícias.

— Alô?

— Sr. Noonan?

Eu conhecia a voz, mas por um momento não consegui identificá-la. Isso porque ela me chamou de sr. Noonan. Para Brenda Meserve eu fui Mike por quase 15 anos.

— Sra. M.? Brenda? O que...

— Não posso mais trabalhar para o senhor — disse ela depressa. — Desculpe não poder avisar antes, nunca parei de trabalhar para alguém sem avisar antes, nem para o velho Croyden que é bêbado, mas tenho que fazer isso. Entenda, por favor.

— Bill descobriu que eu liguei para você? Juro por Deus, Brenda, eu não disse uma palavra...

— Não. Não falei com ele nem ele comigo. Mas não posso voltar a Sara Laughs. Tive um sonho ruim ontem à noite. Um sonho horrível. Sonhei que... alguma coisa está furiosa comigo. Se eu voltar aí, posso ter um acidente. Pelo menos vai *parecer* um acidente, mas... não seria.

Isso é tolice, sra. M., eu quis dizer. A senhora certamente já passou da idade de acreditar em histórias de acampamento sobre mortos-vivos, fantasmas e assombrações.

Mas claro que não pude dizer essas coisas. O que andava ocorrendo em minha casa não era nenhuma história de acampamento. Eu sabia disso, ela também.

— Brenda, se te causei algum problema, lamento profundamente.

— Vá embora, sr. Noonan... Mike. Volte para Derry e fique lá por enquanto. É a melhor coisa que pode fazer.

Ouvi as letras deslizando na porta da geladeira e me virei. Desta vez vi de fato o círculo de frutas e legumes se formar. Ficara aberto na parte de cima tempo suficiente para que quatro letras escorregassem para dentro dele. Então um pequeno limão de plástico tapou o buraco e completou o círculo.

quife

disseram as letras, depois mudaram rapidamente de lugar transformando-se em

fique

A seguir, tanto o círculo quanto as letras se desmancharam.

— Mike, *por favor*. — A sra. M. estava chorando. — O funeral de Royce é amanhã. Todas as pessoas importantes da TR, do pessoal da velha guarda, vão comparecer.

Claro que iriam. Os velhos, os sacos de ossos que sabiam das coisas e as guardavam para si mesmos. Só que alguns deles tinham conversado com minha mulher. O próprio Royce tinha falado com ela. Agora estava morto. Ela também.

— Seria melhor se você tivesse ido embora. Quem sabe você pode levar aquela moça com você. Ela e a menina.

Mas poderia? De algum modo, eu achava que não. Achava que nós três ficaríamos na TR até que aquilo terminasse... e estava começando a ter um palpite de quando seria isso. Uma tempestade se aproximava. Uma tempestade de verão. Talvez até um tornado.

— Brenda, obrigado por me ligar. Mas não vou deixar você ir embora. Vamos chamar isso de licença, está bem?

— Tá bom... como você quiser. Pelo menos vai pensar no que eu disse?

— Vou. Enquanto isso, não vou dizer a ninguém que você me ligou, está bem?

— Não! — disse ela, parecendo chocada. E a seguir: — Mas eles vão saber. Bill e Yvette... Dickie Brooks na oficina... o velho Anthony Weyland e Buddy Jellison e todos os outros... eles vão saber. Adeus, sr. Noonan. Lamento muito. Pelo senhor e por sua esposa. Sua pobre esposa. Lamento muito. — Então desligou.

Fiquei com o telefone na mão por muito tempo. Então, como num sonho, eu o coloquei no gancho, atravessei a sala e tirei o relógio sem olhos da parede. Joguei-o no lixo e fui até o lago para dar umas braçadas, me lembrando da história de W. F. Harvey, "Calor de agosto", aquela que termina com a frase "O calor é suficiente para levar um homem à loucura".

Não sou um mau nadador quando não estão me jogando pedras, mas minha primeira etapa praia-plataforma de flutuação-plataforma-praia foi hesitante e desarmônica — feia —, porque eu estava na expectativa de que algo surgisse do fundo e me agarrasse. Talvez o garoto afogado. A segunda etapa foi melhor, e na terceira eu estava apreciando as batidas mais rápidas de meu coração e a sedosa frieza da água passando rápido por mim. Na metade da quarta etapa, me alcei pela escada da plataforma e me deixei cair sobre as tábuas, me sentindo melhor do que me sentia desde o encontro com Devore e Rogette Whitmore na sexta à noite. Eu ainda estava na zona, e por cima daquilo sentia uma gloriosa corrente de endorfina. Naquele estado, até o desalento produzido pela sra. M. ao me dizer que estava entregando o posto se desvaneceu. Ela voltaria quando tudo tivesse acabado; claro que voltaria. Enquanto isso, provavelmente era melhor que ficasse longe.

Alguma coisa está furiosa comigo. Eu poderia ter um acidente.

Realmente. Ela poderia se cortar. Poderia cair da escada do porão. Poderia até ter um ataque ao atravessar correndo um estacionamento quente.

Sentei e olhei para Sara na colina, o deck salientando-se acima do declive, os degraus de dormentes que desciam. Eu estava fora da água só por alguns minutos, mas o pegajoso calor do dia já se desdobrava sobre mim, roubando meu ímpeto. A água ainda era como um espelho. Eu podia ver a casa refletida nela, e o reflexo das janelas de Sara se tornaram olhos vigilantes.

Eu achava que o foco de todos os fenômenos — seu epicentro — estava muito provavelmente na Rua entre a verdadeira Sara e sua imagem afogada. *Foi aqui que aconteceu*, disse Devore. E o pessoal da velha guarda? Era provável que a maioria deles soubesse o que eu sabia: que Royce Merrill tinha sido assassinado. E não era possível — e até provável — que o que o matou pudesse ir até eles quando sentavam em seus bancos de igreja ou se reunissem depois em volta do túmulo de Royce? Que essa coisa pudesse roubar parte da força deles — sua culpa, suas lembranças, sua qualidade de habitantes da TR — para ajudar a terminar o serviço?

Sentia-me muito contente de que John fosse estar no trailer no dia seguinte, assim como Romeo Bissonette e George Kennedy, tão divertido quando tomava um ou dois drinques. Contente que fosse mais do que apenas Mattie, Ki e eu quando os velhos se reunissem para despachar Royce Merrill. Já não me importava muito com o que tinha acontecido a Sara e aos Red-Tops, ou mesmo com o que estava assombrando minha casa. O que eu queria era passar pelo dia de amanhã, e que Mattie e Ki também passassem. Almoçaríamos antes que a chuva começasse a cair e então deixaríamos que a tempestade despencasse com seus raios e trovões, como tinha sido previsto. Pensei que, se pudéssemos aguentá-la, nossas vidas e nossos futuros poderiam clarear como o tempo.

— Está certo? — perguntei. Não esperava resposta nenhuma. Falar alto era um hábito que eu tinha passado a ter desde que voltei para cá, mas em algum ponto do bosque a leste da casa uma coruja piou. Só uma vez, como se para dizer que *estava* certo, aguente a tempestade que as coisas ficarão claras. O pio quase me trouxe algo à mente, uma associação que no final se mostrou muito vaga para ser capturada. Tentei uma ou duas vezes, mas a única coisa que surgiu em minha cabeça foi o título de um velho e maravilhoso romance *Ouvi a coruja chamar meu nome*.

Rolei da plataforma para a água, agarrando os joelhos contra o peito como um garoto brincando de bala de canhão. Mantive-me submerso o máximo de tempo que pude até que o ar dos meus pulmões começasse a parecer um líquido quente engarrafado, e então emergi para a superfície. Fiquei mexendo com as pernas por uns 30 metros até recuperar o fôlego, depois olhei para a Senhora Verde e me dirigi para a praia.

Saí da água, comecei a subir os dormentes, parei e voltei à Rua. Fiquei ali por um momento tomando coragem, depois andei até onde a bétula curvava seu ventre gracioso sobre a água. Agarrei a curva branca como o fiz no entardecer de sexta-feira e olhei dentro d'água. Tinha certeza de que ia ver a criança, seus olhos mortos erguidos para mim do inchado rosto escuro, e que minha boca e garganta mais uma vez se encheriam com o gosto do lago: *socorro estou afogando, me solta, Ah, meu bom Jesus, me solta*. Mas não havia nada. Nenhum garoto morto, nenhuma bengala do *Boston Post* envolvida pela fita, nenhum gosto do lago em minha boca.

Eu me virei e espiei a parte dianteira da rocha destacando-se da palha vegetal. Pensei *Ali, bem ali*, mas foi apenas um pensamento consciente e calculado, a mente verbalizando uma lembrança. O cheiro de decomposição e a certeza de que algo horrível aconteceu bem ali desapareceram.

Quando voltei a casa e fui pegar um refrigerante, descobri que a porta da geladeira estava nua. Todas as letras magnéticas, todas as frutas e legumes tinham sumido. Nunca os encontrei. Provavelmente poderia tê-los encontrado se houvesse mais tempo, mas naquela manhã de segunda-feira o tempo estava quase esgotado.

* * *

Depois de me vestir, liguei para Mattie. Conversamos sobre a futura festa, sobre como Ki estava animada e Mattie nervosa de voltar a trabalhar na sexta-feira — tinha medo de que os habitantes locais fossem maus com ela, mas, de um modo esquisito e feminino, tinha mais medo ainda de que fossem *frios*, que a desprezassem. Falamos sobre o dinheiro, e rapidamente me certifiquei de que ela não acreditava na realidade do legado.

— Lance costumava dizer que seu pai era o tipo de homem que mostraria um pedaço de carne a um cão faminto e depois o comeria ele próprio — disse. — Mas já que recebi meu emprego de volta, não vou ficar faminta, nem Ki.

— Mas e se houver *mesmo* essa grana toda?

— Ah, então passe ela para cá — disse rindo. — O que acha que sou? Maluca?

— Não. Por falar nisso, o que está acontecendo com o pessoal da geleira de Ki? Estão escrevendo coisas novas?

— Isso é o mais esquisito — disse ela. — Sumiram.

— O pessoal da geleira?

— Eles, não sei, mas as letras magnéticas que você deu a ela desapareceram. Quando perguntei a Ki o que tinha feito com elas, ela começou a chorar e disse que Alamagusalum as tinha levado. Disse que ele as comeu, que as devorou no meio da noite enquanto todo mundo dormia.

— Alama o quê?

— Alamagusalum — disse Mattie, soando cansadamente divertida. — Outra pequena herança do avô. É uma palavra indígena que significa "bicho-papão" ou "demônio". Olhei na biblioteca. Kyra teve muitos pesadelos sobre demônios, espíritos do mal e o alamagusalum no inverno passado e nesta primavera.

— Que vovozinho doce ele era — eu disse sentimentalmente.

— É, uma verdadeira maravilha. Ela ficou triste de perder as letras; mal consegui acalmá-la antes de a carona dela para a EBF chegar. Por falar nisso, Ki quer saber se você vem para os Exercícios Finais na tarde de sábado. Ela e o amigo Billy Turgeon vão contar a história de Moisés quando bebê no flanelógrafo.

— Não vou perder isso — eu disse... mas é claro que perdi. Todos perdemos.

— Alguma ideia sobre que fim levaram as letras, Mike?

— Não.

— As suas ainda estão no lugar?

— Estão, mas é claro que as minhas não conseguem escrever coisa alguma — eu disse, olhando a porta vazia de minha própria geladeira. Minha testa transpirava. Podia sentir o suor descendo pelas sobrancelhas como óleo. — Você... não sei... sentiu alguma coisa?

— Quer saber se ouvi o malvado ladrão de alfabeto quando ele entrou pela janela?

— Você sabe o que quero dizer.

— Acho que sim. — Uma pausa. — Tenho a impressão de que ouvi algo naquela noite. Lá pelas três da manhã. Levantei e fui até o corredor. Não tinha nada lá. Mas... você sabe como tem estado quente ultimamente.

— Sei.

— Bom, não no meu trailer, não na noite passada. Estava frio como gelo. Juro que quase podia enxergar minha respiração.

Acreditei nela. Afinal de contas, eu *tinha visto* a minha.

— Então foram as letras na frente da geladeira?

— Não sei. Não andei por todo o corredor para olhar na cozinha. Dei uma olhada por ali e depois voltei para a cama. Quase *corri* de volta para a cama. Às vezes, a cama parece mais segura, sabe? — Ela riu nervosamente. — É uma coisa de criança. As cobertas são a criptonita contra o bicho-papão. Só que no início, quando entrei na cama... não sei... achei que alguém já estava lá. Como se tivesse estado escondido no chão debaixo da cama e então... quando fui checar o corredor... tivesse entrado nela. Também não era ninguém legal.

Me dá meu pega-poeira, pensei, e estremeci.

— O quê? — perguntou Mattie asperamente. — O que é que você disse?

— Perguntei quem você achou que era. Qual é o primeiro nome que lhe veio à cabeça?

— Devore — respondeu. — *Ele*. Mas não havia ninguém. — Uma pausa. — Gostaria que você estivesse lá.

— Eu também.

— Fico contente. Mike, o que é que você acha disso? Porque é muito esquisito.

— Acho que talvez... — Por um momento estive à beira de lhe contar o que tinha acontecido com minhas próprias letras. Mas se eu começasse a falar, onde pararia? E até que ponto ela acreditaria? — ... talvez a própria Ki tenha tirado as letras. Caminhou dormindo e jogou as letras debaixo do trailer ou coisa parecida. Acha que seria possível?

— Acho que gosto ainda menos da ideia de Kyra caminhando por aí dormindo do que da ideia de fantasmas de respiração gelada tirando as letras da geladeira — disse Mattie.

— Leve-a para a cama com você esta noite — eu disse, e senti o pensamento de Mattie disparar de volta como uma flecha: *Preferia levar você.*

O que ela disse depois de uma pausa foi:

— Vai aparecer hoje?

— Acho que não — respondi. Ela estava lanchando um iogurte com sabor de fruta enquanto conversávamos, comendo-o em pequenos bocados. — Mas amanhã você vai me ver. Na reunião.

— Espero que a gente consiga comer antes da tempestade. Parece que vai ser tremenda.

— Tenho certeza de que vamos conseguir.

— E você, ainda está pensando? Só pergunto porque sonhei com você quando finalmente consegui dormir de novo. Sonhei que me beijava.

— Ainda estou pensando — eu disse. — Pensando muito.

Mas, na verdade, não me lembro de pensar muito sobre coisa alguma naquele dia. O que me lembro é de ser levado cada vez mais para dentro da zona, algo que expliquei tão mal. Quase ao crepúsculo, saí para um longo passeio apesar do calor — por todo o caminho em que a estrada 42 se junta à rodovia. Ao voltar, parei à beira do prado de Tidwell, observando a luz desaparecer do céu e ouvindo o trovão rolar em algum ponto em New Hampshire. Mais uma vez tive a sensação de como a realidade era frágil, não apenas ali, mas em toda parte; como se esticava feito pele por cima do sangue e tecidos de um corpo que nunca podemos conhecer claramente nesta vida. Eu olhava para árvores e via braços; olhava para arbustos e via rostos. Fantasmas, disse Mattie. Fantasmas de respiração gelada.

O tempo também era frágil, me parecia. Kyra e eu tínhamos realmente estado na Feira de Fryeburg — alguma versão dela, de qualquer forma; tínhamos realmente visitado o ano de 1900. E à beira do prado em que os Red-Tops quase estavam agora, onde já tinham estado no passado, em suas organizadas cabaninhas. Praticamente podia ouvir o som de seus violões, o murmúrio de suas vozes e seus risos; quase podia ouvir o cintilar de suas lanternas e sentir o cheiro da carne de boi e de porco sendo frita por eles. *"Diga, benzinho, ainda se recorda de mim?"*, dizia uma das canções de Sara. *"Bem, acho que pra você meu mel chegou ao fim."*

Algo chacoalhou na vegetação rasteira à minha esquerda. Eu me virei para aquele lado, esperando ver Sara sair do bosque usando o vestido de Mattie, assim como seus tênis brancos. Na penumbra, pareceriam quase flutuar sozinhos até que se aproximassem de mim...

Não havia ninguém lá, claro. Indubitavelmente não tinha nada a não ser a marmota vindo para casa, depois de um duro dia no escritório, mas eu já não queria ficar ali, observando como a luz desaparecia do dia e o nevoeiro subia do chão. Eu me virei para casa.

Em vez de entrar em Sara Laughs quando voltei, tomei o atalho para o estúdio de Jo, onde não tinha estado desde a noite em que levei minha IBM de volta num sonho. Clarões intermitentes de relâmpagos distantes iluminavam o caminho.

O estúdio estava quente, mas não bolorento. Podia sentir um aroma apimentado agradável, e me perguntei se isso podia vir de alguma das ervas de Jo. Havia um ar-condicionado ali que funcionava — liguei-o e então simplesmente fiquei à sua frente durante certo tempo. Tanto ar frio no meu corpo superaquecido não era provavelmente saudável, mas produzia uma sensação maravilhosa.

Fora isso, não me sentia nada maravilhoso. Olhei em torno com uma crescente sensação de algo pesado demais para ser mera tristeza; parecia desespero. Acho que causado pelo contraste entre quão pouco tinha sido deixado de Jo em Sara Laughs e quanto dela ainda permanecia no estúdio. Imaginava nosso casamento como uma espécie de teatro — e não é isso que é o casamento, em grande parte?, brincar de casinha? —, onde só metade do negócio era mantido seguro. Unido por pequenos ímãs ou cabos escondidos. Algo tinha surgido e pegado nossa casinha por uma ponta — mais fácil é impossível, e suponho que deveria ser grato por esse algo não ter resolvido chutar a pobre coisa por ali. Ele só pegou aquela ponta, como se vê. As minhas coisas tinham ficado no lugar, mas todas as coisas de Jo tinham escorregado para...

Fora da casa até ali.

— Jo? — perguntei, sentando na cadeira. Nenhuma resposta. Nenhuma pancada na parede. Nenhum corvo ou coruja gritando dos bosques. Pus a mão na escrivaninha, onde havia estado a máquina de escrever, e a fiz deslizar por ali, levantando uma camada de poeira.

— Sinto falta de você, meu amor — eu disse, e comecei a chorar.

Quando as lágrimas terminaram — de novo —, enxuguei o rosto com a barra da camiseta como uma criança e olhei ao redor. Lá estava a foto de Sara Tidwell na escrivaninha e outra foto de que não me lembrava na parede — esta última era velha, tingida de sépia e amadeirada. Seu ponto focal era uma cruz de madeira de vidoeiro da altura de um homem, numa pequena clareira num declive sobre o lago. Provavelmente a clareira já tinha sumido da geografia agora, havia muito preenchida pelas árvores.

Olhei para os jarros de ervas e pedaços de cogumelo de Jo, seus arquivos e pedaços de colcha. O tapetinho verde no chão, o pote com os lápis sobre a escrivaninha, lápis que ela havia tocado e usado. Segurei um deles e pousei-o sobre uma folha de papel em branco por um momento ou dois, mas nada aconteceu. Eu tinha uma sensação de vida naquele cômodo, e a sensação de ser observado... mas não de ser *ajudado*.

— Sei um pouco disso, mas não o suficiente — falei. — De todas as coisas que não sei, talvez a mais importante seja quem escreveu "ajude ela" na geladeira. Foi você, Jo?

Nenhuma resposta.

Fiquei sentado um pouco mais — esperando contra toda probabilidade, eu acho —, depois me levantei, desliguei o ar-condicionado, apaguei as luzes e voltei para a casa, caminhando sob as brilhantes e suaves intermitências dos dispersos relâmpagos. Sentei um pouco no deck contemplando a noite. Em certo momento, percebi que havia tirado a fita de seda azul do bolso e a enrolava nervosamente para a frente e para trás entre os dedos, fazendo camas de gato sem parar. Teria ela vindo realmente do ano 1900? A ideia parecia perfeitamente doida e perfeitamente sã ao mesmo tempo. A noite se estendia quente e abafada. Imaginei velhos por toda a TR — talvez em Motton e Harlow também — pegando suas roupas de funeral para amanhã. No trailer duplo da estrada Wasp Hill, Ki estava sentada no chão assistindo ao vídeo de Mogli, o menino lobo — Balu e Mogli cantavam "The Bare Necessities". Mattie estava no sofá com ela, os pés para cima, lendo o novo romance de Mary Higgins Clark e cantando enquanto o fazia. As duas usavam pijamas curtos, o de Ki rosa e o de Mattie branco.

Após algum tempo, perdi minha percepção delas; a coisa se esvaiu como os sinais das ondas de rádio tarde da noite. Fui para o quarto norte despido e entrei sob o lençol de cima de minha cama desfeita. Adormeci quase imediatamente.

Acordei no meio da noite com alguém passando um dedo quente para cima e para baixo nas minhas costas. Fiquei de bruços e, quando o relâmpago iluminou o quarto, vi que havia uma mulher na cama comigo. Era Sara Tidwell. Ela sorria. Seus olhos não tinham pupila. "Ah, benzinho, estou quase de volta", sussurrou ela no escuro. Tive a impressão de que estendia a mão para mim de novo, mas quando o relâmpago seguinte se acendeu, aquele lado da cama estava vazio.

Capítulo Vinte e Quatro

Nem sempre a inspiração é uma questão de fantasmas movimentando ímãs em portas de geladeira, e na manhã de terça-feira tive um insight maravilhoso. Ele ocorreu enquanto eu me barbeava pensando apenas em não esquecer a cerveja da festa. E como as melhores inspirações, saiu de lugar nenhum.

Entrei rapidamente na sala de estar, mas sem correr, enxugando o creme de barbear do rosto com uma toalha enquanto andava. Dei uma olhada rápida na coletânea de palavras cruzadas *Nível difícil* em cima do manuscrito do meu livro. Foi a ela que eu me dirigi primeiro num esforço para decifrar "vá a 19" e "vá a 92". Um ponto de partida racional, mas o que é que *Nível difícil* tinha a ver com a TR-90? Eu comprei a coletânea na Mr. Paperback, em Derry, e das trinta palavras cruzadas ou mais que completei, todas, à exceção de meia dúzia, haviam sido terminadas em Derry. Os fantasmas da TR dificilmente mostrariam algum interesse em minhas palavras cruzadas de Derry. A lista telefônica, por outro lado...

Eu a peguei da mesa da sala de jantar. Embora ela cobrisse toda a parte sul do condado de Castle — Motton, Harlow e Kashwakamak além da TR —, era bastante fina. A primeira coisa que fiz foi checar as páginas em branco para ver se *havia* pelo menos 92 delas. Havia. Os Ys e Zs terminavam na página 97. Aquela era a resposta. Tinha que ser.

— Achei, não é? — perguntei a Bunter. — É isso.

Nada. Nem mesmo uma badalada do sino.

— Foda-se. O que é que uma cabeça empalhada de alce sabe de uma lista telefônica?

Vá a 19. Procurei a página 19 na lista, onde a letra *F* figurava em destaque. Comecei a escorregar o dedo pela primeira coluna abaixo e, enquanto o fazia, minha animação diminuiu. O nome de número 19 da página 19 era Harold Failles. Não significava nada para mim. Havia também Feltons e Fenners, um Filkersham e diversos Finneys, meia dúzia de Flahertys e mais Fosses do que se podia contar. O último nome da página 19 era Framingham. Também não significava nada para mim, mas...

Framingham, Kenneth P.

Olhei fixamente o nome por um momento. Uma compreensão começou a surgir. Não tinha nada a ver com as mensagens da geladeira.

Você não está vendo o que pensa que está vendo, pensei. *É como quando você compra um Buick azul...*

— Você vê Buicks azuis em toda parte — eu disse. — Praticamente tem que chutá-los para fora do seu caminho. É, é isso. — Mas minhas mãos tremiam quando procurei a página 92.

Ali estavam os Ts do sul do condado de Castle, juntamente com alguns *U*s, como Alton Ubeck e Catherine Udell só para arredondar as coisas. Não me dei ao trabalho de checar a entrada de número 92 na página; a lista telefônica não era a chave para as palavras cruzadas magnéticas, afinal de contas. Mas de fato sugeria algo de grandes proporções. Fechei a lista, continuei segurando-a por um momento (gente feliz segurando um ancinho na capa da frente), depois a abri ao acaso, desta vez na letra *M*. E, na medida em que se sabe o que se está procurando, a coisa pula na sua frente.

Todos aqueles *K*s.

Ah, havia Stevens, Johns e Marthas; havia Meserve, G., e Messier, V., e Jayhouse, T. E repetidamente vi a inicial *K* onde as pessoas tinham exercido seu direito de não listar os primeiros nomes na lista. Havia pelo menos vinte iniciais *K* só na página 50, e outras 12 iniciais *C*. Quanto aos nomes próprios...

Havia 12 Kenneths nessa página ao acaso na seção *M*, inclusive três Kenneth Moores e dois Kenneth Munters. Havia quatro Catherines e duas Katherines. Havia um Casey, uma Kiana e um Kiefer.

— Deus do céu, é como irradiação atômica — murmurei.

Folheei a lista incapaz de acreditar no que estava vendo, e vendo-o mesmo assim. Kenneths, Katherines e Keiths estavam por toda parte. Vi também Kimberly, Kim e Kym. Havia Cammie, Kia (sim, e tínhamos nos considerado tão originais), Kiah, Kendra, Kaela, Keil e Kyle. Kirby e Kirk. Havia uma mulher chamada Kissy Bowden e um homem chamado Kito Rennie — Kito, o mesmo nome mencionado pelo pessoal da geleira de Kyra. E por toda parte, afogando iniciais geralmente tão comuns como *S*, *T* e *E*, estavam aqueles *K*s. Meus olhos dançaram por eles.

Eu me virei para olhar o relógio — não queria deixar John Storrow plantado no aeroporto, puxa, não mesmo —, mas não havia nenhum relógio ali. Claro que não. O Velho Gato Maluco tinha batido as botas durante um evento psíquico. Dei uma risada alta e áspera que me assustou um pouco — não era especialmente sã.

— Controle-se, Mike — eu disse. — Respire fundo, filho.

Respirei fundo. Prendi a respiração. Deixei-a sair. Consultei o relógio do micro-ondas. Oito e quinze. Tempo suficiente para John. Voltei à lista telefônica e comecei a folheá-la rapidamente. Tive uma segunda inspiração — não a megaexplosão da primeira, mas que se revelou muito mais acurada.

O Maine ocidental é uma área relativamente isolada — é um pouco como a região de colinas da fronteira sul —, mas sempre havia pelo menos algum influxo de gente de longe ("gente da planície" é o termo dos locais quando desdenhosos), e no último quarto de século a região passou a ser uma área popular para cidadãos idosos ativos que querem pescar e esquiar até se aposentarem. A lista telefônica faz uma grande separação entre os recém-chegados e os antigos residentes. Babickis, Parettis, O'Quindlans, Donahues, Smolnacks, Dvoraks, Blindermeyers — todos de fora. Todos da planície. Jalberts, Meserves, Pillsburys, Spruces, Therriaults, Perraults, Stanchfields, Starbirds, Dubays — todos do condado de Castle. Entende o que estou dizendo, não é? Quando se vê toda uma coluna de Bowies na página 12, sabe-se que esse pessoal tem estado por aqui tempo suficiente para relaxar e de fato espalhar esses genes Bowie.

Havia algumas iniciais *K* e nomes com K entre os Parettis e os Smolnacks. Só poucos. As fortes concentrações estavam ligadas às famílias que estavam lá tempo suficiente para absorver a atmosfera. Para respirar a irradiação atômica. Só que não era irradiação exatamente, era...

Subitamente imaginei uma lápide negra mais alta do que a maior árvore do lago, um monolito que lançava sua sombra sobre metade do condado de Castle. Esse quadro era tão claro e terrível que cobri meus olhos, deixando cair a lista telefônica sobre a mesa. Afastei-me dela, estremecendo. Esconder meus olhos na verdade pareceu realçar ainda mais a imagem: uma lápide tão enorme que bloqueava o sol; a TR-90 jazia a seus pés como uma coroa fúnebre. O filho de Sara Tidwell se afogou no Dark Score... ou ali *foi* afogado. Mas ela marcou seu falecimento. Tinha feito um memorial. Eu me perguntei se mais alguém na cidade tinha notado algum dia o que eu notei. Eu não achava que aquilo fosse provável; quando abrimos uma lista telefônica, estamos procurando na maioria dos casos um nome específico, e não lendo páginas inteiras linha por linha. Imaginei se *Jo* teria notado — se soube que quase toda família antiga nessa parte do mundo tinha, de algum modo, batizado pelo menos um de seus filhos em homenagem ao filho morto de Sara Tidwell.

Como Jo não era idiota, achei que teria notado isso.

Voltei ao banheiro, tornei a ensaboar meu rosto e comecei novamente do zero. Quando terminei, voltei ao telefone e o levantei. Apertei três números e parei, olhando para o lago. Mattie e Ki estavam acordadas e na cozinha, ambas de avental, ambas numa onda de entusiasmo. Ia ter uma festa! Elas usariam roupas bonitas e novas de verão, e haveria música saindo do CD player portátil de Mattie! Ki estava ajudando Mattie a fazer biscoitos para a *totinha de molango*, e enquanto os biscoitos estivessem assando, fariam saladas. Se eu ligasse para Mattie e dissesse *Arrume uma valise, você e Ki vão passar uma semana na Disney World*, Mattie ia achar que eu estava brincando, e depois me diria para me apressar e me vestir logo para estar no aeroporto quando o avião de John aterrissasse. Se eu insistisse, ela me lembraria de que Lindy tinha lhe devolvido seu velho emprego, mas a oferta seria retirada bem rápido se Mattie não aparecesse lá prontamente às duas da tarde na sexta-feira. Se eu continuasse a insistir, ela simplesmente diria que não.

Porque eu não era o único a estar na zona, era? Não era o único a realmente senti-la.

Devolvi o telefone ao suporte de recarga e voltei ao quarto da ala norte. Quando terminei de me vestir, minha camisa limpa já parecia encolhida debaixo dos braços; estava tão quente naquela manhã como na última semana, talvez ainda mais quente. Mas eu teria muito tempo para chegar antes do avião. Jamais me senti com menos vontade de festejar, mas iria à reunião mesmo assim. Mikey presente ao local, era o meu lema. Mikey na droga do local.

John não me disse o número de seu voo, mas no aeroporto do condado de Castle tais amenidades praticamente não eram necessárias. Esse alvoroçado eixo de transporte consiste em três hangares e um terminal que havia sido um posto de gasolina Flying A — ainda se pode ver a forma de asa do *A* quando a luz está forte no enferrujado lado norte do pequeno edifício. Há uma pista. A segurança é fornecida por Lassie, a velha collie de Breck Pellerin, que passa os dias deitada no chão de linóleo e ergue uma orelha para o teto cada vez que um avião aterrissa ou decola.

    Meti a cabeça no escritório de Pellerin e lhe perguntei se o voo das dez vindo de Boston estava no horário. Ele disse que sim, embora esperasse que a pessoa que eu estava aguardando planejasse voar de volta antes do meio da tarde, ou viesse para passar a noite. O mau tempo estava chegando, minha nossa, sem dúvida alguma. O que Pellerin chamou de tempo "*elétrico*". Eu sabia exatamente o que queria dizer, pois aquela eletricidade já parecia ter chegado ao meu sistema nervoso.

    Eu me dirigi para o lado da pista do terminal e sentei num banco que anunciava o Cormier's Market (VOE PARA NOSSA DELICATÉSSEN PARA AS MELHORES CARNES DO MAINE). O sol era um botão de prata espetado na encosta leste de um céu branco e quente. Tempo de dor de cabeça, minha mãe o teria chamado, mas ele estava destinado a mudar. Eu me agarraria à esperança daquela mudança tanto quanto podia.

    Às 10h10 ouvi um zumbido de abelha vindo do sul. Às 10h15, um bimotor saiu da obscuridade, desceu desajeitadamente na pista e taxiou para o terminal. Havia só quatro passageiros, e John Storrow foi o primeiro a sair. Sorri quando o vi. Usava uma camiseta preta com a inscrição SOMOS OS CAMPEÕES na frente e bermudas cáqui que exibiam um perfeito par de canelas citadinas: ossudas e brancas. Estava tentando carregar ao mesmo tempo um isopor e uma pasta. Agarrei o isopor talvez quatro segundos antes que ele o deixasse cair e enfiei-o debaixo do braço.

— Mike! — gritou, levantando uma palma para cima.

— John! — respondi no mesmo espírito (*evoé* é a palavra que imediatamente vem à mente do aficionado de palavras cruzadas), e bati com a mão espalmada na dele. Seu rosto bonito e doméstico abriu-se num sorriso, e senti uma pequena punhalada de culpa. Mattie não havia manifestado nenhuma preferência por John, bem o oposto, na verdade, e ele realmente não tinha resolvido nenhum dos problemas dela; Devore foi o culpado disso, acabando com a própria vida antes que John tivesse alguma chance de fazer algo em benefício de Mattie. Mesmo assim, senti aquela pontadinha desagradável.

— Venha — disse ele. — Vamos sair desse calor. Você tem ar-condicionado no carro, não tem?

— Claro.

— E um toca-fitas? Porque, se tiver, vou pôr uma fita que vai fazer você dar uma casquinada.

— Acho que nunca ouvi essa palavra usada numa conversa, John.

O sorriso mostrando os dentes se abriu de novo, e notei seu monte de sardas.

— Sou advogado. Uso palavras que ainda não foram inventadas. Você tem um toca-fitas?

— Claro que tenho. — Levantei o isopor. — Filés?

— É. Da Peter Luger's. São...

— ... os melhores do mundo. Você me disse.

Quando entramos no terminal, alguém falou:

— Michael?

Era Romeo Bissonette, o advogado que me acompanhou em meu depoimento. Numa das mãos levava uma caixa embrulhada em papel azul e amarrada com fita branca. Ao lado dele, acabando de se levantar de uma das cadeiras encalombadas, vi um sujeito alto com uma franja de cabelo grisalho. Usava um terno marrom, camisa azul e uma gravata de laço com um taco de golfe no nó. Parecia mais um fazendeiro num dia de leilão do que o tipo de sujeito que se mostraria impagável depois de um ou dois drinques, mas não tive dúvidas de que aquele era o detetive particular. Ele pulou por cima do comatoso collie e apertou minha mão.

— George Kennedy, sr. Noonan. Estou contente de conhecê-lo. Minha mulher leu cada livro que o senhor escreveu.

— Agradeça a ela por mim.

— Vou agradecer. Tenho um livro no carro... um de capa dura... — Parecia tímido, como tantas outras pessoas quando estão no momento exato de pedir. — Será que podia autografá-lo para ela, em algum momento?

— Com o maior prazer — respondi. — Agora mesmo é melhor, porque assim não esqueço. — Virei-me para Romeo. — Bom te ver, Romeo.

— Pode me chamar de Rommie — disse ele. — É bom vê-lo também. — Estendeu a caixa. — George e eu nos juntamos para isso. Achamos que você merecia algo simpático por ajudar uma moça em aflição.

Kennedy agora *parecia* um homem que podia ser engraçado depois de alguns drinques. O tipo que poderia simplesmente ter o ímpeto de pular na mesa mais próxima, transformar a toalha de mesa num kilt e dançar. Olhei para John, que deu de ombros, como se dissesse não *me* pergunte.

Retirei o laço de cetim, deslizei o dedo sob a fita adesiva segurando o papel e depois ergui os olhos. Peguei Rommie Bissonette cutucando Kennedy com o cotovelo. Agora ambos sorriam.

— Não há nada aqui que vá pular em cima de mim e gritar buga-buga, não é, rapazes? — perguntei.

— De modo nenhum — disse Rommie, mas seu sorriso se alargou.

Bem, posso ter tanto espírito esportivo quanto qualquer outro. Acho. Desembrulhei o pacote, abri a caixa branca e, dentro dela, descobri simplesmente um forro quadrado de algodão, levantei-o. Eu vinha sorrindo enquanto fazia tudo isso, mas senti o sorriso murchar e morrer em minha boca. Algo se enroscou por minha espinha acima também, e acho que estive muito perto de deixar cair a caixa.

Era a máscara de oxigênio que Devore trazia no colo quando encontrou comigo na Rua, aquela em que resfolegava ocasionalmente enquanto ele e Rogette me mantinham a distância dentro do lago, tentando fazer com que eu ficasse na área profunda tempo suficiente para que me afogasse. Rommie Bissonette e George Kennedy tinham me trazido o objeto como o escalpo de um inimigo morto e eu devia achar aquilo *engraçado*...

— Mike? — perguntou Rommie ansioso. — Mike, tudo bem? Foi só uma brincadeira...

Pisquei os olhos e vi que não era de modo algum uma máscara de oxigênio — Deus do céu, como é que pude ser tão estúpido? Primeiro, era maior do que a máscara de Devore; segundo, era feita de material opaco e não de plástico claro. Era...

Dei uma risadinha hesitante. Rommie Bissonette pareceu tremendamente aliviado. Kennedy também. John apenas se mostrava intrigado.

— Muito engraçado — eu disse. Puxei o pequeno microfone de dentro da máscara e deixei-o pendurado. Ele balançou para a frente e para trás no fio, me lembrando da cauda oscilante do relógio.

— Que droga é essa? — perguntou John.

— Advogado de Park Avenue — disse Rommie a George, aprofundando o sotaque para *Aadvogaadah de Paa-aak Avenew*. — Você nuncah viu um desses, viu, companheiro? Näh senhor, claaro que näh. — Então passou à fala normal, o que foi um alívio. Vivi no Maine toda a minha vida, e para mim o fator diversão no burlesco sotaque ianque já está bastante gasto. — É uma Stenomask. O estenógrafo que registrou o depoimento de Mike estava usando uma dessas. Mike olhou tanto para ele...

— Ele me assustou — eu disse. — O velho sentado no canto e murmurando dentro da máscara de Zorro.

— Gerry Bliss assusta um monte de gente — disse Kennedy. Emitia um ruído surdo e prolongado ao falar. — É o último por aqui a usar esse aparelho. Guarda dez ou 11 em seu hall de entrada. Eu sei, porque comprei esse aí dele.

— Espero que ele o tenha pendurado em você.

— Achei que seria uma recordação simpática — disse Rommie —, mas por um segundo achei que tinha te dado a caixa com uma mão decepada. Detesto quando alguém troca as caixas dos meus presentes. O que foi, Mike?

— Julho está sendo longo e quente — eu disse. — Deve ser isso. — Segurei a correia da Stenomask com um dos dedos, balançando-a.

— Mattie disse para chegar às 11 horas — John falou. — Vamos tomar uma cerveja e brincar um pouco com o frisbee.

— Posso fazer essas duas coisas muito bem — disse George Kennedy.

Do lado de fora, no minúsculo estacionamento, George foi até um empoeirado Altima, remexeu na parte detrás do carro e voltou com um exemplar surrado de *O homem da camisa vermelha*.

— Frieda me fez trazer esse. Ela tem os mais recentes, mas este é o seu preferido. Desculpe a aparência do livro... ela o leu umas seis vezes.

— É o meu preferido também — falei, o que era verdade. — E gosto de ver um livro com milhagem. — O que também era verdade. Abri o livro, olhei de forma aprovadora para uma mancha de chocolate há muito seco na folha de guarda e escrevi: *Para Frieda Kennedy, cujo marido estava lá para dar uma mão. Obrigada por compartilhá-lo e por ler meus livros, Mike Noonan.*

Para mim, era uma longa dedicatória — geralmente me atenho a *Com os melhores votos* ou *Boa sorte*, mas queria compensar a expressão azeda que tinham visto em meu rosto quando abri o inocente presente brincalhão. Enquanto eu fazia a dedicatória, George me perguntou se eu estava escrevendo um novo romance.

— Não — respondi. — No momento, estou recarregando as baterias. — Entreguei-lhe o livro.

— Frieda não vai gostar disso.

— Não. Mas sempre há a *Camisa vermelha*.

— Nós vamos atrás de você — disse Rommie, e um estrondo surdo veio das bandas do oeste. Não era mais alto do que o trovão que andou rugindo intermitentemente pela última semana, mas aquele ali não era um trovão seco. Sabíamos disso, e olhamos naquela direção.

— Acha que vamos ter chance de almoçar antes da tempestade? — perguntou George.

— Acho. Por um triz.

Eu me dirigi ao portão do estacionamento e dei uma olhada à direita para checar o tráfego. Quando o fiz, vi John olhando pensativamente para mim.

— O quê?

— Mattie disse que você *estava* escrevendo, só isso. O livro virou a cara para você ou coisa assim?

Na verdade, *Meu amigo de infância* estava vivo como sempre... mas nunca seria terminado. Naquela manhã, eu sabia disso tão bem quanto sabia que havia chuva a caminho. Os rapazes do porão, por algum motivo, decidiram tomá-lo de volta. Perguntando por que talvez não fosse uma ideia muito boa — as respostas poderiam ser desagradáveis.

— Alguma coisa assim. Não tenho bem certeza por quê. — Entrei na rodovia, cheguei a retaguarda e vi Rommie e George atrás no pequeno Altima de George. Os Estados Unidos se tornaram um país cheio de homens grandes em carros pequenos. — O que é que você quer que eu escute? Se for um karaokê doméstico, eu passo. Ouvir você cantando "Bubba Shot the Jukebox Last Night" é a última coisa do mundo que quero.

— Ah, é melhor do que isso.

John abriu a pasta, remexeu nela e tirou dali uma caixa com uma fita cassete. A fita em seu interior tinha a inscrição 20-7-98 — ontem.

— Adoro isso — disse ele. Inclinou-se para a frente, ligou o rádio e enfiou o cassete no toca-fitas.

Eu esperava já ter tido minha cota de surpresas desagradáveis naquela manhã, mas estava enganado.

— Desculpe, tive que me livrar de outra ligação — falou John do alto-falante do meu Chevy, com sua voz mais macia e advocatícia. Eu apostaria um milhão de dólares que suas canelas ossudas não estavam aparecendo quando a fita tinha sido gravada.

Ouviu-se um riso, ao mesmo tempo enfumaçado e arranhado. Meu estômago se apertou ante aquele som. Lembrei-me de quando a vi pela primeira vez em pé do lado de fora do Sunset Bar, de short pretos sobre um maiô preto inteiriço. Em pé e parecendo uma refugiada do inferno de uma dieta de fome.

— Você quer dizer que teve que ligar seu gravador — disse ela, e agora eu lembrava como a água parecia ter mudado de cor quando Rogette me despachou aquela pedrada realmente boa atrás da cabeça. De laranja vivo para vermelho-escuro. E então eu comecei a engolir a água do lago. — Tudo bem. Grave tudo que quiser.

John esticou a mão e fez o cassete ser expelido.

— Você não precisa escutar isso — disse ele. — Não é importante. Achei que ia se divertir com a tagarelice dela, mas... puxa, você está com uma cara horrível. Quer que eu dirija? Está branco como papel, porra.

— Posso dirigir — eu disse. — Vá em frente, ponha a fita. Depois eu lhe conto uma pequena aventura que tive na sexta à noite... mas você não vai contá-la a ninguém. Eles não precisam saber — espetei o polegar por sobre o ombro para o Altima —, e Mattie também não tem que saber. Sobretudo Mattie.

Ele esticou a mão para a fita, mas hesitou:

— Tem certeza?

— Tenho. Foi só por ouvir a voz dela de repente, sem estar prevenido. A voz dela. Cristo, que gravação de boa qualidade.

— Nada senão o melhor para Avery, McLain e Bernstein. Temos protocolos muito estritos sobre o que podemos gravar, por falar nisso. Caso você esteja pensando no assunto.

— Não estava. De qualquer modo, acho que nada disso é admissível num litígio, é?

— Em certos casos raros, um juiz pode aceitar uma gravação, mas não é por isso que o fazemos. Uma fita dessas salvou a vida de um homem quatro anos atrás, bem na época em que entrei para a firma. O sujeito agora está no Programa de Proteção à Testemunha.

— Ponha a fita.

John se inclinou para a frente e apertou o botão.

John: — Como anda o deserto, srta. Whitmore?
Whitmore: — Quente.
John: — As providências estão avançando bem? Sei como podem ser difíceis esses momentos...
Whitmore: — O senhor sabe muito pouco, advogado, pode acreditar. Vamos deixar essa baboseira de lado?
John: — Considere-a posta de lado.
Whitmore: — O senhor transmitiu as condições do testamento do sr. Devore à nora dele?
John: — Transmiti.
Whitmore: — E a resposta dela?
John: — Não tenho nenhuma para lhe dar agora. Posso ter, depois que o testamento do sr. Devore for homologado. Mas certamente a senhora sabe que esses codicilos raramente são aceitos pelo tribunal, se é que o são alguma vez.
Whitmore: — Bem, se a mocinha se mudar da cidade, veremos, não é?

John: — Acho que sim.
Whitmore: — Quando é a festa da vitória?
John: — Como?
Whitmore: — Ah, por favor. Tenho sessenta compromissos diferentes hoje, além de um patrão para enterrar amanhã. O senhor vai até lá para celebrar com ela e a filha, não é? Sabia que ela convidou o escritor? Seu companheiro de foda?

John se virou para mim alegremente.
— Está vendo como ela parece irritada? Tenta esconder isso, mas não consegue. Está devorando-a por dentro.
Praticamente não o escutei. Eu estava na zona com o que ela dizia (*o escritor, seu companheiro de foda*)
e o que estava *sob* o que ela dizia. A natureza característica por baixo das palavras. *Só queremos ver quanto tempo você pode nadar*, tinha gritado para mim.

John: — Não creio que o que eu e os amigos de Mattie fazemos seja da sua conta, srta. Whitmore. Posso sugerir respeitosamente que a senhora se reúna com seus amigos e deixe Mattie Devore se reunir com os del...
Whitmore: — Dê um recado a ele.

Eu. Ela estava falando de mim. Então percebi que era até mais pessoal do que aquilo — ela estava falando *para* mim. Seu corpo podia estar do outro lado do país, mas sua voz e seu espírito rancoroso estavam bem ali no carro conosco.
E o testamento de Max Devore. Não a merda sem sentido que os advogados dele tinham colocado no papel e sim o *testamento* dele. O velho patife estava tão morto como Dâmocles, mas definitivamente ainda buscava a custódia, sem dúvida nenhuma.

John: — Dê um recado a quem, srta. Whitmore?
Whitmore: — Diga a ele que nunca respondeu à pergunta do sr. Devore.
John: — Que pergunta?

A boceta dela suga?

Whitmore: — Pergunte a ele. Ele sabe qual é.
John: — Se está se referindo a Mike Noonan, pode perguntar a ele pessoalmente. A senhora o verá na Corte Testamentária do condado de Castle nesse outono.
Whitmore: — Acho difícil. O testamento do sr. Devore foi feito e testemunhado aqui.
John: — Apesar disso, será homologado no Maine, onde ele morreu. Estou empenhado nisso. E a próxima vez em que você for embora do condado de Castle, Rogette, sua instrução em questões legais estará consideravelmente ampliada.

Pela primeira vez ela pareceu zangada, sua voz passando a um crocitar esganiçado.

Whitmore: — Se você acha...
John: — Eu não acho. Eu sei. Adeus, srta. Whitmore.
Whitmore: — Acho melhor você ficar longe d...

Ouviu-se um clique, o zumbido da linha desligada e então uma voz de robô dizendo "Nove e quarenta da manhã... horário de verão no leste... julho... 20". John apertou EJECT, recolheu a fita e a guardou na pasta.

— Desliguei na cara dela. — Parecia um homem contando sobre seu primeiro salto livre de paraquedas. — Desliguei mesmo. Ela estava danada, não estava? Não acha que ela estava tremendamente furiosa?

— É. — Era o que ele queria ouvir, mas não o que eu realmente pensava. Furiosa, sim. *Tremendamente* furiosa? Talvez não. Porque a localização de Mattie e seu estado de espírito não eram preocupações de Rogette; ela tinha ligado para falar comigo. Para me dizer que estava pensando em mim. Para despertar lembranças de como era agitar-se na água com a parte de trás da cabeça sangrando. Para me assustar. E tinha conseguido.

— Qual era a pergunta que você não respondeu? — perguntou John.

— Não tenho a mínima ideia — respondi —, mas posso lhe dizer por que ouvir a voz dela me deixou um pouco pálido. Se você for discreto e quiser ouvir.

— Ainda temos 30 quilômetros pela frente. Desembuche.

Contei-lhe sobre a sexta-feira à noite. Não atravanquei minha versão com visões ou fenômenos psíquicos: falei apenas sobre Michael Noonan saindo para um passeio pela Rua ao pôr do sol. Eu estava perto da bétula que pendia sobre o lago, vendo o sol mergulhar por trás das montanhas, quando eles surgiram às minhas costas. Do ponto em que Devore investiu contra mim com a cadeira de rodas ao ponto em que finalmente cheguei a terra firme, de modo geral me pautei fielmente pela verdade.

Quando terminei, John mostrou-se completamente silencioso, sinal de como tinha ficado atônito; sob circunstâncias normais era tão tagarela quanto Ki.

— E então? — perguntei. — Comentários? Perguntas?

— Afaste o cabelo para eu ver atrás da orelha.

Fiz como ele pedia, revelando um grande Band-Aid e uma ampla área inchada. John debruçou-se para mim para estudá-la como uma criança observando a cicatriz de batalha do melhor amigo durante o recreio.

— Puta que pariu — disse ele finalmente.

Foi minha vez de não dizer nada.

— Aqueles dois velhos nojentos tentaram afogar você.

Eu não disse nada.

— Tentaram afogar você por ajudar Mattie.

Então eu *realmente* não disse nada.

— E você não deu queixa?

— Ia dar, depois percebi que isso me faria parecer um idiota chorão. E muito provavelmente um mentiroso.

— Quanto acha que Osgood pode saber?

— De tentarem me afogar? Nada. Ele é só um garoto de recados.

Um pouco mais daquela rara quietude de John. Depois de alguns segundos nesse estado, ele estendeu a mão e tocou no caroço na parte de trás de minha cabeça.

— Ai!

— Desculpe. — Uma pausa. — Deus do céu. Então ele voltou ao Warrington's e deu um tiro na própria cabeça. Deus do céu. Michael, eu jamais teria posto aquela fita para tocar se soubesse...

— Tudo bem. Mas nem pense em contar a Mattie. Estou usando o cabelo em cima da orelha por causa disso.

— Acha que algum dia vai contar a ela?

— Talvez. Algum dia, quando ele já estiver morto tempo suficiente para que a gente possa rir de meu banho de roupa.

— Pode ser daqui a um bom tempo.

— É. Pode sim.

Rodamos em silêncio por um período. Eu podia perceber John procurando um modo de trazer a alegria de volta ao dia, e graças a isso senti um grande afeto por ele. Debruçou-se, ligou o rádio e encontrou algo ruidoso e irritante dos Guns'n Roses — *welcome to the jungle, baby, we got fun and games.*

— Vamos festejar até vomitar — disse ele. — Certo?

Sorri. Não era fácil, com a voz da velha ainda grudada a mim como lodo, mas consegui.

— Já que você insiste — eu disse.

— Eu insisto. Não tem dúvida.

— John, para um advogado, você é um bom sujeito.

— E para um escritor você também é um bom sujeito.

Dessa vez, o sorriso em meu rosto pareceu mais natural e permaneceu mais tempo. Passamos a placa em que se lia TR-90 e, enquanto o fazíamos, o sol surgiu por entre a névoa e inundou o dia de luz. Parecia um presságio de momentos melhores pela frente até que olhei para o oeste. Ali havia manchas negras na claridade, pude ver nuvens carregadas de chuva se formando sobre as White Mountains.

Capítulo Vinte e Cinco

Acho que para os homens o amor é algo formado de lascívia e perplexidade em partes iguais. A parte da perplexidade as mulheres entendem. A da lascívia, apenas acham que entendem. Muito poucas — talvez uma em vinte — têm algum tipo de conceito do que seja realmente a lascívia, ou quão profunda ela corre. Talvez isso seja bom para o sono delas e sua paz de espírito. Não estou falando da lascívia de libertinos, estupradores e molestadores; falo da dos vendedores de sapatos e diretores de ensino médio.

Sem mencionar a dos escritores e advogados.

Chegamos ao pátio de Mattie às 10h50. Enquanto estacionava meu Chevy ao lado do enferrujado jipe dela, a porta do trailer se abriu e Mattie surgiu no degrau de cima. Prendi a respiração e pude ver que John fazia o mesmo a meu lado.

Mattie era provavelmente a moça mais bonita que eu já tinha visto em minha vida, com seu short cor-de-rosa e blusa com gola de marinheiro combinando. O short não era curto o suficiente para ser vulgar (palavra de minha mãe), mas era curto o suficiente para ser provocante. Amarrada com laços nos ombros, a blusa mostrava um pedaço certo de bronzeado para fazer sonhar quem o olhasse. O cabelo de Mattie caía sobre os ombros. Ela sorria e acenava. Pensei: *Mattie venceu, levem-na para a sala de jantar do country club agora, vestida como está, que ela ofuscará todo mundo.*

— Ah, meu Deus — disse John. Havia um desalentado desejo em sua voz. — Tudo isso e um saco de batatas fritas.

— É — falei. — Ponha seus olhos de volta na cabeça, garotão.

Ele colocou as mãos em concha no rosto, como se fizesse exatamente aquilo. Enquanto isso, George estacionava o Altima perto de nós.

— Vamos — eu disse, abrindo a porta. — Hora da festa.

— Não posso tocar nela, Mike — disse John. — Vou derreter.

— Ande logo, seu idiota.

Mattie desceu os degraus e passou pelo vaso com o tomateiro. Atrás dela, Ki vestia uma roupa semelhante à da mãe, só que num tom verde-escuro. Vi que estava acometida outra vez de um acesso de timidez; mantinha uma mão firme na perna de Mattie e um polegar na boca.

— Os rapazes chegaram! Os rapazes chegaram! — exclamou Mattie, rindo, e se atirou nos meus braços. Abraçou-me apertado e beijou o canto de minha boca. Respondi ao abraço e beijei-lhe o rosto. Então ela foi até John, leu o que estava escrito em sua camiseta, bateu as mãos num aplauso e o abraçou. Ele a apertou bastante para um cara que estava com medo de derreter, pensei, levantando-a no ar e girando-a num círculo enquanto ela pendia de seu pescoço e ria.

— Moça rica, rica, rica! — cantou John, e a colocou sobre as solas de cortiça dos sapatos brancos.

— Moça livre, livre, livre! — cantou ela de volta. — Para o inferno com os ricos!

Antes que ele pudesse responder, ela beijou-o firmemente na boca. Os braços dele se ergueram para enlaçá-la, mas ela recuou antes que pudessem completar o gesto. Ela se virou para Rommie e George, em pé lado a lado e dando a impressão de sujeitos que quisessem explicar tudo sobre a Igreja Mórmon.

Dei um passo à frente pretendendo fazer as apresentações, mas John ocupou-se disso, e um de seus braços conseguiu realizar sua missão finalmente — enlaçou a cintura de Mattie ao conduzi-la até os homens.

Enquanto isso, uma mãozinha deslizou para a minha. Olhei para baixo e vi que Ki erguia os olhos para mim, o rosto grave e pálido e tão bonito quanto o da mãe. O cabelo louro, brilhante e recém-lavado estava preso atrás com uma presilha de veludo.

— Acho que o pessoal da geleira não gosta de mim agora — disse ela. O sorriso e a despreocupação haviam sumido, pelo menos no momento. Ki parecia à beira das lágrimas. — Minhas letras todas disseram tchau.

Levantei-a, sustentando-a sobre o braço dobrado como fiz no dia em que a encontrei andando pelo meio da rota 68 de roupa de banho. Beijei sua testa e depois a ponta do nariz. Sua pele era uma seda perfeita.

— Sei que disseram — falei. — Vou comprar outras para você.

— Promete? — Olhos azul-escuros e duvidosos fixaram-se nos meus.

— Prometo. E vou te ensinar palavras especiais como zigoto e bíbulo. Conheço um monte de palavras especiais.

— Quantas?

— Cento e oitenta.

Um trovão estrondeou no oeste. Não parecia mais alto do que os outros, mas de algum modo mais preciso. Os olhos de Ki viraram naquela direção, depois voltaram aos meus.

— Estou com medo, Mike.

— Medo? De quê?

— De não sei o quê. Da mulher com o vestido de Mattie. Dos homens que a gente viu. — Então olhou por cima de meu ombro. — Lá vem mamãe. — Já ouvi atrizes pronunciarem a fala *Não na frente das crianças* exatamente com aquele tom de voz. — Me põe no chão.

Coloquei-a no chão. Mattie, John, Rommie e George se juntaram a nós. Ki correu para Mattie, que a pegou e então nos olhou como um general supervisionando suas tropas.

— Trouxe a cerveja? — perguntou.

— Sim, senhora — falei. — Uma caixa de Budweiser e uma dúzia de refrigerantes variados. Além de limonada.

— Ótimo. Sr. Kennedy...

— George, senhora.

— Então, George. E se me chamar de senhora de novo eu lhe dou um soco no nariz. Meu nome é Mattie. Você pode dar um pulo de carro no Armazém Lakeview — ela apontou para a loja na rota 68, cerca de uns 800 metros de distância — e comprar gelo?

— Claro.

— Sr. Bissonette...

— Rommie.

— Há uma hortazinha na extremidade norte do trailer, Rommie. Pode pegar umas duas alfaces com uma cara boa?

— Posso, sim.

— John, vamos pôr a carne na geladeira. Quanto a você, Michael... — Ela apontou para a churrasqueira. — Os carvões são do tipo instantâneo, deixe cair um fósforo e se afaste. Cumpra o seu dever.

— Pois não, minha senhora — eu disse, caindo de joelhos diante dela. Aquilo finalmente arrancou uma risadinha de Ki.

Rindo, Mattie pegou minha mão e me levantou.

— Vamos, Sir Galahad — disse ela. — Vai chover. Quero estar segura dentro de casa e tão cheia de comida que não possa dar um pulo quando a chuva começar.

Na cidade, as festas se iniciam com cumprimentos à porta, recolhimentos de casacos e aqueles peculiares beijinhos no ar (quando exatamente terá começado essa esquisitice social?). No campo, elas começam com tarefas. Você vai buscar, carrega, parte à procura de coisas como pinças de churrasco e luvas de cozinha. A anfitriã convoca dois homens para mudar de lugar a mesa do piquenique, depois decide que, na verdade, ela ficava melhor onde estava antes, e pede que a ponham no lugar anterior. De repente, em determinado momento, você descobre que está se divertindo.

Empilhei os carvões até parecerem com a pirâmide no saco e então joguei um fósforo neles. Incendiaram-se satisfatoriamente e me afastei, enxugando a testa com o antebraço. O frio e o ar limpo podiam estar chegando, mas certamente ainda não estavam ao alcance de um grito. O sol tinha perfurado as nuvens e o dia passou de opaco a ofuscante; no entanto, pesadas nuvens de cetim negro continuavam a se empilhar no oeste. Era como se a noite tivesse estourado um vaso sanguíneo naquele céu.

— Mike?

Procurei Kyra com os olhos.

— O que é, meu bem?

— Você vai cuidar de mim?

— Vou — respondi sem a menor hesitação.

Por um momento, algo na minha resposta — talvez só a rapidez com que foi dada — pareceu perturbá-la. Então sorriu.

— Tá — disse. — Olha ali o homem do gelo!

George estava de volta do armazém. Estacionou o carro e saiu. Andei até ele, com Kyra segurando minha mão e balançando-a possessivamente para a frente e para trás. Rommie veio conosco, fazendo malabarismos com três alfaces — não acho que ele era uma grande ameaça ao sujeito que tinha fascinado Ki no parque, sábado à noite.

Abrindo a porta de trás do Altima, George retirou dois sacos de gelo.

— O armazém estava fechado — falou. — Tinha um cartaz dizendo REABRIRÁ ÀS 17 HORAS. Era muito tempo para esperar; então peguei o gelo e coloquei o dinheiro na fenda para a correspondência.

Haviam fechado para o funeral de Royce Merrill, claro. Tinham desistido de quase um dia inteiro de clientes no auge da estação turística para acompanhar o enterro do velho companheiro. Era um tanto tocante. Achei também que era um tanto sinistro.

— Posso carregar o gelo? — perguntou Kyra.

— Acho que sim, mas não vá se *congelizar* — disse George, e cuidadosamente colocou um saco com 2 quilos de gelo nos braços esticados de Ki.

— *Congelizar* — disse Kyra, dando uma risadinha. Começou a andar na direção do trailer, de onde Mattie acabava de sair. Atrás dela, John a contemplava com olhos de um beagle. — Mamãe, olha! Estou *congelizando*!

Peguei o outro saco.

— Conheço a geladeira do lado de fora, mas não fica trancada a cadeado?

— Sou amigo da maioria dos cadeados — disse George.

— Ah, entendo.

— Mike! Pegue! — John me atirou um frisbee vermelho, que flutuou na minha direção, mas muito alto. Eu pulei e o peguei, e subitamente Devore voltou à minha mente: *O que há de errado com você, Rogette? Você nunca lançou como uma garota. Pegue ele!*

Olhei para baixo e vi Ki me olhando.

— Não pense nessa coisa triste — falou.

Sorri para ela e então lhe atirei o frisbee.

— Tá, nada de coisa triste. Continue, meu bem. Jogue o disco para mamãe. Vamos ver se você pode.

Ela sorriu de volta, se virou e fez um lançamento rápido e acurado para a mãe — um lançamento tão forte que Mattie quase o deixou escapar. Fosse lá o que Kyra Devore pudesse ser além disso, era uma campeã em potencial no lançamento de frisbee.

Mattie atirou o frisbee para George, que se virou, com a cauda do absurdo paletó marrom alargando-se, e pegou-o com habilidade por trás das costas. Mattie riu e aplaudiu, a borda da blusa flertando com seu umbigo.

— Que exibido! — gritou John dos degraus.

— A inveja é um sentimento feio — disse George para Rommie Bissonette, atirando-lhe o frisbee. Rommie jogou-o para John, mas, atirado longe demais, o disco bateu na lateral do trailer. Enquanto John corria degraus abaixo para pegá-lo, Mattie virou-se para mim.

— Meu som está na mesinha da sala, junto de uma pilha de CDs. A maioria deles é bem velha, mas pelo menos é música. Você os traz para cá?

— Claro.

Entrei. Lá dentro estava quente, apesar dos três ventiladores estrategicamente colocados e trabalhando em tempo integral. Contemplei a lamentável mobília fabricada em massa e o nobre esforço de Mattie para acrescentar-lhe alguma personalidade; a gravura de Van Gogh que não devia combinar com uma quitinete de trailer, mas combinava; a reprodução de *Nighthawks*, de Edward Hopper, acima do sofá; as cortinas tingidas que teriam feito Jo rir. Havia ali uma coragem que me deixou triste por ela e novamente furioso com Max Devore. Morto ou não, tive vontade de lhe dar um chute no traseiro.

Entrei na sala de estar e vi o novo romance de Mary Higgins Clark na mesinha junto ao sofá, com um marcador pendurado para fora. Ao lado dele, duas fitas de cabelo de menina com algo que me pareceu familiar, embora não conseguisse lembrar sequer de ter visto Ki usá-las. Fiquei ali por mais um momento, franzindo as sobrancelhas; então peguei o rádio, os CDs e voltei para fora.

— Ei, rapazes! Vamos agitar!

Eu estava bem até que ela dançasse. Não sei se isso tem importância para você, mas para mim tem. Eu estava bem até que ela dançasse. Depois eu me senti perdido.

Levamos o frisbee para a parte de trás da casa, parcialmente para não enfurecermos nenhum habitante da cidade a caminho do funeral com a nossa barulheira e animação, mas principalmente porque o quintal de Mattie era um bom lugar para jogar — solo nivelado e grama baixa. Após perder uns dois lançamentos, Mattie jogou para longe os sapatos de festa, entrou correndo na casa e voltou de tênis. Depois daquilo ela ficou muito melhor.

Brincamos com o frisbee, insultamo-nos uns aos outros, tomamos cerveja, rimos um bocado. Ki não era grande coisa para pegar, mas tinha um braço fenomenal para uma criança de 3 anos, e jogava com animação. Rommie tinha colocado o rádio num degrau dos fundos do trailer, e o aparelho soltou uma nuvem de músicas do final dos anos 1980 e início dos 1990: U2, Tears for Fears, Eurythmics, Crowded House, A Flock of Seagulls, Ah-Hah, os Bangles, Melissa Etheridge, Huey Lewis e os News. Tive a impressão de conhecer cada canção, cada refrão.

Suamos e corremos à luz do meio-dia. Contemplamos as pernas longas e bronzeadas de Mattie movendo-se de cá para lá e escutamos os alegres trinados do riso de Kyra. Em determinado momento, Rommie Bissonette plantou bananeira, sendo todos os seus trocados cuspidos dos bolsos. John riu até ter que sentar, as lágrimas lhe rolando dos olhos. Ki correu e atirou-se sentada em seu colo indefeso. John parou de rir na hora. "Uuf!", gritou, me olhando com os olhos brilhantes e magoados, enquanto seus colhões amassados tentavam sem dúvida voltar para dentro do corpo.

— Kyra *Devore*! — gritou Mattie, olhando apreensiva para John.

— Deúbei meu próprio quateback — disse Ki com orgulho.

John sorriu debilmente para ela e levantou-se cambaleando.

— É — disse. — É verdade. E o juiz vai lhe tirar pontos por você amassar o adversário.

— Tudo bem, cara? — perguntou George. Parecia preocupado, mas sua voz sorria.

— Estou ótimo — disse John, e atirou-lhe o frisbee que flutuou lentamente pelo pátio. — Vá em frente, jogue. Vamos ver o que consegue.

O trovão soou mais alto, mas as nuvens negras ainda estavam todas a oeste de nós; o céu lá em cima continuava de um inofensivo e úmido azul. Os pássaros ainda gorjeavam e os grilos cantavam na grama. Havia um tremor de calor sobre a churrasqueira, e logo chegaria a hora de atacarmos os filés nova-iorquinos de John. O frisbee ainda voava, vermelho contra o verde da grama e das árvores e o azul do céu. Ainda me sentia tomado pela luxúria, mas tudo ainda estava bem — os homens estão sempre com tesão pelo mundo afora, e praticamente o tempo inteiro, e as calotas polares nem por isso derretem. Mas Mattie dançou, e tudo se modificou então.

Era uma velha canção de Don Henley, conduzida por um estribilho de guitarra realmente desagradável.

— Nossa, eu adoro essa — exclamou Mattie. O frisbee voou para ela, que o pegou, deixou-o cair, pisou nele como se fosse um quente holofote vermelho mirado sobre um palco de boate e começou a dançar. Colocou as mãos atrás do pescoço, depois nos quadris, e depois atrás das costas. Dançava em pé, com as pontas dos tênis no frisbee. Dançava sem se mover. Dançava como falam naquela canção — como uma onda no oceano.

> *"The government bugged the men's room in the local disco lounge,*
> *And all she wants to do is dance...*
> *to keep the boys from selling all the weapons they can scrounge,*
> *And all she wants to do is dance, dance."**

As mulheres ficam sexy quando dançam — tremendamente sexy —, mas não foi só a isso que eu reagi. Com a luxúria eu podia lidar. Aquilo, porém, era mais do que a luxúria, e nada fácil de administrar. Era algo que sugava meu ar e fazia com que me sentisse, literalmente, à mercê dela. Naquele momento, ela era a coisa mais bela que eu já tinha visto, não uma mulher bonita de short e blusa de marinheiro dançando num frisbee sem sair do lugar, e sim Vênus revelada. Era tudo que eu perdi durante os últimos quatro anos, quando estive tão mal que sequer tinha noção de estar perdendo alguma coisa. Mattie me despojou das últimas defesas que eu possa ter tido. A diferença de idade não tinha importância. Se para os outros eu parecia ter a língua pendurada para fora mesmo de boca fechada, então que fosse. Se perdesse minha dignidade, orgulho, senso de individualidade, então que fosse. Quatro anos sozinho tinham me ensinado que há coisas piores a se perder.

---

* O governo grampeou o banheiro dos homens / na sala de estar da discoteca local / E só o que ela quer é dançar, dançar... / Para impedir os rapazes de vender / todas as armas que podem filar, / E só o que ela quer é dançar, dançar.

Quanto tempo ela ficou lá, dançando? Não sei. Provavelmente não muito tempo, nem mesmo um minuto, e então percebeu que a contemplávamos extasiados — porque, em algum grau, todos viam o que eu via e sentiam o que eu sentia. Por aquele minuto, ou seja lá quanto tempo foi, acho que nenhum de nós conseguiu respirar muito.

Mattie desceu do frisbee, rindo e enrubescendo ao mesmo tempo, confusa, mas não pouco à vontade de fato.

— Desculpe — disse. — Eu simplesmente... adoro essa música.

— Ela só quer é dançar — disse Rommie.

— É, às vezes é só isso que ela quer — disse Mattie, e enrubesceu mais do que nunca. — Desculpe, tenho que ir lá dentro. — Ela me atirou o frisbee e disparou para o trailer.

Respirei profundamente, tentando voltar à estável realidade, e vi John fazendo o mesmo. George Kennedy tinha uma expressão suavemente atônita, como se alguém lhe tivesse dado um sedativo leve que agora finalmente fazia efeito.

Um trovão retumbou. Desta vez *parecia* mais perto.

Lancei o frisbee para Rommie.

— O que é que você acha?

— Acho que estou apaixonado — respondeu, e então pareceu se dar uma pequena sacudida mental, como pude ver em seus olhos. — Também acho que já é hora de prepararmos esses filés, se vamos comer aqui fora. Quer me ajudar?

— Claro.

— Eu ajudo também — disse John.

Voltamos ao trailer, deixando George e Kyra brincando com o disco. Kyra lhe perguntava se ele já tinha pegado algum "crinimoso". Na cozinha, em pé junto à geladeira, Mattie empilhava os filés numa travessa.

— Obrigada por terem vindo, rapazes. Eu estava a ponto de desistir e engolir um bife desses exatamente como está. São as coisas mais bonitas que eu já vi na vida.

— Você é a coisa mais bonita que *eu* já vi na vida — disse John. Estava sendo totalmente sincero, mas o sorriso que Mattie lhe lançou era distraído e um tanto divertido. Anotei mentalmente: jamais elogie a beleza de uma mulher quando ela tem dois filés na mão. Simplesmente não funciona.

— Você é um bom churrasqueiro? — perguntou-me ela. — Diga a verdade, porque essa carne aqui é boa demais para ser estragada.

— Posso dar conta do recado.

— Certo, está contratado. John, você é o assistente. Rommie, me ajude com as saladas.

— Com todo prazer.

George e Ki tinham ido para a frente do trailer e estavam agora sentados em espreguiçadeiras como dois velhos companheiros num clube londrino. George contava a Ki como trocou tiros com Rolfe Nedeau e a Gangue do Mal na rua Lisbon em 1993.

— George, o que aconteceu com o seu nariz? — perguntou John. — Está ficando tão *comprido*.

— Quer me dar licença? — falou George. — Estou tendo uma conversa aqui.

— George prendeu um monte de crinimosos — disse Kyra. — Prendeu a Gangue do Mal e pôs eles na prisão de segurança máxima.

— É — eu disse —, e também ganhou o Oscar por atuar num filme chamado *Rebeldia Indomável*.

— Exatamente — disse George. Ergueu a mão direita e cruzou dois dedos. — Eu e Paul Newman. Assim.

— Temos o molho *dispuguete* dele — acrescentou Ki gravemente, e isso fez John rir de novo. Embora não me pegasse da mesma maneira, o riso é contagioso; só ver John rir foi suficiente para me fazer rir também depois de alguns segundos. Estávamos urrando como um par de idiotas quando colocamos os filés na churrasqueira. Foi surpreendente não termos queimado as mãos.

— Por que estão rindo? — Ki perguntou a George.

— Porque são homens bobos com cérebros pequenininhos — disse George. — Agora escute, Ki, peguei todos eles, a não ser o Louco. Ele pulou no carro dele, eu pulei no meu. Os detalhes dessa perseguição não são de jeito nenhum para os ouvidos de uma garotinha...

Mesmo assim George a regalou com eles enquanto John e eu sorríamos um para o outro dos dois lados da churrasqueira de Mattie.

— É ótimo, não é? — disse John, e concordei com a cabeça.

Mattie saiu com milho embrulhado em folhas de alumínio, seguida por Rommie com uma grande saladeira aninhada nos braços e descendo os degraus com cuidado, tentando espiar por cima da tigela enquanto descia.

Sentamos à mesa de piquenique, George e Rommie de um lado, John e eu ladeando Mattie do outro. Ki sentou-se à cabeceira, empoleirada sobre uma pilha de revistas velhas, numa cadeira de jardim. Mattie amarrou um pano de prato à volta do pescoço da filha, um ultraje a que Ki se submeteu apenas porque: *a)* estava usando roupas novas e *b)* o pano de prato não era um babador de bebê, pelo menos tecnicamente.

Comemos muito — salada, filé (John tinha razão, era realmente o melhor que eu já tinha comido), espiga de milho assada e *totinha de molango* de sobremesa. No momento em que tínhamos chegado à *totinha* os trovões rolavam nitidamente mais próximos e uma brisa irregular e quente soprava no quintal.

— Mattie, se eu nunca mais comer tão bem quanto hoje, não vou ficar surpreso — disse Rommie. — Muito obrigado por me convidar.

— Obrigada a *você* — disse ela. Seus olhos estavam marejados. Ela pegou minha mão e a de John. Apertou as duas. — Obrigada a vocês todos. Se soubessem como as coisas iam para Ki e para mim antes dessa última semana... — Balançou a cabeça, deu um aperto final na mão de John e na minha e soltou-as. — Mas já acabou.

— Olhem a criança — disse George, divertido.

Ki se jogou para trás na cadeira, nos olhando com olhos vidrados. A maior parte de seu cabelo tinha saído do prendedor e pendia em mechas junto às faces. Tinha uma manchinha de chantili na ponta do nariz e um grão de milho amarelo no meio do queixo.

— Joguei o frisbee 6 mil vezes — disse Kyra. Falava num tom distante, declamatório. — Cansei.

Mattie começou a se levantar. Pus a mão em seu braço.

— Posso?

Ela assentiu com a cabeça.

— Se você quiser.

Levantei Kyra no colo e carreguei-a até os degraus. O trovão roncou de novo, um ronco longo e baixo, parecendo o rosnado de um cão gigantesco. Olhei para as nuvens que se acotovelavam lá em cima e, enquanto o fazia, um movimento atraiu minha visão. Era um velho carro azul indo para oeste pela estrada Wasp Hill, na direção do lago. Só o notei porque exibia um daqueles idiotas adesivos de para-choques do Village Café: BUZINA QUEBRADA — AGUARDE PELO DEDO.

Carreguei Ki degraus acima e passei pela porta, virando-a para que não batesse com a cabeça.

— Toma conta de mim — disse ela em seu sono. Sua voz tinha uma tristeza que me arrepiou. Era como se soubesse que estava pedindo o impossível. — Toma conta de mim, eu sou pequena, mamãe disse que sou pequenininha.

— Vou tomar conta de você — eu disse, beijando o sedoso espaço entre seus olhos de novo. — Não se preocupe, Ki, durma.

Levei-a para o quarto dela e a coloquei na cama. A essa altura estava totalmente apagada. Limpei o chantili de seu nariz e peguei o grão de milho de seu queixo. Dei uma olhada ao relógio e vi que eram 13h50. Eles estariam se reunindo na igreja batista nesse momento. Bill Dean usando uma gravata cinza. Buddy Jellison de chapéu. Buddy estava de pé atrás da igreja, com alguns outros homens que fumavam antes de entrar.

Eu me virei e dei com Mattie à entrada.

— Mike — disse ela. — Venha cá, por favor.

Fui até ela. Não havia nenhum tecido entre sua cintura e minhas mãos desta vez. Sua pele era quente, e tão sedosa quanto a da filha. Ela ergueu os olhos para mim, os lábios entreabertos. Seus quadris se impeliram para a frente, e quando ela sentiu o que estava duro ali, pressionou ainda mais.

— Mike — disse ela de novo.

Fechei os olhos. Eu me sentia como alguém que tinha acabado de chegar à entrada de uma sala brilhantemente iluminada, cheia de gente rindo e conversando. E dançando. Porque às vezes é só isso que queremos fazer.

Quero entrar, pensei. *É isso que eu quero fazer, é só o que eu quero fazer. Me deixa fazer o que eu quero. Me deixa...*

Percebi que falava aquilo alto, sussurrando rapidamente no ouvido dela, as mãos subindo e descendo por suas costas, percorrendo sua espinha, tocando suas omoplatas e depois envolvendo seus pequenos seios.

— Sim — disse ela. — O que nós dois queremos. Sim. Isso é bom.

Lentamente, ela ergueu os polegares e enxugou os locais úmidos sob meus olhos. Eu me afastei dela.
— A chave...
Ela sorriu ligeiramente.
— Você sabe onde ela está.
— Vou aparecer esta noite.
— Ótimo.
— Eu ando... — Tive que clarear a garganta. Olhei para Kyra, que dormia profundamente. — Eu ando solitário. Acho que não sabia disso, mas ando.
— Eu também. E sabia disso por nós dois. Me dá um beijo, por favor.
Beijei-a. Acho que nossas línguas se tocaram, mas não tenho certeza. Lembro-me com mais clareza é da *vivacidade* de Mattie. Era como um dreidel, o pião hebreu de quatro faces, girando levemente em meus braços.
— Ei! — gritou John do lado de fora. Nós nos afastamos. — Não querem dar uma ajudinha? Vai chover!
— Obrigada por finalmente se decidir — disse Mattie para mim em voz baixa. Virou-se e voltou apressada para o estreito corredor do trailer. Na próxima vez em que ela falou comigo, não acho que soubesse o que dizia. Na próxima vez em que falou comigo ela estava morrendo.

— Não acorde a criança — ouvi-a dizer a John, e a resposta dele: — Ah, desculpe, desculpe.
Fiquei onde estava por mais um momento, recuperando o fôlego, e então entrei no banheiro e molhei o rosto com água fria. Lembro-me de ver uma baleia de plástico azul na banheira quando me virei para tirar a toalha do suporte e de pensar que provavelmente esguichava bolhas de seu furo, e me lembro até de ter tido o momentâneo vislumbre de uma ideia — uma história infantil sobre uma baleia esguichante. Que tal pôr nela o nome de Willie? Não, óbvio demais. Mas Wilhelm — este, sim, tinha um som bem redondo, simultaneamente grandioso e divertido. Wilhelm, a baleia esguichante.
Lembro-me do estrondo de trovões lá no alto. Lembro-me de como eu estava feliz, com a decisão afinal tomada e com a noite pela

qual esperar ansiosamente. Lembro-me do murmúrio dos homens e do murmúrio de Mattie em resposta, dizendo a eles onde colocar as coisas. Depois ouvi todos saindo novamente.

Olhei para a parte de baixo do meu corpo e vi certo volume diminuindo. Lembro-me de pensar que nada tinha uma aparência tão absurda quanto um homem sexualmente excitado, e sabia que o mesmo pensamento já tinha me ocorrido antes, talvez num sonho. Saí do banheiro, chequei Kyra novamente — ela tinha rolado para o lado e adormecido logo — e então entrei no corredor. Tinha acabado de chegar à sala de estar quando ouvi os tiros lá fora. Nem por um momento confundi esse som com o dos trovões. Por um momento ainda passou por minha cabeça que pudessem ser estampidos de cano de descarga — o carro envenenado de algum garoto —, e então eu soube. Parte de mim já esperava que algo desse tipo acontecesse... mas esperava fantasmas e não armas de fogo. Um lapso fatal.

Foi o rápido *pa! pa! pa!* de uma arma automática — uma Glock de nove milímetros, como soube depois. Mattie deu um grito alto e perfurante que gelou o meu sangue. Ouvi John gritar de dor e George Kennedy berrar:

— Abaixe, abaixe! Pelo amor de Deus, *abaixe-a*.

Alguma coisa atingiu o trailer como uma forte chuva de granizo — um chocalhar de sons matraqueados correndo de oeste para leste. Algo cortou o ar na frente de meus olhos — eu o escutei. Isso foi acompanhado por um *sproing* quase musical, como alguém dedilhando uma corda de violão. Na mesa da cozinha, a tigela de salada que um deles acabara de trazer se espatifou.

Corri para a porta e quase mergulhei pelos degraus de cimento. Vi a churrasqueira derrubada, com os fumegantes carvões já fazendo manchas na grama escassa que ardia no pátio da frente. Vi Rommie Bissonette sentado com as pernas estendidas, olhando estupidamente o próprio tornozelo ensopado de sangue. Mattie estava de quatro junto à churrasqueira, o cabelo caído sobre o rosto — era como se pretendesse varrer os carvões quentes antes que pudessem causar realmente um problema. John cambaleou em minha direção, a mão esticada. O braço ligado a ela estava encharcado de sangue.

Então vi o carro que tinha notado antes — o indefinido sedã com o adesivo brincalhão. Subiu a estrada — os homens nele dando o primeiro passo para nos aferir —, depois virou e voltou. O atirador ainda se debruçava à janela do passageiro da frente. Eu podia ver a arma compacta e fumegante em sua mão, a coronha feita de filamentos de metal. Os traços do homem eram só um azul vazio interrompido apenas por enormes olhos arregalados — uma máscara de esquiador.

Lá em cima, os trovões deram um longo rugido que acordou todo mundo.

George Kennedy caminhava em direção ao carro sem se apressar, chutando os carvões quentes cuspidos da churrasqueira enquanto andava, sem se preocupar com a mancha vermelho-escura espalhando-se pelo tecido que cobria sua coxa direita, com a mão para trás, sem se apressar mesmo quando o atirador recuou e gritou "Vá, vá, vá!" para o motorista que também usava uma máscara azul, mesmo assim George continuava andando sem se apressar, sem se apressar nem um pouquinho, e mesmo antes que eu visse a pistola em sua mão soube por que ele não tirou o paletó, porque até brincou com o frisbee sem tirá-lo.

O carro azul (soube-se depois que era um Ford 1987 registrado em nome da sra. Sonia Belliveau, de Auburn, e cujo roubo tinha sido comunicado no dia anterior) passou para o acostamento e não desligou o motor. Agora acelerava, cuspindo poeira marrom e seca com os pneus traseiros, num zigue-zague, derrubando a caixa de correspondência de Mattie do poste e fazendo-a voar até a estrada.

Mesmo assim George não se apressou. Juntou as mãos, segurando a arma com a direita e apoiando-a na esquerda, e deliberadamente disparou cinco tiros. Os dois primeiros acertaram na mala — vi os buracos surgirem. O terceiro estourou a janela de trás do Ford que partia, e ouvi alguém dar um grito de dor. O quarto foi parar não sei onde. O quinto estourou o pneu esquerdo traseiro. O Ford deu uma guinada para a esquerda. O motorista quase conseguiu trazê-lo de volta, mas perdeu completamente o controle do carro, que mergulhou na vala 30 metros depois do trailer de Mattie e caiu de lado. Ouviu-se um *huumpf!* e a traseira do veículo foi consumida pelas chamas. Um dos tiros de George deve ter atingido o tanque de gasolina. O atirador começou a lutar para sair pela janela do passageiro.

— Ki... leve Ki... embora... — Uma voz murmurada e rouca.

Mattie estava se arrastando na minha direção. Um lado de sua cabeça — o direito — ainda parecia bem, mas o esquerdo estava destruído. Um ofuscado olho azul espiava por entre tufos de cabelo ensanguentado. Fragmentos de cérebro salpicavam seu ombro bronzeado como pedacinhos de cerâmica quebrada. Como eu adoraria dizer a você que não lembro nada disso, como adoraria que alguém lhe contasse que Michael Noonan morreu antes de *ver* isso, mas não posso. *Ai de mim* é a expressão para isso usada nas palavras cruzadas, e que significa grande tristeza.

— Ki... Mike, leve Ki...

Ajoelhei e a abracei. Ela lutou comigo. Era jovem e forte, e mesmo com a massa cinzenta de seu cérebro surgindo da parede quebrada do crânio, ela lutou comigo, chorando pela filha, querendo chegar até ela, protegê-la, colocá-la em segurança.

— Mattie, tudo bem — eu disse. Na igreja batista da Graça, na extremidade longínqua da zona em que eu me encontrava, eles cantavam "Blessed Assurance"... mas a maioria dos olhos estavam tão vazios como o olho que agora me espiava através do emaranhado de cabelo ensanguentado. — Mattie, pare, descanse, está tudo bem.

— Ki... pegue Ki... não deixa eles...

— Eles não vão fazer mal a ela, Mattie, eu prometo.

Ela deslizou contra mim, escorregadia como um peixe, e gritou o nome da filha, estendendo as mãos ensanguentadas para o trailer. O short e blusa cor-de-rosa tingiram-se de um vermelho vivo. O sangue pingava na grama enquanto ela se debatia e empurrava. Da colina houve uma explosão gutural quando o tanque de gasolina do Ford explodiu. Uma fumaça negra subiu ao céu negro. O trovão rugiu extenso e alto, como se o céu dissesse: *Querem barulho, é? Eu vou lhes dar barulho.*

— Diz que Mattie está bem, Mike! — John gritou numa voz hesitante. — Ah, pelo amor de Deus, diz que ela está...

Ele caiu de joelhos a meu lado, os olhos rolando para cima até mostrarem apenas o branco. Estendeu a mão para mim, agarrou meu ombro e então rasgou quase a metade de minha camisa enquanto perdia a batalha para se manter consciente, caindo de lado próximo a Mattie. Um coágulo de substância branca e viscosa borbulhou num canto de sua boca. A uns 4 metros de distância, perto da churrasqueira derrubada, Rommie tentava ficar em pé, os dentes cerrados de dor. George estava em pé no meio da estrada de Wasp Hill, recarregando a arma de uma bolsa que aparentemente levava no bolso do paletó e observando o atirador se esforçar para se livrar do Ford virado antes de o carro ser engolido pelas chamas. Toda a perna direita da calça de George estava vermelha agora. *Ele pode sobreviver, mas jamais usará aquele terno de novo*, pensei.

Abracei Mattie. Abaixei meu rosto até ela, levei a boca até a orelha que ainda estava lá e disse:

— Kyra está bem. Está dormindo. Ela está bem, juro que está.

Mattie pareceu entender. Parou de se debater contra mim e desmoronou na grama, o corpo inteiro tremendo.

— Ki... Ki... — Foi a última palavra que pronunciou neste mundo. Uma de suas mãos estendeu-se às cegas, agarrou um tufo de grama e arrancou-o.

— Aqui — ouvi George dizer. — Vem até aqui, filho da puta, nem *pense* em virar as costas para mim.

— Ela está muito mal? — perguntou Rommie, mancando, o rosto branco como papel. E antes que eu pudesse responder: — Ah, meu Jesus. Santa Maria, mãe de Deus, rogai por nós pecadores, agora e na hora de nossa morte. Abençoado o fruto de Vosso ventre, Jesus. Ó Maria, concebida sem pecado, rogai por nós que recorremos a Vós. Ah, não, não, Mike, não. — Começou novamente, desta vez recaindo no francês de rua de Lewiston, que a velha guarda chama de La Parle.

— Deixe isso para lá — falei, e ele deixou. Era como se apenas esperasse a ordem. — Entre no trailer e dê uma checada em Kyra. Pode fazer isso?

— Posso. — Começou a andar na direção do trailer, segurando a perna e cambaleando pelo caminho. Com cada guinada, dava um ganido agudo de dor, mas de alguma forma conseguiu continuar. Eu sentia o cheiro de tufos de grama queimando. Sentia o cheiro da chuva elétrica no vento que se levantava. E sob minhas mãos podia sentir o leve girar do dreidel lentamente se esvaindo enquanto Mattie ia embora.

Eu a virei, segurei-a em meus braços e embalei-a. Na igreja batista da Graça, o ministro lia agora o Salmo 139 para Royce: "Se eu dissesse:

pelo menos as trevas me ocultarão, e a noite, como se fora luz, me há de envolver." O ministro estava lendo e os marcianos ouviam. Balancei-a em meus braços para a frente e para trás sob as nuvens negras de trovões e relâmpagos. Eu iria ao seu encontro naquela noite, pegaria a chave sob o vaso e iria ao seu encontro. Ela tinha dançado na ponta dos pés de tênis brancos em cima do frisbee vermelho, dançou como uma onda no oceano e agora estava morrendo em meus braços, enquanto a grama queimava em pequenos trechos e o homem que tinha ficado tão encantado com ela quanto eu jazia inconsciente a seu lado, o braço direito todo pintado de vermelho, da manga curta da camiseta SOMOS OS CAMPEÕES até o pulso ossudo e sardento.

— Mattie — eu disse. — Mattie, Mattie, Mattie. — Embalei-a e acariciei sua testa, que no lado direito estava miraculosamente limpa do sangue que a tinha ensopado. Seu cabelo caía pelo lado esquerdo destruído do rosto. — Mattie — falei. — Mattie, Mattie, ah, Mattie.

Um relâmpago estourou — o primeiro que eu via. Ele iluminou o céu do poente num brilhante arco azul. Mattie tremia com força em meus braços — do pescoço aos pés seu corpo inteiro tremia. Os lábios apertados. A testa franzida como numa concentração. Sua mão subiu e pareceu querer segurar minha nuca, como uma pessoa caindo de um rochedo pode agarrar cegamente qualquer coisa para se segurar um pouco mais. Então a mão se afastou e caiu frouxamente na grama, a palma para cima. Mattie estremeceu mais uma vez — todo o delicado peso tremeu em meus braços —, e então se imobilizou.

Capítulo Vinte e Seis

Depois disso, fiquei a maior parte do tempo na zona. Saía algumas vezes — quando aquele pedaço rabiscado de genealogia caiu de um de meus velhos blocos de notas, por exemplo —, mas tais interlúdios eram breves. De certo modo, eram como meu sonho com Mattie, Jo e Sara; eram como a febre terrível que tive quando criança, quando quase morri de sarampo; eram, sobretudo, como coisa nenhuma, exceto eles mesmos. Eram apenas a zona. Eu a sentia. Como gostaria de não estar fazendo isso.

George se aproximou, pastoreando o homem de máscara azul à sua frente. George mancava agora, gravemente. Eu sentia o cheiro de óleo quente, gasolina e pneus queimando.

— Ela morreu? — perguntou George. — Mattie?

— Morreu.

— E John?

— Não sei — respondi, e então John se torceu e gemeu. Estava vivo, mas continuava perdendo um bocado de sangue.

— Mike, escute — começou George, mas antes que pudesse dizer algo mais, um terrível grito líquido começou a vir do carro incendiado na vala. Era o motorista sendo cozinhado lá dentro. O atirador começou a se virar para aquele lado, mas George levantou a arma.

— Um movimento e eu te mato.

— Não pode deixá-lo morrer assim — disse o atirador por trás da máscara. — Você não deixaria um cachorro morrer assim.

— Ele já está morto — disse George. — Não se pode chegar nem a 3 metros daquele carro, a não ser com uma roupa de amianto. — Ele vacilou. Tinha o rosto branco como a mancha de chantili que limpei da ponta do nariz de Ki. O atirador deu a impressão de que ia se jogar em cima dele, mas George levantou mais a arma. — Da próxima vez que se mexer, não pare — disse George —, porque eu não vou parar. Te asseguro. Agora tira essa máscara.

— Não.

— Estou farto de você, cara. Pode se despedir do mundo. — George engatilhou o revólver.

O atirador disse:

— Jesus Cristo — e arrancou a máscara. Era George Footman. Não me surpreendeu muito. Por trás dele, o motorista deu mais um guincho dentro da bola de fogo do Ford e então silenciou. A fumaça subia em grandes nuvens. Novos trovões rugiram.

— Mike, vá lá dentro e veja se encontra alguma coisa para amarrá-lo — disse George Kennedy. — Posso segurá-lo mais um minuto... dois, se for preciso, mas estou sangrando como um porco. Procure silver tape. Aquela merda segura até Houdini.

Footman ficou onde estava, olhando de Kennedy para mim e de novo para Kennedy. Então deu uma espiada para a rodovia 68, sinistramente deserta. Talvez não fosse tão sinistro na verdade — as tempestades a caminho haviam sido bem anunciadas. Os turistas e o pessoal de verão estariam abrigados. Quanto aos habitantes locais...

Os locais estavam... meio que ouvindo. Isso era pelo menos parecido. O pastor falava sobre Royce Merrill, uma vida longa e frutífera, um homem que serviu a seu país na paz e na guerra, mas o pessoal da velha guarda não estava escutando o ministro. Eles *nos* escutavam, do mesmo modo como certa vez tinham se reunido à volta do barril de picles no Armazém Lakeview a fim de escutar o campeonato de pesos-pesados pelo rádio.

Bill Dean segurava tão apertado o pulso de Yvette que suas unhas estavam brancas. Ele a machucava... mas ela não se queixava. *Queria* que ele se agarrasse a ela. Por quê?

— Mike! — A voz de George se mostrava perceptivelmente mais fraca. — Por favor, homem, me ajude. Esse cara é perigoso.

— Me solte — disse Footman. — É melhor, não acha?

— Vai se foder, seu escroto — disse George.

Eu me levantei, passei pelo vaso com a chave debaixo dele, subi os degraus de blocos de concreto. Relâmpagos explodiram no céu, seguidos pelo berro do trovão.

Lá dentro, Rommie sentava-se numa cadeira à mesa da cozinha, o rosto ainda mais branco do que o de George.

— A criança está bem — disse ele, forçando as palavras. — Mas parece que vai acordar... não posso andar mais. Meu tornozelo está totalmente fodido.

Andei até o telefone.

— Não se dê ao trabalho — disse Rommie numa voz áspera e trêmula. — Já tentei. Não dá linha. A tempestade já deve ter atingido outras cidades. Desligou alguns equipamentos. Deus do céu, nunca tive nada que doesse tanto como isso em toda a minha vida.

Fui até às gavetas da cozinha e comecei a puxá-las uma a uma, procurando silver tape, corda de náilon, qualquer porcaria. Se Kennedy desmaiasse pela perda de sangue enquanto eu estivesse ali, o outro George pegaria sua arma, o mataria, e então mataria John inconsciente na grama fumegante. Com eles fora do caminho, entraria e dispararia em Rommie e em mim. Terminaria com Kyra.

— Não vai não — eu disse. — Ele a deixará viva.

E isso podia ser até pior.

Talheres na primeira gaveta. Sacos para sanduíche, sacos de lixo e pilhas de cupões de armazém impecavelmente presos por elástico na segunda. Luvas para forno e pegadores de panela na terceira...

— Mike, onde está a minha Mattie?

Eu me virei, tão culpado como um homem flagrado ao misturar drogas ilegais. Em pé na extremidade do corredor que dava para a sala de estar, eu vi Kyra, o cabelo caindo à volta do rosto rosado de sono e o prendedor pendurado num pulso como um bracelete. Seus olhos estavam abertos e em pânico. Não foram os tiros que a acordaram, provavelmente nem mesmo o grito da mãe. Eu a acordei. Meus pensamentos a despertaram.

No instante em que percebi isso tentei de alguma forma velá-los, mas era tarde. Ela tinha lido em mim a respeito de Devore suficientemente bem para me dizer que não pensasse em nada triste, e agora lia o que tinha acontecido com a mãe antes que eu pudesse tirá-lo de minha mente.

Sua boca se abriu, frouxa. Os olhos se arregalaram. Ela deu um grito agudo, como se tivesse sido presa num torno, e correu para a porta.

— Não, Kyra, não! — Corri pela cozinha, quase tropeçando em Rommie (ele me olhou com a obscura incompreensão de alguém que não está mais completamente consciente), e agarrei-a a tempo. Enquanto o fazia, vi Buddy Jellison deixando a igreja batista por uma porta lateral. Dois dos homens que haviam fumado com ele também saíram. Então entendi por que Bill estava segurando Yvette tão apertado, e o amei por isso... amei os dois. Alguma coisa queria que ele fosse com Buddy e os outros... mas ele não estava indo.

Kyra lutou em meus braços, dando grandes saltos convulsivos na direção da porta, arquejando e depois gritando novamente. *Me solta, quero ver mamãe, me solta, quero ver mamãe, me solta.*

Gritei seu nome com a única voz que eu sabia que ela ouviria, a que só eu podia usar com ela. Pouco a pouco relaxou em meus braços e se virou para mim. Seus olhos estavam enormes, confusos e brilhantes de lágrimas. Ela me olhou por um momento mais e então pareceu entender que não devia ir lá fora. Eu a pus no chão. Ki ficou ali um momento, depois recuou até que suas costas esbarrassem na lava-louça. Então deslizou pela macia frente branca da máquina até o chão. A seguir começou a choramingar — os sons de dor mais terríveis que eu já tinha ouvido. Via-se que ela compreendeu totalmente. Tive que lhe mostrar o suficiente para que continuasse dentro de casa, tive mesmo... e porque estávamos na zona juntos, pude fazê-lo.

Num caminhão picape dirigindo-se para este local, vi Buddy e seus amigos. CONSTRUÇÃO BAMM, dizia a lateral do veículo.

— Mike! — gritou George, parecendo em pânico. — Depressa!

— Aguenta aí! — gritei em resposta. — Aguenta aí, George!

Mattie e os outros haviam começado a empilhar as coisas do piquenique ao lado da pia, mas tinha quase certeza de que o balcão de fórmica acima das gavetas estava limpo e vazio quando eu corri para Kyra. Agora não. O recipiente amarelo do açúcar tinha sido derrubado. Escrito no açúcar derramado vi as palavras:

vá agora.

— Tá brincando — murmurei, e examinei as gavetas que sobravam. Nada de silver tape ou de corda. Nem mesmo um nojento par de algemas, e nas cozinhas mais bem equipadas podem-se encontrar umas três ou quatro. Então tive uma ideia, e procurei no armário embaixo da pia. Quando voltei para fora, o nosso George oscilava sob as vistas de Footman, que o olhava com uma concentração predatória.

— Achou silver tape — perguntou George Kennedy.

— Não, algo melhor — eu disse. — Diga aqui, Footman, quem lhe pagou? Devore ou Whitmore? Ou você não sabe?

— Vai se foder.

Eu estava com a mão direita escondida nas costas. Então apontei para a colina com minha mão esquerda e fiz um ar surpreso.

— Que droga Osgood está fazendo? Diga a ele para ir embora!

Footman olhou na direção apontada — foi instintivo — e eu bati na parte de trás de sua cabeça com o martelo encontrado na caixa de ferramentas sob a pia de Mattie. O som foi horrível, o borrifo de sangue que esguichou do cabelo em movimento foi horrível. Pior do que tudo, porém, foi a sensação do crânio cedendo — um colapso esponjoso que subiu diretamente do cabo do martelo até meus dedos. Ele caiu como um saco de areia e eu larguei o martelo, arquejando.

— Certo — disse George. — Um pouco feio, mas provavelmente a melhor coisa que você podia fazer nas... atuais... circun...

Ele não caiu como Footman — foi mais lento e controlado, quase gracioso —, mas estava tão apagado quanto o outro. Peguei o revólver, o fitei e então o atirei no bosque do outro lado da estrada. Não era bom eu ter uma arma naquele momento; só podia me arranjar mais problemas.

Mais dois homens haviam saído da igreja; assim como um carro cheio de senhoras de vestidos pretos e véus. Tinha que me apressar ainda mais. Desafivelei as calças de George e desci-as. A bala que o atingiu na perna tinha rasgado sua coxa, mas o ferimento parecia estar coagulando. O braço de John era outra história — ainda bombeava sangue para fora em quantidades assustadoras. Arranquei seu cinto e apertei-o em torno de seu braço tão forte quanto pude. Então dei-lhe uns tapas no rosto. Seus olhos se abriram e se fixaram em mim com uma toldada falta de reconhecimento.

— Abra a boca, John! — Ele apenas me fixava. Debrucei-me para a frente até que nossos narizes quase se tocavam e gritei ABRA A BOCA! AGORA! Ele a abriu como uma criança quando a enfermeira lhe diz para dizer aahh. Enfiei a ponta do cinto entre seus dentes. — Feche! — Ele fechou a boca. — Agora fique assim. Mesmo que você desmaie, continue assim.

Não tive tempo para ver se ele estava prestando atenção. Levantei e olhei para cima enquanto o mundo inteiro ficava de um azul ofuscante. Por um segundo foi como estar dentro de um letreiro a néon. Lá em cima havia um suspenso rio negro, rolando e ziguezagueando como uma cesta de serpentes. Eu jamais tinha visto um céu tão maléfico.

Subi correndo os degraus de cimento e entrei no trailer de novo. Rommie tinha desmoronado para a frente na mesa, o rosto sobre os braços dobrados. Ele poderia parecer um professor de jardim de infância descansando se não fosse a tigela de salada quebrada e os pedaços de alface em seu cabelo. Kyra ainda estava sentada com as costas na lavadora de pratos, chorando histericamente.

Levantei-a e percebi que ela tinha se molhado.

— Temos que ir agora, Ki.

— Cadê Mattie? Eu quero mamãe! *Eu quero minha Mattie, faz ela parar de tá machucada! Faz ela parar de morrer!*

Cruzei o trailer depressa. A caminho da porta, passei pela mesinha com o romance de Mary Higgins Clark. Notei o montinho das fitas de cabelo de novo — fitas talvez experimentadas antes da reunião e depois descartadas em benefício do prendedor. Eram brancas com bordas vermelhas brilhantes. Bonitas. Sem parar, peguei-as e enfiei-as no bolso das calças, depois mudei Ki para meu outro braço.

— Quero Mattie! Quero mamãe! *Faz ela voltar!* — Ela me batia tentando me fazer parar, depois começou a se debater e chutar em meu colo novamente. Batia com os punhos nos lados da minha cabeça. — Me põe no chão! Me põe no chão!

— Não, Kyra.

— *Quero descer! Me põe no chão! Me põe no chão!* QUERO DESCER!

Eu estava perdendo o controle dela. Então, quando chegamos ao degrau de cima, ela parou abruptamente de se debater.

— Me dá o Stricken! Quero o Stricken!

No início, eu não tinha ideia do que ela estava falando, mas, quando olhei para onde estava apontando, entendi. No caminho, não longe do vaso que escondia a chave, estava o brinquedo de pelúcia do McLanche Feliz. Pela aparência, Strickland tinha aguentado muita brincadeira ao ar livre — o pelo cinza-claro estava agora cinza-escuro de poeira; mas se o brinquedo a acalmava, eu queria que ficasse com ele. Não era o momento de me preocupar com sujeira e germes.

— Vou lhe dar Strickland se você prometer fechar os olhos e não abrir até eu lhe dizer para abrir. Promete?

— Prometo — disse, tremendo em meu colo, e grandes lágrimas redondas, das que se espera ver em contos de fadas e nunca na vida real, surgiram em seus olhos e transbordaram pelo rosto. Eu podia sentir o cheiro de grama queimando e bife carbonizado. Por um momento terrível, pensei que ia vomitar, mas consegui controlar a vontade.

Ki fechou os olhos. Mais duas lágrimas rolaram para o meu braço, quentes. Ela esticou a mão, tateando. Desci os degraus, peguei o cachorro e hesitei. Primeiro as fitas, agora o cachorro. Com as fitas tudo bem, provavelmente, mas havia algo errado em lhe dar o cachorro, e que o levasse com ela. Errado mas...

É cinzento, irlandês, a voz de OVNI sussurrou. *Não precisa se preocupar com ele porque é cinzento. O brinquedo de pelúcia de seu sonho era preto.*

Eu não sabia exatamente o que a voz queria dizer com aquilo e não tinha tempo para descobrir. Coloquei o cachorro de pelúcia na mão aberta de Kyra. Com os olhos ainda fechados, ela o levou ao rosto e beijou-lhe o pelo empoeirado.

— Quem sabe Stricken pode fazer mamãe melhorar, Mike. Stricken é um cachorro mágico.

— Continue de olhos fechados. Não abra até que eu diga que pode.

Ela apoiou o rosto no meu pescoço. Carreguei-a daquele modo pelo pátio até o meu carro e a instalei na frente, no banco de passageiro. Ela se deitou cobrindo a cabeça com os braços, e uma das mãos gorduchas agarrava o cachorro de pelúcia sujo. Eu lhe disse para ficar exatamente assim, deitada no banco. Apesar de não me dar nenhum sinal externo de que tinha me ouvido, eu sabia que sim.

Tínhamos que correr porque a velha guarda estava chegando. A velha guarda queria terminar o negócio, queria que aquele rio chegasse ao mar. E só havia um lugar para onde pudéssemos ir, onde pudéssemos estar seguros, e esse lugar era Sara Laughs. Mas antes eu tinha algo a fazer.

Eu guardava um cobertor velho mas limpo na mala do carro. Peguei-o, atravessei o pátio e o estendi sobre Mattie Devore. A elevação que encobriu ao descer sobre ela era dolorosamente diminuta. Olhei em volta e vi John me fitando. Apesar de seus olhos estarem vidrados pelo choque, achei que talvez ele estivesse recobrando a consciência. Ainda continuava com o cinto entre os dentes; parecia um drogado preparando-se para a injeção.

— Ná pod taa acontcend — disse ele. — *Não pode estar acontecendo.* Eu sabia exatamente como se sentia.

— A ajuda vai chegar em alguns minutos. Aguenta aí. Eu tenho que ir embora.

— Ir oond?

Não respondi. Não tinha tempo. Parei e tomei o pulso de George. Lento, mas firme. A seu lado, Footman, embora profundamente inconsciente, murmurava algo ininteligível. De modo nenhum à beira da morte. É preciso muito para matar um machão. O vento irregular soprou a fumaça do carro derrubado na minha direção, e pude sentir o cheiro de carne cozinhando, assim como de churrasco de filé. Meu estômago se revirou.

Corri para o Chevy, deixei-me cair atrás do volante e dei marcha a ré na entrada de carros. Dei mais uma olhada no corpo com o cobertor, para os três homens derrubados, para o trailer com a linha de furos negros de balas ondulando por sua lateral e a porta escancarada. John estava apoiado no cotovelo bom, a ponta do cinto ainda nos dentes, olhando para mim com olhos que não compreendiam. Um relâmpago tão fulgurante rasgou o céu que tentei proteger os olhos, mas quando minha mão chegou ao alto o relâmpago já se fora e o dia continuava tão escuro quanto um crepúsculo no fim.

— Fique abaixada, Ki — eu disse. — Continue assim.

— Não tô ouvindo — respondeu, a voz tão rouca de lágrimas que quase não consegui distinguir suas palavras. — Ki tá tirando uma soneca com Stricken.

— Tudo bem — eu disse. — Ótimo.

Passei de carro pelo Ford que ardia e rodei até o início da colina, onde parei diante da enferrujada placa de PARE perfurada de balas. Olhei para a direita e vi o caminhão picape estacionado no acostamento; CONSTRUÇÃO BAMM, era a inscrição na sua lateral. Dentro dele, três homens me observavam. O que estava à janela do passageiro era Buddy Jellison, podia identificá-lo pelo chapéu. Muito lenta e deliberadamente, ergui a mão direita e mostrei-lhes o dedo médio. Nenhum deles respondeu, seus rostos de pedra não se modificaram, mas a picape começou a rodar lentamente na minha direção.

Virei à esquerda para a 68, dirigindo-me à Sara Laughs sob um céu negro.

A pouco mais de 3 quilômetros, onde a estrada 42 se bifurca na rodovia e vira a oeste para o lago, via-se uma velha granja abandonada na qual ainda se distinguia, em letras desbotadas, o letreiro LATICÍNIOS DONCASTER. À medida que nos aproximávamos dela, todo o lado leste do céu se iluminou numa bolha branco-púrpura. Eu gritei e a buzina do Chevy soou — sozinha, tenho quase certeza. Um zigue-zague de raio surgiu do fundo da bolha de luz e atingiu a granja. Por um momento, a construção ainda permaneceu totalmente lá, fulgurando como algo radioativo; então explodiu em todas as direções. Nunca vi nada sequer remotamente parecido com aquilo, a não ser em filmes. O estrondo de trovão que se seguiu foi como o estouro de uma bomba. Kyra gritou e escorregou para o chão a meu lado no carro, as mãos tapando os ouvidos. Numa delas ainda agarrava o cachorrinho de pelúcia.

Um minuto depois cheguei ao alto da crista Sugar Ridge. A estrada 42 se abre à esquerda vindo da rodovia no fundo do declive norte da crista. Do alto, eu podia ver uma ampla faixa da TR-90 — bosques, campos, granjas e fazendas, e até mesmo o cintilar sombrio do lago. O céu estava negro como pó de carvão, iluminado quase constantemente por relâmpagos internos. O ar tinha um claro fulgor ocre. Cada vez que eu respirava, sentia o gosto de serragem numa caixa de metal. A topografia além da crista destacava-se numa claridade surreal que não consigo esquecer. Uma sensação de mistério tomou meu coração e minha mente, uma sensação do mundo como uma pele fina esticada sobre ossaturas e abismos enigmáticos.

Olhei pelo retrovisor e vi que dois outros carros haviam se juntado à picape, um com uma placa V, o que significava que o veículo tinha sido registrado por um veterano das Forças Armadas. Quando diminuí a velocidade, eles diminuíram também. Quando a aumentei, também o fizeram. Mas eu duvidava que continuassem a me seguir mais longe quando eu virasse para a 42.

— Ki? Tudo bem?

— Mimindo — disse ela do cháo do carro.

— Tá — falei, e comecei a descer a colina.

Quase não enxerguei os faróis da bicicleta vermelha ao fazer a curva para a 42 quando o granizo começou — grandes pedaços de gelo branco que caíam do céu, tamborilavam no teto do carro como dedos pesados e quicavam para fora da capota. Começaram a se amontoar na parte de baixo, onde ficam os limpadores de para-brisa.

— O que que tá acontecendo? — gritou Kyra.

— É só granizo — eu disse. — Não vai nos machucar. — Tinha acabado de pronunciar a frase quando uma pedra de granizo do tamanho de um limão pequeno atingiu meu lado do para-brisa e depois quicou alto para o ar de novo, deixando uma marca branca de onde se irradiavam inúmeras rachaduras curtas. John e George Kennedy estariam deitados lá fora debaixo disso? Virei a mente naquela direção, mas não consegui apreender nada.

Quando entrei à esquerda para a 42, a chuva de granizo era tanta que quase não havia visibilidade. Os sulcos das rodas estavam cheios de gelo. Contudo, o branco diminuía sob as árvores. Dirigi-me para aquela cobertura, ligando e apagando os faróis ao fazê-lo. Eles jogavam brilhantes cones de luz no granizo caído.

Quando entramos sob as árvores, a bolha branco-púrpura fulgurou novamente, tornando meu espelho retrovisor brilhante demais para que eu pudesse olhar por ele. Ouviu-se um choque e um estalo lacerante. Kyra gritou de novo. Olhei em volta e vi um enorme e velho abeto caindo lentamente através da pista, seu toco denteado em fogo, arrastando os fios elétricos consigo.

Estamos bloqueados, pensei. *Nesta ponta, e provavelmente na outra também. Estamos aqui. Para o bem e para o mal, estamos aqui.*

As árvores cresciam sobre a estrada 42 num dossel, exceto na estrada que passava ao lado do prado de Tidwell. O barulho do granizo no bosque produzia um tinido estilhaçante. Claro que as árvores estavam se estilhaçando; era a chuva de granizo mais danosa a cair naquela parte do mundo e, apesar de passar em 15 minutos, foi suficiente para estragar toda a temporada de safras.

O relâmpago cortou o ar acima de nós. Levantei os olhos e vi uma grande bola cor de laranja perseguida por uma menor. Elas correram pelas árvores à nossa esquerda, ateando fogo em alguns ramos altos. Chegamos rapidamente ao abrigo no prado de Tidwell, e, enquanto o fazíamos, o granizo se transformou numa chuva torrencial. Eu não poderia ter continuado a dirigir se não tivéssemos corrido de volta ao bosque imediatamente; mesmo assim, o dossel forneceu cobertura suficiente apenas para que eu pudesse me arrastar sob ele, curvado ao volante e vendo a cortina de chuva cair através do vidro dos faróis. Os trovões estouravam constantemente; então o vento começou a soprar forte, passando pelas árvores como uma voz barulhenta. Um galho pesado de folhas caiu na estrada à minha frente. Passei por cima dele e o escutei estalar, arranhar e rolar contra a parte de baixo do Chevy.

Por favor, nada maior do que isso, pensei... ou talvez estivesse rezando. *Por favor, me deixe chegar em casa. Por favor, nos deixe chegar em casa.*

Quando alcancei a entrada de carros, o vento tinha se transformado num furacão uivante. As árvores que se torciam e a chuva matraqueando faziam o mundo inteiro parecer prestes a desfazer-se num mingau ralo. O declive da entrada de carros se transformou num rio, mas enfiei a dianteira do carro por ela sem qualquer hesitação — não podíamos ficar aqui fora; se uma árvore grande caísse em cima do carro, seríamos esmagados como insetos sob uma chinelada.

Sabia muito bem que não podia usar o freio — o carro teria derrapado e talvez fosse varrido pelo declive abaixo na direção do lago, rolando repetidamente até lá. Em vez disso, passei a mudança para a marcha lenta, acionei levemente o freio de mão e deixei o motor nos empurrar para baixo, com a chuva batendo como uma cortina no para-brisa e transformando o vulto da casa de troncos num fantasma. Inacreditavelmente, algumas luzes permaneciam acesas, brilhando como escotilhas de uma batisfera sob 3 metros d'água. Então, o gerador estava funcionando... pelo menos por enquanto.

Os relâmpagos lançaram-se sobre o lago, fogo azul-esverdeado iluminando um poço escuro de água com a superfície cortada em ondas espumosas. Um dos pinheiros centenários à esquerda dos degraus de dormentes de estrada de ferro jazia agora com metade de seu comprimento dentro d'água. Em algum ponto atrás de nós, outra árvore caiu com grande estrondo. Kyra cobriu as orelhas.

— Tudo bem, querida — eu disse. — Estamos aqui, conseguimos chegar.

Desliguei o motor e apaguei os faróis. Sem eles, pouco podia ver; quase toda a luz tinha desaparecido do dia. Tentei abrir a porta do carro e no início não consegui. Empurrei com mais força e ela não só abriu como foi arrancada da minha mão. Saí e, num brilhante fulgor de relâmpago, vi Kyra se arrastando no assento na minha direção, o rosto branco de pânico, os olhos arregalados e cheios de terror. Minha porta bateu de volta e me golpeou o traseiro com força suficiente para machucar. Ignorei a dor, peguei Kyra no colo e me virei com ela. A chuva gelada nos ensopou num instante. Na realidade não era absolutamente como estar debaixo da chuva; era como entrar sob uma cachoeira.

— Meu cachorrinho! — berrou Kyra. Apesar do grito, quase não consegui ouvi-la. Mas podia ver seu rosto, e suas mãos vazias. — Stricken! Deixei Stricken cair!

Olhei em volta e lá estava ele, flutuando pelo macadame da entrada de carro, depois do alpendre. Um pouco mais adiante, a água escorrendo era cuspida do pavimento e descia o declive; se Strickland fosse com a enxurrada, provavelmente acabaria em algum ponto do bosque. Ou desceria todo o caminho até o lago.

— Stricken! — soluçou Kyra. — Meu CACHORRINHO!

De repente nada passou a ter importância para nós senão o estúpido brinquedo de pelúcia. Palmilhei a entrada de carros atrás dele com Ki nos braços, esquecido da chuva, do vento e dos clarões brilhantes dos relâmpagos. E mesmo assim eu ia ser derrotado no declive — a água que tinha capturado o brinquedo corria rápido demais para que eu o alcançasse.

O que o impediu de ir além da beira do pavimento foi um trio de girassóis oscilando selvagemente ao vento. Pareciam membros de uma seita religiosa tomados pelo êxtase por Deus: *Obrigado, Jesus! Aleluia, Senhor!* Pareciam também familiares. Era impossível serem os mesmos três girassóis que haviam crescido por entre as tábuas do alpendre no meu sonho (e na foto que Bill Dean tirara antes de minha volta), claro, e ainda assim eram eles; sem dúvida nenhuma *eram* eles. Três girassóis como as três irmãs esquisitas em *Macbeth*, três girassóis com faces como faróis. Eu tinha voltado a Sara Laughs; estava na zona; voltei a meu sonho, e desta vez ele me possuía.

— Stricken! — Ki se dobrava e se agitava no meu colo, ela e eu escorregadios demais para nossa segurança. — Por favor, Mike, *por favor!*

Um trovão explodiu lá em cima como uma cesta de nitroglicerina. Nós dois gritamos. Deixei-me cair num joelho e peguei o pequeno cachorro de pelúcia. Kyra o agarrou, cobrindo-o de beijos frenéticos. Cambaleei para cima e fiquei em pé enquanto outro trovão estourava, este parecendo percorrer o ar como um louco chicote líquido. Fitei os girassóis e tive a impressão de que me olhavam também — *Alô, irlandês, há quanto tempo, o que é que me diz?* Então, reacomodando Ki nos braços tão bem quanto podia, virei-me e chapinhei em direção à casa. Não era fácil; a água na entrada de carros estava agora à altura do tornozelo e cheia de granizo que derretia. Um galho passou voando por nós e aterrissou bem perto de onde eu tinha me ajoelhado para pegar Strickland. Houve um ruído de colisão e uma série de baques quando um galho maior caiu sobre o telhado, rolando dali para baixo.

Entrei correndo no alpendre de trás, um tanto na expectativa de ver a Forma se atirando velozmente para fora para nos receber, erguendo os flácidos não braços em medonhas boas-vindas. Mas não havia Forma nenhuma. Havia apenas a tempestade, e já era suficiente.

Ki agarrava o cachorro bem apertado, e vi sem nenhuma surpresa que a umidade unida à sujeira de todas aquelas horas de brinquedo ao ar livre tinham feito Strickland ficar preto. No final das contas, era o que eu tinha visto no sonho.

Tarde demais agora. Não havia mais nenhum outro lugar para se ir, nenhum outro abrigo contra a tempestade. Abri a porta e levei Kyra Devore para dentro de Sara Laughs.

A parte central de Sara — o coração da casa — aguentou por quase cem anos e já teve sua cota de tempestades. A que caía na região dos lagos naquela tarde de julho pode ter sido a pior de todas, mas vi, assim que entramos, arquejando como alguém que escapou por pouco de se afogar, que a casa suportaria também aquela. Suas paredes de tronco eram tão espessas que entrar ali era quase como entrar numa espécie de cripta. Os estrondos e pancadas da tempestade transformaram-se num zumbido ruidoso pontuado pelas trovoadas e o ocasional e forte baque surdo de um galho caindo sobre o telhado. Em algum lugar — no porão, acho eu — uma porta se abriu e ficou batendo. Parecia a pistola de um juiz dando a largada. A janela da cozinha tinha sido quebrada pelo desabamento de uma pequena árvore. Sua ponta perfurante se erguia sobre o fogão, fazendo sombras nos queimadores e no balcão ao oscilar. Pensei em quebrá-la, mas decidi não fazê-lo. Pelo menos estava tapando o buraco.

Levei Ki para a sala de estar e olhamos para o lago lá fora, água negra decorada com pontos surrealistas sob um céu negro. Os raios lampejavam quase constantemente, revelando um anel de bosques que dançavam e balançavam num frenesi em torno do lago. Por mais sólida que fosse a casa, ela gemia profundamente por dentro enquanto o vento a agredia com os punhos fechados e tentava empurrá-la colina abaixo.

Ouvi um tilintar suave e contínuo. Kyra ergueu a cabeça de meu ombro e olhou em volta.

— Você tem um alce — disse ela.

— Tenho, é o Bunter.

— Ele morde?

— Não, meu amor, não morde, não. É como uma... como uma boneca, acho.

— Por que o sino dele está tocando?

— Ele ficou contente por estarmos aqui. Ficou contente de a gente ter vindo.

Vi que ela queria se sentir feliz, e então vi sua percepção de que Mattie não estava ali para sentir-se feliz com ela. Vi a ideia de que Mattie nunca mais estaria ali para ser feliz com ela lhe atravessar a mente... e senti que a afastava. Sobre nossas cabeças, alguma coisa imensa caiu sobre o telhado, as luzes tremeluziram e Ki começou a chorar de novo.

— Não, meu bem — eu disse, começando a andar com ela. — Não, meu bem, não Ki, não. Não, meu bem, não.

— Quero minha mãe! *Quero minha Mattie!*

Andei com ela no colo como se anda com os bebês com cólica. Ela compreendia demais para uma menina de 3 anos, e consequentemente seu sofrimento era mais terrível do que o de qualquer outra criança dessa idade. Assim, eu a carregava e andava de um lado para outro com ela, seu short úmido de urina e chuva sob as minhas mãos, seus braços febris em torno de meu pescoço, as bochechas manchadas de meleca e lágrimas, o cabelo uma massa ensopada por nossa breve corrida sob o aguaceiro, a respiração ácida, o brinquedo de pelúcia uma maçaroca preta e estrangulada que deixava sair uma água suja por entre os dedos de Ki. Andei com ela para a frente e para trás na sala de estar de Sara Laughs, para a frente e para trás à luz fraca fornecida pela única lâmpada que brilhava do teto. A luz de gerador nunca é muito firme, nunca muito estável — parece respirar e suspirar. Para a frente e para trás ao som baixo e incessante do sino de Bunter, como música daquele mundo que às vezes tocamos, mas que nunca vemos na realidade. Para a frente e para trás ao som da tempestade. Acho que cantei para ela, e sei que a toquei com minha mente e entramos cada vez mais profundamente naquela zona juntos. Acima de nós, as nuvens corriam e a chuva tamborilava, molhando os incêndios que os relâmpagos haviam iniciado no bosque. A casa gemeu, o ar se movia como redemoinho, em lufadas, penetrando pela janela quebrada da cozinha; através de tudo aquilo, porém, havia uma sensação de triste segurança. Uma sensação de voltar para casa.

Finalmente as lágrimas começaram a arrefecer. Ki ficou deitada com o rosto e o peso de sua cabeça em meu ombro, e, quando passávamos pelas janelas dando para o lago, eu reparava em seus olhos fitando a tempestade negro-prateada lá fora, arregalados e sem piscar. Quem a carregava era um homem alto começando a perder cabelo. Notei que eu podia ver a mesa da sala de jantar bem através de nós. *Nossos reflexos já são fantasmas*, pensei.

— Ki? Quer comer alguma coisa?
— Não tô com fome.
— Que tal um copo de leite?
— Não, chocolate. Tô com frio.
— Eu sei que está. E tenho chocolate.

Tentei colocá-la no chão, mas ela se agarrou em mim com o aperto do pânico, aferrando-se a meu corpo com as perninhas gorduchas. Icei-a para o colo novamente, desta vez instalando-a em meu quadril, e ela se aquietou.

— Quem está aqui? — perguntou. Ela tinha começado a tremer.
— Quem está aqui além da gente?
— Não sei.
— Tem um menino — disse ela. — Vi ele lá. — Apontou com Strickland para a porta de vidro de correr que dava para o deck (todas as cadeiras lá fora haviam sido derrubadas e atiradas contra os cantos; faltava uma delas, aparentemente impelida por cima da balaustrada).
— Era negro como naquele programa engraçado que Mattie e eu assistimos. Tem outros negros também. Uma mulher de chapéu grande. Um homem de calça azul. O resto é difícil ver. Mas eles vigiam a gente. Vigiam a gente. Não tá vendo eles?
— Não podem nos fazer mal.
— Tem certeza? Tem, não tem?
Não respondi.
Encontrei uma caixa de chocolate em pó instantâneo escondida atrás do pote de farinha de trigo, abri um dos pacotinhos individuais e derramei-o numa xícara. Um trovão estalou com força lá em cima. Ki deu um pulo no meu colo e emitiu um longo e infeliz choramingo. Abracei-a e beijei-a na bochecha.
— Não me põe no chão, Mike, tô com medo.
— Não vou pôr. Você é a minha boa menina.
— Tenho medo do menino, do homem de calça azul e da mulher. Acho que é a mulher que estava com o vestido de Mattie. Eles são fantasminhas?
— São.
— São maus, como os homens que perseguiram a gente na feira? São?
— Não sei bem, Ki, e é verdade.
— Mas vamos descobrir.
— Há?
— Isso que você pensou. "Mas vamos descobrir."
— É — eu disse. — Acho que estava pensando isso. Alguma coisa parecida.

Levei-a para o quarto principal enquanto a água esquentava na chaleira, achando que poderia ter sobrado *alguma* roupa de Jo com que eu pudesse vesti-la, mas todas as gavetas da cômoda de Jo estavam vazias. Assim como a parte dela no armário. Pus Ki em pé na grande cama de casal em que eu havia tirado apenas um cochilo depois que voltei, despi suas roupas, levei-a para o banheiro e embrulhei-a numa toalha de banho. Ela se enrolou na toalha, tremendo, com os lábios roxos. Usei outra para secar o seu cabelo da melhor forma que pude. Durante tudo isso, ela não soltou nem uma vez o cachorro de pelúcia, que agora começava a expelir o recheio por suas costuras.

Abri o armário dos remédios, remexi por ali e encontrei o que procurava no alto da prateleira: o Benadryl que Jo sempre tinha por perto para sua alergia a pólen. Pensei em checar a data de validade no fundo da caixa, mas a seguir quase ri alto. Que diferença faria? Instalei Ki no assento fechado do vaso e deixei que segurasse meu pescoço enquanto eu retirava a tampa à prova de criança e pescava quatro cápsulas cor-de-rosa e brancas. Então enxaguei o copo de escovar os dentes e enchi-o de água fria. Ao fazê-lo notei movimento no espelho do banheiro, espelho que refletia a entrada e o quarto principal mais adiante. Disse a mim mesmo que estava vendo apenas as sombras das árvores sopradas pelo vento. Ofereci as cápsulas a Ki. Ela as pegou e então hesitou.

— Tome — eu disse. — É remédio.

— Que remédio? — Sua mãozinha ainda estava pousada sobre o punhado de cápsulas.

— Remédio para tristeza — eu disse. — Você sabe engolir comprimidos, Ki?

— Claro. Aprendi sozinha quando tinha 2 anos.

Ela hesitou mais um momento — olhando para mim e *dentro* de mim, acho, certificando-se de que eu estava lhe dizendo algo em que realmente acreditava. O que viu ou sentiu deve tê-la deixado satisfeita, porque ela pegou os comprimidos e os colocou na boca, um depois do outro. Engoliu-os com pequenos golinhos do copo e então disse:

— Ainda tô triste, Mike.

— Leva um tempo para fazer efeito.

Remexi na minha gaveta de camisas e encontrei uma velha camiseta Harley-Davidson que tinha encolhido. Ainda era quilômetros grande demais para ela, mas, quando a amarrei num nó lateral, ficou parecendo um sarongue que continuava escorregando por um de seus ombros. Era quase bonitinho.

Levo sempre um pente no bolso de trás. Peguei-o e afastei o cabelo de Ki de sua testa. Ela começava a parecer mais serena agora, mas algo ainda faltava. Algo que, em minha mente, se relacionava com Royce Merrill. Mas isso era uma maluquice... não era?

— Mike? Que bengala? Que bengala é essa que você tá pensando?

Então me ocorreu.

— Uma bengala doce — eu disse. — Aquela com listas. — Peguei do bolso as duas fitas brancas. Suas bordas vermelhas pareciam quase cruas à luz instável. — Como essas. — Amarrei seu cabelo para trás em dois pequenos rabos de cavalo. Agora Ki tinha as fitas; o cachorro preto; e os girassóis tinham se deslocado quase um metro para o norte, mas estavam lá. Tudo estava mais ou menos como deveria.

Trovões estouraram com força; em algum lugar, uma árvore despencou e as luzes se apagaram. Após cinco segundos de sombras cinza-escuro, voltaram de novo. Levei Ki novamente para a cozinha e, ao passarmos pela porta do porão, alguma coisa riu por trás dela. Eu ouvi; Ki também, pude ver que sim pela expressão de seus olhos.

— Toma conta de mim — disse ela. — Toma conta de mim porque eu sou pequenininha. Você prometeu.

— Vou tomar.

— Eu amo você, Mike.

— Eu também amo você, Ki.

A chaleira estava soprando. Pus água quente na xícara até a metade e depois a enchi com leite, esfriando-a e fazendo com que a bebida ficasse mais forte. Levei Kyra para o sofá. Enquanto passávamos pela mesa da sala de jantar, dei uma olhada na máquina de escrever IBM e no manuscrito com o livro de palavras cruzadas em cima. Tais coisas pareciam vagamente tolas e de certo modo tristes, como aparelhos que nunca trabalharam muito bem e agora não funcionavam.

Um relâmpago iluminou o céu inteiro, lavando a sala de luz púrpura. Ao clarão, as árvores desatinadas pareciam dedos se torcendo e, quando a luz atravessou o vidro da porta de correr que dava para o deck, vi uma mulher em pé atrás de nós, junto ao aquecedor à lenha. Usava um chapéu de palha com a aba do tamanho de uma roda de carroça.

— O que que é "o rio tá quase no mar" que você tá dizendo? — perguntou Ki.

Sentei e lhe entreguei a xícara.

— Beba.

— Por que os homens machucaram mamãe? Não queriam que ela se divertisse?

— Acho que não — respondi. Comecei a chorar. Eu segurava Ki em meu colo e enxugava as lágrimas com as costas da mão.

— Cê também devia ter tomado remédio pra tristeza — disse. Estendeu o chocolate. As fitas com que tinha amarrado seu cabelo em grandes laços malfeitos sacudiram-se.

— Toma. Bebe um pouquinho.

Bebi um pouquinho. Da extremidade norte da casa chegou outro estrondo dilacerante. O ruído baixo do gerador falhou e a casa mergulhou na penumbra cinzenta de novo. Sombras correram pelo rostinho de Ki.

— Aguente aí — falei. — Tente não ficar assustada. Talvez as luzes voltem. — No momento seguinte, voltaram, embora eu pudesse ouvir agora uma nota desigual no ruído do gerador e o bruxulear das luzes fosse muito mais nítido.

— Conta uma história — disse Ki. — Conta a Cinerela.

— Cinderela.

— É, essa.

— Está bem, mas os contadores de história são pagos. — Franzi os lábios e fiz um som de beber.

Ela estendeu a xícara. O chocolate estava doce e gostoso. A sensação de ser observado era forte e nada doce, mas que observassem. Que observassem enquanto podiam.

— Havia uma moça bonita chamada Cinderela...

— Era uma vez! É assim que começa! É assim que todas começam!

— Tem razão, eu esqueci. Era uma vez uma moça bonita chamada Cinderela, que tinha duas meias-irmãs malvadas. Os nomes delas eram... você lembra?

— Tammy Faye e Vanna.

— É, as Rainhas do Spray de Cabelo. E elas obrigavam Cinderela a fazer tudo que era desagradável, como varrer a lareira e limpar o cocô do cachorro no quintal. Então um dia a conhecida banda de rock Oasis ia se apresentar no palácio, e apesar de todas as moças terem sido convidadas...

Cheguei até a parte em que a fada madrinha pega o camundongo e o transforma numa limusine Mercedes antes de o Benadryl fazer efeito. Era mesmo um remédio para a tristeza; quando olhei de novo para Ki, ela dormia profundamente na dobra do meu braço, a xícara de chocolate inclinada radicalmente para o lado. Peguei a xícara e coloquei-a na mesinha de centro; depois afastei o cabelo quase seco da testa de Ki.

— Ki?

Nada. Partira para a Terra do Cochilo. Provavelmente ajudada pelo fato de que sua soneca da tarde tivesse terminado quase antes de começar.

Levantei-a e a carreguei para o quarto norte, seus pés balançando frouxamente no ar, a bainha da camiseta sacudindo nos joelhos. Coloquei-a na cama e puxei a coberta até seu queixo. Trovões estouravam como fogo de artilharia, mas Ki sequer se mexeu. Exaustão, dor e Benadryl a tinham levado para bem longe, bem além de fantasmas e tristeza, e isso era bom.

Debrucei-me e lhe beijei o rosto, que finalmente tinha começado a esfriar.

— Vou tomar conta de você — falei. — Prometi e vou tomar.

Como se me ouvisse, Ki se virou de lado, pôs a mão segurando Strickland sob o maxilar e emitiu um suave suspiro. Suas pestanas eram fuligem escura contra as faces, num surpreendente contraste com os cabelos claros. Olhando-a, eu me senti tomado de amor, abalado por ele como se é abalado por uma doença.

Tome conta de mim, eu sou pequenininha.

— Vou tomar, bichinho — falei.

Entrei no banheiro e comecei a encher a banheira do mesmo modo que no meu sonho. Ela dormiria durante toda a coisa se eu conseguisse água quente suficiente antes que o gerador pifasse completamente. Gostaria de ter um brinquedo de borracha para lhe dar caso acordasse, algo como Wilhelm, a Baleia Esguichante; mas Ki tinha seu cachorro e, de qualquer modo, provavelmente não acordaria. Nada de batismo congelante debaixo de uma bomba de mão para Kyra. Eu não era cruel, e não era louco.

Só tinha navalhas descartáveis no armário de remédios, nada bom para o outro trabalho à minha frente. Não eram bastante eficientes. Mas uma das facas de carne da cozinha serviria. Se enchesse a banheira com água quente de verdade, eu nem mesmo sentiria o que fizesse. Uma letra *T* em cada braço, a barra de cima riscada atravessando os pulsos...

Por um momento saí da zona. Uma voz — a minha própria, falando como uma combinação de Jo e Mattie — gritou: *Em que está pensando? Ah, Mike, pelo amor de Deus, em que está pensando?*

Então os trovões chocaram-se com estrondo, as luzes vacilaram e a chuva começou a desabar de novo, impelida pelo vento. Voltei ao lugar onde tudo era claro, e meu rumo indiscutível. Que tudo terminasse — a tristeza, a mágoa, o medo. Eu não queria pensar mais em como Mattie tinha dançado na ponta dos pés sobre o disco de plástico, como se ele fosse um holofote. Não queria estar lá quando Kyra acordasse, não queria ver a infelicidade encher seus olhos. Não queria atravessar a noite adiante, o dia que chegaria depois dela ou o que viria depois daquele. Eram todos vagões no mesmo velho trem de mistério. A vida era uma doença. Eu ia dar um bom banho quente em Ki e curá-la daquilo. Levantei os braços. No espelho do armário de remédios, uma figura obscura — uma Forma — ergueu os braços numa espécie de saudação de brincadeira. Era eu; tinha sido eu o tempo todo. Tudo bem. Tudo simplesmente ótimo.

Dobrei um joelho e chequei a água. Estava saindo gostosa e quente. Ótimo. Mesmo que o gerador pifasse agora, tudo bem. A banheira era antiga e profunda. Enquanto ia até a cozinha pegar a faca, pensei em entrar com Kyra na água depois de ter terminado de cortar meus pulsos na água mais quente da banheira. Não, decidi. Isso podia ser mal-interpretado pelas pessoas que chegassem depois, gente de mente suja e suposições mais sujas ainda. As que viriam quando a tempestade cessasse e as árvores caídas na estrada já tivessem sido removidas. Não, depois de seu banho eu a enxugaria e a colocaria de volta na cama com Strickland na mão. Sentaria na outra extremidade do quarto onde ela se encontrava, na cadeira de balanço junto às janelas. Estenderia algumas toalhas no colo para manter o máximo de sangue possível longe de minhas calças, e então dormiria também.

O sino de Bunter ainda tocava. Muito mais alto agora. Estava irritando meus nervos e, se continuasse daquele jeito, poderia até acordar a criança. Resolvi arrancá-lo e silenciá-lo de uma vez. Atravessei o quarto e enquanto o fazia era golpeado por fortes rajadas de ar. Não era uma brisa entrando pela janela quebrada da cozinha; era outra vez a golfada de ar quente do metrô. Varreu o *Nível difícil* para o chão, mas o peso de papel em cima do manuscrito impediu que as páginas soltas voassem. Quando olhei naquela direção, o sino de Bunter silenciou.

Uma voz suspirou na obscuridade do quarto palavras que não consegui entender. E qual a importância? Que importância teria mais uma manifestação — mais uma explosão de ar quente do Grande Além?

Trovões estouraram e o suspiro se manifestou novamente. Desta vez, quando o gerador pifou e as luzes se apagaram mergulhando o quarto na penumbra cinzenta, consegui entender claramente uma palavra:

Dezenove.

Girei, fazendo um círculo completo. Acabei olhando através do quarto sombrio para o manuscrito de *Meu amigo de infância*. Subitamente a luz se fez. A compreensão chegou.

Não era o livro de palavras cruzadas. Nem a lista telefônica.

Era o *meu* livro. Meu manuscrito.

Fui até ele, vagamente consciente de que a água tinha parado de correr na banheira da ala norte. Quando o gerador pifou, a bomba parou. Tudo bem, já teria bastante água. E quente. Ia dar o banho em Kyra, mas antes eu tinha que fazer uma coisa. Tinha que ir a 19 e depois devia ir a 92. E podia fazê-lo. Já tinha escrito 120 páginas do manuscrito, portanto, podia fazê-lo. Peguei a lanterna de pilha de cima do armário onde ainda guardava centenas de discos de vinil, liguei-a e coloquei-a na mesa. A luz jogou um círculo branco e radiante sobre o manuscrito — na tarde sombria, era tão brilhante quanto um holofote.

Na página 19 de *Meu amigo de infância*, Tiffi Taylor — a call-girl que tinha se reinventado como Regina Whiting — estava em seu estúdio com Andy Drake, relembrando o dia em que John Sanborn (o pseudônimo de John Shackleford) salvou sua filha de 3 anos, Karen. Este foi o trecho que li enquanto os trovões ribombavam e a chuva chicoteava novamente a porta de correr que dava para o deck:

AMIGO, de Noonan/Pág. 19

"Com certeza era daquele lado", ela disse,
"o problema é que não consegui vê-la em lugar nenhum. Então fui
rapidamente até a hidromassagem." Ela acendeu
um cigarro. "O que eu vi me deu vontade de gritar, Andy. A Karen
jazia debaixo d'água. De fora vi apenas a mão dela...
As unhas ficando roxas. Depois... Acho que mergulhei, mas não lembro. Estava
simplesmente fora do ar. A partir dali tudo é como um
sonho onde as coisas se atropelam na minha mente.
O jardineiro — Sanborn — me empurrou para o lado e mergulhou na
banheira. O pé dele me atingiu na garganta e por uma semana não pude
engolir. Ele deu um puxão no braço da Karen
sem controlar a força. Quando vi o movimento,
tive certeza de que deslocaria o braço dela, mas ele a pegou. Com um
único e brusco puxão, ele conseguiu pegá-la."
    Drake, em meio à penumbra, viu que ela chorava
incontrolavelmente. Apenas repetia as palavras:
"Oh, meu Deus, pensei que ela estava morta. Achei mesmo que estava."

Entendi imediatamente, mas coloquei meu bloco de notas ao longo da margem esquerda do manuscrito para que pudesse vê-lo melhor. Lendo de cima para baixo, como se lê uma solução de palavras cruzadas verticais, a primeira letra de cada linha emitia a mensagem que esteve lá quase desde que comecei o livro.

CorujAs sOb estú iO

Então, levando-se em conta a inserção na antepenúltima linha de baixo para cima:

CorujAs sOb estúDiO

Bill Dean, meu caseiro, está sentado ao volante de seu caminhão. Cumpriu dois objetivos ao vir aqui — dar-me as boas-vindas e avisar-me para não me meter com Mattie Devore. Agora está pronto para ir embora. Sorri para mim, exibindo aquela grande dentadura postiça. "Quando você puder, devia procurar aquelas corujas", diz ele. Pergunto-lhe o que Jo teria querido com duas corujas de plástico e ele responde que elas impedem os corvos de fazerem cocô no madeirame. Aceito isso, tenho outras coisas para pensar, mas mesmo assim... *"Foi como se ela viesse para fazer especialmente isso", diz ele.* Nunca me passou pela cabeça — não naquele momento, pelo menos — que no folclore indígena as corujas têm outra função: dizem que mantêm os espíritos maus a distância. Se Jo sabia que as corujas de plástico espantam os corvos, saberia daquilo também. Era exatamente o tipo de informação que ela pegava e armazenava. Minha esposa curiosa. Minha desmiolada brilhante.

Trovões rugiram no céu. Os relâmpagos devoravam as nuvens como borrifos de ácido brilhante. Fiquei em pé junto à mesa da sala de jantar com o manuscrito nas mãos trêmulas.

— Meu Deus, Jo — murmurei. — O que é que você descobriu? *E por que não me contou?*

Mas achei que já sabia a resposta. Ela não me contou porque de certo modo eu era como Max Devore; seu bisavô e o meu tinham cagado no mesmo fosso. Isso não fazia sentido, mas era assim. E ela também não contou ao próprio irmão. Tirei um conforto esquisito desse fato.

Comecei a folhear o manuscrito, arrepiado.

Andy Drake raramente fechava a cara em *Meu amigo de infância,* de Michael Noonan. Em vez disso ele arregalava os olhos como uma coruja. Sempre há uma coruja em suas expressões. Antes de ir para a Flórida, John Shackleford morara em Studio City, Califórnia. O primeiro encontro de Drake com Regina Whiting tinha ocorrido no estúdio dela. O último endereço conhecido de Ray Garraty era o Studio Apartments, em Key Largo. A melhor amiga de Regina Whiting era Steffie Sobone, casada com Towle Sobone — isso era bom, dois pelo preço de um.

Corujas sob estúdio.

Estava por toda parte, em cada página, exatamente como os nomes começados por *K* na lista telefônica. Uma espécie de monumento, este aqui construído — eu tinha certeza — não por Sara Tidwell e sim por Johanna Arlen Noonan. Minha mulher passando mensagens por trás das costas do guarda, rezando com todo seu considerável coração para que eu as visse e entendesse.

Na página 92, Shackleford conversava com Drake na sala de visitas da prisão — sentado, os punhos entre os joelhos, olhando para a corrente que ligava seus tornozelos, recusando-se a fazer contato visual com Drake.

```
AMIGO, de Noonan/Pág. 92
```

```
"Considerando tudo que aconteceu, é só isso que eu posso dizer. Qualquer
outra coisa, porra, que bem faria? A vida é um jogo, e a
realidade é que eu perdi. Você quer que eu te diga que arranquei
uma criança da água, a tirei de lá e dei um
jeito de botar o motor dela para funcionar de novo? Fiz isso, mas não
a salvei porque sou herói ou um santo..."
```

Havia mais, porém não era necessário continuar a ler. A mensagem, *corujas sob estúdio*, percorria a margem exatamente como na página 19. Como provavelmente o faria também em qualquer outra página. Lembrei-me de como tinha ficado delirantemente feliz ao descobrir que o bloqueio tinha sido dissolvido e eu podia escrever novamente. Foi dissolvido, sem dúvida nenhuma, mas não porque finalmente eu o tivesse derrotado ou conseguisse contorná-lo. *Jo* o dissolveu. *Jo* o derrotou, e a continuação de minha carreira como escritor de romances de suspense de segunda categoria foi a última de suas preocupações quando o fez. Enquanto eu estava ali sob a luz bruxuleante dos relâmpagos, sentindo meus hóspedes invisíveis girarem ao meu redor no ar instável, lembrei-me da sra. Moran, minha professora do fundamental. Quando os esforços dos alunos em reproduzir as curvas suaves do alfabeto no Método Palmer começavam a falhar e a vacilar, ela colocava a mão competente sobre a do aluno e o ajudava no quadro-negro.

Assim Jo tinha me ajudado.

Folheei o manuscrito e vi as palavras-chave por todas as partes, às vezes colocadas de modo a que se pudesse realmente vê-las empilhadas em linhas diferentes, uma acima da outra. Que esforço Jo tinha feito para tentar me dizer isso... e eu não tinha nenhuma intenção de fazer coisa alguma até descobrir por quê.

Larguei o manuscrito novamente na mesa, mas antes que pudesse prendê-lo com um peso uma furiosa rajada de ar gelado passou por mim, levantando as páginas e espalhando-as como um ciclone. Se aquela força pudesse rasgar as folhas em pedaços, estou certo de que o teria feito.

Não!, ela gritou enquanto eu agarrava a lanterna. *Não, termine o trabalho!*

O vento soprou em meu rosto lufadas geladas — era como se alguém que eu não pudesse ver estivesse em pé bem na minha frente e respirasse em meu rosto, recuando enquanto eu me movia para a frente, xingando e soprando como o grande lobo mau diante das casas dos três porquinhos.

Pendurei a lanterna no braço, estendi as mãos para a frente e cruzei-as com força. As lufadas em cima de meu rosto pararam. Agora havia apenas ar rodopiando ao acaso, entrando da janela da cozinha parcialmente tapada.

— Ela está dormindo — eu disse para o que sabia que estava lá, observando silenciosamente. — Há algum tempo.

Saí pela porta dos fundos e o vento me empurrou imediatamente, fazendo-me cambalear, quase me derrubando. E nas árvores oscilantes enxerguei rostos verdes, os rostos dos mortos. Devore estava lá, e Royce, e Son Tidwell. Vi principalmente Sara.

Sara em toda parte.

Não! Volte! Você não precisa de nenhum caminhão com corujas, benzinho! Volte! Termine o trabalho! Faça aquilo que veio fazer!

— Não *sei* o que vim fazer — eu disse. — E até descobrir, não vou fazer *coisa alguma*.

O vento gritou como se ofendido, e um enorme galho foi arrancado do pinheiro à direita da casa, caindo em cima do meu Chevrolet num borrifo de água, amassando seu teto antes de rolar para o meu lado.

Entrelaçar as mãos lá fora seria tão útil quanto a ordem do rei Canuto para que a maré virasse. Aquele era o mundo dela, não o meu... e só a margem dele, por falar nisso. Cada passo mais perto da Rua e do lago me levaria para mais perto do coração daquele mundo, onde o tempo era frágil e os espíritos governavam. Ah, meu Deus, o que aconteceu para provocar isso?

O caminho para o estúdio de Jo se transformou num riacho. Dei uns 12 passos antes que uma pedra cedesse sob meu pé e eu caísse de lado com força. Relâmpagos cortaram o céu, ouvi o estalo de outro galho que se quebrava e então alguma coisa começou a cair na minha direção. Levantei as mãos para proteger o rosto e rolei para a direita, para fora do caminho. O ramo chocou-se com o solo logo atrás de mim, e meio que tropecei por um declive abaixo que estava escorregadio com agulhas de pinheiro ensopadas. Finalmente consegui me levantar. O galho no caminho era ainda maior do que o que tinha aterrissado no telhado do carro. Se tivesse me atingido, provavelmente teria amassado meu crânio.

Volte! Um vento rancoroso e assobiante passou por entre as árvores.

Termine! Era a voz gutural e babada do lago batendo nas pedras e a margem abaixo da Rua.

Vá cuidar de seus assuntos! Era a própria casa, gemendo nas fundações. *Vá cuidar de seus assuntos e me deixe cuidar dos meus!*

Mas Kyra era um assunto meu. Kyra era a minha filha.

Levantei a lanterna. O estojo estava rachado, mas a lâmpada acendeu brilhante e firme — um ponto para o time da casa. Curvado contra o vento uivante, a mão erguida para afastar outros galhos que caíssem, escorreguei e tropecei colina abaixo até o estúdio de minha falecida esposa.

Capítulo Vinte e Sete

Inicialmente a porta não abriu. A maçaneta girou na minha mão e percebi que não estava trancada, mas a chuva parecia ter inchado a madeira... ou algo teria sido colocado contra ela. Recuei, curvei-me um pouco e golpeei a porta com o ombro. Desta vez cedeu ligeiramente.

Era ela. Sara. Em pé do outro lado da porta e tentando mantê-la fechada contra mim. Como podia fazer isso? Como, em nome de Deus? Ela era uma merda de um fantasma!

Pensei na picape da CONSTRUÇÃO BAMM... e como se eu a conjurasse, quase pude vê-la no final da estrada 42, estacionada junto à rodovia, o sedã das velhotas de calça atrás dele e três ou quatro outros carros agora atrás delas. Todos com os limpadores de para-brisas movendo-se para a frente e para trás, os faróis cortando débeis cones de luz no aguaceiro. Formavam uma fileira no acostamento como num pátio de venda de carros de segunda mão. Não havia nenhuma venda ali, só a velha guarda sentada silenciosamente em seus carros. A velha guarda tão na zona quanto eu. A velha guarda mandando vibrações.

Sara os induzia. *Roubava* deles. Fez o mesmo com Devore — e comigo também, claro. Muitas das manifestações que senti desde que voltei provavelmente foram criadas de minha própria energia psíquica. Era divertido, quando se pensava a respeito.

Ou talvez "aterrorizante" fosse a palavra que eu procurava.

— Jo, me ajude — eu disse para a chuva caindo. Relâmpagos faiscaram, transformando as torrentes numa prata brilhante e breve. — Se algum dia você me amou, me ajude agora.

Recuei e golpeei a porta novamente. Desta vez não houve nenhuma resistência e entrei aos trancos, dando uma canelada no batente e caindo de joelhos. Mas segurando a lanterna.

Houve um momento de silêncio. Senti nele forças e presenças se juntando. Naquele momento, nada pareceu se mover, embora atrás de mim, no bosque por onde Jo adorava perambular — comigo ou sem mim —, a chuva continuasse a cair e o vento a uivar, implacável jardineiro podando seu caminho através das árvores que estavam mortas e quase mortas, fazendo o trabalho de dez anos mais suaves numa única hora turbulenta. Então a porta se fechou com uma batida e a coisa começou. Vi tudo à luz da lanterna, que acendi sem nem perceber, mas no início não sabia exatamente o que estava vendo, além da destruição dos bem-amados artesanatos e tesouros de minha esposa pelo *poltergeist*.

O quadrado da manta de tricô emoldurado foi arrancado da parede e voou de um lado a outro do estúdio, a moldura preta de carvalho se espatifando. As cabeças das bonecas das colagens saltaram como rolhas de champanhe numa festa. A lâmpada pendente se estilhaçou, caindo com uma ducha de vidro em cima de mim. Um vento gelado começou a soprar, e a ele juntou-se rapidamente outro, mais tépido, quase quente, girando em um ciclone. Passaram por mim como se imitassem a tempestade maior lá fora.

A cabeça de Sara Laughs na estante, a que parecia construída de palitos e pauzinhos de picolé, explodiu numa nuvem de lascas de madeira. O remo de caiaque encostado à parede ergueu-se no ar, remou furiosamente no nada e então se atirou sobre mim como uma lança. Eu me joguei no tapetinho verde para evitá-lo e senti pedacinhos de vidro quebrado da lâmpada estilhaçada cortarem a palma de minha mão quando desci. Senti algo mais — uma saliência por baixo do tapete. O remo atingiu a parede em frente com força suficiente para partir-se em dois pedaços.

A seguir, o banjo que minha mulher jamais conseguiu dominar se ergueu no ar, girou duas vezes e tocou um alegre carrilhão de notas fora do tom mas apesar disso inequívocas — eu gostaria de estar na terra do algodão, velhos tempos não são esquecidos. O banjo girou em torno de si uma terceira vez, suas peças de aço brilhante refletindo carreiras de luz nas paredes do estúdio, e então se jogou para a morte, o corpo do instrumento se espatifando no chão e as cravelhas de afinação saltando fora como dentes.

O som do ar se movendo começou — como posso dizer? — de certo modo a se *focalizar*, até não haver mais o som do ar e sim o de vozes, ofegantes, fantasmagóricas e cheias de fúria. Elas teriam gritado se tivessem cordas vocais com que fazê-lo. O ar empoeirado girava no facho da lanterna, mostrando espirais que dançavam juntas, depois se separavam, girando de novo. Por um momento, ouvi a voz ríspida e rouca de fumaça de Sara. *Dá o fora, sua vaca! Dá o fora daqui! Isso aqui não é da sua...* E então houve um choque curioso e frágil, como se ar tivesse colidido com ar. Isso foi seguido por um grito estridente de túnel de vento que eu reconheci: eu o tinha ouvido no meio da noite. Jo gritava. Sara a machucava, a punia por interferir, e Jo gritava.

— Não! — berrei, levantando. — Deixe-a em paz! Deixe-a existir! — Avancei para dentro da sala, balançando a lanterna na frente do rosto como se pudesse afastar Sara com aquilo. Garrafas arrolhadas passaram por mim — algumas contendo flores secas, outras cogumelos cuidadosamente fatiados, outras, ervas do bosque. Elas se espatifaram na parede distante com um som quebradiço de xilofone. Nenhuma delas me atingiu; foi como se alguma mão invisível as guiasse para longe.

Então a escrivaninha com tampo de correr de Jo se ergueu no ar. Devia pesar pelo menos uns 180 quilos, com suas gavetas cheias como estavam, mas flutuou como uma pena, inclinando-se primeiro para um lado e depois para o outro em correntes de ar opostas.

Jo gritou de novo, desta vez com mais raiva do que dor, e cambaleei para trás contra a porta fechada com a sensação de que eu tinha sido esvaziado. Sara não era a única que podia roubar a energia dos vivos, parece. Algo branco e viscoso como esperma — ectoplasma, acho eu — espirrou dos escaninhos da escrivaninha em uma dúzia de pequenos filetes, e a escrivaninha subitamente se lançou através do aposento. Voou quase rápido demais para ser seguida com os olhos. Alguém em pé na frente dela teria sido completamente esmagado. Ouviu-se um grito dilacerantemente agudo de protesto e agonia — Sara desta vez, eu sabia —, e então a escrivaninha atingiu a parede, rompendo-a e deixando entrar a chuva e o vento. O tampo de correr soltou-se de sua fenda e pendeu como uma língua desarticulada. Todas as gavetas foram lançadas para fora. Carretéis de linha, meadas de lã, pequenos livros de identificação de fauna e flora, guias de bosque, dedais, cadernos de notas, agulhas de tricô, canetas marca-texto secas — os restos *matais* de Jo, como diria Ki. Voaram por toda parte como ossos e pedaços de cabelo cruelmente caídos e dispersos de um caixão desenterrado.

— Parem — resmunguei. — Parem, vocês duas. Chega.

No entanto, não era mais necessário lhes dizer isso. Exceto pelo furioso estrépito da tempestade, eu estava só entre as ruínas do estúdio de minha esposa. A batalha havia terminado. Pelo menos por enquanto.

Ajoelhei e dobrei em dois o tapetinho verde, pondo cuidadosamente nele o máximo de vidro quebrado da lâmpada que pude. Abaixo dele havia um alçapão dando para uma área de guardados criada pelo declive da terra ao se inclinar na direção do lago. A saliência que notei era uma das dobradiças do alçapão. Eu conhecia essa área e pretendia examiná-la por causa das corujas. Então as coisas tinham começado a acontecer e eu havia esquecido.

Havia um anel embutido no alçapão. Agarrei-o, pronto para mais resistência, mas ele se abriu facilmente. O cheiro que flutuou até mim me congelou. Não era de úmida decomposição, pelo menos não no início, mas Red — o perfume favorito de Jo. Ele pairou em torno de mim por um momento e então desapareceu. O que o substituiu foi o cheiro de chuva, raízes e terra molhada. Não era agradável, mas já senti cheiros bem piores junto ao lago, perto daquela bétula desgraçada.

Fiz minha lanterna brilhar nos três degraus íngremes. Eu podia ver uma forma agachada que se revelou um velho vaso sanitário — eu lembrava vagamente de Bill e Kenny Auster colocando-o ali em 1990 ou 91. Havia caixas de metal — gavetas de arquivos, na realidade — embrulhadas em plástico e empilhadas em estrados. Velhos discos e papéis. Um gravador de fitas de oito faixas embrulhado num saco plástico. Um velho videocassete perto dele, em outro saco. E no canto...

Sentei com as pernas penduradas e senti algo tocar no tornozelo que torci no lago. Dirigi a lanterna para o espaço entre os joelhos e por um momento vi um garoto negro. Mas não o que tinha se afogado no lago — este aqui era mais velho e muito maior. Doze, talvez 14 anos. O garoto afogado não tinha mais que 8 anos.

Aquele ali arreganhou os dentes para mim e silvou como um gato. Seus olhos não tinham pupilas; como os do garoto no lago, eram inteiramente brancos, como os de uma estátua. E ele sacudia a cabeça. *Não desça aqui, homem branco. Deixe os mortos descansarem em paz.*

— Mas você não está em paz — eu disse, e dirigi a luz da lanterna totalmente para ele. Tive um vislumbre momentâneo de uma coisa verdadeiramente medonha. Podia ver através dele, mas podia também ver *dentro* dele: os restos apodrecidos de sua língua na boca, os olhos nas órbitas, os miolos fervilhando como um ovo estragado na caixa craniana. Então ele desapareceu, e a seguir não havia mais nada além de uma daquelas hélices giratórias de poeira.

Desci com a lanterna levantada. Abaixo dela, ninhos de sombras oscilavam e pareciam erguer as mãos para cima.

A área de guardados (na verdade, não mais que um impressionante espaço onde se podia rastejar) recebeu um assoalho de estrado de madeira apenas para manter as coisas fora do solo. Agora a água corria por baixo dele num rio contínuo, e a terra já tinha sido bastante erodida para que mesmo rastejar fosse um trabalho difícil. O cheiro do perfume desapareceu inteiramente. O que o substituíra era um odor fedorento de fundo de rio e — improvável, dadas as condições, eu sei, mas estava lá — o cheiro leve e sombrio de cinzas e fogo.

Vi imediatamente aquilo que fui buscar. As corujas de Jo pedidas pelo correio, as que ela recebeu em novembro de 1993, estavam no canto nordeste, onde havia apenas uns 60 centímetros entre o assoalho de estrado em declive e a parte de baixo do estúdio. *Deus do céu, pareciam verdadeiras*, disse Bill, e Deus do céu, ele tinha razão: ante o fulgor brilhante da lanterna, pareciam pássaros primeiro enfaixados, depois sufocados em plástico claro. Seus olhos eram brilhantes alianças contornando largas pupilas negras. Suas penas de plástico estavam pintadas da cor verde-escuro das agulhas dos pinheiros, e suas barrigas de um tom de laranja claro e sujo. Rastejei até elas sobre o estrado que rangia, instável, e com o brilho da lanterna oscilando para a frente e para trás entre as ripas, tentando não pensar se o garoto estava atrás de mim, arrastando-se em minha perseguição. Quando cheguei às corujas, levantei a cabeça sem pensar e bati com ela no isolamento que percorria o assoalho do estúdio. *Bata um para sim, dois para não, idiota*, pensei.

Firmei os dedos no plástico embrulhando as corujas e puxei-as na minha direção. Queria estar fora dali. A sensação de água correndo logo abaixo de mim era estranha e desagradável. Assim como o cheiro do fogo, que parecia mais forte agora apesar da umidade. E se o estúdio estivesse pegando fogo? E se Sara de algum modo tivesse posto fogo nele? Eu assaria ali embaixo mesmo, enquanto a correnteza enlameada da tempestade estivesse encharcando minhas pernas e minha barriga.

Vi que uma das corujas tinha uma base de plástico — era melhor para colocá-la no deck ou no alpendre para assustar os corvos, meu caro —, mas a base da outra estava faltando. Recuei até o alçapão, segurando a lanterna numa das mãos e arrastando o saco de plástico com as corujas na outra, encolhendo-me cada vez que o trovão rugia lá em cima. Eu só avancei um pouco quando a fita úmida segurando o plástico cedeu. A coruja cuja base faltava inclinou-se lentamente para mim, seus olhos cor de petróleo fixando-se arrebatadoramente nos meus.

Um redemoinho do ar. Uma tênue e reconfortante lufada do perfume Red. Puxei a coruja para fora pelos tufos que cresciam como chifres em sua testa e virei-a de cabeça para baixo. No local onde tinha sido ligada à base de plástico só havia agora duas cavilhas com um espaço oco entre elas. Dentro do buraco estava uma pequena caixa de metal que reconheci antes mesmo de estender a mão para a barriga da coruja e puxar a caixa para fora. Dirigi a luz da lanterna para ela, sabendo o que veria: IDEIAS DE JO em letras douradas e manuscritas em estilo antigo. Ela encontrara a caixa num celeiro de antiguidades.

Fitei-a, o coração batendo com força. Trovões sacudiam o céu. O alçapão continuava aberto, mas eu esqueci de subir. Esqueci de tudo, exceto da caixa de metal que segurava, mais ou menos do tamanho de uma caixa de charutos, mas não muito profunda. Coloquei a mão sobre a tampa e puxei-a para fora.

Havia papéis dobrados espalhados em cima de dois cadernos de taquigrafia, os de espiral que eu mantinha por perto para anotações e listas de personagens. Esses estavam presos juntos com um elástico. Em cima de tudo, havia um brilhante quadrado preto. Enquanto não o peguei e o segurei junto à lanterna, não percebi que era o negativo de uma foto.

Fantasmagoricamente, invertido e numa tênue cor laranja, vi Jo com seu maiô cinzento de duas peças. Estava em pé na plataforma de flutuação, as mãos por trás da cabeça.

— Jo — eu disse, e então não pude dizer mais nada. Minha garganta se fechou com lágrimas. Segurei o negativo por um momento, sem querer perder contato com ele, e então o coloquei de volta na caixa com os papéis e os cadernos de taquigrafia. Foi devido a eles que ela veio para Sara em julho de 1994; para pegá-los e escondê-los tão bem quanto podia. Tirou as corujas do deck (Frank tinha ouvido a porta lá de fora bater) e as trouxe para cá. Eu praticamente podia vê-la retirando a base de uma coruja e enfiando a caixa de metal em seu tubo de plástico, embrulhando ambas em plástico e depois as arrastando para cá, enquanto o irmão fumava Marlboros e sentia as vibrações. As más vibrações. Eu tinha dúvidas de algum dia conhecer todos os motivos pelos quais ela tinha feito aquilo, ou qual teria sido seu estado de espírito... mas ela quase certamente acreditou que eu acabaria encontrando meu caminho até aqui embaixo. Por que outro motivo teria deixado o negativo?

Os papéis soltos eram principalmente recortes xerocados do *Castle Rock Call* e do *Weekly News*, o jornal que aparentemente precedeu ao *Call*. As datas estavam escritas na caligrafia nítida e firme de minha esposa. O recorte mais antigo era de 1865, e seu título era OUTRO LAR A SALVO. Quem voltava das cinzas era um tal de Jared Devore, de 32 anos de idade. Subitamente entendi uma das coisas que haviam me intrigado: as gerações pareciam não combinar. Uma canção de Sara Tidwell me veio à mente enquanto eu estava encolhido ali no estrado, com minha lanterna iluminando aquelas letras numa tipologia antiga. Era a cançoneta que dizia *Os velhos fazem a coisa, e os jovens também/E os velhos mostram aos jovens como fazê-la bem...*

Quando Sara e os Red-Tops apareceram no condado de Castle e se instalaram no que ficou conhecido como prado de Tidwell, Jared Devore teria 67 ou 68 anos. Velho, mas ainda vigoroso. Um veterano da Guerra Civil. O tipo de velho para quem os mais jovens podiam olhar como exemplo. E a canção de Sara estava certa — os velhos mostram aos jovens como fazê-la bem.

O que exatamente eles haviam feito?

Os recortes sobre Sara e os Red-Tops não diziam. Passei-os em revista, de qualquer forma, mas o tom geral me abalou mesmo assim. Eu o descreveria como um afável e persistente desprezo. Os Red-Tops eram "nossos pássaros pretos sulistas" e "nossos neguinhos rítmicos". Eram cheios "do bom temperamento escurinho". A própria Sara era "uma maravilhosa figura de mulher preta, com nariz largo, lábios grossos e testa nobre" que "fascinava homens e mulheres com sua alegria animal, sorriso branco e riso ruidoso".

Eram — Deus nos proteja e salve — resenhas. Boas, se você não se importasse de ser considerado "cheio do bom temperamento escurinho".

Folheei-os rapidamente, procurando algo sobre as circunstâncias em que os "nossos pássaros pretos sulistas" haviam partido. Não encontrei nada. Em vez disso, achei um recorte do *Call* com a data de 19 de julho (*vá a 19*, pensei) de 1933. Seu título dizia VETERANO, CASEIRO E GUIA NÃO CONSEGUE SALVAR A FILHA. Segundo a reportagem, Fred Dean vinha combatendo incêndios na parte leste da TR com duzentos outros homens quando o vento subitamente mudou, ameaçando a extremidade norte do lago, previamente considerada a salvo. Naquela época, muitos habitantes locais continuavam pescando e caçando em acampamentos ali localizados (até aí eu sabia). A comunidade tinha tido um armazém e um nome: Halo Bay. Hilda, a mulher de Fred Dean, estava lá com os gêmeos William e Carla, de 3 anos, enquanto o marido se encontrava fora comendo fumaça. Muitas outras esposas e filhos também estavam em Halo Bay.

Os incêndios tinham chegado rápido quando o vento mudou, dizia o jornal — "como explosões marchando". Elas saltaram o único aceiro que os homens deixaram naquela banda e dirigiram-se à extremidade norte do lago. Em Halo Bay não havia homens para assumir o combate, e aparentemente nenhuma mulher capaz de fazê-lo, ou de querer fazê-lo. Em vez disso entraram em pânico, correndo para encher os carros com filhos e bens do acampamento, entupindo a única estrada com seus veículos. Posteriormente um dos velhos carros ou caminhões quebrou e, enquanto os incêndios se aproximavam, correndo pelos bosques que não viam chuva desde o final de abril, as mulheres que esperavam encontraram o caminho de fuga bloqueado.

Os bombeiros voluntários chegaram para o resgate a tempo, mas quando Fred Dean alcançou a mulher, que estava no grupo tentando empurrar um Ford cupê empacado para fora da estrada, descobriu uma coisa terrível. Embora Bill estivesse deitado no chão do banco traseiro do carro, adormecido, Carla não estava ali. Hilda havia pegado os dois, claro — que se instalaram no banco de trás, de mãos dadas como sempre faziam. Mas em algum momento depois que o irmão adormeceu no chão do carro, e enquanto Hilda colocava o resto da bagagem no porta-malas, Carla deve ter lembrado de um brinquedo ou de uma boneca e voltado ao chalé para buscá-lo. Enquanto o fazia, a mãe entrara no velho DeSoto deles e partira, sem verificar se as crianças ainda continuavam no carro. Carla Dean ainda estava no chalé em Halo Bay ou andando pela estrada. De um modo ou de outro, os incêndios a teriam alcançado.

A estrada era estreita demais para que um veículo pudesse fazer a volta, e bloqueada demais para que um deles apontasse para a direção certa no espaço lotado. Portanto Fred Dean, herói que era, partiu correndo na direção do horizonte enegrecido pela fumaça, onde brilhantes fitas laranja já tinham começado a surgir. Impelido pelo vento, o incêndio aumentou e correu ao encontro dele como uma amante.

Ajoelhei no estrado, lendo isso à luz da lanterna, e de repente o cheiro de incêndio e coisas que ardiam se intensificou. Tossi... e a tosse foi apagada pelo gosto de ferro da água em minha boca e garganta. Mais uma vez, agora ajoelhando na área dos guardados sob o estúdio de minha esposa, senti como se estivesse me afogando. Mais uma vez me debrucei para a frente e tive ânsia de vômito, mas só expeli um pouco de saliva.

Virei-me e vi o lago. Em sua enevoada superfície gritavam os mergulhões-do-norte, voando em minha direção numa fila, batendo as asas contra a água enquanto o faziam. O azul do céu havia sido apagado. O ar cheirava a carvão e pólvora. A cinza tinha começado a peneirar do céu. A margem leste do Dark Score estava em chamas, e eu tinha ocasionais e abafadas informações a respeito quando as árvores ocas explodiam. Soavam como tiros em profundidade.

Olhei para baixo, querendo me libertar dessa visão, sabendo que em breve não haveria nada distante como uma visão e sim algo tão real quanto a viagem que Kyra e eu tínhamos feito à Feira de Fryeburg. Em vez de uma coruja de plástico de olhos debruados de ouro, eu fitava uma criança com olhos azuis brilhantes sentada a uma mesa de piquenique, e que esticava os braços gorduchos e chorava. Eu a via tão claramente como a meu próprio rosto no espelho a cada manhã ao fazer a barba. Notei que tinha mais ou menos...

A idade de Kyra, mas era muito mais gorducha, de cabelos pretos em vez de louros. Seus cabelos são do mesmo tom que os que o irmão terá até finalmente começar a ficar grisalho no verão inacreditavelmente distante de

1998, um ano que ela nunca verá a não ser que alguém a tire desse inferno. A garota usa um vestido branco, meias vermelhas até o joelho e estende os braços para mim, chamando papai, papai.

Começo a andar até ela e então um estouro de calor organizado me desintegra por um momento — aqui eu sou o fantasma, percebo, e Fred Dean acaba de correr através de mim. Papai, *grita ela, mas para ele, não para mim.* Papai!, *e ela o abraça, sem se importar com a fuligem manchando o seu vestido de seda branca e o rosto rechonchudo quando ele a beija, e mais fuligem começa a cair, e os mergulhões-do-norte se dirigem à margem, dando a impressão de chorar num lamento agudo.*

Papai, o incêndio está chegando!, *grita ela quando ele a recolhe nos braços.*

Eu sei, seja corajosa, *diz ele.* Tudo vai ficar bem, meu docinho, mas você tem que ser corajosa.

O incêndio não está chegando; já chegou. Toda a extremidade leste de Halo Bay está em chamas, chamas que se movem agora para esta direção, devorando uma a uma as pequenas cabanas onde os homens gostam de ficar bebendo na estação de caça e de pesca. Por trás da cabana de Al LeRoux, as roupas lavadas que Marguerite pendurou naquela manhã estão em chamas, calças e vestidos e roupa de baixo ardendo em fileiras que são em si cordões de fogo. Folhas e cascas de árvore caem como chuva; uma brasa ardente toca o pescoço de Carla, que dá um grito agudo de dor. Com um tapa, Fred afasta a brasa enquanto desce o declive da terra para a água.

Não faça isso!, eu *grito. Sei que não tenho poder para mudar nada, mas grito para ele mesmo assim, tento mudá-lo mesmo assim.* Lute contra isso! Pelo amor de Deus, lute contra isso!

Papai, quem é esse homem?, *Carla pergunta, e aponta para mim, enquanto o telhado de ripas verdes da casa dos Dean pega fogo.*

Fred dá uma olhada para onde ela está apontando, e vejo em seu rosto um espasmo de culpa. Ele sabe o que está fazendo, isso é que é terrível — bem no fundo sabe exatamente o que está fazendo aqui em Halo Bay onde a Rua termina. Ele sabe e está com medo de que alguém testemunhe o seu trabalho. Mas não vê nada.

Ou vê? Seus olhos arregalam-se em dúvida por um momento, como se visse algo *— uma espiral dançante de ar, talvez. Ou talvez ele me sinta? É isso? Ele sente uma momentânea corrente de ar em todo esse calor? Uma* corrente que é percebida como mãos que protestam, mãos que reprimiriam se ao menos tivessem substância? Então ele afasta os olhos; e segue pela água ao lado do trecho de cais dos Dean.

Fred!, eu grito. Pelo amor de Deus, homem, olhe para ela! Você acha que sua mulher pôs nela um vestido branco por acaso? É isso que alguém veste para brincar?

Papai, por que a gente tá entrando na água?, *pergunta ela.*

Para fugir do fogo, docinho.

Papai, eu não sei nadar!

Você não vai ter que nadar, *responde ele, e que calafrio eu sinto ante aquilo! Porque não é mentira — ela não vai ter mesmo que nadar, nem agora nem nunca. E pelo menos o método de Fred será mais misericordioso do que o de Normal Auster quando a vez de Normal chegar — mais misericordioso do que a guinchante bomba manual, do que os galões de água gelada.*

O vestido branco flutua em torno dela como um lírio. Suas meias vermelhas tremulam na água. Ela abraça o pescoço do pai bem apertado e agora eles estão entre os mergulhões que fogem; os mergulhões espancam a água com suas asas poderosas, formando pedaços de espuma e olhando fixamente para o homem e a garota com seus distraídos olhos vermelhos. O ar está pesado de fumaça e o céu desapareceu. Cambaleio atrás deles, avançando pela água — posso sentir que está gelada, embora eu não a agite nem deixe traço. As orlas leste e norte do lago estão em fogo agora — há um crescente ardendo em torno de nós enquanto Fred Dean penetra mais na água com a filha, carregando-a como para algum rito de batismo. E mesmo assim ele diz a si mesmo que está tentando salvá-la, apenas salvá-la, exatamente como Hilda se dirá a vida inteira que a criança simplesmente voltou ao chalé para procurar um brinquedo, que não tinha sido deixada para trás de propósito, deixada com vestido branco e meias vermelhas para ser encontrada pelo pai, que certa vez cometeu algo inominável. Isso é o passado, essa é a Terra que Ficou para Trás, e aqui os pecados dos pais são visitados nos filhos, mesmo na sétima geração, que ainda não chegou.

Ele a leva cada vez mais para dentro e ela começa a gritar. Seus gritos se misturam aos gritos dos mergulhões até que ele faz os sons cessarem com um beijo na boca aterrorizada da criança. Eu te amo, papai ama seu docinho, *diz ele, e então a mergulha. É uma imersão completa tipo batismo, só que não há coro nenhum na margem cantando "Shall We Gather at the River", ninguém está gritando Aleluia!, e ele não a está deixando vir à tona. Ela luta furiosamente na floração branca de seu vestido de sacrifício e, por um momento, ele não suporta vê-la; em vez disso olha para o lago, para o oeste, onde o fogo ainda não chegou (e nunca chegará); para o oeste, onde o céu ainda está azul. A cinza cai em torno dele como chuva negra, as lágrimas escorrem de seus olhos e, enquanto ela luta furiosamente sob suas mãos, tentando libertar-se da garra que a afoga, ele diz a si mesmo* Foi um acidente, apenas um terrível acidente, levei-a para o lago porque era o único lugar para onde *podia* ir, o único lugar que sobrara, e ela então entrou em pânico, começou a lutar, estava toda molhada e escorregadia e não consegui segurá-la direito e então perdi totalmente *qualquer* controle sobre ela e aí...

Esqueço que sou um fantasma. Grito "Kia! Aguenta aí, Ki!", e mergulho. Alcanço-a, vejo seu rosto aterrorizado, seus olhos azuis saltados, sua boca de botão que traça uma linha prateada de borbulhas em direção à superfície onde Fred continua na água até o pescoço, segurando-a ali embaixo enquanto diz a si mesmo repetidamente que está tentando salvá-la, esse é o único modo, está tentando salvá-la, esse é o único modo. Estendo a mão para ela repetidamente, repetidamente, minha criança, minha filha, minha Kia (todos são Kia, tanto os meninos quanto as meninas, todos minha filha), e todas as vezes meus braços a atravessam. Pior — ah, muito pior — é que agora é ela que está estendendo os braços para mim, os braços sardentos flutuando, implorando um resgate. Suas mãos tateantes se dissolvem nas minhas. Não podemos nos tocar porque agora eu sou o fantasma. Eu sou o fantasma, e enquanto a luta dela arrefece percebo que não posso não posso ah eu
não podia respirar — estava me afogando.

Eu me curvei, abri a boca e desta vez um vômito de água do lago saiu de mim, ensopando a coruja de plástico no estrado junto a meus joelhos. Agarrei a caixa IDEIAS DE JO junto ao peito, não querendo que seu conteúdo se molhasse, e o movimento disparou outra ânsia de vômito. Desta vez jorrou água gelada de meu nariz, assim como da boca. Respirei profundamente e então tossi, expelindo-a.

— Isso tem que terminar — eu disse, mas claro que aquilo ali *era* o fim, de um modo ou de outro. Porque Kyra era a última.

Subi os degraus para o estúdio e sentei no chão cheio de lixo para recuperar o fôlego. Do lado de fora o trovão estalava e a chuva caía, mas achei que a tempestade já tinha superado o auge de sua fúria. Ou talvez isso fosse apenas o que eu esperava.

Descansei com as pernas penduradas através do alçapão — não havia mais fantasmas ali para tocar meus tornozelos, não sei como sabia disso, mas sabia — e tirei o elástico que unia os cadernos de taquigrafia. Abri o primeiro, folheei-o e vi que estava quase totalmente preenchido com a letra de Jo e um número de folhas datilografadas e dobradas (tipo Courier, claro), espaço um: o fruto de todas aquelas viagens clandestinas à TR durante 1993 e 1994. Notas fragmentadas, em sua maioria, e transcrições de fitas que podiam ainda estar embaixo de mim em algum lugar na área de guardados. Num local afastado, junto com o videocassete ou o gravador de oito faixas talvez. Mas eu não precisava delas... Quando chegasse o momento — *se* o momento chegasse — tinha certeza de que descobriria a maior parte da história ali. O que aconteceu, quem o fez, como foi encoberto. Naquele momento, eu não me importava. Naquele momento, só queria ter certeza de que Kyra estava a salvo e continuaria a salvo. Só havia um modo de concretizar isso.

Na oh.

Tentei passar o elástico em volta dos cadernos de taquigrafia de novo, e o que eu não tinha examinado escorregou da minha mão úmida, caindo no chão. Um pedaço de papel verde saiu de dentro dele. Peguei-o e vi o seguinte:

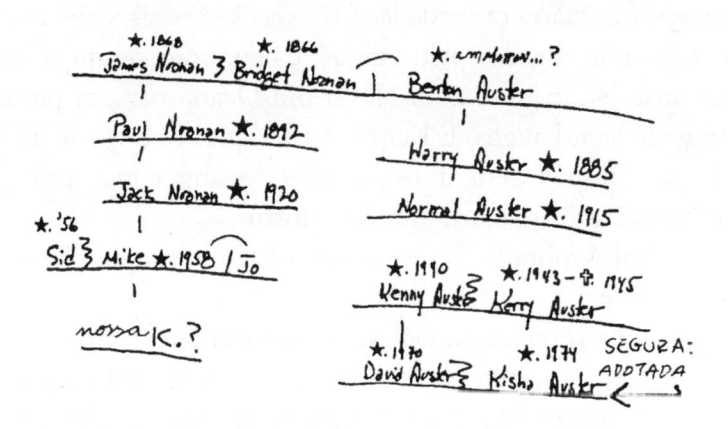

```
    ★.1848         ★.1866
James Noonan 3 Bridget Noonan |  ★.unknown...?
          |                      Benton Auster
   Paul Noonan ★.1892                |
          |                   Harry Auster ★.1885
   Jack Noonan ★.1920                |
★.'56     |                   Normal Auster ★.1915
 Sid 3 Mike ★.1958 / Jo         ★.1940    ★.1943-†.1945
          |                    Kenny Aust§  Kerry Auster
     nossa K.?                  ★.1970    ★.1974    SEGUZA:
                              David Auster 3 Kisha Auster  ADOTADA
```

Por um momento, saí daquela estranha e aguda consciência na qual estava vivendo. O mundo assumiu suas dimensões costumeiras. As cores, porém, de certo modo estavam fortes demais, os objetos *pre-*

sentes de maneira excessivamente enfática. Senti-me como um soldado num campo de batalha subitamente iluminado por um medonho clarão branco revelador de tudo.

O pessoal de meu pai tinha vindo de Prout's Neck, disso eu tinha certeza; portanto meu bisavô era James Noonan, e ele jamais cagou no mesmo fosso que Jared Devore. Max Devore mentiu quando disse aquilo a Mattie... ou estava mal-informado... ou simplesmente confuso, como as pessoas geralmente ficam quando chegam aos 80 anos. Mesmo um sujeito como Devore, que de modo geral tinha continuado astuto, não teria escapado muito daquilo. Porque, segundo aquele pequeno pedaço de diagrama, meu bisavô teve uma irmã mais velha, Bridget. E Bridget tinha se casado com... Benton Auster.

Meu dedo escorregou para a linha de baixo, para Harry Auster. Nascido de Benton e Bridget Noonan Auster no ano de 1885.

— Jesus Cristo — murmurei. — O avô de Kenny Auster era meu tio-avô. E era um deles. Seja lá o que fizeram, Harry Auster era um deles. Está aí a conexão.

Pensei em Kyra com um terror súbito e agudo. Ela tinha ficado sozinha na casa por quase uma hora. Como é que eu fui tão burro? Alguém podia ter entrado enquanto eu estava ali embaixo no estúdio. Sara podia ter usado alguém para...

Percebi que não era verdade. Os assassinos e as vítimas crianças tinham sido todos ligados pelo sangue, e agora que o sangue escasseava, o rio quase alcançou o mar. Havia Bill Dean, mas este permanecia bem longe de Sara Laughs. E Kenny Auster, mas Kenny tinha ido com a família para Taxachusetts. E os parentes de sangue mais próximos de Ki — mãe, pai, avô — estavam todos mortos.

Só eu tinha sobrado. Só eu tinha o mesmo sangue. Só eu podia fazê-lo. A menos...

Disparei de volta a casa tão rápido quanto pude, tropeçando e escorregando pelo caminho encharcado, desesperado para me certificar de que ela estava bem. Não achava que Sara pudesse machucar a própria Kyra, não importa o quanto daquela vibração da velha guarda ela absorvesse... mas e se eu estivesse errado?

E se eu estivesse errado?

Capítulo Vinte e Oito

Ki dormia exatamente como eu a tinha deixado, de lado, com o imundo cachorrinho de pelúcia sob o rosto. Embora ele lhe tivesse deixado uma mancha no pescoço, não tive coragem de tirá-lo dela. Além de Ki, à esquerda, através da porta aberta do banheiro, eu ouvia o contínuo *plink-plonk-plink* da água caindo da torneira para a banheira. Um ar frio foi soprado ao meu redor com um toque sedoso, acariciando meu rosto, enviando um desagradável calafrio por minhas costas abaixo. Na sala de estar, o sino de Bunter sacudiu-se levemente.

A água ainda está quente, benzinho, murmurou Sara. *Seja seu amigo, o seu papai. Vá em frente. Faça o que quer fazer. Faça o que nós dois queremos.*

E eu *queria* fazê-lo, razão pela qual Jo havia tentado inicialmente me manter longe da TR e de Sara Laughs. Razão pela qual fez segredo de sua possível gravidez também. Era como se eu descobrisse um vampiro dentro de mim, uma criatura sem qualquer interesse no que considerava uma consciência piegas e uma moralidade discutível. Uma parte minha que só queria levar Ki para o banheiro, mergulhá-la na banheira com água quente e mantê-la submersa, observando as fitas brancas de borda vermelha tremularem como o vestido branco e as meias vermelhas de Carla Dean haviam tremulado enquanto os bosques ardiam em volta dela e do pai. Uma parte minha que ficaria mais do que contente em pagar a última prestação daquela velha conta.

— Meu Deus — murmurei, e enxuguei o rosto com a mão trêmula. — Ela conhece tantos truques. E ela é tão *forte*, porra.

A porta do banheiro tentou se fechar na minha cara antes que eu passasse por ela, mas a empurrei, abrindo-a quase sem qualquer resistência. A porta do armário dos remédios bateu e o vidro se espatifou na parede. Seu conteúdo voou para mim, mas não foi um ataque muito perigoso; desta vez, a maioria dos mísseis consistia em tubos de pasta de dente, escovas de dente, vidros de plástico e alguns velhos inaladores de Vick. Fraco, muito fraco, eu podia ouvi-la gritando de frustração enquanto eu puxava o tampão no fundo da banheira e deixava a água escorrer gorgolejando pelo cano. Meu Deus, tinha havido suficientes afogamentos na TR por um século. E ainda assim, por um momento, senti um impulso inacreditavelmente forte de colocar o tampão de volta enquanto ainda havia bastante água para que o trabalho fosse feito. Em vez disso, arranquei-o da corrente e atirei-o no corredor. A porta do armário dos remédios se fechou com força de novo e o resto do vidro caiu.

— Quantos você teve? — perguntei a ela. — Quantos além de Carla Dean, Kerry Auster e a nossa Kia? Dois? Três? Cinco? De quantos precisa antes de poder descansar?

Todos eles!, foi disparado em resposta. Também não era só a voz de Sara; era a minha também. Ela entrara em mim, esgueirara-se para dentro pelo porão, como um arrombador... e eu já estava pensando que, mesmo que a banheira estivesse vazia e a bomba d'água temporariamente desativada, sempre havia o lago.

Todos eles!, a voz gritou de novo. *Todos eles, benzinho!*

Claro — só todos serviriam. Até isso acontecer, não haveria nenhum repouso para Sara Laughs.

— Vou ajudá-la a descansar — eu disse. — Prometo.

O final da água girou cano abaixo... mas sempre havia o lago, sempre havia o lago se eu mudasse de ideia. Saí do banheiro e fui checar Ki novamente. Ela não tinha se movido, a sensação de que Sara estava ali comigo tinha desaparecido, o sino de Bunter se aquietou... e mesmo assim eu me sentia desconfortável, sem querer deixá-la sozinha. Mas tinha que deixá-la se ia terminar meu trabalho, e não seria bom ficar protelando. Os tiras do condado e do estado apareceriam sem dúvida, tempestade ou não, árvores caídas ou não.

É, mas...

Entrei no corredor e olhei em torno, inquieto. Trovões ribombavam, mas estavam perdendo parte de sua urgência. O vento também. O que não estava sumindo era a sensação de que algo me observava, algo que não era Sara. Fiquei onde estava por mais um tempo, tentando dizer a mim mesmo que era apenas o chiado dos meus nervos fervilhando, e a seguir caminhei pelo corredor até a entrada.

Abri a porta que dava para o alpendre... e então olhei à volta de novo atentamente, como se esperasse ver alguém ou algo pairando atrás da estante. Uma Forma, talvez. Algo que ainda queria o seu pega-poeira. Mas eu era a única Forma que restava, pelo menos naquela parte do mundo, e o único movimento que vi foram as sombras ondulantes formadas pela chuva escorrendo pelas janelas.

Ainda chovia com força suficiente para tornar a me encharcar quando fui do alpendre à entrada de carros, mas não prestei atenção. Eu tinha acabado de estar com uma garotinha enquanto ela se afogava, eu mesmo quase me afoguei há não muito tempo, e a chuva não me impediria de fazer o que tinha que fazer. Peguei o galho caído que tinha amassado o teto do carro, atirei-o para um lado e abri a porta traseira do Chevy.

As coisas que comprei no Slips'n Greens ainda estavam no banco de trás, enfiadas na bolsa de pano que Lila Proulx tinha me dado. A colher de jardineiro e a faca de podar eram visíveis, mas o terceiro item estava num saco plástico. *Quer isso numa sacola especial?*, Lila me perguntou. *Sempre seguro, nunca em apuros.* E depois, quando eu estava indo embora, ela tinha falado do cachorro Mirtilo, de Kenny, perseguindo as gaivotas, e deu uma risada grande e vigorosa. Mas seus olhos não tinham rido. Talvez seja isso que diferencie os marcianos dos terráqueos — os marcianos jamais conseguem rir com os olhos.

Vi o presente de Rommie e George no banco da frente: a Stenomask que eu achei inicialmente que fosse a máscara de oxigênio de Devore. Os rapazes do porão então falaram — pelo menos murmuraram — e inclinei-me sobre o banco para pegar a máscara por sua tira de elástico sem a mais leve ideia de por que estava fazendo aquilo. Deixei-a cair dentro da bolsa de compras, bati a porta do carro e então comecei a descer os degraus de dormentes para o lago. No caminho fiz uma pausa para descer sob o deck, onde sempre guardávamos algumas ferramentas. Não havia picareta, mas peguei uma pá que parecia um instrumento para cavar túmulos. Então, no que eu pensei ser a última vez, segui o curso de meu sonho até a Rua. Não precisava que Jo me mostrasse o lugar; a Senhora Verde o vinha apontando o tempo todo. Mesmo que ela não o tivesse mostrado, e ainda que Sara Tidwell já não fedesse tanto, acho que eu teria sabido. Acho que teria sido conduzido até lá por meu próprio coração assombrado.

Havia um homem em pé entre o lugar onde eu estava e o ponto em que o frontão cinzento da rocha guardava o caminho. Enquanto fiz uma pausa no último dormente, ele me saudou com uma voz irritante que eu conhecia bem demais.

— Diga lá, devasso, onde está sua puta?

Embora estivesse parado no meio da Rua sob a chuva que caía, seu traje de lenhador — calça de flanela verde, camisa de lã xadrez — e o desbotado quepe azul do Exército da União estavam secos, pois a chuva caía através dele e não sobre ele. Parecia sólido, mas não era mais real do que a própria Sara. Eu me lembrei disso quando desci até o caminho para enfrentá-lo, mas meu coração continuava a acelerar, batendo no peito como um martelo acolchoado.

As roupas dele eram as de Jared Devore, mas aquele não era Jared. Era seu bisneto Max, que começou a carreira com um ato de roubo de trenó e a terminou com o suicídio... mas não antes de arquitetar o assassinato da nora que cometeu a temeridade de recusar-lhe o que ele tanto desejava.

Comecei a andar em sua direção, e ele se moveu para o meio do caminho para bloquear minha passagem. Eu sentia o frio que ele emitia. Estou querendo dizer exatamente isso, expressando o que lembro tão claramente quanto posso: eu sentia o frio emitindo-se dele. Sim, era Max Devore mesmo, mas vestido como um lenhador numa festa à fantasia e com a aparência que devia ter quando seu filho Lance tinha nascido. Velho, mas vigoroso. O tipo de homem que podia ser uma referência para os mais jovens. E agora, como se o pensamento os convocasse, eu podia ver o resto tremulando numa tênue existência atrás dele, em pé numa fila atravessando o caminho. Eram os que haviam estado com Jared na Feira de Fryeburg, e agora eu sabia quem eram alguns deles. Fred Dean, claro, com apenas 19 anos em 1901, o afogamento da filha ainda a mais de trinta anos de distância no futuro. E o que me lembrou de mim mesmo era Harry Auster, o primogênito da irmã de meu bisavô. Ele estaria com 16 anos, quase sem idade suficiente para tomar um pilequinho, mas velho o bastante para trabalhar nos bosques com Jared. Velho o bastante para cagar no mesmo fosso que Jared. Para considerar equivocadamente o veneno de Jared como sabedoria. Um dos outros tinha torcido a cabeça e estreitado os olhos ao mesmo tempo — eu já vi aquele tique antes. Onde? Então me ocorreu: no Armazém Lakeview. Aquele rapaz era o pai do falecido Royce Merrill. Os outros eu não conhecia. Nem fazia questão de conhecer.

— Você não vai passar por nós — disse Devore. Levantou as mãos. — Nem pense em tentar. Não tenho razão, rapazes?

Eles resmungaram algo concordando — como se ouviria de qualquer gangue de drogados ou desordeiros dos dias atuais, imagino —, mas suas vozes eram distantes; na verdade mais tristes do que ameaçadoras. Havia alguma substância no homem com as roupas de Jared Devore, talvez porque em vida ele tinha sido um homem de enorme vitalidade ou talvez porque tivesse morrido tão recentemente, mas os outros eram pouco mais do que imagens projetadas.

Comecei a andar, penetrando no frio congelante, penetrando no cheiro dele — os mesmos odores doentios que o haviam rodeado quando eu o encontrara antes.

— Aonde pensa que está indo? — exclamou.

— Fazer uma caminhada terapêutica — falei. — E não há nenhuma lei contra isso. A Rua é o lugar onde bons cachorrinhos e cães malvados podem andar lado a lado. Você mesmo disse isso.

— Você não entende — disse Max-Jared. — Nunca vai entender. Não pertence àquele mundo. Aquele era o nosso mundo.

Parei, olhando-o com curiosidade. O tempo era curto, eu queria terminar com aquilo... mas tinha que saber, e achei que Devore estava pronto para contar.

— *Me* faça entender — eu disse. — Convença-me de que qualquer mundo era o seu mundo. — Olhei-o, e depois para as bruxuleantes e translúcidas figuras por trás dele, carne diáfana empilhada em ossos brilhantes. — Conte-me o que fez.

— Era tudo diferente então — disse Devore. — Quando *você* desce até aqui, Noonan, pode andar 5 quilômetros ao norte para Halo Bay e ver apenas uma dúzia de pessoas na Rua. Depois do Dia do Trabalho pode não se ver absolutamente ninguém. Deste lado do lago você tem que contornar os arbustos que estão crescendo desordenadamente, as árvores derrubadas — haverá até mais delas depois desta tempestade — e até um ou dois amontoados de mato e árvores caídas, porque hoje em dia o pessoal da cidade não se junta para mantê-la limpa como antigamente. Mas em nosso tempo!... Os bosques eram maiores então, Noonan, as distâncias mais longínquas, e vizinhança significava alguma coisa. A própria vida, com frequência. Naquela época, isso aqui *era* realmente uma rua. Não vê?

Eu poderia ver. Se olhasse através das formas fantasmas de Fred Dean, Harry Auster e os outros, poderia ver. Não eram apenas fantasmas; eram tremeluzentes janelas de vidro dando para outra época. Vi *uma tarde de verão no ano de... 1898? Talvez 1902? 1907? Não importa. Aquele era um período em que todo tempo parece o mesmo, como se tivesse parado. Aquele é um tempo que o pessoal da velha guarda lembra como uma espécie de época dourada. É a Terra que Ficou para Trás, o Reino do Quando-Eu-Era-um-Garoto. O sol lava tudo com a fina luz de ouro do final interminável de julho; o lago é tão azul quanto um sonho, enfeitado com um bilhão de centelhas de reflexos de luz. E a Rua! Tem uma relva tão macia quanto um gramado e tão larga quanto um boulevard. Vejo que é um boulevard, um lugar onde a comunidade se realiza completamente. É o principal canal de comunicação, o cabo-chefe numa região crivada deles. Senti a existência desses cabos o tempo inteiro — mesmo quando Jo estava viva eu os sentia sob a superfície, e ali estava seu ponto de origem. O passeio do pessoal na Rua: para cima e para baixo do lado leste do lago Dark Score eles passeiam em pequenos grupos, rindo e conversando sob um céu de verão empilhado de nuvens, e foi ali que todos os cabos começaram. Olhei e percebi como estava errado em pensar neles como marcianos, como alienígenas cruéis e calculistas. À leste de seu passeio ensolarado paira a escuridão dos bosques, clareiras e bolsões, onde qualquer coisa miserável pode espreitar, de um pé decepado num acidente de corte de árvore até um parto que deu errado e uma jovem mãe morta antes de o médico poder chegar de Castle Rock em sua charrete. São pessoas sem eletricidade, sem telefone, sem Unidade de Resgate do condado, sem ninguém em quem se apoiar exceto uns aos outros e um Deus de que alguns já tinham começado a desconfiar. Moram nos bosques e nas sombras dos bosques, mas nas bonitas tardes de verão eles vêm para a beira do lago. Vêm para a Rua e olham os rostos uns dos outros e riem juntos, e então estão verdadeiramente na TR — no que eu passei a pensar como a zona. Não são marcianos; são pequenos seres vivos habitando à beira da escuridão, só isso.*

Vejo o pessoal de verão do Warrington's, os homens vestidos de flanela branca, duas mulheres em vestidos longos de tênis, ainda carregando as raquetes. Um sujeito dirigindo um triciclo com uma enorme roda dianteira costura tremulamente entre eles. O grupo do pessoal de verão parou para falar com um grupo de rapazes locais; os rapazes de longe querem saber se podem participar do jogo de beisebol do pessoal da cidade no Warrington's na terça à noite. Ben Merrill, o futuro pai de Royce, diz Podem, mas não vamos dar moleza a vocês só porque são de *Noova Yak. Os rapazes riem; as tenistas também.*

Um pouco mais longe, dois garotos estão pegando e lançando uma bola simples de beisebol, feita em casa. Além deles vê-se uma reunião de jovens mães, falando veementemente de seus bebês, todos bem seguros dentro de carrinhos e reunidos num grupo próprio. Homens de macacão discutem o tempo e as safras, a política e as safras, os impostos e as safras. Uma professora do Consolidated High está sentada na saliente pedra cinzenta que conheço tão bem, orientando pacientemente um garoto emburrado que deseja estar em outro lugar, fazendo outra coisa qualquer. Acho que, quando crescer, esse garoto será o pai de Buddy Jellison. Buzina quebrada — aguarde pelo dedo, *penso.*

Ao longo de toda a Rua, o pessoal está pescando, e pegam muitos peixes; o lago praticamente fervilha de peixes diversos, como percas, trutas e lúcios. Um artista — outro sujeito de verão, julgando-se pelo guarda-pó e pela boina — instalou seu cavalete e está pintando as montanhas, enquanto duas senhoras assistem cheias de respeito. Um grupo de garotas passa, sussurrando sobre rapazes, roupas e escola. Há beleza ali, e paz. Devore tem razão de dizer que aquele é um mundo que eu jamais conheci. Ele é

— Lindo — digo, voltando de lá com esforço. — É, eu vejo isso. Mas qual é o ponto de vista que está defendendo?

— Qual é? — Devore pareceu quase comicamente surpreso. — Ela pensou que podia andar ali como qualquer um, é esse o ponto, porra! Pensou que podia andar ali como se fosse uma garota branca! Ela, seus grandes dentes, seus grandes peitos e seu ar esnobe. Achou que era algo especial, mas nós lhe ensinamos. Ela tentou passar por mim, e, quando não conseguiu, colocou as mãos sujas em mim e me derrubou. Mas, tudo bem, ensinamos a ela boas maneiras. Não ensinamos, rapazes?

Eles resmungaram concordando, mas achei que alguns deles — o jovem Harry Auster, por exemplo — pareciam nauseados.

— Nós lhe ensinamos qual era seu lugar — disse Devore. — Nós lhe ensinamos que ela era apenas uma

crioulo. Essa é a palavra que ele usa repetidamente quando eles estão nos bosques naquele verão, o verão de 1901, o verão em que Sara e os Red-Tops se tornaram "o" espetáculo musical nesta parte do mundo. Ela, seu irmão e toda sua família de crioulos tinham sido convidados pelo Warrington's para tocar para o pessoal de verão; eles foram alimentados com champanhe e ostras... ou assim diz Jared Devore para sua pequena escola de devotados seguidores enquanto estes almoçam seus alimentos comuns, pão, carne e pepinos salgados tirados de tinas de toucinho e dados a eles pelas mães (nenhum dos rapazes é casado, embora Oren Peebles esteja noivo).

Entretanto, não é a crescente fama dela que aborrece Jared Devore. Não é o fato de que tenha estado no Warrington's; ele não dá a mínima também para o fato de que ela e o irmão tenham realmente sentado e comido com gente branca, tirado pão da mesma cesta que eles com seus dedos pretos. Afinal de contas, o pessoal do Warrington's é gente da planície, e Devore conta aos rapazes silenciosos e atentos que ouviu dizer que, em lugares como Nova York e Chicago, as mulheres brancas às vezes chegam até a foder *com pretos.*

Não!, diz Harry Auster, olhando nervosamente ao redor, como se esperasse que algumas mulheres brancas viessem saltitando pelos bosques ali em Bowie Ridge. Nenhuma mulher branca foderia com um preto! Deixa disso!

Devore apenas lhe lança um olhar do tipo que diz Quando você estiver com a minha idade. *Além disso, ele não se importa com o que acontece em Nova York ou Chicago; viu toda a gente da planície que queria durante a Guerra Civil... e, dirá ele, nunca lutou naquela guerra para libertar aqueles escravos desgraçados. Eles podem manter os escravos lá na terra do algodão até o final da eternidade, no que diz respeito a Jared Lancelot Devore. Não, ele lutou na guerra para ensinar àqueles filhos da puta pirados ao sul da linha Mason e a Dixon que você não abandona o jogo só porque não gosta de algumas regras. Foi até lá para arrancar o couro de Johnny Reb.*

Imagina só, tinham tentado deixar os Estados Unidos da América! Santo Deus!

Não, ele não dá a mínima para os escravos e não dá a mínima para a terra do algodão e não dá a mínima para os crioulos que cantam canções sujas e então são tratados a champanhe e oostras (Jared sempre diz ostras daquela forma sarcástica) em pagamento por suas histórias obscenas. Ele não dá a mínima para coisa alguma desde que se mantenham no seu lugar e o deixem continuar no dele.

Mas ela não vai fazer isso. A vadia arrogante não vai fazer isso. Já foi avisada para ficar longe da Rua, mas não vai obedecer. Vai para lá de qualquer jeito, e passeará de vestido branco exatamente como se houvesse uma pessoa branca dentro dele, às vezes com o filho, que tem um nome de negro africano e nenhum pai — o pai provavelmente só passou uma noite com a mãe num monte de feno em algum lugar lá no Alabama, e agora ela anda por ali com o fruto daquilo, tão atrevida quanto um macaco insolente. Anda pela Rua como se tivesse direito de estar lá, ainda que nem uma só alma fale com ela...

— Mas isso não é verdade, é? — perguntei a Devore. — Foi isso que realmente não passou pela garganta do velho bisavô, não é? Eles *falavam* com ela. Ela tinha um jeito... aquele riso, talvez. Os homens conversavam com ela sobre as safras e as mulheres lhe mostravam os bebês. Na verdade, entregavam a ela os bebês para que segurasse. As moças lhe pediam conselhos sobre os rapazes. Os rapazes... apenas olhavam. Mas *como* olhavam, hein? Enchiam os olhos, e acho que a maioria deles pensava nela quando ia para o banheiro e enchia as mãos.

Devore me olhou com raiva. Estava envelhecendo na minha frente, as rugas se desenhando cada vez mais fundas em seu rosto; tornava-se o homem que tinha me empurrado para dentro do lago porque não suportava que o contrariassem. À medida que ficava mais velho, começava a desaparecer.

— Foi o que Jared mais detestou, não foi? Que eles não a pusessem de lado, não se afastassem. Ela andava pela Rua e ninguém a tratava como crioula. Eles a tratavam como uma vizinha.

Eu estava mais profundamente na zona do que havia estado algum dia, bem lá no fundo onde o inconsciente da cidade parecia correr como um rio enterrado. Eu podia beber daquele rio enquanto estava na zona, podia encher minha boca e garganta e ventre com seu gosto frio e mineral.

Por todo aquele verão, Devore falou com eles. Eram mais do que seu grupo, eram os seus rapazes: Fred, Harry, Ben, Oren, George Armbruster e Draper Finney, que quebraria o pescoço e se afogaria no verão seguinte tentando mergulhar na pedreira Eades quando estava bêbado. Só que foi um tipo de acidente proposital. Draper Finney tinha bebido muito entre julho de 1901 e agosto de 1902, porque essa era a única maneira de ele poder dormir. A única maneira de tirar aquela mão de sua mente, aquela mão esticada para fora d'água, abrindo e fechando até que se quisesse gritar *Pare, pare de fazer isso.*

Por todo o verão, Jared Devore encheu os ouvidos deles com vadia crioula e vadia arrogante. Por todo o verão ele lhes falou de sua responsabilidade como homens, seu dever de manter a comunidade pura, e como deviam enxergar o que os outros não enxergavam e fazer o que os outros não fariam.

Era uma tarde de domingo em agosto, uma hora em que o tráfego ao longo da Rua diminuía drasticamente. Mais tarde, por volta das cinco, as coisas começariam a se animar de novo, e das seis ao pôr do sol o largo caminho ao longo do lago ficaria lotado. Mas às três da tarde a maré estava baixa. Os metodistas estavam em sessão em Harlow para sua tarde de culto musical no Warrington's, o grupo de gente de férias da planície estava reunido, sentado para uma pesada refeição do sabá no meio da tarde, composta de presunto e galinha assada; por toda parte, famílias do distrito sentavam-se ante suas próprias refeições de domingo. Os que já haviam terminado tiravam uma soneca no calor do dia — numa rede, sempre que possível. Sara gostava daquela hora quieta. Adorava mesmo. Tinha passado boa parte da vida em animadas ruas principais de feiras e enfumaçadas espeluncas que vendiam gim, berrando suas canções a fim de ser ouvida acima das vozes de bêbados desordeiros de rostos vermelhos, e, embora parte dela adorasse a excitação e a imprevisibilidade dessa vida, parte dela adorava a serenidade daquela ali também. A paz daqueles caminhos. Afinal de contas, não estava ficando mais jovem; tinha um filho que agora já tinha deixado boa parte da infância para trás. Naquele domingo em particular, ela deve ter achado a Rua quase quieta *demais*. Andou um quilômetro e meio para o sul do prado sem ver uma viva alma — até Kito sumira então, tendo parado para pegar frutinhas vermelhas. Era como se todo o distrito estivesse

abandonado. Ela sabe que há um jantar da Eastern Star em Kashwakamak, claro, chegou até a contribuir com uma torta de cogumelos porque tinha ficado amiga de algumas senhoras da Eastern Star. Estarão todas lá preparando as coisas. O que ela não sabe é que hoje é também o Dia da Consagração da nova igreja batista da Graça, a primeira igreja verdadeira a ser construída na TR. Um bando de habitantes locais compareceu, batistas e pagãos. Ela pode ouvir levemente os metodistas cantando, do outro lado do lago. O som é doce, tênue e belo; a distância e o eco afinaram todas as vozes azedas.

Ela não percebeu os homens — na maioria rapazes muito jovens, do tipo que em circunstâncias comuns só ousam olhá-la com o canto do olho — até que o mais velho dentre eles fala:

— Vejam só, uma puta preta de vestido branco e cinto vermelho! Sabe-se lá se isso não é um pouco de cor demais para a beira do lago. O que há de errado com você, sua puta? Não aceita um aviso?

Ela se vira para ele, com medo, mas sem demonstrá-lo. Viveu 36 anos nesta terra, sabe o que um homem tem e onde ele quer colocá-lo desde que fez 11 anos, e entende que, quando eles estão reunidos e de cara cheia (pode sentir o cheiro da bebida), desistem de pensar por si mesmos e se transformam numa matilha de cães. Se você demonstrar medo, eles caem sobre você como cães e provavelmente a dilaceram como cães.

Além disso, eles vêm querendo se deitar com ela. Não pode haver qualquer outra explicação para eles se mostrarem assim.

— Que aviso foi esse, benzinho? — pergunta ela, mantendo terreno. Onde está todo mundo? Onde podem estar todos? Que droga! Do outro lado do lago, os metodistas passaram a "Trust and Obey", a coisa mais monótona do mundo.

— De que você não tem nada de estar andando onde os brancos andam — diz Harry Auster. Sua voz adolescente se quebra numa espécie de chiado de camundongo na última palavra, e Sara ri. Ela sabe que não é inteligente fazer isso, mas não consegue se controlar... nunca foi capaz de controlar seu riso, assim como nunca foi capaz de evitar que homens desse tipo olhem para seus peitos e seu traseiro. Que pusessem a culpa em Deus.

— Ora, eu ando onde ando — diz ela. — Me disseram que isso aqui era um espaço público, e ninguém tem o direito de me impedir. Ninguém tem. Já viu alguém fazendo isso?

— Você vai ver a gente agora — diz George Armbruster, tentando parecer durão.

Sara o fita com uma espécie de amável desdém que faz George murchar por dentro. O rosto dele fulgura, vermelho e quente.

— Filho — diz ela —, você está se mostrando agora só porque as pessoas decentes não estão aqui. Por que deixa que esse sujeito lhe diga o que fazer? Aja com decência e deixe uma senhora caminhar.

Eu vejo aquilo tudo. Enquanto Devore desaparece cada vez mais, finalmente se tornando apenas olhos sob um quepe azul na tarde chuvosa (através dele posso ver os restos espatifados de minha plataforma de flutuação boiando contra a margem), eu vejo aquilo tudo. Eu a vejo *se mover para a frente, caminhando direto para Devore. Se ela ficar ali batendo boca com eles, alguma coisa ruim vai acontecer. Ela sente isso, e jamais discute seus sentimentos. E se andar para qualquer um dos outros, o Ole massa a empurrará do caminho, levando o resto com ele. O Ole massa com o quepezinho azul é o chefe da matilha, aquele que ela precisa enfrentar. Ela pode fazê-lo, sem dúvida. Ele é poderoso, poderoso o suficiente para fazer desses rapazes uma criatura só, uma criatura* dele, *pelo menos por enquanto, mas ele não tem a força, a determinação e a energia dela. De certo modo, ela dá as boas-vindas a esse confronto. Reg a avisou para ter cuidado, não andar rápido demais ou tentar fazer verdadeiros amigos até que os caipiras (só Reggie os chama de "crocodilos machos") se mostrem — quantos são e a que ponto são malucos —, mas ela segue seu próprio curso, confia nos próprios instintos profundos. E ali estão eles, só sete, e de fato apenas um crocodilo macho.*

Sou mais forte que você, Ole massa, *pensa ela, andando para ele. Fixa seus olhos nos dele e não vai abaixá-los; são os dele que se abaixam, a boca dele que treme incerta num canto, é dele a língua colocada para fora, tão rápida quanto a de um lagarto para molhar os lábios, e tudo aquilo é bom... mas é até melhor quando ele recua um passo. Quando ele faz isso, os outros se amontoam em dois grupos de três, e é isso, lá está a abertura no caminho dela. Frouxos e doces são os metodistas, música de fé arrastando-se pela imóvel superfície do lago. Um hino monótono, sim, mas doce a distância.*

> *"When we walk with the Lord*
> *in the light of His world,*
> *what a glory He sheds on our way..."**

Sou mais forte que você, benzinho, *ela envia*, sou pior do que você, você pode ser o crocodilo macho, mas eu sou a abelha-rainha, e, se não quer que eu lhe dê uma ferroada, é melhor ficar longe de mim pelo resto do caminho.

— Sua vadia — *diz ele, mas sua voz é fraca; ele já está pensando que esse não é o dia, que há algo nela que ele não viu bem até encará-la tão de perto, um feitiço de crioula que ele não sentiu até agora, melhor esperar outro dia, melhor...*

Então ele tropeça numa raiz ou rocha (talvez seja a grande pedra atrás da qual ela finalmente veio a descansar) e cai. Seu quepe também, mostrando a grande e velha mancha de calvície no alto de sua cabeça. As calças dele se rasgam por toda a costura. E Sara comete um erro crucial. Talvez subestime a própria força considerável de Jared Devore, ou talvez simplesmente não possa evitar — o som de suas calças rasgando é como um peido alto. De qualquer modo ela ri — aquele riso estridente, um sorriso amarelado que é sua marca registrada. E aquele sorriso se torna a sua condenação.

Devore não pensa. Ele simplesmente a golpeia dali onde está deitado, grandes pés em botas com chapinhas de ferro impelidas para a frente como pistões. Ele a atinge onde ela é mais fina e mais vulnerável, nos tornozelos. Ela berra com o choque da dor quando o esquerdo quebra; começa a cair cambaleando, a mão soltando a sombrinha fechada. Ela respira e grita de novo, e Jared diz de onde está deitado:

— Não a deixem gritar! Não a deixem gritar!

Ben Merrill cai em cima dela de corpo inteiro, todos os seus 86 quilos. O fôlego que ela tinha tomado para gritar sai em pequenas ondas, em vez do grito tempestuoso, quase um suspiro silencioso. Ben, que jamais tinha dançado com uma mulher, muito menos ficado em cima de uma assim, sente-se instantaneamente excitado pela sensação dela lutando debaixo de seu corpo. Ele se contorce contra ela, rindo, e quando ela arranha seu rosto ele quase não o sente. Sente-se só um pau de um metro de comprimento.

---

* *Quando andamos com o Senhor / recebendo de Sua palavra o fulgor / que glória sobre nós se derrama...*

Quando ela tenta rolar e sair debaixo dele, ele rola com ela, deixa que ela fique no alto, e fica totalmente surpreso quando ela lhe dá uma cabeçada. Ele vê estrelas, mas tem 18 anos, é forte como jamais seria algum dia, e não perde a consciência nem a ereção.

Oren Peebles rasga a parte de trás do vestido dela, rindo.

— Coladinho! — grita ele num murmúrio ofegante, e cai por cima dela. Agora ele está se esfregando a seco de lá de cima e Ben está se esfregando a seco tão entusiasticamente quanto ele embaixo, se esfregando como um bode mesmo com o sangue escorrendo pelas laterais da cabeça da fenda no centro da testa, e ela sabe que se não puder gritar está perdida. Se puder gritar e Kito ouvir, ele fugirá e trará Reg...

Mas antes que possa tentar de novo, o Ole massa está agachado ao lado dela mostrando-lhe uma faca de lâmina comprida.

— Se der um pio eu corto seu nariz — diz ele, e é então que ela desiste. Eles a derrotaram, afinal de contas, em parte porque ela riu no momento errado, principalmente por pura e simples falta de sorte. Agora eles não pararão, e é melhor que Kito continue longe — por favor, Deus, mantenha--o onde está, era uma grande quantidade de frutinhas, que deve mantê-lo ocupado uma hora ou mais. Ele adora colher as frutinhas e esses homens não vão levar uma hora nisso. Harry Auster puxa o cabelo dela para trás, rasga seu vestido num ombro e começa a chupar seu pescoço.

O Ole massa é o único que não a toca. O Ole massa está em pé e recuado, olhando para os dois lados da Rua, os olhos apertados e cautelosos; o Ole massa parece um repulsivo lobo cinzento que acabou de comer uma geração inteira de galinhas de quintal evitando ao mesmo tempo cada armadilha e tocaia.

— Ei, irlandês, solte-a um minuto — ele diz a Harry, então dirige seu olhar sagaz para os outros. — Acertem ela no buraco, seus idiotas. Acertem ela lá no fundo.

Eles não o fazem. Não conseguem. Estão ávidos demais para possuí-la. Puxam-na pelo braço para trás do frontão da pedra cinzenta e acham que está bom. Ela não reza facilmente, mas está rezando agora. Reza para que a deixem viva. Reza para que Kito fique distante, para que continue a encher seu balde lentamente enquanto come um terço do que colhe. Reza para que, se ele a alcançar, veja o que está acontecendo e corra para o outro lado tão rápido quanto puder, corra silenciosamente e chame Reg.

— Meta isso na boca — ofega George Armbruster. — E não me morda, sua vadia.

Eles a tomam por cima e por baixo, pela frente e por trás, dois ou três ao mesmo tempo. Eles a tomam onde alguém aparecendo não pode deixar de vê-los, e o Ole massa fica um pouco afastado, olhando primeiro para os ofegantes rapazes agrupados em torno dela, ajoelhando-se com as calças abaixadas e as coxas arranhadas das moitas onde estão ajoelhando, depois ele examina o caminho de cima a baixo com seus olhos alucinados e cautelosos. Inacreditavelmente, um deles — é Fred Dean — diz:

— Desculpe, dona — depois de soltar sua carga e de se sentir pra lá de Marrakesh. É como se tivesse acidentalmente chutado a canela dela ao cruzar as pernas.

E a coisa não termina. Desce pela garganta dela, desce pela fenda de seu rabo, o jovem tirou sangue ao morder seu seio esquerdo, e a coisa não termina. Eles são jovens, e quando o último terminou, o primeiro, ah, Deus, o primeiro está pronto de novo. Do outro lado do rio os metodistas estão agora cantando "Blessed Assurance, Jesus is mine", e quando o Ole massa se aproxima dela ela pensa. Está quase terminado, mulher, ele é o último, aguente, aguente firme que vai terminar. Ele olha para o ruivo magricela e para o que continua estreitando os olhos e agitando a cabeça e lhes diz para vigiarem o caminho, é a sua vez agora, agora que ela está mansa.

Ele desafivela o cinto, desabotoa a braguilha, desce as ceroulas — com sujeira preta nos joelhos e amarela no gancho — e enquanto cai de joelhos sobre ela, ela vê que o Ole massa do Ole massa está tão mole quanto uma cobra de pescoço quebrado e, antes que ela possa impedir, o riso estridente explode inesperadamente de novo — mesmo deitada ali, coberta com a geleia quente dos estupradores, ela não consegue se controlar ao ver o lado engraçado.

— Cale a boca! — resmunga ele guturalmente, e senta a palma dura de sua mão no rosto dela, quebrando-lhe o malar e o nariz. — Pare com esse uivo!

— Acho que ele ia ficar mais duro se fosse um dos seus garotos quem estivesse deitado aqui, com o cu cor-de-rosa virado pro ar, não é, benzinho? — diz ela, e então Sara ri pela última vez.

Devore levanta a mão para bater nela de novo, seus quadris nus contra os quadris nus dela, seu pênis uma minhoca flácida entre eles. Mas, antes que possa descer a mão, uma voz de criança grita:

— Mãe! O que é que tão fazendo com você, mãe? Larguem minha mãe, canalhas!

Ela se senta apesar do peso de Devore, o riso morrendo, os olhos arregalados procurando Kito e o encontrando, um esbelto garoto de 8 anos em pé na Rua, de macacão, chapéu de palha e sapatos de lona novos em folha, carregando um balde de lata. Seus lábios estão azuis do sumo das frutas. Os olhos surpresos de confusão e medo.

— Foge, Kito! — *grita ela.* — Foge...

Um fogo vermelho explode em sua cabeça; ela desmaia novamente entre os arbustos, ouvindo o Ole massa a uma grande distância:

— Peguem ele. Não deixem ele ficar por aí, agora.

Então ela está descendo um grande declive negro, está perdida num corredor da Casa Fantasma que leva cada vez mais para o fundo de suas emaranhadas entranhas; daquele lugar profundo por onde vai caindo ela o escuta, ela escuta o seu querido, ele está

gritando. Eu o ouço gritar enquanto ajoelho junto à rocha cinzenta com minha bolsa de compras ao lado e não tenho ideia de como cheguei ali — certamente não tenho nenhuma lembrança de ter andado até lá. Eu estava chorando de choque, horror e pena. Ela era maluca? Bem, não é de espantar. Absolutamente nada de espantar, porra. A chuva caía continuamente, porém não mais de forma apocalíptica. Contemplei fixamente minhas mãos de um branco mortiço na pedra cinzenta por alguns segundos, depois olhei em torno. Devore e os outros haviam desaparecido.

O fedor maduro e gasoso de decomposição encheu meu nariz — era como um ataque físico. Remexi na bolsa de compras, encontrei a Stenomask que Rommie e George tinham me dado de brincadeira, e coloquei-a sobre a boca e o nariz com dedos entorpecidos e distantes. Respirei levemente, com hesitação. Melhor. Não muito, mas o suficiente para me impedir de fugir, o que indubitavelmente era o que ela queria.

— Não! — gritou ela de algum ponto atrás de mim quando agarrei a pá e cavei. Arranquei um grande naco do solo com o primeiro golpe, e os que vieram depois aprofundaram e alargaram o buraco. A terra era macia e dócil, misturada ao emaranhado de raízes finas que se partiam facilmente sob a lâmina.

— Não! Não ouse fazer isso!

Eu não ia olhar em volta, não ia lhe dar a chance de me empurrar para longe. Ali ela era mais forte, talvez porque fosse o local onde a coisa aconteceu. Seria possível? Eu não sabia e não me importava. Importava-me apenas fazer o serviço. Onde as raízes eram mais espessas, eu as cortava com a podadeira.

— *Deixe-me existir!*

Então *olhei* ao redor, arrisquei uma rápida olhada por causa dos sons de estalo pouco naturais que haviam acompanhado a voz dela — que agora pareciam *formar* sua voz. A Senhora Verde tinha desaparecido. A bétula de algum modo tinha se tornado Sara Tidwell: era o rosto de Sara que saía de suas folhas brilhantes e galhos entrecruzados. O rosto lustroso de chuva oscilou, dissolveu-se, juntou-se, dissolveu-se e agregou-se de novo. Por um momento, todo o mistério que senti naquele lugar tinha sido revelado. Os olhos dela, úmidos e mutáveis, eram totalmente humanos. Eles se fixaram em mim com ódio e súplica.

— Eu não acabei! — gritou com uma voz fraca e embargada. — Ele era o pior de todos, não entende? Ele era o pior, e seu sangue está nela, e não vou descansar enquanto ele não estiver derramado!

Ouvi um medonho som de algo se rasgando. Ela tinha habitado a bétula, feito dela de algum modo um corpo físico e pretendia libertá-la do solo. Teria vindo até mim e me pegado se pudesse; me matado se pudesse. Teria me estrangulado com os galhos flexíveis, me sufocado com folhas até que eu parecesse uma decoração de Natal.

— Por mais que ele tenha sido um monstro, Kyra não tem nada a ver com o que ele fez — eu disse. — E você não vai tê-la.

— Vou, *sim*! — gritou a Senhora Verde. Os sons rasgados e dilacerantes eram mais altos agora. A eles se juntou um estalo assobiante e trêmulo. Não olhei em volta de novo. Não *ousei* olhar. Em vez disso, cavava mais depressa. — Vou ter ela, *sim*! — gritou, e agora a voz estava mais próxima. Ela estava vindo na minha direção, mas me recusei a ver; quando se trata de árvores e arbustos que andam, eu fico com *Macbeth*, obrigado. — Vou *tê-la*! Ele tirou o meu e *eu pretendo tirar a dele*!

— Vá embora — disse outra voz.

A pá se soltou de minhas mãos, quase caiu. Eu me virei e vi Jo em pé abaixo de mim, à direita. Ela olhava para Sara, que tinha se materializado num delírio de lunático — uma coisa monstruosa verde-musgo escorregando a cada passo que tentava dar pela Rua. Deixou a bétula para trás, mas assumiu de certo modo sua vitalidade — a árvore real avolumava-se atrás dela, negra, enrugada e morta. A criatura nascida dela parecia a Noiva de Frankenstein esculpida por Picasso. Nela, o rosto de Sara aparecia e desaparecia, aparecia e desaparecia.

A Forma, pensei friamente. *Sempre tinha sido real... e se era sempre eu, era sempre ela também.*

Jo usava a mesma camisa branca e a calça amarela do dia em que morreu. Através dela, eu não podia ver o lago, como conseguia ver através de Devore e de seus jovens amigos; ela se materializou completamente. Senti uma curiosa sensação de *drenagem* na parte de trás do crânio, e achei que sabia o que era.

— Dá o fora, sua vaca! — rosnou a coisa-Sara. Ergueu os braços na direção de Jo como o fez para mim em meus piores pesadelos.

— De modo nenhum. — A voz de Jo continuava calma. Ela se virou para mim. — Depressa, Mike. Você tem que ser rápido. Já não é mais ela, exatamente. Ela deixou que um dos Forasteiros entrasse, e eles são muito perigosos.

— Jo, eu te amo.

— Eu te amo t...

Sara deu um guincho agudo e começou a girar. Folhas e ramos formaram uma mancha e perderam consistência; era como observar algo se desfazer num liquidificador. A entidade que, no início, só se parecia um pouco com uma mulher agora foi inteiramente desmascarada. Algo elementar e grotescamente inumano começou a se formar do redemoinho. A coisa saltou para minha mulher. Quando a atingiu, a cor e a solidez abandonaram Jo como se ela tivesse sido esbofeteada por uma mão gigantesca. Ela se tornou um fantasma lutando com a coisa que rugia, guinchava e lhe cravava as garras.

— *Depressa, Mike!* — gritou Jo. — *Depressa!*

Voltei-me para a tarefa.

A pá atingiu algo que não era lixo, não era pedra, não era madeira. Raspei-o, revelando uma amostra de lona imunda e incrustada de mofo. Agora eu cavava como um louco, querendo limpar o objeto o máximo possível, querendo aumentar ao máximo possível minhas chances de êxito. Por trás de mim, a Forma berrou em fúria, e minha esposa gritou de dor. Sara tinha desistido de parte de si mesma desincorporada a fim de obter vingança, e deixou entrar nela algo que Jo chamou de Forasteiro. Eu não tinha ideia do que podia ser isso, e não *gostaria* de vir a ter. Sara era o canal dele, disso eu sabia. E se eu pudesse cuidar dela a tempo...

Entrei no buraco gotejante, dando tapas para retirar a terra da velha lona. Desbotadas letras gravadas em estêncil apareceram quando o fiz: SERRARIA J. M. McCURDIE. Eu sabia que a McCurdie tinha sido queimada nos incêndios de 1933; vi um retrato dela em chamas em algum lugar. Enquanto pegava a lona, as pontas de meus dedos se enfiaram nela e deixaram sair um novo vagalhão de fedor verde e gasoso. Ouvi um gemido. Ouvi

Devore. Ele está em cima dela e grunhindo como um porco. Sara se encontra semiconsciente, murmurando coisas ininteligíveis atráves dos lábios machucados e brilhantes de sangue. Devore olha por cima do ombro para Draper Finney e Fred Dean. Eles haviam corrido atrás do garoto e o trazido de volta, mas Kito não parou de berrar, está berrando de modo a estourar qualquer tímpano, berrando de modo a acordar os mortos, e se eles podem ouvir os metodistas cantando "How I Love to Tell the Story" dali, então é possível que de lá eles escutem o crioulo uivando. Devore diz:

— Coloquem ele dentro d'água, obriguem ele a calar a boca. — No minuto em que diz isso, como se as palavras fossem mágicas, seu pau começa a endurecer.

— O que é que quer dizer isso? — pergunta Ben Merrill.

— Você sabe muito bem, porra — diz Jared. Ele pronuncia as palavras movimentando com força os quadris enquanto fala. Sua bunda estreita cintila à luz da tarde. — Ele nos viu! Quer cortar sua garganta e se sujar todo de sangue? Para mim está ótimo. Aqui. Pegue minha faca, sirva-se!

— N-não, Jared! — exclama Ben com horror, na verdade parecendo se encolher ante a visão da faca.

Jared finalmente está pronto. Demora um pouco mais, só isso, já não é um garoto como os outros. Mas agora... Pouco importa a boca esperta dela, seu modo de rir insolente, o distrito inteiro. Que todos eles apareçam e fiquem olhando, se quiserem. Enfia nela, o que ela vinha querendo o tempo todo, o que toda a raça dela quer. Desliza nela e enfia bem fundo. Continua dando ordens mesmo enquanto a estupra. Sua bunda sobe e desce, tique-toque, exatamente como a cauda de um gato.

— Um de vocês cuide dele! Ou querem passar quarenta anos apodrecendo em Shawshank por causa da tagarelice de um garoto crioulo?

Ben pega um braço de Kito Tidwell, Oren Peebles pega o outro, mas quando o arrastam até a margem já perderam a coragem de fazê-lo. Estuprar uma crioula arrogante que teve o descaramento de rir de Jared quando ele caiu e rasgou as calças é uma coisa. Afogar um garoto assustado como um gatinho numa poça de lama é outra completamente diferente.

Eles afrouxam o aperto com que o seguram, olhando-se fixamente com olhos assombrados. Então Kito se solta.

— Foge, meu amor! — *grita Sara.* — Foge e... — *Jared fecha as mãos na garganta dela e começa a sufocá-la.*

O garoto tropeça no próprio balde de frutinhas vermelhas e cai de forma pouco graciosa no chão. Harry e Draper o recapturam facilmente.

— O que vai fazer? — *pergunta Draper numa espécie de gemido desesperado, e Harry responde:*

— O que tenho que fazer. — É o que ele respondeu, e agora eu ia fazer o que tinha que fazer... apesar do fedor, apesar de Sara, apesar dos guinchos de minha mulher morta. Arrasto o rolo de lona para fora do buraco. As cordas que o amarram nas duas pontas se mantêm firmes, mas o próprio rolo abre-se no meio com um medonho som de arroto.

— Depressa! — grita Jo. — *Não posso aguentar muito mais tempo!*

A coisa rosnou; a coisa latiu como um cachorro. Houve uma pancada forte de madeira, como uma porta batida com força suficiente para que lascas se soltassem, e Jo gemeu. Agarrei a bolsa de compras com o nome Slips'n Greens impresso e abri-a enquanto

Harry — os outros o chamam de irlandês devido a seus cabelos cor de cenoura — *agarra a criança que se debate numa espécie desajeitada de abraço de urso e pula no lago com ele. O garoto se debate com mais força do que nunca; seu chapéu de palha caiu e flutua na água.*

— Pegue aquilo! — *ofega Harry. Fred Dean se ajoelha e pesca o chapéu gotejante. Os olhos de Fred estão desnorteados, ele exibe o ar de um lutador prestes a cair na lona. Atrás deles, Sara Tidwell começou a vibrar bem no fundo do peito e da garganta — tais sons, assim como a visão da mão fechada do garoto, vão assombrar Draper Finney até seu mergulho fi-*

nal na pedreira Eades. Jared afunda mais os dedos, penetrando e sufocando ao mesmo tempo, o suor escorrendo. Nenhuma quantidade de água tirará o cheiro daquele suor de suas roupas, e, quando ele começa a pensar naquilo como "suor de assassinato", queima as roupas para se livrar dele.

Harry Auster quer se livrar disso tudo — quer se livrar disso e nunca mais ver esses homens, principalmente Jared Devore, que agora ele acha que deve ser o próprio Satã. Harry não pode ir para casa e encarar o pai a menos que esse pesadelo esteja terminado, enterrado. E sua mãe! Como pode encarar sua adorada mãe, Bridget Auster, com seu doce rosto redondo irlandês e cabelos grisalhos e colo reconfortante, Bridget que sempre teve uma palavra amável ou uma mão calmante para ele, Bridget Auster que foi Salva, Lavada no Sangue do Cordeiro, Bridget Auster que agora mesmo está servindo tortas no piquenique que estão fazendo na nova igreja, Bridget Auster que é sua mãe; como poderá olhá-la de novo — ou ela para ele — se ele tiver que enfrentar um tribunal sob a acusação de estupro e espancamento de uma mulher, mesmo sendo negra?

Assim, ele afasta o garoto — Kito o arranha uma vez, só um risco num dos lados do pescoço, e naquela noite Harry dirá a mãe que foi o espinho de um arbusto que o pegou desprevenido, e ele a deixará dar um beijo no arranhão — e então mergulha a criança no lago. Kito olha para cima, o rosto tremulando, e Harry vê um peixinho lampejar próximo. Uma perca, pensa. Por um instante, cogita o que será que o garoto vê, olhando através do escudo prateado da superfície para o rosto do sujeito lá em cima que o segura embaixo d'água, o sujeito que o está afogando, e então Harry afasta o pensamento. *É só um crioulo,* lembra desesperadamente a si mesmo. É só o que ele é, um crioulo. Não é da sua espécie.

O braço de Kito sai da água — um braço marrom-escuro e gotejante. Harry o empurra de volta, não querendo ser agarrado, mas a mão se estende para ele, apenas se espeta reta para cima. Os dedos se curvam, fechando o punho. Abrem. Fecham-se num punho. Abrem. Fecham-se de novo. O garoto começa a se debater menos, os pés chutando começam a arrefecer, os olhos fitando os olhos de Harry vão assumindo uma expressão curiosamente sonhadora, e mesmo assim aquele braço magro se estica para cima, mesmo assim a mão se abre e se fecha, se abre e se fecha. Draper Finney fica na margem chorando, é claro que agora alguém verá a coisa terrível que eles fizeram — a coisa terrível que, na verdade, ainda estão fazendo. Esteja cer-

to de que seu pecado encontrará você, diz o Bom Livro. Esteja certo. Ele abre a boca para dizer a Harry para largar o garoto, talvez não seja tarde demais para recuar, deixe-o subir à superfície, deixe-o viver, mas não consegue emitir nenhum som. Atrás dele, Sara está sufocando pela última vez. Na frente dele, a mão do filho dela que se afoga abre e fecha, abre e fecha, seu reflexo tremulando na água, e Draper pensa Ele não vai parar de fazer isso, não vai parar de fazer isso nunca? *E como se isso fosse uma prece que agora está sendo atendida, o cotovelo esticado do menino começa a se curvar e o braço se afrouxa; os dedos começam a se fechar novamente num punho e então param. Por um momento, a mão oscila e então*

com a palma da mão, dou um tapa na testa para afastar esses fantasmas. Por trás de mim há um frenético ruído e os estalos de arbustos molhados, enquanto Jo e seja lá o que ela está segurando continuam a lutar. Ponho minhas mãos dentro da fenda da lona como um médico alargando um ferimento. Um som baixo de rasgão se faz ouvir enquanto o rolo se rasga de cima a baixo.

Dentro estava o que tinha sobrado deles — dois crânios amarelados, fronte contra fronte como numa conversa íntima, um desbotado cinto de mulher de couro vermelho, roupas femininas desfeitas em pó... e uma pilha de ossos. Duas caixas torácicas, uma grande e uma pequena. Dois conjuntos de pernas, um comprido e outro curto. Os restos *matais* de Sara e Kito Tidwell enterrados ali junto ao lago por quase cem anos.

O crânio maior se virou. Olhou-me ferozmente com suas órbitas vazias. Os dentes matraquearam como se quisessem me morder, e os ossos abaixo começaram um movimento tenebroso e agitado. Alguns se desmantelaram imediatamente; todos estavam macios e corroídos. O cinto vermelho moveu-se inquietamente e a fivela enferrujada ergueu-se como a cabeça de uma cobra.

— *Mike!* — gritou Jo. — *Depressa, depressa!*

Puxei o saco da bolsa de compras e agarrei a garrafa de plástico dentro dele. Na oh, tinham dito os ímãs, ou NaOH. Hidróxido de sódio. Outra mensagem passada às costas distraídas do guarda. Outra palavrinha-truque. Sara Tidwell era uma criatura temível, mas havia subestimado Jo... e também a telepatia de uma longa associação. Eu tinha ido ao Slips'n Greens e comprado uma garrafa de soda cáustica. Então a abri e derramei o hidróxido sobre os ossos de Sara e de seu filho, fumegando.

Houve o mesmo som de assobio que se ouve ao se abrir uma garrafa de cerveja ou refrigerante. A fivela do cinto derreteu. Os ossos se tornaram brancos e enrugados como coisas feitas de açúcar — tive uma imagem de pesadelo de crianças mexicanas comendo cadáveres de açúcar queimado espetados em longas varetas no dia dos mortos. As órbitas de Sara se alargaram quando a soda cáustica encheu os buracos escuros onde sua mente, seu prodigioso talento e sua alma sorridente um dia habitaram. Era uma expressão que inicialmente pareceu de surpresa, e a seguir de tristeza.

O maxilar caiu; os nacos de dente ficaram salientes.

O topo do crânio afundou.

Os ossos dos dedos estremeceram e depois se dissolveram.

— *Ahhhhhhh...*

O som perpassou através das árvores encharcadas como um vento soprando... só que o vento tinha morrido enquanto o ar molhado recuperava o fôlego antes da próxima investida. Era um som de inominável dor, anseio e rendição. Não senti nenhum ódio nele; seu ódio tinha desaparecido, queimado no corrosivo que eu comprei na loja de Helen Auster. O som de Sara partindo foi substituído pelo grito queixoso e quase humano de um pássaro, e me acordou no lugar onde eu havia estado, trazendo-me final e completamente para fora da zona. Levantei trôpego, virei-me e olhei para a Rua.

Jo ainda estava lá, uma forma turva através da qual eu podia ver agora o lago e as nuvens escuras das próximas rajadas de vento seguidas de raios e trovoadas vindo sobre as montanhas. Algo bruxuleou além dela — aquele pássaro aventurando-se de seu abrigo seguro para uma espiada nas modificações do meio ambiente, talvez —, mas quase não o registrei. Era Jo que eu queria ver, Jo que veio só Deus sabia de onde, assim como só Deus sabia o que ela tinha sofrido para me ajudar. Parecia exausta, machucada e, de algum modo fundamental, diminuída. Mas a outra coisa — o Forasteiro — tinha ido embora. Em pé, num círculo de folhas de bétula tão mortas que pareciam carbonizadas, Jo se virou para mim e sorriu.

— Jo! Nós conseguimos!

Sua boca se moveu. Ouvi o som, mas as palavras estavam muito distantes para serem distinguidas. Estava em pé ali, mas poderia estar falando do outro lado de um largo desfiladeiro. Mesmo assim a entendi. Li as palavras de seus lábios, se você preferir o racional, ou direto da mente dela, se preferir o romântico. Eu prefiro o último. O casamento é uma zona também, você sabe. O casamento é uma zona.

— *Então isso está certo, não está?*

Olhei para o escavado rolo de lona e não vi nada a não ser tocos e lascas espetando-se para fora de uma pasta inquieta e nociva. Um sopro chegou até mim e, mesmo através da Stenomask, me fez tossir e recuar. Não era decomposição; soda cáustica. Quando olhei para Jo, ela quase não estava lá.

— Jo! Espere!

— *Não posso ajudar. Não posso ficar.*

Palavras de outro sistema solar, quase vislumbradas de uma boca que se esvai. Agora ela era pouco mais do que olhos flutuando na tarde escura, olhos que pareciam feitos do lago atrás deles.

— *Depressa...*

Desapareceu. Escorreguei e tropecei para o lugar onde ela havia estado, meus pés esmagando folhas mortas de bétula, mas não agarrei nada. Que idiota devo ter parecido, encharcado até os ossos, usando uma Stenomask torta na metade inferior do rosto, tentando abraçar o úmido ar cinzento.

Captei a mais débil lufada do perfume Red... e então só ficou a terra úmida, a água do lago e o fedor ruim da soda cáustica correndo por baixo de tudo. Pelo menos o cheiro de putrefação se fora; aquilo não havia sido mais real do que...

Do que o quê? Do que o *quê?* Ou era tudo real, ou nada daquilo era real. Se nada daquilo fosse real, eu tinha perdido as faculdades mentais e estava pronto para o hospício. Olhei para a rocha cinzenta e vi o saco de ossos que havia tirado do chão molhado como um dente apodrecido. Lentos filetes de fumaça erguiam-se ainda da extensão rasgada. *Aquilo* pelo menos era real. Assim como a Senhora Verde, que era agora uma Senhora Negra cor de fuligem — tão morta como o galho morto por trás dela, o que parecia apontar como um braço.

Não posso ajudar... não posso ficar... depressa.

Não podia ajudar com o quê? De que outra ajuda eu precisava? Havia terminado, não havia? Sara se fora: o espírito segue a carne, boa noite, caras senhoras.

E uma espécie de terror fedorento, não tão diferente do cheiro de putrefação que saiu do solo, pareceu permear o ar; o nome de Kyra começou a pulsar na minha cabeça, *Ki-Ki, Ki-Ki, Ki-Ki*, como o canto de algum exótico pássaro tropical. Subi os degraus de dormentes para a casa e, apesar de exausto, no meio do caminho comecei a correr.

Subi a escada para o deck e continuei por aquele caminho. A casa parecia a mesma — a não ser pela árvore quebrada espetando-se pela janela quebrada da cozinha adentro, Sara Laughs aguentou a tempestade muito bem —, mas algo estava errado. Havia algo cujo cheiro eu quase podia sentir... e cujo cheiro talvez *sentisse* mesmo, amargo e suave. A loucura pode ter seu próprio aroma. Não é o tipo de coisa que eu me daria ao trabalho de investigar.

No corredor da frente parei, vendo no chão uma pilha de livros em edições em brochura de Elmore Leonard e Ed McBain. Como se uma mão os tivesse varrido da prateleira. Mão descontrolada, talvez. Podia ver também minhas pegadas lá, indo e vindo. Já tinham começado a secar. Deviam ser as únicas; eu estava carregando Ki quando tínhamos entrado. Deviam ser, mas não eram. Havia outras menores, mas não tão pequenas que eu as confundisse com pegadas de criança.

Desci correndo o corredor na direção norte gritando o nome de Kyra, e poderia muito bem estar gritando *Mattie, Jo* ou *Sara*. Saindo de minha boca, seu nome soava como o de um cadáver. A coberta havia sido atirada no chão. Exceto pelo cachorro preto de pelúcia, jogado no mesmo local em que esteve em meu sonho, a cama estava vazia. E Ki tinha desaparecido.

Capítulo Vinte e Nove

Tentei alcançar Ki com a parte da mente que, nas últimas semanas, conseguia saber o que ela estava usando, em que cômodo do trailer se encontrava e o que fazia lá. Não surgiu nada, claro — aquele vínculo também foi dissolvido.

Gritei por Jo — acho que o fiz —, mas Jo também se fora. Eu estava sozinho. Deus me ajude. Deus nos ajude. Podia sentir o pânico tentando descer e o combati. Tinha que manter minha mente clara. Se eu não pudesse pensar, qualquer chance que Ki pudesse ter estaria perdida. Andei rapidamente de volta pelo corredor até o vestíbulo, tentando não ouvir a voz doentia na parte de trás de minha cabeça, a que dizia que Ki já estava perdida, já estava morta. Eu não podia saber de tal coisa, não podia saber disso agora que a conexão entre nós foi quebrada.

Olhei para a pilha de livros no chão, depois para a porta. As novas pegadas tinham entrado por aquele caminho e saído por aquele caminho também. Um relâmpago riscou o céu e um trovão estalou. O vento começava a soprar forte de novo. Fui até a porta, estendi a mão para a maçaneta e então parei. Algo estava preso na fenda entre a porta e a maçaneta, algo tão fino e flutuante quanto uma teia de aranha.

Um único cabelo branco.

Olhei para ele com uma nauseada falta de surpresa. Eu devia ter sabido, claro, e se não fosse a tensão pela qual vinha passando e os sucessivos choques daquele dia terrível, *teria* sabido. Estava tudo na fita que John havia posto para tocar naquela manhã... uma época que parecia parte da vida de outro homem.

Por um lado, havia o marcador de tempo assinalando o ponto em que John tinha desligado na cara dela. *Nove e quarenta da manhã, horário de verão no Leste*, disse a voz de robô, o que significa que Rogette tinha ligado às seis e quarenta da manhã... isto é, se realmente ligou de

Palm Springs. Era pelo menos possível; se a estranheza tivesse me ocorrido enquanto estávamos rodando do aeroporto para o trailer de Mattie, eu teria dito a mim mesmo que sem dúvida havia insones por toda a Califórnia que concluíam seus assuntos na Costa Leste antes que o sol raiasse inteiramente no horizonte, e que ótimo para eles. Mas havia algo mais que não podia ser explicado com tanta facilidade.

Em determinado ponto, John retirou a fita. Segundo ele, porque eu tinha ficado branco como um papel em vez de me divertir. Eu lhe disse que deixasse a fita tocar até o fim: simplesmente me surpreendi por ouvi-la novamente. *A qualidade de sua voz. Cristo, como a reprodução era boa.* Só que isso, na verdade, eram os rapazes do porão reagindo à fita; meus coconspiradores do subconsciente. E não foi a *voz* dela que os assustou tanto a ponto de fazer meu rosto ficar branco. O que os assustou foi o zumbido subjacente, o zumbido característico que sempre há nos telefonemas da TR, tanto os que se fazem quanto os que se recebem.

Rogette Whitmore jamais tinha deixado a TR-90. Se minha falha em perceber isso naquela manhã custasse a vida de Ki Devore naquela tarde, eu seria incapaz de conviver comigo mesmo. Disse isso a Deus repetidas vezes, enquanto descia novamente pelos degraus de dormentes abaixo, correndo para o meio de uma tempestade revitalizada.

Foi realmente de espantar que eu não saísse voando direto da margem. Metade de minha plataforma de flutuação tinha aterrissado lá, e talvez eu tivesse me empalado nas lascas de suas bordas e morrido como um vampiro retorcendo-se numa estaca. Que pensamento agradável.

Correr não é bom para alguém quase em pânico; é como se arranhar com hera venenosa. Quando abracei um dos pinheiros ao pé dos degraus para deter meu avanço, estava à beira de perder qualquer pensamento coerente. O nome de Ki pulsava em minha mente de novo, e tão alto que não havia espaço para muito mais.

Então o clarão de um relâmpago saltou do céu à minha direita e derrubou pelo menos um metro da parte de baixo de um enorme e velho abeto que provavelmente já estava lá quando Sara e Kito ainda se encontravam vivos. Se eu estivesse olhando diretamente para ele, teria ficado cego; mesmo com a cabeça virada em três quartos, o golpe deixou uma gigantesca mancha azul flutuando em frente aos meus olhos, como o momento posterior ao flash de uma câmera gigantesca. Houve um som de trituração e uma vibração quando 60 metros de abeto azul caíram sobre o lago, borrifando no ar uma longa cortina d'água, que pareceu pairar entre o céu e a água cinzentos. O toco ardia na chuva, queimando como o chapéu de uma feiticeira.

Aquilo teve o efeito de um tapa, clareando minha cabeça e me dando uma chance final de usar o cérebro. Respirei fundo e me forcei a fazer exatamente aquilo. Em primeiro lugar, por que eu tinha descido até ali? Por que pensei que Rogette havia trazido Kyra para o lago, onde tinha acabado de estar, em vez de levá-la para longe de mim, pela entrada de carro e na direção da estrada 42?

Não seja burro. Ela desceu para cá porque a Rua é o caminho de volta ao Warrington's, e é no Warrington's que ela tem ficado, sozinha, desde que mandou o corpo do patrão de volta à Califórnia no avião particular dele.

Ela se esgueirou por minha casa adentro enquanto eu estava embaixo do estúdio de Jo, descobrindo a caixa de metal no ventre da coruja e estudando aquele recorte sobre genealogia. Teria levado Ki então se eu lhe tivesse dado uma chance, mas eu não lhe dei. Voltei correndo, com medo de que algo estivesse errado, com medo de que alguém pudesse estar tentando se apossar da criança...

Rogette a teria acordado? Ki a teria visto e tentado me avisar antes de adormecer de novo? Foi isso que me levou para lá com tanta pressa? Talvez. Eu ainda estava na zona então, ainda estávamos ligados. Rogette certamente estava na casa quando eu voltei. Podia até mesmo estar no closet do quarto norte, espiando-me pela fenda. Parte de mim soube disso também. Parte de mim a sentiu, sentiu algo que não era Sara.

Então eu saí de novo. Agarrei a bolsa de compras do Slips'n Green e desci aqui. Virei à direita, virei para o norte. Na direção da bétula, da rocha, do saco de ossos. Eu fiz o que tinha de fazer, e enquanto o fazia Rogette carregou Kyra pelos degraus de dormentes abaixo por trás de mim e dobrou à esquerda na Rua. Virou ao sul para o Warrington's. Com uma sensação de afundamento no ventre, percebi que eu provavelmente ouvi Ki... podia até tê-la visto. Aquele pássaro espiando timidamente do abrigo durante a calmaria não tinha sido pássaro nenhum. Ki estava acordada então, Ki me viu — talvez tivesse visto Jo também

— e tentou chamar. Ela conseguiu exatamente aquele pequeno pio antes que Rogette lhe cobrisse a boca.

Há quanto tempo tinha sido aquilo? Parecia uma eternidade, mas eu tinha ideia que de modo nenhum podia ter sido há muito tempo — menos de cinco minutos, talvez. Mas não é preciso muito tempo para se afogar uma criança. A imagem do braço nu de Kito esticando-se para fora da água tentou voltar — a mão se abrindo e fechando, se abrindo e fechando, como se tentasse respirar pelos pulmões que não podiam fazê-lo — e eu a afastei. Também suprimi o ímpeto de simplesmente disparar na direção do Warrington's. Se eu fizesse isso, sem dúvida o pânico me dominaria.

Em todos os anos, desde a morte de Jo, jamais ansiei por ela com a amarga intensidade de então. Mas Jo se foi; não havia sequer um sussurro dela. Sem poder depender de ninguém a não ser de mim mesmo, comecei a avançar para o sul ao longo da Rua juncada de galhos, contornando árvores e ramos derrubados quando podia, arrastando-me sob eles quando bloqueavam inteiramente meu caminho, quebrando os ramos apenas como último recurso. Enquanto andava, emitia o que imagino que sejam as orações-padrão em tais situações, mas nenhuma delas pareceu afastar a imagem do rosto de Rogette Whitmore erguendo-se em minha mente. Seu rosto penetrante e implacável.

Eu me lembro de pensar *Isso é a versão ao ar livre da Casa Fantasma*. Certamente os bosques pareciam assombrados para mim enquanto me esforçava para percorrê-los: as árvores apenas afrouxadas na primeira grande ventania caíam aos montes nesse segundo turno de vento e chuva. O barulho era o de grandes passos estalando estrondosamente, e eu não precisava me preocupar com o ruído de minhas próprias passadas. Quando passei pelo campo dos Batchelder, uma construção circular pré-fabricada situada num afloramento de rochas, como um chapéu sobre uma bancada, vi que todo o telhado havia sido achatado por um pinheiro do Canadá.

A uns 800 metros ao sul de Sara, reparei numa das fitas brancas de Ki caída no atalho. Peguei-a, pensando como aquela borda vermelha parecia com sangue. Então a enfiei no bolso e continuei em frente.

Cinco minutos depois, cheguei a um velho pinheiro recoberto de musgo que tinha caído atravessado no caminho; ainda estava ligado ao toco por uma rede torcida e esticada de lascas, e guinchava como uma fila de dobradiças enferrujadas enquanto a água ondulante erguia e deixava cair o que tinha sido a parte superior de seus 6 ou 9 metros, agora flutuando no lago. Havia espaço para que eu me arrastasse por baixo dele, e quando caí de joelhos vi outras pegadas de joelhos começando a se encher de água. Vi outra coisa também: a segunda fita de cabelo. Enfiei-a no bolso com a primeira.

Estava na metade do caminho debaixo do pinheiro quando ouvi outra árvore cair, esta muito mais próxima. O som foi seguido por um grito — não de dor ou medo, mas de raiva e surpresa. Então, mesmo com o silvo da chuva e do vento, pude ouvir a voz de Rogette: *Volte! Não vá aí fora, é perigoso!*

Esgueirei-me o resto do caminho por baixo da árvore, quase não sentindo o toco de um galho me arranhar na parte inferior das costas, levantei e corri pelo atalho. Quando as árvores caídas com que me deparava eram pequenas, eu pulava por cima delas sem diminuir a corrida. Se eram maiores, eu as escalava com dificuldade, sem pensar onde podiam me agarrar ou espetar. Trovões abalaram o céu. Um relâmpago brilhante faiscou, e em seu clarão ofuscante vi tábuas envelhecidas cinzentas através das árvores. No dia em que encontrei Rogette pela primeira vez, tive uns vislumbres do hotel do Warrington's, mas agora a floresta tinha se dilacerado como uma roupa velha — aquela área levaria anos para se recuperar. A metade da parte dos fundos do hotel foi praticamente demolida por duas árvores enormes que pareciam ter caído juntas. Haviam-se cruzado como uma faca e um garfo num prato de jantar e jaziam sobre as ruínas num X felpudo.

A voz de Ki se ergueu por cima da tempestade apenas porque estava aguda de terror: *Vai embora! Não quero você, vó branca! Vai embora!* Era horrível ouvir o terror em sua voz, mas era maravilhoso ouvir sua voz.

A uns 12 metros de distância de onde o grito de Rogette me imobilizou, mais uma árvore jazia através do atalho. A própria Rogette permanecia em sua outra extremidade, estendendo a mão para Ki. Da mão pingava sangue, mas eu mal notei aquilo. Eu olhei mesmo foi para Kyra.

O cais percorrendo o espaço entre a Rua e o Sunset Bar era comprido — uns 20 metros, talvez 30. Longo o suficiente para que, num bonito entardecer de verão, você pudesse passear de mãos dadas com a namorada ou a amante e construir uma recordação. A tempestade não o havia arrastado — ainda não —, mas o vento o torceu como uma fita. Lembro-me de um documentário, em alguma matinê de sábado, mostrando uma ponte suspensa dançando num furacão, e era parecido com aquele cais entre o Warrington's e o Sunset Bar. Ele se movia para cima e para baixo na água ondulante, gemendo em todas as suas articulações de ripas como um acordeão de madeira. Existia um corrimão — presumivelmente para guiar de volta à praia em segurança os que tinham feito uma noitada —, mas este agora desapareceu. Kyra se encontrava na metade daquela oscilante e gotejante extensão de madeira. Eu podia ver pelo menos três retângulos de escuridão entre a praia e onde ela estava, lugares onde as tábuas haviam sido arrancadas. Da parte de baixo do cais, chegava o agitado *clang-clang-clang* dos tambores vazios de aço que o seguravam. Vários desses tambores haviam sido desancorados e estavam flutuando para longe. Ki tinha os braços estendidos para se equilibrar, como alguém andando sobre uma corda bamba de circo. A camisa preta da Harley-Davidson batia com força em seus joelhos e ombros bronzeados.

— *Volte!* — gritou Rogette. Seu cabelo escorrido voava em torno da cabeça; a brilhante capa de chuva preta que estava usando tinha se rasgado. Ela estendia as mãos agora, uma ensanguentada e a outra não. Imaginei que Ki pudesse tê-la mordido.

— *Não, vó branca!* — Ki balançou a cabeça numa negação alucinada e eu quis dizer-lhe não faça isso, bichinho, não balance a cabeça assim, é uma péssima ideia. Ela cambaleou, um braço apontado para o céu e outro para a água, de modo que por um momento pareceu um avião inclinando-se fortemente de lado. Se o cais tivesse escolhido aquele momento para se mover com força por baixo dela, Ki teria sido cuspida na água. Em vez disso, reconquistou um precário equilíbrio, embora eu tenha pensado ter visto seus pés descalços escorregarem um pouco nas tábuas lisas.

— *Vai embora, vó branca, não quero você! Vai... tirar uma soneca, você parece cansada!*

Ki não me viu; toda sua atenção estava fixada na vó branca. A vó branca também não me viu. Deitei-me no chão de bruços e me arrastei por debaixo da árvore, puxando-me para a frente com as mãos em garras. O trovão ressoou através do lago como uma grande bola de mogno, o som ecoando para as montanhas. Quando fiquei em pé de novo, vi que Rogette avançava lentamente em direção à extremidade do cais que dava para a praia. Para cada passo que ela avançava, Kyra dava um vacilante e perigoso passo para trás. Rogette estendia a mão boa, embora por um momento eu tenha achado que aquela também tivesse começado a sangrar. Mas o que escorria através de seus encalombados dedos era escuro demais para ser sangue, e quando ela começou a falar numa medonha voz persuasiva que arrepiou minha pele, percebi que era chocolate derretendo.

— Vamos fazer a brincadeira, Kizinha — arrulhou Rogette. — Quer começar? — Ela deu um passo. Ki deu um passo compensatório para trás, cambaleou, recuperou o equilíbrio. Meu coração parou, depois retomou a disparada. Percorri a distância entre mim e a mulher tão rapidamente quanto pude, mas não corri; não queria que ela soubesse de coisa alguma até acordar. *Se* acordasse. Pouco me importava se acordasse ou não. Que droga, se eu pude fraturar o crânio de George Footman com um martelo, certamente poderia machucar aquela pessoa horrível. Enquanto andava, entrelacei as mãos num grande punho.

— Não? Não quer começar? Está muito assustada? — disse Rogette numa açucarada voz de programa infantil que me fez ranger os dentes. — Muito bem, *eu* começo. Peteca! Quais são as rimas para peteca, Kizinha? Sapeca... e soneca... você estava tirando uma soneca, não estava, quando eu vim e acordei você? E moleca... a minha molequinha não quer sentar no meu colo, Kizinha? A gente dá chocolate uma para a outra, como costumávamos fazer... Vou te ensinar uma brincadeira nova de...

Outro passo. Ela tinha chegado à borda do cais. Se a ideia lhe tivesse ocorrido, podia simplesmente jogar pedras em Kyra como fez comigo, jogar pedras até acertar uma e atirar Ki dentro do lago. Mas acho que não chegou nem perto de tal ideia. Uma vez que a loucura passa de certo ponto, você está numa autoestrada sem retornos. Rogette tinha outros planos para Kyra.

— Vamos, Ki-Ki, vem jogar com a vó branca. — Estendeu o chocolate de novo, um pegajoso chocolate Hershey gotejando através do amassado papel laminado. Os olhos de Kyra se moveram e ela finalmente me viu. Balancei a cabeça, tentando lhe dizer para ficar quieta, mas não adiantou — uma expressão de alegre alívio atravessou seu rosto. Ela gritou meu nome e vi os ombros de Rogette se erguerem surpresos.

Corri os últimos 4 metros, erguendo as mãos unidas como um bastão, mas escorreguei no solo molhado no momento crucial e Rogette se esquivou, encolhendo-se. Em vez de atingi-la na nuca, como pretendia, minhas mãos só lhe roçaram o ombro. Ela cambaleou, caiu num joelho e se levantou de novo quase imediatamente. Seus olhos eram como pequenas lâmpadas de arco voltaico azuis cuspindo fúria em vez de eletricidade.

— Você! — disse ela, fazendo a palavra silvar entre a língua e os dentes, transformando-a no som de alguma antiga maldição. — *Voossccêêê!* — Atrás de nós, Kyra gritou meu nome, numa dança vacilante na madeira molhada, agitando os braços num esforço para evitar que caísse no lago. A água varreu o deck e correu por cima de seus pequenos pés descalços.

— Aguenta aí, Ki! — gritei de volta. Rogette viu minha atenção mudar de direção e aproveitou a chance, girou e correu para dentro do cais. Disparei atrás dela, agarrei-a pelo cabelo e este saiu na minha mão. Todo ele. Fiquei ali à beira do lago ondulante com a esteira de cabelos brancos suspensa na mão como um escalpo.

Rogette olhou por cima do ombro, rosnando, um antigo gnomo careca na chuva, e então pensei *É ele, é Devore, ele nunca morreu de todo, de algum modo ele e a mulher trocaram de identidade, foi ela quem cometeu suicídio, foi o corpo dela que voltou para a Califórnia no jato...*

Mesmo enquanto ela virava para o outro lado de novo e começava a correr em direção a Ki, eu soube a verdade. Era Rogette, sem dúvida, mas ela tinha chegado àquela medonha semelhança honestamente. Fosse lá o que houvesse de errado com ela, tinha feito mais do que seu cabelo cair; também a tinha envelhecido. Setenta anos, pensei, mas isso seria pelo menos dez anos além da idade atual.

Conheci um monte de gente que põe nomes parecidos nos filhos, disse a sra. M. *Eles acham bonitinho.* Max Devore deve ter achado isso também, porque deu ao filho o nome de Roger e à filha o nome de Rogette. Talvez ela tivesse chegado à parte Whitmore honestamente — podia ter sido casada na juventude —, mas uma vez que a peruca tinha desaparecido, seus antecedentes eram indiscutíveis. A mulher cambaleando pelo cais molhado para terminar o trabalho era tia de Kyra.

Ki começou a recuar rapidamente, sem fazer nenhum esforço para ter cuidado e ver onde pisava. Ia cair; não havia jeito de se manter lá em cima. Mas antes que isso acontecesse, uma onda varreu o cais entre elas num lugar onde alguns dos tambores tinham-se soltado e, sem apoio, o caminho já estava parcialmente submerso. Água espumante voou para cima e começou a girar numa daquelas espirais que eu já tinha visto antes. Rogette parou com os pés mergulhados até os tornozelos na água que invadia o cais e eu parei a uns 4 metros atrás dela.

A forma se solidificou, e mesmo antes que eu pudesse discernir seu rosto, reconheci o short folgado com seu turbilhão de cor desbotada e a blusa da parte de cima. Só o Kmart vende blusas com uma assimetria tão perfeita; acho que deve ser uma lei federal.

Era Mattie. Uma Mattie séria e cinzenta, olhando Rogette com graves olhos cinzentos. Rogette ergueu as mãos, vacilou, tentou virar. Naquele momento uma onda se levantou sob o cais, erguendo-o e depois abaixando-o como um brinquedo de parque de diversões. Rogette caiu por sua lateral. Além dela, além da Forma-água na chuva, pude ver Ki esparramada na varanda do Sunset Bar. Aquela última oscilação a enviara para uma segurança temporária como uma pulga humana.

Mattie olhava para mim, os lábios se movendo, os olhos nos meus. Eu pude compreender o que Jo havia dito, mas desta vez não tinha a mínima ideia. Fiz o máximo de esforço, mas não consegui entender.

— *Mamãe! Mamãe!*

A figura não se virou propriamente, girou em torno de si; na verdade, não parecia ter existência abaixo da bainha do short longo. Moveu-se pelo cais até o bar, onde Ki estava agora em pé de braços estendidos.

Algo agarrou o meu pé.

Olhei para baixo e vi uma aparição afogando-se nas ondas do lago. Olhos escuros me fixavam de dentro do crânio calvo. Rogette tossia água de lábios tão roxos quanto ameixas. Sua mão livre se agitava enfraquecida para mim. Os dedos se abriam... e fechavam. Se abriam... e fechavam. Dobrei um joelho e peguei sua mão. Esta se fechou na minha como uma garra de aço e deu um solavanco, tentando me puxar para a água com ela. Os lábios roxos se arreganhavam de cacos de dentes como os da caveira de Sara. E sim — eu pensei que desta vez era Rogette quem ria.

Balancei os quadris e dei um solavanco nela para cima. Sem pensar, foi puro instinto. Segurei pelo menos 45 quilos dela, sendo que três quartos saíram do lago como uma monstruosa truta gigante. Ela gritou, lançou a cabeça para a frente e enterrou os dentes no meu pulso. A dor foi enorme e imediata. Dei um puxão no meu braço bem mais para cima e então o abaixei, sem pensar se ia feri-la ou não, querendo apenas me livrar daquela boca de doninha. Enquanto o fazia, outra onda atingiu o cais meio submerso. Sua borda lascada que se erguia empalou o rosto de Rogette que descia. Um olho pulou fora; uma lasca amarela gotejante enfiou-se em seu nariz como um punhal; a pele fina da testa rasgou-se, soltando-se do osso como duas persianas repentinamente soltas. Então o lago a puxou para longe. Vi a topografia rasgada de seu rosto por um momento mais, revirada pela chuva torrencial, molhada e tão pálida como a luz de uma lâmpada fluorescente. Então ela rolou para cima, a capa de chuva preta de vinil rodopiando em torno de si como uma mortalha.

O que vi quando olhei novamente para o Sunset Bar foi outro vislumbre sob a pele deste mundo, mas um muito diferente do rosto de Sara na Senhora Verde, ou da rosnante e meio vislumbrada forma do Forasteiro. Kyra estava em pé na larga varanda de madeira na frente do bar, em meio a uma desordem de mobília de vime derrubada. Na frente dela havia uma tromba-d'água na qual eu ainda podia ver — muito levemente — a forma desvanecida de uma mulher. Ela estava de joelhos, estendendo os braços.

Elas tentaram se abraçar. Os braços de Ki fecharam-se em torno de Mattie e saíram gotejando.

— Mamãe, não posso pegar você!

A mulher na água estava falando — eu podia ver seus lábios se movendo. Ki olhava para ela, extasiada. Então, por apenas um momento, Mattie se virou para mim. Nossos olhos se encontraram, os dela feitos da água do lago. Eles eram o Dark Score, que estava aqui muito tempo antes de eu chegar e permaneceria ali muito depois que eu me fosse.

Levei as mãos à boca, beijei as palmas e as estendi para ela. Mãos tremulantes se ergueram, como se para receber os beijos.

— *Mamãe, não vai!* — gritou Kyra, e envolveu a figura com os braços. Ficou imediatamente ensopada e recuou, os olhos fechados, tossindo. Não havia mais nenhuma mulher com ela; só havia água correndo pelas tábuas e pingando através das fendas para voltar ao lago, que sobe de fontes profundas bem lá debaixo, das fissuras na rocha subjacentes à TR e a toda essa parte do nosso mundo.

Movendo-me cuidadosamente, fazendo meu próprio ato de equilíbrio, fui andando pelo cais oscilante até o Sunset Bar. Quando cheguei lá, peguei Kyra nos braços. Ela me abraçou apertado, tremendo ferozmente contra mim. Ouvi o leve matraquear de seus dentes e o cheiro do lago em seu cabelo.

— Mattie veio — disse ela.

— Eu sei. Eu vi.

— Mattie fez a vó branca ir embora.

— Vi isso também. Fique bem quieta agora, Ki. Vamos voltar para terra firme, mas você não pode ficar se mexendo muito. Se fizer isso, vamos acabar tendo que nadar.

Ela foi um doce de obediência. Quando estávamos na Rua de novo e tentei colocá-la no chão, agarrou-se fortemente ao meu pescoço. Para mim, tudo bem. Pensei em levá-la para o Warrington's, mas não o fiz. Haveria toalhas lá, provavelmente roupas secas também, mas tive a ideia de que poderia haver também uma banheira cheia de água morna esperando. Além disso, a chuva estava diminuindo de novo e o céu parecia mais claro no oeste.

— O que é que Mattie te disse, meu bem? — perguntei enquanto andávamos para o norte ao longo da Rua. Ki deixou que eu a pusesse no chão para que pudéssemos nos arrastar por baixo das árvores caídas com que nos deparamos, mas levantava os braços para ser erguida de novo do outro lado da árvore.

— Para ser uma boa menina e não ficar triste. Mas eu tô triste. *Muito* triste. — Ela começou a chorar e eu acariciei seu cabelo molhado.

Quando chegamos aos degraus de dormentes, ela tinha chorado tudo que podia... e por sobre as montanhas no oeste pude ver uma faixa pequena, mas muito brilhante do azul.

— Todas as árvores caíram — disse Ki, olhando à volta. Seus olhos estavam arregalados.

— Bem... não todas, mas muitas, acho.

Na metade dos degraus, eu parei, esbaforido e seriamente sem fôlego. Mas não perguntei a Ki se eu podia colocá-la no chão. Eu não *queria* colocá-la no chão. Só queria recuperar o fôlego.

— Mike?

— O que é, meu amor?

— Mattie me disse mais uma coisa.

— O quê?

— Posso falar baixinho?

— Se você quiser, claro.

Ki se aproximou ainda mais, pôs a boca junto à minha orelha e sussurrou.

Escutei. Quando ela terminou, assenti com a cabeça, beijei seu rosto, passei-a para meu outro quadril e carreguei-a pelo resto do caminho até a casa.

Não foi a tempestaaade do século, companheiro, não fique pensando que foi. Não senhor.

Assim falava o pessoal da velha guarda sentado em frente à grande tenda de médicos do Exército que servia como a Geral de Lakeview naquele final de verão e outono. Um enorme olmo tinha caído atravessado na rota 68 e amassado o armazém como uma caixa de biscoitos. Para piorar ainda mais os estragos, o olmo carregou consigo um monte de fios cuspindo faíscas. Eles inflamaram o propano de um tanque rachado e a coisa toda explodiu. A tenda, porém, era um substituto bastante bom para o tempo quente, e o pessoal da TR passou a dizer que ia até O ESCOMBRO para pão e cerveja — isso porque ainda se podia ver uma cruz vermelha desbotada dos dois lados da cobertura da tenda.

A velha guarda se sentava ao longo da parede de lona em cadeiras dobráveis, acenando para os outros da turma quando estes chegavam em seus enferrujados carros de velha guarda (toda a velha guarda de carteirinha tem Fords ou Chevys, portanto estou no caminho certo quanto a isso), trocando suas camisetas por camisas de flanela quando os dias começaram a esfriar em direção à estação da cidra e à época de desenterrar as batatas, observando o distrito começar a se reconstruir em torno deles. E, enquanto observavam, falavam da tempestade de gelo do inverno passado, a que derrubou luzes e estilhaçou um milhão de árvores entre Kittery e Fort Kent; falavam dos ciclones que haviam passado por lá em agosto de 1985; do furacão de granizo de 1927. Aquelas, sim, *foram* tempestades e tanto, disseram. *Aquelas* sim, Santo Deus.

Tenho certeza de que têm lá suas razões, e não discuto com eles — raramente se ganha uma discussão com um genuíno ianque da velha guarda, nunca, se é sobre o tempo —, mas para mim a tempestade de 21 de julho de 1998 sempre será *a* tempestade. E conheço uma garotinha que sente o mesmo. Ela pode viver até 2100, graças aos benefícios da medicina moderna, mas acho que para Kyra Elizabeth Devore aquela sempre será *a* tempestade. A tempestade em que sua mãe que tinha morrido voltou para ela vestida do lago.

O primeiro veículo a percorrer minha entrada de carros só chegou quase às seis horas. Notei então que não era um carro da polícia do condado de Castle e sim uma banheira amarela com luzes amarelas piscando no alto da cabine e um sujeito com uniforme da Companhia de Energia do Maine Central ao volante. Mas o cara no outro banco era um tira — na verdade, era Norris Ridgewick, o próprio xerife do condado. E ele veio até minha porta com a arma na mão.

A mudança de tempo que o camarada da TV tinha prometido finalmente chegou, nuvens e núcleos de tempestade impelidos para leste por um vento frio com apenas um pouquinho menos de força que uma ventania.

As árvores continuaram a cair nos bosques gotejantes por pelo menos uma hora depois que a chuva cessou. Por volta de cinco horas, fiz sanduíches de queijo quente e sopa de tomate para nós... comida que conforta, diria Jo. Kyra comeu, apaticamente, mas comeu, e bebeu bastante leite. Eu a vesti com outra de minhas camisetas e ela prendeu o próprio cabelo para trás. Ofereci-lhe as fitas brancas, mas ela balançou decididamente a cabeça e, em vez delas, optou por um elástico.

— Não gosto mais dessas fitas — disse ela. Cheguei à conclusão de que eu também não, e joguei-as fora. Ki me observou e não fez objeções. Então atravessei a sala de estar e fui até o aquecedor à lenha.

— O que está fazendo? — Ela terminou o segundo copo de leite, se contorceu para fora da cadeira e veio até mim.

— Acendendo um fogo. — Talvez todos aqueles dias quentes tenham afinado meu sangue. Era o que minha mãe diria, de qualquer modo.

Silenciosamente, ela me observou puxar folha após folha da pilha de papel que eu tinha trazido da mesa e empilhado no alto do aquecedor, fazendo uma bola com cada uma e jogando-a pela sua portinhola. Quando senti que era suficiente, passei a colocar pedaços de gravetos sobre as bolas de papel.

— O que é que tá escrito nesses papéis? — perguntou Ki.

— Nada de importante.

— É uma história?

— Na verdade, não. Era mais uma... ah, não sei. Um jogo de palavras cruzadas. Ou uma carta.

— Carta muito comprida — disse ela, e apoiou a cabeça na minha perna como se estivesse cansada.

— É — eu disse. — Cartas de amor geralmente são compridas, mas ficar com elas por aí não é boa ideia.

— Por quê?

— Porque elas... — *Podem voltar para assombrar você* foi o que passou pela minha cabeça, mas eu não ia dizer isso. — Porque elas podem embaraçar você mais tarde.

— Ah.

— Além disso, esses papéis são como as suas fitas, de certo modo.

— Você não gosta mais deles.

— É.

Então ela viu a caixa — a caixa de metal com IDEIAS DE JO escrito na tampa. Estava no balcão entre a sala de estar e a pia, perto de onde o velho Gato Maluco estivera pendurado na parede. Eu não me lembrava de ter trazido a caixa do estúdio comigo, mas suponho que podia não lembrar; estava muito atônito. Também acho que ela podia ter aparecido... por si mesma. *Acredito* nessas coisas agora; tenho motivos para isso.

Os olhos de Kyra se iluminaram de um modo que eu não via desde que ela acordou daquela curta soneca para descobrir que a mãe havia morrido. Ficou na ponta dos pés para pegar a caixa, depois alisou com os pequenos dedos as letras douradas. Pensei em como era importante para uma criança possuir uma caixa de metal. Você tem que ter uma para suas coisas secretas — o melhor brinquedo, os pedacinhos de renda mais bonitos, a primeira joia. Ou um retrato da mãe, talvez.

— Isso é tão... *bonito* — disse ela numa voz suave e reverente.

— Pode ficar com ela, se não se importar que esteja escrito IDEIAS DE JO em vez de IDEIAS DE KI. Aí dentro tem alguns papéis que eu quero ler, mas posso colocá-los em outro lugar.

Ela me olhou para ter certeza de que eu não estava brincando, e viu que eu não estava.

— Eu vou gostar muito — disse ela com a mesma voz suave e reverente.

Peguei a caixa, retirei os cadernos de taquigrafia, anotações e recortes, e então a entreguei de volta para ela, que ficou praticando tirar a tampa e depois colocá-la.

— Adivinha o que vou colocar aqui — disse ela.

— Tesouros secretos?

— É! — disse ela, e sorriu de fato por um momento. — Quem era Jo, Mike? Eu conheço ela? Conheço, não é? Ela era do pessoal da geleira.

— Ela... — Um pensamento me ocorreu. Folheei os recortes amarelados. Nada. Pensei que a tinha perdido em algum ponto do caminho, então vi uma ponta dela espiando do meio de um dos cadernos de taquigrafia. Peguei-a e a passei a Ki.

— O que é?

— Uma fotografia ao contrário. Segure contra a luz.

Ela o fez, e olhou-a por um longo tempo, fascinada. Tênue como um sonho, eu podia ver minha mulher na mão dela, minha mulher em pé na plataforma de flutuação, com seu maiô de duas peças.

— É Jo — eu disse.

— Ela é bonita. Tô contente de ganhar a caixa dela para as minhas coisas.

— Também estou, Ki. — Beijei-lhe o alto da cabeça.

Quando o xerife Ridgewick martelou a porta, achei mais prudente atender com as mãos para cima. Ele parecia eletrizado. O que pareceu relaxar a situação foi uma pergunta simples e inesperada.

— Onde está Alan Pangborn no momento, xerife?

— Lá em New Hampshire — disse Ridgewick, abaixando um pouco a pistola (um ou dois minutos depois ele a guardou no coldre sem nem perceber que o tinha feito). — Ele e Polly estão indo muito bem. A não ser pela artrite dela. Aquilo é horrível, acho eu, mas ela ainda tem seus bons dias. A pessoa pode se dar bem por bastante tempo se consegue um bom dia de vez em quando, é o que eu penso. Sr. Noonan, tenho muitas perguntas a lhe fazer. Sabe disso, não é?

— Sei.

— Primeira e mais importante, o senhor está com a criança? Kyra Devore?

— Sim.

— Onde ela está?

— Eu lhe mostro com o maior prazer.

Descemos o corredor da ala norte e paramos à entrada do quarto, olhando para dentro. A colcha estava puxada até o queixo de Kyra e ela dormia profundamente. O cachorro de pelúcia estava enroscado em sua mão — podíamos ver apenas a cauda enlameada saindo do punho dela de um lado e o nariz espetando-se do outro. Ficamos ali por muito tempo, sem que nenhum de nós dissesse coisa alguma, observando-a dormir à luz de uma tarde de verão. Nos bosques, as árvores haviam parado de cair, mas o vento ainda soprava. Pelos beirais de Sara Laughs, ele produzia um som como o de música antiga.

Epílogo

Nevou no Natal — educados 15 centímetros de neve fofa fizeram com que aqueles que cantavam canções natalinas pelas ruas de Sanford parecessem personagens do filme *A felicidade não se compra*. Quando fui checar Kyra pela terceira vez, era 1h15 da madrugada do dia 26, e a neve tinha cessado. Uma lua tardia, redonda, mas pálida, espiava através de nuvens emaranhadas e fofas.

Eu passava o Natal novamente com Frank, e éramos os únicos acordados. As crianças, inclusive Ki, haviam morrido para o mundo, descontando no sono a farra anual de comidas e presentes. Frank estava em seu terceiro uísque — tinha sido uma história de três uísques se algum dia houve uma, acho —, mas eu bebi apenas um dedo de minha primeira dose. Penso que poderia ter mergulhado com fé na garrafa se não fosse por Ki. Nos dias em que estou com ela, geralmente não bebo mais do que um copo de cerveja. E ficar com ela três dias seguidos... mas que droga, cara pálida, se você não pode passar o Natal com sua filha, para que porcaria serve o Natal?

— Tudo bem com você? — perguntou Frank, quando sentei novamente e tomei outro golinho simbólico de meu copo.

Sorri ante aquilo. Não *ela* está bem e sim *você* está bem. Bom, ninguém nunca disse que Frank era idiota.

— Você devia ter me visto quando o Departamento de Serviços Humanos me deixou ficar com ela por um fim de semana em outubro. Eu devo tê-la checado uma dúzia de vezes antes de ir para a cama... e depois *continuei* checando. Levantando e espiando, ouvindo-a respirar. Não preguei o olho na noite de sexta, tirei um cochilo de três horas no sábado. Portanto, já fiz um grande progresso. Mas, se você algum dia bater com a língua nos dentes sobre o que lhe contei, Frank, se algum dia eles souberem que eu enchi aquela banheira antes que a tempestade fizesse o gerador pifar, posso dizer adeus às minhas chances de adotá-la. Provavelmente terei que preencher um formulário tríplice antes que eles sequer me deixem assistir à sua formatura no ensino médio.

Eu não pretendia contar a Frank a parte da banheira, mas, quando comecei a falar, despejei quase tudo. Acho que tinha que ser despejado para alguém, se algum dia eu quisesse prosseguir com minha vida. Imaginei que John Storrow fosse a pessoa do outro lado do confessionário quando o momento chegasse, mas John não queria falar sobre nada do que tinha acontecido, exceto o que dizia respeito a nosso contínuo assunto legal, que hoje em dia é única e exclusivamente Kyra Elizabeth Devore.

— Vou ficar de boca fechada, não se preocupe. Como vai a batalha da adoção?

— Lenta. Passei a odiar o sistema jurídico do estado do Maine e o Departamento de Serviços Humanos também. Se você analisar as pessoas que trabalham nessas burocracias individualmente, são boas pessoas na maioria, mas o conjunto...

— Ruim, é?

— Às vezes me sinto como um personagem daquele romance, *A casa abandonada*. Aquele em que o Dickens afirma que nos tribunais ninguém ganha, só os advogados. John me fala para ter paciência e ver quanto de bom já temos, que estamos fazendo progressos surpreendentes, considerando-se que sou uma das criaturas mais indignas de confiança no mundo, um homem branco solteiro e de meia-idade, mas Ki já esteve em dois lares de adoção desde que Mattie morreu e...

— Ela não tem parentes numa daquelas cidades vizinhas?

— A tia de Mattie. Que não queria nada com Ki quando Mattie estava viva e tem menos interesse agora. Sobretudo desde que...

— ... desde que Ki não vai ser rica.

— É.

— A tal Whitmore estava mentindo sobre o testamento de Devore.

— Totalmente. Ele deixou tudo para uma fundação que incentivará o conhecimento de computação no mundo inteiro. Com o devido respeito à enorme quantidade de fanáticos do mundo, não posso imaginar uma caridade mais gelada.

— Como vai John?

— Muito bem recuperado, mas jamais vai voltar a usar completamente o braço direito. Ele quase morreu com a perda de sangue.

Frank me afastou dos assuntos interligados de Ki e da custódia com habilidade, para um homem já no terceiro uísque, e o segui de boa vontade. Quase não suportava pensar nos longos dias e noites mais longas ainda de Ki naqueles lares onde o Departamento de Serviços Humanos guarda as crianças como bugigangas que ninguém quer. Ki não vivia nesses lugares, apenas existia, pálida e apática, como um coelho bem alimentado mantido numa gaiola. Cada vez que via meu carro aparecendo ou parando, ela voltava à vida, agitando os braços e dançando como Snoopy em sua casinha de cachorro. Nosso fim de semana em outubro tinha sido maravilhoso (apesar de minha obsessiva necessidade de checá-la a cada meia hora depois de ela dormir), e os feriados de Natal haviam sido até melhores. Seu enfático desejo de estar comigo ajudava mais do que qualquer outra coisa no tribunal... mas as rodas ainda giravam lentamente.

Talvez na primavera, Mike, disse-me John. Era um novo John naqueles dias, pálido e sério. O esquilinho diligente e levemente arrogante que quis bater cabeça com o sr. Maxwell "Grana Preta" Devore não estava mais visível. John tinha aprendido algo sobre mortalidade no dia 21 de julho, assim como algo sobre a crueldade idiota do mundo. O homem que ensinou a si mesmo a cumprimentar com a mão esquerda em vez de com a direita não estava mais interessado em festejar até vomitar. Andava saindo com uma moça da Filadélfia, a filha de uma amiga de sua mãe. Eu não tinha ideia se a coisa era séria ou não, o "Ti-John" de Ki mantém a boca fechada sobre essa parte de sua vida, mas, quando um rapaz está saindo com a filha de uma amiga da mãe por sua própria vontade, geralmente a coisa é séria.

Talvez na primavera: tinha sido o seu mantra naquele final de outono e princípio de inverno. *O que é que estou fazendo de errado?*, perguntei-lhe certa vez — logo depois do Dia de Ação de Graças e de outro revés.

Nada, respondeu ele. *Adoções por pessoas que não são casadas são sempre lentas, e quando o adotante putativo é um homem, pior ainda.* Naquele ponto da conversa, John fez um pequeno gesto feio, enfiando o indicador da mão esquerda para dentro e para fora de seu punho direito frouxamente fechado.

Isso é uma escandalosa discriminação sexual, John.

É, mas geralmente justificada. Ponha a culpa em todos os idiotas de mente torta que algum dia se acharam com o direito de tirar as calças de uma criança, se quiser; ponha a culpa na burocracia, se quiser; que droga, ponha a culpa nos raios cósmicos, se quiser. É um processo lento, mas você vai ganhar no final. Você tem uma ficha limpa, você tem Kyra dizendo "Quero ficar com Mike" para cada juiz e assistente social do DSH que ela encontra, você tem dinheiro suficiente para ficar atrás deles por mais que se contorçam e por mais formulários que joguem em cima de você... e principalmente, companheiro, você tem a mim.

Eu tinha outra coisa também — o que Ki tinha sussurrado em meu ouvido quando parei para recuperar o fôlego nos degraus. Nunca contei a John sobre isso, e era uma das poucas coisas que eu também não contei a Frank.

Mattie disse que eu sou sua garotinha agora, ela sussurrara. *Mattie disse que você vai tomar conta de mim.*

Eu estava tentando — desde que os malditos molezas dos Serviços Humanos me deixassem —, mas a espera era dura.

Frank pegou o uísque e o inclinou na minha direção. Balancei a cabeça. Ki estava certa de que faria um boneco de neve, e eu queria poder enfrentar o sol ofuscante sobre a neve fresca bem cedo de manhã sem dor de cabeça.

— Frank, em quanto disso você realmente acredita?

Ele se serviu do uísque, depois ficou quieto por um tempo, olhando para a mesa e pensando. Quando levantou a cabeça de novo, sorria, um sorriso tão parecido com o de Jo que me partiu o coração. E quando falou, apimentou seu sotaque de Boston geralmente leve.

— Claro que sou um irlandês meio bêbado que acaba de ouvir o avô de todas as histórias de fantasmas na noite de Natal — disse ele. — Acredito em todas elas, seu idiota.

Eu ri, e ele também. Nós o fizemos principalmente através do nariz, como os homens fazem quando ficam acordados até tarde, talvez um pouco bêbados, e não querem acordar o resto da casa.

— Vamos, quanto de verdade?

— Toda ela — repetiu ele, sem o sotaque de Boston. — Porque Jo acreditava nela. E por causa dela. — Apontou a escada com a cabeça de modo que eu soubesse quem era "ela". — Ki não é como nenhuma outra garota que já vi. É bastante doce, mas há alguma coisa em seus olhos. No início achei que era a perda da mãe do modo como foi, mas não. Há mais do que isso, não há?

— Sim.

— Está em você também. Tocou os dois.

Pensei na coisa que latia e que Jo tinha conseguido segurar enquanto eu derramava a soda cáustica no rolo de lona podre. Um Forasteiro, ela o chamou. Eu não dei uma olhada nítida nele, e provavelmente isso foi bom. Provavelmente foi muito bom.

— Mike? — Frank pareceu preocupado. — Você está tremendo.

— Estou bem — eu disse. — Mesmo.

— Como está a casa agora? — perguntou ele. Eu ainda estava morando em Sara Laughs. Adiei até o princípio de novembro, então pus a casa de Derry para vender.

— Quieta.

— Totalmente quieta?

Assenti com a cabeça, mas não era totalmente verdade. Em umas duas ocasiões, tinha acordado com a sensação que Mattie mencionou certa vez — de que havia alguém na cama comigo. Mas não uma presença perigosa. Em duas ocasiões, senti o cheiro (ou pensei ter sentido) do perfume Red. E às vezes, mesmo quando o ar está perfeitamente parado, o sino de Bunter toca algumas notas. Como se alguém solitário quisesse dar um alô.

Frank deu uma olhada no relógio e depois em mim, quase pedindo desculpas.

— Tenho mais algumas perguntas, tudo bem?

— Se a gente não consegue ficar acordado até de madrugada no dia 26 de dezembro, acho que nunca vai conseguir. Chute.

— O que é que você disse à polícia?

— Não tive que dizer muita coisa. Footman falou o suficiente para contentá-los... excessivamente, para Norris Ridgewick. Footman disse que ele e Osgood, era Osgood quem dirigia o carro, o corretor de estimação de Devore, fizeram o atentado porque Devore os tinha ameaçado com o que lhes aconteceria se não o fizessem. Os tiras do estado também encontraram a cópia de uma ordem de pagamento entre as coisas de Devore no Warrington's. Dois milhões de dólares para uma conta nas Ilhas Caimãs. O nome escrito na cópia é o de Randolph Footman. Randolph é o nome do meio de George. O sr. Footman está residindo agora na Prisão Estadual de Shawshank.

— E Rogette?

— Bem, Whitmore era o nome de solteira da mãe dela, mas acho que é mais seguro dizer que o coração de Rogette pertencia ao papai. Ela tinha leucemia, foi diagnosticada em 1996. Em pessoas da idade dela, tinha só 57 anos quando morreu, por falar nisso, é fatal em dois de cada três casos, mas ela estava fazendo quimioterapia. Daí a peruca.

— Por que ela tentou matar Kyra? Não entendi. Se você quebrou o domínio de Sara Tidwell nesse nosso plano terreno quando dissolveu os ossos dela, a maldição deveria ter... por que está me olhando dessa maneira?

— Você entenderia se tivesse conhecido Devore — eu disse. — Ele foi o homem que pôs fogo em toda a porra da TR como uma forma de despedida ao partir para a ensolarada Califórnia. Pensei nele no segundo que puxei a peruca; pensei que de certo modo eles haviam trocado de identidade. Então pensei *Ah, não, é ela, sim, é Rogette, ela apenas perdeu o cabelo de algum modo.*

— E você estava certo. A quimioterapia.

— Eu estava também errado. Sei mais sobre fantasmas do que sabia, Frank. Talvez o mais importante é o que você vê primeiro, o que você pensa primeiro... geralmente é o que é a verdade. Era ele naquele dia. Devore. Ele voltou no final. Tenho certeza disso. No final, a coisa não tinha a ver com Sara, não para ele. No final, não tinha a ver nem com Kyra. Tinha a ver mesmo com o trenó de Scooter Larribee.

O silêncio se instalou entre nós. Por alguns momentos foi tão profundo que pude realmente ouvir a casa respirar. Pode-se ouvir isso, sabe? Se você ouve de fato. Isso é outra coisa que eu sei agora.

— Cristo — disse ele finalmente.

— Não acho que Devore veio da Califórnia para o leste para matá-la — eu disse. — Não era esse o plano original.

— Então, qual era? Veio conhecer a neta? Consertar suas cercas?

— Minha nossa, não. Você ainda não entendeu o que ele era.

— Então me diga.

— Um monstro humano. Ele voltou para *comprá*-la, mas Mattie não a vendeu. Então, quando Sara o dominou, ele começou a planejar a morte de Ki. Suspeito que Sara jamais encontrou um instrumento mais disposto.

— Quantos ela matou ao todo? — perguntou Frank.

— Não sei bem. Acho que nem quero saber. Baseado nas anotações e recortes de Jo, diria que foram talvez mais quatro... assassinatos dirigidos, chamemos assim... nos anos entre 1901 e 1998. Todos crianças, todos nomes começados com *K,* todos estreitamente aparentados com os homens que a mataram.

— Meu Deus!

— Não acho que Deus tenha muito a ver com isso... mas ela os fez pagar, não há dúvida.

— Você tem pena dela, não é?

— Tenho. Eu a teria dilacerado se ela tivesse posto um dedo em Ki, mas claro que tenho pena dela. Foi estuprada e assassinada. O filho afogado enquanto ela estava morrendo. Meu Deus, *você* não tem pena dela?

— Acho que sim. Mike, você sabe quem era o outro menino? O menino que chorava? Foi ele quem morreu de toxemia?

— A maior parte das anotações de Jo tinha a ver com isso. Foi onde ela começou. Royce Merrill conhecia bem a história. O menino que chorava era Reg Tidwell Júnior. Você precisa entender que, por volta de setembro de 1901, quando os Red-Tops fizeram seu último espetáculo no condado de Castle, quase todo mundo na TR sabia que Sara e o filho haviam sido assassinados, e quase todo mundo tinha uma boa ideia de quem tinha feito aquilo.

"Reg Tidwell passou bastante tempo naquele agosto atormentando o xerife do condado, Nehemiah Bannerman. No início foi para encontrá-los vivos, Tidwell queria uma busca a cavalo, depois foi para achar seus corpos, e depois para encontrar os assassinos... porque, uma vez que ele aceitou o fato de que haviam morrido, sempre soube que tinham sido assassinados.

"No início, Bannerman foi solidário. *Todos* pareceram solidários no início. O pessoal dos Red-Tops tinha sido muitíssimo bem tratado durante o tempo que passou na TR. Foi isso o que mais enfureceu Jared, e acho que você pode perdoar Son Tidwell por cometer um erro crucial."

— Que erro foi esse?
Ora, ele pensou que Marte era o céu, cogitei. *A TR deve ter parecido o céu para eles, até que Sara e Kito saíram para um passeio, o garoto carregando seu balde de frutinhas, e jamais voltaram. A impressão que a TR deu a eles foi de que finalmente haviam descoberto um lugar onde podiam ser negros e mesmo assim lhes era permitido respirar.*

— Pensar que seriam tratados como pessoas comuns quando as coisas deram errado só porque tinham sido tratados assim quando as coisas estavam bem. Em vez disso, a TR se uniu contra eles. Ninguém que tinha uma ideia do que Jared e seus protegidos haviam feito *desculpou* a coisa exatamente, mas quando os navios estão afundando...

— Você protege os seus, lava a roupa suja com as portas fechadas — murmurou Frank, e terminou a bebida.

— É. Quando os Red-Tops tocaram na Feira do condado de Castle, sua pequena comunidade perto do lago tinha começado a se desfazer... Tudo isso segundo as anotações de Jo, sabe; não há um pio a respeito do assunto em nenhuma das histórias sobre a cidade.

"No Dia do Trabalho, a intimidação ativa começou. Foi o que Royce contou a Jo. Ficou um pouco mais feia a cada dia, um pouco mais assustadora, mas Son Tidwell simplesmente não queria ir embora, não até descobrir o que tinha acontecido à irmã e ao sobrinho. Aparentemente manteve gente da família no prado mesmo depois que os outros tinham partido para lugares mais amigáveis.

"Então alguém pôs a armadilha. Havia uma clareira no bosque a cerca de uns 1.500 metros a leste do que agora é chamado de prado de Tidwell; havia uma grande cruz de bétula no meio dele. Jo tinha uma foto dela em seu estúdio. Era lá que a comunidade negra celebrava seus cultos depois que as portas das igrejas locais se fecharam para ela. O garoto, Júnior, costumava ir muito lá para rezar ou apenas para sentar e meditar. Havia muita gente na cidade que conhecia esse hábito dele. Alguém pôs uma armadilha no pequeno atalho através dos bosques que o garoto usava. Coberta com folhas e agulhas de pinheiro."

— Deus do céu — disse Frank. Ele parecia nauseado.

— Provavelmente não foi Jared Devore ou seus rapazes lenhadores que a instalaram... eles não queriam mais nada com o pessoal de Sara e Son depois dos assassinatos, ficavam longe deles. Não pode nem mesmo ter sido um amigo daqueles garotos. Eles já não *tinham* tantos amigos assim. Mas isso não mudou o fato de que o pessoal perto do lago estava esquecendo seu lugar, esmiuçando coisas que deviam ser deixadas em paz, recusando-se a aceitar um não como resposta. Então alguém colocou a armadilha. Penso que talvez a intenção não tenha sido realmente matar o garoto, mas mutilá-lo? Talvez vê-lo sem o pé, condenado a uma vida inteira de muletas? Acho que podem ter ido até esse ponto em imaginação.

"Seja como for, funcionou. O garoto pisou na armadilha... e por um bom tempo não o encontraram. A dor deve ter sido excruciante. Então veio a toxemia. Ele morreu. Son desistiu. Tinha que pensar nos outros filhos, sem falar no pessoal que continuava com ele. Arrumaram suas roupas e violões e partiram. Jo rastreou alguns deles na Carolina do Norte, onde muitos de seus descendentes ainda vivem. E durante os incêndios de 1933, aqueles que o jovem Max Devore ateou, as cabanas se queimaram até o chão."

— Não entendo por que os corpos de Sara e seu filho não foram encontrados — disse Frank. — Entendo que o cheiro que você sentiu, a putrefação, não era em qualquer sentido físico. Mas certamente na época... se esse caminho que você chama de Rua era tão popular...

— Devore e os outros *não* os enterraram onde eu os encontrei, inicialmente. Devem ter começado por arrastar os corpos mais para o fundo dos bosques... talvez para onde fica a ala norte de Sara Laughs agora. Então os cobriram com matagal e voltaram naquela noite. Deve ter sido naquela noite mesmo; deixá-los ali por mais tempo teria atraído todos os carnívoros do bosque. Eles os levaram para algum outro lugar e os enterraram naquele rolo de lona. Jo não sabia onde, mas meu palpite é Bowie Ridge, onde passavam a maior parte do verão cortando madeira. Que droga, Bowie Ridge ainda é um lugar bastante isolado. Colocaram os corpos em algum lugar; podemos muito bem achar que foi lá.

— Então como... por quê...

— Draper Finney não foi o único assombrado pelo que tinham feito, Frank. Todos o foram. Literalmente *assombrados*. Com a possível exceção de Jared Devore, acho eu. Ele viveu outros dez anos e aparentemente jamais perdeu uma refeição. Mas os rapazes tinham pesadelos, bebiam demais, brigavam demais, discutiam... se enfureciam se alguém chegasse a citar os Red-Tops...

— Podiam do mesmo modo andar por ali usando cartazes dizendo CHUTEM-NOS, SOMOS CULPADOS — comentou Frank.

— É. Provavelmente não ajudou que a maioria da TR estivesse dando a eles o tratamento silencioso. Então Finney morreu na pedreira, cometeu suicídio na pedreira, acho, e os rapazes lenhadores de Jared tiveram uma ideia. Que pegou como um resfriado. Só que era mais uma compulsão. Sua ideia era que, se desenterrassem os corpos e tornassem a enterrá-los onde a coisa tinha acontecido, tudo voltaria ao normal para eles.

— Jared aceitou a ideia?

— Segundo as notas de Jo, naquela época eles já não se aproximavam de Jared. Tornaram a enterrar o saco de ossos, sem a ajuda de Jared Devore, onde eu posteriormente o desenterrei. No final do outono ou princípio do inverno de 1902, acho eu.

— Ela *queria* voltar, não queria? Sara. Voltar para onde realmente poderia trabalhar neles.

— E no distrito inteiro. Sim. Jo achava isso também. O suficiente para ela não querer voltar a Sara Laughs uma vez que tinha descoberto parte do negócio. Especialmente quando descobriu que estava grávida. Quando começamos a tentar ter um filho e eu sugeri o nome de Kia, como isso deve tê-la assustado! E eu nunca percebi.

— Sara achava que podia usar você para matar Kyra, se Devore batesse as botas antes que pudesse fazer o serviço... Ele estava velho e com uma saúde ruim, afinal de contas. Jo apostou que, ao contrário, você a salvaria. É o que você acha, não é?

— É.

— E ela estava certa.

— Eu não poderia tê-lo feito sozinho. Desde a noite em que sonhei com Sara cantando, Jo esteve comigo a cada passo do caminho. Sara não conseguiu afastá-la.

— Não, Jo não se dava por vencida facilmente — concordou Frank, e enxugou um olho. — O que você sabe sobre sua tia-avó duas vezes? A que se casou com Auster?

— Bridget Noonan Auster — eu disse. — Bridey, para os amigos. Perguntei à minha mãe e ela jura de pés juntos que não sabe de nada, que Jo nunca lhe perguntou sobre Bridey, mas acho que pode estar mentindo. A moça definitivamente era a ovelha negra da família. Posso dizer isso apenas pelo som da voz de mamãe quando o nome dela surge. Não tenho ideia de como ela conheceu Benton Auster. Digamos que ele estivesse na parte do mundo em que fica Prout's Neck visitando amigos e começou a flertar com ela numa mariscada animada e barulhenta. Isso é tão provável quanto qualquer outra coisa. Foi em 1884. Ela estava com 18 anos; ele, com 23. Eles se casaram, um daqueles negócios apressados. Harry, o que afogou Kito Tidwell, apareceu seis meses depois.

— Então ele mal tinha 17 anos quando a coisa aconteceu — disse Frank. — Deus do céu.

— E, na época, sua mãe já tinha se tornado religiosa. O terror dele a respeito do que ela pensaria se descobrisse foi parte do motivo de ele ter feito isso. Alguma outra pergunta, Frank? Porque eu realmente estou começando a desmoronar.

Por algum tempo, ele não disse nada — eu comecei a achar que ele havia terminado, quando...

— Mais duas. Você se importa?

— Acho que é tarde demais para recuar agora. Quais são?

— A Forma de que você falou. O Forasteiro. Aquilo me perturba.

Eu não disse nada. Perturbava-me também.

— Acha que há uma chance de que ele possa voltar?

— Sempre volta — eu disse. — Me arriscando a parecer pomposo, o Forasteiro finalmente volta para todos nós, não é? Porque somos todos sacos de ossos. E o Forasteiro... Frank, o Forasteiro quer o que está no saco.

Ele ruminou isso, depois tomou o resto do uísque de um gole só.

— Mais alguma pergunta?

— Tenho — disse ele. — Começou a escrever de novo?

Subi a escada poucos minutos depois, cheguei Ki, escovei os dentes, cheguei Ki de novo, depois subi na cama. De onde eu estava deitado podia ver a pálida lua brilhando na neve do lado de fora da janela.

Começou a escrever de novo?

Não. Além de um extenso ensaio de como passei as férias de verão que talvez eu mostre a Kyra no futuro, não tenho escrito nada. Sei que Harold está nervoso, e mais cedo ou mais tarde suponho que terei que ligar para ele e dizer o que ele já adivinha: a máquina que deslizou tão suavemente por tanto tempo parou. Não está quebrada — essas memórias surgiram sem um ofegar ou sem que meu coração falhasse uma batida —, mas mesmo assim a máquina parou. Há gasolina no tanque, as velas de ignição funcionam e a bateria também, mas o local do palavrório continua quieto no centro de minha mente. Pus uma lona em cima dele. Ele me serviu bem, não há dúvida, e não gosto de pensar que está ficando empoeirado.

Parte disso tem a ver com o modo como Mattie morreu. Em algum momento desse outono, ocorreu-me que eu tinha escrito mortes semelhantes em pelo menos dois dos meus livros, e a ficção popular está repleta de outros exemplos da mesma coisa. Algum dia você já montou um dilema moral que não sabe resolver? O protagonista está sexualmente atraído por uma mulher que é jovem demais para ele, digamos assim. Você precisa dar um jeito rápido? É a coisa mais fácil do mundo. "Quando a história começa a azedar, chame o homem com a arma." Raymond Chandler disse isso, ou algo semelhante — parecido com o trabalho do governo, cara pálida.

O assassinato é o pior tipo de pornografia. O assassinato é me deixar fazer o que eu quero levado ao extremo. Acredito que mesmo assassinatos de faz de conta deviam ser encarados seriamente; talvez essa tenha sido outra ideia que me ocorreu no último verão. Talvez eu a tenha tido enquanto Mattie se debatia em meus braços, expelindo sangue da cabeça amassada e morrendo cega, ainda gritando pela filha enquanto deixava este mundo. Pensar que eu possa ter escrito tal morte infernalmente conveniente num livro, *algum dia*, me deixa nauseado.

Ou talvez eu desejasse apenas que tivesse havido um pouco mais de tempo.

Eu me lembro de dizer a Ki que é melhor não deixar cartas de amor por aí; o que pensei, mas não disse, foi que elas podem voltar para assombrá-lo. Seja como for, estou assombrado... mas voluntariamente não vou assombrar a mim mesmo, e, quando fechei meu livro de sonhos, fiz isso por minha própria vontade. Acho que eu poderia ter derramado soda cáustica sobre aqueles sonhos também, mas então recolhi minha mão.

Tenho visto coisas que jamais esperei ver e sentido coisas que jamais esperei sentir — e o que senti e ainda sinto pela criança dormindo no final do corredor não é de modo nenhum a menos importante dentre elas. Ki é a minha garotinha agora, e eu sou seu garotão, e é isso que importa. Nada mais parece ter tanta importância.

Thomas Hardy, que supostamente disse que o personagem mais brilhantemente delineado num romance era apenas um saco de ossos, parou de escrever romances após terminar *Judas, o Obscuro*, e enquanto estava no auge de seu gênio narrativo. Continuou escrevendo poesia por outros vinte anos, e, quando alguém lhe perguntava por que tinha abandonado a ficção, ele dizia que, em primeiro lugar, não conseguia entender por que tinha se envolvido tanto tempo com ela. Retrospectivamente, parecia-lhe uma coisa tola, acrescentou. Sem sentido. Sei exatamente o que ele quis dizer. No período que se estende entre agora e o momento em que o Forasteiro se lembrar de mim e decidir voltar, deve haver outras coisas para fazer, coisas que signifiquem mais do que aquelas sombras. Acho que poderia voltar a arrastar correntes atrás da parede da Casa Fantasma, mas não tenho nenhum interesse em fazer isso. Perdi o gosto por fantasmas. Gosto de imaginar o que Mattie pensaria de Bartleby na história de Melville.

Deixei de lado minha pena de escrivão. Hoje em dia, prefiro não escrever.

Center Lovell, Maine:
25 de maio de 1997-6 de fevereiro de 1998

2ª EDIÇÃO [2012] 8 reimpressões

ESTA OBRA FOI COMPOSTA PELA ABREU'S SYSTEM EM ADOBE GARAMOND E IMPRESSA EM OFSETE PELA LIS GRÁFICA SOBRE PAPEL PÓLEN SOFT DA SUZANO S.A. PARA A EDITORA SCHWARCZ EM MAIO DE 2021

A marca FSC® é a garantia de que a madeira utilizada na fabricação do papel deste livro provém de florestas que foram gerenciadas de maneira ambientalmente correta, socialmente justa e economicamente viável, além de outras fontes de origem controlada.